美国文学群英谱

——用文学认识美国和美国大学 用文学点亮人文情怀的成长灯塔

李树刚◎编

中国金融出版社

责任编辑：肖丽敏
责任校对：潘　洁
责任印制：陈晓川

图书在版编目（CIP）数据

美国文学群英谱（Meiguo Wenxue Qunyingpu）/李树刚编. —北京：中国金融出版社，2017. 9

ISBN 978－7－5049－9102－7

Ⅰ. ①美…　Ⅱ. ①李…　Ⅲ. ①文学研究—美国　Ⅳ. ①I712.06

中国版本图书馆CIP数据核字（2017）第172854号

出版
发行 中国金融出版社

社址　北京市丰台区益泽路2号
市场开发部　（010）63266347，63805472，63439533（传真）
网上书店　http://www.chinafph.com
（010）63286832，63365686（传真）
读者服务部　（010）66070833，62568380
邮编　100071
经销　新华书店
印刷　保利达印务有限公司
尺寸　185毫米×260毫米
印张　31.75
字数　525千
版次　2017年9月第1版
印次　2017年9月第1次印刷
定价　68.00元
ISBN 978－7－5049－9102－7

作者心语：我发现……

在阅读美国文学时，我发现，美国文学的创造者就是美国民族和美国国家的创造者，无论是牧师、律师、政治家，还是农民、士兵和探险家，他们都有一个共同的身份：伟大的作家和时代的英雄。这让美国文学与职业作家式的文学截然不同，亲历的细节让你由衷感叹，智慧的火花让你目不暇接，与其说是文学作品，更不如说是对创造人类文明的鲜活记录。所以，用英雄谱来解读美国文学应该是非常恰当的。

在解读美国文学时，我发现，美国文学与美国大学就如孪生姐妹，这些文学巨匠很多都是美国大学的缔造者和亲历者；这些文学作品甚至在两三百年前就被列入美国学校的课本。2016 年开始的新 SAT 考试在强调阅读的同时，将美国建国文献列入必考内容。更重要的是，对我们学生来说，美国文学不仅是洞察外部世界的窗口，打开思辨能力的钥匙，促进素质成长的酵母，奠定内心强大的基石，更是未来融入国际舞台，登顶个人职业生涯的阶梯！

在研读美国文学时，我发现，在我的人生中从没有感受过如此巨大的乐趣和兴奋，看书看得眼睛都重影了还舍不得放下；看电脑查资料脖子都僵直了，还浑然不知。那些先贤们划亮暗夜的深邃思想，波澜壮阔的铿锵演讲，简洁平实的写作风格，无不让人拍案叫绝，心生敬意！

最后，感谢我的女儿，我接触过的同学们以及家长朋友们，感谢多年来让我和你们一起站在时代的前沿，分享你们的拼搏，拼搏你们的梦想！

打败招生官

（代前言）

一、一句话打败奥数冠军

2014 年，一位前美国大学招生官在一次留学说明会上谈到美国大学到底喜欢什么样的申请者时说，有一个学生曾获得过奥数冠军，学业成绩超强，但我一句话就打败了他。这位前招生官问了一个什么问题呢？其实很简单：你为什么喜欢数学？

2016 年，北京大学考试院院长在面试时，对一个开口就把“子曰”挂在嘴上的学生说，我不关心子怎么曰，我关心的是你想说什么。对另一个自信满满，看来能回答任何问题的学生说，我没什么问题问你，你有什么问题问我吗？两个“就像一个模具打造出来的公认好学生”，一个涨红了脸，一个几乎哭出来，一样的是一句话都说不上来。

这样的事不让人意外。我们的孩子是在一路比拼分数中长大的，一个孩子从小学读到大学，很可能从没有在公众面前做过辩论演讲，从没有在课堂上表达过自己的感悟思考，这并不是孩子的错，而是我们的教育模式剥夺了学生表达的机会和尝试的勇气。前教育部发言人说，“语文教育的核心是培养学生的口头和书面表达能力。但在高考指挥棒下，表达能力长期被忽视了，很多人学了十多年语文还是不会讲话，也不会讲好话、讲对话”。纽约大学的一位同学说，找工作时，很多中国学生在面试环节就被刷了。

很多美国教授对中国学生比较一致的看法是写作能力、提出问题的批判性思考能力、表达和沟通能力偏弱，而这三项能力恰恰是素质教育的核心。在美国大学的文理学院，阅读、演讲、写作都是核心课程，有的学校甚至没有专门的教科书，莎士比亚的经典著作就是教科书，用两周时间读一本大部头的著作是家常便饭。有的学校必修课只有两门：写作和公共演讲，他们认为表达能力极其重要。两年中，每个人要做11次至少10分钟以上的公众演讲。而我们最关心的是有没有对就业帮助大的热门专业，最习惯的是"满堂灌"，最不习惯的是把课堂时间浪费在没有结果的讨论上。然而，当进入职场时你就会发现，表达能力这些所谓没用的东西恰恰是最有用的。

我女儿刚上初一时，虽然周周有考试，但她在写作、演讲和文学阅读上仍然投入了很大的热情和精力。只用三天时间准备，就在英语课上给同学讲林肯总统的"葛底斯堡演讲"；初二时在校园文化节表演电影配音"傲慢与偏见"，获得第二名；《飘》的英语版几乎"每行都读了"，高二时跳级与高三的孩子一起申请美国大学并以高额奖学金被录取，同时被新加坡国立大学全奖录取。到大学毕业时，一直保持着一个记录：不论大学申请还是重要国际交流项目、顶级公司实习与工作的面试，没有一次失败。2014年10月，刚上大四就被瑞士银行录用。总结一个原因——阅读功底和表达能力不可或缺。

在大三的下学期，女儿获得了戴姆勒公司奔驰汽车亚太总部的半年实习机会，期间正赶上公司开年会，她完全没有料到让她代表实习生发言，她用一分钟的时间即兴讲了一个故事。有一天，她和公司的三位德国同事一起吃午饭，这三个人都是比她的顶头上司还高两三个层级的大领导，但这三个德国人吃饭时一直用英语交谈，她就此谈了对公司的认同和感情。女儿告诉我，她讲话的时间是最长的，掌声是最多的，这里当然有对新员工的鼓励，但与她的临场发挥也是分不开的。

"读"是"说"之源，爱"读"才会"说"。女儿就是在大学毕业，即将工作的那个假期，也没有忘记"读"。我的桌上有一本《美国文学史》，我发现她随手翻看了一下，几天后，就从网上买了《麦田里的守望者》、《乞力马扎罗的雪》等5本英文版小说。那一段她还陆续买过《我的应许之地——以色列的荣耀与悲情》、《布拉格精神》、《最好的告别：关于衰老与死亡你必须知道的常识》和Facebook首席运营官雪莉的《向前一步——女性、工作和领导意志》（*Lean in—women*，*work*，*and the will to lead*）。可以说，正是平时多读闲书，才有了美国大学申请、世界顶级公司应聘的马到成功。特别是在读《向前一步》时，她说书中讲的就像发生在自己公司的事情一样，读书甚至相当于职业咨询了。

美国大学、世界顶级大公司到底需要什么样的人？美国大学靠“申”不靠“考”，“人”是申请的“道”，“分”是申请的“术”。但很多同学甚至临近提交申请也不愿花时间去查看学校网站，主动感知美国大学的历史、创建者和校友。如果对学校没有一份好奇之心，那你怎么与大学建立神交呢？没有虚拟的神交，哪会有现实的交情呢？

美国大学的历史，很大程度上就是美国的历史，就是美国的文明史，就是美国的文学史。温斯洛普以《基督徒慈善的典范》成就了“山上之城”和美国民族优越感的最初表达，在哈佛大学你会看到温斯洛普楼；与华盛顿、富兰克林并列三位美国革命之父的拉什亲自创建了迪金森学院等5所大学，起草《独立宣言》的杰斐逊更是一手缔造了弗吉尼亚大学，甚至还亲自制定学生的食谱。所以，我期望本书会帮助同学们打通美国文学与美国历史的边界，打通美国文学与美国大学的边界，打通美国文学与英语学习的边界，把美国学生耳熟能详的经典文学作品以一种纷繁但却有序，轻松但有启迪，鲜活但又准确的方式呈献给大家，搭建一架实现同学们人生梦想的天梯，至少不会被招生官一语击败。

二、一套课程打败 SAT

在获得1947年奥斯卡奖的电影《史密斯先生来到华盛顿》中，有一个桥段简直就是我们熟悉的主旋律的翻版。对政治毫无经验的新任参议员史密斯刚到华盛顿，就被国会大厦、最高法院等标志性的建筑所吸引，以至于流连忘返。在林肯纪念堂，他怀着激情诵读了那段响彻历史的名句：这个民有、民治、民享的政府一定会与世长存。同样让人激动的是，今天，这些与我们曾经遥远的东西就要走进同学们的生活了。

从2016年起，美国大学标准化考试SAT实行重大变革，阅读难度大大增加。改革前的SAT阅读，可以说撞上了中国化考试的枪口，可以靠技巧、大量练习来应付，而现在则强调基于证据的阅读(Evidence-Based Reading)，不仅要选对答案，还要指出理由和出处。阅读材料更侧重于美国建国文献和公民自由等理念，从《宪法》到马丁·路德·金的《我有一个梦》，从梭罗的《瓦尔登湖》到伊丽莎白·凯迪·斯坦顿论妇女独立的《自我之孤独》，类似文章都会成为考试素材，这对美国文学素养及背景知识的掌握提出了很高要求。改革前的SAT作文，可以说比较符合高考作文的口味。2009年

5月我女儿参加的SAT作文考题是：过去发生的事件对现在是否有影响？就此观点写一篇作文来论述你的观点。利用你的阅读、学习、经历或观察过的例子来支持你的观点。女儿引用了玛格丽特·米切尔的名著《飘》中主人公斯嘉丽和奥斯丁的小说《傲慢与偏见》中女主角伊丽莎白的例子来阐述自己的观点，轻松获得不错的分数。改革后的作文，不但时间加长一倍，而且是基于证据的写作（Evidence-Based Writing），就是对给定的一篇文章，要求就其证据、推理和风格技巧进行分析。换句话说，写作也需要阅读。有人总结了一句话：阅读在我们的弱项上雪上加霜，作文变成了又一只“拦路虎”。但遗憾的是，从知识储备到思辨能力，我们还远远没有跟上这个步伐。甚至有些留学生直到毕业，对美国这个民族还没有真正了解。要知道，留学不仅要留学历，而且要留文化。

几年前，我有一个问题始终想不明白。说美国孩子没有花我们这么多精力准备SAT考试的，现在看，道理很简单。建国文献也好，经典文学作品也好，美国学生从小就开始学习了。女儿的小妹在美国EA高中交流时，刚上课就遇到讨论霍桑的《红字》；还有，像史密斯船长的《弗吉尼亚通史》在美国可谓家喻户晓，是哈佛建校时就有的课程；《洛根的哀辞》曾是19世纪学校读本中固定的文章，为几代美国年轻人所熟悉；《富兰克林自传》被美国人当成“人生指导”读物，《常识》、《美国危机》从美国独立开始就是美国学生的常识，《见闻札记》甚至在100年间成为全世界学生的第一本英文读本；在美国教育家，曾任里根总统教育部部长的威廉·本内特写的《儿童美德书》中，竟然选取了貌似大人看的《独立宣言》、《华盛顿总统就职演说》。从形式上讲，自传、演讲、布道辞、政治宣言、辩护词、听证词、戏剧、书信、小说、诗词、游记、散文、语录更是让美国文学既独具特色，又让人眼花缭乱。让人想不到的是，这些作品的作者基本上都不是专职作家，他们自己就是美国历史的创造者、美国民族的缔造者和美国文化的开拓者。更神奇的是，美国大学与美国文学就如孪生姐妹，比如我们得以通过解读霍桑的《红字》去了解鲍登学院，通过欣赏爱德华兹《罪人在愤怒的上帝手中》来了解普林斯顿大学。还有，从《联邦党人文集》到汉密尔顿学院，从《罗伯特·E. 李给儿子的信》到华盛顿和李大学，都让我们从新的视角一饱美国大学的“大餐”。

当然，还有更实用的。宾夕法尼亚大学招生官说，在整个申请过程中，作文是学生把自己认为最重要的事情展示出来的高潮环节，作文直接关乎录取成败。美国文学的作者几乎个个都是 Essay 写作的高手，那么，在阅读美国文学的过程中，提高我们申请作文的写作能力就是顺理成章的了。为此，在本书中，我们还将与大家讨论申请作文 Essay 的写作技巧，进一步解读我在《写出你自己——美国大学本科申请作文写作全景解析》一书中提出"细节、故事、展现"（Details，Story，Show）3 个关键词，以攻克新 SAT 和美国大学申请作文写作的"拦路虎"，摘取申请成功这一皇冠顶上的明珠，让文学从阅读走到实用，把阅读转化为能力。

三、一篇演讲打败招生官

现在，我们说说为什么把美国文学称做"群英谱"。

如果说学习文学是因为有助于留学申请，那就有点大题小做了。其实，美国文学带给我们的更是内心的成熟和人生的成长。

有专家在谈到家庭教育时说，现在学生的生活条件越来越好，但身体挺拔、神情英武、精神抖擞的孩子越来越少；全球化越来越近，但孩子的心胸越来越小，煮酒论英雄的气魄、为人类理想奋斗的抱负越来越难见到。一位旅美著名学者说，不少留学生，竟把中国"好"学生的特点原封不动地带到了美国：不了解社会、不懂得人情礼仪、不善于社会活动，更重要的是缺乏最基本的人类学、历史文化、社会学等人文修养，知识结构明显残缺，积累量明显不足，人生价值观要么空白、要么扭曲，与欧美学生缺乏思想交融的基础，最终只有极少数孩子能够融入发达国家的社会环境而不断成长。要知道，留学不仅是打破地理的边界，更重要的是要打破观念的边界。而很多留学生还是喜欢小圈子自成一体，习惯通过小聪明来获取超额收益，而不是靠共同的价值观来与周边的人坦诚相处。比如，全球化的时代需要的是合作与妥协，在美国宪法和奴隶制等几乎所有重大问题的争辩中，你都会看到这种智慧。如果只追求自己利益最大化，结果就是个人很快被自己打败。

那么，价值观、知识结构、积累量的不足如何补齐呢？文学阅读是一个最简单、最直接、最少成本的方法。这里，我想说一个小体会，就是如何把嫉妒变为钦佩，把责怪变为宽容。

我们在读水浒、隋唐、三国时，无论是武松打虎、秦琼卖马还是刘关张古城相会，都会产生对英雄的敬仰之情，但一旦我们身边的朋友或同学功成名就，我们的钦佩与赞赏就会大打折扣。其实，战乱年代有英雄，和平年代也有英雄辈出，而且就在我们身边。像微软的比尔·盖茨、脸书的扎克伯格、雅虎的杨致远都是创造我们这个时代的英雄。伦敦奥运会开幕式第六章的标题是“感谢蒂姆”，蒂姆就是那个改变了我们生活的万维网的创造者伯纳尔斯·李，而这些人开始时都是我们身边的普通人。

美国文学中的人物也是如此，那些创造了美国文学的主角，更是那个时代的精英和伟大英雄。像托马斯·杰斐逊、帕特里克·亨利，他们为争取人类自由的权利绝不妥协，“不自由，毋宁死”；像年轻的麦迪逊，为了起草美国宪法，几乎收集、阅读了那个时代所有的相关书籍；美国内战的独臂英雄鲍威尔，不但勇闯科罗拉多大峡谷，还写出了美轮美奂的《世界上最壮观的景象》；华盛顿更是在福吉谷的寒冬里，以一己之力，用人格的力量撑起了美国的独立战争，《对大陆会议的辞职讲话》甚至在5分钟里让英雄变为神话。这些人就像我们身边的人一样，开始时也是相当普通的人，但他们总是能敏锐地观察这个世界，他们的大脑总是在不停地运转，他们的思想很多时候都超出了我们的理解力，即使不被世人理解，他们也不放弃自己的梦想。比如，麦尔维尔求新求变，写出了举世罕见的《白鲸》，但却在默默无闻中死去；爱伦·坡40年的人生穷困潦倒，在活着时不被社会认可，但竟成为恐怖和推理小说的鼻祖，《乌鸦》至今还闪烁着引领美国文化的光芒。所以，现在，每当我看到、听到身边人有所成就时，首先想到的，就是他们是我们时代的英雄，首先产生的，就是对英雄的敬佩之情。每当听到有人说出不一样的观点，我首先想到的就是对他的赞许和支持。英雄是少数，所以，我们要特别学会对少数人的宽容。被誉为美国孔子的爱默生在《伟人的作用》里说过一句话：相信伟人是天经地义的事情。如果我们儿时的朋友竟然成了英雄，那也不会使我们惊奇。

英雄所以受到人们的尊敬，绝不仅仅因为他们创造了伟大的成就，更在于他们伟大的人格或者叫人文情怀，公正、牺牲、坚韧、努力、热情、责任、勇气、信念、内省……幸运的是，你在美国文学中看到的都是这样的人。有个网友说过一段话，“我年纪越大，就越觉得那些心理阴暗，一肚子心计，满脑子阴谋的人，是因为智力不够。这和我小时候的认识是大致相反的。尽管存在个体差异，但总的来说，足够聪明的、进化得更好的人群，通常会倾向于选择公平、正义，更容易具有坦诚、善良的品质”。语文课、文学课，之所以能培养一个人自由、个性的心理品质，之所以能培养一个人独立、创造的人格特征，道理大概就在于那些英雄人物在潜移默化中感染了我们吧。

好了，如果我们认可了这些美国文学的英雄，那么，他们到底创造了一个什么样的国家，一个什么样的民族，一个什么样的人类文明呢？这也是美国文学课程的价值所在，也是我们全书要讲述的一个主题。但有一个美国人，只用一篇演讲就道出了全部的秘密。他就是美国前总统里根，30 多年前的 1985 年，他在复旦大学的演讲中说，“我想介绍一下美国，并分享一些我个人的价值观”。

他说，“America is really many Americas（美国其实是由许许多多的美国组成的），所有的移民带来了他们各自不同的音乐、文化、习俗和理念。神奇的是，他们不需要舍弃他们的这些传统来入乡随俗。事实上，他们带到美国来的，就成了美国的一部分。这种多元化丰富了我们，也塑造了我们”。尊重他人的文化，是文明的重要标志，这一点，我们可以在《一个美国农民的来信》中有更直接的了解。

他还说，“我们是一个习惯于激烈争辩的国家（We are often a highly disputatious nation），我们喜欢争论，但我们始终凝聚在一个社会里”。这一点，我们从《富兰克林在立宪大会上的讲话》可以真切地感受到。包括《权利法案》在内的所有公共政策，几乎想不出什么不是争论得来的，同样神奇的是，越争论，国家凝聚得越紧密。

他还说，“我们是乐观的民族。我们继承了幅员辽阔的国土，有一望无际的崇山峻岭、沃野良田和无边草原，使我们能用积极的眼光去看待一切事物，让我们充满希望”。这一点，在《最后的莫西干人》、《穿越大裂谷》和美国的西部牛仔电影中更是一览无余。

他还说，“宗教和信仰对我们非常重要，基督告诉我们要像爱自己那样爱邻居，己所不欲，勿施于人。这就是为什么当我们听到人们不能尽施才华或不能生活在和平的环境里时，我们会为他们难过”。这一点，大家可以在《普利茅斯农场》和美国早期清教文学中去领会。

他还说，“我们设计了一个经济体制，它褒奖个人的努力，给予人们对未来的希望。其实，在很多领域，个人主义、思想独立、自强自助都是美国文化的核心”。这一点，你可以在爱默生的《自然》、《自立》和《美国学者》里感悟到。

说了这么多，其实只有一个目的。我们今天读书上学，但我们最终要长大成人，长大不仅是身体的长高，学位的获得，最重要的是思想的自立，心灵的成熟。无论我们将来在国内还是在国外，我们总需要独立地面对生活，我们最需要学会的，就是自己把握自己的未来，自己为自己的行为担责。如果说有什么能帮助你的话，美国文学可以算一个，因为你总可以从那里的英雄中汲取力量，从那里的伟人中寻找思想的光芒。

是不是这样呢？还是读读爱默生的几段名言吧：

追求伟人是青年的梦想，是成年最严肃的事业。如果有什么磁铁能指出那些内在富有、强大的人所在的地区和住址，我会倾家荡产把它买来，而且今天就上路。

多与思想活跃的人交谈，你很快就会养成从同一个角度观察事物的习惯。我同意中国孟子的话："圣人，百世之师也。故闻伯夷之风者，顽夫廉，懦夫有立志。"

我们喜爱结交英雄人物，因为我们的接受能力是无限的；同伟大人物在一起，我们的思想和作风也容易变伟大。

全世界不算什么，每个人才是所有；在你的身体里，蕴藏着自然所有的法则，所有的理性都在那里沉睡，它们需要你去了解，需要你去挑战。

对，就是这句话，"The world is nothing，the man is all"。全世界不算什么，你自己才是所有。少年是敬仰英雄的年代，更是英雄长成的年代，你需要的，就是挑战自己、坚持自己、充实自己、解放自己。

最后，说一句实用的话。伟大人物、思想活跃的人、个人主义，这些，你在美国文学里都能找得到。有意思的是，当你认可了这些，你的思维、行为就与美国的文化、美国大学的文化相互融合，就会与招生官的思想和表达习惯合拍共振，那些素未谋面的招生官就成了你的熟人。当你知彼知己之时，美国文学就犹如你的"钢铁侠"，无论是一篇作文还是一次面试，只要你一出手，就会打败招生官。

最后祝愿大家，用今天的梦想，打造梦想的明天。

2017 年 5 月于沈阳

目　录

第四部分　现实之声：伟大在于敢揭自己的疤
——美国内战时期的现实主义文学（1850—1900年）

第一部分

宗教之光：美洲来了清教徒

——美国早期和殖民地时期的清教文学（—1750 年）

Unit 1

《哥伦布　第一次美洲航海日志》——历史原由英雄创

《印第安　龟背上的土地》——神话不是哄小孩

女王：人们都说西面的大洋是不可逾越的。

哥伦布：那他们以前是怎么说格拉纳达的？

美洲第一眼：哥伦布拉开美国和美国文学的大幕！

我从未到过荒原（I never saw a moor），
也从未见过海洋（I never saw a sea），
但我知道灌木丛的模样（Yet know I how the heather looks），
也知道狂风掀起的巨浪（And what a billow be）。

我从未与上帝交谈（I never spoke with God），
也从未拜访过天堂（Nor visited in heaven），
但我知道那个地方（Yet certain am I of the spot），
就像曾经去过一样（As if the checks were given）。

——美国女诗人艾米莉·迪金森（Emily Dickinson）

2014年11月，曾执导《黑暗骑士》、《盗梦空间》的大导演克里斯托弗·诺兰的新片《星际穿越》正式全球上映，英雄库珀穿越虫洞勇敢地开始了一次前途未卜的星际航行。如果将时光倒流500年，另一个克里斯托弗已经演绎了一段真实版的“星际”航行，那就是伟大的探险家克里斯托弗·哥伦布的“新大陆”发现之旅。那么，哥伦布为什么要去，他是怎么去的，遇到了什么样的“虫洞”，又给我们这个世界带来了什么呢？不要急，他的第一次美洲航海日志就给出了答案……

没有英雄的时代注定不是伟大的时代，不钦佩英雄的民族注定是一个平庸没落的民族。

2015年4月5日，西甲第29轮皇马以9∶1大胜格拉纳达，C.罗独中四元。不过，别看格拉纳达队名气不大，但格拉纳达这座城市却鼎鼎大名。特别是1492年发生的一场伟大战争，不但改变了世界版图，改变了人类的文明进程，更让美国这个新国家横空出世，也改变了一个人的命运，他就是来自意大利热那亚41岁的船员克里斯托弗·哥伦布(Christopher Columbus，1451—1506年)，我们美国文学英雄谱中的第一位英雄就此闪亮登场。

格拉纳达是来自北非的穆斯林摩尔人在西班牙建立的最后一个伊斯兰王朝的首都，典型的东方风情加上“石榴之城”的美誉，让它成为公认的“人间天堂”。1492年

1 月 2 日，格拉纳达城被阿拉贡国王费尔南多二世和卡斯蒂利亚女王伊莎贝拉一世联姻又联国组成的西班牙王国一举攻陷，摩尔人在西班牙近 800 年的统治宣告结束，但伊斯兰文明却给这座城市留下了一座美轮美奂的阿尔罕布拉宫。伊莎贝拉和费尔南多被称为“天主教双王”，自然把这场战争看做是天主教的胜利，还要乘胜把基督的福音传遍世界。这时，哥伦布求见女王伊莎贝拉，自称是基督的捎信人，向女王兜售他向西横跨大西洋，“更快、更安全、更经济”地直达东方的大胆计划。

在那个人们只知道地球是圆的，但连地球有多大都不确切知道的时代，这个想法近乎疯狂。女王说：“人们都说西面的大洋是不可逾越的。” 哥伦布说：“那他们以前是怎么说格拉纳达的？” 女王自言自语道：“说它是不可征服的……” 所以，你看，英雄不只是有勇气，还要有智慧。正如美国最著名的女诗人艾米莉・迪金森在诗中所说，我从未去过天堂，但我知道那个地方。

不过，哥伦布和伊莎贝拉女王想要去东方的中国和印度，可不完全是为了基督的福音。他们想要的，还有传说中的遍地黄金、丝绸、瓷器和那个时代欧洲人的“奢侈品”——胡椒、姜、桂皮、豆蔻、丁香等香料。那么，哥伦布为什么不跟随他的先辈马可・波罗的足迹走丝绸之路呢？这，我们还要说起 1453 年发生在地中海另一端的另一场伟大战争。

土耳其的伊斯坦布尔跨越欧亚两个大陆，扼守欧亚的通道。伊斯坦布尔最早于公元前660年由希腊人所建，那时叫拜占庭。公元330年罗马帝国君士坦丁大帝迁都拜占庭，改名君士坦丁堡，395 年东西罗马分裂，君士坦丁堡成为东罗马帝国即拜占庭帝国的首都。1453 年，这座辉煌千年的名城被奥斯曼帝国穆罕默德二世攻陷，这一次，可以说是伊斯兰完胜基督世界，但基督文明也给这座城市留下了一座无与伦比的索菲亚大教堂。这场战争惨烈至极，大家可以看一部电影《征服 1453》，标准的土耳其版主旋律片，穆罕默德二世被奉为土耳其的民族英雄。随着君士坦丁堡被征服，葡萄牙、西班牙紧俏“奢侈品”的贸易通道也被阻断，探索海上丝绸之路迫在眉睫，大航海时代从此开启。

像热那亚的很多男孩一样，哥伦布几乎在地中海的大海中长大。他到过希腊，也曾远到英格兰和冰岛，锻炼了忍受饥饿与干渴，以及对付败血症与抵御睡眠诱惑的能力。1476 年，25 岁的哥伦布随着商船第一次进入大西洋就遭遇法国海盗，几乎丢掉性命，他靠游泳爬上了葡萄牙海岸。从大西洋传说和水手们在亚速尔群岛登陆的日志，哥伦布喜欢上了向西的冒险航行。一旦有了兴趣，就有了坚持。为了航海梦，他放弃生意做水手，做过船长的学徒、跟班和厨工，足迹遍布地中海港口。哥伦布没受过多少教育，成年时才开始阅读写作，但他想办法弄到了很多书和航海图，他接受了马可·波罗的记述，但马可·波罗错误地认为日本在中国以东 2400 公里，他也认可了托勒密的观点，但托勒密过小地估计了地球的周长，过大地估计了欧亚大陆的面积。不过，哥伦布也并不完全依赖权威，他用水手的四分仪测量了一个经度对应地面的实际距离，再乘以 360 度得出地球的周长约 2 万英里，这个数值比实际至少要少 5000 英里。用估算过小的周长减去估算过大的欧亚大陆距离，哥伦布确信日本在葡萄牙以西 4800 公里，那时的船是可以到达的。

所以你看，兴趣、天赋、学习力是一个人成长中最宝贵的东西，是最基本的人格要素。不怕你不会什么，就怕你不喜欢什么。学习力不是学习，更不是上学。美国名校之所以让你提供那么多的申请资料，就是想从中发现你到底是一个什么样的人。天赋和兴趣每个人都有，但我们流水线式非个性化的教育泯灭了很多孩子的天赋、兴趣和学习力，分数论英雄让他们在十几岁时就成为失败者，有的小学生因为成绩靠后自己就把自己归为“学渣”，还有的因为高考没考好而自杀，真让人揪心至极。

有了天赋、兴趣和学习力，还要有行动力。哥伦布接下来要做的就是寻求支持者了。在那个年代，远洋航行异常昂贵，异常危险，不亚于今天发射航天飞船。1484 年，哥伦布向葡萄牙国王约翰二世求助，但遭到拒绝。葡萄牙在此前很早就开始了海外扩张，但他们是顺着海岸线向南走。葡萄牙亨利王子 1419 年就建立了一个航海学校，1488 年，他的一个船长迪亚士到达非洲南端的一个海岬，意外发现绕行至东方的航线，非洲的好望角（Cape of good hope）从此为世人所知。1497 年，达伽马驶过好望角，终于到达印度。所以，葡萄牙人对哥伦布向西的冒险计划不感冒自然也在情理之中。

1485 年，哥伦布带着不满 6 岁的儿子来到西班牙，他的妻子在生下孩子不久就去世了。哥伦布用了七年时间试图得到伊莎贝拉女王的赞助，但女王正忙于和格拉纳达的穆斯林开战，哥伦布只得等待。在几乎绝望的关头，他最后的一次请求终于获得成功。1492 年 4 月 17 日，哥伦布与女王签订协议，并被授予海洋舰队司令（Admiral of the Ocean Sea）和发现地总督之职，还将获取探险收益的 10%。1492 年 8 月 3 日，哥伦布安置好儿子，率领尼娜、平塔、玛利亚（Nina、Pinta、Santa Maria）三艘帆船从安达卢西亚的帕洛斯港（Palos）起航，拉开了美国故事的序幕！

美洲第一眼：美国国会大厦的哥伦布门，
展现哥伦布带领尼娜、平塔、玛利亚号三艘船只到达美洲

如果你到过华盛顿，一定不会错过国会大厦。如果你来到国会大厦，那一定不要错过里面的一扇门，就是哥伦布浮雕门。上面的九幅浮雕画记录了哥伦布的美洲探险之旅。包括向王室展示航海图、签订航海资助协议，把儿子托付给神父监管等，顶部半圆形的画面就是新大陆的第一个登陆点圣萨尔瓦多（San Salvador），就是现在的巴哈马群岛，他以为是日本，那是 1492 年 10 月 12 日的凌晨 2 点。此前 5 天，他们看到了遮天盖地的一大群鸟，于是改变航向，逐鸟而行。

如果你想目睹一下这次航行的壮举，可以看一部电影《1492 征服天堂》（Conquest of Paradise），在希腊电子作曲家范吉利斯天才般创作的背景音乐中看看哥伦布和他的船员们纵身从船上跳下，踏着海浪，冲向未知世界，与“外星人”不期而遇的壮观一幕。

有点紧张了吧，先 Break 一下，听听英国摇滚巨星洛·史都华（Rod Stewart）用他略显沙哑的声音演唱的一首经典金曲，也是这部电影的后续插曲《远航》（Sailing），歌曲展现了英雄们在大海上漂泊大半年，九死一生就要回到家乡之时的心情。四段歌词，分别表达出了渴望和向往、兴奋和激动、悲伤和绝望、信念和希望的复杂情感。

I am sailing，I am sailing，
Home again，'cross the sea.
I am sailing，stormy waters，
to be near you，to be free.

我正在远航，正在远航；穿越大海，就要回到故乡；我正在远航，雨暴风狂；就要靠近你，自由地在你身旁。

I am flying，I am flying，
Like a bird 'cross the sky.
I am flying，passing high clouds，
to be with you，to be free.

我正在飞翔，正在飞翔；就像鸟儿，在天空徜徉；我正在飞翔，高入云端之上；就要和你在一起，自由地在你身旁。

Can you hear me，can you hear me，
Thro' the dark night，far away，
I am dying，forever crying，
to be with you，who can say.

你能否听见我的心声，能否听到我的吟唱；穿过漫漫暗夜，茫茫远方；我就要死去，只有永远的哭泣心伤；就要和你在一起，谁能为我诉衷肠。

We are sailing，we are sailing，
Home again，'cross the sea.
We are sailing stormy waters，
to be near you，to be free.

我们正在远航，正在远航；穿越大海，就要回到家乡；我们正在远航，雨暴风狂；就要靠近你，自由地在你身旁。

意大利热那亚 (Genoa) 人哥伦布和
巴塞罗那的哥伦布纪念碑

好了，画也瞧了，电影也看了，歌也唱了，现在该看看哥伦布本人是怎么记述这段旅程的吧。看看这位没有上过什么学的人是怎么把日志记成了文学经典，甚至成为我们练习写作的典范。

在圣萨尔瓦多岛登陆后，哥伦布最先见到的是友好的南美阿瓦客人（Arawak）。几天后他们驶往古巴，他们以为到了中国，在那里试图寻找黄金。12月的时候，他们继续航行到伊斯帕尼奥拉岛（Hispaniola），就是现在的海地，玛利亚号搁浅损坏了，哥伦布和他的人就上了岸。那里的印第安人看起来也很友好，有39个人留了下来，哥伦布乘尼娜号返回西班牙。1493年3月，哥伦布在里斯本登陆，葡萄牙国王约翰二世召见了他。然后，他途经帕洛斯港到达巴塞罗那，伊莎贝拉女王和她的丈夫热情欢迎他的归来。哥伦布声称到了亚洲的海岸，他也带回来一些人工制品、印第安人和黄金，这就是哥伦布四次美洲之行的第一次。你现在去巴塞罗那，虽然看不到哥伦布，但你会在兰布拉大街的旧港看到50米高的哥伦布纪念塔，哥伦布一只手指向美洲大陆的方向，另一只手拿的是什么呢？想不到吧，是一本书。

1492年10月12日，哥伦布的壮举不仅延伸了欧洲历史，也成就了美洲历史。巴西、巴哈马、厄瓜多尔、美国等十几个国家都把这一天定为美洲发现日——哥伦布日，西班牙更是把这一天定为国庆日。1992年是哥伦布发现美洲500周年，很多国家都举行了纪念活动，巴哈马还专门发行了纪念钞。正面图案是哥伦布肖像，右上角是指南针。背面图案是巴哈马群岛上的三种珍稀动物巴哈马岩石鬣蜥(Bahamian rock iguana)、古巴亚马逊鹦鹉(Cuban Parrot)和美洲火烈鸟（American Flamingo），还有哥伦布船队的三艘帆船，以及标有第一个登陆地点圣萨尔瓦多岛的地图和巴哈马国徽。

哥伦布在日志中写了这些动物的名字吗？

这里，我们选取哥伦布在圣萨尔瓦多岛登陆后第九天的日志，看看哥伦布见没见到这些动物，还见到了什么欧洲从没见到过的植物，以及其他的什么天外之物……

JOURNAL OF THE FIRST VOYAGE OF COLUMBUS

This account begins nine days after Columbus landed on San Salvador.

Sunday，21st of October

At ten o'clock I arrived here，off this islet，and anchored，as well as the caravels. After having dispatched a meal，I went ashore，and found only one house，in which there was no one，and I supposed they had fled from fear，because all their property was left in the house. I would not allow anything to be touched，but set out with the captains and people to explore the island.

克里斯托弗·哥伦布第一次美洲航海日志：

这篇日志开始于哥伦布在圣萨尔瓦多岛登陆后的第九天。

1492年，10月21日，星期日。

10点钟，我们到达了这个岛的一个海角，其他船只也抛锚停下了。简单吃了点饭，我上了岸，只发现一栋空无一人的房子，我们相信房子的主人由于我们的到来深感恐惧，弃家而逃，因为房子里面的东西还都留在那里。我让大家不动房子里的任何东西，然后带着我的船长和船员们去查看一下这个岛屿。

If the others already seen are very beautiful，green，and fertile，this is much more so，with large trees and very green. Here there are large lagoons with wonderful vegetation on their banks. Throughout the island all is green，and the herbage like April in Andalusia.

The songs of the birds were so pleasant that it seemed as if a man could never wish to leave the place. The flocks of parrots concealed the sun; and the birds were so numerous，and of so many different kinds，that it was wonderful. There are trees of a thousand sorts，and all have their several fruits; and I feel the most unhappy man in the world not to know them，for I am well assured that they are all valuable. I bring home specimens of them, and also of the land.

我们先前看到的岛屿非常漂亮，草木葱葱，土地肥沃，这座岛屿更是如此，树木高大茂盛，还有很多大的湖泊，周围草木茂密，整个岛屿一片绿色，就像四月的安塔卢西亚一样青翠欲滴。

鸟儿歌声如此动听，让人永远也不愿离开，成群的鹦鹉遮天蔽日，鸟儿多的数也数不过来，有太多我们没有看过的鸟类，漂亮极了。树的种类有上千种，长满各类果实。我不认识这些树，我觉得自己是世界上最郁闷的人了，因为我相信它们都很珍贵。我准备把这些树和植物的标本带回家去，也包括一些土壤在内。

Thus walking along round one of the lakes I saw a serpent, which we killed, and I bring home the skin for your Highnesses. As soon as it saw us it went into the lagoon, and we followed, as the water was not very deep, until we killed it with lances. It is 7 spans long, and I believe that there are many like it in these lagoons. Here I came upon some aloes, and I have determined to take ten quintals on board tomorrow, for they tell me that they are worth a good deal.

在我顺着一个湖边走的时候，我看见了一条蛇，我们杀死了它，我会把蛇皮带给陛下。这条蛇一看见我们，就逃到了湖里，我们一直跟着它，因为水不深，我们用长矛把它杀死了。蛇有七指长，我相信这一带还有很多这样的蛇。我在这儿还发现了芦荟，并决定明天带 10 金塔尔上船，因为他们告诉我这些东西很值钱。

Also, while in search of good water, we came to a village about half a league from our anchorage. The people, as soon as they heard us, all fled and left their houses, hiding their property in the wood. I would not allow a thing to be touched, even the value of a pin. Presently some men among them came to us, and one came quite close.

I gave him some bells and glass beads, which made him very content and happy. That our friendship might be further increased, I resolved to ask him for something; I requested him to get some water. After I had gone on board, the natives came to the beach with calabashes full of water，and they delighted much in giving it to us.

为了寻找好的水源，我们来到离抛锚地半里格的一个小村庄。这里的人一看见我们，全都四散而逃，把财物藏在树林里。我不让我的人动他们一点东西，哪怕是一根针。很快我们就看到几个当地人向我们走过来，其中一个离我们非常近。

我们给了他一些铃铛和玻璃珠，这让他很满足、很高兴，我们之间的友谊看来也加深了。我就想向他要一些东西，作为交换，我提出要一些水。在我回到船上之后，那些当地人已经带着装满水的葫芦来到了岸边，因为能把东西给我们，他们因此而很兴奋。

I ordered another string of glass beads to be presented to them，and they said they would come again tomorrow. I wished to fill up all the ships with water at this place，and，if there should be time，I intended to search the island until I had speech with the king，and seen whether he had the gold of which I had heard. I shall then shape a course for another much larger island，which I believe to be Cipango，judging from the signs made by the Indians I bring with me. They call it Cuba，and they say that there are ships and many skillful sailors there. Beyond this island there is another called Bosio，which they also say is very large，and others we shall see as we pass，lying between. According as I obtain tidings of gold or spices I shall settle what should be done.

I am still resolved to go to the mainland and the city of Guisay，and to deliver the letters of your Highnesses to the Gran Can，requesting a reply and returning with it.

我下令再给他们一些玻璃珠，他们答应第二天再来。我希望能在这个地方将船上的水桶装满水，如果有时间，我打算查看一下这个岛屿，最好能见到这里的国王，因为我听说他拥有很多黄金，所以想看这是不是真的。然后我打算向另外一个很大的岛屿进发，按照船上印第安人提供的信息，我相信这个岛就是西潘哥岛。那些印第安人称这个岛为古巴，说那里有很多大船和有经验的水手。除此之外，还有一个叫波西亚的岛屿，他们说这个岛也很大。对于在我们航线上的其他岛屿，我也会在经过的时候进行探查，并且根据是否发现了大量的黄金或香料来决定我的行动。

我决心继续向大陆航行，访问那个城市，把陛下的信呈给大汗，并且带着他的答复回来。

在这篇日志的最后，哥伦布说要根据是否发现了黄金或香料来决定下一步的行动。你能想一想，哥伦布为什么要强调黄金、香料、值钱这些事情吗？

要深入回答这些问题，大家可以去读一下美国作家查尔斯·曼恩 2016 年出版的巨著《1493：物种大交换开创的世界史》。查尔斯·曼恩从“哥伦布大交换”的角度全新解读 1492 年哥伦布登上美洲大陆的事件，把它看做是当下世界全球化源头，是恐龙灭绝后最重要的事件。此前，东、西两个半球对于彼此的存在几乎一无所知，哥伦布不但拉开了欧洲占领美洲的大幕，而且开启了商品与服务，甚至物种与环境的大交换，全球化从此让世界具有了同质性，影响波及今天任何有人居住的地方。但从文学的角度，今天我们更应关心一下哥伦布的写作特点。被称为美国文学之父的大作家华盛顿·欧文对哥伦布的写作赞不绝口。他说，阅读哥伦布的任何文章，我们不难发现它像诗一样的美。他对自己发现的荒野之美进行了淋漓尽致的描写，热情赞美那里的天气温和宜人，清新的空气充满芳香，清脆的树林里缀满了甘甜的露水，高山秀美壮丽，水晶一般透明的溪水一路欢歌奔下山去。这一切在他周围简直就是一幅美丽辉煌的金色画卷，一草一木都展示着自己独特的绚丽色彩。

纽约大学的一位美国文学教授说，哥伦布那个时代的水手不仅要记录航海日志，还要向雇主汇报航海成果，他们几乎都是作家。从哥伦布对岛上环境的描写，我们可以体会到这篇日志的一个写作特点，就是细节的运用。我们的同学在写作上，包括美国大学申请作文的写作上，普遍存在的一个突出问题就是没有画面感，空洞无物，可读性差，更谈不上想象力、吸引力了。比如，有个孩子在大学申请作文中写道：“我学习并热爱古典芭蕾舞，人们认为它动作僵化，我却感受到了它诗一样的韵律和节奏”，这么写看起来没什么错，但这样的话你说是谁写的都行，显不出你的个性，区别度极差，怎么能让人记住你呢？如果你能说出是从几岁就开始学的，在哪里和谁学的，动作僵化在哪里，什么样的韵律和节奏，是动作还是音乐让你感受到了像诗一样？这样写作文就实了。

我们从上学起，就习惯了那种高大上的笼统语言，而且还自然而然地把它们写进作文，甚至美国大学的申请作文。比如，“对于自己祖国的文化遗产，我学到了比课堂上更多的知识”；“在那次旅行期间，我学会了和他人一起工作，最大限度地发挥我的才能”；“通过比赛，我学会了树立目标，全力以赴，与他人合作”；“当我第一个跨过终点线，接受同伴祝贺的时候，我认识到所有的艰苦努力都是值得的。”这样的语言在写作上都属于“陈词滥调”（Cliches），毫无用处。出现这样的问题，主要原因就是不会运用细节。

那么，什么叫细节运用得好呢？其实你随便多看一些 Essay 高手写的东西就行了。前美联储主席格林斯潘写了一本书《动荡的世界》，他认为 2008 年美国发生金融危机的根源在于人高度同质化的动物精神本性，比如恐惧与狂热、从众行为、依赖倾向等。这位毕业于纽约大学和哥伦比亚大学的经济学大师，上大学时就潜心研究计量经济模型，在这本书中还提出了全新的预测理论框架。但就是这么专业、这么难懂的内容，格林斯潘在第一章“动物精神：我们的本性是什么”中的第一段就通过细节运用，讲述个人故事的方式开始了这本书的写作，在强烈的画面感中，给出他的思考和感悟。如果把这一段写在申请作文的 Essay 中，招生官看到这么愿意观察生活、善于思考、想象力奇特的学生，一定会在众多申请者中一眼挑中。

> 我小时候过着很宅的生活，极少到纽约城之外的地方旅行。直到一二十岁的时候，我才初次接触到外面的世界。看到形形色色的人的行为是那么相似，我感到非常吃惊。人们拥有不同的文化背景，使用不同的语言，但其相互关系和行为特征却与一个在纽约的都市森林中长大的男孩极度接近。后来我开始远途旅行，发现挪威的商人、南非的部落首领和中国的音乐家们对于每天发生的事件都有着非常相似的情绪反应，这类现象实在令人着迷。例如，人们都用大笑来表达愉悦之情，也用类似的反应传递恐惧或狂热情绪。多年过去，我看到一代又一代的青少年表现出相似的不安全感和幼稚感，当然也不乏壮志雄心。在我看来，英国作家简·奥斯汀写于 19 世纪早期的小说

描绘了对今天的每个人来说都非常熟悉的社会交往的游戏场。我们人类看起来的确是个高度同质化的群体。

那么，我们的学生为什么写不出这样细节丰富、故事性强、有深度思考的东西呢？特别是为什么不会运用细节呢？这与我们从小就学的语文课有关。作家叶开以巴金《鸟的天堂》为例，对小学教材的删节、改编提出过批评，其中之一就是“用抽象无趣的描述性名词来替换原作具体生动的细节描写”。巴金 1933 年路过广东新会天马河时，见到了一棵500年的大榕树，那个地方应该和哥伦布见到的小岛的环境差不多，巴金就此写出了这篇散文。但我们孩子看到的，已经很难说是巴金写的了。比如，“现在正是枝叶繁茂的时节，树上已经结了小小的果子，而且有许多落下来了”，这段被改成了“榕树正在茂盛的时期”；“有着数不清的枝丫”被改成了“树干的数目不可计数”。这样一来，对于小学生来说，他就不知道真正的文章应该写成什么样了，这样的课文，基本上可以说已经毫无营养，甚至是有害了。

知道了细节是怎么没的，我们还要看看细节是怎么来的，契科夫的小说《凡卡》为我们打了一个最好的样儿。他说：名词是写作的骨架，动词是肌肉，形容词和副词是臃肿的肥膘。而我们最习惯、最引以为豪的就是使用华丽的形容词和副词，想想是不是这样？看看《凡卡》的开头，我把重要的细节描写加了下划线，其实，你全部加上下划线都是可以的。

> 九岁的凡卡·茹科夫，三个月前给送到鞋匠阿里亚希涅那儿做学徒。圣诞节前夜，他没躺下睡觉。他等老板、老板娘和几个伙计到教堂做礼拜去了，就从老板的立柜里拿出一小瓶墨水，一支笔尖生了锈的钢笔，摩平一张揉皱了的白纸，写起信来。

这样说来，如果教材靠不住了，就得靠自己了。读书是最好的办法，如果能原汁原味读原版就更好了，因为但凡经典，作者都是写作的高手，能与高手直接过招，还用什么中介呢？

还有一个办法，就是写，不断地写，把生活中的感受及时写下来。记住，如果你坚持写自己的日志，那日志就会成为你日后写作的素材储备库。我女儿大三实习期间，随奔驰汽车戴姆勒公司亚太总部员工一起到印尼去做活动，帮当地人砌墙盖房子。回来的第二天，她就把自己的感受一气呵成写了出来，甚至有哥伦布遇到印第安人的味道。标题是“贫民区的两天一夜”。我觉得很不错，尤其是细节描写，下面选取其中一部分：

船上飘忽了一个小时，吉普车上又颠簸了一个半小时，当我们终于到达目的地的时候，出发时的小兴奋已经被旅途的疲惫所取代。印尼巴淡岛比新加坡晚一个小时的时差，空气中还能嗅到清晨的味道……这里看不到农田，也看不到拿着铁犁的壮男子，妇女偏多，又都是手里抱着婴儿，周围围着几个五六岁大的孩子，着实想不通他们的经济来源是什么，每天怎样过活。

车子慢吞吞地驶过，偶尔见到一两个食杂店，还有一个修车的店面。说是店面，不过是用木板搭了个简易的棚，背后是一片灌树丛，里面连个板凳也没有，两个男子赤脚坐在地上抽着烟，神态却也自在平和。最让我惊讶的还是晾在住家门口的布料，图案有老虎，有碎花，精致极了，让我突然想起伊朗特别出名的手织地毯，不由得感叹无论在哪里，生活环境如何，文化的遗珠不分贵贱，是最值得传承的。

终于到了做工地点，项目负责人向我们介绍了这栋房子要入住的居民，祖孙三代，最小的婴儿还不到一岁，听说丈夫5个月前得了中风去世了，家里便只剩下了这些妇女。大家听完一片沉默，世上不幸的人太多太多，每次听到这样的事情我都觉得心里特别难受，所以只能懦弱地选择从记忆里快点抹去，可在孩子妈妈脸上我看不到愁容或是抱怨，只有读不懂的平静和自然。她看见我们也没有任何的激动和附加的表情，怡然自顾地从桶里舀了一瓢水，倒在旁边稍大一点孩子的脚上，蹭一蹭，算是给她洗脚了，然后，妈妈才有空过来和我们打招呼。

我们临走的时候和他们家人握手告别。那个奶奶抓住我的手，突然把头也埋了进去，身体抖动开始啜泣，把我也吓了一跳。后来她和每个人握手的时候都是一样的动作和表情，握过之后回到一旁，表情又瞬间恢复成一贯的平和与空洞，让我不解这到底是文化差异中一种感激的表达呢，还是他们也真的有所触动？我不知道，我只能说自己完全无法了解他们的生活，他们的内心。好像是来自两个世界的人，或是因为文化，或是因为环境，彼此虽然紧密地握过手，却终究走在两条平行线上。

当然，我们阅读哥伦布的日志，更重要的还是感受哥伦布坚韧勇敢、善于学习、信念坚定等人格品质。虽然他的计划多年间屡次遭到葡萄牙和西班牙君主的拒绝，但他的信念却始终如火，与日俱增。华盛顿·欧文在谈到哥伦布的性格时，除了赞扬他志向高远，想象力活跃，对上帝的虔诚真切强烈之外，他还说道：他宽宏大量的品质照亮了他那充满暴风雨的事业大道，尽管他的人格尊严不止一次遭到侮辱，他的权威不止一次受到挑战，他的计划不止一次遇到挫折，他本人不止一次面临危险。有时候他心急如焚，身体上遭受巨大痛苦，就连最有忍耐力的人也会被激怒，但他还是抑制住自己愤怒的感情，强迫自己忍受下去，极力思考，甚至向别人恳求。他从没有报复心理，时刻准备原谅别人和忘记别人的过错，从不指望别人对自己表示忏悔或做出弥补。他因为具备控制他人的能力而被人称颂，但人们更因为他具备极强的自我控制能力而对他赞扬有加。

在工作应聘，特别是美国大学申请时，人格要素尤为重要。迪金森学院说，在申请过程中，最令我们兴奋的就是了解你，我们想知道你是谁，你有什么样的成就，有什么样的渴望。大学喜欢具有不凡人格和个性特点的人。

人格是什么呢？好像没有什么标准答案，下面是美国大学所关注的一些人格要素，有些很平常，但与我们的理解可能还有很不一样的地方。还有一点，我们总不知道申请作文应该写什么，其实，你把下面的任何一个，写出你的经历和感受，写出你是怎么做的就可以了。

关心他人（Concern for others）：不单是愿意付出自己的时间做一些社会服务工作，还有体谅、照顾、同情他人的感情等精神层面的事情；

自信 (Confidence)：处理复杂、困难局面的能力；

坚持 (Diligence/Persistence)：对一项任务，一件事情不做完不罢休的性格品质；

热情 (Enthusiasm)：在活动中表现出来的热心与渴望；

自我认知 (Insight)：通过自省来认知自己的领悟能力；

学术潜力 (Intellectual Curiousity)：适应大学学习的能力；

首创精神 (Initiative)：开始一项新工作或承担责任的能力；

求知欲 (Intellectual Curiosity)：对学术课程、思路、人、趋势等的好奇心；

领导力 (Leadership)：鼓舞其他人共同合作达到双方目标的能力；

成熟 (Maturity)：责任感强，值得信任；

开明 (Open Mindedness)：处理与你不同的思路、不同的人、不同的情形的态度；

乐观 (Optimism)：在看起来是负面的情形中发现积极的方面；

组织能力 (Organization)：这个还真说不好，相信大家都能理解；

抗争逆境 (Overcoming Adversity)：处理危急难题的能力，诸如离婚、死亡、疾病等；

承担风险 (Risk Taking)：对不确定的问题善于处理，以达到自己的目标；

幽默 (Sense of Humor)：轻松化解困难境况，善于让别人开心；

有一所大学，用更精练的一段话对上述要素做了概括：如果用一句话，就是申请者对任何事情都充满激情。他们进取主动、果敢坚定、热心公益、互助支持，他们喜欢合作多于竞争，学习刻苦但并不忘记娱乐休闲。如果用一个词，就是“好奇”，他们对这个世界的一切，小到一个村庄，大到整个寰宇都充满兴趣，对学习永不满足，时刻激情洋溢。

文学阅读的过程，就是人格素养和人文情怀培育的过程，就是人文教育实施的过程。美国的一项心理学研究显示，爱读文学小说的人更善解人意。因为文学小说中的人物有着更为复杂，需要读者思考才能理解的心理活动，更能锻炼培养读者的理解能力。在本书中，我们会把人格品质的解读贯穿其中。比如，通过《富兰克林自传》，领会节制、节俭、有度、勤勉、有序、诚恳、镇静等 13 条美德；通过《杀死一只知更鸟》

等作品，体会同情、包容、勇敢、尊重、荣誉、正义、公正、正直、清白、责任，以及偏见、浮华、歧视、罪孽、狭隘、无知、嫉妒、背叛等的含义，跟着那些伟大英雄的人物一起成长。

其实，国内大学招生也开始突破分数的唯一标准，突出人格品质了。中国人民大学 2016 年人文科学试验班自主招生简章明确要求古文阅读能力强，性格开朗乐观，有较强的情绪控制力。面试主要考核观察能力、理解能力、动手能力和口头表达能力。直白点说，教育的核心是人的培养，不单是知识的学习。大学是培养人的地方，不单是颁发文凭的机构。

但是，对这些人格品质，在向招生官或招聘单位推销你自己时，你不能在申请作文或面试时直接说出来。比如你不可以直接说，“我是一个关心他人的人”，那到底怎么表现出来呢？本书会通过细节、故事、展现三个要素，与大家分享如何使用生动的细节 (Vivid Details)，如何学会讲述个人的故事（Personal Story），如何理解展现而不是讲述 (Show) 的写作技巧，帮助大家写出真正展现出自己的好作文。

在哥伦布的第一次美洲航海中，他与美洲土著人的首次亲密接触最让人难忘。那么，哥伦布遇到的土著人到底是什么人？他们是很“土”的未开化民族吗？印第安人有文学吗？让我们难以相信的是，印第安人不仅是最早的美洲人，他们还创造了最早的农业文明，印第安文学也是美国文学的重要开端。

4 万年前，古印第安人追寻猎物来到美洲，玉米、大豆、南瓜、烟草、马铃薯、辣椒、西红柿这些人类赖以生存的东西，都来源于印第安人的发明。印第安人的玉米、马铃薯几百年前不仅拯救了最早来到美洲的白人，或许还会拯救未来的人类。2015 年 1 月，农业部宣布将马铃薯与稻米、小麦、玉米并列为我国的主粮。专家认为，在粮食危机时，只有马铃薯可以拯救人类。一个 3 两重的马铃薯可提供人体每日所需维生素 C 的 45%，难怪在说起牙买加百米飞人博尔特的成就时，博尔特

玉米在多次的人类大饥荒中救了千百万人的命，但它最早是由印第安人发明的。

的老爸认为，这绝对是马铃薯的功劳。

如果要问什么是今天美国的高科技，我觉得既不是航天飞机，也不是3D打印之类的所谓4.0版的工业革命，而是农业科技。孟山都、嘉吉这些掌握育种等顶级技术的农业公司，绝不亚于微软、脸书，无论你喜欢还是痛恨，技术就在那里。

不仅农业，土著人的宗教信仰至今仍然让我们汗颜，他们对天人合一的认识一点也不比我们的古人差。他们认为，自然是有生命的，无论动物、植物、石头、太阳、月亮，都是他们寻找精神力量的地方。在一个部落里，往往会有一个女巫医，被称为Medicine Woman，极为受人尊敬，所有人的身体和心灵的健康都依赖她的照料。在她经过时，人群会立刻静下来。她的话就像法律，不遵从她的劝告，就意味着愚蠢至极，大祸临头。

女巫医的训练从小就开始了，在妈妈或奶奶的指导下，最开始是学习眺望远方，认识身边的所有生命。然后，要学会洞悉自己的心灵深处。在认识自己的同时，也懂得了要善待和尊重身边的所有生命。作为一个小女孩，她要学会走夜路，要学会辨别星座，这对诊治一个病人或主持一个仪式至关重要，因为她会把一颗朝她而来的星星解释为轻轻地点头，她知道一天中哪个时刻采集的草药最有效，她懂得身体的疾病通常是内在精神的外在反应。

如果说古人的生存对自然的依赖程度更大，所以他们更愿意选择尊重自然、敬畏自然，那恐怕就有点低估古人的智慧了。尊重自然、谦卑自己永远是人类生存的最高法则，但这一点我们常常忘记，尤其当我们征服自然的技术更强大，征服世界的成就更辉煌的时候。在《狼图腾》里，狼和草原、土地都成了人的猎物，人变得自大妄为。

印第安女巫（Ritual Traditions of the Human Woman）

《圣经》有一个巴别塔的故事，很长时间我都不理解，上帝为什么不让人建造通天塔呢？那时的人们说，我们要建造一座城和一座塔，塔顶通天，为要传扬我们的名。耶和华说，如今他们要做起这件事，以后他们想要做的事就没有不成的了。我要变乱他们的口音，使他们言语不通。于是，他们就停工不造那座城了。当人自大到觉得自己比上帝还伟大，自己比上帝还荣耀，敬畏自然，遵从自然之心就自然不会存在了。

自然的法则是万物和谐，互助共生，因此，所有的神话之中，善良、勇敢、诚信、互助都是永恒的主题。印第安人的神话也是如此，让我们选读一篇优美的《龟背上的土地》(The Earth on Turtle' s Back) 来体会一下吧，这篇神话讲的是印第安人有关世界起源的故事。

从讲述方式上来看，这篇神话的开篇和我们熟悉的传说没有什么差别：

Before this Earth existed, there was only water. It stretched as far as one could see, and in that water there were birds and animals swimming around. Far above, in the clouds, there was a Skyland. In that Skyland there was a great and beautiful tree. It had four white roots which stretched to each of the sacred directions, and from its branches all kinds of fruits and flowers grew.

在这片大地存在之前，世上只有水，一眼望不到尽头，鸟儿和动物在水中游来游去。在高高的云端之上，有一片"天陆"，那里长着一棵又高又漂亮的大树，四条白色的树根，通向四个神圣的方向，树枝上长满各种各样的果实和花朵。

There was an ancient chief in the Skyland. His young wife was expecting a child, and one night she dreamed that she saw the Great Tree uprooted. The next day she told her husband the story. He nodded as she finished telling her dream. "My wife," he said, "I am sad that you had this dream. It is clearly a dream of great power and, as is our way, when one has such a powerful dream we must do all we can to make it true. The Great Tree must be uprooted."

那里，有一个老酋长，他年轻的妻子就要生小孩了，一天夜里，她做了一个梦，梦见那棵大树被连根拔起。第二天，她把这个梦告诉了她的丈夫。她丈夫点点头，说："我的妻子，你这个梦让我很悲伤。很显然这是一个代表巨大力量的梦。按照我们的习俗，当有人做了这样一个巨大力量的梦时，我们必须倾尽全力让它实现。大树必须要被连根拔起。"

此后的情节也如同所有的神话一样美丽。当老首领拔掉大树，天上出现了一个大洞。首领的妻子好奇地探身去看，却不小心掉了下去。水中的鸟和动物看到有人掉下来，怕她不会游泳，就想潜入水底拿一把泥土让人站在上面。在几乎所有动物都失败的时候，一只小麝鼠自告奋勇站了出来……

"I will bring up Earth or die trying."

They looked to see who it was. It was the Tiny Muskrat. She dove down and swam and swam. She was not as strong or as swift as the others, but she was determined. She went so deep that it was all dark, and still she swam deeper. She swam so deep that her lungs felt ready to burst, but she swam deeper still. At last, just as she was becoming unconscious, she reached out one small paw and grasped at the bottom, barely touching it before she floated up, almost dead.

When the other animals saw her break the surface they thought she had failed. Then they saw her right paw was held tightly shut.

"She has the Earth," they said. "Now where can we put it?"

"我去把土拿上来，就是死也要试一下。"

它们都想看看那是谁，原来那是小麝鼠。它潜入水下，游啊游。它不像其他动物那样强壮，那样敏捷，可是它有坚定的决心。它潜到周围一片黑暗的深处，仍然向更深处游去。它游得那么深，它的肺都要爆炸了，可它还是向更深处游去。最后，就在它快要失去知觉的时候，它伸出了一只小爪子，抓到了水底，它刚刚碰到底，就向上浮去，那时它几乎已经死了。

当其他动物看见它浮出水面的时候，它们以为它失败了。然后它们看见它的右爪紧紧攥在一起。

"它拿到泥土了。"它们说，"现在我们能把土放在哪儿呢？"

"Place it on my back," said a deep voice. It was the Great Turtle, who had come up from the depths.

They brought the Muskrat over to the Great Turtle and placed her paw against his back. To this day there are marks at the back of the Turtle's shell which were made by the Muskrat' s paw. The tiny bit of Earth fell on the back of the Turtle. Almost immediately, it began to grow larger and larger and larger until it became the whole world.

Then the two Swans brought the Sky Woman down. She stepped onto the new Earth and opened her hand, letting the seeds fall onto the bare soil. From those seeds the trees and the grass sprang up. Life on Earth had begun.

"放在我的背上吧。"一个深沉的声音说。原来是大乌龟，它是从很深的水下游上来的。

于是它们把麝鼠放在大龟身上，把它的爪子撑在乌龟的背上。直到今天，龟背上还有麝鼠爪子留下的痕迹。那一小把泥土刚一放到乌龟的背上，立刻就变得越来越大、越来越大，直到变成了整个世界。

然后两只天鹅带着天上的女人落到了地上。她踏上了新的土地，松开手，让手里的种子掉到裸露的土壤上。那些种子长出了树和草。地上的生命开始了。

古人对自然总是充满着敬畏，更关心自己从哪里来，如何与自然、与同类和谐相处，如何繁衍生息。因此，很多民族，甚至很多部落都有自己的创世传说。比如中华民族有盘古开天辟地，女娲团土造人，西方有上帝七天创世，还成为《圣经》的开篇之作。有意思的是，很多成语也都源自《圣经》。其实，《圣经》也是美国文学的开端，这里，我们就把这个故事温习一下，只读前 13 节，感受一下，点到为止。这一段还包含着一个成语：上帝看到自己创造的事情，认为是好的（God saw that it was good），比喻极力赞赏某人或某事。

创世纪：起源故事（Genesis：The Story of Creation）

1 起初神创造天地。2 地是空虚混沌。渊面黑暗。神的灵运行在水面上。3 神说，要有光，就有了光。4 神看光是好的，就把光暗分开了。5 神称光为昼，称暗为夜。有晚上，有早晨，这是头一日。

6 神说，诸水之间要有空气，将水分为上下。7 神就造出空气，将空气以下的水，空气以上的水分开了。事就这样成了。8 神称空气为天。有晚上，有早晨，是第二日。

9 神说，天下的水要聚在一处，使旱地露出来。事就这样成了。10 神称旱地为地，称水的聚处为海。神看着是好的。11 神说，地要发生青草，和结种子的菜蔬，并结果子的树木，各从其类，果子都包着核。事就这样成了。12 于是地发生了青草，和结种子的菜蔬，各从其类，并结果子的树木，各从其类，果子都包着核。神看着是好的。13 有晚上，有早晨，是第三日。

1 In the beginning when God created the heavens and the earth, 2 the earth was a formless void and darkness covered the face of the deep, while a wind from God swept over the face of the waters. 3 Then God said, "Let there be light"; and there was light. 4 And God saw that the light was good; and God separated the light from the darkness. 5 God called the light Day, and the darkness he called Night. And there was evening and there was morning, the first day.

6 And God said, "Let there be a dome in the midst of the waters, and let it separate the waters from the waters." 7 So God made the dome and separated the waters that were under the dome from the waters that were above the dome. And it was so. 8 God called the dome Sky. And there was evening and there was morning, the second day.

9 And God said, "Let the waters under the sky be gathered together into one place, and let the dry land appear." And it was so. 10 God called the dry land Earth, and the waters that were gathered together he called Seas. And God saw that it was good. 11 Then God said, "Let the earth put forth vegetation: plants yielding seed, and fruit trees of every kind on earth that bear fruit with the seed in it." And it was so. 12 The earth brought forth vegetation: plants yielding seed of every kind, and trees of every kind bearing fruit with the seed in it. And God saw that it was good. 13 And there was evening and there was morning, the third day.

白人最初来到美洲的时候，善良的印第安人给了他们很大的帮助，让他们生存下来。但遗憾的是，印第安人的善良并没有得到善报，反而被白人几乎赶尽杀绝，殖民者也永远地背上了“原罪”。俄亥俄地区有一个明戈部落（Mingo Indians），他的首领洛根对白人很友好，但在 1774 年 5 月 3 日，部落的十几个人被弗吉尼亚殖民者杀死，包括洛根的母亲和姐姐在内。为此，他开始复仇并杀死 13 个白人。在最终被白人击败后双方讲和时，洛根拒绝参加，但送去了一篇后来被称为“洛根的哀辞”（Chief Logan's Lament）的演说词。这篇演说词在弗吉尼亚殖民地的报纸上发表后，引起轰动，甚至成为几代美国儿童的必读课文，也被称为天才般的演说词，在一个演讲网站上你还可以找到音频等相关资源。

我请求任何一位白人说说，他有没有饿着肚子走进洛根家的小屋，而洛根没有给他肉吃；他有没有在又冷又没衣服时来到洛根家，而洛根没有给他衣服穿。在最近这次漫长而血腥的冲突中，洛根一直待在自己的小屋里，为和平祈祷。

这就是我对白人的爱，甚至我的同胞经过我家时都指着我说：“洛根是白人的朋友。”如果不是因为一个人伤害了我，我甚至想过和你们搬在一起住。这个人就是克雷萨普上校，去年春天，他无缘无故血腥地杀害了洛根所有的亲人，甚至连女人和孩子也不放过。

在活着的人中，没有一个人的血管里流淌着我的血。这个事实呼唤我去复仇。为了寻求报复，我杀死了许多人，我已经报复够了。为了我的国家，我因和平的曙光而欣喜。

但不要以为我的高兴是出于害怕，洛根从未感到过恐惧。他不会为了保全自己的性命而屈服求生。谁将在那儿为洛根哀悼？没有一个人。

I appeal to any white man to say if he ever entered Logan's cabin hungry, and he gave him not meat; if he ever came cold and naked and he clothed him not. During the course of the last long and bloody war, Logan remained idle in his cabin, an advocate for peace.

Such was my love for the whites, that my countrymen pointed as I passed, and said,"Logan is a friend of the white man." I have even thought to live with you but for the injuries of one man, Colonel Cresap, who last spring in cold blood and unprovoked murdered the relatives of Logan, not even sparing his wife and children.

There runs not a drop of my blood in the veins of any living creature. This has called on me for revenge. I have sought it; I have killed many; I have fully glutted my vengeance. For my country, I rejoice in the beams of peace.

But do not harbor a thought that mine is the joy of fear. Logan never felt fear. He will not turn on his heel to save his life. Who is there to mourn for Logan? Not one.

印第安人：千百年的平静被打破

那么，印第安人与白人殖民者之间到底发生了什么呢？最早的白人定居者为什么要来美洲大陆，他们是怎么来到的，由此诞生了哪些文学经典呢？下一单元我们就聊聊史密斯船长的《弗吉尼亚通史》，感受一下迪士尼动画片《风中奇缘》的神奇故事。

Unit 2

《弗吉尼亚通史》——史密斯船长成就《风中奇缘》

《最后的莫西干人》——印第安英雄徒叹“血泪之路”

美洲最早的开拓者约翰·史密斯

《弗吉尼亚通史》是新世界的最早记述，成就了美国的成语典故，入选哈佛的建校课程。

文学是记录历史的一种方式，没有历史，就没有文学。英国王朝的历史是《理查二世》等 10 部莎士比亚历史剧的素材来源。从新法国到新英格兰、新荷兰，美洲历史就是欧洲历史的延伸。英国一个女王，两个王朝，催生了新大陆的新民族、新国家，欧洲文学的种子也孕育了美国文学的萌芽。

有一次，在讲《弗吉尼亚通史》时，当说到女王伊丽莎白一世为什么要支持美洲探险的时候，有个同学问：老师，你讲的是历史啊。我说，对呀，没有历史，哪来的文学啊，不了解历史，怎么理解文学呀。文学是历史的一种记录方式，无论是早期的史诗、寓言，还是当代的小说、演讲，都是对人创造历史的记述。翻开我们这本书的目录，横向看，每个单元是一篇篇的文学作品，纵向看，就是美国国家和民族的发展史。我们讨论文学，不是提供教科书式的标准答案，而是像美国大学的面试，有逻辑、有思考、有情感，却没有对错。

生也国王，分也国王，用这句话来概括美洲早期殖民地的发展，可能更直观贴切。1607 年，斯图亚特王朝的国王詹姆斯一世（James Stuart，1566—1625 年）在弗吉尼亚建立第一个殖民地詹姆斯郡（Jamestown）；1776 年,《独立宣言》刚一发布，汉诺威王朝国王乔治三世（King George III）的塑像就在纽约市中心广场被推倒。所以，要想说清美国和美国文学那些事，就得先说说英国和英国王室那点事。

就像 17、18 世纪英国人移民美洲大陆一样，5 世纪初，在罗马人的统治结束之后，欧洲西部的盎格鲁（Angles）人，撒克逊（Saxons）人，朱特（Jutes）人成群结队侵入英格兰的东南部，并在那里定居下来。盎格鲁人来自现在的德国，撒克逊人来自现在的德国、比利时和荷兰，朱特人来自现在的丹麦，英格兰人的祖先大都可以追溯到盎格鲁—撒克逊人（Anglo—Saxon）。盎格鲁—撒克逊人建立的王国出了一位有名的阿尔弗雷德大帝（Alfred the Great，849—899 年），他成功地击败了丹麦维京海盗的入侵，被公认为是英国的奠基者，也是唯一被称为大帝的英国国王。盎格鲁—撒克逊的最后一位国王是哈罗德二世 (King Harold II)，1066 年，在黑斯廷斯战役中，哈罗德二世被来自法国诺曼底的征服者威廉击败，诺曼底人征服英格兰，盎格鲁—撒克逊王国被诺曼王朝取代，550—1066 年在英国历史上也被称为盎格鲁—撒克逊时代。

如果说去欧美留学什么事情最重要？我觉得非学好英语莫属。英语起源于盎格鲁—撒克逊语，盎格鲁—撒克逊语也被称为古英语（Old English，450—1150年），盎格鲁人、撒克逊人、朱特人都属于日耳曼部族，这就是为什么英语属于日耳曼语的一个分支。此后，古英语逐渐演变为中古英语（Middle English，1150—1500年），直至发展成今天的现代英语（Modern English）。英国最早的文学作品、欧洲三大史诗之一的《贝奥武夫》(Beowulf) 就是用古英语写的。更让人难以置信的是，这部写于10世纪的史诗手抄本现在保存在伦敦英国博物馆，到了伦敦，可千万别忘了去看一看。

从1066年威廉一世建立的诺曼王朝到现在伊丽莎白二世的温莎王朝，千年之间，英国历经诺曼、金雀花、兰开斯特、约克、都铎、斯图亚特、汉诺威和温莎王朝，但这些王朝的更替与唐、宋、元、明、清不同，历朝国王或远或近，都是诺曼王朝第一位国王威廉一世的后代，英国王室可谓血脉相承。但与王位比起来，血缘就微不足道了，看似是王室不同支脉的轮流坐庄，实际上，王朝更换的血腥程度一点也不逊色。金雀花王朝的末代国王理查二世先是放逐了表弟兰开斯特公爵亨利，接着又没收了叔父的财产。亨利趁理查二世远征爱尔兰的时候，发动兵变，篡夺王位，成为兰开斯特王朝的第一位国王，就是亨利四世。这正应了我们熟悉的一首诗：煮豆燃豆萁，豆在釜中泣，本是同根生，相煎何太急。

莎士比亚历史剧《理查二世》

文学其实是相通的。这样的感慨，也自然出现在莎士比亚的戏剧之中。实际上，英国王朝的历史成了莎士比亚10部历史剧的来源。其中四部曲《理查二世》和《亨利四世》（上、下）、《亨利五世》讲的就是上面这一段历史。2012年伦敦奥运会期间，英国广播公司BBC制作了被称为莎士比亚空王冠（The Hollow Crown）系列的4部电视电影。在《理查二世》中，理查远征归来，一踏上王国的土地，亨利反叛的坏消息就接踵而至，国王昔日的尊严也一条条地被无情撕下，理查悲从中来，心生感慨，由己及彼，开始细数列王之末路：

有的惨遭废黜，有的战死沙场，
有的被他们废黜的鬼魂纠缠，
有的被妻子毒死，有的在睡梦中被杀，
无一善终。

在细数了列王末路之后，理查慢慢摘下头顶的王冠，说了一段发自肺腑的话，瞬间就让笼罩在国王头顶的光环随风而逝，位高权重者不仅可以借此警醒自己，百姓平民也可以借此唤醒自己：

空洞的王冠，是死神的宫廷，妖魔高坐其中，
揶揄他的尊严，嘲笑他的浮华，
让他残喘片刻，粉墨登场，君临万民，
受尽众人的敬畏，手握生杀大权，
这让他日益妄自尊大，
仿佛这包裹着我们生命的皮囊，
是不可摧毁的铁壁铜墙。
正当他春风得意，却不知末日已经来临，
小如针尖即可刺破他的壁垒，
再见，国王。

《理查二世》：我跟你们一样，靠吃面包生活，我也有欲望，我也有悲伤，既然如此，你们怎能称我为王？

说到莎士比亚的戏剧，还有一件事值得我们反思。我们的学生学了十几年英语，可有多少人读过一部莎士比亚原版的戏剧呢？为什么我们学英语总是事倍功半？学英语不学文学，不学文化恐怕是重要原因。文学里不仅有醉人的语言，也有让人启发的哲理。在《理查二世》中，海瑞福德公爵亨利与诺福克公爵之间大段大段地激辩揭发、指责控诉，用了很多比喻、排比等修辞方法，听来让人酣畅淋漓。此外，我们现在的孩子，很少有身处逆境的机会，自然也缺少对待自己人生不幸的智慧。亨利遭到理查二世的放逐，他的父亲刚特劝慰他的一段话非常精彩，引人深思，让人受用：

刚特：你的悲哀不过是短暂的离别。

亨利：离别了欢乐，剩下的只有悲哀。

刚特：六个冬天算得了什么？很快就过去了。

亨利：对于欢乐中的人们，流年不过是一段短暂的时光，可是悲哀使人度日如年。

刚特：算它是一次陶冶情操的游历吧。

亨利：要是用这样的谬误欺骗自己，我的心将因此叹息，因为这明明是一次强制的旅行。

刚特：凡是日月所照临的所在，在一个智慧的人看来是安身的乐土。你应该用这样的思想宽解你的厄运；什么都比不上厄运更能磨炼人的德性。不要以为国王放逐了你，你应该设想自己放逐了国王。越是缺少担负悲哀的勇气，悲哀压在心头越是沉重。去吧，就算这一次是我叫你出去追寻荣誉，不是国王把你放逐；想象鸟儿在为你奏着音乐，芳草为你铺起地毯，鲜花是向你巧笑的美人，你的行步都是愉快的舞蹈；谁要是能够把悲哀一笑置之，悲哀也会减弱它咬人的力量。

莎士比亚另一个四部曲是《亨利六世》（上 、中、下）与《理查三世》。亨利六世之后，兰开斯特王朝被约克王朝取代，但这两个家族其实都是理查二世的爷爷爱德华三世的后裔，兰开斯特家族以红玫瑰为纹章，约克家族以白玫瑰为纹章，两个家族争夺英格兰王位的战争也被称为“玫瑰战争”(Wars of the Roses；1455 — 1485 年）。不过，王室也不是专门打仗的，也做过很多正事，比如教育，排名世界第一的伊顿公学（Eton College）和剑桥大学国王学院就是由亨利六世在1440年创建的。

伊顿公学 Eton College

言归正传。莎士比亚还有两部历史剧《约翰王》和《亨利八世》，这两个人物与美洲大陆的建立息息相关。约翰王签署的《大宪章》，为美国独立做了思想启蒙，亨利八世开始的英国宗教改革，促使清教徒踏上美洲大陆，清教徒成就了今日的美国，亨利八世的女儿伊丽莎白一世更是成为了美洲探险的开启者。这里，我们重点说说这对传奇父女。

亨利八世是都铎王朝的第二位国王，绝对称得上是最具传奇色彩的一位英国国王，催生了无数的文学作品，比如，2003年的英国电影《亨利八世》（Henry VIII）。通过不断的结婚、离婚，亨利八世有过6任妻子，但如果你就此认为他荒淫无道，那你就错了。在那个天主教一统欧洲的时代，国王的婚姻也是不能“任性”的，需要教会的“审批”。亨利八世的原配，阿拉贡的凯瑟琳公主（Catherine of Aragon），我们应该熟悉，她的父母就是支持哥伦布美洲探险的西班牙天主教君主费尔南多和伊莎贝拉，凯瑟琳与亨利八世婚后20年只有一个女儿玛丽·都铎，虽然女儿也可以继承王位，但亨利八世还是想要一个儿子，办法就是离婚另娶。凯瑟琳的外甥是神圣罗马帝国的皇帝查理五世，这样的婚姻岂是想离就能离的，亨利的离婚请求连续六年都没有得到罗马教皇同意，亨利于是冲冠一怒，宣布英格兰教会脱离罗马天主教会，由此引爆英国的宗教改革：英格兰教会（Church of England）被立为英国的国教，国王为教会的最高元首。在这次宗教改革中，反对国王离婚的天主教徒，《乌托邦》的作者托马斯·莫尔（Thomas More）被杀死。

这里说一下英国国教。英国国教也被称为安立甘宗（Anglican Church），是基督教新教的三大教派之一，在中国被称为英国圣公会。美国的圣公会叫 The Episcopal Church。在美国的很多中学和大学名称中，经常会看到 Episcopal 这个词，比如宾夕法尼亚就有一所中学叫 EA（The Episcopal Academy），就与我女儿就读的东北育才学校是姐妹校，也有很多中国孩子在那里就读。

亨利的第二任妻子安妮·博林（Anne Boleyn），生女伊丽莎白·都铎（1533—1603年），就是后来的女王伊丽莎白一世。这次婚姻演绎出了一段由国王担任主角的“宫斗”历史，你可以看一部 1969 年出品，曾获 10 项奥斯卡提名的电影《安妮千日》，顺便还可以欣赏一下好莱坞常青树伊丽莎白·泰勒的精彩出演。安妮最终因“莫须有”的罪名被囚于伦敦塔，遭银剑割颈。此后，亨利八世娶了简·西摩（Jane Seymour），1537 年终于生下一子爱德华·都铎。

1547 年，亨利八世去世，9 岁的儿子爱德华继位，就是爱德华六世。1553 年，15 岁的爱德华六世去世，玛丽继位，就是玛丽一世。玛丽一世试图恢复天主教，火刑处死了坎特伯雷红衣主教托马斯—克莱默（Thomas Crammer）和很多圣公会的新教徒，由此得名“血腥玛丽”。1558 年，42 岁的玛丽一世死于肿瘤。随后，1559 年，伊丽莎白公主在威斯敏斯特教堂加冕，成为都铎王朝第五位也是最后一位君主——伊丽莎白一世（Elizabeth I），英国由此开启了正式的美洲探险。

1584 年和 1587 年，沃尔特·雷利爵士（Walter Raleigh）派出两支探险队在现在的北卡罗来纳州登陆。雷利将纽芬兰和佛罗里达一带的沿海地带称为弗吉尼亚，以纪念一生未婚的贞洁女王（The Virgin Queen）伊丽莎白一世。1588 年，西班牙国王菲利普二世的“无敌舰队”被伊丽莎白一世击败，英国从此取得海洋霸权。1603 年，伊丽莎白一世去世，由于没有子嗣，她的表弟苏格兰国王詹姆斯·斯图亚特（James Stuart）继位，被称为詹姆斯一世（King James I，1566—1625 年），英国进入斯图亚特王朝时代。1606 年，詹姆斯一世颁布特许令成立弗吉尼亚公司。1607 年 5 月 14 日，弗吉尼亚公司投资的三条小船载着 120 个船员在冬季穿越大西洋，在切萨皮克湾南部海岸的詹姆斯河登陆，以国王的名字命名第一个殖民地詹姆斯郡（Jamestown），真正的新大陆探险就此开始，约翰·史密斯船长的《弗吉尼亚通史》记录的就是这段历史。其中，史密斯船长与当地印第安酋长的女儿波卡洪塔斯的传奇故事更是成了美国文学的经典，1995 年，迪士尼还把这个故事搬上银幕，拍成了经典动画片《风中奇缘》

定居新大陆，结下风中缘

(*Pocahontas*)。

说到这儿，我们先来欣赏一下《风中奇缘》的插曲“Colors of the wind”，这首歌由范妮莎·威廉姆斯 (Vanessa Williams) 主唱，并获得第 68 届奥斯卡金像奖最佳原创歌曲、第 53 届美国金球奖最佳原创歌曲。眼见为实，先看一看歌词。有机会一定听一下原唱，看一遍电影，就更是享受了。

我们学生出国经常会遇到的一个词就是文化碰撞 (Culture Shock)，那么，最早的文化碰撞恐怕就是初到美洲的史密斯船长和土著印第安人了。有意思的是，这个碰撞居然就是我们常常挂在嘴边的“人与自然”，电影中以一个未开化世界的小姑娘的嘴来开导文明世界的现代人，而且，那个时代印第安人对自然的认识就是我们现代的人也只有汗颜的份儿。

你认为你拥有脚下的每一片土地，
它不过是你声称占有的一个死物，
但我知道，每一块石头，每一棵树，每一个生灵，
都有生命、都有灵魂、都有名字。

你是否听过野狼对着冷月哭号，
你是否问过山猫为何咧嘴而笑？
你能否与山的万种声音唱和？
你能否绘出风的万种颜色？

来吧，在松林间隐秘的小路奔跑，
来吧，在田野上品尝甜梅的味道，
来吧，徜徉在取之不尽的万物之中，
这一次，永远不去想它价值有多少。

暴雨河流是我的兄弟，
苍鹰水獭是我的朋友，
我们彼此相依相连，
生生不息，环环相扣。

枫树能长多高？
如果你把它砍倒，你就永远不会知道。
You think you own whatever land you land on
The earth is just a dead thing you can claim
But I know every rock and tree and creature
Has a life，has a spirit，has a name

Have you ever heard the wolf cry to the blue corn moon
Or asked the grinning bobcat why he grinned?
Can you sing with all the voices of the mountain?
Can you paint with all the colors of the wind?

Come run the hidden pine trails of the forest
Come taste the sun-sweet berries of the earth
Come roll in all the riches all around you
And for once，never wonder what they're worth

The rainstorm and the river are my brothers
The heron and the otter are my friends
And we are all connected to each other
In a circle，in a hoop that never ends

How high does the sycamore grow?

If you cut it down，then you'll never know

那么，波卡洪塔斯与殖民者之间到底发生了哪些故事呢？这正是《弗吉尼亚通史》里最精彩的一段内容。

1608 年 1 月，最早到达詹姆斯郡的 100 多人由于疟疾、伤寒、黄热病，只剩下 38 个人了。那时的殖民地缺的是懂种地、肯干活的农民，而来的人大都是罪犯、流民、懒惰的混混和从不干活的上层绅士，身处最好的渔场却连捕鱼都不会，殖民地陷入了自生自灭的境地。这时，一个人站了出来，挽救了殖民地。他就是船长约翰·史密斯（John smith，1580—1631 年），他不只是一个好斗、自信的人，还是一个好的管理者。《弗吉尼亚通史》中记述，他成为总督后，“通过自身的示范、友好的言语和公平的许诺，分配一些人去割草，另一些人绑茅草，一些人建房子，另一些人盖房顶，他自己也总是承担一份很繁重的工作”。此外，他还善于外交，与印第安人小心相处，用刀枪、斧子、镜子等印第安人需要的东西换回救命的粮食，这样，殖民地逐渐走出了绝境。

查尔斯·曼恩在《1493：物种大交换开创的世界史》中记载，1607 年底，为了寻找奇克哈默尼河（Chickahominy River）的源头，史密斯带着两个印第安向导和两个英国同伴乘坐独木舟出发了，印第安酋长波哈坦的弟弟欧佩参坎诺杀死了史密斯的同伴，并把史密斯带到酋长面前。史密斯见到波哈坦的情景是这样的：男人们站成两排，身后有很多女人，他们的头和肩膀都涂成了红色，许多人头上装饰着白色的羽毛。波哈坦为史密斯举办了一场宴会，并决定在宴会上杀死他，刽子手紧握棍棒随时准备击穿他的头颅。

任何种族、任何时候，孩子的善良与好奇都是一样的，永远闪烁着人性的光芒，永远呈现出比成人还要强大的力量。波卡洪塔斯（Pocahontas，1595—1617 年）是酋长波哈坦的女儿，波卡洪塔斯是昵称，意思是“调皮的”、“淘气的”。1607 年史密斯被酋长波哈坦囚禁时，波卡洪塔斯才 12 岁，就在酋长要杀死史密斯的时候，波卡洪塔斯毅然挡在史密斯和行刑者之间，说服她的父亲刀下留人。这段故事在那个时代就被人们反复讲述，自然也成为《弗吉尼亚通史》中的精彩一页。

在电影《风中奇缘》中，史密斯船长和波卡洪塔斯是男女主角，但实际上，波卡

走入白人文明的小公主波卡洪塔斯

洪塔斯嫁给了殖民地的一个年轻人约翰·罗尔夫 (John Rolfe，1585—1622 年)。1609 年史密斯因不小心点燃了腰上的火药而受伤回国，1612 年约翰·罗尔夫开始在殖民地引进并生产“柔和、甘甜”的烟草，那时“吸”烟在伦敦是一种时尚，烟草贸易让殖民地得以存活下来，但殖民地与印第安人的冲突却没有停止。1613 年，波卡洪塔斯被英国人囚禁，但殖民者不仅喜欢她，也非常尊敬她，她成为两个种族之间和平与结盟的象征，这对殖民地的生存极为珍贵。在此期间，波卡洪塔斯接受了基督教洗礼，1614 年，约翰·罗尔夫迎娶波卡洪塔斯，1616 年，两人带着儿子乘船返回英国，还参加了詹姆斯国王举办的舞会。在这次欧洲之旅中，波卡洪塔斯与史密斯船长分别 7 年后再次见面。不幸的是，1617 年 3 月，波卡洪塔斯染病去世，年仅 22 岁。电影《风中奇缘 2：伦敦之旅》讲的就是这段故事。

下面，我们就看看史密斯船长在《弗吉尼亚通史》(*The General History of Virginia*) 中原汁原味的描述。

我们就这样落入了命运的掌心，在 10 天之内，我们当中能继续正常活动或好好站立的人几乎只有不到 10 个了，我们都被极度的虚弱和疾病困扰着。

在这种居住和饮食条件下，搬运和安插栅栏的劳累工作使我们饱受摧残、满身伤痛，在极度炎热的天气下不间断地工作使我们变得非常虚弱，这使我们的生活和在本国或世界上任何其他地方一样悲惨。

从 5 月到 9 月，逃走的人以鲜鱼和海蟹为生。这段时间我们埋葬了 50 个人。现在我们所有的供给都耗尽了，我们每个小时都在担心土著人的狂暴进攻。但是上帝，所有美好努力的保护神，在这种极端绝望的时候改变了土著人的感情，他们居然给我们送来了超出我们需要的水果和粮食。

史密斯船长通过自身的示范、友好的言语和公平的许诺，分配一些人去

第一个殖民地詹姆斯郡（The First Colony Jamestown）

割草，另一些人绑茅草，一些人建房子，另一些人盖房顶，他自己也总是承担一份很繁重的工作。这样，不久他就使我们中的大多数人都有了住处，却没有顾及他自己的需要。

在对奇克哈默尼河流域的远征中，史密斯船长和他的部下受到印第安人的袭击，史密斯被抓住了。当这个消息传到詹姆斯郡的时候，人们因为失去他而感到非常悲伤，但没有人预料到接下来发生的事情。

那些土著人把史密斯船长拘禁了6个或7个星期，他们对他采用了许多奇怪的方法，但是，他放下身价与他们友好相处，不仅使得他们没有突袭要塞，使自己重获自由，而且还为他和他的队伍赢得了很高的评价，以至于那些野人对他非常崇敬。

土著人对待他的方式和释放他的过程是这样的：

土著人首先从乔治·卡森那里打听到了史密斯船长的去向，一支由300名弓箭手组成的队伍利用这个机会跟踪他。

这支队伍是由帕门基河的大王领导的，在搜索到河流的转弯处时，在火堆边发现了罗宾逊和爱穆利，他们乱箭齐发，把这两个人杀死了。然后他们发现了船长，就像我们说过的那样，他利用作他向导的土著人保护自己（他们中的三个被杀死了，其他的几个受了伤），奋力反击，余下的土著人都不愿再靠近他。他以为这样就能回到他的船上去，但顾虑到这些土著人，他在回去的途中绕了很远的路，和他的土著人向导一起滑到了一条小溪的中间。然而直到他快要被冻死并放弃了他的武器之后，那些土著人才敢靠近他。然后按照他们的习俗，把史密斯拉起来，领到火边，他手下的人正是在这里被杀害的，土著人非常卖力地摩擦他冻得麻木的四肢。

他要求见他们的首领，他们就把他带到欧佩坎卡诺—帕门基河的大王面前。他送给大王一个圆形的象牙双面指南仪。他们对指南仪部件的运动大为惊叹，他们能够清清楚楚地看到这些部件，却因为玻璃表盘的盖子而摸不到。但是当他利用这球形珠宝来说明地球和天空是圆形的，太阳、月亮和星星的运行范围，太阳不停地绕着地球旋转，大陆和海洋的壮观，各个种族的不同，人们肤色的变化，我们和他们就像地球的两极一样，还有其他许多这样事情的时候，他们都站在那里，崇拜震惊得呆若木鸡。

然而，不到一个小时以后，他们就把他绑在一棵树上，他的周围站满了人，准备把他射死。但是大王举起了手里的指南仪，他们放下了弓箭，得意扬扬地把他带到了奥拉帕克斯，按照他们的习惯款待他……

最后他们把他带到了维罗乌科摩克，他们的皇帝波哈坦就在那里。200多个表情严肃的朝臣站在那里研究他，就好像他是一只怪物一样，直到最后波哈坦和他的随从们才聚集起他们最大的勇气来。波哈坦坐在火堆前面好像床架一样的一个座位上，身上披着一件用浣熊皮制成的大袍子，浣熊的尾巴垂在他四周。两边各坐着一个16岁或18岁的年轻姑娘，两列男人站在房子的两边，他们身后有同样多的女人，这些人的头和肩膀都涂成了红色，很多人的头上装饰着白色的鸟毛，所有人的脖子上都带着一大串诸如白色的珠子之类的东西。

当史密斯走到皇帝面前的时候，所有的人一起发出了一声巨吼。皇帝指派皇后阿波玛托克拿水让他洗手，另外一个皇后拿来一束羽毛代替毛巾让他把手擦干。他们按照自己最好的野蛮风俗款待了他之后，就进行了一次长长的讨论，但讨论的结果却是：他们拿来两块大石头放在波哈坦的面前，然后无数的人抓住了史密斯，把他拖过去，把他的头按在石头上，准备用大棒子把他的脑浆打出来。波卡洪塔斯，大王最爱的女儿，看到任何恳求都不可能有作用了，就双臂抱住他的头，把自己的头挡在他的头上，使他免予一死。

约翰·史密斯：把他的头按在石头上面，准备用大棒子把他的脑浆打出来。

最后一段就是《风中奇缘》中最传奇的情节，我们通过原文再感受一下。

> At his entrance before the King, all the people gave a great shout. The queen of Appomattoc was appointed to bring him water to wash his hands, and another brought him a bunch of feathers, instead of a towel, to dry them; having feasted him after their best barbarous manner they could, a long consultation was held, but the conclusion was, two great stones were brought before Powhatan: then as many as could, laid hands on him, dragged him to them, and thereon laid his head and being ready with their clubs to beat out his brains, Pocahontas, the King's dearest daughter, when no entreaty could prevail, got his head in her arms and laid her own upon his to save him from death.

在此之后，每隔四五天，波卡洪塔斯和她的随从就会给史密斯船长带来很多东西，否则，这些殖民者很快就会被饿死。殖民地的生存充满艰辛，对此，史密斯写道，他看到了上帝用怎样奇怪的方法解决了这一切。

事实上，殖民地与印第安人的关系贯穿殖民地发展的始终。随着白人移民的增多，印第安人的噩梦开始了。可以说，殖民地的发展史就是印第安人不断被驱逐出原住地，不断反抗白人掠夺土地的历史。

19 世纪初，随着在佐治亚州北部发现金子，在北卡和佐治亚州交界的切罗基部族（Cherokee）对白人的愤怒达到顶点。因为这个时候，这个部族已经不再是“边疆的野蛮人”了，他们刚刚通过了一部宪法，建立了法院，选举了政府，还出版了报纸，但疯狂的“淘金热”（gold fever）让白人开始攻击他们的切诺基邻居，美国联邦政府最终决定切诺基人应该“搬走”，但要留下他们的农场、土地和家园。1829 年，安德鲁·杰克逊政府开始大规模实施迁徙计划。1830 年，国会通过《印第安人迁徙法案》（*Indian Removal Act*），印第安人必须从东部搬到密西西比河以西的贫瘠土地。虽然切诺基人试图通过法律程序阻止西迁，而且在 1832 年“伍斯特诉佐治亚”（Worcester v. Georgia）案中，最高法院也做出了有利判决，但杰克逊总统傲慢地拒绝执行，最终联邦军队开始驱赶印第安人。1838 年夏天，印第安人在枪口下被成群地塞到小船上，沿着田纳西河、俄亥俄河、密西西比河和阿肯色河进入印第安保留区，迁徙到俄克拉荷马州的荒野地带，2 万多人中大约 4000 多人死于饥饿、严寒和疾病，这个旅程被称为“血泪之路”（Trail of Tears）。佐治亚的州花是玫瑰，据说，直至今天，玫瑰仍长满“血泪之路”的很多地点。

“血泪之路”上的玫瑰花

有历史，就有文学。西雅图是美国华盛顿州的首府，但西雅图原本是一个印第安酋长的名字，1854 年，白人要买下印第安人的土地，并把它们迁到保留地去。西雅图酋长发表了一篇演讲《西雅图宣言》，今天读起来，虽然你听不见声音，却让你震耳欲聋，那种人与自然的情怀，与《风中奇缘》的歌词如出一辙，同样让你心潮颤动，羞愧难当。

你怎么能够拿天空与土地的温馨来买卖？我们脚下的土地是圣洁的。溪涧中的淙淙流水，也是流淌在我们世代祖先血管里的血液。不管是一根发亮的松针，一块沙砺的海滩，一片林中的云雾，还是一只鸣唱的小虫，所有这一切，在我们人民的记忆和现实中都是神圣的。

河流是我们的兄弟，它能解我们的口中之渴，承载运送我们的独木舟，喂养我们的儿女。湖中清澈水面的每一种倒影，都代表一种灵意，印出无数的古迹、各种的仪式。流水的声音不大，但它说的话，是我们祖先的声音。

绿意芬芳的花朵是我们的姐妹，麋鹿、野马、雄鹰是我们的兄弟；山崖峭壁，草原上的露水，人身上、马身上所散发出的气味，与我们都亲如一家。

我们知道，人类属于大地，而大地不属于人类。世界上的万物都是互相关联的，就像血液把我们身体的各个部分连在一起一样。人类不是生命之网的主宰，只不过是其中的一根丝线而已。他对大地做了什么，都会回应到自己身上。

我不懂！你我的生活方式完全不同。印第安人的眼睛，只要一看见你们的城市就感觉疼痛。白人的城市没有安静，没有地方可以听到春天里树叶伸展的声音，没有地方可以听到昆虫振翅的欢鸣。

城市的噪声羞辱我们的双耳。在那里，晚间听不到池塘边青蛙的争鸣，也听不到夜莺孤寂的叫声，这种生活，也算是活着？我是红人，所以不明白。印第安人喜欢微风拂过池面的轻柔细语，以及被午后阵雨所洗净，或是被松翼所薰香的风的味道。

我不懂，为什么你们要把野牛通通杀掉，为什么要把野马通通驯化。如果森林里到处都布满了人类的足迹和异味，幽静的山谷全被横七竖八的电线杆破坏、玷污，那将是怎样一份悲哀？丛林在哪里？没有了！雄鹰在哪里？不见了！生命已到尽头，是偷生的开始。

上帝视大地为至宝，伤害大地就是亵渎大地的创造者。白人终将随风消失，说不定比其他种族失落得更快。若污秽了你的床铺，你必然会在自己的污秽中窒息。

与南方的切诺基人一样，在北方哈德逊河上游有一个叫莫西干的部族，面对白人的侵入，演绎出同样的一曲民族消亡的悲歌。美国最早的小说家詹姆斯·库珀说，莫西干人的领土，是美洲大陆被欧洲人侵占的第一块地盘，因而，莫西干人就成了第一个背井离乡的人。面对文明的入侵，所有印第安部落的人，就像他们故土的树叶在刺骨的严寒侵凌下纷纷坠地一样，日渐消亡。詹姆斯·库珀（James Fenimore Cooper 1789—1851 年）最知名的小说《最后的莫西干人》（*The Last of the Mohicans*）讲的就是莫西干民族消亡的悲壮故事。

从人类有史以来直至今天，种族、国家间的冲突几乎都是占领与掠夺，就是“抢地盘”。无论是盎格鲁—撒克逊人进入英格兰，还是“二战”时希特勒占领欧洲，本质上都没有太大的不同。实际上，世界上的所有问题都是种族间的问题，种族关系是人类社会和平发展的关键要素，种族间的融合是人类文明的标志和方向。说到底，全球化从根本上说，就是种族的合作及文化的融合。在《最后的莫西干人》中，詹姆斯·库珀透过种族冲突的战火硝烟，对种族间的融合、友谊甚至爱情都做了思考和探索，欧洲白人与美洲印第安人之间或朋友或屠杀的关系在小说的很多场景中都有描述。可以说，种族关系是这部小说的一个重要主题。

《最后的莫西干人》讲述的是 1757 年英国和法国殖民者争夺北美大陆时发生的故事。战争期间，休伦族的印第安人与法国军队结盟，莫西干族印第安人与英国人为友。英军上校门罗驻扎在威廉·亨利堡，他的女儿可娜和爱丽丝由英军少校邓肯护送，从爱德华堡出发，穿过危险的森林去看望自己的父亲。他们请休伦族印第安人马瓜做向导，途中遇到在荒野中长大的白人英雄纳蒂·邦波，也叫鹰眼，还有他的两个同伴，钦加哥与儿子恩卡斯，他们是莫西干部落最后的幸存者。

鹰眼看出马瓜正在将这些人带入歧途，就准备抓住马瓜，但马瓜逃脱了。在追捕与反追捕中，马瓜劫持可娜来到旷野，恩卡斯追踪而至，击败了马瓜和其他休伦族人。然而，可娜被一个休伦族人刺死，恩卡斯与刺死可娜的人战在一起，马瓜刺死了恩卡斯。马瓜跳进山涧逃命，但挂在了山崖的树丛之中，鹰眼射中了他，马瓜掉落山涧而死。掩埋了恩卡斯和可娜，钦加哥悲伤至极，他成了最后的莫西干人。

詹姆斯·库珀《最后的莫西干人》：种族的融合与屠戮

库珀告诉我们，虽然种族之间的杀戮毫不留情，但个人之间却可能存在着友谊。鹰眼和印第安人的友谊可以说生死相依，甚至从外表上你都看不出他是一个白人，俨然就是恩卡斯的兄长，他帮助恩卡斯成长为一个为民族复仇的勇士。库珀或许在告诉我们，种族之间的融合对双方都是必要和有益的。然而，对于种族之间的爱情，库珀在小说中留给我们的却是惋惜和悲伤，可娜和恩卡斯在乱战中双双被刺死。看来，即使是库珀，对种族之间的婚姻也是难以乐观，难以接受。

让我们选取小说第三章中的几个段落，透过对人物身体不厌其烦的描写，体会库珀对机智高贵的西部英雄的赞美；透过酋长无奈的话语和对往日生活的回忆，展现印第安人的民族自豪感和种族灭绝的哀伤。与《风中奇缘》和《西雅图酋长宣言》一样，这就是印第安人另一种形式的悲歌。

> 这一天，有两个人坐在一条湍急的小河边，看样子像是在等什么人。一个是红皮肤的印第安人，一身林中土著打扮；另一个虽然皮肤也已晒得黝黑，但肤色要淡得多，看来像是欧洲人的后裔。那个印第安人，坐在一棵倒地的长满苔藓的树木一头，用他那印第安人在辩论时常有的沉着而又富于表情的手势，来强调他说话的语气。他的躯体几近赤裸，身上用黑白两色画着象征死亡的可怕的花纹。在他那剃得光光的脑袋上，只有头顶心留着一簇著名的、表示勇武的发髻，发髻上没有别的装饰品，只有一根老鹰的羽毛，它横插在他的头顶，一头垂挂到左肩。他的腰带上，插着一把战斧，还佩戴着一柄英国造的剥头皮的猎刀。一支英国人用来武装他们的印第安盟友的军用步枪，随随便便地横靠在他那裸露的、结实的大腿上。宽阔的胸脯，丰满的四肢，威严的脸容——都表明，这个战士已经到了他一生中的盛年，但还看不出有开始衰老的征兆。

那个白人，从他没有被衣着遮住的那部分躯体看，显然是一个从小就历尽艰辛的人。他的肌肉虽然发达，但并不丰满，显得有点瘦弱。但是，他的每一根神经，每一块肌肉，看来都因长年累月的风餐露宿锻炼得十分坚强结实。他身穿一件淡黄色镶边的深绿色猎衫，头戴一顶光板皮帽，腰间束一条只有印第安人才用的贝壳串珠的腰带，腰带上也佩戴着一柄刀子，但是没有插战斧。他脚上的鹿皮鞋，也像土人一样装饰得很花哨。他下身的服装，只能看到露在猎衫下方的一副鹿皮裹腿，裹腿的外侧系着带子，并用鹿筋吊在膝盖的上端，他肩上还背有一只弹药袋和一只装火药的牛角，这就是他个人的全部装备了。此外，在他身旁的一棵小树上，还靠着一支很长的步枪，不少机灵的白人把这种长枪看成是最厉害的火器。这个猎人——或者是侦查员——的眼睛细小，但是明快、锐利、灵活，说话时不住地滴溜溜转，仿佛在搜寻什么猎物，或者在疑心潜伏在什么地方的敌人会突然到来似的。尽管他看来一贯多疑，可是他的面容不但毫不狡黠，而且还有一种刚毅诚实的表情。

“我们原来住在太阳会被遮住的地方，后来经过那些栖息着野牛的大平原，来到了这条大河边。在这儿，我们和阿里吉威人交战，直到他们的鲜血染红大地。从大河的岸旁一直到盐湖的边上，没有人敢来和我们对阵，这片土地应该属于我们，我们像英勇的战士一样取得这块土地，我们像堂堂的男子汉一样保卫着它。”

“这一切我全听说了，而且也深信不疑，”白人趁印第安人犹豫不语的时候插嘴说，“不过，这些全是英国人来到这儿之前很久的事情了。”

“我的部落是许多部落的祖先，而我是嫡裔。我的血管里流着酋长的血液，它将永远保留着。那些荷兰人登陆后，把火水给了我的人民，一直到让他们喝得天地也分不清，而且还愚蠢地认为自己已经见到了大神呢。后来他们就被迫离开了自己的土地，一步步被赶离了可爱的河岸，最后落到了这样的地步：我作为一个首领和大酋长，也只能从树缝里见到阳光，也一直不能去看一下自己的祖坟！”

除了故事情节外，库珀在这篇小说中，还不吝笔墨地描述了神奇瑰丽的西部荒原，为这部小说注入了鲜明的美国本土元素，也让他成为最知名的美国早期小说家。下面，我们欣赏一下第六章的一个段落。

是呀，我们的两边都是瀑布，前后都是河水。如果是在白天，你们倒很值得花点力气爬到这岩石的顶上去，眺望一下这任性的河水。那真是千变万化啊！它一会儿飞溅、一会儿翻腾；那儿在蹦跳、这儿在喷射；有的地方白得像雪地，有的地方绿得像草坪；这边，它形成深深的旋涡，隆隆声震撼着大地；那边，它又像条小溪似地荡漾着微波，发出低声的吟唱。这条河河水的流向初看上去好像乱七八糟似的，开始时流得平稳，仿佛就要按这样顺流而下，可是没过多远它就拐了弯，往河岸冲去；有些地方甚至往回流了，好像它舍不得离开这片荒野去和咸水混合似的。啊，女士们，就是拿你们颈上漂亮的纱巾来和这流水相比，你们的纱巾也会显得粗陋不堪，跟渔网一样。我可以指给你们看一些地点，那儿的河水真是千姿百态，它奔腾飞溅，无拘无束，仿佛试图造出世间万物。可是，这又算得了什么啊！让它像个任性的汉子一样随心所欲了一阵后，造物主的手又把它给聚集在一起，像你们可以看到的那样，在离这儿几十码的下游，它还得遵照开天辟地以来的天意安排，乖乖地流向大海！

如此优美，我们再读读原文欣赏一下吧。

"Ay! There are the falls on two sides of us，and the river above and below. If you had daylight，it would be worth the trouble to step up on the height of this rock，and look at the perversity of the water. It falls by no rule at all; sometimes it leaps，sometimes it tumbles; there it skips; here it shoots; in one place 'tis white as snow，and in another 'tis green as grass; hereabouts，it pitches into deep hollows，that rumble and crush the 'arth; and thereaways，it ripples and sings like a brook，fashioning whirlpools and gullies in the old stone，as if 'twas no harder than trodden clay. The whole design of the river seems disconcerted. First it runs smoothly，as if meaning to go down the descent as things were ordered; then it angles about and faces the shores; nor are there places wanting where it looks backward, as if unwilling to leave the wilderness, to mingle with the salt. Ay, lady, the fine cobweb-looking cloth you wear at your throat is coarse, and like a fishnet, to little spots I can show you, where the river fabricates all sorts of images, as if having broke loose from order, it would try its hand at everything. And yet what does it amount to! After the water has been suffered so to have its will, for a time, like a headstrong man, it is gathered together by the hand that made it, and a few rods below you may see it all, flowing on steadily toward the sea, as was foreordained from the first foundation of the earth!

詹姆斯·库珀是美国早期最知名的小说家，与华盛顿·欧文同为美国本土文学的代表人物。说起来，他开始写小说也是事出偶然。詹姆斯·库珀 1789 年出生于新泽西州的伯林顿，在纽约的库伯镇长大，这里属于边疆殖民地，生活着很多印第安人，也流传着很多印第安人的传说。在读一本小说时，觉得不满意，就和妻子开了一句玩笑，说要给她写出更好的小说。由此，库珀真的开始了小说作家的生涯。在欧洲游历期间，他深受同时代作家司各特和大仲马的影响，成了美国最早写小说这种体裁的作家之一，也成了美国文学的开山鼻祖。1823 年，他出版了《皮袜子故事集》(*Leather Stocking Tales* ）的第一部《拓荒者》(*The Pioneers*)，1826 年，第二部《最后的莫西干人》成了他最有名的小说。童年边疆生活的经历，让他创作出了纳蒂·邦波（Natty Bumppo）这样一个勇敢、悲情的英雄形象。

这部小说还与一位大名鼎鼎的人物有关，就是电影史上唯一一位三次获得奥斯卡最佳男主角的丹尼尔·戴·刘易斯（Day Lewis，Daniel）。2012 年，55 岁的刘易斯以《林肯》获得第 85 届奥斯卡奖，导演是史蒂文·斯皮尔伯格。另两次获奖是 2007 年的《血色黑金》(*There Will Be Blood*) 和 1989 年的《我的左脚》(*My Left Foot*)。其实，刘易斯出道很早，第一部电影是 1971 年的《血腥星期天》(*Sunday Bloody Sunday*)。还有 1988 年的《布拉格之恋》(*The Unbearable Lightness of Being*)，1996 年的《萨勒姆的女巫》(*The Crucible*)，2002 年的《纽约黑帮》(*Gangs of New York*)，当然还有 1992 年的《最后的莫西干人》。

一个人的成功，一定有成功的理由，刘易斯告诉我们的是，有天赋还不够，那还

丹尼尔·戴·刘易斯：毅然来美国，三获奥斯卡奖

要有什么呢?

美国大片现在可谓是打遍天下无敌手，但美国电影也是表演出来的，它为什么就表演出了真实、表演出了精神，表演出了人性，表演出了气势呢？看一看刘易斯是怎么做的，或许就知道了。

刘易斯是一个英国人，父亲是英国的桂冠诗人，他 15 岁进入戏剧学校，在伦敦国家大剧院出演过莎士比亚戏剧中的哈姆雷特。他的名气之大，甚至对前来看戏的戴安娜王妃都爱理不理。因为仰慕美国著名剧作家亚瑟·米勒，孤身一人来闯美国，却在美国花开更艳。那么，他的成功秘诀在哪里呢，对我们孩子们有什么启示呢?

其实，任何人的成功都不是靠什么魔法一类的东西，勤奋与敬业都是必需的。演《最后的莫西干人》，刘易斯孤身一人停留荒野 6 个月，做了一个独木舟，练习追踪，给动物剥皮，走到哪里，都背着那支火枪，甚至连圣诞晚餐也不例外；演《血色黑金》，他花了两年时间学习 19 世纪初期加州矿业发展史的知识；演《纽约黑帮》，苦练纽约口音；演《因父之名》，他把自己禁闭在一个牢房般的环境长达数月；演《拳击手》，他竟在美国前轻量级拳击冠军巴利·麦克奎根手下受训长达一年半；演《我的左脚》，为了能用左脚夹起一枚针再放下，他苦练数周，这部电影让他获奖无数，包括 1989 年奥斯卡最佳男演员奖；在《杰克和罗斯的情歌》中，他在自己身体上纹了大片的刺青。他说，“我喜欢真实的东西。如果是假的会困扰到我，会影响我进入角色的程度和效果，那个假图案可能一直在提醒我，你并不是那个杰克，并不是。”

刘易斯在英国时已经功成名就，毅然决然来到美国，靠着对工作的深度投入，靠着自加压力的呕心沥血，书写了自己新的人生。史密斯船长等第一代殖民者是英国人，漂洋过海来到美国，靠着耐力、智慧、勇气、自立，终于立足新世界。我们准备留学的同学，当你踏上飞往大洋彼岸的飞机时，你准备好了吗?

如果还没有，不要怕，下一单元我们会通过解读《普利茅斯农场》和《基督徒慈善的典范》，来看看那些最早来到美国的清教徒是如何用不一样的方式开疆拓土，开始他们在新大陆的新生活。

Unit 3

《普利茅斯农场》——五月花号约出真天国

《基督徒慈善的典范》——温斯洛普点亮山上城

美洲来了清教徒："山上之城"种下美国民族优越感和国家强大的最早基因！

真理，这个词我们耳熟能详，但好像从没去弄懂它到底是什么；宗教，这个词我们常常听到，但好像从没去了解它到底是什么。然而，400 年前，有这么一群人，仅仅怀揣着这两样东西，靠着建立“山上之城”的信念来到新大陆，宁死不回头，终于为人类留下了“最后的最好希望”。

2015 年 4 月，我一个朋友的孩子被圣母大学录取，朋友非常高兴，一个原因就是这个学校的中国学生少。最近有一篇文章报道了 10 所中国学生最多的美国大学，其实，美国名校众多，我们选校如此集中，归根结底还是对美国大学了解不够。比如，宗教背景色彩浓厚的学校就会让我们很多学生和家长不愿考虑，尽管这些大学早已和教会没有任何关联了。如果你仔细了解一下，在美国找一所没有宗教背景的好学校恐怕比被常青藤录取的难度还要大。哈佛等 7 所常青藤（Ivy League）大学原来都是神学院，哈佛原本的责任就是培养牧师，把圣经的真理传给新一代。其实，在互联网时代，知识在哪里都能学，留学就是留文化，而宗教文化是美国最重要的文化之一，不了解宗教，留的就只能是学历了。

1620 年，布拉德福特带领 109 名清教徒乘五月花号来到普利茅斯，1630 年，温斯洛普带领 1000 多名清教徒建立了马萨诸塞湾区殖民地，就是今天的波士顿。清教徒是波士顿的最早居民，他们用自己坚定的信仰和价值观，成就了今天的美国。那么，清教徒到底是什么样的人呢？今天，我们能从他们创造的文学作品中汲取到什么东西呢？

现在，我们就结合《普利茅斯农场》和《基督徒慈善的典范》两篇作品，通过找到形容清教徒的几个关键词来回答这个问题。

北京有个很有名的律师，曾在中国学生非常多的威斯康辛、普渡等美国大学做过演讲。在“美国生子记”中，他谈到了教会：

> 很难想象，没有教会的美国是什么样子？我们访学的学校地处远离城市的大农村，这里看到最多的建筑就是教堂。我和妻子都是基督徒，来到学校第一晚还没找到住处，当地基督徒就把我们接到他们家里，而这些人都素昧平生。当知道了妻子怀孕的消息，一对基督徒夫妇很快来看望我们，告诉生

> 孩子应该注意什么、准备什么。事后我们才知道，这对看起来衣着朴素的夫妻，丈夫是哈佛毕业，在大学做教授，太太是伯克利毕业。第二周，他们带来两张小床、座椅摇篮、几十件婴儿衣服、各种玩具、婴儿洗澡盆，喂奶用的枕头，很多都未拆封。他们还不停地帮我们想：还需要什么？得知我们的专业领域，他们甚至送来自己订阅的《纽约时报》。有一次，我们短期外出，回到家，门口放着一箱崭新的小孩子衣服，虽然不知道是谁送的，心里却是温暖而平安。原来是教会里一个华人姊妹与美国姊妹无意中谈起我妻子临产，那姊妹就记住了。这些人并不是高收入人群，只是普通的美国民众，他们自己的生活非常简单朴素。

这里，我们先记住两个词，就是待人友善，生活朴素。还有一个词，我们既熟悉又不熟悉，就是重视教育。说熟悉，是清教徒来到波士顿不久，1635 年就创立了美国第一所公立学校——波士顿拉丁学校，1636 年创立了美国第一所大学——哈佛大学。不过，建立大学可不是让大家来考试、拿学历、找工作的，而是让清教徒的孩子能更好地阅读《圣经》，因为《圣经》是指导个人生活的核心准则。1647 年，通过《老骗子法》，可以说是世界上最早的义务教育法，要求每 50 户要合伙花钱雇用一位老师，每 100 户要建一所语法学校，公立学校的雏形基本建立。直到今天，波士顿的公立教育系统也堪称世界上最完善的。

从波士顿到马萨诸塞州，直至整个新英格兰地区，我们眼中的好大学一抓一大把。常青藤的布朗、达特茅斯、哈佛、耶鲁，还有波士顿大学、麻省理工、东北大学、萨福克大学。文理学院有威尔斯利、霍山、史密斯、阿姆赫斯特、罕布什尔、贝茨、布兰迪斯、宝盾、科尔比、圣十字、康涅狄格、明德、罗德岛设计。有人统计，全美 50 所顶尖大学中的 13 所和 50 所顶尖文理学院中的 13 所都坐落在新英格兰。波士顿是名副其实的大学城，又称美国的雅典，重视教育直到今天仍然是波士顿文化的重要体现。

说不熟悉，是因为教育为什么和清教徒，和阅读《圣经》扯上了关系呢？这，我们还得从欧洲宗教改革和新教的兴起说起。

古希腊和古罗马让欧洲文明达到了一个顶峰。公元 476 年西罗马帝国（Western

Roman Empire）被推翻，欧洲开始了持续千年的中世纪（Middle Ages），这一时期也被称为古典文化没落的黑暗时代（Dark Ages）。中世纪结束于 1500 年左右，标志事件是 1453 年东罗马帝国首都君士坦丁堡（Constantinople）陷落，以及 1492 年哥伦布发现美洲和 1517 年欧洲宗教改革，此后进入现代时期 (Modern Age)。

中世纪的罗马天主教会 (Roman Catholic Church) 完全掌控了人的灵魂，教会是人类来世的代求者。信徒必须毫无疑义地服从教会，人们与其说生活在对末日审判和地狱之火的恐惧之中，不如说是生活在教会和主教的恐惧之中。11 世纪末大学开始兴起，1088 年成立的意大利博洛尼亚大学是欧洲最早的大学，随后是巴黎大学，大学成为欧洲文艺复兴和宗教改革的传播中心。1453 年东罗马帝国灭亡后，一大批拉丁和希腊语著作被重新发现和出版，人们不用教会，自己就可以直接接触到“真神”了，自然带来对教会及其教义的质疑，一场志在恢复罗马古典的拉丁语言、艺术和文化的文艺复兴运动也随之开始。音乐、建筑、雕塑、绘画等艺术开始关注世俗生活而不是宗教世界，开始关注人而不仅仅是神。

达·芬奇的《蒙娜丽莎》惊艳世人，拉斐尔画出了《雅典学院》，米开朗基罗雕刻了《大卫》；但丁以一曲《神曲》成为文艺复兴之父，彼特拉克的《歌集》和薄伽丘的《十日谈》紧随其后；马基雅维利以《君主论》奠定了自己政治学之父的地位，托马斯·莫尔写出《乌托邦》，莎士比亚创作出《哈姆雷特》；在自然科学方面，哥白尼发表《天体运行论》，伽利略《关于托勒密和哥白尼两大宇宙体系的对话》至今仍是科普的经典，开普勒的“行星三定律”到今天更是成为每一个学生的必学内容；对古希腊文学和《圣经》的直接研究，揭开了天主教会在人和神之间放置的面纱，人们自己开始认识到神的真面目，新的人文观和批判精神直接导致了宗教改革和新教（Protestantism）的崛起。

最有名的笑——达·芬奇之蒙娜丽莎的微笑

欧洲宗教改革的标志性人物是马丁·路德，他 1483 年生于撒克逊（Saxony）的艾斯莱本（Eisleben），位于现在德国的中东部，那时属于神圣的罗马帝国（Holy Roman Empire）。马丁·路德 5 岁上学，开始学习阅读、写作和拉丁语。13 岁转到一所注重个人虔诚信仰的学校，他的爸爸想让他学法律，就让他转学到另一所学校。1501 年，他进入德国成立最早的埃尔福特大学。1505 年 7 月，路德遭遇了一场暴风雨，一道闪电险些把他击倒，他暗自祷告，如果大难不死，就做一名修道士。风雨退去，路德安然无恙，他当然没有食言，转而进入奥古斯丁修道院。但路德没有中断学习，1512 年获得博士学位，成为神学教授。

16 世纪初，人们通过阅读原汁原味的《圣经》和古罗马帝国时期的圣人奥古斯丁（Augustine，340—430 年）的文章，开始质疑罗马天主教会的教义。奥古斯丁强调《圣经》而非教士才是宗教的最高权威，人不能通过自己的行动得救，得救只能来自神的恩典。而中世纪的天主教会宣扬通过“善举”取悦上帝才能得救，这种说法无疑为天主教会出售“赎罪券”搜刮民脂民膏提供了依据。1517 年，一个叫约翰·特策尔的教士在德国出售赎罪券，为修缮罗马的圣彼得教堂筹集资金。路德为信仰开始行动，他写出了《关于赎罪券的意义及效果的见解》（*Disputation on the Power and Efficacy of Indulgences*），也被称为《95 条论纲》（*The 95 Theses*），路德冒着“思想反动”的巨大风险，把它张贴在威腾伯格教堂的前门上。

马丁·路德把《95 条论纲》贴到教堂的大门上

论纲实质上是一份供大家辩论的问题清单，头两条就包含了马丁的核心思想，即上帝希望信徒一生追求悔改，唯有信仰而非宗教仪式才能带来拯救，其余都是对这两条的论证依据。我们具体看看：

1. 当主耶稣基督说“你们应当悔改”的时候，他是要求信徒一生都应当悔改；

When our Lord and Master，Jesus Christ，said “Repent”，He called for the entire life of believers to be one of repentance.

2. 这句话不应该被理解为是针对圣礼时所说，比如，在神父主持下的忏悔和赎罪。

The word cannot be properly understood as referring to the sacrament of penance，i.e. confession and satisfaction，as administered by the clergy.

5. 教皇既没有意愿也没有权力来免除任何惩罚。

The pope has neither the will nor the power to remit any penalties.

6. 教皇自己不能赦免罪责，只能宣布和确认罪责已被上帝赦免。

The pope himself cannot remit guilt，but only declare and confirm that it has been remitted by God.

关于赎罪券是否有用，是否花钱越多，得到的赦免就越多，下面两条很有意思，对我们现在的人，对不同信仰的人一样有效。结合生活中经常遇到的例子，大家想一想，是不是奉献越多，所求越灵？

27. 没有任何人有权利说，当钱币叮当作响落入钱箱，灵魂立刻就可以逃脱炼狱。

There is no divine authority for preaching that the soul flies out of the purgatory immediately the money clinks in the bottom of the chest.

28. 很显然，当钱币投入钱箱中叮当作响的时候，增加的只能是利心和贪欲；教堂的代祷是否有效，只能完全取决于上帝的意志。

It is certainly possible that when the money clinks in the bottom of the chest avarice and greed increase; but when the church offers intercession，all depends in the will of God.

《95条论纲》构成了新教的核心：圣经而非教会是宗教权威的来源，拯救通过信仰而非行为来达到，上帝对罪人的拯救和赦免是免费的，教会及神职人员并不可靠，只有《圣经》才是正确无误的，每个人不必通过教会或神职人员，只需阅读《圣经》就可以与上帝神会。

1517年10月31日的质疑行动让路德“一夜成名”，当然也遭到了教会的迫害。

在逃亡期间，路德将希腊语的《圣经》翻译成德语，这也成了德国文学发展史上的一件大事。《圣经》成为每个人都能直接阅读的寻常之物，而不再是教士借此发号施令的权柄。路德还改革了圣乐和礼拜形式，只突出洗礼圣餐和布道圣歌，让宗教回归组织简单、内容平实和形式朴素的原貌，这在那个时代绝对堪称革命性的行动，路德也因此被称为德国的民族英雄和西方历史上的重要人物。1529 年，路德教从天主教分离出来，新教（Protestantism) 得以建立。1555 年，路德新教在德国取得合法地位。

《95 条论纲》撕开教会的面纱

关于马丁·路德，马克思用一句话为他盖棺定论："他打破了对权威的信仰，是因为他树立了信仰的权威。他把僧侣变成了俗人，是因为他把俗人变成了僧侣。"

德国的宗教改革自然波及了海峡彼岸的英国。1534 年，英国国王亨利八世因离婚未果，与罗马教皇决裂，建立英国国教（Anglican Church，又称安立甘宗）。但脱离罗马天主教会，并没有给所有英国人带来欢欣鼓舞，因为从教义内容、教会结构到礼拜仪式，英国国教依然保留着罗马天主教会的痕迹，"换汤不换药"，甚至汤都没换，只换了个"盆"。对此不满的新教徒（Protestants）要求净化（Purify）教会，这些极端的新教徒被他们的对手轻蔑地称为清教徒 (Puritan)，这场发生在 16 世纪末英国教会的宗教改革运动也被称为清教运动（English Puritanism）。

然而，这些清教徒绝非等闲之辈，他们很多人都毕业于剑桥大学（Cambridge University），在成为英国国教教会的牧师后，他们力图在教会实行改革，鼓励个人直接的宗教体验，真诚的道德行为和简单的宗教仪式，清教徒简单朴实的价值观也由此形成。当然，透过这些人的教育背景，你也能理解清教徒为什么对教育如此重视了吧？

英国国教徒的礼拜与英国清教徒的礼拜

1603 年，伊丽莎白一世去世后，继位的詹姆斯一世要求清教徒尊崇国王，凡是违反或怀疑国教规定的人，都要遭受监禁、流放直至死刑的处罚，清教徒的聚会被认定为非法并遭到打压。这时，清教徒内部也逐渐分裂为渐进改革派和激进分离派（Separatists，也被称为朝圣者），新教由此产生浸信会、长老会、公理会等教派。

威廉·布拉德福特（William Bradford）1590 年出生于英国约克郡，一岁半时丧父，母亲也很快离世。1602 年，12 岁的布拉德福特读到了英文版《圣经》，随后参加了布鲁斯特长老的分离派清教徒秘密聚会，开始了自己的信仰之路。

1608 年，像很多清教徒一样，年仅 18 岁的布拉德福特逃离英国，来到宗教相对宽容的荷兰。生活的艰苦，这些清教徒尚能忍受，但看到自己的孩子受到荷兰不良文化的影响，自己的信仰福音又得不到保障，刚刚发现的美洲新大陆就成为了他们无奈的选择。1620 年 9 月，这部分清教徒与另一批英国清教徒汇合，109 人乘载重 180 吨的“五月花”号（Mayflower）踏上了美洲的朝圣之路。他们原本想到哈德逊河一带定居，经过 66 天的漂泊，1620 年 11 月 11 日，“五月花”号在马萨诸塞州科德角（Cape Cod）北端的普罗温斯顿搁浅抛锚。在这里，他们认为与原投资者的合同不再有效，于是，41 名男乘客在上岸之前决定自己制定一个合约，相互自我管理，《五月花公约》（*Mayflower Compact*）由此诞生，布拉德福特是起草人之一，也是第二个签字者。

清教徒的离别（Puritan’s Farewell）

《五月花公约》被视为北美大陆第一个含有民主要素的文件，签署者同意大家共同结合成一个社会，保持统一的政令，通过互助实现共同的目标。他们同意为了共同的利益而创立管理机构、法律和宪法，他们同意这样的法律有着最高的权威，同意共同遵守。换句话说，这份公约表达了这样的思想，即政府是基于被管理者的同意而成立的，而且将依法而治。在同一个社会里的所有公民有自由结合的权利，并可以通过制定对大家都有利的法律来管理自己。实际上，这份公约充分体现了英国启蒙政治家洛克关于政府体制的构想，尽管这份公约的出现早于洛克。《五月花公约》虽然简短，但信仰、自愿、自治、契约、选举、法律等理念浸润其中，这些反映清教徒价值观的关键词几乎涵盖了美国立国的基本原则，因此成为美国历史上第一份重要的政治文献和美国宪法的基石。下面，我们读一读原文：

In the name of God，Amen. We，whose names are underwritten，the Loyal Subjects of our dread Sovereign Lord King James，by the Grace of God，of Great Britain，France，and Ireland，King，defender of the Faith，etc.:

Having undertaken，for the Glory of God，and advancements of the Christian faith，and the honor of our King and Country，a voyage to plant the first colony in the Northern parts of Virginia; do by these presents，solemnly and mutually，in the presence of God，and one another; covenant and combine ourselves together into a civil body politic; for our better ordering，and preservation and furtherance of the ends aforesaid; and by virtue hereof to enact，constitute，and frame，such just and equal laws，ordinances，acts，constitutions，and offices，from time to time，as shall be thought most meet and convenient for the general good of the colony; unto which we promise all due submission and obedience.

In witness whereof we have hereunto subscribed our names at Cape Cod the 11th of November，in the year of the reign of our Sovereign Lord King James，of England，France，and Ireland，the eighteenth，and of Scotland the fifty-fourth，1620.

以上帝的名义，阿门。我们，名字签署在下面，作为伟大的詹姆斯一世的忠顺臣民，借着上帝的恩典，借着大不列颠、法国、爱尔兰国王和信仰捍卫者的恩准：

为了上帝的荣光，基督信仰的弘扬和我们国家和君主的荣誉，进行这次航行并在弗吉尼亚北部建立第一个殖民地。按照本文件，在上帝的面前，彼此共同庄重立约，将我们结合在一起组成公民政体；为创造更好的秩序，达到上述目的，由此颁布、制定、构建公正和公平的法律、条例、法令、宪法和管理机构，以最好地满足和保障殖民地的公共利益，我们保证重视遵守。

布拉德福特签署《五月花公约》

《五月花公约》的原始件已经丢失，现存的一个版本来源于布拉德福特记录撰写的《普利茅斯农场》。布拉德福特在到达殖民地的第二年被推举为普利茅斯殖民地总督，一直到1657年的36年间，他相继担任了30届总督，这让他成为北美洲殖民地早期历史的权威见证人。更可贵的是，布拉德福特数十年如一日坚持记日志，记录下这次航行前后自1608到1647年近40年的故事，包括移居美洲的起因、经过以及到达美洲后遭遇的疾病、饥饿、死亡，还有管理契约的制定、宗教事务与信仰的坚守、与印第安人的协议和战争等发生在殖民地的几乎所有事情。特别是1621年秋天，邀请90名印第安人参加三天的竞走、摔跤聚会和庆祝丰收的宴会，感恩节也由此而来。这本书也被称为清教徒的《天路历程》，是了解美国精神源头的必读文献。

有一首很有名的诗“清教先辈的登陆”（Landing of the pilgrim fathers），也记录了清教徒初次登岸的情形，美国很多幼儿园和小学一年级的学生都要学习背诵。其中的一节：

And the heavy night hung dark,
The hills and waters o'er,
When a band of exiles moored their bark,
on the wild New England shore.
黑沉的夜空，寂寥幽暗
悬在山头，挂在水边
一群漂泊的人儿，停下他们的小船
走向荒凉的，新英格兰海岸。

有意思的是，我们今天要选读的《普利茅斯农场》几乎就是这首诗的注解。下面，我们看一看布拉德福特是怎么描述这些清教徒冒险踏上陌生的美洲，开始他们的信仰之旅；又是如何面对艰苦的生活，互帮互爱，度过生活的困境。这对于我们每一个准备离开父母，独自一人到新环境开始新学习和新生活的学生来说极其重要。

清教先辈登陆新世界（Landing of the pilgrim fathers）
普利茅斯农场（Of Plymouth Plantation）

他们的航行和他们怎样穿越了大海；以及他们安全到达科德海角。他们在享受了一季柔和的海风和美好的天气后，多次遇到了侧风和猛烈的暴风雨，船在风暴中剧烈地晃动，船体上部开始漏水，而船体中部的一根主桅杆被风吹得弯曲裂开了，这使他们开始害怕这艘船是否能完成这次航行。在多次的暴风雨中，狂风是那么猛烈，海浪又是那么高涨，他们根本连1小时1海里的航行速度都达不到，有好几天都只能随风漂流。一天，他们正在一次狂暴的暴风雨中漂流，一个名叫约翰·豪兰德的健壮年轻人绊到了栅栏上，随着船身的一次晃动，他被抛到了海里。上帝保佑，他幸运地抓住了从船上伸出很长的上桅帆的升降索。虽然他因此病了一场，但他后来活了很多年，并且对教会和共和国都作出了贡献。在这次航行的全程中只有一名乘客死去，那就是塞缪尔·福勒的仆人，一个年轻人，威廉姆·巴顿，他在他们靠近海岸的时候死去了。

经过在海上的漫长搏斗后，他们到达了那片叫做科德海角的大陆，他们知道这个地方，并不感到高兴。经过他们自己以及和船主进行的仔细讨论，他们作Z字形航行，并且决定向南航行（风和天气都很合宜）去寻找哈德逊河附近可以居住的地方。然而，他们航行了半天以后，却陷入了危险的暗礁群和咆哮的大浪之中，他们发现自己身处险境时，已经深陷其中了。风也离开了他们，他们决定再次驶向科德海角，希望能在夜晚来临之前脱离险境，而在上帝善良的安排下他们做到了。第二天，他们驶入了海角港口，安全地脱险了。

饥荒时期。

然而，最凄惨的却是，在2~3个月的时间里，尤其是在1月和2月，这群人中有一半死去了，由于严冬的寒冷，缺乏房屋以及其他生活设施，也由于这次漫长的航行带来的坏血病和其他疾病的传播。在最悲惨的时期，这些人中只有六七个是健康人，应该说，他们应该获得高度赞扬。他们不分昼夜忍受痛苦，艰辛地劳动，冒着自己的健康也受到损害的危险。他们为人们搬木柴，生火，准备做饭用的肉，铺床，洗脏衣服，还为人们穿衣脱衣。总而言之，他们为人们做了所有必需的家务事，而这些事情是那些肠胃敏感容易呕吐的人根本连听都不能听的。他们却是非常情愿地做了所有这些事，没有丝毫的勉强，从中表现了对自己朋友和教友们真诚的爱。这是一个值得人们纪念的少见的范例。这七个人中有两个是资深教士威廉姆·布鲁斯特先生和他们的上尉兼军队指挥官迈勒斯·斯坦蒂士。我本人和其他很多人都受到了他们的恩惠。而这些人受到了主的鼓励，因而在这次灾难中他们根本就没有受到疾病或虚弱的困扰。我赞扬这些人的话也同样适用于其他很多在这次大灾难中丧生的人和那些仍然活着的人，在他们仍然健康时，是啊，在他们还有一点力气的时候，他们一直没有停止帮助需要他们的人。而我只想知道主会给他们什么样的奖励。

最早的感恩节（Thanksgiving feast）

布拉德福特 1620 年带领 100 多人建立了普利茅斯殖民地，1691 年，普利茅斯殖民地并入日益兴旺的马萨诸塞湾殖民地，马萨诸塞湾的最早定居者是 1630 年在约翰·温斯洛普 (John Winthrop 1588—1649 年) 带领下来到美洲的清教徒。马萨诸塞湾殖民地能够繁荣起来，很大程度上是因为这些清教徒对信仰的执著和盼望，他们目光远大，立志要为欧洲点亮一座灯塔，用清教徒的信仰为英国、为世界树立一个新的生活榜样。

执著源于相信。清教徒相信预定论（Predestination）和神召论（Doctrine of calling），这两个概念是由马丁·路德之后的欧洲另一位宗教改革家、法国神学家约翰·加尔文（John Calvin，1509—1564 年）提出的。预定论认为上帝是全能全知的，每个人一出生，上帝就知道了他的命运，没有任何人能做到或声称可以改变他们的命运。上帝已经选好一些人，也叫选民，就像犹太人的祖先亚伯拉罕和摩西一样，这些活着的圣徒就是世人的楷模，注定会步入天堂获得重生。在这个过程中，上帝将向这个人展现他的恩典，让这个人知道自己已经得救。神召论是说，想知道你自己是否是选民，就要像圣徒那样奋斗和生活。如果一个人能成功地控制自我，把自己的生活和整个社会秩序化，就表明你是上帝的选民。通俗地说，如果你的事业越成功，就越彰显了上帝对他选民的恩典。所以，美国有很多像比尔·盖茨那样的人，他们越成功，可能就越谦逊，他们认为财富是从上帝而来，是用来荣耀上帝，彰显上帝的恩典而不是自傲挥霍的，这一思想后来成为美国民族优越感的重要来源。

2015 年 12 月 2 日，脸书（Facebook）的创始人扎克伯格为庆祝女儿出生，宣布捐出公司 99% 股权的资产，共计 450 亿美元，近乎裸捐。美国还有一位被称为隐形首善的大慈善家查克·费尼，他创立了 80 亿美元的慈善基金会，他制定的“日落计划”要在自己死前捐掉所有的钱，而自己和妻子却住在普通的公寓，没有汽车，不喜欢美食，捐款从不留名，五个儿女也没有得到多少财产。《圣经·马太福音》中有一句话，“你施舍的时候，不要叫左手知道右手所做的”，这句话简直就是查克·费尼的慈善座右铭。这样的圣徒，如果我们不从宗教的角度去了解，你就永远不会理解他。

2015 年 7 月，《碟中谍 5》全球首映，汤姆·克鲁斯饰演的伊桑·亨特遭到一个叫“神秘国度”组织的追杀，影片拍摄的第一场戏就是男女主角从维也纳歌剧院纵身跳下。其实，在很多美国大片中，你都会看到美国人那种舍我其谁的气势，看到每一个个体身上彰显出的强烈使命感。

有意思的是，这两个看似风马牛不相及的例子，却浑然一体般出现在温斯洛普《基督徒慈善的典范》的演讲中，这篇演讲也由此成为美国基督徒慈善和民族优越感的最早表达。

1618 年，清教徒居多的英国东南部纺织业遭遇经济危机，1625 年，查尔斯一世继位后开始清除清教，约翰·温斯洛普等清教徒开始考虑移民新世界。温斯洛普 1588 年 1 月出生在英格兰的萨福克，从小接受家庭教师的教育，后来进入中世纪英国四大著名律师学院的格雷律师学院 (Gray’s Inn)，在那里形成了强烈的清教信仰，认为英格兰教会一定要清除罗马天主教会的影响。后来，他结识了一些有钱又有影响力的志同道合者，1629 年，他加入了由 90 多名清教商人、有产绅士、律师成立的马萨诸塞湾公司。温斯洛普受到神的启迪，认为波士顿与上帝之间存在着特别的契约，他要在新英格兰建立一个清教社区，一个纯正的理想国。

1630 年，1000 多名清教徒，包括老人、妇女、孩子乘 11 艘船举家前往马萨诸塞，这在当时是最大的一次新世界冒险行动。到 1630 年底，有近 14000 名清教徒定居马萨诸塞，这一时期大规模的移民潮也被称为清教徒大迁徙（Great Migration）。临行前，温斯洛普被选为这次探险的领导者。作为领导者，如何保证这些人能在新大陆生存下去，甚至活得更精彩，给英国教会、给世人带来了更大的启示意义，这是他必须考虑的问题。也许正是基于这一点，在旗舰阿贝拉号（Arbella）船上，他写了一篇著名的布道词《基督徒慈善的典范》，希望用《圣经》中的人性美德帮助大家克服在新世界组建新社区遇到的生活挑战。比如，在大家经济条件不一的情况下如何保证信仰和政治上的平等，如何处理好个人利益与社区整体利益之间的关系，富人对穷人到底有没有救助的义务和责任，个人之间如何按照自愿契约的原则组成社区，是不是应该为社区设立一个共同的愿景。温斯洛普没有说什么大话空话套话原则话，而是从上帝为什么允许存在贫富贵贱开始，从为什么每个人都需要其他人的帮助入手，详细提出了每一个人对社区其他成员表现出仁慈之心的道理和具体方法，包括捐助、借贷和债务豁免等，目的是让这个新基督教社区能在危险的环境中生存下去。最后，他向大家阐明了殖民地的更高目标——“建立一座山上之城”，为这个特殊群体组成的社会注入了更高的使命感。

约翰·温斯洛普（John Winthrop 1588—1649 年）

“山上之城”出自《圣经·马太福音》第 5 章第 14 节：“你们是世上的光。城造在山上，是不能隐藏的。人点灯，不放在斗底下，是放在灯台上，就照亮一家的人。你们的光也应当这样照在人前，叫他们看见你们的好行为，便将荣耀归给你们在天上的父。”这里的“山上之城”指的是耶路撒冷，是上帝应许给他的选民以色列人的“流着奶和蜜的土地”。为此，上帝拣选摩西作为领导者，带领以色人出埃及，回到耶路撒冷。温斯洛普认为，清教徒去新大陆，就像当年以色列人回耶路撒冷，清教徒就是上帝新的选民。选民不是一般的世人，他承担着荣耀上帝的崇高职责，就如《彼得前书》第 2 章第 9 节所说：唯有你们是被拣选的族类，是有君尊的祭司，是圣洁的国度，是属神的子民，要叫你们宣扬那召你们出黑暗、入奇妙光明者的美德。由此，温斯洛普自信自豪地说出了永垂青史的那句话：我们将建立一座山上之城，所有人的眼睛都在注视着我们。

《基督徒慈善的典范》曾是美国历史和文学课程的必读内容，《时代周刊》称其为“数千年来最重要的，美国历史上被引用次数最多的一篇布道文”。里根总统 1981 年的就职演说将美国比喻为文明的灯塔，肯尼迪在就任美国总统前的演说中希望他的政府拥有 4 个基本品质：勇气、判断、正直和奉献，这些作为世界领导者的国家特征的诸多表述都可在“山上之城”中找到渊源。

遗憾的是，我们对这篇文章的研究还很不够，甚至很难找到一篇完整的翻译稿。就是标题“A Model of Christian Charity”（基督徒慈善的典范）的翻译我觉得也有值得商榷之处，将 Charity 译成“慈善”不太符合整篇文章的原意，如果译成“慈爱”可能更准确，更易让人理解。因为“慈善”的汉语含义比较窄，主要指捐赠。对温斯洛普来说，1000 多人移居到一个新地方，如果想生存下去，并且还要生活好，为英国这个不理想的社会做出理想的典范，就一定要有一个纽带把大家“编织”（Knit）在一起。这个纽带一定不是王权或神权组织等级森严的“硬管理”，而应该是能长久并深深地激发人们心灵和情感深处的“软管理”，这个东西就是爱，就是基督徒的兄弟之爱，就是大爱。而且这个爱一定是来自基督上帝，唯有他才能把众人联结在一起，因为每个人都是基督的儿子，每一个基督徒都互为兄弟姐妹。以爱为源头，就能解决诸如贫富、互助、仇恨、嫉妒等所有人类社会中的问题。

好，我们还是看看温斯洛普如何通过解释基督之爱来为新殖民地奠定社会和谐的基础。

这篇演讲词大体可以分为开头、中间、结尾三个部分：

清教徒的村庄

开头，出人预料说贫富。可以说，任何时代任何社会都存在贫富问题，贫富常常是影响社会和谐运行或更迭动荡的主要因素，看看关于贫富的成语之多你就知道这个问题的重要了。比如，穷在闹市无人问，富在深山有远亲；朱门酒肉臭，路有冻死骨；还有扶危济困，嫌贫爱富，妒富愧贫等，如何解决贫富带来的社会矛盾则是一个千古难题。清教徒很多是以家庭为单位移民美洲的，温斯洛普也认识到了贫富不均将是制约殖民地能否建成和谐社会的关键，不过，他既没有喊出劫富济贫或均贫富的口号，更没有虚伪地回避这个问题，反而在布道的一开头就大胆直接地提出贫富不均的现实存在。那么，温斯洛普是怎么解释这个问题的呢？他相信，只有信仰而不是社会等级才能将社会联结起来。下面，我们就从他绝妙的思路和巧妙的表达中感受一下他永恒的智慧。

他确认社会不同成员之间存在贫富之别，但把它归结为上帝智慧的安排；穷富需要互助，但不是出于个人的大义高尚，而是在实现上帝的荣耀。所以，富裕高贵之人不必为自己的成就义举自喜自大，贫穷低贱之人也不必为自己的卑微现实抱怨自弃。此外，每一个人都有需要他人帮助的时候，正如俗语所说，一分钱憋倒英雄汉。从上帝与人的关系看，大家都是上帝身体的一个组成部分，没有哪个更高贵，彼此之间需要兄弟般的友爱，以兄弟之情连在一起。亚当的堕落和原罪，让人类变得自私，阻碍了彼此之间的亲密连接，而基督徒之间的爱是神圣的，是精神上的，是自然的、自由的、积极的、勇敢的、永恒的，每个人都要有上帝一般的美德。用我们熟悉的话说，基督徒之间的“爱是无缘无故的，是无差别的”。这样，爱就成为了人与人之间的纽带。他甚至说到，在某个时候，基督徒必须卖掉一切，把所得施与穷人。当穷尽所有办法都无法使我们的基督徒兄弟从忧患中解脱出来时，我们就必须超出我们的能力给他提供帮助。因为，富人的财富都是因上帝的荣耀而得，也自然应该因上帝的荣耀给予他人。其实，中国古人用成语也表达过类似的意思，只不过更强调的是个人的人格，比如贫而无谄，富而无骄；达则兼济天下，穷则独善其身。温斯洛普则认为得到财富是上帝的荣耀，施予财富是上帝的意旨。

基督徒慈善的典范（A Model of Christian Charity）

全能的上帝以他最神圣和明智的天道，已经昭示了人类的状况，在所有时代，一些人必定富有，一些人注定贫困，在权威和尊严上，一些人高高在上，一些人低下卑微。

其原因在于：

第一，要同意并遵从他创造的世界，让人欢喜兴奋的是，这些种类不同，形态各异的生灵，无不显示出上帝智慧的荣耀；这些品性差异的大千物

> 种，相互组织有序，整体保持和睦完好，无不显示出上帝权能的荣耀；就像拥有很多官员是君主的荣耀，这位伟大的王者也将拥有很多的管理员，无不显示出上帝伟大的荣耀。所以，他认为在分发他的礼物时，通过人给予人要比自己直接经手更为荣耀。
>
> 第二，他可能会有更多的机会来彰显他圣灵的作为：首先，减少和抑制那些恶人，使富人和强者不能吃光穷人，也不能让穷人和弱者起来造反，完全摆脱约束。其次，因着新生，行使他的恩典在他们中间。对于强势人群，使他们具有爱、怜悯、温柔和节制等美德；对于贫穷和劣势人群，使他们具有信心、忍耐和服从等美德。
>
> 第三，每个人可能都需要其他人帮助，进而他们可能以兄弟般的感情凝结在一起。由此可以清晰地看到，没有人比其他人更高贵、更富有，要不是造物主的荣光及其创造的生灵，也就是人的益处，他就没有任何特殊的可尊敬之处。因此，上帝仍然把这些礼物的所有权保留在自己手里，正如在以西结书16：17中，他称金和银是他的宝物。在箴言3：9中，他称基督徒的敬拜是他应得的，"用你的财富荣耀耶和华"。拜神圣的天意所赐，所有人因而被分为两类，富人和穷人，前者凭借自己的努力就能够舒适地生活，而其他人则为穷人。

中间：引经据典有文化。如何处理贫富问题，温斯洛普提出了互助的办法。但这就带来一个问题，我们对其他人责任的界限在哪里？我们有道德上的义务去帮助穷人吗？甚至当我们那样做会把我们也拖穷的时候。回答是肯定的。但温斯洛普也同情这样的说法，一个人在帮助别人之前首先要保证自己的家庭所需。对这个问题，温斯洛普提出了一个不同的思路或价值观，他的结论是，过多的财富会导致我们的心远离上帝，增加人骄傲的罪恶。

那么，财富是一个坏东西吗？当然不是，温斯洛普认为，财富反映着上帝的荣耀，还可以满足家庭所需。他还说，一个人必须与他人共享财富，即使别人不能偿还他们的债务。如果一个人的财富可以为公共利益所用，那么，在清教社区里个人利益是可以接受的。你把钱给别人，上帝甚至在你活着的时候就会还你百倍。对于别人借钱你借不借、借多少、还不上怎么办等，温斯洛普都给出了具体答案。

简单地说，挣钱是上帝给你的荣耀，但财富要与其他人共享。这就是为什么清教徒努力工作，但仍能保持生活简朴的原因，查克·费尼就是这样的典范。

温斯洛普在这一段主要讨论施舍的问题，为此，他引用了《圣经·马太福音》等篇章中的大量内容，确实给我们带来意想不到、豁然开朗的震撼。比如：

> 论施舍
>
> 6：1 你们要小心，不可将善事行在人的面前，故意叫他们看见；若是这样，就不能得你们天父的赏赐了。6：2 所以，你施舍的时候，不可在你前面吹号，像那假冒为善的人在会堂里和街道上所行的，故意要得人的荣耀。我实在告诉你们：他们已经得了他们的赏赐。6：3 你施舍的时候，不要叫左手知道右手所做的；6：4 要叫你施舍的事行在暗中，你父在暗中察看，必然报答你。6：5 你们祷告的时候，不可像那假冒为善的人，爱站在会堂里和十字路口上祷告，故意叫人看见。我实在告诉你们，他们已经得了他们的赏赐。6：6 你祷告的时候，要进你的内屋，关上门，祷告你在暗中的父，你父在暗中察看，必然报答你。
>
> 论天上的财宝
>
> 6：19 不要为自己积攒财宝在地上，地上有虫子咬，能锈坏，也有贼挖窟窿来偷；6：20 只要积攒财宝在天上，天上没有虫子咬，不能锈坏，也没有贼挖窟窿来偷。6：21 因为你的财宝在哪里，你的心也在哪里。

道理讲完了，现在看看温斯洛普如何以问答的形式，从施舍、借出和豁免债务三个方面，告诉人们慈善具体应该怎么做。首先看施舍：

> 仁慈的义务以施舍、借出和豁免债务这些行为来履行。
>
> 问：关于施舍，一个人应遵循什么规则？
>
> 答：如果是在平时，他就把富余的捐献出来。让他向上帝祝福的那样去储备钱财吧。如果是在非常的时候，他就必须对此有所考虑，妥善应对处理；这样，一个人就不会做过头，尤其是如果他想给自己和家人留下足以维持舒适生活的财产。
>
> 反驳：人们必须为后代积累财产，父亲要为子孙后代积蓄财产，否则，

他就比一个不为自己积累财富的异教徒还要坏。

答：关于第一点，很明显，那只是相对而言，它是指为人之父平时和通常的做法，不能推广到非常的时候和场合。关于另外一点，使徒反对的是那种行为背离常轨的人，而且毫无疑问，一个人若由于自己的懒惰和放纵而忽视养家的责任，那他就比不信教的人还糟糕。

反驳："智慧的人眼目光明，能预见到灾祸。"所罗门说。因此我们必须有先见之明，积蓄钱财，为将来的不幸做好准备，以备家人之需。

答：所罗门这句话正是来劝说人们要慷慨大度，《传道书》第 11 章说："当将你的粮食撒在水面，因为日久必能得着。你要分给七人，或分给八人，因为你不知道将来会有什么灾祸临头。"《路加福音》第 16 章第 9 节说，"你们要借着那不义的钱财结交朋友。"你们要问，这是怎么回事？很好。首先，捐献给穷人等于借钱给耶和华，甚至在他还活着的时候，上帝就会给他或他的家人百倍的回报——义人永远慈悲为怀、乐善好施，他施下的善举必为此蒙福；此外，我们知道，当清算的日子来临，我们具有怎样的优势：许多证人将站出来为我们人品的提升见证。我很想知道，那些热衷于为将来积蓄财富的人，是否把《马太福音》第 6 章第 19 节视为福音："不要为自己积攒财宝在地上"。如果他们承认它，他们是多大程度上接受它的？让他们思考一下我们救主这句话的理由所在，首先，这些财宝要受蛀虫、铁锈和窃贼之害。其次，这些财宝会偷走人心：财宝在哪里，你的心也会跟到哪里。

在任何时代这都是永恒不变的道理。因此这必定是个普遍且永久的劝诫，无论何时，只要教会有特定的需求或我们的兄弟面临个人的忧患，确实需要用到这些东西；在其他情况下，积蓄财富不仅是合法的，也是必要的，就如约瑟在这类情形下所做的一样，就如耶和华(我们是帮他看管财物的管家)将从我们这里索取它们一样。关于第一种情况，基督已经给出一个例子，他派他的门徒去牵驴，并吩咐他们对驴的主人说，主需要这头驴。当要修建会幕时，他向他的子民呼求白银和黄金，如此等等；他提出的理由仅仅是这是他的工作之需。当以利沙见到撒勒法的寡妇，发现她正准备把一丁点儿食物做给她自己和家人吃时，他吩咐她先把吃的给他；他要求她在给家人拿吃的之前，先献出给上帝的那份食物。这一切都在教导我们，主的看法是，如果他乐意主张对我们所有的任何东西的权利，我们自己的利益就应退居一旁，必须先满足他的要求。对其他人呢，我们不必舍近求远，只须看《约翰福音》："凡有世上财物的，看见弟兄穷乏，却塞住怜恤的心，爱上帝的心怎能存在他里面呢"，由此可以准确地得出如下结论：如果你的弟兄陷入贫困，而你能够帮助他，你不必心存疑虑，如果你爱上帝的话，就必须帮助他。

留足上帝的，才是自己的，施舍就是上帝取走他寄放在你那里的东西，这是很简单的道理。如果你爱上帝，你就需要帮助人，这个行为甚至与善良、怜悯或大义无关。

关于出借的原则，温斯洛普引用了圣经《申命记》来阐述自己的论点。我们还是先看看《申命记》第15章"安息年"说了什么。

每逢七年末一年，你要施行豁免。不可向邻舍或弟兄追讨。你弟兄中若有一个穷人，你不可忍着心、攥着手，不去帮补你贫乏的兄弟，总要向他松开手，补他的不足。给他的时候，心里不可愁烦，因耶和华你的神必在你这一切所行的，并你手里所办的事情上赐福与你。

现在，我们可以理解温斯洛普下面一段话的意思了。

问：我们出借时必须遵守什么规则呢？

答：你必须照此行事：看你的兄弟是否有偿还你现有的、可能有的或者也许有的资财，如果这些都没有，你必须根据他的需要借给他，而不是他要借多少就借多少。如果他现有的资财可偿还你，你就不能认为对他行了仁慈之举，而是以交易的方式出借，此时你要循正义的规则行事；但是如果他用来偿还你的资财只是可能有或者也许有，那么他就是你表示仁慈的对象，你必须借给他，尽管有失去这些财物的危险，正如《申命记》第15章所说，你弟兄中若有一个穷人，你要照他所缺乏的借给他。

人们不可因为明显的危险就逃避这一义务，上帝告诉他们，虽然禧年

（jubilee）在即（到时他必须免除债务，如果他在此之前无力偿还的话），他还是必须高高兴兴地借钱给他："给他的时候心里不可愁烦"；有人也许要反对：为什么？这样我和我的家人岂不很快就一贫如洗了？对此上帝补充说"并你手里所办的事情上，赐福与你"；在《马太福音》第5章第42节，我们的救主说："有向你借贷的，不可推辞。"

问：我们豁免（债务）时必须遵守什么规则呢？

答：无论你是以交易的方式出借，还是出于仁慈，如果他拿不出什么东西来偿付你，你必须宽恕他（除非你有担保或者合法的抵押品）。《申命记》第15章说，每隔七年债主就要豁免他借给弟兄的钱财，如果他无力偿还的话。在这类事情以及类似的情形下，基督耶稣在《马太福音》第7章第12节给出了一条普遍的规则，"无论何事，你们愿意人怎样待你，你也要怎样待人。"

温斯洛普唠唠叨叨地说了这么多，其实我们民间的老百姓也有类似的表述。倪萍在《姥姥语录》中就记录了姥姥说的两句话：有一碗饭给人家吃，自己饿肚子，这叫帮人；一锅饭你吃不了，给人一碗，那叫人帮你。做好事不该让人知道，让人知道就变味了；做好事都是应该的，就像一个人不偷东西，你还表扬他？

如果这篇演讲到此结束，那我们今天就不用在这里劳神费力了，正是最后一部分，温斯洛普为这篇演讲注入了永久的活力：我们与上帝建立了契约，大家要以最大的温恭、柔顺、耐性和慷慨，像兄弟一样合为一人，一同欢喜、一同劳动，要把殖民地建成"山上之城"，成为英国的榜样。与上帝立约，这些来到美洲大陆的清教徒自然就是上帝的选民，就像当初的以色列人一样。曾写出名著《美国人民的宗教历史》的耶鲁大学教授阿尔斯特罗姆甚至认为，真正影响美国文化的是新英格兰所代表的清教运动，而不是华盛顿等建国者所代表的启蒙思想。

下面，我们一起欣赏温斯洛普演讲的这一部分：

上帝与我们之间的事业屹立于此。为了这项工作，我们和他订立了契约。我们已领受了一项使命，耶和华准允我们起草自己的协议约定。我们已宣布要从事这些行动，要达到这样和那样的一些目的，我们于此恳求他的恩准与祝福。倘若耶和华乐意听取我们，把我们平安地领到我们祈盼的地方，那就说明他批准了这个契约，给我们的使命盖上了印章，并且希望我们严格履行其中包含的条款；但是，倘若我们因懈怠而忘记遵守这些作为我们目标的条款，并且在上帝面前弄虚作假，我们就要堕落到去拥抱现世，满足肉欲所求，为我们和我们的后代寻求更好的东西，耶和华必会向我们发烈怒，报复这样一个发伪誓的民族，使我们知道违反这样一个契约要付出的代价。

避免大船颠覆并为我们的后代奠定基础的唯一途径，就是遵从先知弥迦的建议，行公义，好怜悯，存谦卑的心，与我们的上帝同行。为达到这一目的，我们必须在这项工作中团结起来，合为一人。我们必须以兄弟般的情谊相待，我们必须欣然捐弃自己身上多余的东西，以供他人之需。我们必须以最大的温恭、柔顺、耐性和慷慨建立一种亲密的交流。我们必须为彼此感到高兴，设身处地为别人着想，一同欢喜、一同悲悼、一同劳动和受苦，永远要看到我们在这项工作中的使命和团契，我们的团契就像一个身体的各个组成部分。我们须在和平的盟约之下保持精神的一致。耶和华将成为我们的上帝，乐意住在我们中间，就像住在他自己的人民中间一样，他还将在我们前进的路上降给我们福泽，所以较之我们从前所熟见的，我们将更能一睹他的智慧、权能、善与真。我们将发现，以色列的上帝就在我们中间，那时我们十个人即可抵挡我们的一千个敌人。

我们必须认识到，我们将作为一个“山上之城”，所有人的眼睛都注视着我们。如果我们在我们所从事的事业上对上帝不忠，上帝立刻就会收回他对我们的帮助，我们就会沦为世人的笑柄。我们的所作所为会让敌人张开嘴巴来诋毁上帝的道路，以及仰靠神的名所做的一切。我们将会在诸多上帝可敬的仆人的面前蒙羞，并且使他们的祷告变成咒诅降临到我们身上，把我们毁灭在通往盼望之地的路上。

这段话值得背诵下来，特别是含有“山上之城”（City upon a hill）的最后一段：

For we must consider that we shall be as a city upon a hill. The eyes of all people are upon us. So that if we shall deal falsely with our God in this work we have undertaken, and so cause Him to withdraw His present help from us, we shall be made a story and a by-word through the world. We shall open the mouths of enemies to speak evil of the ways of God, and all professors for God's sake. We shall shame the faces of many of God's worthy servants, and cause their prayers to be turned into curses upon us till we be consumed out of the good land whither we are going.

1636 年为培养清教牧师而建立的哈佛学院；哈佛大学徽章上三本打开的书上写着“真理”

说了温斯洛普和他的《基督徒慈善的典范》，如果你觉得这个人和这篇布道词比较陌生，那么，哈佛大学你一定熟悉了。1636 年，为了培养清教牧师，马萨诸塞湾殖民地建立了哈佛学院，就是哈佛大学的前身，哈佛大学有两座住宿学院楼就命名为温斯洛普楼（Winthrop House）。哈佛大学校门口的一块石碑上刻着：“上帝的保佑让我们平安抵达新英格兰，我们建立家园、建立敬拜上帝的教堂、也建立了政府，以惠及后代。接下来，我们最渴望的事情之一就是更多地学习。唯恐当我们归于尘土时，只留给众教会一个没有文化的职事。” 为此，1646 年制定了这样的校规（Rules and Precepts）：“让每一个学生都被清楚教导并认真思考：学生生活和学习的最终目标是，认识上帝和耶稣基督，这就是永生（约 17：3)。并让每一个学生把基督作为一切正统知识和学习的唯一的根基。要知道主是智慧的源头，每一个人都要独自诚心祈求，寻求来自上帝的智慧”。1692 年哈佛大学制定的格言（motto）是“Veritas Christo et Ecclesiae”，就是“基督和教会的真理”，在学校图书馆、教堂、宿舍等很多建筑上都能看到这句话。这句话也被写在盾牌型的校徽上，校徽的盾牌上有三本书，两本是朝上打开的，一本是朝下扣着的，意思是明晰真理需要上帝的启示。经过几百年的发展变化，现在学校的校徽盾牌上只有一个词“Veritas” ，就是真理 (Verity or Truth)，写在三本打开的书上。从建校目的到学校格言都可以看出，发现和体验真理是学校的永恒追求。

到此，我们该理解什么是真理了吧。对基督徒来说，真理就是上帝的智慧，就是上帝的话语。作为上帝的选民，努力工作、勤奋节俭、爱心慈善就是荣耀上帝的证据。由此，自由进取、信心正义、勇气开拓、勤奋创新、节俭信誉，重视教育都成了清教徒的核心价值观。

对信仰的敬畏与虔诚是必需的，但如果只是机械地盲从而没了理性的思考，也会出问题。很快，马萨诸塞湾殖民地就出现了两起惊人的冤假错案，也催生了两部伟大的文学作品:《红字》和《萨勒姆女巫》，下一单元，我们就讨论这两部作品。

Unit 4

《萨勒姆女巫》——步步惊心的狂热与偏执

《一个血红的 A 字》——活活剥开的灵魂与人性

伊丽莎白一世：我没有窥视人们心灵的窗户

纳撒尼尔·霍桑：羞愧、绝望、孤独，这些都曾是她的老师我常注意到，妇女们深受挫折时会显示出坚韧不拔的意志。有些灾难，会使男人精神崩溃，陷入绝境，却似乎能唤起温柔女性的全部活力，让她展现出无畏高尚的品格，有时竟超凡出众。在一帆风顺的人生之途，她一直那么孱弱，事事依赖，任何一点烦扰均令她不安；但每当遇到丈夫遭受不幸，她却会突然精神昂扬，给他以安慰和支持，使他毫无畏惧、坚定不移地去承受巨大的天灾人祸。见到如此温存而娇柔的女性，最令人感动。

——华盛顿·欧文《见闻札记》

2012年9月，我的外甥女到美国EA高中交流一年，我就问她，你们的英语课怎么上啊？她说，课前阅读，然后上课讨论。她刚到学校，就赶上老师要求读纳撒尼尔·霍桑的《红字》。《红字》是19世纪美国黑色浪漫主义文学的代表作品之一，内容包括了通俗小说涉及的诸多要素，如“隐私”、“通奸”、“私生子”，美国高中为什么会把这部看起来“儿童不宜”的小说列入教材，甚至还位列美国高中生十大必读小说呢？

如果仔细读一下这部小说，就会发现，小说通篇几乎没有一个段落，甚至一个句子是“儿童不宜”的。就是在情节上，霍桑也没有像他同时代的作家司各特、大仲马那样靠悬念取胜，故事谜底在小说一开始就真相大白。小说开篇就是海斯特·白兰，非常漂亮的女主人公，因为通奸在刑台示众，怀里抱着她的私生女珠儿。人群里有一个老男人齐灵渥斯，就是海斯特几年前失踪，据说已经被印第安人杀死的丈夫。总督让海斯特说出孩子的生父是谁，小镇的年轻牧师丁梅斯代尔也被请来劝说海斯特，海斯特就是不说。到此，故事的主角都已经出场，你基本可以猜出那个受人尊敬的牧师丁梅斯代尔就是每一个人都想知道的“奸夫”。七年后，备受内心折磨、身体日渐虚弱的丁梅斯代尔终于站在刑台，向众人说出真相，随后死去。

小说从始至终都是一群固执、刻板的清教徒在那里慢慢吞吞、磨磨叨叨地讨论灵魂和救赎，见不到世俗的吃喝拉撒、卿卿我我。但就是这部小说，被称为经典中的经典，霍桑也被称为作家中的作家，还影响了麦尔维尔、海明威等一批大作家。麦尔维尔在《白鲸》的扉页写道：为了表示我对他天才的敬仰，本书的写作和刊印献给纳撒尼尔·霍桑。中国作家马原也在中译本的序言中讲了自己年轻时第一次看到这本书时的惊奇和兴奋。那么，这个有故事，却没有多少故事悬念的小说到底讲了什么？为什么今天仍然值得我们阅读呢？

这，就得先说一说作者霍桑了。什么样的人写什么样的小说，霍桑 1804 年 7 月 4 日出生在马萨诸塞州古老、闭塞、沉闷的小镇萨勒姆，四岁时，父亲出海死于加勒比海的苏里南岛，母亲带着他和两个姐妹寄居在舅舅家，九岁时他又不慎跌伤了腿。没有父亲，腿又有点瘸，再加上寄人篱下，让这个原本就羞怯、内向，喜欢一个人沉思默想的孩子越发孤独、自闭，特别是他还有一个不光彩的祖先赫桑（Hathorne)，给他留下了挥之不去的阴影。1692 年，萨勒姆发生了一起影响美国历史的有名案件——“萨勒姆驱巫案”，很多无辜的村民被萨勒姆宗教法庭送上绞刑台，而赫桑就是法官之一。上大学时，霍桑就在自己的姓氏赫桑（Hathorne) 里加了一个字母“W”，改为霍桑（Hawthorne)。也有人说，改姓是为了消除当时一个被处死“女巫”的丈夫对赫桑家族的诅咒。

除了写小说，霍桑还有一件有名的事情，就是这个孤独、内向的人却有一群很有名的朋友。其中一拨人是他的大学校友，如诗人朗费罗以及后来成为美国第十四任总统的皮尔斯。还有一拨人就是他在康科德居住时结识的美国超验主义的大师级人物，如美国最伟大的思想家艾默生、《瓦尔登湖》的作者梭罗，这两拨人也是我们美国文学中的重要的人物。这里，我们先看看霍桑的大学校友和他的大学。

在亲戚的资助下，霍桑进入缅因州的鲍登学院（Bowdoin College）。这所 1794 年成立的学校在文理学院中排名前十，以马萨诸塞州前州长詹姆斯·鲍登的名字命名。在鲍登学院的网站上，你会看到对霍桑和《红字》的介绍：

> Two of the best-known American writers of the 19th century，Nathaniel Hawthorne and Henry Wadsworth Longfellow，graduate in Bowdoin’s celebrated Class of 1825. It was only in later life，however，that they became close friends. After traveling in Europe，Longfellow returns to Bowdoin in 1829 as professor of modern languages and librarian.

这一段介绍了美国文学史上极其有名的两个人物——霍桑和诗人朗费罗，两人同为 1825 届毕业生，朗费罗 1829 年回到鲍登学院担任现代语言学教授。据说第一首译为中文的英语诗就是朗费罗的《人生颂》（*A Psalm of Life*），时任大清国总理各国事务衙门全权大臣的董恂曾将这首诗书于扇面，并转交给远在波士顿的朗费罗，此扇现存于朗费罗故居。

一个年级，两位巨匠

Hawthorne publishes his first novel，Fanshawe，a romance set at a college resembling Bowdoin. He later disavows the book. A descendant of a Salem witch trial judge，Hawthorne is fascinated by New England's past，perhaps best conveyed in his great novel of Puritanism，The Scarlet Letter .

这一段提到了《红字》。1828 年，霍桑出版了他的第一部小说《范肖》，讲一个发生在类似鲍登学院的浪漫故事。作为萨勒姆驱巫案法官的后代，霍桑对发生在新英格兰过去的那一段历史非常着迷，或许这种情感反映在了他最伟大的清教主义小说《红字》之中。

美国大学和美国民族的历史一样悠久，所以，当你查看一所大学时，你经常会看到美国历史和美国文学史上的那些名人大家。比如，在中国十分有名的小说《飘》的作者毕业于史密斯学院，前国务卿希拉里和宋氏三姐妹之一的宋美龄都毕业于韦尔斯利大学。我发现，很多准备留学的孩子很少去详

海斯特刑台示众（The young woman stood fully revealed）

细研究学校的历史背景，甚至临近申请还没去看网站，而是花超多的时间准备赛达和托福考试。要知道，美国大学是靠申请的主观性评价而不是唯分数的客观评价，申请就如谈恋爱，如果你不去了解学校，不知道她的过去，她的品性特点怎么能行呢？而了解学校最重要的途径就是学校的网站，更重要的是，看了网站，你可能更会回答“为什么申请我们学校?”这类问题，或者会大大开拓你申请作文写作的思路。比如，如果你在体育方面有特长或研究，对学校网站上一位 1979 年毕业的校友获得 1984 年洛杉矶奥运会马拉松金牌或许会感兴趣。

1984 年 ——Joan Benoit Samuelson (Class of 1979)，of Freeport，Maine，wins the gold medal in the first women’s Olympic Marathon，in Los Angeles.

参加奥运会的不是专业选手，是学生，还能拿金牌

就像作家莫言小时候听了太多的鬼故事一样，霍桑大学毕业后回到了萨勒姆小镇，在长达十几年的时间里几乎终日与舅舅家和萨勒姆图书馆里的藏书为伴，那些书中有不少是关于巫术的、传奇的，这肯定也影响了《红字》的创作。《红字》的开篇就极其奇特，用快到半本书那么长的序言《海关》来开头，估计很多人都看腻了，但小说的第一章还没到。序言的大意是，一个在海关工作的无名讲述者在阁楼发现了一卷旧报纸，有两百年了，用一个镶着金边，绣着红色字母 A 的布包裹着。讲述者被解雇后，却高兴地如释重负，决定写一部小说来解密红字的故事。

人的社会生活可以用两种模式来规范引导。一种是强调榜样的作用，注重为社会树立好典型；另一种是强调个人的罪和忏悔，让人自己去克服天性中恶的一面。霍桑更注重人性中黑暗的一面，比如虚伪、堕落、自以为是，他认为人需要通过诸如内疚与罪这样的事情来反思自己和完善自己，就像《红字》中的海斯特和丁梅斯代尔一样。所以，这部小说不需要悬念谜底，而需要你去感受那长久难熬、滴血淋漓的灵魂挣扎。他想证明的是，人性恶的一面每个人都有，不管你花多大力气去压制它，而在乌托邦的社会里人们却没有多少机会这样做。

霍桑在萨勒姆海关找到了一份做检量员的工作，就像《海关》中的那个讲述者一样，他发现这个工作极其无聊，简直快让他疯掉了。1848 年，他被解雇了，1850 年，就发表了他最有名的小说《红字》。

霍桑的经历对《红字》的写作有着直接影响，他的清教徒祖先黑色的一面让他一度窘迫不安，他花了大量时间去研究清教信仰，并用自己家族的过去来形成自己的主题。也正因为如此，想要了解《红字》，想要理解这些本来因受宗教迫害才来到新世界的清教徒为什么同样施行宗教迫害，我们就得看看霍桑的祖先到底做了什么？萨勒姆清教徒的社会到底什么样？为此，我们先了解另一部伟大的戏剧作品《萨勒姆女巫》(*The Crucible*)。

说《萨勒姆女巫》，同样要先说一下它的作者亚瑟·米勒（Arthur Miller 1915—2005 年）。米勒被称为 20 世纪美国最伟大的剧作家，包括"普利策奖"在内，他获奖无数，2005 年去世时，百老汇为他熄灯一分钟，以示哀悼。

米勒长在纽约，父亲是一个服装制造商，开了一个小商店，但在 20 世纪 30 年代的大萧条中破产，米勒的家因此也从曼哈顿的大公寓搬到布鲁克林的小房子。1932 年到 1934 年，他做过卡车司机、电台歌手、商店收银员。1934 年，他揣着打工挣的 500 美元到了密歇根大学安娜堡分校，专攻英语。注意，我们现在也有超多的孩子去了这所大学读书。

米勒在中国最有名的作品应该是《推销员之死》和《萨勒姆女巫》了。对于他的成功，评论家说他能戏剧化地表达出常人在日常生活中遭遇的痛苦，1949 年在百老汇上演的《推销员之死》就是这样。这部戏 1983 年在北京人艺上演，在剧中，60 岁的主角威利·洛曼被解雇了，面对生活的巨大压力和作为一个父亲的失败，自杀成为他自然的选择。威利的妻子琳达知道丈夫处于深深的痛苦和悲伤之中，但他们的儿子比弗却责怪他爸爸怪异的举动。琳达的回答成为美国戏剧史上的一句经典，在今天，这句话也会温暖很多人的心：

琳达：我从未说过他是一个大人物，威利·洛曼从未赚过大钱，他的名字也从未在报纸上出现过。但是，他是一个人，而且，他正面临一个非常糟糕的事情，所以，我们必须给他关心。不要让他像一条老狗一样掉进坟墓。关心，我们一定要给这样的人关心，你却说他疯了。

LINDA： I don’t say he’s a great man. Willy Loman never made a lot of money. His name was never in the papers. But he’s a human being，and a terrible thing is happening to him. So attention must be paid. He’s not to be allowed to fall into his grave like an old dog. Attention，attention must be finally paid to such a person. You called him crazy.

《推销员之死》之所以成功，就在于每一个观众都能在威利的身上找到自己的影子，这就是米勒的功力所在。在《萨勒姆女巫》中，米勒同样选取了一个艰难年代的故事，他让我们看到，在对宗教信仰的固执与失控状态下，人性中的自私、软弱、卑劣、凶顽与良知的冲撞，以及由此演绎出的人性悲剧，当然还有这一悲剧给我们带来的反思与警醒。

萨勒姆 (Salem) 在波士顿以北，是美国最有名的小镇之一，1620 年，五月花号载着第一批清教徒在附近的普利茅斯上岸，五年后就有人在这个地方居住了。现在，萨勒姆也是波士顿旅行的重要景点，街道上有很多藏着历史故事的老房子，包括当年萨勒姆驱巫案法官乔纳森·科温的房子。另一个法官，霍桑的祖先约翰·赫桑就埋在一条街道旁。镇上还有一个女巫博物馆，里面有女巫受审全过程的场景。

萨勒姆驱巫案起因于小镇牧师帕里斯的女儿贝蒂得了一个怪病，有人说她被巫术附体了。经常给女孩们讲鬼故事的女奴蒂图巴首先成为怀疑对象，严刑拷打之下，她承认自己是女巫，其他女孩纷纷指证镇上那些她们不喜欢的村民借巫术害人。镇子里谣言四起，每个人都陷入被指认的恐惧之中，每天都有人尖声嚎叫，直愣愣地走路。谁家的牛奶坏了，谁家的牲畜生了怪胎，通通都被认为是

萨勒姆女巫博物馆

女巫作怪。总督费普斯组成审判法庭，法官们决定，中了邪的人只要声称看到谁身上有光圈、红肿、印痕，就可以作为巫婆的证据。一时人心惊慌，看谁都像巫婆、巫汉，每个被怀疑者承认自己还要揭发别人，还有夫妻互相揭发的，女儿检举父母的，孙女指证祖父的，家人之间争相“划清界线”，以示自己清白，而那些被指证的人全部是无辜的。有的受审者说，“他们告诉我，如果不招认，就会被关到地牢里吊死，如果坦白就能保住性命。”村妇毕歇普被人揭发，说她变成猫去偷鸡蛋，1692年6月10日，她第一个被押往绞架山（Gallows Hill）吊死。

下面，我们就通过这部作品的序幕、第二幕、第三幕的三个片段来感受一下造谣、诬陷、迫害是如何发生的。

萨勒姆女巫 (The Crucible)

序幕

巴里斯的住宅坐落在“乡镇”内——按今天的标准简直还不如一个乡村。教友聚会就在附近：从这里延展出去直到海湾或内陆，只有很少一些带小窗户的深暗色房屋，蜷伏在阴冷的马萨诸塞冬日里。对欧洲人来说，这里是个荒蛮的边疆，住着一支盲目的教徒。

没有人真正知道他们是怎样生活的。他们没有小说家——任何人即使手边有小说，也不许看。他们信仰的教义禁止任何类似剧院或“无益的娱乐”这类玩意儿。他们不庆祝圣诞节，假日对他们来说只意味着应该更加专心地祷告。

这里实行两人一组的巡逻队执勤制度，他们的任务是“在人们做礼拜的时候来回巡逻，注意有谁在教堂里没有认真听牧师布道，对仪式漠不关心，或者留意谁在家里或地里表现不良，然后把这些人的名字记下来，报告到行政长官那里去，于是这些人就有可能被指控”。这种特别爱管别人闲事的风气在萨勒姆居民中久受尊重，无疑产生种种猜疑，其中许多猜疑助长了那阵正在来临的疯狂。

邻近就是荒野的边缘。大陆无边无际的朝西展延，无比神秘。一眼望去，茫茫大地隐秘而咄咄逼人，印第安人不时从那里出来袭击他们。萨勒姆人认为这块处女林地就是魔鬼最后的保留地。为此，他们采取了一种固有的对抗乃至迫害的态度。他们的祖先当然在英国受过迫害，所以他们和他们的教会认为有必要不给任何其他教派以自由，唯恐他们的新耶路撒冷受到错误的生活方式的破坏和骗人的思想的亵渎。一句话，他们相信自己坚定的双手正在高举那支会照亮世界的圣烛。

萨勒姆的悲剧是从一种似是而非的谬论发展起来的。我们今天依然生活在这种似是而非的谬论的钳制之下，而且，我们还没有希望找到解决的办法。原因很简单：萨勒姆居民为了良好的意图，甚至是严正意图而发展了一种神权政治，一种政教结合的力量，其作用就是要保持社会的一致性，不让任何分裂现象出现，以免物质上或思想上的敌人来破坏它。

几天后，村民请来另一位牧师赫尔来到小镇帮助捉妖，忠厚老实的村民普洛克托以莫须有的罪名不幸被盯上了。

第二幕——8 天后，普洛克托家的起居室。

赫尔：……今天下午到晚上，我挨家串门，进行私访——我刚从吕蓓卡·诺斯家里来。

伊丽莎白（普洛克托的妻子）：（惊讶地）吕蓓卡被人控告了？

赫尔：主不许这样的人遭到控告，可是有人提到了她。

伊丽莎白：我希望你永远不要相信吕蓓卡会跟魔鬼打交道。

赫尔：大嫂，那种事也许会有的。

普洛克托：（吃惊）您当然不能那样想。

赫尔：如今可是个古怪的时刻。先生，黑暗势力正聚到一起猛攻这个乡镇，这一点再也没有人怀疑。现在证据已经那么多，否认不了啦，您同意吗，先生？

普洛克托：（回避答复）我，我对这方面不了解。不过很难叫人相信像吕蓓卡这样一个虔诚的女人，七十年来一直是个信主的好人，暗地里会是魔鬼的婊子。

赫尔：嗯。可是魔鬼挺狡猾啊。这一点您没法否认吧。不过，吕蓓卡还没到被控告的程度，我想，她是不会的。（停顿）现在，先生，我想就您家基督教的资格方面提几个问题。

普洛克托：（冷淡而不满地）怎么，我们，我们不怕别人提问题，先生。

赫尔：那就好。（他坐得更舒服一点）我在巴里斯先生保存的记录本里，发现你们在安息日难得进教堂。

普洛克托：不对，先生，您弄错了。

赫尔：17个月里共有26次没去，先生，能告诉我为什么你们常缺席吗？

普洛克托：赫尔先生，我压根就不知道我去教堂还是留在家里都得向哪个人报告。我老婆这个冬天病了。

赫尔：这我听说了，先生，可您为什么不能一个人去呢？

普洛克托：我能去的时候当然去了，不能去就在家里祷告。

赫尔：普洛克托先生，尊府可不是教堂，这方面的宗教知识您总该有。

注意，不去教堂就是错，在自己家里祷告也不行，教会可以治你的罪。普洛克托最终被处死，萨勒姆沦落成新的宗教迫害所。下面就是法官赫桑在萨勒姆驱巫案中的表演：

第三幕

……通过右边的隔墙，我们可以听见赫桑法官正在审讯的声音，接着是一个女人——玛莎·考莱答话的声音。

赫桑的声音：玛莎·考莱，我们现在掌握了大量证据，你专爱读那些邪魔外道的书，这点你否认吗？

玛莎·考莱的声音：我可不是巫婆，我不知道什么是巫婆。

赫桑的声音：你怎么知道你不是一个巫婆呢？

玛莎·考莱的声音：我如果是就会知道。

赫桑的声音：你为什么要伤害那些孩子？

玛莎·考莱的声音：我没有伤害他们，我才不干那种下贱事！

詹理斯的声音：（吼叫）这一点我可以向法庭给她作证！（一阵百姓骚动

的声音）

丹佛斯的声音：你坐下！

詹理斯的声音：是托马斯·普特南在伸爪子抢别人的土地呐！

丹佛斯的声音：把那个家伙带出去，警长。

詹理斯的声音：你们在听信假话，假话。（又响起一阵人群的喧嚣声）

赫桑的声音：把他抓起来，阁下！

詹理斯的声音：我有证据，你们干吗不听一听我的证言。

（赫桑法官上。他六十多岁，是个残酷无情的萨拉姆镇法官。）

赫桑：你怎么敢这样无法无天地大闹公堂，你疯了不成，考莱？

把人变成鬼的萨勒姆

我们非常熟悉一句话：宁可错杀一千，也不放过一个。在萨勒姆完全处于人性疯狂的状态时，有一个人说了一句形式类似但意思相反的话，却真正点亮了人类文明的圣烛。这个人就是波士顿著名牧师，第一任哈佛学院校长英克里斯·玛泰（Increase Mather），他的妻子也被指认为女巫，他是第一个从萨勒姆的癫狂中警醒过来的人，他发表了后来被称为“北美第一部证据系统”的《良心案》（*Cases of Conscience*），核心观点是“错放十个巫婆，也比冤枉一个无辜的人要好”，由此奠定了美国司法的一个重要原则：宁可放过十个，不可错杀一人。要建立法庭证据的严格认定原则，只有经过一定程序认定的确切无疑的证据方能在法庭上作为陪审团判断的依据，法庭必须排斥不经呈证程序检验的证据，排斥非法取得的证据，如逼供信。被告必须享有专业律师为之反辩的权利。轰动世界的辛普森杀妻案之所以轰动，不只是因为辛普森是名人，而是人人都知道辛普森是杀人犯，但证据不充分就是不能判。通过萨勒姆驱巫案，相信我们会对今天我们所熟悉的“疑罪从无”的司法原则有更深的体会。

萨勒姆驱巫案给我们的另一个启示就是政教分离。因为萨勒姆驱巫案是在制度化的权力运作下进行的，像牧师赫尔，法官赫桑所做的都非个人而是履职行为，这就导致普洛克托这样的个体成为宗教专制的牺牲品。实际上，在萨勒姆驱巫案前 60 年，也就是 1630 年，总督温斯洛普刚刚来到新大陆的那个年代，清教徒认为，他们的宗教才是唯一纯正的，所有人都应该成为信徒。教会领袖应该担任地方官员，殖民地的所有人都应该出钱支持教会，政府官员的职责之一就是要告诉民众应该信仰什么。

如果你把上面清教徒的几条原则完全颠倒过来，就能看到今日美国社会的基本理念：宗教是多元宽容的，信与不信是自由的，政与教是分离的。但在那个年代，要理解、支持、做到这几条，却需要付出代价。马萨诸塞湾殖民地刚建立不久，清教徒牧师罗杰·威廉姆斯就认识到，强迫他人接受自己的看法是不对的，只有教会成员才有义务出钱支持教会，因为信仰不同而惩罚别人是错误的，但罗杰·威廉姆斯的结局是 1636 年被迫离开马萨诸塞。

像罗杰·威廉姆斯和英克里斯·玛泰一样，还有一个人，为避免萨勒姆驱巫案悲剧的重演作出了杰出贡献，并用他的智慧和执著把信仰自由和政教分离变成了法律，变成了美国的治国理念和纲领，这个人就是《独立宣言》的起草者，建国之父托马斯·杰斐逊。杰斐逊认为，只有建立宗教自由、政教分离的社会，美国才能避免欧洲上千年来宗教和政治争斗不休的前车之辙。杰斐逊在 1777 年提出《弗吉尼亚州宗教自由法令》，1786 年州议会通过成为法律。这部法令确立了宗教自由和政教分离的原则，那个时候，美国宪法和关于宗教自由的宪法修正案还没有制定。当时，浸信会、长老会、卫理公会等宗教派别都曾以请愿等方式强烈反对。今天，如果你到了首都华盛顿的托马斯·杰斐逊纪念堂，就会看到与《独立宣言》一起雕刻在墙壁上的《弗吉尼亚州宗教自由法令》。现在，我们就来看看这部号称美国宪法等建国文献基石的法令到底都写了什么。

《弗吉尼亚州宗教自由法令》指出，上帝赋予人具有思想自由的权利，任何人不可被强迫加入教会或为教会捐钱，信仰是自愿的，不应受到歧视。这部法令完全反映了杰斐逊的价值理念，所以你看，英雄往往都是孤独的，少数的往往是创造历史的。更令人叫绝的是，在写法上，与其说是一部法令，倒不如说是一位哲人的谆谆教诲，而且是用很浅显、直白的方式。

杰斐逊与弗吉尼亚宗教自由法令

弗吉尼亚宗教自由法令（Virginia Statute of Religious Freedom）

谁都知道，人们的见解和信仰并不取决于他们的意志，而是无意识地顺应别人向他们提供的证据；万能的上帝已经把人的思想创造成自由的。而且通过把思想造成完全不受约束的东西表明他的最高旨意，即思想必须保持自由；任何企图以人世间的刑罚或压迫，或以行政法规来限制思想的做法，其结果只能是造成虚伪和卑鄙的习性，背离宗教神圣创始者的旨意；有些在世间和教会中的立法者和统治者，他们本身不过是常犯错误和没有圣感的人，而竟然对上帝不敬，以为他们有权主宰他人的信仰，他们把自己的意见和想法说成是唯一永无错误的真理，并强加于世人，自古以来，这种人在世界上绝大多数地方建立和维持的只是虚假的宗教而已。

强迫一个人捐钱，用于宣传他所不信并且厌恶的见解，是罪恶和专横的行为；即便强迫一个人支持他所属教派中的这位或那位牧师，也是在剥夺这个人的自由，使他不能心情舒畅地把钱捐给他所认可的某一个牧师，同时这也剥夺了牧师应从世间得到的报酬，而这些由于他们个人的行为受到尊敬而获得的报酬，正足以鼓励他们认真和孜孜不倦地向世人传教。

我们的公民权并不取决于我们的宗教见解，正如它不取决于我们在物理学或几何学上的见解一样。因此，如果因一个人不声明皈依或放弃这个或那个宗教，就硬说他没能力担任受到信任或享有薪俸的职务，且以此宣布这个人不值得大众信赖，那就是极不慎重地剥夺了他的特权和利益；给那些表面上宣称皈依某一宗教的人贿以独占世间荣誉和报酬的权利，同样也是对那种宗教所宣扬的教义的腐蚀；这些无法抵制诱惑的人固然都是罪人，可是那些在这些人的道路上安置诱饵的人也不能算是清白无辜的。如果容忍官员把权力伸张到思想见解的领域，任他们假定某些宗教的教义有坏倾向而限制人们皈依和传播它们，那将是一个非常危险的错误做法，这会马上断送一切宗教自由，因为在判断这些宗教的倾向时，当然是由这个官员做主，他会拿他个人的见解作为判断的准绳，对于别人的见解，只看其是否和他自己的见解一致，或者是否能容忍他的见解，而予以赞许或斥责。

当宗教教义突然转化为公然反对和平及正常秩序的行为时，官员为了政府的正当目的，会有足够时间进行干预的；最后，真理是伟大的。只要听其自然，它一定会占上风，因为真理是谬误的适当而有力的对手，在真理与谬误的冲突中，真理是无所畏惧的，它只怕人类加以干涉，解除其天赋的武器——自由引证和自由辩论。一切谬误，到了大家可以自由反驳的时候，就不危险了。

我们弗吉尼亚全州代表大会现颁布以下法令，即任何人不得被强迫参加或支援任何宗教礼拜、宗教场所或传道职位，任何人不得由于其宗教见解和信仰不同，而在肉体或财产上受到强制、约束、骚扰、负担或其他损害；任何人都应该有自由宣布他信仰某一宗教，并通过辩论来维护他在宗教问题上的见解，而且也绝不能因此而削弱、扩大或影响其公民权利。

宗教宽容，信仰自由这些看似简单的理念，都是人类用生命的代价和伟大的智慧换来的。错误不可怕，吸取教训就是文明的进步，萨勒姆驱巫案也是如此。很快，1697 年 1 月 14 日，法庭下令为萨勒姆惨案绝食并反省一天。1702 年，法庭宣布审判非法。1711 年，殖民地通过法案，给受到无端指控的人们恢复权利和名誉，并给他们的后代提供每人 600 英镑的赔偿。250 多年后的 1957 年，马萨诸塞州正式为 1692 年发生的事情道歉，为所有受害者恢复名誉。

了解了这些就容易理解《红字》了,《红字》的故事发生在 1630 年温斯洛普创建马萨诸塞湾殖民地到 1692 年萨勒姆驱巫案之间的这一段时间。下面，我们通过几个片段来认识海斯特、丁梅斯代尔到底是什么样的人？霍桑到底要告诉我们什么？

在欣赏的同时，我们还要特别关注一下霍桑寓言化的写作风格，就是通过大量象征或隐喻的运用，向我们揭示生活的哲理。

我们先说说海斯特，这位圣洁刚柔的邻家女。

海斯特是一个通奸者，就像那位在狱门外看热闹的妇女所说的一样，“这女人给我们大伙都丢了脸，她就该死”。小说第一章“狱门”首先描述了古老阴暗的狱门，但随后就刻意描述了狱门旁边一株蓬勃芬芳的玫瑰，开篇就展示了奠定全书一反一正的两大象征，然后才让海斯特以你意想不到的气场出场。

> 一群身穿黯色长袍、头戴灰色尖顶高帽，蓄着胡须的男人，混杂着一些蒙着兜头帽或光着脑袋的女人，聚在一所木头大扇子前面。房门是用厚实的橡木做的，上面密密麻麻地钉满大铁钉。
>
> 可以确定无疑地说，早在镇子建立十五年或二十年之前，那座监狱就已经因风吹日晒和岁月的流逝而为它那狰狞和阴森的门面增加了几分晦暗凄楚的景象，使它那橡木大门上沉重铁活的斑斑锈痕显得比新大陆的任何陈迹都越发古老。像一切与罪恶息息相关的事物一样，这座监狱似乎从来不曾经历过自己的青春韶华。
>
> 然而，在大门的一侧，几乎就在门限处，有一株野玫瑰挺然而立，在这六月的时分，盛开着精致的宝石般的花朵，这会使人想象，它们是在向步入牢门的囚犯或跨出阴暗的刑徒奉献着自己的芬芳和妩媚，借以表示在大自然深深心扉中，对它们仍存着一丝怜悯和仁慈。

狱门与玫瑰，狱吏与圣母

物如此，人也是。一扇狱门告诉我们这是一座古老沉闷的清教社区，霍桑在第二章“市场”中接着描写了看热闹的两个老女人和一个年轻媳妇，需要注意的是，老女人和年轻妇人对海斯特的态度也是一反一正、截然不同：

> 一个满脸横肉的五十岁的老婆子说，要是那个破鞋站在眼下咱们这五个姐们儿跟前听候判决，她能够带着那些可敬的官老爷们赏给她的判决溜过去吗？第三个人老珠黄的婆娘补充说。最起码，他们应该在海斯特的脑门上烙个记号，那总能让海斯特太太有点怕。“啊，不过，”一个手里领着孩子的年轻媳妇轻声插嘴说，“她要是想挡着那记号就随她去吧，反正她心里总会受折磨的。”

接着，霍桑把古老阴暗的狱门幻化为阴森冷酷的狱吏，把蓬勃芬芳的玫瑰幻化为熠熠生辉的海斯特，那象征着耻辱罪孽的红字 A 以华美艳丽的形象和海斯特一起出场。红字 A 是通奸者（Adultery）的标志，这也是霍桑赋予红字 A 的直接象征。但在小说的前两章，A 的更多象征就已经显现。比如古老冷酷的社区（Ancient community），老气僵化的女人（Aged women），还有，那个精心绣成的字母 A 本身就是一件奇巧的艺术品（Art），然后，霍桑用含蓄的象征毫不掩饰他对罪人海斯特如圣母一般的赞美。

> 牢门从里面一下子打开了，最先露面的是狱吏，他腰侧挎着剑，手中握着权杖，那副阴森恐怖的模样像个暗影似的出现在日光之中。这个角色的尊容便是清教徒法典全部冷酷无情的象征和代表，对触犯法律的人最终执法则是他的差事。此时他伸出左手举着权杖，右手抓着一个年轻妇女的肩头，挽着她向前走。
>
> 当那年轻的妇女站在人群面前时，她的第一个冲动似乎就是把孩子抱在胸前；她这么做与其说是出于母爱的激情，不如说可以借此掩盖钉在她衣裙上的标记。然而，她很快就醒悟过来了，用耻辱的一个标记来掩盖另一个标记是无济于事的，于是，索性用一条胳膊架着孩子，虽然面孔红得发烧，却露出高傲的微笑，用毫无愧色的目光环视着她的同镇居民和街坊邻里。她的裙袍前胸上露出了一个用红色细布做就、周围用金丝线精心绣成奇巧花边的一个字母 A。这个字母制作别致，体现了丰富华美的匠心，配在衣服上构成

> 尽美尽善的装饰，而她的衣服把她那年月的情趣衬托得恰到好处，只是其艳丽程度大大超出了殖民地简朴标准的规定。
>
> 那年轻妇女身材颀长，体态优美至极。她头上乌黑的浓发光彩夺目，在阳光下熠熠生辉。她不仅皮肤滋润、五官端正、容貌秀丽，而且还有一对鲜明的眉毛和一双漆黑的深目，十分楚楚动人。就那个时代女性举止优雅的风范而论，她也属贵妇之列；她自有一种端庄的风韵，并不同现在人们心中的那种纤巧、轻盈和不可言喻的优雅。即使以当年的概念而言，海斯特也从来没有像步出监狱的此时此刻这样更像贵妇。那些本来就认识她的人，原以为她经历这一磨难会黯然失色，结果却被惊得目瞪口呆，因为他们所看到的，是她焕发的美丽，竟把笼罩着她的不幸和耻辱凝成一轮光环。
>
> 她深知自己此时的角色的意义，举步登上一段木梯，站到齐肩高的台上，展示在围观人群之前。假如在这一群清教徒之中有一个罗马天主教徒的话，他就会从这个服饰和神采如画、怀中紧抱婴儿的美妇身上，联想起众多杰出画家所描绘的圣母形象。

看了这段，我想你无论如何不会感到这是在描写一个没有道德的通奸者，而更像伟大的英雄人物出场。用开着宝石般花朵的玫瑰来赞美，用优雅的贵妇来形容还嫌不够，干脆让她像圣母一样出场。从通奸者到圣母，霍桑的思维与赞美的跨度真的让人难以接受。通奸无论在《圣经》还是在传统社会都令人不齿。那么，怎么理解道德的好与恶呢？怎么判断好人和坏人呢？我想到了《圣经·约翰福音》中法利赛人拿淫妇来质难主耶稣的故事。

> 文士们和法利赛人把一个在行淫时被抓的妇女带到耶稣面前，说：律法吩咐我们，把这样的妇人用石头打死，你说该把她怎么样呢？耶稣对他们说，你们中间谁是没有罪的，谁就可以先拿石头打她。他们听见这话，就一个个都出去了。

在网络时代，一个人犯了错，瞬间就会引来暴风骤雨般的讨伐。其实，我们哪个人是圣洁无瑕的呢，我们哪个人没有犯过罪呢？在《圣经·创世纪》中，亚当、夏娃衣食无忧，住在仙境般的伊甸园，还因贪婪犯下了人的原罪，他们的儿子该隐和亚伯为在上帝面前争宠而兄弟残杀，上帝见人在地上罪恶极大，终日所想的尽都是恶，就后悔造人，以至于用洪水毁掉他所创造的世界。我们常常习惯于戴着正直的面具指责他人，而不是首先反省自己，五十步笑百步还沾沾自喜。然而耶稣说，你们饶恕人的过犯，你们的天父也必饶恕你们的过犯；你们不饶恕人的过犯，你们的天父也必不饶恕你们的过犯。你们不要论断人，就不被论断；你们不要定人的罪，就不被定罪；你们要饶恕人，就必蒙饶恕。霍桑深知人有恶的一面，所以，那些道貌岸然者反倒令他最为不齿，这也许是他如此赞美海斯特的一个原因吧。

不过，这一次，海斯特没有遇到耶稣，而是被狱吏押解到了刑台。那么，蓬勃芬芳的玫瑰何以被古老阴暗的监狱摧毁？霍桑使用了另一个A，就是“权威”，以此来揭示个体的渺小和清教社区权威（Authority of the community）的强大。

> 这座刑台几乎就竖在波士顿最早的教堂的檐下，是构成整个惩罚机器的一个部分，今天，它在我们心中只不过是一个历史和传统的纪念，但在当年，却如同法国大革命时期恐怖党人的断头台一样，被视为教化劝善的有效动力。这座刑台……做得刚好把人头紧紧卡住，……设计这样一个用铁和木制成的家伙显然极尽羞辱之能事。依我看来，无论犯有何等过失，再没有比这种暴行更违背人性的了，其不准罪人隐藏他羞惭面容的险恶用心实在无以复加。

不让人隐藏羞愧的面容，甚至让你在大庭广众之下公开受辱，这真是人类罪恶的一大发明。霍桑用了寥寥一段话就把人心遭受碾压的痛苦展示在我们面前，或许，下面这个场景我们也似曾相识，甚至刻骨铭心：

> 一大群怀着好奇心来凑热闹的小男孩，对眼前的事态不明所以，只知道学校放了他们半天假，他们一边在头前跑着，一边不时回过头来盯着她的脸、她怀中抱着的眨着眼的婴儿，还有她胸前那个丢人现眼的红字。从牢门

> 到市场没有几步路。然而，要是以囚犯的体验来测量，恐怕是一个路途迢迢的旅程；在人们逼视的目光下，每迈出一步都要经历一番痛苦，似乎她的心已经任凭所有的人碾压践踏。然而，遭受苦难的人在承受痛楚的当时并不能觉察到其剧烈的程度，反倒是过后延绵的折磨最能使其撕心裂肺。因此，海斯特简直是以一种安详的举止，度过了此时的磨难，来到市场西端的刑台前。

为此，霍桑说，严酷、野蛮让她强大，羞愧、绝望、孤独，这些都曾是她的老师。

当然，耶稣赦免通奸者不是鼓励大家犯罪，在那群法利赛人走后，他就对那妇人说：去吧，从此不要再犯罪了。海斯特也是这样，她不仅没有再犯罪，反而因为自己的罪，在魔鬼的试炼中坚强自己，在内心的忏悔中完善自己，在苦难的生活中磨炼自己。

遭世人唾弃的圣母，
为世人赎罪的婴儿

握有权柄的不一定高尚，遭受鞭挞的不一定卑微。在第七章“总督的大厅”、第八章“小鬼和牧师”中，海斯特听说贝灵汉总督和老牧师威尔逊为了让珠儿接受宗教和道德上更好的教化，正在谋划夺走她的孩子。在总督宅邸，我们在圣母的光环下看到了一个更加真实、刚烈的海斯特，如何与总督贝灵汉、老牧师威尔逊这些高高在上，看起来光鲜正义的伪善者争夺母爱的权利。

> 海斯特抓住珠儿，强把她拉进自己的怀里，面对着那几乎是满脸凶相的清教徒长官。她被这个世界所抛弃，只剩下孤身一人，只有这一件珍宝才能维持她心灵的生存，她感到她有不可剥夺的权利来对抗这个世界，而且准备好维护自己的权利一直到死。
>
> “上帝给了我这个孩子！”她大声说道。“他把她给了我是为了补偿你们从我手中夺走的一切。她是我的幸福！也是我的折磨！是珠儿叫我还活在世上！也是珠儿叫我受着惩罚！你们看见没有？她就是红字，只不过能够受到喜爱，因此也具有千万倍的力量来报应我的罪孽！你们不能带走她，否则我情愿先死给你们看！”

“我可怜的女人，”那不无慈悲的老牧师说，“这孩子会受到很好的照顾的！——远比你能办到的要强。”

“上帝把这孩子交给了我来抚养，”海斯特重复说，嗓音大得简直像喊叫了。“我绝不会放弃她的！”说到这里，她突然一阵冲动，转向了年轻的牧师丁梅斯代尔，此前她始终没有正眼看过他。“你来替我说一句话嘛！”她说。“你原来是我的牧师，曾经对我的灵魂负责，你比这些人更了解我。我不能失去这个孩子！替我说句话吧！你了解我，而且你还有这些人所缺乏的同情心！你了解我心里的想法，也了解一个母亲的权利，而当那位母亲只有她的孩子和红字的时候，这种权利就更加强烈！我绝不会失去这个孩子的！”

这种狂野独特的请求，意味着海斯特已经快被逼疯了。于是，那年轻的牧师马上走上前来，他面色苍白，一只手捂住心口——只要他那古怪的神经质一发作，他就会做出这个习惯动作。他此时的样子，比起上次海斯特示众时我们所描绘的，还要疲惫和憔悴；不管是由于他那每况愈下的身体，或者其他什么原因，他那双又大又黑的眼睛深处，在烦恼和忧郁之中还有一个更加痛苦的天地。

“她说的确有道理，”年轻的牧师开口说，他那甜蜜柔和的嗓音虽然微微发颤，却强劲有力地在大厅中回荡，“她的话确有道理，上帝赐给了她这个孩子，也就赋予了她了解孩子天性和需求的本能，而这孩子的天性和需求看来又是如此与众不同，她作为母亲的这种本能别人是不具备的。何况，在她们的母女关系之中难道没有一种令人敬畏的神圣之处吗？”

“喂！这是怎么讲，善良的丁梅斯代尔先生？”总督接口说。“请你把话说明白些！”

“尤其是，”年轻牧师接着说，“如果我们换一个角度来看待这件事，我们岂不是说，那创造了一切肉体的天父，只是随便地承认了一次罪行，而对亵渎的淫秽和神圣的爱情之间毫不加以区别吗？这孩子是她父亲的罪孽和她母亲的耻辱的产物，但却来自上帝之手，而上帝要通过许多方式来感化做母亲的心灵，因此她才这么诚挚地、怀着这么痛苦的精神来祈求养育孩子的权利。她是在祈求祝福，向赐予孩子生命的上帝祈求祝福！毫无疑问，诚如这母亲自己对我们所说，她也是在祈求一种报应；她在祈求一种折磨，让她在意想不到的许多时刻体会到这种折磨；她在祈求一阵剧痛，一下刺扎，一种时时复发的、纠缠着她的快乐的痛楚！在这可怜的孩子的衣服上，她不是表达了她的这种想法吗？这身衣服不是有力地提醒我们那烙进她胸口的红色象征吗？”

丁梅斯代尔继续说。“请相信我，她已经认识到了上帝在这个孩子的存在上所创造的神圣的奇迹。而且她可能也感受到了——我想恰恰如此——上帝赐给她这个孩子，尤其意味着，要保持母亲的灵魂的活力，防止她陷入罪恶的更黑暗的深渊，否则撒旦还会设法诱惑她！因此，给这个可怜而有罪的女人留下一个不朽的婴儿，一个可能带来永恒的欢乐或悲伤的生命，对她会大有好处；让她去抚养孩子，让她培养孩子走上正路，这样才能随时提醒她记着自己的堕落；因为这也是对造物主的神圣誓言，同时教育她，如果她能把孩子送上天国，那么孩子也就能把她带到天国！就此而论，有罪的母亲可要比那有罪的父亲有幸。因此，为了海斯特，也同样为这可怜孩子的缘故，我们还是按照天意对她们的安排，不去管她们吧！”

在霍桑笔下，海斯特就是圣女，不仅毫无妖媚，更有母亲的慈爱和刚烈。霍桑还嫌不够，在其余的章节里，他继续写道，在七年的时间里，海斯特顶着村里人的非议和嘲讽，靠着自己的手艺和勤劳，一个人支撑起母女的生活，还尽己所能帮助别人，而且用了大量像“那些心肠狠毒的穷人对她用本可刺绣王袍的手指做成的衣物竟会反唇相讥”这样解渴的语句。霍桑甚至自己赤膊上阵，忍不住去解读 A 的含义了，比如海斯特对赎罪的补偿（Atonement）和应对生活的行动和能力（Act to Able），也告诉我们红字 A 的两个新象征。

人们也注意到：海斯特除去呼吸共同的空气，并用双手一丝不苟的劳动为自己和小珠儿挣得每日的面包之外，对分享世上的特权连最卑微的要求都从不提出；反之，一有施惠于人的机会，她立即承认她与人类的姊妹之情。对于穷苦人的每一种需要，她比谁都快地提供了她菲薄的支援；尽管那些心肠狠毒的穷人对她定期送到门口的食物或她用本可刺绣王袍的手指做成的衣物，竟会反唇相讥。在镇上瘟疫蔓延的时候，谁也没有海斯特那样忘我地献身。每逢灾难，这个为社会所摒弃的人，都会马上挺身而出。她来到愁云紧锁的家庭，并非作为客人，而是作为理应到来的亲人。她胸前绣着的字母闪着非凡光辉，将温暖舒适带给他人。那字母本来是罪恶的标记，此时在病室中却成了一支烛光。她的胸口虽然佩戴着耻辱牌，对有所需要的人却是柔软的枕头。她是自我委任的“慈善姊妹”，那字母成了她响应感召的象征。由于从她身上可以得到那么多的支援——她深富同情心又极肯助人——许多人都不肯再按本意来解释那红色的字母“A”了。他们说，那字母的意思是“能干”；海斯特只是个弱女子，但她太有力量了。

除此之外，七年的时间里，她顶着那些有权有势长官们的威逼，坚决不说出那个秘密，反而还开导、安慰丁梅斯代尔饱受折磨的心灵。这样的女人，她的灵魂还不够如圣母一般圣洁吗？她的所为还不受人尊敬吗？她的勤劳还称不上精明能干吗？所以，红色的A字早已不是Adultery（通奸），而是Admirable、Advance、Able和Angel（令人尊敬、超出常人、能干的和天使）了。

耻辱的A，令人尊敬的A

现在，我们再说说丁梅斯代尔，这位仁厚怯弱的平常男。

当我们说一个人“不害臊，没有羞耻之心”的时候，通常都是说这个人没有自我忏悔之心。我们说面壁思过，就是说人要对自己内心和行为上的罪去反思反省。孔子说“吾日三省吾身”，圣人尚且日需三省，说明反省自己是一件很难做到的事情，而宗教通过读经和仪式，让宗教变成个人的一种生活方式来达到这个效果。作为受人尊敬和信任的牧师，丁梅斯代尔对自己罪的惩罚却早已超过这个限度了。

在七年的时间里，丁梅斯代尔把一个同样的红字 A 戴在自己内衣的胸口上。海斯特的丈夫齐灵渥斯来到小镇后，说是为他治病，却总是在他痛苦的心灵上火上浇油，弄得丁梅斯代尔身更疲惫，心更痛苦，那种隐藏的煎熬与折磨，甚至要比海斯特公开戴在胸前的红字的惩罚来得更大更厉害。在第十七章“教长和教民”中，丁梅斯代尔和海斯特相遇，向她倒出了自己内心更大的痛苦，那种罪得不到惩罚时的痛苦。由此，我们也看到了红字 A 的另一个象征——“极度的痛苦”（Anguish）。

> 过了一会，牧师的目光紧紧盯住海斯特的眼睛。“海斯特，”他说，“你得到平静了吗?” 她凄楚地笑了笑，垂下眼睛看着自己胸前。“你呢?”她反问…… “没有！——除了绝望再无其他!”他回答说。“作为我这样一个人，过着我这样的生活，我又能指望什么呢？如果我是一个无神论者，——一个丧尽良心的人，——一个本性粗野的恶棍，——或许我早就得到了平静。不，我本来就不该失去它的！不过，就我的灵魂而论，无论我身上原先有什么好品质，上帝所赐予的一切最精美的天赋已经全都变成了精神折磨的执行者。海斯特，我实在太痛苦了!”“人们都尊重你，”海斯特说。“而且说实在的，你在他们中间确实做着好事！这一点 难道还不能给你带来慰藉吗?”
>
> “越发痛苦，海斯特！只能是越发痛苦!”牧师苦笑着回答。“至于我表面上做的那些好事，不过是一种幻觉罢了。像我这样一个灵魂已经毁灭的人，又能为拯救他人的灵魂做出什么有效之举呢？或者说，一个亵渎的灵魂能够净化他人吗？至于别人对我的尊重，我宁愿通通变成轻蔑与愤懑！我不得不站在布道坛上，迎着那么多仰望着我的面孔，可是我再向自己的内心一看，却辨出了他们所崇拜的东西中丑陋的真相！海斯特，你能认为这是一种慰藉吗？我曾在内心的极度辛酸悲苦之中，放声嘲笑我的表里不一！撒旦也是这样嘲笑的!”
>
> 你是有幸的，海斯特，因为你能把红字公开地戴在胸前！可我的红字却在秘密地灼烧！你简直想象不出，在经过七年之久的欺骗折磨之后，看到一

双眼睛能够认清我是什么货色，我的内心有多么轻松！假如我有一个朋友，或者说，哪怕他是我最恶毒的敌人！——能够让我在受到别人赞扬得难过的时候，随时到他那儿去一下，让他知道我是一切罪人中最可耻的，我想，这样我的灵魂或许还可得以生存。只消这小小的一点真诚就可以挽救我！可是，如今呢，一切全是虚伪！——全是空虚！——全是死亡！”

这一段，丁梅斯代尔说了一句经典的话，我们反省、我们忏悔，是因为我们不是恶棍，不是丧尽天良之人，否则，人类就是百分之百的恶魔，《红字》就没有存在的意义了。对于丁梅斯代尔，除了极度的痛苦外，还有一念之罪带来的挥之不去的苦恼（Agony）。在第十一章“内心”中，他是这样定义自己的：

他渴望从他自己的布道坛上，用最高亢的声音说话，告诉大家他是什么：我，你们看到的这个穿着牧师黑袍的人；我，登上神圣的讲坛，将苍白的面孔仰望上天，负责为你们向至高无上的、无所不知的上帝传达感情的人；我，你们将其日常生活视如以诺般圣洁的人；我，你们以为在其人间旅途上踏下的印痕会放出光明，指引朝圣者能随之步入天国的人；我，亲手为你们的孩子施洗的人；我，为你们弥留的朋友们诵念临终祈祷，让他们隐隐听到从已经告别的世上传来“阿门”之声的人；我，你们如此敬仰和信赖的牧师，却是一团污浊，一个骗子！他是个彻头彻尾的卑鄙小人，是最卑鄙的人中尤为卑鄙的一个家伙，是最恶劣的一个罪人，一个令人憎恶的货色，一个难以想象的邪恶之物；而唯一奇怪的是，他们竟然看不见，他那肮脏的肉体已经被全能的上帝的怒火所焚烧，在他们的眼前枯萎了！

然而，牧师不愧是牧师，当海斯特和他商定离开小镇的时候，内心的感召和忏悔让他决定留下来，就像耶稣为人赎罪被钉死在十字架上一样，丁梅斯代尔在第二十三章“红字的显露”中，以自己的生命为自己做了最终判罚。

他转向刑台，向前伸出双臂。“海斯特，”他说，“过来呀！来，我的小珠儿!”

“哈，诱惑者啊！我认为你来得太迟了!”牧师坚定地对着齐灵渥斯的目光，回答说。“你的权力如今已不像以前了！有了上帝的帮助，我现在要逃脱你的羁绊了!”他又一次向戴红字的女人伸出了手。

“海斯特，”他以令人撕心裂肺的真诚呼叫道，“上帝啊，他是那样的可畏，又是那样的仁慈，在这最后的时刻，他已恩准我——为了我自己沉重的罪孽和悲惨的痛楚——来做七年前我规避的事情，现在过来吧，把你的力量缠绕到我身上吧！你的力量，海斯特!”

他们眼睁睁地瞅着牧师靠在海斯特的肩上，由她用臂膀搀扶着走近刑台，跨上台阶，而那个由罪孽而诞生的孩子的小手还在他的手中紧握着。

丁梅斯代尔牧师一边由海斯特撑持着，一边握着小珠儿的手，转向那些年高望重的统治者，转向那些神圣的牧师兄弟，转向在场的黎民百姓，他们已经彻底惊呆了。

“新英格兰的人们!”他的声音高昂、庄严而雄浑，一直越过他们的头顶，但其中始终夹杂着颤抖，有时甚至是尖叫，因为那声音是从痛苦与悔恨的无底深渊中挣扎出来的，“你们这些热爱我的人！——你们这些敬我如神的人！——向这儿看，看看我这个世上的罪人吧！终于！——终于！——我站到了七年之前我就该站立的地方；这儿，是她这个女人，在这可怕的时刻，以她无力的臂膀，支撑着我爬上这里，搀扶着我不致扑面跌倒在地。”

“海斯特，”牧师说，“别了!”

“我们难道不能再相会了吗?”她俯下身，把脸靠近他的脸，悄声说。“我们难道不能在一起度过我们永恒的生命吗？确确实实，我们已经用这一切悲苦彼此救赎了！你用你那双明亮的垂死的眼睛遥望着永恒，那就告诉我，你都看见了什么?”

“别作声，海斯特，别作声!”他神情肃穆，声音颤抖地说。“法律，我们破坏了！这里的罪孽，如此可怕地揭示了！——你就只想着这些好了！我怕！我怕啊！或许是，我们曾一度忘却了我们的上帝，我们曾一度互相冒犯了各自灵魂的尊严，因此，我们希望今后能够重逢，在永恒和纯洁中结为一体，恐怕是徒劳的了。上帝洞察一切，而且仁慈无边！他已经在我所受的折磨中，最充分地证明了他的仁慈。他让我忍受这胸前灼烧的痛楚！他派遣那个阴森恐怖的老人来，使那痛楚一直火烧火燎！他把我带到这里，让我在众人面前，死在胜利的耻辱之中！若是这些极度痛苦缺少了一个，我就要永世沉沦了！赞颂他的圣名吧！完成他的意旨吧！别了！”

随着最后一句话出口，牧师吐出了最后一口气。此时一直保持静默的人们，发出了奇异而低沉的惊惧之声，他们实在找不出言辞，只能用这种沉沉滚动的声响，伴送那辞世的灵魂。

黑色浪漫的故事，象征手法的讲述

这部小说看似只有几个人物，其实，它也是我们每一个人的象征，海斯特就如天使，丁梅斯代尔就是基督，齐灵渥斯则是魔鬼，我们每一个人都可以从中找到自己的影子。

作为一部聚焦心理描写的小说，霍桑采用了寓言化的写作风格，用象征和隐喻来阐释哲理，故事里的人物和物品都另有寓意，以展现虚伪、罪和堕落。比如绞刑台就是改变人物命运的地方，在开场，它是海斯特受羞辱的地方，从此她成为罪人。在那个深夜，它是丁梅斯代尔袒露罪过的地方。在最后，它也是海斯特和丁梅斯代尔实现救赎的地方。还比如监狱，展现的是冷酷的清教法律，但旁边却盛开着野性的美丽玫瑰，在黑暗中透着纯洁，然后，海斯特像天使般出场。

当然，《红字》最大的象征就是那个海斯特戴在胸前的 A 了，A 的寓意随时间和佩戴的人不同，寓意也不一样。透过 A，霍桑要告诉我们的是：Be true! Be true! Be true! Show freely to the world，if not your worst，yet some trait whereby the worst may be inferred!（要真诚！真诚！真诚！要把自己毫无顾忌地展示给世人，即使不是自己的最坏之处，至少也要显露某些迹象，让人能借此推断出你的最坏之处）。我们每个人既是罪人，也是天使；既是忧郁的，也是快乐的；既是自私的，也是可爱的。“真诚”就是要承认，我们每个人都戴着一个红字！

在社会转型期，在一个充斥着世俗化的堕落时代，灵魂往往是一个最不值钱的东西；但也是最昂贵的奢侈品，因为你买不到。实际上，随着殖民地规模的扩大，人数的增多，生活压力的增加，清教徒的信仰也逐渐从神坛滑落，由此，在 18 世纪初的北美洲引发了一场思想大觉醒运动（Great Awakening），也诞生了一篇美国早期文学的经典《罪人在愤怒的上帝手中》。下一单元我们慢慢讨论。

Unit 5

《罪人在愤怒的上帝手中》——爱德华布道展演非凡口才

《圣经 · 出埃及记》——耶和华十诫溯源美国文学

“他们失脚的时候近了”——《申命记》第 32 章 35 节

《圣经》也是文学的经，是一座图书馆

2015年7月，美国宇航局NASA宣布发现了地球的孪生兄弟。在NASA宣布发现类地星球的第二天，曾任克林顿时期白宫高级政策分析师的杰夫·史怀哲发表了一篇文章“地球2.0：上帝的坏消息”（Earth 2.0： Bad News for God），杰夫是科学家、作家、海洋生物学博士，有意思的是，杰夫反复引用《圣经·创世纪》来论证他的观点。不管杰夫的观点正确与否，很简单，如果你没读过《圣经》，不了解七天创世的故事，这样的文章肯定写不出来。还可以肯定的是，科学家、作家、政府政策顾问这样大跨界的人才，我们的教育是很难培养出来的。所以，我们研究文学、研究阅读、研究美国，不了解《圣经》恐怕怎么也研究不好。

我们这里讨论《圣经》，不只是因为它是世界影响力最大的文学作品，是文学中的第一经典，还因为它也是美国文化的根，更是美国文学的根。《圣经》不仅仅是基督教的经，用耶鲁大学公开课讲解《圣经》的那位教授的话说，《圣经》就是一座图书馆。让人吃惊的是，《圣经》的内容不是枯燥难懂的之乎者也，而是栩栩如生的有趣故事；充斥在《圣经》中的远远不只是教人从善的语录教诲，更是嫉妒贪婪、兄弟残杀这些赤裸裸的人性之恶；《圣经》中的人物有祭司国王，但更多的是三教九流的平凡常人。用基督徒的话来讲，上帝通过各种各样的人来完成他伟大的工作，因此，不管世界多么黑暗，我们总有盼望，不管我们多么微不足道，甚至犯罪远离神，上帝也爱我们，不离不弃。《圣经》已经成为西方文化的语境，对西方文学的影响，任何其他东西都难以比拟，表现之一就是从《圣经》中诞生了大量的典故。所以，如果你不了解《圣经》，就不会了解西方的文化，就不会了解那个社会，更不用说了解美国文学了。

下面，我们就通过简要欣赏《创世纪》和《出埃及记》，来了解一下这部世界上最伟大的文学作品，顺便学几个成语俗语。

《创世纪》是整部《圣经》的第一卷，是全书的故事背景，开篇就是七天创世，在各民族的创世故事中最为有名、影响最大，人类的故事也由此展开。在本书第一单元，有一句话：God say that it was good. 上帝对自己创造的一切非常满意，比喻极力称赞某人或某事。到了第七天，天地万物都造齐了，神就歇息并定第七日为圣日，所以，我们今天能有礼拜天，还要感谢神啊。米开朗基罗在西斯廷教堂的天顶画就记录了神创世界的全过程，有机会去时一定要仔细看看。

万物之中，上帝看来更偏爱人。创世之后，就在东方的伊甸立了一个园子(The garden of Eden)，让亚当和夏娃住在那里，并告诉他们不要吃园中生命树(The tree of life)和知善恶树(The tree of the knowledge of good)上的果子。夏娃禁不住蛇的诱惑，偷吃了知善恶树上的果子，结果遭到神的惩罚，这是上帝第一次发怒。上帝对夏娃的惩戒是在她生儿育女时必多受痛楚，对亚当的惩戒是必终身劳苦，才能从地里得吃的，必汗流满面才得糊口，直到归了土（By the sweat of your face you shall eat bread until you return to the ground.。因此就有了这句话：Have to sweat to do something，你必须竭尽全力做某事，才能有所收获。

上帝创造亚当

就像人生了孩子就开始操心一样，上帝为人简直操碎了心，直至为人立下 10 条戒律，在《圣经·旧约》中上帝基本上是一个愤怒的形象。亚当和夏娃被赶出伊甸园，生了儿子该隐和亚伯。该隐种地，亚伯牧羊，因为上帝喜欢亚伯的供物，该隐就大大发怒。上帝说，你若行得好，岂不蒙悦纳。该隐不听劝告，就在田里杀死了自己的弟弟。上帝非常愤怒，给该隐做了一个记号（Brand of Cain），并把他驱逐到伊甸东边的挪得之地（the land of Nod）。这是人类史上的第一次兄弟残杀，由此产生两个成语：Brand of Cain，指犯有杀人罪的标志；The land of Nod，意思是睡乡。

亚当 130 岁时又生了一个儿子赛特。此后，人越来越多，仇恨、报复等人的罪恶也与日俱增，上帝后悔造人，就想用洪水毁灭人类。他让对上帝最忠诚的义人诺亚造方舟，然后让洪水泛滥 40 日，在第 150 天，除了诺亚一家的方舟停在亚拉腊山上得以幸存之外，其余地上活物尽被除灭，由此可见上帝已经愤怒至极。这段故事几乎人人皆知，由此 The ark came to rest on the mountains of Ararat（方舟停在亚拉腊山上）也成为一句成语，指不是新闻的新闻，或过时的消息。此外还有 Noah’ ark（诺亚方舟），指藏身之处或避难所。Dove of peace（和平鸽），指灾难结束，幸福生活回归。Hold out the olive branch（伸出橄榄枝），指谋求和平的愿望。

诺亚有三个儿子闪、含和雅弗，闪有一个后代叫亚伯兰，对上帝的忠诚可谓不折不扣。亚伯兰99岁的时候，上帝给他改名为亚伯拉罕，就是多国之父的意思，并与其立约，让他成为以色列人的祖先，还把迦南全地赐给他的后裔为业。靠着上帝的应许，亚伯拉罕100岁的时候有了儿子以撒，他喜爱至极。上帝要试验亚伯拉罕，就让他带着独生子到指定的山上，把以撒献为燔祭，就是作为贡品献给上帝。有人说，上帝为什么要这么做呢？上帝当然不是要捉弄亚伯拉罕，而是要试炼他、考验他。让一个人经历或忍受艰难的环境，让人割舍最爱的东西去听从神的教诲和旨意，对人是一件极难的事情。

> 这些事以后，神要试验亚伯拉罕，就呼叫他说，亚伯拉罕，他说，我在这里。神说，你带着你的儿子，就是你独生的儿子，你所爱的以撒，往摩利亚地去，在我所要指示你的山上，把他献为燔祭。亚伯拉罕清早起来，备上驴，带着两个仆人和他儿子以撒，也劈好了燔祭的柴，就起身往神所指示他的地方去了。到了第三日，亚伯拉罕举目远远地看见那地方。亚伯拉罕对他的仆人说，你们和驴在这里等候，我与童子往那里去拜一拜，就回到你们这里来。亚伯拉罕把燔祭的柴放在他儿子以撒身上，自己手里拿着火与刀。于是二人同行。以撒对他父亲亚伯拉罕说，父亲哪，亚伯拉罕说，我儿，我在这里。以撒说，火与柴都有了，但燔祭的羊羔在哪里呢？亚伯拉罕说，我儿，神必自己预备作燔祭的羊羔。于是二人同行。
>
> 他们到了神所指示的地方，亚伯拉罕在那里筑坛，把柴摆好，捆绑他的儿子以撒，放在坛的柴上。亚伯拉罕就伸手拿刀，要杀他的儿子。耶和华的使者从天上呼叫他说，亚伯拉罕，亚伯拉罕，他说，我在这里。天使说，你不可在这童子身上下手。一点不可害他。现在我知道你是敬畏神的了。因为你没有将你的儿子，就是你独生的儿子，留下不给我。亚伯拉罕举目观看，不料，有一只公羊，两角扣在稠密的小树中，亚伯拉罕就取了那只公羊来，献为燔祭，代替他的儿子。亚伯拉罕给那地方起名叫耶和华以勒（意思就是耶和华必预备），直到今日人还说，在耶和华的山上必有预备。
>
> After these things God tested Abraham. He said to him, "Abraham!" And he said, "Here I am." He said, "Take your son, your only son Isaac, whom you love, and go to the land of Moriah, and offer him there as a burnt-offering on one

of the mountains that I shall show you." So Abraham rose early in the morning, saddled his donkey, and took two of his young men with him, and his son Isaac; he cut the wood for the burnt-offering, and set out and went to the place in the distance that God had shown him. On the third day Abraham looked up and saw the place far away. Then Abraham said to his young men, "Stay here with the donkey; the boy and I will go over there; we will worship, and then we will come back to you." Abraham took the wood of the burnt-offering and laid it on his son Isaac, and he himself carried the fire and the knife. So the two of them walked on together. Isaac said to his father Abraham, "Father!" And he said, "Here I am, my son." He said, "The fire and the wood are here, but where is the lamb for a burnt-offering?" Abraham said, "God himself will provide the lamb for a burnt-offering, my son." So the two of them walked on together.

When they came to the place that God had shown him, Abraham built an altar there and laid the wood in order. He bound his son Isaac, and laid him on the altar, on top of the wood. Then Abraham reached out his hand and took the knife to kill* his son. But the angel of the Lord called to him from heaven, and said, "Abraham, Abraham!" And he said, "Here I am." He said, "Do not lay your hand on the boy or do anything to him; for now I know that you fear God, since you have not withheld your son, your only son, from me." And Abraham looked up and saw a ram, caught in a thicket by its horns. Abraham went and took the ram and offered it up as a burnt-offering instead of his son. So Abraham called that place "The Lord will provide"; as it is said to this day, "On the mount of the Lord it shall be provided."

"Abraham and Isaac"
By Harold Copping (1863-1932)

以撒的燔祭

这一段也叫以撒的燔祭（Burnt Offering of Isaac），最后一句 On the mount of the Lord it shall be provide（耶和华的山上必有预

备）自然就是一个成语了。所以，作为学生，我们只管多读书，注意完善自己就行了，不必为未来多忧虑，耶和华的山上必有预备。

以撒长大，娶利百加为妻，并生了一对孪生兄弟以扫和雅各。以扫是浑身有毛的意思，雅各是抓住的意思。以扫干活回来，又累又乏，雅各就用一碗红豆汤（a mess of potage）骗取了以扫长子的名号，因此，“A mess of potage”又指办事鼠目寸光，为区区小事放弃长远利益。后来，在偏心眼的妈妈的帮助下，雅各冒充以扫，靠欺骗取得了父亲以撒的祝福，由此兄弟反目。以扫要杀雅各，雅各就连夜逃到外地的舅舅家。在帮助舅舅干活的十几年里，雅各先后娶了舅舅的两个女儿利亚和拉结，又娶了利亚和拉结的两个侍女，四个妻子为雅各生了 12 个儿子，后来成了以色列民族的 12 个支派。在带领家人返回迦南的路上，神又给雅各赐名以色列，雅各被尊为以色列人的第一代祖先。

雅各喜欢拉结，自然偏爱拉结生的儿子约瑟。约瑟的故事我认为是《创世纪》中最精彩的部分，尤其对小孩子来说。有一次，我的同事让我去她儿子的班级讲点东西，我就讲了约瑟的故事。原以为这个故事宗教色彩浓厚，这些一年级的小孩子可能听不进去，为了吸引孩子的注意力，我隔一会儿就提问故事的发展和结局，结果 100 分钟之内，没有一个孩子上厕所，很多孩子一直在座位上站着，总是举手想发言，孩子们的想象力真是太有意思了。由此可见，不是孩子不愿意阅读，很大原因是我们大人没有把好的东西给他们。

约瑟排行第十一，但他经常告哥哥们的状，哥哥们自然记恨他。雅各给约瑟做了一件彩衣，他的哥哥们就更恨他了。Joseph’s coat（约瑟的彩衣），又指“荣誉的服装”。约瑟做了一个梦，说他捆的庄稼站着，哥哥们捆的都围着他下拜。他的哥哥们说，难道你要做我们的王，要管辖我们吗？由此越发恨他。一天，约瑟去看望在外面放羊的哥哥们，看到约瑟过来，他的哥哥们先把他仍在一个大坑里，然后又把他卖给去埃及做买卖的商人。

埃及的法老做了一个梦，说有七只又肥又美的母牛从河里出来，又被后来的七只又瘦又丑的母牛给吃掉了。没有人能为法老解梦，靠着神的福佑，约瑟告诉法老，七只肥牛意味着七个丰年，七只瘦牛意味着七个荒年，要把丰年的粮食积蓄起来，到荒年的时候再卖出去。法老为此非常器重约瑟，并立他为宰相。因此，Pharaoh’s cows（法老的肥牛）又指吉祥之兆。

接下来的故事跌宕起伏，也让人心酸。约瑟见到来埃及买粮的哥哥们，心里非常难受，也十分想念爸爸雅各，但又怕哥哥们的品性没有改变，不知他们是否为当年的罪过感到内疚，就几次用计试验哥哥们。后来，见哥哥们确已悔改，就兄弟相认，抱头痛哭。然后，约瑟把雅各一家七十几口人接到埃及，过上了富足幸福的生活，《创世纪》就此结束。在画家蓬托尔莫《约瑟的兄弟们祈求帮助》（*Joseph Brothers beg for Help*）的画作中，你会看到兄弟们向约瑟跪拜的场景，也应验了当年约瑟的梦。

蓬托尔莫的《约瑟的兄弟们祈求帮助》（*Joseph Brothers beg for Help*）

《圣经》的第二部《出埃及记》紧接《创世纪》的故事。雅各一家到埃及已经四百年了，亚伯拉罕的嫡系子孙超过了二百万人，约瑟和原来的法老死后，新的法老开始奴役以色列人。神听见他们的呼求，就拯救以色列人摆脱欺压他们的埃及人。为此，神拣选了一个希伯来族男孩摩西带领以色列人出埃及，并赐给他一只神杖。摩西求见法老，法老百般阻拦，神就降下血灾、蝇灾等十灾（Ten Catastrophes）警告法老。耶和华晓谕摩西说：把你的杖伸在埃及所有的水以上，就是在他们的江、河、池、塘以上，叫水都变作血，在埃及遍地（Then the LORD said to Moses，“Take your staff and stretch out your hand over the waters of Egypt，over their rivers，over their streams，and over their pools，and over all their reservoirs of water，that they may become blood; and there will be blood throughout all the land of Egypt.”）。电影《血色黑金》（*There will be blood*）的名字就来自这段话，丹尼尔·戴·刘易斯凭借此片第二次获得奥斯卡最佳男主角。

十灾的最后一灾是击杀长子，把埃及的一切头生的，无论人和牲畜，全部击杀。上帝事先让以色列人在黄昏的时候把羊羔宰了，把羊血涂在门框和门楣上做记号，以便躲过击杀，这就是逾越节 (Passover) 的来历。

在上帝的震怒之下，法老不得已，就答应让以色列人走，但很快就反悔，并率兵追赶以色列人，直至红海。以色列人非常害怕，就抱怨摩西说，难道你把我们带来死在旷野吗？我们在埃及岂不是跟你说过，不要搅扰我们，就是服侍埃及人也比死在旷野里好。神对摩西说，你举手向海水伸杖，把水分开，以色列人要下海走干地，埃及人会跟着下去，我要在法老和他的全军、车辆、马兵上得荣耀，埃及人就知道我是耶和华了。结果，以色列人在海中走干地，水在他们左右作了墙垣，埃及人却都被淹死了。以色列人看见神向埃及人所行的大事，就敬畏耶和华，也信服了摩西。大画家拉斐尔的《渡过红海》(*Crossing the red sea*) 就展现了这一神圣的时刻，如果你到了罗马梵蒂冈博物馆，记得一定去看一看。

拉斐尔的《渡过红海》(*Crossing the red sea*)

好了伤疤忘了疼，大难一过，以色列人就忘记了上帝的恩典，甚至抱怨上帝。上帝震怒之下，不得不为他们立下戒律。以色列人出埃及三个月后，来到了西奈山下。神从山上呼唤摩西：如今你们若实在听从我的话，遵守我的约，就要在万民中作属我的子民。到了第三天，山上有雷轰、闪电和密云，百姓吓得远远站立。神召摩西上山，传下十诫律法。共有三部分，第一部分就是十条诫命，是道德生活的绝对法律，第二部分是管理生活的民事规则，第三部分是礼仪敬拜的规则。神颁布律法，是告诉以色列人，如果他们顺从，神就赐福给他们，如果忘记律法，神就让灾祸降到他们身上。

《出埃及记》虽然很长，但一点也不枯燥。如果你没有时间去读，就去看一部电影《十诫》，无论是画面还是故事的讲述，都非常唯美。

如果说一部远古的律法成就了一个伟大的民族，一点也不为过。今天，如果你第一次看《十诫》的内容，会感觉很平常，比如不能偷窃、不能撒谎、不能杀人、不做假证陷害人，但它对人类文明的影响力却远超我们的想象，世界很多大国都把《出埃及记》中的道德标准作为法律的依据，这些道德律法就是今天也不过时。下面，我们就把《十诫》

的原文学习一下，以现代人的视角，从孩子成长的角度与时俱进地做一个解读。

出埃及记 第 20 章 十诫（Exodus 20 The ten Commandments）

1 神吩咐这一切的话说：2 我是耶和华你的神，曾将你从埃及地为奴之家领出来。3 除了我以外，你不可有别的神。

Then God spoke all these words： 2 I am the Lord your God，who brought you out of the land of Egypt，out of the house of slavery; 3you shall have no other gods before me.

十诫的前四条是人的信仰准则，“不可有别的神”这第 1 条就很难理解。信仰的最大敌人是世俗的诱惑，没有了对上帝的敬畏，就会有别的信仰来填充。信仰不专一，人就容易误入歧途。其他的神包括那些极易削弱我们对神敬畏的东西，比如不择手段的赚钱、整天醉心于无益的影视娱乐，过度炒作关注名人的绯闻，沉溺于毒品和色情，这些东西都可能会让人着迷，成为我们的上帝。

4 不可为自己雕刻偶像；也不可做什么形象仿佛上天、下地和地底下、水中的百物。5 不可跪拜那些像；也不可侍奉它，因为我耶和华你的神，是忌邪的神。恨我的，我必追讨他的罪，自父及子，直到三四代；6 爱我、守我诫命的，我必向他们发慈爱，直到千代。

4 You shall not make for yourself an idol，whether in the form of anything that is in heaven above，or that is on the earth beneath，or that is in the water under the earth. 5 You shall not bow down to them or worship them; for I the Lord your God am a jealous God，punishing children for the iniquity of parents，to the third and the fourth generation of those who reject me，6 but showing steadfast love to the thousandth generation of those who love me and keep my commandments.

“不可为自己雕刻偶像”是十诫的第 2 条。侍奉别的神，自然就会在无意义的事情上花费更多的时间和精力，比如追星，追星族就是敬拜自己雕刻的偶像。花花世界，目不暇接，每时每刻都在消耗着你的定力，很难让你有心思沉醉于读书之中。

7 不可妄称耶和华你神的名；因为妄称耶和华名的，耶和华必不以他为无罪。

7 You shall not make wrongful use of the name of the Lord your God，for the Lord will not acquit anyone who misuses his name.

在自然面前，在上帝面前，人其实都极其渺小，但人常常忘记这一点。老子天下第一，父母长辈不在话下，摸不着的神更算得了什么呢？很多人喜欢随便拿上帝来开玩笑，无论大事小事，常把OMG挂在嘴边，一般来说，在礼拜的时候，在重大赛事或重要仪式的时候，才可以说出上帝的名，祈求上帝的福佑。中国皇帝在北京天坛祭天的时候，无论启驾时的静鞭、行礼、列阵，还是在祈年殿的初献、亚献、终献，庄严感都非常强烈，体现出对天神的敬畏。

8 当记念安息日，守为圣日。9 六日要劳碌做你一切的工，10 但第七日是向耶和华你神当守的安息日。这一日你和你的儿女、仆婢、牲畜，并你城里寄居的客旅，无论何工都不可做，11 因为六日之内，耶和华造天、地、海和其中的万物，第七日便安息，所以耶和华赐福与安息日，定为圣日。

8 Remember the sabbath day，and keep it holy. 9 For six days you shall labour and do all your work. 10 But the seventh day is a sabbath to the Lord your God; you shall not do any work—you，your son or your daughter，your male or female slave，your livestock，or the alien resident in your towns. 11 For in six days the Lord made heaven and earth，the sea，and all that is in them，but rested the seventh day; therefore the Lord blessed the sabbath day and consecrated it.

第4条告诉我们，献出一天给上帝，并当做圣日是体现对上帝崇敬的重要形式，比如到教堂参加礼拜。没有了形式，就谈不上内容。在安息日工作一般来说不是值得鼓励的事情，这就是为什么很多人到了国外做生意，周末不休息会让当地人反感的原因。当然，医生、警察等特殊职业除外。放下工作，我们可以去看望孤寡老人，体验大自然，阅读写作，这些都是信仰忠诚的体现。当然了，休息好了，你身体才会好啊，这也是上帝爱世人的表现啊。

12 当孝敬父母，使你的日子在耶和华你神所赐你的地上得以长久。

12 Honour your father and your mother，so that your days may be long in the land that the Lord your God is giving you.

第 5 条到第 10 条是人的生活准则。尊敬父母，这一点很好理解。父母给了我们生命，哺育我们长大，让我们来到这个世界。我们父母和祖辈的辛勤工作为我们创造了今天的美好生活，他们都值得我们尊敬。由此及彼，我们也要尊老敬老、善待他人、帮助他人。

13 不可杀人。

13 You shall not murder.

不可杀人，还包括不要伤害其他的生灵，人要有怜悯之心。小时候读东郭先生和狼的故事，说东郭先生走路老低着头，因为他怕踩到蚂蚁。不可杀人还包括不要伤害其他人的情感、价值观、习俗习惯和珍爱之物，尤其到了大学或国外，我们有了新朋友的时候，要特别注意宽容别人的习惯和所谓的缺点毛病。

14 不可奸淫。

14 You shall not commit adultery.

不可奸淫，这第 7 条也可以说是《红字》悲剧的理论依据。当代年轻人的婚姻观和贞洁观已经远不可同日而语，记住这一条不是让我们做什么“道德卫道士”，而是告诉孩子们，忠于婚姻，不发生性犯罪是每一个人必须遵循的基本操守。还有，不是不准爱，而是不准不分场合、时间的乱爱。比如，让对方难以接受的过度的求婚表白，大庭广众之下拿着房证求人嫁给自己，在地铁等公共交通上不考虑别人感受的亲密表现等。

15 不可偷盗。

15 You shall not steal.

不准偷窃不只是指不经他人同意拿走别人的东西，还包括不要浪费别人的时间这样其他层面的东西。比如，最近在高考中竟然出现偷改同学志愿的事情，这也是偷窃，而且是触犯法律的偷窃。如果知道这个道理，就不会让自己在学生时代就因为无知沦为囚徒了。

16 不可作假证陷害人。

16 You shall not bear false witness against your neighbour.

这一条在日常生活中极其常见，我们又极其不注意，不当回事。除了不说谎陷害人，还要注意，不要以任何形式议论人的短长，不要传播流言蜚语，无论这些小道消息是真是假。

17 不可贪恋人的房屋；也不可贪恋人的妻子、仆婢、牛驴，并他一切所有的。

17 You shall not covet your neighbour’s house; you shall not covet your neighbour’s wife, or male or female slave, or ox, or donkey, or anything that belongs to your neighbour.

在当下的时代，财务的概念、范围与摩西那个时代已经大为不同，但财物对我们的诱惑力要比摩西的时代大得多。比如，看见别人有苹果手机就想要，看见别人有豪车就羡慕，看见别人晒名包就痒痒。不要觊觎别人的财物，就是男朋友或女朋友的东西，有这样的想法也是不对的。

好了，我们说了这么多的《圣经》，其实也不仅仅是为了讲神话，而是要领悟《圣经》的道理。比如，埃及人奴役以色列人，以色列人从自身的经历中学会了宽容别人，不欺压别人。摩西带领以色列人出红海，说明以色列人需要人的领导，也需要神的指引。以色列人过红海后，也开始争吵，甚至违背神，神给他们吃喝，也毫不留情地惩罚直至杀死他们。神不断地告诫以色列人，就是再艰苦的环境下也不要放弃信仰神。所以，一部《圣经》既是以色列人的精神指南，也是试炼以色列人的坚定信仰，时刻提醒他们不要背离神的一道紧箍咒。

十诫（The ten Commandments）

神定的律法自然都是好的，但由于人与生俱来的罪，特别是对世俗和财富无止境的追求，违背神也是生活中的常态，任何时期都有。在美洲殖民地的初期，就是那些最虔诚的清教徒，也常常忘记上帝的律法，就是在清教社会的严苛管教之下，对神的信仰也会出现背离，成为上帝手中的罪人。下面，我们就研读美国大觉醒运动中最有名的一篇布道词《罪人在愤怒的上帝手中》（*Sinners in the Hands of an Angry God*）。

大觉醒运动是 18 世纪上半叶席卷北美殖民地的一场信仰复兴运动。18 世纪初的美洲殖民地，由于人口增加，土地不足、庄稼歉收等影响，社会矛盾增大，与初到殖民地的清教祖先相比，年轻人对上帝的信仰和虔诚明显下降，转型期的社会带来了宗教信仰的淡化。另外，在 1687 年牛顿发表《自然哲学的数学原理》之后，牛顿力学不但让人类掌握了包括潮汐在内的地上物体的运动规律，也知道了天上星球的运动规律，科学理性让人类进入启蒙时代（Enlightenment），却让宗教进入了迷茫时代，宗教教义受到冷落。

当然，内因决定事物的本质，宗教信仰淡化最主要的原因还是出在宗教本身，特别是作为主流宗教的英国国教（Church of England）表现出的信仰懈怠。1688 年英国发生光荣革命后，王权复辟，英国国教一统天下，天主教、清教、犹太教（Catholicism、Judaism and Puritanism）受到压制。国教地位稳定带来自大自满，宗教仪式变为程式化的走过场，形式主义让国教缺乏活力，让人心灵中那种信仰永生的感觉消失了。

相比程式化的宗教仪式，人们更接受那种注重个人情感、更个性化和情绪化地表达对上帝感情的宗教形式。这个时期，英国出现了一个重要人物——约翰·卫斯理（John Wesley 1703—1791 年），他主张信仰要注重内心的转变而不仅仅是仪式的参与，要注重个人情感中对上帝的爱而不是缺乏真情实感的冷漠被动，为此，他强调宗教生活要自由化、个人化。他的布道更注重人而不是地点方式，他经常骑马旅行，常在露天布道，并在 1739 年建立了一个脱离国教的新教会——“卫理公会”（Methodists），这一分裂举动堪比马丁·路德宗教改革中新教的建立。他还与另一位伟大的布道家乔治·怀特菲尔德（George Whitefield 1714—1770 年）在英国和北美发起了信仰复兴运动。怀特菲尔德在北美的布道也经常在田间、街道举行，甚至站在树干或骑在马上布道。他在布道时高喊上帝的话语，悲伤哭泣，身体随着感情颤抖，其强大的号召力会让几十里内做工的人放下工具赶来参加，一次布道听众多达数千人至两万人，这次宗教觉醒运动也被看做是新教徒对抗宗教形式主义和理性主义的一次福音运动。

除了外来的怀特菲尔德外，在大觉醒运动中北美也产生了一位土生土长的伟大布道家，就是我们今天的主角乔纳森·爱德华兹（Jonathan Edwards 1702—1758 年）。爱德华兹拒绝皈依圣公会，指出新英格兰正深陷入对世俗的追求中，一些人认为财富比加尔文的宗教原则还重要，甚至认为预定论错了，只有功德可以拯救人的灵魂。爱德华兹认为，“上帝是愤怒的法官，人类都是罪人”，在《罪人在愤怒的上帝手中》这篇布道词中，上帝完全是一个可怕的形象，人们对罪恶产生一种焦虑并期望获得上帝的拯救。

大觉醒运动打破了原有的大一统的教会格局，也给北美社会结构和北美人的思想带来“质”的变化，殖民地由此逐步转化为一个新的民族，直至蜕变成了一个新国家。

变化之一是北美人独立的身份认同。在大觉醒运动中，布道者走村串巷，小的教派蓬勃兴起，清教和英国国教在殖民地的大一统的主体地位急剧下降，教会权威遭到质疑，会众由 1760 年时的 40% 下降到 1790 年时的 2.5%。在北美，教派分离不可阻挡，已经没有一种宗教可以取得支配地位，宗教的宽容越来越被人们接受，单一真理和单一教会的传统观念被突破。上帝的意志不再必须由主教传达，信仰权力由牧师之手转换到会众之手，权力的行使不再由上帝到统治者再到人民，而是由上帝到人民再到统治者，民众对英国政治和宗教不再一味顺从，美国人而非英国人的身份认同逐步形成，成为掌控自己命运的力量。

变化之二是契约管理理念的建立。殖民地人与教会是一种契约关系，每一位信众都要对教会顺从；同理，教会也对教民负有忠诚于圣经福音的责任。教民有权解除与教会的契约，切断与教会的联系，而不用事先获得教会的批准。不但类似《萨勒姆女巫》、《红字》的悲剧得以避免，而且，随着脱离大的教会成为常态，殖民地人脱离英国统治也顺理成章了。

变化之三是宗教多元化得到接纳。宗教多元化让任何一个教派不再具有主导性的力量，铲除了在美国产生国教或主体宗教的基础。大觉醒运动使殖民地的礼仪习俗、管理规章让位于质疑辩论，宗教的权威可以挑战，甚至当教会没有达到信徒的期望时，人民可以打破旧的束缚，脱离教会建立新的信仰。宗教的力量掌握在自己手里，而不是在英国教会或任何其他的宗教权威手里。正如英国政治家威廉·诺克斯所说，从此，每个人都可以成为自己的教皇，每个人都希望变成自己的国王。自然而然，信仰复兴为美国独立之火添加了最猛烈的燃料，最终演变为一场革命和一个自我管理政府的建立。英国把独立战争称为“长老会政变”，美国革命之父约翰·亚当斯说，大觉醒是独立战争动机的源泉。

有意思的是，大觉醒运动给美国带来了另一个福音，就是美国大学的建立和繁荣。由于神职人员的神学知识匮乏，耶鲁、哈佛的教材也不符合大觉醒运动的需要，新的教派开始建立自己的学校和教会，这就是为什么很多大学都归属于某一个教会。1746年，被称为“美国思想摇篮”的普林斯顿大学应运而生。普林斯顿大学由长老会创建，是美国第四古老的大学，也是受基督教文化影响最深，对基督教文化最具影响力的大学之一，任何教派的人都可以入学。建校的目的和哈佛一样，也是培养未来的牧师和公众领袖，就是校徽两者也很相似。普林斯顿大学的校徽上方有一本书，写着拉丁文“旧约与新约”，下面缎带上的拉丁文是“她在上帝

大觉醒是宗教的觉醒，也是民族的觉醒，国家的觉醒

的权能下繁荣”。

和哈佛大学一样，普林斯顿大学校徽上也有一本书，
写着“旧约与新约”

说到普林斯顿，不得不说一个非常特别的名人——纳什教授，就是电影《美丽的心灵》男主角的原型。2015 年 7 月的一天，我正在单位食堂吃午饭，突然央视新闻频道报道纳什教授与妻子遭遇车祸死亡，但更让我吃惊的是，这条新闻足有 4 分钟之长，回顾了纳什传奇的一生，还穿插了《美丽的心灵》中的片段。说起来纳什不过是一个长期患有精神病、获得过诺贝尔奖的美国教授，享受央视的如此殊荣，我当时甚至觉得这个编辑可能是纳什的粉丝。

实话实说，《美丽的心灵》我几次都只看了一个开头，枯燥得有点看不下去。看到纳什被联邦调查局 FBI 的人请去破译密码，我真的相信了，后来才看明白，原来这时纳什的精神已经出现问题，那是他的幻想。概括地说，1948 年，纳什来到普林斯顿数学系读博士，不到 20 岁的他风流倜傥，恃才傲物，对同学、同事那些没有多少原创的科研成果根本不屑一顾，就是爱因斯坦和发明计算机并创立经济博弈论的冯·诺依曼，以及数学系的主任列夫谢茨这些光辉灿烂的大师级人物他也从不迷信，甚至敢于藐视他们的权威。1950 年，在痴迷的癫狂中他终于想出了后来被称为纳什均衡（Nash equilibrium）的非合作博弈论的概念，开创了博弈论（Game theory）的新时代。他在大学里不怎么上课，却深入涉猎了拓扑学、代数几何、逻辑学、博弈论等数学的各个分支，他没发表几篇论文，但仅仅这一篇就足以开创一个时代。一句话，课业成绩重要，但它远远不是一切。

纳什发明了均衡论，但他也成了普林斯顿校园里的一个疯老头。幸运的是，在妻子和学校的照料下，他的病情奇迹般地好转，并于 1994 年获得诺贝尔经济学奖，就在他 82 岁，看来一切都要以幸福结局的时候，却传来了车祸的噩耗。

纳什均衡就是在非合作的前提下，每个人都从自己利益最大化出发，由此产生的结局或平衡。纳什均衡不是纯粹的数学游戏，在经济、管理、社会、军事领域应用广泛，在经济学的价格战中应用最为明显。很多同学在大学期间都在考注册金融师，其中的一门经济学课程专门有一章讲垄断市场中的价格战略，战略之一就是纳什均衡。

当过普林斯顿校长的乔纳森・爱德华兹当然也是普林斯顿的一位伟大人物。伟大人物都有伟大的原因，但成长经历，特别是教育经历最为重要，为什么我们每个家庭都重视教育，原因就在于此。爱德华兹有着精英般的教育经历，但也有我们人人能学的经验，尤其在阅读、写作上。下面，我们从 5 个角度来解读一下这位非凡人物：

1. 痴迷自然的爱德华兹：乔纳森・爱德华兹出生于康涅狄格州的清教世家，父亲是公理会牧师，母亲是马塞诸塞州北安普敦极具影响力的教牧领袖斯托达的女儿。12 岁的时候，他就写了“论昆虫”（Of Insect），描述蜘蛛的习性，展示了非凡的观察和推理能力。神性都从自然中来，他还写了一篇证明灵魂非物质性的文章，力图在自然中找到上帝的行迹。

乔纳森・爱德华兹（Jonathan Edwards，1702—1758 年）

2. 神学耶鲁的爱德华兹：1716 年，13 岁的爱德华兹进入耶鲁大学。他精通拉丁文、希腊文和希伯来文，所写的自然科学文章显示他具有罕见的观察与分析能力。他对牛顿和洛克的思想特别感兴趣，在读了洛克的《人类理解论》后写道：“在书中如获至宝，其中的乐趣，远远超过那些最贪婪吝啬的搜金刮银的淘金者。”我们现在老说“悦读”，其实读书是一个苦差事，除非你能读出爱德华兹“乐趣”的意境，否则，最好别提“悦读”。

3. Essay 高手的爱德华兹：“论存在”（Of Being）和“心灵”（The Mind）两篇短文大约写于 1720 年毕业以前，展示了他在哲学方面的天赋。毕业后，他继续在耶鲁大学学习神学。在《个人叙事》（*Personal Narrative*，1739）中讲述了自己 17 岁时的宗教体验，感悟到了上帝的至高无上、全知全能和对上帝的完全依赖。他写道：

> I often used to sit and view the moon, for a long time, and so in the day time spent much time in viewing the clouds and sky, to behold glory of God in these

things, in the meantime singing forth, with a low voice, my contemplations of the Creator and Redeemer.

我常常坐在那里，长时间地仰望那轮明月，白天花很多时间去观察云彩和天空，凝视上帝的荣光，轻声吟唱，歌颂上帝和救世主。

4. 博读广写的爱德华兹：1722年，他成为纽约苏格兰人长老会牧师，1729年，接管北安普敦教区。持续20年，爱德华兹一直在这个教区布道、写作。他把孩提时代那种匆匆记下沉思内容的习惯保持下来，写出了一共9卷，1360个条目的“杂记”。他的写作题材相当广泛，包含哲学、伦理及科学在内，有六百多篇，至今仍以手稿的形式存在。

5. 模范婚姻的爱德华兹：1727年7月，与撒拉·彼伊勒本结婚，撒拉的父亲詹姆士是纽黑文有名的牧师，也是耶鲁大学的创建人之一。他们育有8女3男11名儿女，是一个温暖的模范家庭，后代遍布宗教、政府、司法、学府等领域。很多人对美国人的婚姻和婚姻观有误解，认为离婚率高，观念开放，实际上，美国人是一个婚姻非常稳定的民族，这与清教徒的价值观是分不开的。

讲了这么多，我们现在可以很好地理解《罪人在愤怒的上帝手中》了。爱德华兹借用上帝愤怒、严厉的形象，通过对地狱的生动描述，特别是通过引用上帝毁灭所多玛的例子，警告世人那上帝即将来临的惩罚。

按理说，《罪人在愤怒的上帝手中》是一篇严厉的布道词，但布道时，爱德华兹既没有情绪激昂，也没有手舞足蹈，他通过具体生动的描述让我们再次看到了上帝在《创世纪》和《出埃及记》中的愤怒形象。他没有用任何手势，站在那里一动不动，把左手肘搁在讲台上，拿着讲章。他布道的经文是《申命记》第32章35节：“他们失脚的时候近了”（Their foot shall slide in due time）。随着讲道的进行，听众中不论男女，一群一群地站起来，在地板上打滚，他们的哭喊有时甚至把爱德华兹的声音都湮没了。有些人紧紧抱住教堂的柱子和栏杆，显然在那一刻感到他们的脚正在滑跌，他们正往地狱沉落。整个屋子里哭声震天，向神呼求怜悯。

爱德华兹在这篇布道中首先强调了地狱的真实存在，上帝的审判是有罪必罚，而且惩罚随时会来，你自己不但毫无还手之力，而且也无处可躲，无法事先预料。任何没有忏悔内省和改过自新的人，上帝正抓住他们投入火中，以此让听众知道远离上帝的恐怖下场。然后，爱德华兹也把上帝对人的恩典传给大家，让他们珍惜上帝给人悔改重生的机会，以便远离幽深恐怖的地狱，重回上帝的身旁。

这篇宗教色彩浓重的布道词对今天的我们来说也并非毫无意义，比如我们为追求自己更好的生活有时会无所不用其极，常常触碰人性和道德的底线，但从演讲的角度来看，这篇布道词更是不可多得。布道就是在教会里的演讲，会众就是听众。简单易懂，语言上口是好的演讲的必备要素。在这篇布道词中，爱德华的用词比较简单，但他使用了大量的比喻、排比和重复。比如反复使用“怒火”这个词，大大增强了现场影响力。公众演讲能力是个人素质的重要体现，也是美国课堂和校园生活的必备能力，我们可以从这篇文章中重点体会演讲技巧的使用。

罪人在愤怒的上帝手中（Sinners in the Hands of an Angry God）

你们中的每一个人得不到上帝庇护的时候都会身处这种境况：在你身下是一望无际的悲惨世界，硫黄在湖里熊熊燃烧。在那里，上帝愤怒的火焰在可怕的深渊里燃烧，地狱张开它的大嘴；而你无处立足，也无所依靠；在你和地狱之间是空气，只有上帝的力量和意愿才能使你免予下坠。

你很可能意识不到这一点。你在地狱之外，看不到上帝的手在托着你，却只看到其他的事情，诸如你强健的体格，你对自己生活的关心，你为了生存而采用的方法。但实际上这些事情都毫无意义，如果上帝收回他的手，这些事情对你的下坠就都无能为力了，就好像稀薄的空气根本不能留住一个悬在空中的人一样。

你的罪恶使你的身体像铅块一样沉重，在巨大的重力下直落地狱。如果上帝置你于不顾，你会马上掉下去，快速冲入无底的深渊。你健康的体魄，你自己的谨慎和智慧，最好的能力，所有这些都丝毫不能阻止你坠入地狱，就好像一张蜘蛛网无法拦住下落的石块一样。如果不是上帝至高无上的意愿，你脚下的土地一刻也不会承担你的重量……如果不是上帝至高无上的手使世界充满希望的话，你早就被扬弃在外了。现在上帝的怒火形成的黑云就笼罩在你头顶上方，里面充满着可怕的暴风和雷电。如果不是上帝压抑着他的怒火，这黑云马上就会在你头上爆发。现在，上帝以无上的意愿控制住了他的暴烈，否则这暴风就会伴随着怒火降临，你的毁灭会像旋风一样来临，你就像夏天的谷壳一样被摔打在地面上。

现在，上帝的愤怒就像被堤坝控制住的洪水一样，水越来越多，越涨越高，直到找到一个出口为止。水流被阻住的时间越长，当它一旦泄出时，就会越快、越强。没错，到目前为止对你罪恶的审判还没完成，上帝复仇的头巾还没揭开，但同时你的罪过也在不停地增长，每天你身上都积累了更多上帝的怒火。洪水不停地上涨，积累了越来越多的力量，只有上帝的意愿才能挡住这不愿停止、奋力前冲的水流。只要上帝收回他放在水闸上的手，洪水立刻就会一泻而出，上帝凶猛的怒气形成的暴烈洪水就会在无法想象的狂怒中冲刷而过，带着无所不能的力量向你扑来。即使你有比现在大一万倍的力量，是啊，即使你的力量比地狱里最强壮最有力的魔鬼的力量还大一万倍，你也根本无法抵挡或经受住上帝的怒气。

上帝愤怒的弓已经拉开，箭在弦上，正义的审判把箭瞄准了你的心窝，绷紧了弓弦。上帝，一个愤怒的上帝，对你根本没有做出任何承诺也没有任何义务的上帝，只有他的意愿才能使那箭头迟一刻喝到你的鲜血。因此，你们中间所有不曾因为灵魂受到上帝全能的精神力量影响而在心灵上产生巨大变化的人，所有不曾重生而成为新人，不曾从罪恶的死亡中重新站起，达到新的境界，面对前所未有的光明和生活的人，你们都在愤怒的上帝手中。

上帝使你悬在地狱大坑的上方，就像一个人拿着一只蜘蛛或惹人讨厌的虫子放在火焰上方一样，他厌弃你，并且被你激怒了。他对你的怒气像火焰一样燃烧，在他眼里你一文不值，他的眼睛纯净得不容你留在他视野之内，在他看来你比我们眼中最可恨的毒蛇还要讨厌一万倍……

哦，罪人！想想你正身处其中的可怕的危险吧：你在上帝的手中，身下是充满怒火的大火炉，一个宽阔而又深不见底的深渊，而上帝正满含着对你的怒气，就好像他对地狱里受诅咒的人满含怒气一样。你被吊在一根纤细的丝线上，愤怒的火苗在它周围窜腾，随时准备把它烤焦，烧成灰烬。而你不认识任何可以居中调停的人，抓不住任何可以拯救自己的东西，没有什么能为你挡开那愤怒的火焰，你什么也没有，什么也不曾做过，也不能再做什么，能使上帝多宽恕你一刻……

划线部分都是爱德华兹的精彩比喻。这里，我们给出最后一段的原文。

O sinner! Consider the fearful danger you are in： it is a great furnace of wrath，a wide and bottomless pit，full of the fire of wrath，that you are held over in the hand of that God，whose wrath is provoked and incensed as much against you，as against many of the damned in Hell. You hang by a slender thread，with the flames of divine wrath flashing about it，and ready every moment to singe it，and burn it asunder; and you have no interest in any mediator，and nothing to lay hold of to save yourself，nothing to keep off the flames of wrath，nothing of your own，nothing that you ever have done，nothing that you can do，to induce God to spare you one moment…

世俗堕落是人的常态，堕落需要惩罚，但惩罚不是上帝的目的，悔改才是上帝的终极意愿。上帝是愤怒的，更是慈爱的，每一位罪人都要珍惜上帝的恩典。由此，在说了上帝的愤怒之后，爱德华兹接着当然要说上帝的恩典了。

失脚的时候到了，地狱之火已经准备好

上帝愿意怜悯你，这是仁慈的一天，有了能得到宽恕的鼓励，现在你可以痛哭了。但是一旦这仁慈的一天过去了，你最可怜最悲痛的哭泣和哀叫也将变得无济于事。你会完全迷失，得不到上帝的庇护，他也不再挂念你的幸福。除了让你遭受痛苦，上帝对你无法做出其他的安排，你将永远没有其他的结局。因为你会成为一个盛满怒火即将毁灭的容器，这个容器除了容纳怒火外没有别的用途……

那些每天每小时都有危险遭受这种巨大怒气和无限痛苦的人的情况是多么可怕啊！你有理由奇怪你为什么现在还没在地狱里。毫无疑问，这就是你

> 见过的和认识的一些人的情况，他们不比你更应该下地狱，在那之前看起来也像你一样本可以活到现在。他们的情况就是失去了所有的希望，他们在极度的痛苦和完全的绝望中哭泣。但是在这里，你正在活人的世界里，在上帝的房子里，有一个得到拯救的机会。那些可怜的受诅咒而毫无希望的灵魂会怎样不惜一切代价来换取像你现在拥有的这样一天的机会啊！
>
> 现在你就有了一个非同寻常的机会。在这一天，基督把仁慈之门打开，站在门口对可怜的罪人们大声召唤和呼喊；在这一天，许多人聚集到他身边，涌入了上帝的国度。每天都有很多人从东方、西方、南方和北方到这里来，很多人都处在和你们一样的悲惨情况的晚期，而现在他们生活幸福，心里充满了对一个人的热爱，那个人爱过他们，用他自己的鲜血洗去了他们身上的罪孽，现在他们因为有希望得到上帝的庇护而欢欣鼓舞。在这样一天里落在别人的后面是多可怕的事啊！看着那么多其他的人纵情欢宴，而你却在不断憔悴死去！看着那么多人为心中的欢乐而雀跃欢歌，而你却在为心中的痛苦而哀悼，为精神的烦恼而悲号！
>
> 因此，让每个不受上帝庇护的人都觉醒过来，远离那怒火来加入我们。毫无疑问，现在全能的上帝的怒火正笼罩在这些会众中的一大部分人头上：让每个人都逃离所多玛城吧。“赶快逃命，不要回头看，一直逃到山上，以免你被毁灭。”

在向我们描述仁慈之门和美好一天的同时，就在我们怦怦的心跳刚刚有所缓解的时候，爱德华兹又用了上帝毁灭所多玛的例子，把上帝的怒火又压到了我们的头上，让我们赶紧逃命。那么，毁灭所多玛是怎么回事呢？让我们回到《圣经·创世纪》，回味一下这个故事。

所多玛是亚伯拉罕的侄子罗得住的地方。上帝听说所多玛罪恶深重，所有人品质败坏，就要毁灭这个地方。这一次，上帝用的不是洪水而是硫磺与火。罗得是一个好人，就像对忠诚的诺亚一样，上帝先是派两个天使告诉罗得，让他带着妻子和两个女儿出去，免得因这城里的罪恶同被剿灭。我们可以看到，上帝对恶人是绝不饶恕，审判一定会来到；对义人永远是慈爱呵护，恩典一定会降于正直的人。

不过，罗得的女婿不相信天使的话，认为上帝的愤怒不过是个笑话，他自然逃不出被毁灭的厄运。现在，像罗得女婿一样不相信上帝存在，把上帝的惩罚当做玩笑的大有人在，不立刻悔改，惩罚就会随时到来，这就是爱德华兹告诉他的会众的道理。

到了城外，天使对罗得和他的家人说："逃命吧，不可回头看，也不可在平原站住，要往山上跑，免得你被剿灭。"然后，上帝用硫黄与火降予所多玛，把那城和所有居民，连地上生长的都毁灭了。罗得的妻子忍不住回头一看，立刻变成了一根盐柱。上帝告诉我们，违背上帝的命令，怀有侥幸心理，面临的同样是死亡和惩罚的审判。

《罪人在愤怒的上帝手中》是爱德华兹说给他的会众的，其实，在充满撒谎、偷窃、色情、吸毒、杀人、暴力的时代，这篇布道词何尝不是给所有犯罪的人，给所有把上帝的愤怒当成玩笑的人说的呢？

远离邪恶！不要不信，也不要回头看！

所多玛的毁灭

不要回头看！不过，我们今天还是要回头看一看。到这一单元，美国早期土著文学、殖民地清教文学我们就介绍完了。清教徒的生活是这一时期美国文学的主流，宗教不但占据了清教徒的生活，也占据了他们的写作。清教文学没有小说、戏剧，只有赞美诗、历史记录、自传等。

清教文学主要有这么几个特点：

1. 写作紧紧围绕上帝展开。清教徒相信宿命，每一件事都被看做是来自上帝的启示，事事按照上帝的意志来解释，写作也多与宿命有关。比如，信纸撕口意味着上帝不让写信人给教外姐妹写太多的信；如果一个妻子把丈夫的衬衫烧了，意味着丈夫快要死了。

2. 写作反映清教徒的内省和艰苦生活。清教文学通常描写作者日常生活中面临的困难，极其注重内省，而且清教徒的写作大都是日记或个人陈述，写作数量比其他定居者要多。

3. 写作风格平实简洁。清教徒生活艰苦，不追求奢华，这样的生活方式也反映到写作的风格之中，语言朴实，不刻意使用绚丽的言辞，这对我们学习英语倒是一个福音。

好了，感谢这些来到美洲的清教徒们，他们不仅创造了自己理想的生活，也在自我信仰的追求中，形成了一个全新、独立的新民族，创造了一个世人敬仰的新国家。下一单元，我们就进入激动人心的革命时代，随着那些建国之父们的思想和脚步，品味一下美国革命时期《独立宣言》等政治文学的魅力。

第二部分

自由之火：争辩出的新国家

——美国独立战争时期的政治文学（1750—1800年）

Unit 6

《穷理查德的年鉴》——简单地说才不简单

《富兰克林自传》——人格才是最高学历

第一个美国人：我曾在印刷厂做工（I took to working at press）

数到手发麻：看看富兰克林还做过什么？

自律自省，就是当别人都在放纵自己，你仍然坚持自己；自悟自学，就是学校教育只是几百万人的“公约数”，发给你的是每人一样的真文凭，而自悟自学是让你头脑长学问，内心变强大的“永动机”，发给你的是永不毕业的毕业证。

沈阳是中国的工业重镇，但她还有两张靓丽的名片，一张是清初的故宫，号称“一朝发祥地，两代帝王都”；另一张是张氏帅府，号称“观一座大帅府，看半部民国史”。如果你游览大帅府，用一张通票还可以参观在张作霖、张学良父子边业银行旧址上改建的沈阳金融博物馆，这个博物馆号称全国十大精品博物馆，从内容到规模，绝对名不虚传。但有意思的是，在博物馆进门的墙上，用中英文镶嵌着一句美国人富兰克林的语录：Please remember the fact that currency can reproduce，flower and fruit.（请记住，货币能增值、开花和结果）。我真的没想到，富兰克林的话300年后竟会出现在这里。那么，富兰克林为什么说了这么一句话？富兰克林到底是什么样的人？为什么值得美国历史和美国文学大书特书呢？

富兰克林带儿子玩风筝试验

其实，富兰克林在中国还是很有名的，在几十年前他和他的儿子在暴风雨中做风筝试验、发明避雷针的故事就已经搬上教科书了。不过，也许因为这个原因，很多年我一直以为他就是一个科学家，后来知道他还是美国国父，我还纳闷，这个人怎么又成了政治家了？哪知道，富兰克林做的事情远不止这些。好，我们今天就慢慢还原这个人。

即使从科学家的角度，我们对富兰克林的认识也是很有限的，对他的科学发明也不完全了解。风筝试验证明了电的存在，很多电学名词，富兰克林都是首用者。比如，battery（电池），charge（电荷、充电），condensor（电容），conductor（导体），plus（正号），minus（负号），positively（正极），negatively（负极），armature（电枢）等。富兰克林曾多次往返殖民地和英国，他发现由于洋流的作用，轮船来回的时间不一样，于是就绘制了洋流图。在美国独立战争初期，他担任13个殖民地的邮政局长，那时，马车是主要交通工具，于是他发明了里程表。北美的冬天很冷，他就发明了富兰克林壁炉，这个炉子有点类似中国北方用的铸铁火炉，放在屋子的中间，与传统的壁炉相比，散热效率更高，冒烟更少。此外，他还发明了空气浴箱，相当于现在的空调，还有远近视双光眼镜、柔性导尿管、玻璃口琴、潜水脚蹼等。好了，下面给大家看一样富兰克林发明的东西，英文是 Long Arm，猜一猜它是干什么用的？

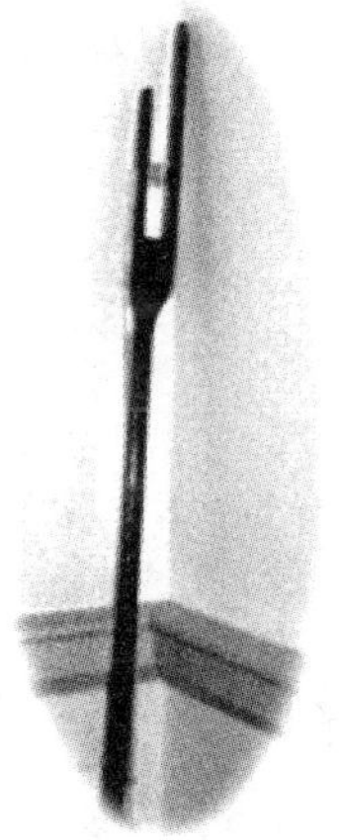
Long arm，猜猜它是干什么用的？

还有一点，我们可能了解得更少，就是富兰克林是 40 岁以后才开始集中精力搞发明的，而且开始自学法语。这时，他已经是一个功成名就的商人了，或者说，他是生意上退休之后才迷上科学发明的。我们常常把小小科学家作为赞赏孩子的极高荣誉，其实，大可不必如此着急，因为，科学家是急不出来的，封出来的光环很快就会褪去。孩子小时候就该干小孩子的事，富兰克林小的时候，他的爸爸经常带他走访木匠、瓦匠、车工、铜匠，看这些技艺高超的人如何干活，如何使用他们的工具，更重要的是，通过观察来发现富兰克林的爱好，富兰克林自己也很快学会了干些零活，有时，还自己动手制造一些小机械或做一些小试验。

与科学家相比，作为政治家的富兰克林，我们了解的可能也不全面。在接下来的几个单元里，我们会有更多的介绍。这里，先简要概括一下。

1750 年，富兰克林 44 岁的时候，开始对政治感兴趣。1757—1775 年，他作为宾夕法尼亚州、佐治亚州、新泽西州和马萨诸塞州的代表常驻伦敦，他一直认为自己是一个对王室忠诚的英国人。1765 年，英国决定向殖民地征收印花税，《印花税法》(*Stamp Act*）遭到殖民地人的反对。1765 年 12 月，富兰克林代表宾州和其他三个州在英国议会作证，陈述殖民地人为什么反对印花税。这篇证词极具智慧，堪称有理、有力、有节，该说清的绝不含糊。这里，我们选几段对话欣赏一下：

问：如果印花税加以修改，你是否认为美洲人愿意支付？

答：不，他们绝不愿意，除非使用武力。

问：北美人过去是以什么观点来看待大不列颠议会的？

答：他们把议会看做是保卫自由的堡垒，他们总是以十分尊敬和信任的心情谈及议会。

问：他们现在是否仍然同样地尊敬议会？

答：不，对议会的尊敬已大大减弱。

问：如果印花税不撤销，你认为会产生什么后果？

答：你们将完全失去北美人对你们的尊敬和热爱，也将失去基于上述尊敬和热爱而形成的一切贸易往来。

问：怎么会影响到贸易呢？

答：如果印花税法不撤销，他们将不买你们的制造品。

问：没有这些制造品，他们能过日子吗？

答：我认为，他们能过得下去。

问：这会符合他们的利益吗？

答：他们从英国进口货物不外三类，一为必需品，二为方便品，三为奢侈品。第一类如布匹，只要稍有工业就可自己生产。第二类，暂时缺乏也没关系，可以等着自己生产。第三类是现在进口最多的，完全可以一笔勾销。他们都是时髦品，双方交恶后，时髦品会马上变为讨厌品。

富兰克林的论述如果用在今天的世界贸易大战，其核心的道理几乎是一样的。如果你奇怪富兰克林为什么有如此的思维和雄辩力，读读他的自传，看看他在十几岁的时候都读了什么书你就知道了。

大约在这个时候，我读了洛克的《人类悟性论》和波尔洛亚尔派的先生们所著的《思维术》。我偶然发现了一本英语语法书，后面有两篇关于修辞法和逻辑的简短介绍，还举了一个用苏格拉底对话法进行论辩的实例。此后不久我就买了一本色诺芬的《苏格拉底重要言行录》，在这本书里有许多这种对话法的实例，我很喜欢这种方法。

我发现用这种方法对我自己是最稳妥的，但却使我的对手十分为难。我喜爱这种方法，不断地应用它，逐渐变得十分巧妙和老练，就是那些有学问的人也不得不让步。这个方法我使用了几年之久，但后来逐渐放弃了它，仅仅保留了用谦逊的口吻表示我个人意见的习惯。当我提出任何可能

> 有争论的意见时，我从不用“一定”、“无疑地”或任何其他表示肯定意见的字眼。相反，我会说，我想某事是这样，在我看来这件事好像是，我想是这样。或是说，假如我没有弄错的话，就是如此。我相信这个习惯对我非常有益，因为我需要说服人，劝人接受我正努力提倡的各种想法。再说，谈话的目的无非是教诲人，或是被别人教诲，使人高兴或是说服人，因此我奉劝善良的聪明人，切勿采取独断、自以为是的态度，这种态度总是让人反感，往往引起别人的反对，把语言交流思想和增进感情的目的破坏殆尽。

遗憾的是，阅读已经成了我们整个社会的痛。有人总结说，当下阅读不是功利就是消遣，经典阅读已经淡出。在书店，教辅书和求财、励志、谋略、成功、官情、戏说、鬼幻一类的书总是人满为患，而历史、哲学、宗教等书籍却门庭冷落。让人欣慰的是，近几年全民阅读已经纳入国家发展战略，各种读书节、读书月也正在重新唤起大家的读书兴趣，我们研究、阅读美国文学也算是对全民阅读的一个响应吧。

在英国议会作证之后，富兰克林开始认真思考北美殖民地是否应该摆脱英国，实现自由独立，而“哈钦森事件”则加速了他与英国决裂的决心。哈钦森是当时英王任命的马萨诸塞州总督，他假装与殖民地人站在一起，暗中却为英王工作。富兰克林截获了哈钦森与英王的通信，并转给殖民地，这些信件激怒了殖民地人，为此，富兰克林被传唤到英国外交部，受到公开谴责。在返回殖民地的路上，做一个美国人而非英国人，让殖民地成为一个独立的新国家已经成为富兰克林下一步的行动目标。

与其他美国建国之父不同，富兰克林是唯一一个签署了美国独立全部四个重要文件的人。1776 年，富兰克林作为五人起草小组成员，签署了《独立宣言》。1778 年，作为驻法国大使，签署了《法国与美国联盟条约》，独立战争得到法国支持。1783 年，签署了标志美国获得独立的《巴黎协议》。1787 年，81 岁的富兰克林宝刀不老，再度出山，参加费城制宪会议，签署了美国《宪法》，全程见证了一个新国家的诞生。1790 年 4 月 17 日，84 岁的富兰克林去世，2 万人参加他的葬礼。他的一块墓碑概括了他一生最重要的两件事：从苍天处取得闪电，从暴君处取得民权。

富兰克林：我从小就喜欢读书，所有零花钱都花在买书上了

概括地说，40—50 岁的时候，富兰克林开始搞科学研究，1756 年，50 岁的时候成为英国皇家协会会员。50—80 岁的时候，富兰克林开始了一个政治家的生涯，位列美国 10 位建国之父的行列。现在，我们再看看他 20 岁之前作为印刷工，20—30 岁作为一个成功商人，30—40 岁作为投身公益事业杰出人士的故事，然后，我们就会知道他为什么成为一个如此伟大的人，特别是为什么成为了一个伟大的作家，进而就会对列入教育部课外阅读名录的《富兰克林自传》、《穷理查德的年鉴》有更深的理解了。

富兰克林 1706 年 1 月 17 日出生于波士顿，他的爸爸有 17 个孩子，是个肥皂制造商。老富兰克林本想让小儿子做牧师，但学牧师要上好几年学，还要读大学，经济上是一个问题，于是他改变了主意，让 10 岁的小富兰克林回家帮助父亲做蜡烛和肥皂。小富兰克林 12 岁的时候，老富兰克林看到他特别喜爱阅读，就把他送到他哥哥的印刷厂当学徒，也算弥补不能上学的缺憾了。那么，富兰克林喜爱阅读到底到了什么程度呢？《富兰克林自传》是这样记载的：

> 我从小就爱好读书，所有的零花钱都花在买书上了。那个时候我非常喜欢《天路历程》，所以一开始就收集了约翰·班扬文集，那是单独发行的一本小册子。后来，我把这些东西全部卖掉，又买了柏顿的《历史文集》。这些都是小贩们叫卖的书，非常便宜，只需要四五十美分就可以将全集买下来。我父亲有一个小图书馆，其中收藏的大都是关于宗教辩论的书籍，大多数我都读过。现在有时候还很懊悔，在自己求知欲最旺盛的时期竟没有看对自己合适的书，因为那时我已决定不做牧师了。普鲁塔克的《英雄传》我非常仔细地读过，现在看来读这本书所花的时间非常值得。另外，还有笛福的《论计划》和马太博士的《论行善》，这两本书改变了我的思想，它的影响在以后的一些重大事件中都明显地表现了出来。

波士顿富兰克林的出生地（Birthplace of Franklin. Milk Street，Boston）

富兰克林15岁的时候，他的哥哥办了一份《新英格兰报》，他干完排字、印刷的活，还要走街串巷去卖报。一天，他突发奇想，也想给报纸投稿，但他只是一个学徒工，他知道哥哥肯定不会同意，于是，就利用晚上的时间写作，签上虚构的化名。结果，大家都觉得这个文章写得好，看到大家纷纷猜测是镇上哪位名人写了这篇文章，富兰克林觉得非常得意。

富兰克林的哥哥对他一直不太好，尽管在哥哥入狱期间，富兰克林尽力帮助支撑印刷厂的运转，但哥哥好像很不领情。1723年，17岁的富兰克林不得不远走他乡，逃至费城。这也就是为什么这个出生于波士顿的人，在美国独立战争期间成为了宾夕法尼亚州的代表。

为什么说逃走呢？在那个时代，殖民地也是有“户籍”管控的，随便出走是违法的，况且家里人也不让他走。富兰克林先是到了新泽西，然后乘船到达费城。途中富兰克林主动帮船老大划船，船老大就不想收他的船票钱，富兰克林尽管囊中羞涩，还是坚持照付。我们有句话叫“穷大方”，富兰克林也有同感。他说，有时候一个人在没钱时，反而比有钱时更慷慨，也许是怕别人认为他没钱吧。来到城里的时候，富兰克林只有一块钱了，费城在那时也是一个大城市了，但与波士顿相比，消费水平还是要低一些，但富兰克林不懂这些，没想到自己的钱竟然能买三个面包，又不好意思退，只好两个腋下各夹一个，嘴里再吃一个，继续赶路。浑身湿漉、蓬头垢面的富兰克林在走过一座房子时，看到一个女孩站在门口，这个女孩叫黛博拉，她恐怕做梦也想不到，这个毫不起眼的打工仔七年后会成为自己的丈夫。这一天是1723年10月6日，我们可以在《富兰克林自传》中“到达费城”（Arrival in Philadelphia）一节回味一下这一戏剧性的时刻：

Then I walked up the street，gazing about till near the market-house I met a boy with bread. I had made many a meal on bread，and，inquiring where he got it，I went immediately to the baker's he directed me to，in Second-street， and asked for bisquit, intending such as we had in Boston; but they, it seems, were not made in Philadelphia. Then I asked for a three-penny loaf, and was told they had none such. So not considering or knowing the difference of money, and the greater cheapness nor the names of his bread, I bade him give me three-penny worth of any sort. He gave me, accordingly, three great puffy rolls. I was surprised at the quantity, but took it, and, having no room in my pockets, walked off with a roll under each arm, and eating the other. Thus I went up Market-street as far as Fourth-street, passing by the door of Mr. Read, my future wife's father; when she, standing at the door, saw me, and thought I made, as I certainly did, a most awkward, ridiculous appearance.

有缘千里来相会：She, standing at the door, saw me, and thought I made, as I certainly did, a most awkward, ridiculous appearance

有手艺走遍天下。富兰克林可不是一般的打工仔，他有着一手印刷工的好手艺，富兰克林很快就找到了工作，而且干得非常好，以至于殖民地的总督都支持他自己创业，并让他去伦敦采购设备。等富兰克林到了伦敦，总督却违背自己的承诺，富兰克林不得不在伦敦滞留了几个月，还得靠老本行在印刷厂打工为生。

从伦敦回到费城不久，富兰克林就借钱开了一家印刷厂，他用不知疲倦的勤奋工作为自己赢得了声誉，也赢得了生意，连政府的很多印刷品都让他来干。1728 年，22 岁的富兰克林收养了一个小孩威廉，就是那个和他一起在暴风雨中放风筝的孩子。

1730 年，富兰克林与黛博拉结婚，她经营一家商店，卖肥皂和布料等日用品，后来他们又开了一家书店，生意都非常好。富兰克林在《穷理查德的年鉴》中用了很多与商店和读书有关的精彩语句，应该与他的这些经历有关。比如：

Keep thy shop，and shop will keep thee.

你把商店管好，商店管你吃饱。

Read much， but not many books.

多读书，但不能乱读书。

1729 年，富兰克林买下了一家报纸《宾夕法尼亚公报》，自己做了老板，这一回再也不用偷偷摸摸地投稿了。很快，他的报纸就在殖民地大受欢迎。随着生意的成功，富兰克林开始投身公益事业。他组建了一个由年轻工人参加的社团，还加入了共济会。这里多说一句共济会，就是到今天，共济会仍然是一个神秘的组织。有一次，为了让同学们了解共济会，我推荐了何新老师的《统治世界》，没想到，一周后就有个同学把这本书带到了课堂。我就想，我们的孩子是愿意阅读的，对这个世界是充满好奇的，稍微点拨一下，他们就会做得更好。

富兰克林创造了很多第一。他最早发起了费城街道的建设、维护和照明项目，1731 年又建立了公共图书馆。那时，书籍是稀缺物，也是贵重物品，要从英国购买，他想出了一个好办法，建立了美国第一家收费图书馆，通过集中大家的资源，每个会员都能支付得起买书的钱了。1743 年，他创立了哲学学会，是美国第一个学术团体。城市大了，他敏感地意识到，很多病人需要得到更好的帮助，1751 年，他建立了一家医院。直到今天，图书馆、哲学学会、宾夕法尼亚医院依然存在。

说到这里，我们可以数一数富兰克林到底做了多少工作，恐怕得数到手发麻。其实，比数量更重要的是质量，他把每一件事都做到了极致，成为了那个时代的英雄，甚至让后人很难超越。作为作家的富兰克林，也是如此。

1733 年，富兰克林开始出版《穷理查德的年鉴》(*Poor Richard's Almanack*)。年鉴就是日历，民间也叫黄历。上面不但有日期，还有一些有关气象、食谱、语言、圣人语录之类的东西。用今天的话说，富兰克林绝对是一个创新型的人才，就是做年鉴也与众不同。在这本年鉴上，富兰克林虚构了一个叫理查德的穷人，他的老婆总是对他唠唠叨叨，他不得不拼命地挣钱养家。此外，富兰克林还使用了很多幽默诙谐的格言警句，写作方式轻松活泼，有些句子直到今天仍然很有生命力。比如，初学英语的人，大概都学过这句话：A penny saved is a penny earned（省一分等于挣一分），这句话就出自穷理查德之口。还有像 No gains without pain（没有辛苦就没有收获），恐怕也是你最早学会的英语。

最早出版的《穷理查德的年鉴》（*Poor Richard's Almanack*）

当然，《穷理查德的年鉴》中的话很多都不是富兰克林的原创发明，而是从《圣经》或一些收集谚语成语的书中摘录而来，包括各个时代和很多国家的成语及名言警句。有趣的是，一些成语很可能来源于中国，比如“瑞雪兆丰年”，Snowy winter， a plentiful harvest，你说是不是？还有像“一个烂苹果会让整堆苹果烂掉”，The rotten apple spoils his companions，我们好像也似曾相识。还有一些几乎表达了一样意思的话，比如我们常说的“榜样的力量是无穷的”或“身教重于言教”，在《穷理查德的年鉴》中是这么说的，“一个好的范例就是最好的布道”，A good example is the best sermon。类似的还有“不做亏心事，不怕鬼敲门”，Innocence is its own defence（清白是最好的自卫），这句话我觉得也可以翻译为“要想人不知，除非己莫为”。

我们重温这些富兰克林时代流行的警句，因为它们在今天依然适用。比如：

> Visit should be short， like a winter's day， lest you're too trouble some hasten away.
>
> 登门造访要像冬季的白天一样简短，否则会遭人讨厌被人赶。

这句话的核心是不要过度打扰别人。今天，我们每个人学习、工作的节奏都很快，工作与生活中的相互交流沟通又变得极其频繁和重要，那么，如何把握不过度打扰别人是一个很重要的社交原则。电子邮件、微信、短信、微博之所以成为老师与同学之间、老板与同事之间最常用、最喜欢的交流工具，原因之一就是它们能最大限度地不打扰别人。同样，商务拜访或与上司、客户交流都要清晰简短。爱你的邻居，但不要拆掉篱笆（Love your Neighbour，yet don't pull down your Hedge），讲的其实也是类似的原则。

道德与品质养成是一个老话题，富兰克林自然不会放过。比如，说起任何人都不可以用轻蔑的语气，无论他是国王还是奴隶。只有最毒的蜂才会用刺。遗憾的是，类似的话今天我们已经不再把它当回事了。从马加爵到林森浩，这些令人痛心的同学校园杀人案，往往不是因为什么深仇大恨，只要有哪怕一点点对同学的善良、包容、关心、尊重，就不会出现这样的悲剧。林森浩在回答记者采访时说，自己在狱中读了一些书，以前经典的文学作品读得太少了。在人人皆为利来，红尘滚滚的时代，我们管不了别人，但一定要坚持住自己，因为它最终对你有好处。这里再读几条吧。

It was hard for an empty sack to stand upright；

空袋子立不直；

Light purse， heave heart；

钱包轻，人心重；

Better slip with foot than tongue；

宁可失足，不可失言；

Without justice， courage is weak；

没有正义，何谈勇气；

Sell not virtue to purchase wealth， nor liberty to purchase power；

不要出卖品德换取财富，也不要出卖自由换取权力；

这最后一句话，我觉得还可以作为反腐倡廉的宣传口号，非常值得我们深思。

自律与习惯养成是《穷理查德的年鉴》中的一个重要部分，很多我们都熟悉：

Have you somewhat to do tomorrow，do it today；

今日事，今日毕；

The sleeping Fox catches no poultry. Up! up!

贪睡的狐狸抓不住鸡，起来！起来！

All things are easy to industry， all things difficult to sloth.

勤者无难事，懒惰事事难。

It is easier to prevent bad habits than to break them.

小心不养成坏习惯比改正坏习惯容易得多；

有一些涉及生活的哲理，也是我们今天的孩子平时注意不够或理解不深的：

A small leak will sink a great ship；

大船因为一道小缝沉没；

Men & melon are hard to know.

人心难测善恶，西瓜难辨生熟。

Tongue double，brings trouble.

舌头动得快，麻烦来得多。

Three may keep a secret if two of them are dead.

三个人中死了两个才能保守住秘密。

Who pleasure gives， shall joy receive.

奉献欢乐者得到欢乐。

An open foe may prove a curse，but a pretended friend is worse.

一个公开的敌人可能是祸根，可是一个伪装的朋友更加糟糕。

还有一些很深刻，也很有意思，但我们很难做得到：

Work as if you were to live a hundred years，Pray as if you were to die tomorrow；

工作时就像你会活到一百岁似的，祈祷时就像你明天要死似的；

Write injures in dust，benefits in marble；

把你受到的伤害写在尘土里，把你得到的益处刻在石头上；

我最喜欢的还是后面这一句。为什么呢？因为现在的很多孩子都生活得太顺了，很难从生活中获得这样的智慧，所以，阅读就是最好的补充了。我认为阅读、演讲、写作对一个学生来说是相当重要的，那么，最后，我们就学一点这方面的语句：

Write with the learned， pronounce with the vulgar；

写文章要引经据典，说话却要通俗易懂；

Reading makes a full man， meditation a profound man， discourse a clear man；

阅读使人充实，思考使人深沉，谈话使人智慧；

虽然《穷理查德的年鉴》中的一些话是富兰克林收集而来，但很多时候富兰克林不是简单地照搬照抄，往往会给那些稍显过时的经典语句注入新的含义，有的甚至是他的切身体会。比如，他有一句名言：An ounce of prevention is worth a pound of cure（一分预防胜过十分治疗），这句话实际上是他创建费城消防系统的切身体会。在那个时代，火灾对费城是一个致命威胁，为了减少火灾损失，1736 年，富兰克林成立了费城火灾协会，是费城第一个这样的机构。1752 年，富兰克林还建立了为火灾损失提供保险的组织，至今还在运转。

我们接着研讨一下《富兰克林自传》（*Autobiography of Benjamin Franklin*）。

富兰克林的一生贯穿于美国建国的全程，在独立战争之初，他就成为新美国人的标志性人物，无论是作为科学家还是政治家都堪称传奇。更传奇的是，1771 年，富兰克林 65 岁的时候开始写自传，1790 年去世的时候，他的自传还没有写完。这本自传分为四个部分。第一部分是写给他的儿子威廉的，讲述家族历史和自己的少年生活，包括做印刷工的人生第一份工作，前往费城并最终出版自己的报纸等生意成功的事情。第二部分只有一章“获得道德完美的计划”，写于巴黎，那时美国处于独立战争时期，他描述了对美国未来的构想，最有名的是他讲述了自己养成“13 条美德”的故事。第三部分讲述自己创作《穷理查德的年鉴》以及搞科学发明的事情，

第四部分描写他1750年以后去英国的故事。虽然自传没有写完，但这四个部分就足以让他名垂青史，在美国文学史上产生了举足轻重的影响，不但打破了当时的写作常规，更被誉为清教徒的《奥德赛》史诗和世界上最优秀的自传之一。尤其是少年学徒、不懈自学并在道德养成上的经历和努力，更是成为青年人的励志楷模和人生指导。

现在，我们选取“13条道德准则”作为重点进行阅读，在了解富兰克林自学自悟的基础上，再看一下他的自律自省。一定要记住，这是一个十几岁的孩子做的事情。在这个部分富兰克林先讲了对宗教的认识，让我们看到了一个愿意独立观察，独立思考的人：

> 在宗教方面我从小所受的是长老会的教育。尽管我很早就不到教堂去做礼拜了，因为礼拜天是我读书的日子，但我仍然保持着某些宗教信仰。比方说，我从不怀疑上帝的存在，上帝创造世界、统治世界，上帝最喜悦的贡献是对人行善，我们的灵魂是不朽的，善有善报，恶有恶报，这种报应不是在今世，就是在来世。我认为这是任何宗教的要素，所以我尊重一切教派。

就在这个阶段，富兰克林开始了“13条美德”的养成计划。13条美德说起来我们非常熟悉，具体是“饮食有节、言语有度、生活有序、坚持不懈、勤俭节约、努力勤勉、诚恳诚心、公正诚信、处事中庸、健康清洁、遇事镇静、节制欲望、谦虚谨慎”。这些东西说起来、理解起来一点都不难，但我们的孩子和大人就是能做到其中一条、两条的能有多少呢？富兰克林可不是光挂在嘴上说说的，也不是做样子给别人看的，而是身体力行，体味感悟，修炼自己。正如《穷理查德的年鉴》中的那句话：Well done is better than well said（做得好胜过说得好），那么，富兰克林是如何做到的

街头小报童富兰克林：美德培养如拔草，只能一个花坛一个花坛地拔

呢？还是读一读原文吧：

获得道德完美的计划（Plan for attaining moral perfection）

就在这前后，我想出了一个达到完美品德的大胆而费力的计划。我希望我一生中在任何时候都不犯错误，我要克服所有缺点，不管它们是由天生的爱好，或是习惯，或是交友不善所引起的。因为我知道，或是自以为知道何者为善，何者为恶，我想我或许可以做到只做好事不做坏事。但是很快我就发现想做的工作比想象的要困难得多。正当我聚精会神地克服某一缺点时，另外一个缺点却冒出来了。后来我终于断定，光是笼统地相信完善的品德对我们是有利的，还不足以防止过失的发生，坏的习惯必须打破，好的习惯必须加以培养。为了达到这个目标，我想出了下面的一个方法。

在我的阅读中，我发现在列举道德品质时，各家的分类多少有点分歧，因为对不同的作者，同一个词的含义可以或多或少。节制这个词，比方说，有人把它的意义限于饮食，但另外有人却使它的意义包括调节其他的快乐、欲望、癖好和肉体的或精神的情欲，甚至把它推广到贪婪和野心方面。为了明确起见，我主张宁可多设几个项目，每一项少包含一些含义。我提出了十三种德行，当时我认为是必需的全部的德行名目，在每一项底下我加了一些简单的箴言，列出了我认为该条含义应有的范围。

这些德行的名目和它们的含义如下：

1. 饮食有节。食不过饱；饮酒不醉。

2. 言语有度。言必于人于己有益；避免无益的聊天。

3. 生活有序。每一样东西应有一定的安放地方；每件日常事务当有一定的时间。

4. 坚持不懈。应做必做；决心要做的事应坚持不懈。

5. 勤俭节约。用钱必须于人于己有益，换言之，切戒浪费。

6. 努力勤勉。不浪费时间；每时每刻做些有用的事，戒掉一切不必要的行动。

7. 诚恳诚心。不欺骗人；思想要纯洁公正；说话也要如此。

8. 公正诚信。不做不利于人的事，不要忘记履行对人有益而又是你应尽的义务。

9. 处事中庸。避免极端；人若给你应得处罚，你当容忍。

10. 健康清洁。身体、衣服和住所力求清洁。

11. 遇事镇静。勿因小事或普通的不可避免的事故惊慌失措。

12. 节制欲望。除非为了健康或生育后代起见，切戒房事过度，伤害身体或损害你自己或他人的安宁或名誉。

13. 谦虚谨慎。仿效耶稣和苏格拉底。

这里，我们讨论一下谦虚谨慎。有人凡事总是觉得别人不对，总喜欢在背后搬弄是非，这就既不谦虚，也不谨慎。有意思的是，无论国内国外远隔万里，无论古代现代远隔千年，对谦虚谨慎这一人格品行的要求都是一样的。《后汉书·马援列传》中有一篇《诫兄子严敦书》，说的是东汉名将马援听说自己的两个侄子喜好在背后说人是非，就想告诫他们要品行端正，谨慎谦虚。但马援没有对两个侄子劈头盖脸，大骂一顿，也没有让他们像富兰克林一样把每天的所作所为记录下来，而是写了一封言语恳切，充满谦逊尊重和关心呵护的信。他说，我希望你们听说了别人的过失，像听见了父母的名字，耳朵可以听见，但嘴中不可以议论。喜欢议论别人的长处和短处，胡乱评论朝廷的法度，这些都是我最深恶痛绝的，我宁可死，也不希望自己的子孙有这种行为。那怎么才能做到谦虚谨慎呢？马援举了龙伯高和杜季良两个例子。他说，龙伯高这个人敦厚诚实，说出的话没有什么可以指责的，谦逊节俭，待人又不失威严。我敬重他，希望你们向他学习。杜季良这个人豪侠好义，有正义感，把别人的忧愁作为自己的忧愁，把别人的快乐作为自己的快乐，无论什么人都结交。我敬重他，但不希望你们向他学习。学龙伯高学不好，还可以成为谨慎谦虚的人，就如“刻鹄类鹜”。而一旦学习杜季良不成功，那你们就成了纨绔子弟，就如“画虎类犬”。千年之后，万里之外，富兰克林也是这样想的，这就是我们为什么花这么大的力气来讨论人格问题。

其他12条我们不一一解读了。其实，这13条准则，一定会让我们想起《弟子规》，特别是其中的“谨”与“信”，简直就是13条美德的翻版，一样的具体、一样的简单，一样的每天都会碰到、一样的难以做到。下面列出的几条完全可以看做是对 13 条美德的具体解读，大家可以对照一下，看看下面哪一条分别是 13 条美德的具体表现。

朝起早　夜眠迟　老易至　惜此时
晨必盥　兼漱口　便溺回　辄净手
冠必正　纽必结　袜与履　俱紧切
置冠服　有定位　勿乱顿　致污秽
衣贵洁　不贵华　上循分　下称家
对饮食　勿拣择　食适可　勿过则
年方少　勿饮酒　饮酒醉　最为丑
步从容　立端正　揖深圆　拜恭敬
勿践阈　勿跛倚　勿箕踞　勿摇髀
斗闹场　绝勿近　邪僻事　绝勿问

凡出言　信为先　诈与妄　奚可焉
话说多　不如少　惟其是　勿佞巧
奸巧语　秽污词　市井气　切戒之
见未真　勿轻言　知未的　勿轻传
事非宜　勿轻诺　苟轻诺　进退错
见人善　即思齐　纵去远　以渐跻
见人恶　即内省　有则改　无加警
唯德学　唯才艺　不如人　当自砺
若衣服　若饮食　不如人　勿生戚

13 条美德值得背诵下来，它的原文是：

These names of virtues，with their precepts，were：

1. Temperance：Eat not to dullness; drink not to elevation.

2. Silence：Speak not but what may benefit others or yourself; avoid trifling conversation.

3. Order：Let all your things have their places; let each part of your business have its time.

4. Resolution：Resolve to perform what you ought; perform without fail what you resolve.

5. Frugality：Make no expense but to do good to others or yourself; *i. e.*, waste nothing.

6. Industry：Lose no time; be always employed in something useful; cut off all unnecessary actions.

7. Sincerity：Use no hurtful deceit; think innocently and justly; and，if you speak，speak accordingly.

8. Justice：Wrong none by doing injuries，or omitting the benefits that are your duty.

9. Moderation：Avoid extreams; forbear resenting injuries so much as you think they deserve.

10. Cleanliness：Tolerate no uncleanliness in body，clothes，or habitation.

11. Tranquillity：Be not disturbed at trifles，or at accidents common or unavoidable.

12. Chastity：Rarely use venery but for health or offspring，never to dullness，weakness，or injury of your own or another's peace or reputation.

13. Humility：Imitate Jesus and Socrates.

说到不如做到。确定了哪条美德之后，关键是如何做到，因为自己管好自己是最难的。富兰克林把每一条美德都限定到一个很具体的内容上，然后一个一个地去训练，为此还准备了一个小本子。这和打篮球、学舞蹈的“台上一分钟，台下十年功”绝对有一拼。

既然我的目的是在养成这一切美德的习惯，我认为最好还是不要立刻全面地去尝试，以致分散注意力，最好还是在一个时期内集中精力对付其中的一个。当我掌握了那个美德以后，接着就开始注意另外一个，这样下去，直等到我做到了十三条为止。因为先获得的一些美德可以便利其他美德的培养，所以我就按照这个主张把它们像上面的次序排列起来。我把节制放在第一，因为它可能使我头脑冷静，思想清楚。为了经常保持警惕，抵抗旧习惯的引力和无穷无尽的试探的诱惑，这种冷静的头脑和清晰的思想是必要的，在获得和养成了这一美德以后，沉默寡言就容易得多了。在改进我品德的同时我还想增进知识，我认为在谈话时与其用嘴还不如用耳朵更能增进知识，因此我想打破我当时正在形成的喋喋不休、爱说俏皮话、爱戏谑的习惯。这种习惯使我只能与轻浮的人交友，因此我把沉默寡言放在第二位。在获得了这一项和下一项生活秩序的美德以后，我估计我会有更多的时间来执行我的计划。养成了有决心这一习惯后，我就能更坚决地努力获得其余的美德了。俭朴和勤勉能使我还清债款的余数，会给我财富和产业，会使诚恳和公正的实践更加容易。接着，按照毕达哥拉斯在他的“金诗篇”里所提出的意见，我认为每日必须检查，因此我想出下面的方法来进行考察。

我做了一本小册子，每一美德分配到一页。每一页用红墨水画成七行，一星期的每一天占一行，每一行上注明代表星期几的一个字母。我用红线把这些直行画成十三条横格，在每一条横格的头上注明每一美德的第一个字母。在这横格的适当直行中，我可以记上一个小小的黑点，代表在检查当天该项美德时所发现的过失。

我决定对每一项美德用一个星期时间严格注意，如此轮流替换。在第一个星期中，我密切预防关于节制的任何极细微的过失。其他的美德让它们像平时一样，只是每晚记下有关的过失。这样，假如在第一个星期中，我能使写着“节制”的第一行里没有黑点，我就以为这一美德已经加强了，它的相反方面已经削弱了，足以使我扩大我的注意力到下面的一项，争取在下一周内两行中都没有黑点。这样下去直到最后一项，我可以在十三个星期内完成一个整个周期，一年可以循环四次。一个人要替一个花园拔草，他不能企图

> 一次就消灭所有的野草，这样做会超过他的能力，但是他在某一个时候只对付一个花坛，在拔完了第一个花坛以后，才动手第二个。我希望我能令人快慰地在我的表格上看到我在品德上的进步，在几个循环之后，在十三个星期的逐日检查以后，我会愉快地看到一本干净的本子了。

在讲了自己如何养成良好的习惯之后，富兰克林提到了13条美德对自己一生成就的作用，他希望他的后人能够学习。

> 我的后裔应当知道他们祖先一生中持久不变的幸运，直到他七十九岁写本文时为止，全靠这一小小的方法和上帝的祝福，我的晚年会遇见什么挫折，那是在未定之天。但是假如碰到什么不幸，往日快乐足以使他听天由命了。他把他那迄今还强健的体格归功于节制；他早年境遇的安适和他财产的获得和一切使他成为一个有用公民和使他在学术界得到一些声誉的知识，都应当归功于勤勉和俭朴；国家对他的信任和国家给他的光荣的职位当归功于诚恳和公正；他的和气和谈话时的愉快爽直当归功于这些品德的总影响，即使他不能达到尽善尽美的境地。由于他谈话时的愉快爽直，在晚年还颇受人们的欢迎，甚至年轻的友人们也喜欢与他交往。因此，我希望我子孙中会有人步我的后尘，获得良好的效果。

怎么样？说《富兰克林自传》是中国的《弟子规》，你同意吧？可惜，这两本书现在我们都没有空去静静地读一下，大人、孩子都太忙了，即使有时间，恐怕也不会去读。我近几年经常坐火车，几个小时的车程，但极少看到有父母带着孩子读书的，基本是吃了这个吃那个，然后是父母玩手机，孩子打游戏，我实在不知道这是为什么。现在的孩子还缺营养吗，恐怕是头脑更缺营养。解决的办法其实也很简单，大量阅读就是了。开头我们看了富兰克林的一个发明Long arm，你猜到是什么了吗？可以翻译成“书叉”，富兰克林的书太多了，书架太高了，富兰克林就发明了这个叉子，方便从高处把书取下来。

一次，有个中学校长在省级中学生道德教育公益论坛上说，有人为了个人利益不择手段，有人坑蒙拐骗，有人贪图小利，孩子的道德教育应引起人们的关注。如果不是报纸上的白纸黑字，我很难相信这些现象是在说中学生。外部环境我们改变不了，作为父母，我们却可以立即行动，改变自己。那么，我们再看看富兰克林是如何描述他的爸爸的，从中可以看出老富兰克林的教子理念，对现在的父母，我觉得极有意义。

> 他（老富兰克林）中等身材，很结实、很强壮。他天资敏巧，会画画，会一点音乐，有清脆悦耳的嗓子，常常在忙完一天工作的晚上，用他的提琴演奏圣歌。他也有机械学的天赋，但是他最大的长处却在于深明事理和判断果决，不论对私事或公事都是如此。在公共事务上，他的确不曾担任过职务，因为他要抚养人口众多的家庭，窘迫的环境把他牢牢地拴在生意上了。但是我记得很清楚，时常有重要人物来造访，征询他对镇上或教会事务的意见，他们对于他的判断和劝告极为佩服。他常喜欢邀几位明达的朋友或邻人来家里围桌叙谈，并且总留心提出一些机敏有益的话题来辩论，因为这可以增进他的孩子们的智慧。用这个方法，他使我们的注意力转到什么是善良、正直和人生处世之道上，而不是注意桌上的食物，菜烹调得好坏、过时或当令、对不对胃口等，以致在我面前摆的是哪种食物都不去区分，直到现在，如果在饭后几小时来问我吃的什么，我很难回答。

《富兰克林自传》对孩子而言，就是一座金矿，但你不发掘，就得不到金子。接下来的几个单元，我们会遇到一批像富兰克林这样的伟大人物，他们用智慧和勇气，用语言和行动，在美国独立战争的伟大年代，在创造了一个新国家的同时，也为我们创造了《常识》、《独立宣言》等一部部不朽的文学巨著。

Unit 7

《不自由，毋宁死》——铿锵呐喊唤醒美洲人

《一个美国农民的来信》——挣脱枷锁拥抱美国梦

帕特里克·亨利 (Patrick Herry)：

战争是无法避免的，那就让它来吧！我再说一遍，让它来吧！

“同胞们，我们要为自己和全人类看管一件珍贵的物品，那就是自由的火焰。如果它一旦熄灭，我们这片黑暗的土地就会给其他国家蒙上一层阴影；如果它持续燃烧，它的火焰将会给整个世界带来光明和喜悦。”

——美国国歌《星条旗》作者弗朗西斯·斯科特·基（Francis Scott Key）

我们先看一张照片，猜猜它是哪个建筑？这座圆顶建筑位于华盛顿市中心，里面陈列着三件极其有名的自由宪章——《独立宣言》、《宪法》、《权利法案》。对，它就是美国国家档案馆。档案馆的网页上有这样一句话：

Come，Explore，Enjoy. The National Archives Museum — Democracy Starts Here!（亲历，探寻，欣赏，国家档案馆——民主在这里开始！）

争取自由还是忍受奴役？凝视国家档案馆独立宣言，联邦宪法，权利法案的原件，一定会让人想起美国独立战争那个充满理想、自由、激情、正气、信念、坚持、牺牲、奉献的英雄年代！接下来，我们用四个单元来穿越、体验那个伟大的时代。首先，让我们先用四组时间和事件做节点，划出路线图，从整体上概述一下美国革命 30 年的历程。

1.1754—1763 年：一场战争揭序曲

发生在 1754—1763 年北美殖民地的法印战争（French and Indian War），英国完胜法国，取得北美控制权。外患解除之后，英国与殖民地的内部矛盾转化为主要矛盾，父子开始各说各理。

2. 1763—1765 年：三个法案惹是非

《1763 年公告》（*Proclamation of 1763*）、1764 年《糖税法》(*Sugar Act*)、1765 年《印花税法》（*Stamp Act*）的颁布，让殖民地人忍无可忍，父子撕破脸皮。

3. 1770—1775 年：三大事件燃硝烟

1770 年的波士顿大屠杀（Boston Massacre）、1773 年的波士顿倾茶事件（Boston

Tea Party）、1775 年的莱克星顿的枪声（Battle at Lexington）拉开了美国独立战争的序幕，父子反目成仇。

4. 1775—1783 年：八年抗战获独立

殖民地人与英国人之间的紧张与不满终于走到无可挽回之地，经过八年独立战争（War of Independence），北美民兵战胜大英帝国正规军，诞生一个新国家，父子平起平坐。

好，我们这个单元就从法印战争开始。法印战争也是小说《最后的莫西干人》的故事背景，小说开篇就描述了尚普兰湖和乔治湖之间广阔无边的北美战场及其独有特点：

> 敌对双方都得先在荒山野林里经历种种艰苦和危险，然后才能碰在一起展开厮杀，这是北美殖民地战争的一个特点。在英法双方各自占领的地区之间，隔着一大片广阔的，似乎是不可穿越的森林疆界。那些大胆顽强的殖民者，那些来自欧洲的训练有素的军队，常常得花几个月时间跋山涉水，历尽艰辛，才能找到机会在激烈的战斗中一显身手。

尚普兰湖以法国探险家尚普兰（Samuel de Champlain）命名，法国的皮毛商人从 1606 年就对五大湖、俄亥俄地区进行探险，尚普兰 1608 年建立了加拿大的魁北克。接着，法国人向西进入达科他，1682 年法国人沿密西西比河向南到达新奥尔良，命名路易斯安那，北美的北部、西部、南部构成了新法兰西。为了控制富产皮毛的俄亥俄河，1690—1692 年，法国人开始袭击英国殖民地，屠杀妇女儿童，还剥下头皮，以阻止英国人西进俄亥俄地区，而殖民地人认为，弗吉尼亚以西直至太平洋地区都属于殖民地。1754 年，法国人在俄亥俄地区的匹兹堡建立了一座要塞，弗吉尼亚总督认为法国人已经侵犯了英国领地，22 岁的民兵少校华盛顿自愿去俄亥俄河谷送信，让法国人离开，但遭到拒绝。在返回途中，华盛顿险遭向导枪杀，从木筏上跌落到冰冷的河水中。回到殖民地后，华盛顿的日记《华盛顿少校的旅程》出版，殖民地人争相阅读，让人想不到的是，这次两个半月的长途跋涉让华盛顿一举成名。随后，华盛顿率人远征以武力驱逐法国人，但以失败告终，1754 年 7 月 4 日，华盛顿被围投降。这一行动直接导致英法争夺北美控制权的法印战争爆发，华盛顿也开始了他的军事生涯，直至成为大陆军司令和美国开国总统。

1755年7月，英国调集正规部队参战，爱德华·布雷多克将军显然不了解北美战场的独有特点，那种先炮击，然后在旷野列队前进的欧洲战术明显水土不服。法国和印第安人藏在树林中射击，布雷多克战死丛林。华盛顿的外衣被四颗子弹穿透，两匹坐骑被击毙，英军惨败。1757年，法国蒙卡尔姆将军对英军发起攻击，乔治湖畔的威廉姆·亨利堡的英国指挥官门罗少校被迫投降，《最后的莫西干人》就描述了这个场景。

布雷多克战败（The defeat of General Edward Braddock in Virginia in 1755）

在殖民地处于危机之际，英国制订了“围攻魁北克”的围魏救赵计划。1759年9月13日，年轻的詹姆斯·沃尔夫将军（James Wolfe，1727—1759年）在魁北克城下打响了一场决定七年战争胜负的战役——亚伯拉罕平原战役（Battle of the Plains of Abraham），30分钟结束了长达3个月的魁北克攻城战，成为英国史上最成功的战役之一，也成为法印战争的转折点。

此前，沃尔夫围城数月，法军守将蒙卡尔姆闭门不出。魁北克城位于圣劳伦斯河与圣查尔斯河的汇合处，在这里，河面陡然变窄，魁北克因此被誉为“北美的直布罗陀”，易守难攻。绝望之际，英军偶然发现魁北克城西有一处高约53米几乎垂直的峭壁，只要攀上悬崖，就可直抵魁北克城下。就如三国时期邓艾偷袭蜀国，9月13日凌晨1时许，沃尔夫率领1700名士兵乘坐30艘登陆艇出发，上午9点30分，两军在城下的亚伯拉罕平原展开决战，法军战败，沃尔夫也命陨疆场。在弥留之际，他用微弱的声音说道：“现在，上帝会赞扬我的，我也可以安息了”（Now，God be praised，I will die in peace.）。如果你有机会去魁北克旅游，一定不要忘了去瞻仰这位英国历史上最伟大

珍藏在渥太华艺术馆的名作《沃尔夫将军之死》（The Death of General Wolfe）

的将领，去看看那座刻有“胜利者沃尔夫死于此处”的方尖碑。

1760 年，美洲英军总司令杰弗里·阿默斯特（British General Jeffrey Amherst）在蒙特利尔迫使法国总督投降并交出新法兰西。1763 年，巴黎和平条约（The Treaty of Paris）签署，法印战争结束，英国取得北美控制权。阿默斯特将军后任加拿大总督和英国陆军总司令，美国排名三甲的文理学院阿默斯特学院（Amherst College）就以他的名字命名。

阿默斯特学院属于极难申请的学校之一，很少听说有中国学生被录取。那么，美国大学录取的难点在哪里呢？其实也很简单，难点不在你的标准化成绩有多高，也不在你的课外活动有多伟大，就在你那篇几百字的作文，看看能不能“写出你自己”。我在《写出你自己——美国大学申请作文写作全景解析》一书中曾引用了阿默斯特学院招生官的话：

> 申请者认为我们在寻找“专家”或那些曾经参与过改变世界这样重大活动的学生，以至于他们认为，作文也要在这方面有所表现。恰恰相反，好的作文谈论的都是生活中最平常的事情，但一定要用有趣的方式与大家一起分享对日常经历的反思和观察。所以，作文中讨论的事情不必一定是震惊世界的事件，可能是非常平常的事件。如果一篇作文思想深邃，展现出好奇，作者认知世界的方式让我们感兴趣，写作文笔好，我们就认为申请者写了一篇成功的作文。

小常青藤：阿默斯特学院，被誉为 Little three（威廉姆斯、卫斯理、阿默斯特），与 Big three（哈佛、耶鲁、普林斯顿）齐名

战争之后，殖民地人自然想向西扩张，品尝胜利果实。印第安人首领庞蒂亚克对殖民地人的扩张和定居发动了多次攻击，并开始公开反叛。为平息庞蒂亚克叛乱

（Pontiac's Rebellion），英国发布了《1763 年公告》（*Proclamation of 1763*），禁止殖民地人移居阿巴拉契山脉以西印第安人的土地，由此，殖民地人与母国之间产生裂痕。

但最要命的还是印花税法的颁布。英国在欧洲、亚洲和北美连年征战，纳税人早已不堪重负。英国人认为，北美殖民地经济繁荣，理应为英国提供的保护承担费用，由此导致 1764 年《糖税法》（*Sugar Act*）、1765 年《印花税法》（*Stamp Act*）的出台，特别是《印花税法》让殖民地人不堪忍受，开始挑战英国的权威。1765 年 10 月，9 个殖民地在纽约召开印花税大会（*Stamp Act Congress*），通过 5 条决议，其中最有名的条款就是在英国议会没有殖民地代表的情况下，英国没有权力对殖民地施加内税。简单地说，就是"无代表，不纳税"（No Taxation Without Representation），这句口号随后成为殖民地反抗英国最堂而皇之的理由。

印花税是内税，那什么叫内税呢？这是一个很重要的概念。咱们先说与内税相对应的外税，外税也就是进口税，如《糖税法》规定对殖民地进口的食糖、咖啡、葡萄酒征税。进口税只向商人和船只征收，税含在价格里面，如果你觉得这个产品贵，你可以不买，自然就不用交税了。殖民地人也不把外税当做负担，甚至认为是对英国提供保护的补偿，或是双方贸易的必要花费。但内税不同，它直接向财产、货物和服务征收，每个人都逃不掉。比如，殖民地人使用的任何用做法律文书、证明的纸张，都要购买印花税券，也就是说，每一张报纸、每一份海关文件、遗嘱、合同，执照、委托书、抵押证明、广告、年鉴、日历，甚至掷骰子，玩纸牌都要纳税。

《印花税法》（*Stamp Act*）与印花税票（Stamps showing that the tax had been paid）

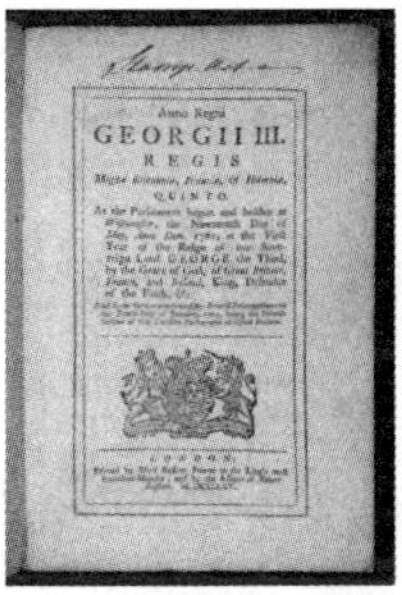

关于这一点，富兰克林在英国议会作证时，也对殖民地人为什么如此激烈反对印花税作了阐述：

问：在1763年以前，北美人是否认为议会无权在北美抽税？

答：我没听说过有人反对你们有权在商务调节方面抽税，但我们从未认为议会有权抽内部税，因为我们在议会中没有代表。

问：你说殖民地一贯接受外部税，反对的仅仅是议会抽内部税，你能不能谈谈这两种税之间有什么区别？

我认为差别是很大的。外部税是对进口商品所抽之税，它把税加在商品本身之上，当商品出售时，税已成为价格的一部分，如果顾客不喜欢这个价格，他可以不买，没有人强迫他支付这个价格。如果一项内部税不是由人民代表来制定的，那么，这就是未得人民同意而被加于其身之税。印花税的实质是，除非我们支付如此的印花，否则我们就不能买卖，不能相互交换财产，不能借贷，也不能收回贷款，甚至不能获得结婚证书或订立遗嘱。这意味着从我们手中勒索钱财，而如果我们拒付，就将遭到摧毁。

简单、清晰、有力地阐述一件事情，是一个人最重要的能力，无论你将来做什么。富兰克林肯定没学过国际贸易、金融学或MBA，但他的商科知识如此扎实娴熟，逻辑表达如此清晰流畅，这主要取决于他的自悟自学，很多东西不是学校教了才会，不教就不会。

一种税含不含在价格里大不一样。2000年，我刚到澳大利亚学习MBA的时候，恰好赶上实行GST（商品服务税Goods Services Tax），就是你买一件东西，价格与税是分别标示的。对本国人，你知道自己纳了多少税，对外国游客，回国时还可以凭收据在机场退税。我觉得，价外税的更大意义是对纳税人意识的培养。如果税含在价格里，你就不觉得自己交了税。我在街上经常看到向纳税的企业家致敬的标语，很多人，尤其是工资没交所得税的人，从不认为自己是纳税人，自然也就不会主张纳税人的权利了，殊不知你买瓶酱油都是要交税的。

在带头反抗《印花税法》的人中，有两个人最为典型，一个是马萨诸塞州的塞缪尔·亚当斯（Samuel Adams，1722—1803年），一个是弗吉尼亚州的帕特里克·亨利（Patrick Henry，1736—1799年），前者的武器是“拳头”，后者的武器是“舌头”，他们两个人后来都位居10位美国国父之列。

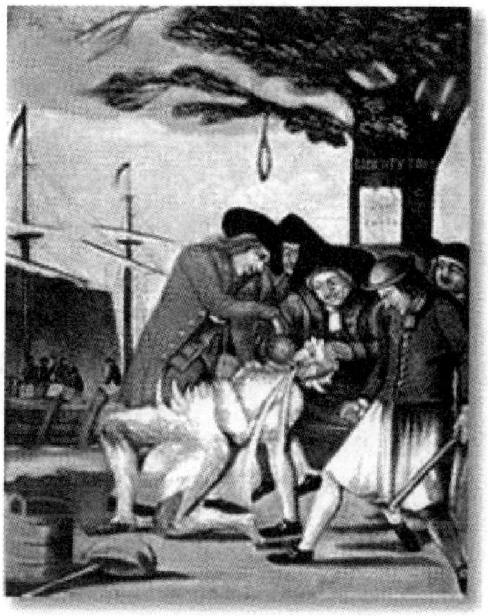

抗税的北美人戏弄税收官员
（Colonialists attack tar and feather a hapless tax collector）

塞缪尔·亚当斯毕业于哈佛学院，就是后来的哈佛大学。毕业后经过商，做过收税员，但都没做好。可能天生就是一块革命的料，他组建了“自由之子”（The Sons of Liberty）的组织，把反抗印花税的群众自发运动变成了有组织的造反行动，对总督府的冲击更加剧了印花税的危机。1765 年 11 月，纽约商人同意共同抵制英国货物，在英国引起恐慌，认为印花税法将导致英国大量破产、失业和政治不稳定。1766 年 3 月，议会撤销了《印花税法》。牛刀小试之后，塞缪尔·亚当斯的领袖范儿更是显露无遗，此后发生的一系列骚乱，包括波士顿惨案、波士顿倾茶事件，他都是幕后“黑手”，由此也成就了他“美国革命之父”的伟大称号。他还当过马萨诸塞州州长，对了，另一位美国之父，华盛顿之后的第二任总统约翰·亚当斯还与他是表兄弟。

其实，殖民地人也不只是为一点印花税而小肚鸡肠，他们懂得万里之堤，溃于蚁穴的道理。印花税的本质是对个人财产权的直接损害，而个人的私有财产不只是实物或金钱，它还是每一个人个体力量的源泉，是对个人自由和尊严的保障。今天交了印花税，明天就会有更重的税等着你，渐渐地，你的思想和行动的自由就被侵蚀一光了。

至于“无代表，不纳税”也不是殖民地人的发明，在此之前，英国激进的思想家已经形成了一种理论，认为代表制政府比君主制或寡头制政府更能确保个人自由。因为，统治者总会受到权力和野心的驱使，不可避免地变为暴君。所以，征税这种可能削弱个人自由的权利必须征得个人或选举出的代表的同意。对此深有同感并付诸行动的另一位伟大人物就是来自弗吉尼亚议会的代表帕特里克·亨利，无论是爱国者的声誉和无与伦比的口才，帕特里克·亨利都超过了塞缪尔·亚当斯。

1765 年 5 月，在弗吉尼亚州议会讨论印花税法时，帕特里克·亨利发表演讲，提出 7 项议案，指出只有民众选出的代表才可以合法征税，也许是过于激进，这 7 条议案只有前 4 条在议会通过，但这 7 条议案早已在殖民地的报纸上闹得沸沸扬扬，让人觉得 7 条议案议会已经全部通过了。

有革命的舌头，也有革命行动的帕特里克·亨利

帕特里克·亨利是一个朝野公认的“激进分子”。很多人对英国心存忌惮，或是出于对英国的旧情，或是慑于英王的权威，但帕特里克·亨利对自己认定的道理却勇往直前，用我们熟悉的话讲就是有着大无畏的革命气概。八年之后，1773年，亨利发表对《茶税法》的演讲，让听众热血沸腾。托马斯·杰斐逊称赞说：在所有唤醒革命的演讲中，帕特里克·亨利的演讲是最有力、最有效的，好像他浑身上下都有舌头似的。1775年，亨利发表了最著名的《不自由，毋宁死》的演讲，三次超人的演讲终于点燃了美国革命的火花，甚至有人认为是亨利的演讲打响了美国革命的第一枪。

帕特里克·亨利生于弗吉尼亚的汉诺威县，10岁的时候，家人不想让他当农民，就让他好好学习，但他自己宁愿“不学无术”，15岁辍学，18岁早早结婚，21岁的时候，他爸爸拿钱让他做些小买卖，他也很快赔光了本钱。为维持生计，他决定去考律师，但没及格，靠着和老师的软磨硬泡总算通过了“律考”。1765年，年近而立的他终于找到了人生的方向，被选为州议员。在议员当中，很少有人像他那样敢于挑战英国国王的威严，比如在演讲中直呼国王的名字，甚至把国王比喻为凯撒。1774年亨利被选为第一届大陆会议代表，美国革命爆发后，回到家乡组织民兵武装。1775年3月23日，就在莱克星顿和康科德的枪声打响之前一个月，在弗吉尼亚里士满圣约翰教堂召开的第二次弗吉尼亚大会上，亨利提出了组建民兵的方案，号召殖民地立即进入战备状态。反对者认为亨利的提案封死了向英王请愿的大门，于是造就了亨利流芳百世的著名演说：不自由，毋宁死。北美殖民地正在面临历史性抉择——要么拿起武器，争取独立；要么妥协让步，甘受奴役。这个演讲不但激发了人们的革命激情，也推动了《独立宣言》的签署。

演讲开始时语调舒缓，但随着演讲的进行，语调越来越坚决，言辞越来越急，态度越来越激烈，听着就让人解恨舒服。从修辞上看，这篇演讲大量使用排比、反问、感叹、长短句交错等表达手法。我们知道，演讲的一个重要技巧就是重复、反问。重复可以让听众记住你的话，增加语言的力量。反问就是预先估计听众的反对观点，或对听众可能的提问或疑问提前给出答案，以加强自己的观点，控制辩论的导向。亨利在这篇演讲中把这两个技巧运用得炉火纯青。

美国社会是一个演讲的社会、辩论的社会，无论从宗教布道、政治劝说，还是法庭抗辩，离开演讲都是不可想象的。我们的社会好像不念稿就不能说话，从小学到大学，你一次演讲不做，也不会耽误你毕业，因为高考不考，所以，不会说、不会写就成了我们学生的软肋和通病，在公众面前即兴讲话，参加应聘面试，无领导小组讨论就成了摆在学生面前的大山。特别有意思的是，我们都知道美国大学招生时有面试，面试的英文是 Interview，字面意思就是互相见面聊一聊，不知是谁给翻译成了面试，广为流传，我刚听说美国大学有面试的时候，还真以为要出题考考呢。大概这样翻译非常符合我们的习惯和理解，因为无论什么事，只要一扯上考试，我们就特熟悉、特重视、特容易接受。

演讲是美国文学中最重要、最精彩的组成部分之一。特别是，2016 年的 SAT 改革，重要的美国演讲将会成为考题的素材。美国大学理事会给出的样题中，第一篇就是关于国会议员弹劾尼克松总统的演讲。所以，从现在开始，就热爱演讲，学习演讲吧。

当然，亨利这篇演讲最大的亮点还是精练而富有鼓动性的名言警句的运用，尤其是最后一句：不自由，毋宁死，真可谓气势磅礴，铿锵有力，把演讲推向了高潮。这句话当时就不胫而走，两百年来家喻户晓，传颂至今。

与写作手法相比，这篇演讲的内容在今天变得不太重要了，无非是以事实驳斥主和派的错误之处，阐述武装反抗的必要性。我觉得大家应该把阅读重点放在修辞技巧和情感宣泄上，反正我是百听不厌，希望大家最好能背诵下来。所以，大家在这里先看原文，然后再看参考译文。顺便说一句，这个译文翻译得太好了。

革命演讲家：不自由，毋宁死

Give Me Liberty Or Give Me Death

Patrick Henry，St. John’s Church，March 23，1775.

MR. PRESIDENT： It is natural to man to indulge in the illusions of hope. We are apt to shut our eyes against a painful truth —and listen to the song of that siren, till she transforms us into beasts. Is this the part of wise men, engaged in a great and arduous struggle for liberty? Are we disposed to be of the number of those, who having eyes, see not, and having ears, hear not, the things which so nearly concern their temporal salvation? For my part, whatever anguish of spirit it may cost, I am willing to know the whole truth; to know the worst, and to provide for it.

I have but one lamp by which my feet are guided; and that is the lamp of experience. I know of no way of judging of the future but by the past. And judging by the past, I wish to know what there has been in the conduct of the British ministry for the last ten years, to justify those hopes with which gentlemen have been pleased to solace themselves and the house? Is it that insidious smile with which our petition has been lately received? Trust it not, sir; it will prove a snare to your feet. Suffer not yourselves to be betrayed with a kiss. Ask yourselves how this gracious reception of our petition comports with those warlike preparations which cover our waters and darken our land. Are fleets and armies necessary to a work of love and reconciliation? Have we shown ourselves so unwilling to be reconciled that force must be called in to win back our love? Let us not deceive ourselves, sir. These are the implements of war and subjugation—the last arguments to which kings resort. I ask gentlemen, sir, what means this martial array, if its purpose be not to force us to submission? Can gentlemen assign any other possible motive for it? Has Great Britain any enemy in this quarter of the world, to call for all this accumulation of navies and armies? No, sir, she has none. They are meant for us： they can be meant for no other. They are sent over to bind and rivet upon us those chains which the British ministry has been so long forging. And what have we to oppose to them? Shall we try argument? Sir, we have been trying that for the last ten years. Have we anything new to offer upon the subject? Nothing. We have held the subject up in every light of which it is capable; but it has been all in vain. Shall we resort to entreaty and humble supplication? What terms shall we find which have not been already exhausted? Let us not, I beseech you, sir, deceive ourselves longer.

Sir, we have done everything that could be done to avert the storm which is now coming on. We have petitioned — we have remonstrated — we have supplicated — we have prostrated ourselves before the throne, and have implored its interposition to arrest the tyrannical hands of the ministry and parliament. Our petitions have been slighted; our remonstrances have produced additional violence and insult; our supplications have been disregarded; and we have been spurned, with contempt, from the foot of the throne. In vain, after these things, may we indulge the fond hope of peace and reconciliation. There is no longer any room for hope. If we wish to be free — if we mean to preserve inviolate those inestimable privileges for which we have been so long contending — if we mean not basely to abandon the noble struggle in which we have been so long engaged, and which we have pledged ourselves never to abandon until the glorious object of our contest shall be obtained — we must fight! — I repeat it, sir, we must fight!! An appeal to arms and to the God of Hosts, is all that is left us!

They tell us, sir, that we are weak — unable to cope with so formidable an adversary. But when shall we be stronger? Will it be the next week or the next year? Will it be when we are totally disarmed, and when a British guard shall be stationed in every house? Shall we gather strength by irresolution and inaction? Shall we acquire the means of effectual resistance by lying supinely on our backs, and hugging the delusive phantom of hope, until our enemies shall have bound us hand and foot? Sir, we are not weak, if we make a proper use of those means which the God of nature has placed in our power. Three millions of people, armed in the holy cause of liberty, and in such a country as that which we possess, are invincible by any force which our enemy can send against us. Besides, sir, we shall not fight our battles alone. There is a just God who presides over the destinies of nations; and who will raise up friends to fight our battles for us. The battle, sir, is not to the strong alone; it is to the vigilant, the active, the brave. Besides, sir, we have no election. If we were base enough to desire it, it is now too late to retire from the contest. There is no retreat but in submission and slavery! Our chains are forged. Their clanking may be heard on the plains of Boston! The war is inevitable and let it come!! I repeat it, sir, let it come!!!

It is in vain, sir, to extenuate the matter. Gentlemen may cry, peace, peace — but there is no peace. The war is actually begun! The next gale that sweeps from the north will bring to our ears the clash of resounding arms! Our brethren are already in the field! Why stand we here idle? What is it that gentlemen wish? What would they have? Is life so dear, or peace so sweet, as to be purchased at the price of chains and slavery? Forbid it, Almighty God! — I know not what course others may take; but as for me, give me liberty or give me death!

不自由，毋宁死

帕特里克·亨利，圣约翰教堂，1775年3月23日

主席先生，我比任何人都更高度评价爱国主义，也同样高度评价刚才发言的可敬的绅士们的能力。但是不同的人经常会用不同的视角来看同一个问题。因此，我希望，如果那些绅士们像我一样愿意考虑和他们的看法背道而驰的观点的话，他们不会认为这是对他们的不敬，那么我就会自由而且毫无保留地说出我的观点。这不是一个拘泥于礼仪的时刻。大会所面临的问题对这个国家具有极其重大的意义。对我来说，我认为这是一个与自由或奴役同等重要的问题。那么，我们辩论的自由程度就应该和这个问题的重要程度相称。只有这样，我们才有希望发现真理，完成我们从上帝和国家那里承担的伟大使命。如果在这样一个时刻，我因为畏惧或怕触犯什么人而不敢说出自己的观点的话，我会认为我的罪恶就等于背叛了我的国家，并且对上帝不忠，而我敬畏上帝甚于敬畏世上所有的国王。

主席先生，沉溺于希望的幻象之中是人的天性。我们更容易对痛苦的真理视而不见，却去聆听妖女的歌声，直到她把我们都变成野兽。这难道是为

自由而进行伟大艰巨的斗争的那些明智的人应该做的吗？难道我们要混同于那些人，他们长着眼睛却看不见，长着耳朵却听不见与他们当前的拯救密切相关的事情？在我看来，无论灵魂要遭受多大的痛苦，我都愿意了解全部的真相：了解最坏的可能性，并为此做好准备。

我只有一盏灯来为我指引方向，那就是经验的灯。除了根据过去的经验外，我不知道还有什么方法可以用来判断未来。而如果根据过去的经验判断，我想知道英国内阁在过去十年中的什么行为能使绅士们有理由抱着希望，聊以安慰自己和整个议院？是他们最近接受我们的请愿书时脸上的那种虚伪的笑容吗？先生，别相信这种笑容，它最终会证明是你脚下的陷阱。别让你自己被一个亲吻出卖。问问你自己，接受我们请愿时的微笑与这如此大规模的海、陆战争准备是否相称。在一项爱与和解的工作中难道需要有舰队和军队吗？难道我们表现得那么不愿和解，以至于他们必须动用武力来重新赢得我们的爱吗？先生，让我们别再自欺欺人了。这些是战争和镇压的工具——王权采取的最后辩论手段。

主席先生，让我来问问绅士们，如果这些军队的目的不是为了迫使我们屈服的话，那它们还能意味着什么？绅士们还能为它们找到其他可能的动机吗？大不列颠在世界的这个部分有什么敌人需要召集所有这些海军和陆军吗？不，先生，没有。这些军队是为了对付我们的，它们不可能是为了对付其他任何人的。它们被派来，是为了把英国内阁长期以来一直在制造的锁链钉在我们身上，绑住我们。

我们用什么来反抗这些军队呢？我们要试试争辩吗？先生，我们已经尝试着争辩了十年了。在这个话题上我们还有什么没说过的吗？什么也没有。我们已经从每种可能的角度讨论了这个问题，但全都徒劳无功。我们要采取请求和卑微的乞求吗？我们还能找到什么没有用尽的说法吗？先生，我恳求你，让我们别再自欺欺人了。先生，我们已经竭尽所能来避免这场马上就要降临到我们头上的暴风雨了。我们进行过请愿了，我们提出过抗议了，我们也乞求过了。我们曾经匍匐在王权的宝座下，哀求它从中阻止内阁和国会的专横统治。然而，我们的请愿被忽视了，我们的抗议引起了更多的粗暴和侮辱，我们的恳求遭到了漠视，我们还被人带着轻蔑从宝座下一脚踢开！经过了所有这些事情之后，我们放任自己对于和平和解的愚蠢的希望是毫无意义的。再也没有希望的余地了。如果我们希望自由，如果我们想要保护那些我们为之长期奋斗的无价的权利不受亵渎，如果我们不想下贱地放弃那高贵的斗争，我们已经斗争了那么久，并且曾经发誓不达到我们追求的光荣目标绝不放弃——我们就必须战斗！先生，我重复一遍，我们必须战斗！求助于武力和战斗之神是我们唯一的选择！

主席先生，他们对我们说，我们很弱小——我们没法对付那么可怕的一个对手。但是我们什么时候才能变得强大呢？是下周，还是明年？是要等到我们被完全解除了武装，每所房子里都有一个英国士兵在站岗的时候吗？我们要通过优柔寡断和迟钝无为来积聚力量吗？我们要朝天躺着，抱着那骗人的希望的幻影，直到敌人把我们的手脚都捆在一起，然后才找到有效抵抗的手段吗？先生，如果我们恰当地利用自然之神赋予我们的力量的话，我们就并不弱小。三百万由自由的神圣思想武装起来的人民，在我们拥有的这样一片土地上，是无论我们的敌人派来什么样的军队都无法征服的。除此以外，先生，我们将不会独自作战。有一位公正的上帝统辖着国家的命运，他会让朋友们挺身而出，帮助我们作战。先生，战争并不只是偏向强大的一方，它也会偏向警觉的、积极的、勇敢的那一方。此外，先生，我们别无选择。就算我们卑贱到想要从这场斗争中退却，现在也已经太晚了。除非我们屈服并且甘受奴役，否则我们就无从退却。为我们制造的锁链已经完工了，在波士顿的平原上能够听到那叮当的响声。战争是无法避免的——那就让它来吧！先生，我再说一遍，让它来吧！

先生，想为这件事情找个借口是没有用的。绅士们可能会叫喊："和平，和平"——但是不可能有和平！战争实际上已经开始了！我们将在下一阵从北方席卷而来的狂风中听到武器铿锵作响的声音！我们的兄弟们已经在战场上了！我们为什么还无所事事地站在这里？绅士们希望的到底是什么？他们将拥有什么？难道生命是那么可贵，和平是那么甜蜜，以至于我们愿意用锁链和奴役的代价去交换吗？全能的上帝啊，禁止这种事情吧！我不知道其他人会做出什么选择，但是就我而言，不自由，毋宁死！

亨利是美国之父，也是弗吉尼亚之父。1776 年，帕特里克·亨利被选为弗吉尼亚州州长，并连任三届，继任者是美国第三任总统托马斯·杰斐逊。亨利是一个争取个人自由的斗士，他不赞成一个统一的联邦国家，尤其是一个强大的联邦国家的存在。1795 年，华盛顿总统任命他为国务卿，但他拒绝了。1799 年，亚当斯总统任命他为驻法国公使，但他的身体已不允许他担当公职，1799 年 6 月 6 日，亨利去世，时年 62 岁。作为美国的开创者和美国革命的英雄人物，他为公众的自由和权利耗尽一生，却不追求个人的权势和名利。可以说，正是有了这样的英雄，才有了今天美国这个国家。

弗吉尼亚和美国之父帕特里克·亨利（Patrick Henry，1736—1799 年）

当然，在 1776 年的时候，殖民地所以能够不惜以武力反抗争取独立，除了有印花税法这样的外部环境外，还有华盛顿、塞缪尔·亚当斯、帕特里克·亨利这样伟大的英雄人物，有着更为深刻的社会因素，可以说，美国的独立在那时已经到了瓜熟蒂落的时候，只差点火的契机和点火的人了。那么，这个深刻的社会因素是什么呢？

说来也简单，这个时候，殖民地的人与他们 100 多年前来到这里的祖先已经大不一样了，与各自母国的感情和关系也不像他们的祖先那样有着故乡的天然依恋了。无论他们是英国、德国还是荷兰人的后裔，他们既不像英国人，也不像德国人、荷兰人，而有点像“美国人”了，殖民地也有点像“美国”了，那么，这个“美国人”和“美国”到底是什么样子呢？有一个人敏锐地看到了这个问题，并把它写了出来，这个人就是赫克托·圣约翰·克雷夫科尔（J. Hector St. John de Crevecoeur，1735—1813 年），他写的书就是《一个美国农民的来信》（*Letter*

赫克托·圣约翰·克雷夫科尔（J. Hector St. John de Crevecoeur 1735—1813 年）

from an American Farmer)。

克雷夫科尔1735年出生于法国贵族家庭，20岁时移民加拿大。法印战争时期当过测量员，在殖民地生活十几年，后移居纽约奥兰治县的一个农场当了农民。独立战争期间，他打算回法国照顾生病的父亲，却被英国政府以间谍罪投入监狱。1780年，他获准离开美国，第二年在伦敦出版该书。这本书描述了一个完全不一样的神奇新大陆，犹如一束天外之光，给无数在欧洲黑暗中挣扎的人带来改变命运的巨大希望。所以，这样的书在旧大陆引起轰动应该没什么悬念，《一个美国农民的来信》自然荣幸地成为了美国作家在欧洲写的第一本大获成功的书，并被翻译成多种语言。

其实，《一个美国农民的来信》只是讨论了早期美国的生活和社会。克雷夫科尔虚构了一个没上过多少学的叫詹姆斯的人，他给一个学识渊博的英国绅士写了12封信，描述了美洲独特的地理环境和植物，农场的蛇、蜂鸟等动物和灌溉技术，美国农民的生活状态和快乐心情，谈论了南塔科特岛和马撒葡萄园居民的生活方式，风俗礼节、社会秩序和贸易，还有奴隶制和废奴问题，以及独立战争来临之际，人们的心态和选择。我们今天重点研读的是第三封信"美国人什么样?"(Letter III - What Is An American？)，美国人什么样？美国的文化特征和国家特征到底是什么？这是美国人自己都在一直寻求的答案。克雷夫科尔身处那个时代的改革大潮，敏锐地感受到那个新国家的新事物，并把它们朴实、具体、真实地表达出来，无意间也让他成为第一个定义美国人和美国文化与民族特征的作家，《一个美国农民的来信》也成为美国文学中的伟大作品。下面，我们就通过几个关键词来解读这封信的几个片段。

第一个关键词是"平等"。当一个人被当做一个"人"来看待，会发生什么事情?从奴仆到主人，从奴役到自由，一个欧洲的卑贱农民，一个流离失所的游民，在登上美洲大陆之后便像中了魔法一般焕发新生，成为一个受人尊敬的美国公民。我们熟悉一个词叫"穷N代"，是说在一个资源固化的社会，穷人很难或没有机会通过自身努力改变自己，而在克雷夫科尔那个年代的欧洲，社会两极分化已经相当严重，工业化和资本掠夺带给底层民众无尽的苦难。只要看过《雾都孤儿》、《远大前程》这两部小说或者电影，我们就会有直观的感受。在美洲，没有手握权柄的国王主教，没有炫耀奢华的贵族富商，也没有低微卑贱的百姓流民，特权在这里没有市场。美洲人相信所有人都应该被赋予大致相同的机会，他们希望建立一个人人都有出彩机会的社会，每个人都能从底层走到高层，都能有尊严地活着，这种强烈的使命感给美洲人带来了自由、乐观、大度的生活态度。这时，他们的生命开始复苏，即使一个失去了生活目标的人，一踏上这片土地，就立刻着手自己的计划，自由平等的魔力让美洲人在短短一百年间就创造了一个完全不一样的新农村、新社会。

一个美国农民的来信（Letters from an American Farmer）

> 当一个开明的英国人首次踏上这片大陆时，我希望我能将自己熟悉的那种激动人心的感情和思想原原本本地展现在他眼前，他一定会大为高兴，在他这个时代看到这片美丽的国土被人发现和定居。当看到延绵不断的海岸上的一连串殖民地时，他必定会感到一份民族自豪。他会说这是我的同胞们干的，他们是在受派别骚扰，为各种不幸和贫困感到痛苦，并且心烦绝望时来到这里避难的。在这里他看到美丽的城市，富足的乡村，广阔的田野，一个到处是漂亮的房子、良好的道路、果园、草地和桥梁的大国家，而在一百年以前，这里还是荒野、树林和未开垦的土地！这美妙的景象定会引起人们愉快的联想，必将激起一个好公民最舒心的快感。
>
> 难点在于怎样来看这幅如此广阔的景象。他是来到一个新大陆，来到一个现代社会，一个与他迄今所见过的社会不同的社会，这个社会本身就可供他思考。这不是像欧洲那样是由拥有一切的贵族老爷和一无所有的群氓组成的社会。这里没有贵族家庭，没有宫殿，没有国王，没有主教，没有教会控制，没有给少数人显赫权力的那种无形的权力，没有雇佣几千人的制造商，没有穷极奢侈，富人和穷人不像在欧洲那样相差甚远。

第二个关键词是“和谐”。克雷夫科尔用一句话就道出了公平社会的真谛：尊重法律而不畏惧权力；大家以劳动为荣，以实干为乐，创造了一个与欧洲社会迥然不同的生机勃勃的新农村。来到这里的欧洲绅士一定会感觉到了世外桃源、恍若仙界。这里没有名流显贵，只有平民夫妻；没有高高在上的贵族老爷，只有“有房、有车、有地”的有产阶级。房不是高楼大厦，但也不是土坯茅屋；车不是奔驰宝马，但也是高头骏马；没有财源滚滚的店铺，但实现了耕者有其田，早已是“十亩地，一头牛，老婆孩子热炕头”，在这里，你不会看到“卖火柴的小女孩”。此外，克雷夫科尔还提到了不同种族的混杂和繁衍，可以说是最早提出美国民族熔炉的人。美国人的身份认同感不在于让你抛弃你是英国人、德国人还是荷兰人的标签，而是让大家认识到我们都是“美国人”。这一点在本书的前言里，我们在里根总统 1985 年复旦大学的演讲中说过了，不知里根总统是不是从这本书里得到了灵感。新身份的认同也带来了婚姻等社会生活的认同，不同族裔的通婚变成一个平常的事情。2014 年 1 月 1 日，在美国前总统比尔·克林顿和数千纽约民众的见证下，德布拉西奥在纽约市政厅宣誓就任第 109 任市长。虽然德布拉西奥的自由政策颇受外界瞩目，但他非裔妻子和儿女的发型好像更受关注，这张照片也为美国人对身份和婚姻的认同感增添了最新的注解。

德布拉西奥全家的黑白照。2014 年元旦，德布拉西奥在纽约市政厅宣誓就任纽约第 109 任市长。

除了几个城镇之外，从新斯科舍到西佛罗里达，我们都是种地的。我们是一个耕者民族，散居在一片巨大的领土上，通过良好的道路和可通航的河流相互交流，由温和政府的丝带把我们联在一起，大家都尊重法律而不畏惧权力，因为法律是公平的。我们生气勃勃，充满实业精神，这种精神已破除镣铐，不受任何约束，因为我们每个人都是为自己工作的。如果他到我们的农村地区旅行，他看到的不是充满敌意的城堡，高傲豪华的大厦与土坯茅屋及悲惨小屋形成的对照，不是牛和人相依取暖，居住在简陋、烟雾和贫困之中的茅屋。我们所有的住所一律都显示出相当的财力，连我们木屋中最差的一间也是干燥舒适的。律师和商人是我们城镇提供的最好听的头衔，而农民则是我们国家乡村居民的唯一称号。他必须经过一段时间才会适应我们的词汇，在我们的词典里缺少有关名流权贵以及高官显爵的名称。星期天，他可在那儿看到一群可敬的农民和他们的妻子，他们都穿着整齐的家纺衣服，骑着马或乘着他们自己的四轮马车。他们当中除了那个目不识丁的执事，没有一个乡绅。在那儿，他看到牧师跟他的教徒一样朴实，牧师也是农民，并不靠别人的劳动来享受。我们没有让我们为之劳苦、受饿和流血的王爷，我们的社会是世界上现存的最完美的社会……

这位旅行者的下一个愿望便是要知道这些人是从何处而来？他们是英格兰人、苏格兰人、爱尔兰人、法国人、荷兰人、德国人和瑞典人的混杂。由这种混杂繁衍产生了一个叫美国人的种族。东部省份的确是例外，他们是纯英国人后裔。我也听到许多人希望他们能有更多的混和。至于我自己，我是现实的，我认为现在这样更好。在这幅伟大的杂色图画里，他们展现出一幅最引人注目的图像。在这十三个殖民地展现出的令人喜悦的前景里，有一大部分是他们的。我知道对他们说三道四是眼下的时髦，但我尊重他们所做的事，他们准确而明智地定居到他们的领地上，他们举止端庄，从小就热爱文学知识，他们办的古老学院是这个半球的第一所学院，他们办的工业对我这一介农夫来说就是一切事物的准绳。从来没有一个民族处于他们这样的情形，在这么短的时间内，在这么荒凉的土地上，取得比他们更大的成功。

第三个关键词是“敬业”。克雷夫科尔用独到的视角诠释了国家的概念，以尊严与权利而不是出生地论国家，提出了“哪里有面包，哪里就是国家”这个所有移民的座右铭。克雷夫科尔以一个典型的多民族融合的家庭为例，告诉读者这个看起来“四不像”的家庭就是一个以前从来没有过的美国家庭。他还提及了新美国人对活力与勤奋，劳动与报酬的全新感触和观点，展示了这个劳有所得的新民族，表达了新移民对自己新国家的爱。克雷夫科尔的这本书也惊动了华盛顿、富兰克林这些大人物，富兰克林1784年在《给要移居美国的人的忠告》中写道：美国是一个劳动的国家，她需要的是具有献身精神的技术工人，那些希望过上悠闲生活的人不必来到美国。

在这个巨大的美洲避难所里，欧洲的穷人总得以某种方式相会，由于各种各样的原因，他们为什么要互相问是哪国人呢？哎，他们中2/3没有国家。

一个到处流浪的可怜人，一个终日辛劳却还忍饥挨饿的人，一个总是生活在痛苦或赤贫如洗的境遇里的人，会把英国或其他王国称做自己的国家吗？一个没有面包给他吃的国家，在这个国家里他的土地没有收成，他遇到的只是富人的白眼，严厉的法律，监狱和惩罚，在这广阔的星球表面上他连一寸土地都没有，他能把这个国家叫自己的国家吗？不！由于受各种各样的动机所驱使，他们来到这里。这里的一切都促使他们获得新生，新的法律、新的生活方式、新的社会制度，在这里他们才是人。而在欧洲，他们就像是无用的草木，缺乏生长的沃土和清新的雨水，他们枯萎了，由于贫困、饥饿和战争而被割除掉。但是，现在通过移植的力量，他们就像其他植物一样，已经扎下根并且生长茂盛。

以前他们除了被列入穷人的名单外，没有被列入他们国家的公民名单，而在这里，他被排在公民之列。是由什么无形的力量来进行这种令人吃惊的蜕变？那是由于法律的力量和他们勤劳的力量。他们一到这里，法律——宽容的法律就保护他们，给他们盖上接纳的标志。他们付出的劳动能得到充足的报酬，这些报酬积累起来就使他们能获得土地，这些土地又使他们获得自由人的称号，随着这个称号他们可得到人可能要求得到的一切利益，这就是我们的法律每天所进行的伟大工作……

一个贫苦的欧洲移民对一个他一无所有的国家会有什么感情？语言知识以及对于几个跟他自己一样的穷亲戚的爱是联系着他的唯一纽带。而他的国家现在是那个给他土地、面包、保护和重要地位的国家。“哪里有面包，哪里就是国家。”是所有移民的座右铭。

那么美国人——这个新的人到底是什么人？他们或是欧洲人，或是欧洲人的后裔，因此，他们是你在任何其他国家都找不到的混血人。我可以向你指出一个家庭，家里的爷爷是英国人，家里的母亲是荷兰人，家里一个儿子娶了一个法国女人，家里现在的四个儿子娶了四个不同民族的妻子。这个人是一个美国人，他把一切古老的偏见和习俗都抛到身后，从他所接受的新的生活方式中，从他所服从的新政府里，从他所处的新的地位上，获得新的习俗。由于被接纳进我们伟大养母宽大的怀抱里，他成了一个美国人。在这里，来自世界各国的人融合成一个新的民族，总有一天，他们所付出的劳动以及他们的后代将使世界发生巨大的变化。美国人是来自西方的定居者，他们带来了大量的艺术、科学、活力和勤奋精神，这些在东方早已开始了，而美国人将完成这个伟大的循环。美国人曾散居于欧洲各地，在这里他们结合组成迄今最好的人口群体，此后，由于他们居住的地带气候不同，这些群体之间也将产生差异。因此，美国人爱这个国家，胜过爱那个他自己或他的祖先出生的国家。在这里，勤劳所得的报酬随着他劳动的增长而增长，他的劳动是建立在自然、自觉的基础上的；难道还需要比这更强的诱惑力吗？以前，他的妻子儿女向他要一片面包都得不到，现在他们吃得又胖又快活，很乐意帮助父亲去清理那些田地，而从这些田里将长出充足的作物以供他们所有的人吃和穿，既没有专制的君主，也没有富有的修道院长和有权有势的贵族来要求得到他们收成的任何部分。在这里，教会仅对他们提出一点需求，他们只要自愿奉献一点作为牧师的工资以及对上帝的感恩，他能拒绝这些吗？美国人是新人，办事有新原则，因此，他必须考虑新的思想，形成新的观点。他经历过被迫失业、卑屈的依赖、一贫如洗之后，现在正从事一个性质完全不同的劳动，这种劳动将得到充足的物质报酬。这就是一个美国人……

美国人到底是什么人？长久以来，我们一直认为美国人是来自英国或欧洲的移民，其实，克雷夫科尔在美国刚刚诞生的年代就从自己的亲身感受中给出了清晰的答案：美国人是一个全新的民族。这个新人到底新在哪儿？我们再从这一段的原文中感受一下。

What then is the American，this new man? He is either an European，or the descendant of an European，hence that strange mixture of blood，which you will find in no other country. I could point out to you a family whose grandfather was an Englishman，whose wife was Dutch，whose son married a French woman，and whose present four sons have now four wives of different nations. He is an American，who，leaving behind him all his ancient prejudices and manners, receives new ones from the new mode of life he has embraced, the new government he obeys, and the new rank he holds. He becomes an American by being received in the broad lap of our great Alma Mater. Here individuals of all nations are melted into a new race of men, whose labours and posterity will one day cause great changes in the world. Americans are the western pilgrims, who are carrying along with them the great mass of arts, sciences, vigour, and industry which began long since in the east; they will finish the great circle. The Americans were once scattered all over Europe; here they are incorporated into one of the finest systems of population which has ever appeared, and which will hereafter become distinct by the power of the different climates they inhabit. The American ought therefore to love this country much better than that wherein either he or his forefathers were born. Here the rewards of his industry follow—with equal steps the progress of his labour; his labour is founded on the basis of nature, self-interest; can it want a stronger allurement? Wives and children, who before in vain demanded of him a morsel of bread, now, fat and frolicsome, gladly help their father to clear those fields whence exuberant crops are to arise to feed and to clothe them all; without any part being claimed, either by a despotic prince, a rich abbot, or a mighty lord. Here religion demands but little of him; a small voluntary salary to the minister, and gratitude to God; can he refuse these? The American is a new man, who acts upon new principles; he must therefore entertain new ideas, and form new opinions. From involuntary idleness, servile dependence, penury, and useless labour, he has passed to toils of a very different nature, rewarded by ample subsistence—This is an American...

美国文化的多元性、包容性也影响了美国的大学校园。美国大学为什么要招留学生，一不是看上了你的学费，因为美国大学的钱多的是，而且还可能给你奖学金；二不是看上了你的才智，因为有才智的人总是蜂拥而至，他们还要挑挑拣拣，绝不差你一个，其实，留学生最大的作用就是增加校园文化的多元性。托马斯·弗里德曼在《世界是平的》一书中描述了当代世界发生的重大变化，指出科技和通信领域如闪电般迅速的进步，让全世界的人们可以空前地彼此接近。全球一体化的时代要求我们每一个人，尤其是年轻人要有全球化视野，要做一个世界人，拥抱人类文化的多元性，至少不要有文化上的狭隘与偏见。

所以，在申请美国大学时，不必为号称美国高考的标准化考试满分而耗尽时间和精力，也不要为美国大学昂贵的学费而裹足不前，只要你了解了美国大学招生的核心要素和根本目的，只要了解了美国人的本质特征，只要你有拥抱世界的激情、勇气、信心和坚持，机会的大门就会为你敞开。在随后的单元里，我们会更多、更深入地了解那些为创造新国家，为独立和自由而抗争、呐喊和行动的英雄人物。下一单元，我们就从《常识》和《独立宣言》开始。

Unit 8

《常识》——勇敢道出平常理

《独立宣言》——智慧划亮新世界

自由的宪章——走向新世界(The charters of freedom——A new world is at hand)

我们认为下述真理是不言而喻的：人人生而平等，造物主赋予他们若干不可剥夺的权利，其中包括生存权、自由权和追求幸福的权利。

Listen my children and you shall hear,
Of the midnight ride of Paul Revere,
On the eighteenth of April in Seventy-five.
Hardly a man is now alive,
Who remembers that famous day and year.
听，我的孩子们，你们应该聆听，
保罗·里维尔的飞马夜奔，
在 1775 年 4 月 18 日的子夜。
如今，几乎没有人依然健在，
能够讲述那个著名的夜晚和年代。

——美国诗人朗费罗《保罗骑马夜奔》

十年一梦。1766 年，英国取消印花税，殖民地人在纽约建造了一座英王乔治三世的骑马雕像。1776 年，在听到独立的消息后，纽约人以推倒国王雕像的方式庆祝独立。题图的这幅作品现存于拉法叶特学院，拉法叶特学院位于美国革命圣地之一的宾夕法尼亚州的伊斯顿，以拉法叶特将军，一位为美国独立作出关键贡献的法国人命名。

有意思的是，随着美国独立的成功，一批美国国家的缔造者，在创造一个新国家的同时，也缔造了美国的大学，本杰明·拉什（Benjamin Rush，1745—1813 年）和他创立的迪金森学院（Dickinson College）就是一个典型代表。

本杰明·拉什你可能没听说过，他是美国独立宣言的签署者，1813 年去世的时候，他与华盛顿和富兰克林一起被誉为美国三位最著名的人物，是一位“真正的美国英雄”。拉什 5 岁时父亲去世，在叔叔的帮助下，1760 年毕业于新泽西学院，就是现在的普林斯顿大学，1768 年在苏格兰爱丁堡大学获得医学学位。1769 年回到家乡费城之后，写了很多殖民地与英国即将爆发一场危机的文章，由此结识了约翰·亚当斯、托马斯·杰斐逊、托马斯·潘恩等美国之父级别的革命家。独立战争期间参加大陆军，作为军医，他制定了军队的防病流程，战后被称为美国医药事业的奠基者和“美国医药之父”。拉什还是美国生理学和精神病学的奠基者，在 1793 年黄热病爆发期间，与病人一起战斗在不亚于当代“非典”的第一线。他的民主理念让他对社会问题有着比常人更超前的意识，他倡导监狱改革和废奴、废除死刑，在改善精神病人人权方面也做过创造性的探索，因而被称为“美国精神医学之父”。这样的伟大人物自然也会对教育有着更深刻的思考，他主张普及教育，建立从小学到大学的教育体系，让所有的孩子受益，创建大学更是成为了他的梦想。1783 年，标志美国独立的巴黎和平条约刚刚签订，迪金森学院就应运而生。

本杰明・拉什和迪金森学院：We see things differently（我们用不同的视角看世界）

英雄自有英雄的高瞻远瞩。作为美国民主理念的创造者，拉什和另一位美国独立战争的英雄，美国宪法的签署人约翰・迪金森（John Dickinson，1732—1808 年）都认为，美国的新一代要继续拓展这些民主理念。时任费城最高行政委员会主席的迪金森对建立学院给予大力支持，拉什以迪金森的名字命名学院。他们共同为学院树立了一个既远大又实用的目标：新学生要成为新国家的领导者。学生们不仅要获得知识，还要学会如何把所学到的知识运用到飞速变化的世界之中。今天的迪金森学院有一个口号：思维全球化，行动本土化（Thinking globally，Acting locally）。所以，我们今天要想成功申请美国大学，就必须理解美国大学的这些本质特征和理念，然后你才可能知道美国大学到底在找什么样的人。

对于学校喜欢什么样的人，迪金森学院是这样说的：我们非常高兴能够通过申请认识你。我们想知道你是谁，你的成就和你的志向。大学喜欢具有优秀人格和个性特点的人，你的申请会帮助我们了解你，让我们知道你的价值理念和兴趣如何让迪金森变得更强大。

简单解释一下，关于美国大学看重的人格特征，我们在第一单元做了详细介绍。更重要的是，申请的过程是让美国大学了解你，了解你是一个什么样的人，而不是让他们了解你的分数，这就是为什么说美国大学申请是“看人不看分”，这就是为什么反映你个性的申请作文变得至关重要。

迪金森学院的创立，让我们以一个新的视角领略了美国独立战争时期那些革命英雄们的伟大情怀。现在，就让我们回到那个伟大的年代，看看那些英雄们是如何用智慧之光点亮那片新大陆，看那些文学作品为什么会成为人类珍贵的思想遗产。

1766 年印花税取消之后，英国与殖民地之间的矛盾暂时告一段落，但好景不长，1770 年发生了波士顿大屠杀（Boston Massacre），1773 年发生了波士顿倾茶事件（Boston Tea Party），1775 年发生了莱克星顿战役（Battle at Lexington），三大事件终于让英国与殖民地走上不归路，从 1775 年到 1783 年的独立战争（War of Independence）成为美国版的八年抗战，《独立宣言》的发表成为战争初期最具标志性的事件，一大批名垂青史的革命英雄也闪亮登场，第一个耀眼的人物就是塞缪尔·亚当斯（Samuel Adams，1722—1803 年）。

塞缪尔在哈佛毕业后虽然一事无成，但从 1764 年《糖税法》颁布后就开始造反，喊出了“无代表，不纳税”的口号，1765 年为反抗《印花税法》还组织民众冲击总督府。1767 年英国出台《汤森法案》，对殖民地进口的茶叶、玻璃、纸张征税，1768 年塞缪尔撰写了《马塞诸塞通告函》（*Massachusetts Circular Letter*），谴责英国政府在没有民选代表的情况下征税，督促各殖民地向议会请愿废除《汤森法案》。1768 年 8 月，塞缪尔领导的“自由之子”开始“抵制英货”，随后，议会派 4000 多名英国士兵进入波士顿。1770 年 3 月 5 日，一群殖民者向站岗的英国士兵扔石头和雪球，这群“闹事者”中就包括后来成为美国首任国防部部长的诺克斯和那个午夜骑马飞奔的保罗，英国士兵在恐慌之中开枪打死了五名殖民地居民。塞缪尔随即宣称发生了“波士顿惨案”，记述波士顿惨案的那幅名画也是根据保罗的描述而创作。1770 年 4 月，除茶叶税外，《汤森法案》取消。

保罗版的波士顿大屠杀 Paul Revere’s Depiction of the Event

波士顿倾茶事件（ Boston Tea Party ）

1773年5月，英国议会颁布《茶税法》（*the Tea Act*），允许东印度公司直接向殖民地销售茶叶，价格甚至低于殖民地人走私的价格，失去竞争优势的殖民地商人决定抵制茶叶进口。1773年12月16日晚，当东印度公司的船只抵达波士顿的时候，塞缪尔在旧南会议厅（The old south meeting house）对五千多人宣称，总督哈钦森坚持让船靠岸，拯救家园的机会到了，人们涌上街头，冲向码头。50多人装扮成印第安人，把三艘船上九万磅茶叶倒入海中。波士顿倾茶事件让英国极为震怒，随即出台一系列强制法案（Coercive Act），关闭港口，取消贸易，增加总督权利，征用民宅驻扎军队，殖民地将其称为不可容忍法案（Intolerable Acts）。

1774年9月5日，在塞缪尔倡议下，第一届大陆会议在费城召开，通过了《权力冤屈宣言》(*Declaration of Rights and Grievances*)，要求解决殖民地受到的不公正待遇并保障殖民地人的权利。同时通过《萨福克决议》(*Suffolk*)，随后又通过《大陆协定》(*Continental Association*)，决定终止贸易，抵制英货，禁止向英国出口货物。1774年10月，《独立宣言》的第一位签署者——马萨诸塞州的约翰·汉考克表明了独立的立场，准备抵制英政府执行“强制法案”的任何行动。1774年11月，国王乔治三世决定对殖民地实施打击，英议会宣布马塞诸塞叛乱。1775年4月19日晚，驻波士顿的英军指挥官托马斯·盖奇将军派人去康科德搜查民兵的弹药库，保罗·里维尔(Paul Revere, 1735—1818年)和威廉·道斯（William Dawes，1745—1799年）飞骑报警，民兵在莱克星顿迎击英军，打响了响彻世界的第一枪（shot heard round the world），美国独立战争爆发。莱克星顿战役（Battle at Lexington）美洲人伤亡93人，英军伤亡250余人。

莱克星顿打响反抗国王的第一枪
Confrontation at Lexington Green

保罗·里维尔是这样回忆当时的情景的：

About ten o’clock, Dr. Warren sent in great haste for me, and begged that I would immediately set off for Lexington, where Messrs. Hancock and Adams were, and acquaint them of the movement, and that it was thought they were the objects. I returned at night through Charlestown: there I agreed with a Colonel Conant and some other gentlemen, that if the British went out by the water, he would show two lanterns in the North Church steeple and if by land, one as a signal.

约 10 点，沃伦医生急忙派人来找我，让我马上到莱克星顿向住在那里的汉考克和塞缪尔先生报信，说英军可能要抓他们两个人。我当晚经波士顿对岸小镇查尔斯顿回波士顿，在查尔斯顿碰到科南特上校，我与他达成一个默契：如果英军从水路进犯，我们就在诺斯教堂的塔尖上挂两盏灯；如果英军从陆路进犯，就挂一盏灯。

保罗·里维尔接着回忆说：我要求科南特上校马上给我一匹快马，晚上 11 点，当我走到查尔斯顿时，看到在一棵树下有两个骑马的人，走近一看，发现他们是英国兵，他们也发现了我，并前来捉拿。我挥鞭疾奔，总算甩掉了他们。我到达孟福德，叫醒了当地民兵队长，后来又沿途叫醒了每户人家，我在莱克星顿克拉克牧师家找到了汉考克和亚当斯先生。

诗人朗费罗是这样描述这一时刻的：

He said to his friend, If the British march
By land or sea from the town tonight
Hang a lantern aloft in the belfry arch
Of the North Church tower as a signal light,
One if by land, and two if by sea;
And I on the opposite shore will be,
Ready to ride and spread the alarm
Through every Middlesex village and farm

for the country folk to be up and to arm.
保罗对他的朋友说，如果今夜英军前来，
无论从陆路还是海上，
就把灯笼挂在北教堂高高的钟楼之上，
发出敌人进犯的信号，
如果从陆路来，就挂一盏，如果从海上来，就挂两盏。而我，会在对岸，
骑马飞奔，发出敌人进犯的警报，
穿过米德尔塞克斯的每个村庄和农舍，
让乡民们赶紧起来，准备战斗。

保罗夜奔（Paul Revere's Ride）

1775年5月10日，第二届大陆会议在费城召开，发表了《武装的原因及必要性》(*Declaration of the course and necessities*)，任命华盛顿担任大陆军总司令。1775年6月17日，独立战争第一次大的战斗邦克山战役打响。1776年1月和1776年7月，《常识》和《独立宣言》两篇重磅文献问世，殖民地人与英国在感情上终于恩断义绝，在行动上勇敢拿起枪杆，双方反目成仇。

有革命的行动，一定要有革命的理论。作为出身于哈佛的革命家，塞缪尔绝不是一个头脑简单的“刺头儿”，他接受了英国哲学家洛克的政治哲学：政府是人民和国家的一种契约，政府的权力来自人民。人民有最终的权威，人民就是主权。政府应该有三个部分，立法，行政和司法。如果人民认为政府没有履行它的责任，人民有权收回政府的权力，换句话说就是人民可以推翻政府。在政府之下，人民的自由就是共同遵守同一规则下的自由，这一规则就是宪法。宪法高于一切，宪法高于宗教教义，宪法高于圣人教导，人民必须在宪法之下自由活动，宪法之下人人平等，任何人都不应该

服从任何他人强加的意志。

洛克的这段话几乎就是美国革命的现实版。与其他国家的文学相比，为什么说美国文学对当今世界，对当下的孩子们更为重要，一个原因就是美国人将人类文明的思想成果变成了社会现实。约翰·洛克是17世纪英国的哲学家，几乎在美国革命的100年前，就在他最重要的著作《论政府》中系统阐述了宪政民主的基本思想。洛克坚信人人皆有与生俱来的权利，包括个人自由和拥有财产的权利。针对君权神授的观念，洛克主张政府的权威只能建立在被统治者同意的基础之上。每当立法者竭力掠夺和毁坏人民的财产或竭力把人民变成独裁统治下的奴隶时，他们就使自己处于与人民的对抗之中，人民不会进一步屈从，而是被迫进入上帝为所有人提供的反抗武力和暴力的避难所。而且人民仍保留有一种至高无上的权力，当他们发现立法机关的行为与其职责相违背时，就会将其取消或改组。洛克相信权力分散的原则，政府不能拥有无限的权力，不能破坏人们与生俱来的权利，也不能随意剥夺他们的财产权，政府只能根据被统治者的意志来合法地没收财产。

塞缪尔·亚当斯（Samuel Adams，1722—1803年）

约翰·洛克 （John Locke，1632—1704年）

在美国独立战争那个伟大年代，有两位都叫托马斯的革命家用两篇作品完美地诠释了洛克的理论。1776年1月，托马斯·潘恩（Thomas Paine，1737—1809年）写了一本书《常识》，就如冬天里的一把火，最终烧毁了英国与殖民地之间的最后一根纽带。1776年7月，托马斯·杰斐逊（Thomas Jefferson，1743—1826年）起草了《独立宣言》，就如黑暗天空中的一声惊雷，最终催生了一个伟大的新国家。这两位革命家都位列10位美国国家之父的行列。

1776年1月，一本名为《常识》（*Common Sense*）的小册子在费城匿名出版后，立刻就“火”了，三个月销售12万册，累计50万册，成为殖民地仅次于《圣经》的畅销书。要知道，那时候殖民地只有几百万人口，无论哪个阶层的人士，都争相抢购，如饥似渴地阅读。这本书几乎改变了殖民地的每一个人，成了美国革命的教科书，世界现代政治文明都从这本书得到了启蒙。那么，这本小册子为什么有着这样的魔力呢？我觉得，有三个原因：

第一，语言解渴。同样的事，不同的人说，效果大不一样。每次读《常识》，我总想起《三国演义》中诸葛亮在两军阵前骂死王朗的故事，这就是语言的力量。在《常识》中，潘恩是这样“骂”国王的：“如果英国是父母，就连豺狼和野蛮人都不如，因为豺狼尚不食其子，野蛮人也不同亲属作战”。“他的子民的父亲无动于衷地听任子民被屠杀，然后若无其事地带着沾着他们血迹的灵魂入睡”。潘恩的《常识》不是写给国王的陈情表，不是写给受过良好教育的精英，也不是严肃的政治论著，而是写给普通人的大白话，简单、直接，就是不识字的人也能听懂在集会上对《常识》的宣讲。那时候也有很多著名人物写过很多关于殖民地人权利问题的著作，但他们更注重语言的严谨和术语的专业。潘恩无与伦比的文笔表达力，瞬间就点燃了人们的革命热情。

第二，说理透彻。潘恩的思想洞察力，早已超出了人们常识的想象，让人豁然开朗，没有他震耳欲聋的文字，我们到死恐怕还是活在无知、愚昧和黑暗之中。比如，“政府是由我们的邪恶产生的”，“理想的政府或者由人民直接管理或经由选举间接管理”。《常识》也明确地提出了美国独立并建立共和政体的目标，对独立的论证极具说服力，彻底改变了保守派的态度。比如，“如果认为一个大陆可以永远受一个岛屿的统治，那不免有些荒谬。在自然界，从来没有使卫星大于它主星的先例。和解与毁灭密切相关，独立才是唯一出路。英国属于欧洲，北美属于它本身，现在是分手的时候了”。

第三，口气大胆。特别是在对国王的批判上，完全可以用“胆大包天”来形容，我们看看原话就能体会到。“乔治三世只不过是大不列颠的皇家畜牲，他是北美事件的首恶之源”。“英格兰历史上鲜有明君，大多是昏君，他们给人民带来无尽的灾难。世袭制为愚蠢的人、邪恶的人和不道德的人提供了可乘之机。那些自视是生就的君主，视他人为生就的臣民的人，很快就会变得傲慢无礼，自以为是，不可一世了”。为此，历史学家说，《常识》把国王与议会的权威撕成了碎片。除《汤姆叔叔的小屋》之外，在美国再也没有一个出版物曾发生过那样巨大的影响。

完美的作品，出自伟大的人物，伟大的人物，却有着坎坷的人生。潘恩 1737 年 1

月 29 日出生，12 岁失学，先后做过学徒工和水手。但他极爱阅读，经常跟诺勒牧师借书读，常去听讲座，喜欢阅读哲学作品。1759 年他开了一间裁缝店，结婚后不久，妻子就去世了。1761 年开始做税收员，天生有“反骨”的潘恩写了《税收员陈情表》，还组成税收员联合会要求增加工资。1774 被开除后，37 岁的潘恩出走北美，经富兰克林女婿佩奇介绍，在《宾夕法尼亚杂志》任编辑，其美国革命作家的生涯由此开始。除了 1776 年的《常识》外，他的著名作品还有 1776 年的《美国的危机》(*The Crisis*)，曾鼓舞华盛顿的士兵渡过特拉华河，取得特伦顿战役的胜利。1791 年写出《人权伦》(*The Rights of Man*)，提出用共和政体取代贵族统治和世袭制，第二年就因言获罪，不得已逃亡法国。1793 年，在法国因反对处决路易十六被关进监狱，在狱中写出《理性时代》(*The Age of Reason*)。后来，在美国驻法公使门罗的斡旋下出狱，1802 年受杰斐逊总统的邀请回到美国。但他还是习惯于“口无遮拦”，因为反对宗教的偏激观点受到美国人的冷落。至此，他已经把世界的人得罪遍了。1809 年，这位参加了英国革命、美国革命、法国革命，号称“世界革命使者”的一代英雄，在 72 岁时凄惨离世，只有房东等几个人为他送葬。

现在，我们可以慢慢地品味潘恩的《常识》，如果用一句话来概括，《常识》就是美国革命的可行性研究报告。除了引言 (Introduction) 和附录 (Appendix) 外，《常识》分为 4 个部分：政府的起源和目的，兼论英国政体；论君主政体和世袭制；北美目前的形势；北美目前的能力。下面，我们从 4 个方面简单欣赏一下《常识》——美国独立的革命纲领。

1. 政府的起源和目的，兼论英国政体 (Of the Origin and Design of Government in General. With concise Remarks on the English Constitution)。

这一部分不但说理透彻，还有很多名句，如“社会是由我们的欲望所产生的，政府是由我们的邪恶所产生的”。我们这里选取一点点，包括英语原文，供大家原汁原味地体会。

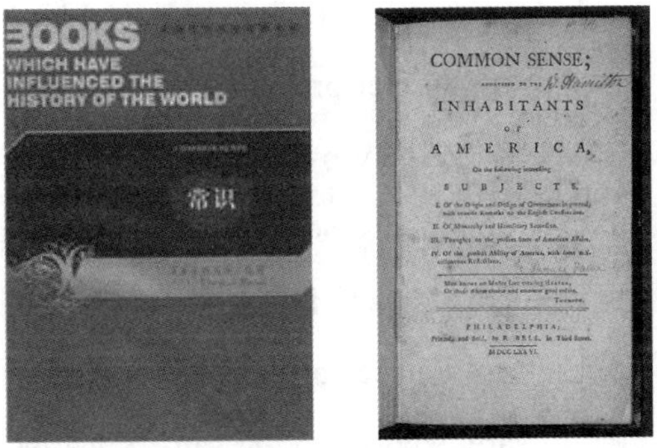

《常识》(Common Sense)

有些作者把社会和政府混为一谈，弄得它们彼此没有多少区别，甚至完全没有区别；而实际上它们不但不是一回事，而且有不同的起源。社会是由我们的欲望所产生的，政府是由我们的邪恶所产生的；前者使我们一体同心，从而积极地增进我们的幸福，后者制止我们的恶行，从而消极地增进我们的幸福。一个是鼓励交往，另一个是制造差别。前面的一个是奖励者，后面的一个是惩罚者。

社会在各种情况下都是受人欢迎的，可是政府呢，即使在最好的情况下，也不过是一件免不了的祸害；在其最坏的情况下，就成了不可容忍的祸害；因为，当我们受苦的时候，当我们从一个政府方面遭受那些只有在无政府的国家中才可能遭受的不幸时，我们由于想到自己亲手提供了受苦的根源而格外感到痛心。政府好比衣服，是天真纯朴受到残害的表征；帝王的宫殿是建筑在乐园亭榭的废墟上的。如果良心的激发是天日可鉴、始终如一和信守不渝的，一个人就无需其他的立法者；但事实并非如此，他觉得有必要放弃一部分的财产，出钱换取其余的人的保护；谨慎小心的原则在其他任何场合都劝他两害相权取其轻，现在这个原则也促使他这样做。因此，既然安全是政府的真正意图和目的，那就毫无疑义地可以推断，任何看起来最有可能保证我们安全的形式，只要是花费最少而得益最大，都是其他一切人所愿意接受的。

Some writers have so confounded society with government，as to leave little or no distinction between them; whereas they are not only different，but have different origins. Society is produced by our wants，and government by our wickedness; the former promotes our happiness positively by uniting our affections，the latter negatively by restraining our vices. The one encourages intercourse，the other creates distinctions. The first is a patron，the last a punisher.

Society in every state is a blessing，but government even in its best state is but a necessary evil in its worst state an intolerable one; for when we suffer，or are exposed to the same miseries by a government，which we might expect in a country without government，our calamities is heightened by reflecting that we furnish the means by which we suffer! Government, like dress, is the badge of lost innocence; the palaces of kings are built on the ruins of the bowers of paradise. For were the impulses of conscience clear, uniform, and irresistibly obeyed, man would need no other lawgiver; but that not being the case, he finds it necessary to surrender up a part of his property to furnish means for the protection of the rest; and this he is induced to do by the same prudence which in every other case advises him out of two evils to choose the least. Wherefore, security being the true design and end of government, it unanswerably follows that whatever form thereof appears most likely to ensure it to us, with the least expense and greatest benefit, is preferable to all others.

英国人支持他们自己的由国王、上议院和下议院统治的政府，这种偏见一半来自理智，一半来自民族自傲，甚至以后者的成分居多。在英国，个人无疑地要比在其他国家安全一些：但是国王的意志无论在英国或法国都同样是国家的法律，所不同的是，英国国王的意志不是直接从他的口里表达出来，而是通过议会法令的可怕形式交给人民的。因为查理一世的命运只是使得国王们更为狡猾，不是更为正直。

因此，撇开所有那些有利于这些模式和形式的民族自傲与偏见不谈，昭然若揭的真理是：英国国王所以不像土耳其国王那样暴虐，这完全是由于人民的素质，而不是由于政府的体制。

The prejudice of Englishmen, in favor of their own government by king, lords, and commons, arises as much or more from national pride than reason. Individuals are undoubtedly safer in England than in some other countries, but the will of the king is as much the law of the land in Britain as in France, with this difference, that instead of proceeding directly from his mouth, it is handed to the people under the most formidable shape of an act of parliament. For the fate of Charles the First, hath only made kings more subtle — not more just.

Wherefore, laying aside all national pride and prejudice in favor of modes and forms, the plain truth is, that it is wholly owing to the constitution of the people, and not to the constitution of the government that the crown is not as oppressive in England as in Turkey.

2. 论君主政体和世袭制（Of Monarchy and Hereditary Succession）。

这一部分的论述很具体，让人豁然开朗，尤其是从《圣经》的角度对国王起源和作用的分析。犹太人想要仿照异教徒的做法，立一个国王管理他们，大祭司撒母耳不喜欢这个做法，就把耶和华关于国王如何奴役臣民、如何奢华无度，如何贪污徇私的话传给百姓，这一段话把国王对百姓奴役的实质晾晒到光天化日之下。在以色列人有国王之前的时代，士师是以色列人的首领，带领以色列人与异族交战。士师都是勇敢、正直、有担当的普通人，没有国王的特权和奢侈，而英国的国王除了挑起战争和卖官，毫无他用。可是很多人都觉得有国王才是天经地义的事，他们羡慕国王的光鲜，倒不如说他们是想体验做国王的快感，殊不知这时自己已经身处国王的奴役之中了。在那个连国王名字都要忌讳的时代，潘恩却骂出了“野杂种”，一句话捅破笼罩在国王头上的圣感。

在宇宙万物的体系中，人类本来是平等的，这种平等只能为以后的某一桩事故所破坏：贫富的差别是很可以加以说明的……可是，还有一种不能用真正自然的或宗教的理由来解释的更大的差别，那就是把人们分成“国王”和“臣民”的差别。阳与阴是自然做出的差别，善与恶是上苍作出的差别；但是有一类人降生世间，怎么会高出于其余的人之上，俨然像一个新的人种那样与众不同，倒是值得加以探究，了解他们究竟是促进人类幸福的手段还是招致人类苦难的手段。

撒母耳不喜欢要立一个王管理他们的想法，就祷告耶和华。耶和华说，百姓向你说的一切话，你只管依从，因为他们不是厌弃你，乃是厌弃我，不要我作他们的王。自从我领他们出埃及到如今，他们常常离开我，侍奉别的神，现在他们向你所行的，是照他们素来所行的。所以，你要依从他们的话，只是当警诫他们，告诉他们将来那王怎样管辖他们。管理的方式不是某个个别国王的统治办法，而是以色列人急于想模仿的世间一切国王的惯用手段。现在，虽然年代已经隔得很远，做法也大不相同，但性质没有改变。撒母耳将耶和华的话传给求他立王的百姓说，管辖你们的王必这样行，他必派你们的儿子为他赶车，跟马，奔走在车前；又派他们作千夫长、五十夫长，为他耕种田地，收割庄稼，打造兵器和车上的器械；他必取你们的女儿为他制造香膏，做饭烤饼；他也必取你们最好的田地、葡萄园、橄榄园，赐给他的臣仆；你们的粮食和葡萄园所出的，也必取十分之一，给他的监和臣仆；又必取你们的仆人婢女、健壮的少年人和你们的驴，供他的差役；你们的羊群他必取十分之一，你们也必作他的仆人。那时你们必因所选的王哀求耶和华，耶和华却不应允你们。

自从诺曼底公爵征服英国以来，英国没出过几个好君主，而坏者众多，英国在这些暴君的统治下发出痛苦的呻吟：如果理智地说，没有人会认为他们在威廉一世的统治下所能享受的权利是非常荣耀的。一个法国的野杂种带领一支武装的土匪登陆，违反当地人民的意志而自立为英格兰国王，直白点说，这个人的出身卑贱不堪，毫无任何神圣的光环。无论如何我们也不必花费过多时间来揭露世袭权力的荒唐可笑；如果有谁愚蠢到竟然相信这个，那就让他们不分青红皂白地崇拜那头笨驴和狮子并表示欢迎吧。我既不会模仿他们的卑顺，也不会妨碍他们的愚忠。

总之，君主政体和世袭制度不仅使某个王国而且使整个世界陷入血泊和瓦砾之中。这是《圣经》所反对的政权形式，所以免不了要发生流血。假如我们考察一下国王所做的工作，我们就会发现，在有些国家中他们可以说是没有干什么正经事；在混过了对自己没有乐趣、对国家没有好处的一生以后，他们退出了舞台，让后继的人继续虚度光阴。在君主专制国家，民事和军事的全副重担置于国王一身；以色列人在要求立一个国王的时候曾经提出申请，希望“有王管理我们，统领我们，为我们争战”。但像在英国这样的国家中，国王既非士师，又非元帅，委实叫人很难了解他究竟干什么工作。

在英国，一个国王所能做的事情，往往不外乎挑起战争和卖官鬻爵。直率地说，这是使国家陷入贫穷和制造纷争。一个人每年伸手拿八十万镑，而且还受人崇拜，真是一桩好买卖！在上帝的眼中，一个普通的诚实人要比从古到今所有加冕的坏蛋更有价值。

撒母耳与大卫王

理查三世，约克王朝的末代国王

3. 北美目前的形势（Thoughts of the present state of American Affairs）。

铺垫了这么多，该说实质的问题了。英国报纸记载："凡读过这本书的人都彻底改变了态度，哪怕在一小时之前他还是一个强烈反对独立的人。"要知道，在《常识》发表的时候，连华盛顿、富兰克林都还没有明确提出独立和革命的主张，而潘恩却把殖民地人的革命目标有理有据地一语道破：武力解决已经成为现实。

> 和解的益处犹如一场美梦已经逝去，指望和解只会继续受到压迫。现在应该做的是调查殖民地受到的伤害，检讨与英国的联系，制订可行的战斗方案。
>
> 如果割断与英国的母子联系，北美会照样繁荣，甚至更繁荣；英国的保护是一种误导，英国保护的是自己的利益，北美只是从属的殖民地，只有在符合英国自己的利益时，英国才会顾及殖民地的利益；虎毒不食子，英国行为之可耻已远称不上母国，北美是追求生活与宗教自由的避难所，把移民赶出家园的暴政现在还在英国发生。
>
> 武力解决已经成为现实。推翻某个法案或议会的代价足以获得完全的独立，独立才会使北美自由健康发展。独立战争是太阳照耀着的空前伟大的事业。这项事业并非事关一城、一州、一国，而是事关一个大陆。这项事业并非一日、一年、一个时代，而是事关子孙后代。问题从争吵转到武力解决，一个政治的新纪元开始了，一种新的思想方法已经产生了。

4. 北美目前的能力（Of the Present Ability of America，with some miscellaneous Reflections）。

我所以说《常识》是美国革命的可行性研究报告，因为它是可行的。潘恩提出北美有足够能力组建强大的陆军、海军，而英国代价更大。北美只需用很少的军队就能对付强大的英国。美国军队会迅速壮大并取胜英国，值得承担战争的花费。潘恩还提出了对美国新政府架构的建议。每一个殖民地派代表组成议会，起草新美国宪章，然后通过选举总统、制定和执行土地法来治理国家。即先建立政体，再选统治者，以防专制。美德不是遗传的，当北美为后代规划未来时，必须明确，要建立完善的议会选举方式，保持良好的秩序。此后美国独立战争和联邦国家的构建，几乎完全践行了潘恩的革命宏图。

关于殖民地的民兵能不能打败强大的英国正规军，潘恩还有一篇名垂青史的文章《美国的危机》，在华盛顿的大陆军屡战屡败、面临生死抉择的时刻，鼓舞了殖民地人的士气。独立战争开始后，很多美国人对双方悬殊的力量对比感到绝望，放弃是最容易的选择。潘恩在《美国的危机》中，劝告美国士兵和百姓绝不要放弃战斗。其中第一个句子就是经典：这是考验人的灵魂的时刻。潘恩还使用了“夏天般的战士和阳光般的爱国者”这样精彩的语言，以及“真正的爱国者应该为了他们的事业和他们的国家而战，将会得到美国人民的赞美和感谢”这样鼓舞人心的句子，可以说，《美国的危机》大大激发了战士和百姓的意志，也为大陆军带来了特伦顿战役的胜利，美国电影《决战怒河》（*The Crossing*）就记录了这场伟大的战役。下面，我们欣赏一些精彩片段。

> 这是考验人的灵魂的时代。在当前的危机中，夏天般的战士和阳光般的爱国者会在为国家服务的责任面前畏缩不前，但今天仍能坚持战斗的人应当得到全体男女的爱戴和感激。专制制度就像地狱一样，是不容易被打破的，但我们可以堪慰的是，斗争越是艰巨，胜利就越光荣。轻易获得的东西，我们并不珍重；一切事物的价值在于它是来之不易的。上帝知道怎样给它的造物定出适当的价码。如果对自由这样神圣的东西反而索价不高，那岂非咄咄怪事。
>
> 我不是对少数人，而是向全体呼吁；不是对这个州或那个州，而是向每

一个州呼吁；呼吁你们迅速奋起，前来助战，全力以赴，共襄大业，况且生死存亡，在此一举，所聚兵力宁可太多，不可太少。让我们昭告后世，在这只有希望和美德才能坚持下去的隆冬季节，我城乡居民，在共同的危难面前，纷纷挺身而出，联合退敌。且莫道几千人已经丧生，请拿出你的几万人来，不要把当前的负担推给上帝，要“用实干表现你的信心”，这样上帝才会保佑你。地不分东西，人不分贵贱，是祸是福，总会降临到你们每个人头上的。不论是远是近，是家乡还是边疆，是富人还是穷人，喜则同喜，忧则同忧。此时此刻无动于衷的心便是死的。他的孩子们将以血咒骂他的怯懦，因为他在只要付出一点便可拯救全体，使他们获得幸福的紧要关头退缩了。

These are the times that try men's souls. The summer soldier and the sunshine patriot will, in this crisis, shrink from the service of their country; but he that stands by it now, deserves the love and thanks of man and woman. Tyranny, like hell, is not easily conquered; yet we have this consolation with us, that the harder the conflict, the more glorious the triumph. What we obtain too cheap, we esteem too lightly: it is dearness only that gives every thing its value. Heaven knows how to put a proper price upon its goods; and it would be strange indeed if so celestial an article as FREEDOM should not be highly rated.

I call not upon a few, but upon all: not on this state or that state, but on every state: up and help us; lay your shoulders to the wheel; better have too much force than too little, when so great an object is at stake. Let it be told to the future world, that in the depth of winter, when nothing but hope and virtue could survive, that the city and the country, alarmed at one common danger, came forth to meet and to repulse it. Say not that thousands are gone, turn out your tens of thousands; throw not the burden of the day upon Providence, but "show your faith by your works," that God may bless you. It matters not where you live, or what rank of life you hold, the evil or the blessing will reach you all. The far and the near, the home countries and the back, the rich and the poor, will suffer or rejoice alike. The heart that feels not now is dead; the blood of his children will curse his cowardice, who shrinks back at a time when a little might have saved the whole, and made them happy.

潘恩的写作针对的是普通美国人，简单直白是他的写作特点，士兵、市民都能读懂，都愿意去读。这里，我们再学习几句潘恩《常识》中的精彩语录：

啊！你们这些热爱人类的人！你们这些不但敢反对暴政而且敢反对暴君的人，请勇敢地站到前面来！旧世界遍地盛行着压迫，自由到处受到打击。亚洲和非洲早已经把她逐出，欧洲把她当做异己分子，而英国已经对它下了逐客令。啊！只有北美大陆，只剩这最后的一片土地，请接纳那些逃亡者，及时为人类准备一个自由的避难所吧！

如果不前进，我们就会后退，或者永远发生争执，或者永远可笑地提出请求。

让我们为宪章加冕，北美的法律就是国王，推翻国王这一称号，把它分散给有权享受这种称号的人民。只要我们能够把一个与众不同的独立的政体留给后代，花任何代价来换取都是值得的。

《常识》朴素真实的言语，变成了巨大的启蒙力量，点燃了美国革命的星星之火，成为殖民地人革命行动的指南，《独立宣言》的很多内容都出自潘恩之手。

在美国的建国文献中，如果说有一篇作品你不能不读，那恐怕就非《独立宣言》（*The Declaration of Independence*）莫属了。《独立宣言》的重要性在于它把殖民地对母国大英帝国的“反叛”变成了“革命”，说出了“人人生而平等”，人类有取得生存权、自由权和追求幸福等不可被剥夺的权利这样极其简单但很多人还没有认识到的真理。1776 年 7 月 2 日，第二届大陆会议通过了来自弗吉尼亚的理查德·亨利·李的提案：美国是，理应是自由、独立的国家，他们不再对英王效忠，是，也理应是完全的分离。这一表述绝对堪称革命性的宣言。1776 年 7 月 4 日，第二届大陆会议批准杰斐逊起草的独立宣言，7 月 4 日也被选做“独立日”。

需要注意的一点是，《独立宣言》并不完全是一篇讨伐檄文，主要是解释北美殖民地为什么要独立建国，这和我们的理解可能稍有不同。1776年6月11日，大陆会议任命了一个五人起草小组，有弗吉尼亚州的托马斯·杰斐逊（Thomas Jefferson），纽约州的罗伯特·利文斯顿（Robert R. Livingston），康涅狄格州的罗杰·谢尔曼（Roger Sherman），马萨诸塞州的约翰·亚当斯（John Adams）和宾夕法尼亚州的本杰明·富兰克林（Benjamin Franklin）。用约翰·亚当斯的话来说，之所以选择杰斐逊起草，最主要的原因是杰斐逊的写作能力："我对他的文笔有很高的评价，我完全无法与他相比。他在一两天内就交给我他写的文稿。"

《独立宣言》一开始就用超强的语言概括能力，简洁、清晰、有力地表达了洛克、伏尔泰、卢梭和孟德斯鸠等17至18世纪启蒙思想家所提出的自由、平等、博爱的思想，在优美、逻辑和感召力方面，超越世界上任何其他的文件，特别是用"我们认为下述真理是不言而喻的"这样的方式提出自己的理论依据，真是简单奇妙。《独立宣言》用不朽的文字表述了那个时代的常识，成为所有时代政治哲学最伟大、最重要的论述，赢得举世的赞誉和传颂。

> 在有关人类事务的发展过程中，当一个民族必须解除同另一个民族的联系，并按照自然法则和上帝的旨意，以独立平等的身份立于世界列国之林时，出于对人类舆论的尊重，必须把驱使他们独立的原因予以宣布。
>
> 我们认为下述真理是不言而喻的：人人生而平等，造物主赋予他们若干不可剥夺的权利，其中包括生存权、自由权和追求幸福的权利。为了保障这些权利，人类才在他们中间建立政府，而政府的正当权力，则是经被统治者同意所授予的。任何形式的政府一旦对这些目标的实现起破坏作用时，人民便有权予以更换或废除，以建立一个新的政府。新政府所依据的原则和组织其权力的方式，务使人民认为唯有这样才最有可能使他们获得安全和幸福。
>
> When in the Course of human events, it becomes necessary for one people to dissolve the political bands which have connected them with another, and to assume among the powers of the earth, the separate and equal station to which the Laws of Nature and of Nature's God entitle them, a decent respect to the opinions of mankind requires that they should declare the causes which impel them to the

separation.

We hold these truths to be self-evident, that all men are created equal, that they are endowed by their Creator with certain unalienable Rights, that among these are Life, Liberty and the pursuit of Happiness.—That to secure these rights, Governments are instituted among Men, deriving their just powers from the consent of the governed, —That whenever any Form of Government becomes destructive of these ends, it is the Right of the People to alter or to abolish it, and to institute new Government, laying its foundation on such principles and organizing its powers in such form, as to them shall seem most likely to effect their Safety and Happiness.

随后,《独立宣言》从27个方面，有理有情、不厌其烦地列举了殖民地人独立的

在《独立宣言》上签字，就意味着反叛杀头。在文件中间第一个签字的是约翰·汉考克。

具体原因，既表达了不可退缩的讨伐决心，也有理有据地表达了无奈造反的缘由，以取得世人的理解，也算出师有名吧。我们这里只选择几项，让大家感受一下。

若真要审慎地来说，成立多年的政府是不应当由于无关紧要的和一时的原因而予以更换的，过去的一切经验都说明，任何苦难，只要尚能忍受，人类还是情愿忍受，也不想为申冤而废除他们久已习惯了的政府形式。然而，当始终追求同一目标的一系列滥用职权和强取豪夺的行为表明政府企图把人民置于专制暴政之下时，人民就有权利和义务去推翻这样的政府，并为其未来的安全提供新的保障。这就是这些殖民地过去忍受苦难

的经过，也是他们现在不得不改变政府制度的原因。当今大不列颠国王的历史，就是屡屡伤害和掠夺这些殖民地的历史，其直接目标就是要在各州之上建立一个独裁暴政，为了证明上述句句属实，现将事实公之于世，让公正的世人作出评判。

他拒绝批准对公众利益最有益、最必需的法律；

他一再解散各州的议会，因为它们以无畏的坚毅态度反对他侵犯人民的权利；

在我们中间驻扎大批武装部队；

未经我们同意便向我们强行征税；

在许多案件中剥夺我们享有陪审制度的权益；

最后，当然就是给出结论了。杰斐逊用看似偏软的语气，表达了坚定的态度。用忍无可忍的无奈，表达了不惜以生命捍卫自由的决心。

在这些压迫的每一阶段中，我们都是用最谦卑的言辞请求改善。但屡次请求所得到的答复是屡次遭受损害。

一个君主，当他的品格已打上了暴君行为的烙印时，是不配做自由人民的统治者的。

我们不是没有顾念我们英国的弟兄。我们时常提醒他们，他们的立法机关企图把无理的管辖权横加到我们的头上。我们也曾把我们移民来这里和在这里定居的情形告诉他们。我们曾经向他们天生的正义善感和雅量呼吁，我们恳求他们念在同种同宗的份上，弃绝这些掠夺行为，以免影响彼此的关系和往来。但是他们对于这种正义和血缘的呼声，也同样充耳不闻。因此，我们实在不得不宣布和他们脱离，并且以对待世界上其他民族一样的态度对待他们：和我们作战，就是敌人；和我们友好，就是朋友。

因此，我们，在大陆会议下集会的美利坚合众国代表，以各殖民地善良人民的名义，并经他们授权，向全世界最崇高的正义呼吁，说明我们的严正意向，同时郑重宣布：这些联合一致的殖民地从此是自由和独立的国家，并且按其权利也必须是自由和独立的国家；它们取消一切对英国王室效忠的义务；它们和大不列颠国家之间的一切政治关系从此全部断绝，而且必须断绝；作为自由独立的国家，它们完全有权宣战、缔和、结盟、通商和采取独立国家有权采取的一切行动。

为了支持这篇宣言，我们坚决信赖上帝的庇佑，以我们的生命、我们的财产和我们神圣的名誉，彼此宣誓。

除《独立宣言》外，杰斐逊还制定了弗吉尼亚宗教自由法令（Virginia Statute for Religious Freedom，），成为美国宪法第一修正案的基础，保障个人权利的杰斐逊式民主（Jeffersonian democracy）也因而得名。1792 年，他创立了民主党的前身民主共和党，1800 年当选美国第三任总统，开启了长达 24 年的弗吉尼亚王朝。但是，我们今天研究杰斐逊，这些丰功伟绩都变得不重要了。下面，我们就看看英雄杰斐逊的个人成长带给我们的启示。

Young Thomas Jefferson：年轻的社会精英，新国家的希望

托马斯·杰斐逊生于 1743 年 4 月 13 日，和帕特里克·亨利等革命家不同，他从小受到的可谓是精英教育。1752 年，杰斐逊进入苏格兰教士威廉·道格拉斯的学校，年仅九岁时即开始学习拉丁文、古希腊文和法文。1758 年至 1760 年，寄宿于詹姆斯·毛瑞教士所开设的学堂，接受古典教育（classical education），并研习历史与自然科学。他能讲流利的希腊语和拉丁语，精通英语、法语、西班牙语和意大利语。可以看出，对于小学生来说，语言，主要指外语，绝对是最重要的基本功。

杰斐逊的大学生活对今天的我们也有启发意义，也让我们对美国大学的通识教育和文理学院有一个直观的理解。1760 年 3 月 25 日，16 岁的杰斐逊入威廉·玛丽学院，学习希腊文法、牛顿物理学、微积分、西班牙语。从小打下的语言基础，让他可以直接阅读那些古希腊、古罗马等时代的经典著作，如柏拉图的希腊文著作、西塞罗的拉丁文著作，孟德斯鸠的法文著作、奥西安的盖尔语诗。英国斯特恩、菲尔丁、斯摩列特的小说，莎士比亚、弥尔顿、波普的诗歌以及凯姆有关法学、历史、政治哲学的著作。此外，洛克、培根、牛顿、斯特恩、德赖登、维吉尔、霍勒斯、奥维德、希罗多德、荷马、欧里庇得斯、安纳克里昂、拉辛、伏尔泰、赫尔维修、马基雅维利、贝卡利亚、塞万提斯等人的作品都是杰斐逊的涉猎对象，修辞、逻辑、伦理学都是他的重点课程。作为一个异常勤奋的学生，他对所有领域都展现出好奇之心，经常每天学习15个小时，有时甚至能撇下最好的朋友，投入学习之中。

杰斐逊去世已经200年了，杰斐逊的大学宿舍就在今天威廉·玛丽学院的克里斯托弗·雷恩楼（Sir Christopher Wren Building），吃饭就在大会堂（Great Hall），早、晚礼拜就在学校的教堂。下面是威廉·玛丽学院的自我介绍：

> 我小，我杰出，历史深厚，这就是威廉·玛丽的不同之处（Small. Smart. Historic. It's the W&M difference）。
>
> 欢迎来到威廉·玛丽学院，美国最古老和最好的大学。我们相信你一定会有很多问题，比如，威廉·玛丽是谁？是什么让我们的学生如此杰出不凡？公立常青藤到底是什么？和托马斯·杰斐逊与乔恩·斯图尔特做校友意味着什么？
>
> 威廉·玛丽有35个本科项目，有着全美乃至国际上最杰出的教授，10个艺术与科学专业的研究生项目，顶尖的法学院，教育学院，商学院和海事学院。全美公立大学排名第六。如果你申请，我们的招生人员就在这里恭候你的到来，让你的申请更加便利。

威廉·玛丽学院（W&M College）：第二个建校的古老公立常青藤，5位美国总统，12位《独立宣言》签署者，还有数不过来的名人名家，都有可能成为你的校友。

我们前面说过，富兰克林涉猎了很多领域，而且都是佼佼者。在这方面，杰斐逊也毫不逊色。作为考古学家，他发明了地层挖掘考古技术；作为发明家，他改进铧式犁，制作伸缩式绘图器，设计了“二战”时仍使用的轮式密码；作为图书收藏家，他的近七千册图书涵盖几乎所有知识领域，后出售给联邦政府，构成目前藏书量世界第一的美国国会图书馆的核心部分。作为建筑师，他为自己家设计的帕拉迪奥式（Palladian）蒙蒂塞洛别墅(Monticello)成为北美建筑的经典，宅内有自动门、旋转椅等便利装置；作为教育家，他是弗吉尼亚大学创始人，时至今日，蒙蒂塞洛与弗吉尼亚大学是美国境内仅有的四处世界文化遗产之一。

弗吉尼亚大学是美国唯一一所由总统创建的高等学府。杰斐逊1819年开始建立弗吉尼亚大学，1825年开始招生。杰斐逊把建立弗吉尼亚大学看做自己一生最伟大的成就之一，其教案与建筑全由杰斐逊一手设计，包括课程设置、第一批教师的招聘以及宿舍、教学楼、花园和宏伟的中心建筑圆厅的设计。圆厅是弗吉尼亚大学的标志，矗立在草坪的北端，高和宽皆为罗马万神庙的一半，草坪和圆厅成为全美大学绿地中心设计的典范。

弗吉尼亚大学的圆厅

杰斐逊还为学生们制定菜谱，蔬菜和水果都是重中之重，只有午饭才有一点点肉。

早餐：小麦或玉米面包，佐以黄油、牛奶、咖啡奶，没有肉；晚餐：汤，一盘咸肉，一盘鲜肉与自己喜欢的煮熟的蔬菜；夜宵：玉米或小麦面包，牛奶或咖啡奶，没有肉。

1826年，杰斐逊以84岁的高龄去世，在那个时代堪称奇迹，这在很大程度上得益于他在卫生、饮食、锻炼方面自律、节制的生活习惯。比如，主食主要吃蔬菜，最喜爱的是豌豆和黄瓜，肉量小到只是蔬菜的调味品。他反对吸烟，不喝烈性酒，常饮啤酒和果汁，早餐喝茶和咖啡。虽然上了年纪，牙齿依然健全。他还有睡前读书的习惯，他说，“如果没有一小时或半小时的睡前阅读，我是不睡觉的，读一些道德品行方面的东西，边反思边睡觉”。无论睡觉早晚，他都随太阳而起，钟表放在床的对面，只要能看清指针就起床。在给15岁女儿的信中，他写道：你未来的幸福我最关心，没有什么比勤勉与运动对增加幸福更有益。在影响人类幸福的所有因素中，没有什么比懒散更能悄无声息地，如坏了的牙齿一样侵蚀你。懒散带来倦怠，倦怠招致忧郁，忧郁产生疾病。为确保他的女儿不致懒散，勤于锻炼身体和大脑，杰斐逊设置了如下的日程表：

1. 8—10 点：学习音乐；
2. 10—13 点：一天练习舞蹈，一天练习绘画；
3. 从 13—14 点：跳舞那一天画画，第二天写一封信；
4. 从 15—16 点：读法语；
5. 从 16—17 点：练习音乐；
6. 从 15 点到就寝：读英语、练习写作等。

杰斐逊的学习经历至少给我们一点启示，就是学习要广泛。正如世事洞明皆学问，万物之间都有联系，互有启发。比如，瓦特看到热水壶就发明了蒸汽机。俗语说：一通百通，触类旁通，讲的就是这个道理，大学多“触类”，到了工作的时候就自然会“旁通”了。我们当下的学校教育最大的问题就是知识面太窄，专业划分太细，为考试而学习，为学历而学习，只学考的，不学好的，只学专业的，不学其他的，死记硬背，不讲兴趣，所以才造成高分低能。美国大学课程丰富多彩，总是会带来意想不到的惊喜。我的女儿在美国大学交流期间，选修了《伊朗电影》的课程，老师是一个伊朗人，课上还会和同学一起排演一段小电影，深受学生们欢迎。有的孩子说，在美国大学居然抢到了一门《童话写作》的课程，兴奋之情溢于言表。我相信，这个孩子将来基本不会从事童话写作的工作，那么，这门课程对他就没用吗？恰恰相反，总有一天，你会发现它的妙处，不知道什么时候，以什么方式给你带来豁然开朗的感觉。

富兰克林、杰斐逊都是自律、自学的典范，但还有一个他们同时代的伟大英雄，在这方面更是举世皆知，这个人就是华盛顿。下一单元，我们就进入华盛顿时间，期待吧！

Unit 9

《110 条礼仪准则》——日常平常不寻常的《弟子规》

《对大陆会议的辞职讲话》——让权让位破天荒的“世界波”

George Washington

美国对人类文明最大的贡献就是乔治·华盛顿的人格（Personality）

他是少言寡语的人，他政治上的成就不在于才智，而是源于人格的强大；

作为时代巨人，他身高 1.9 米，手型超大。皮肤有天花留下的麻点，母亲的强势造就了他羞怯的性格，两次求婚，两次遭拒，最终与富有的寡妇玛莎结婚。

他当总统的时候，牙齿已经掉光了，由于脸颊塌陷用棉团塞住留下了这幅画像。与传说不同，他从没用过木质牙，而用的是铅，还有牛或河马、大象及海象的牙雕刻的牙齿。

上面这段话是美国人对华盛顿的描述，在平静的叙述中透出敬畏与崇拜。英雄被神话在很多国家，很多民族都是一个普遍现象，在《封神演义》、《水浒传》、《荷马史诗》、《希腊罗马名人传》等巨著中你都能感受到。在美国人的心中，华盛顿就是一位有着神一样崇高地位的人物。

国会天顶画："神"化了的华盛顿

美国国会大厦（United States Capitol）是首都的心脏建筑，中央的三层大圆顶可谓举世瞩目，在里面 55 米高的穹顶之上有一幅名为《天堂中的华盛顿》的天顶画，画面中心就是开国总统华盛顿，两边是胜利女神和自由女神，其他 13 位女神围成一圈，代表最早的 13 个殖民地，华盛顿神一样的地位跃然画上。实际上，华盛顿 1799 年去世后，就几乎成了神一样的人物，甚至大家都忘记了他还是一个人，直到去世 100 多年后，没有人敢对他提出批评。那么，华盛顿到底是一个什么样的人，他做了什么事情让人如此膜拜呢?

在首都华盛顿特区还有一个地标建筑，就是华盛顿纪念碑，在里面第十层的内壁上有一块来自中国的石碑，是 1848 年华盛顿纪念碑奠基时中国送给美国的礼物。碑文选自《瀛寰志略》一书对华盛顿的评价，该书作者徐继畬（1795—1873 年）历任广西、福建巡抚、闽浙总督、总理各国衙门大臣，被称为近代中国睁眼看世界的先驱人物。

这本书虽然一度遭到封杀，但在清末西学启蒙的大潮中又一度成为超级畅销书，影响了康有为、梁启超等人。徐继畬是这样赞美、概括华盛顿的一生的：

> 华盛顿，异人也。起事勇于胜广，割据雄于曹刘，既已提三尺剑，开疆万里，乃不僭位号，不传子孙，而创为推举之法，几于天下为公。其治国崇让善俗，不尚武功，亦迥与诸国异。余见其画像，气貌雄毅绝伦，呜呼，可不谓人杰矣哉！美利坚合众国之为国，幅员万里，不设王侯之号，不循世袭之规，公器付之公论，创古今未有之局，一何奇也！泰西古今人物，能不以华盛顿为称首哉！

这一段我觉得说了两件事情，一个是华盛顿创立了全新的国家体制，比如王位选举不世袭，公事辩论不独裁；另一个就是华盛顿本人，比如英雄气貌称绝伦，古今人杰为之首。有这样的认识和眼界，难怪《瀛寰志略》在当时就被誉为“破荒之作”。而美国人认为，华盛顿对世界文明的最大贡献是他的人格。这恐怕也是华盛顿留给后人的最大遗产，对今天我们了解美国，从华盛顿顶天立地的人格中汲取成长的营养更为重要。这里我们就从五个方面详细讨论一下华盛顿的人格特征。

第一，诚实自律：最根本的人格

说起华盛顿的人格我们不陌生，相对于开国总统、大陆军总司令来说，樱桃树的故事在中国可能流传更广，是儿童诚信启蒙的公认范例。但很多人经过考证，认为这个故事是假的。我也查了一些资料，这个故事是一个叫梅森·洛克·威姆斯（Mason Locke Weems，1759—1825 年），通常被人们称为威姆斯牧师（Parson Weems）的人创作的。威姆斯牧师 1759 年生于马里兰州，1784 年到 1792 年在教会做牧师，由于受经济所困，就额外做了一份图书经销商的工作，卖书之余也写书。1795 年，威姆斯结婚之后住在弗吉尼亚的邓弗里斯，他还在那里经营一家小书店，现在改为博物馆了（The Weems–Botts Museum）。威姆斯成长的年代恰恰是美国独立战争时期，他最出名的作品就是独立战争中那些革命家的故事，比如华盛顿和富兰克林，《纽约时报》称威姆斯牧师是美国文学的“最早传记作家”之一。威姆斯牧师的家离华盛顿家常去的教会不远，他认识一位老太太，是华盛顿的表妹。1800 年，威姆斯牧师写了《华盛顿的生活》一书，极为畅销，为进一步扩大这本书的影响力，在 1806 年第五版的时候，他就把华盛顿年少时樱桃树的故事放入书中。

华盛顿有一句名言：我希望我将具有足够的坚定性和美德，我认为在所有称号中最值得羡慕的是：一个诚实的人。威姆斯牧师在《华盛顿的生活：他的奇闻轶事让人尊敬，也是他年轻同胞的楷模》（*The life of George Washington: with curious anecdotes, equally honorable to himself, and exemplary to his young countrymen*）这本书开篇就写了很多关于华盛顿诚实品德培养的故事。

按照威姆斯牧师的记载，乔治·华盛顿 1732 年 2 月 22 日出生在弗吉尼亚的威斯特摩兰县（Westmoreland county，Virginia），他的爸爸叫奥古斯丁·华盛顿，也出生于弗吉尼亚，而他的爷爷约翰·华盛顿是从英国来到弗吉尼亚定居的。华盛顿兄弟姐妹 5 个人，还有两个同父异母的大哥。尽管华盛顿很小就到学校上学了，爸爸奥古斯丁却从没有放松对儿子成长的教育，尤其是个人品德的培养，比如，不要自私，要愿意与同伴分享自己喜爱的蛋糕，任何时候不能撒谎。一次，奥古斯丁对华盛顿说，诚实是年轻人最招人喜爱的品质。儿子，如果一个小孩的心地如此诚实，说话如此朴实，以至于我们相信他说的每一个字，那么，即使这个孩子离我 50 英里远，我也会立刻去看他。这样的教育就如在华盛顿的心里种下了一颗好种子，发生樱桃树这样的故事也就很自然了。威姆斯牧师是这样强调樱桃树的故事的：它是如此珍贵，绝不能忘记，它是如此真实，不可置疑，因为这是那个老太太跟我讲的。樱桃树的故事在中国也有很多版本，其添枝加叶的程度一点也不比威姆斯牧师少。故事大意是华盛顿小时候用自己的小斧子砍倒了一颗樱桃树，当他的爸爸追问的时候，他勇敢地承认是自己闯的祸。其中的一句名言是："我不能撒谎，爸，你知道我不会撒谎的，确实是我用斧子砍了那颗樱桃树"（I can't tell a lie，Pa，you know I can't tell a lie. I did cut it with my hatchet）。

在一个诚信尽失的时代讨论教育孩子诚信不撒谎，我也觉得有点矫情，如果你撒谎不诚实，立刻就会获得利益，但我还是禁不住弱弱地说一句，如果你诚实不撒谎，你的心灵就会平静，你的颜值也会在不知不觉中提高，慢慢地，你的利益，你的福分就会来到。

下面是威姆斯牧师樱桃树故事的原文，大家可以重温一下，尤其是家长朋友，还可以把这个故事作为孩子英语学习的范本。

“When George,” said she, “was about six years old, he was made the wealthy master of a hatchet! of which, like most little boys, he was immoderately fond, and was constantly going about chopping everything that came in his way. One day, in the garden, where he often amused himself hacking his mother’s pea-sticks, he unluckily tried the edge of his hatchet on the body of a beautiful young English cherry-tree, which he barked so terribly, that I don’t believe the tree ever got the better of it.

The next morning the old gentleman, finding out what had befallen his tree, which, by the by, was a great favourite, came into the house; and with much warmth asked for the mischievous author, declaring at the same time, that he would not have taken five guineas for his tree.

Nobody could tell him anything about it. Presently George and his hatchet made their appearance. “George,” said his father, “do you know who killed that beautiful little cherry tree yonder in the garden?”

This was a tough question; and George staggered under it for a moment; but quickly recovered himself: and looking at his father, with the sweet face of youth brightened with the inexpressible charm of all-conquering truth, he bravely cried out, “I can’t tell a lie, Pa; you know I can’t tell a lie. I did cut it with my hatchet.”

“Run to my arms, you dearest boy,” cried his father in transports, “run to my arms; glad am I, George, that you killed my tree; for you have paid me for it a thousand fold. Such an act of heroism in my son is more worth

小华盛顿承认樱桃树的罪（Young George Washington: Confessing His 'Cherry Tree Sins!）

than a thousand trees, though blossomed with silver, and their fruits of purest gold."

华盛顿的家庭作业

华盛顿的早期生活就是历史学家也知之甚少，人们只能通过其他人写的东西来了解，说樱桃树的故事虚构也在情理之中，但有一件事情却是真实的，那就是华盛顿与110条行为礼仪准则的故事。华盛顿为我们保留下来了他的两个作业本，一个是数学，一个就是抄录的《110条行为礼仪准则》(*Rules of Civility & Decent Behaviour In Company and Conversation*)。1939年，画家格兰特·伍德(Grant Wood)创作了一幅华盛顿与樱桃树的画，画的右上角就是华盛顿亲笔手抄的110条行为准则，画的前方是画家本人。

华盛顿儿时抄录的《110条行为礼仪准则》对他人格的形成影响很大，被后人称为一部改变美国历史的个人行为准则。如果仔细看一下准则的内容，你也可以把它称为华盛顿的《弟子规》。准则的每一条其实都极其简单，极其平常，易于理解，那么，这110条准则为何有着这么大的魔力呢?

《110条行为礼仪准则》最早在1595年由法国耶稣会教士编辑出版，1640年由弗朗西斯霍金斯传入英国，此后多次再版，到华盛顿的那个时代已经十分流行了，华盛顿抄写的手稿现收藏在国会图书馆。

华盛顿从这部准则中学会了为他人着想，对那些德高望重的人要尊重顺从，珍惜自己的身体，说话要谨慎，注意自己的言行举止等。一句话就是要有绅士风度，不怒自威。在1787年制宪会议期间，当时他已经卸任大陆军总司令，顶多就是一个农场主，有人打赌看谁敢靠近华盛顿，拍打一下他的肩膀。在当总统期间，华盛顿常乘6匹马的马车出行，威风凛凛，有人说他有国王的做派，其实，这些都不能不说与他小时候形成的行为习惯有关。当然，准则绝不仅仅是这些，虽然有些内容在今天看来有点不适合，但绝大部分都是我们应该知道，但还不知道，应该做到，但还远远没有做到的。就是当孩子们走上职场时，这些准则也是极其实用的。比如，有个国际社交3A

规则，就是接受对方、欣赏对方、赞美对方（Accept、Appreciate、Admire），这些规则在华盛顿的礼仪准则中你都能找得到。所以，我希望大家逐条学习体会，这里，我们只能选读几条，点到为止。

准则中有一些是有关身体姿态或日常行为的，我们现在也经常遇到，只是我们不太注意，或不知道这是重要的礼仪规范。比如，社交场合不要看书，现在开会时看手机已经成了顽症。还有，烤火时主动给后来者让位，烤火现在很少遇到，但参加会议讨论时会经常遇到。

6. 别人讲话时，不要打瞌睡；别人站着时，不要坐着；应该保持安静时，不要说话；别人停下时，不要继续走。

Sleep not when others speak; sit not when others stand; speak not when you should hold your peace; walk not on when others stop.

8. 在游戏或者围拢烤火时，要给后来者主动让位，并且不要故意大呼小叫。

At play and at fire，it' s good manners to give place to the last comer，and affect not to speak louder than ordinary.

14. 对人讲话时不要背对着对方；别人正在桌子上读书或写字时，不要碰撞桌子，也不要倚靠在上面。

Turn not your back to others，especially in speaking; jog not the table or desk on which another reads or writes; lean not upon anyone.

18. 在社交场合，不要读信、看书或看报纸；如果确需读信等，要征得允许离开。在别人看书或写东西时，不要凑上去看，除非被邀请或给你发表意见的机会。别人写信时，未经同意，也不要靠近观看。

Read no letter，books，or papers in company，but when there is a necessity for the doing of it，you must ask leave; come not near the books or writings of another so as to read them unless desired，or give your opinion of them unasked; also look not nigh when another is writing a letter.

19. 面部表情要令人愉快，不过在严肃的场合，表情要庄重。

Let your countenance be pleasant but in serious matters somewhat grave.

21. 不去责备他人天生的缺点，也不因此而心中窃喜。

Reproach none for the infirmities of Nature，nor delight to put them that have in mind of thereof.

22. 不要对别人的不幸幸灾乐祸，即便他是你的敌人。

Show not yourself glad at the misfortune of another though he were your enemy.

23. 当看到一桩罪行受到惩处时，你自然感到欣慰，但对于受到刑罚惩处的罪犯，应该存有怜悯之心。

When you see a crime punished，you may be inwardly pleased; but always show pity to the suffering offender.

人与思想同样高大的华盛顿

尊重他人我们都知道，但我们对此的理解可能不全面，准则中列举了大量需要尊重他人的具体场合。比如：

24. 观看公共表演或展览活动时，不要肆无忌惮地狂笑不止。

Do not laugh too loud or too much at any public spectacle.

28. 当你坐着时，如果某人过来和你说话，你应该站起来，即便对方是你的下级。当你为人引座时，应根据他的身份和地位。

If any one comes to speak to you while you are sitting，stand up，though he be your inferior，and when you present seats，let it be to everyone according to his degree.

29. 当遇到比你身份高的人经过时，应该停下来；如果是在门口，应该退后一步；如果是直接面对面，应该给他让开路。

When you meet with one of greater quality than yourself，stop，and retire，especially if it be at a door or any straight place，to give way for him to pass.

60. 不要下流地唆使朋友去窥探他人的隐私。

Be not immodest in urging your friends to discover a secret.

61. 在庄重的和博学的人中，不要有低俗和轻佻的举动，也不要卖弄非常艰涩困难的问题和话题；对不懂或难以确认的事，不要妄下结论，无论是在长辈面前还是在同辈人中间。

Utter not base and frivolous things among grave and learned men，nor very difficult questions or subjects among the ignorant，or things hard to be believed; stuff not your discourse with sentences among your betters nor equals.

64. 在没人有开玩笑的心情时，不要逗乐子。笑声不要太大，也不要不分场合。不要嘲笑别人的不幸，即使确有可笑之处。

Break not a jest where none take pleasure in mirth; laugh not alone，nor at all without occasion; deride no man’s misfortune though there seem to be some cause.

65. 不要说刺伤人的话，无论是开玩笑还是认真说话；也不要嘲笑任何人，即使他们给了你这样的机会。

Speak not injurious words neither in jest nor earnest; scoff at none although they give occasion.

70. 不要责难别人的缺点，因为那是父母、师长、上司才有权做的事。

Reprehend not the imperfections of others，for that belongs to parents，masters，and superiors.

71. 不要盯着别人的疤痕或瑕疵，也不要刨根问底。朋友间说的秘密不要透露给他人。

Gaze not on the marks or blemishes of others and ask not how they came. What you may speak in secret to your friend，deliver not before others.

语言表达，与人沟通是一个人最重要的能力之一，但我们的学校教育恰恰在这方面重视不够，下面的原则很实用：

72. 与人交往，不要说别人不懂的方言和你那个圈子里的行话、俚语。庄重的问题要庄重地对待。

Speak not in an unknown tongue in company but in your own language and that as those of quality do and not as the vulgar; sublime matters treat seriously.

73. 讲话前要先想好，发音要准确，语速不要太快，要清晰有条理。

Think before you speak; pronounce not imperfectly，nor bring out your words too hastily，but orderly and distinctly.

74. 当别人讲话时，要专心倾听，不要扰乱听众，如果他的讲话有所迟疑停顿，在没有被请求的情况下，不要试图去给他提白或做什么帮助，不要中断他的讲话，也不要当即答辩，直到他结束讲话。

When another speaks，be attentive yourself; and disturb not the audience. If any hesitate in his words，help him not nor prompt him without desired; interrupt him not，nor answer him till his speech be ended.

86. 在争论中，不要过于渴望能说服每个人，同时也不要任由每个人随便发表自己的看法。要顺从多数人的意见，特别是当他们是争论中的评判者时。

In disputes，be not so desirous to overcome as not to give liberty to each one to deliver his opinion and submit to the judgment of the major part，especially if they are judges of the dispute.

在华盛顿的人格中，诚实自律对我们现在的孩子最重要，所以，我们在这里多说了一些。下面，我们就谈谈华盛顿的其他人格品质。

第二，为人可托：最宝贵的人格

华盛顿 17 岁的时候，做了土地测量员，那时，殖民地的人已经开始向西扩张，丈量土地可是一份好工作，华盛顿也挣了很多钱，还买了 2000 英亩土地。但更重要的是，他判断距离、使用罗盘的技能在法印战争和独立战争期间帮了他很大的忙。法印战争初期，他费时 2 个半月到俄亥俄谷（Ohio River Valley）给法国军队送信，1754 年，记载这些经历的《华盛顿日记》（*The Journal of George Washington*）发表，华盛顿立刻就成了名人。1759 年 1 月，华盛顿辞去军职，回到家乡与年轻的寡妇玛莎结婚，玛莎带来了自己的两个孩子，这两个孩子长大后又为华盛顿带来两个孙辈，但华盛顿和玛莎没有他们自己的孩子。华盛顿对玛莎和子辈、孙辈都极为照顾，对自己的侄子、侄女无论在成长、钱物、工作上都帮助很大，还经常与他们通信。用今天的话说，华盛顿绝对是一个值得终身托付的好男人。玛莎极其贤惠，在她去世之前，她把与华盛顿的通信几乎都烧掉了，她不想张扬自己的私事，三封被保留下来的信都是1775—1777年独立战争初期写的。对于担任军职，与世界上最强大的敌人真刀实枪地开战这样的事，华盛顿一定会对家人有交代的，在给玛莎的信中，华盛顿解释了自己接受总司令的原因。请注意，华盛顿在这里提到了人格，提到了要站在朋友角度考虑问题，当然，也提到了对玛莎的安排，他可不是那种为自己的前程而不惜牺牲他人，尤其是自己家人的人，因为那也是自私。

> 请你相信，这职位并不是我自己去谋取的，我曾竭尽全力摆脱。我希望承担这一职务是天意要我去达到某种良好的目的。不接受这一任命，同时又要使我的人格不受非议，那是绝对办不到的。拒绝军职会使我蒙受羞辱，也会给我的朋友带来痛苦。我想这也不符合你的意愿，而且必然会大大降低我自己对自己的评价。
>
> 生命总是无常的。我在这里请彭德尔顿上校按我的口授为我起草了一份遗嘱，现随信附上。如果我战死沙场，希望我为你做的一切准备使你感到满意。

1759年1月6日，华盛顿与玛莎的婚礼

对家人如此，对自己承诺的责任即使在最艰难的情况下也担当不放弃。大陆军总司令听起来不错，实际上带领的是一支没兵、没钱的乌合之众。1775年4月18日，莱克星顿打出了响彻世界的第一枪，6月16日，第二届大陆会议任命华盛顿任总司令。1776年1月《常识》发表，7月《独立宣言》发表，但华盛顿却接连失利，甚至遭遇信任危机。特别是1776年8月的长岛之战，当时，黑森雇佣军夜袭长岛，大陆军从布鲁克林撤到曼哈顿，在大雾这只“上帝之手”的帮助下，上演了更早版本的“敦刻尔克大撤退”。华盛顿在长岛、纽约一路惨败，圣诞节前，渡过特拉华河，退至宾州，英军占领了新泽西。大陆军虽然避免了全军覆没的厄运，但能否生存已经是命悬一线。

之所以如此狼狈，一个原因是没兵。当时支持独立战争的殖民地人不足1/3，兵员由各州招募，由于工资低、食物缺乏、气候寒冷、疾病流行，士兵经常随时离开，军官则由大陆会议任命，即使想维持住部队也是一件很难的事情。1775年8月，华盛顿给朋友写信：

> 本军军官是我有生以来所见过的最漠不关心的人，我已惩罚了一名上校和5名上尉，罪名是临阵胆怯和冒领军饷。他们是十分肮脏和邋遢的一群人。缺乏公益精神，毫无道德修养，公开讨价还价，并不惜一切手段谋取私利的做法，是我从未见过的。康涅狄格的部队在服役期满后不愿继续留队，我也无法说服他们。这种肮脏的雇佣思想浸透了整个部队，如果发生灾难，我丝毫不以为怪。

另一个原因是没钱。大陆会议主要靠各州政府捐赠度日，发行的大陆券毫无信用，被当做壁纸、衣服。华盛顿真实地向国会诉说，我们生病的士兵赤身裸体，健康的士兵赤身裸体，被英国人俘虏的士兵也是赤身裸体。1775年9月，华盛顿给大陆会议写信：

> 我的处境已非笔墨所能形容，严寒即将到来而军士们尚衣不蔽体。本军钱粮已彻底告罄，会计处长已分文不存，大部分军队已临骚动边缘。如不改进，军队无疑会解体。

这样艰难的情况在八年的独立战争中几乎是常态。1777年夏天，大陆军在切萨皮克湾战败，英军占领费城，华盛顿退到宾州的福吉谷（Valley Forge），在严寒的冬天，部队缺衣、缺鞋、缺被、缺粮，1/3的人因营养不良和疾病不能打仗，很多人死于天花和伤寒。1777年12月，华盛顿写信给大陆会议主席亨利·劳伦斯：

> 由于军需困难，我军出路不外乎三种：饿死、解散或分散兵力自己去寻找食物。以肥皂而言，目前确无用处，因为衬衣超过一件的寥寥无几，有的连一件也没有。营中现有2898人，由于赤脚或其他部分裸露，不宜担任勤务。因缺鞋住在医院或农家的尚未计算在内。由于风餐露宿，特别是由于缺乏军毯，许多人被迫整夜围在火旁，不能舒舒服服躺下睡觉。

那么，对存在的困难，华盛顿为什么总是给大陆会议写信呢？其实他也可以效仿那些草莽英雄，占山为王，自己筹款，不过那样，他就成了军阀了，打下天下就一定会做国王了。但华盛顿知道他是受大陆会议的委托，而且严格执行这个受托责任，从不越权，你能不说这是君子所为吗？

就是在这种叫天天不应，叫地地不灵的情况下，华盛顿从未想过撂挑子一走了之，而是对自己的职责不离不弃，独撑危局。他不但拒绝领取大陆会议给他的薪水，还把自己家里的钱拿来给部队用，他早在接受大陆军司令时就说过："对金钱的考虑是不能促使我牺牲家庭的舒适与幸福来接受这一艰巨的任务的。"在最艰难的日子里，甚至夫人玛莎也来到福吉谷，和丈夫、部队一起度过那个艰难的冬日。

华盛顿与拉法叶特：福吉谷的艰难岁月

Washington and Lafayette: Life was difficult for the troops at Valley Forge

第三，勇敢决断：最稀缺的人格

华盛顿作为大陆军总司令，他打过的败仗无数，胜仗却没有几个。有人说，华盛顿输掉的战争比现代史上任何一位将军都多，那他为什么赢得了独立战争的最后胜利呢？无疑，这源于他伟大的品质，包括超出常人的战略意识和战术能力。说到战略意识，华盛顿深知，独立战争是一场持久战，英军劳军远征，兵员和给养都耗不起。所以，华盛顿从不与英军硬碰硬，只要存在，就有胜利。这一点，独立战争和我国70年前的抗日战争极其相似，所以，华盛顿和毛主席都是伟大人物。在战术上，华盛顿与毛主席也是英雄所见略同，基本上是敌进我退，敌驻我扰，敌疲我打，抓住时机，集中优势兵力，取得局部优势战而胜之。典型的就是特伦顿战役（The Battle of Trenton）和约克郡战役（The Battle of Yorktown），两场胜仗，前者止住了连败势头，赢得转机，后者奠定了最后胜局，终于让“世界颠倒过来了”。

1776年12月，英军驻扎在纽约，控制着特伦顿和普林斯顿，一旦进攻，就会直捣费城。华盛顿决定主动出击，1776年圣诞夜11点，2400人分三路跨过半冰半水的特拉华河，8点突袭黑森雇佣军（Hessian mercenaries）的营地，9点半结束战斗，俘获1000人，自己仅仅死了4人，一举占领新泽西，迫使英军退回纽约。特伦顿战役让独立战争起死回生，但它对士气的鼓舞要远胜于军事上的胜利，由此成为美国历史上的经典之战，大陆会议由此决定把军事指挥权全权授予华盛顿。然而，华盛顿没有飘飘然忘乎所以，而是感到了更大的责任。他在写给大陆会议的信中说：“大陆会议把军事职责方面最高的和几乎无限的权力授予我，我感到无上荣幸。但我绝不认为，大陆会议如此信任我，我就可以不履行公民的义务。我时刻牢记一个道理：刀剑是维护我们自由的不得已的手段。”

特伦顿战役也诞生了一幅名画《特伦顿战役》，现藏于美国大都会艺术馆二楼美国厅。这幅画由著名画家，曾任华盛顿副官的约翰·特拉布尔所画，华盛顿左手放入风衣内侧，为拿破仑惯有的姿势，象征着胜利。这场战役的参与者还有三位美国历史上的名人，一个是后来任美国第五任总统的门罗，还有后来任美国第一任财长的汉密尔顿，还有美国最有名的大法官约翰·马歇尔。

特伦顿战役 The victory at the Battle of Trenton revived the fight against the British

1780 年 5 月，英军转移到南方，控制了南卡罗来纳和佐治亚，克林顿（Henry Clinton）将军占领南卡的查尔斯郡。康沃利斯（Charles Cornwallis）将军率领 8000 人驻扎在约克镇（Yorktown）。本来英军占有海上优势，能进能退，但这时法国已经与殖民地结盟，法军开进约克镇附近的切萨皮克湾，华盛顿快速地抓住了这一时机，带领大陆军直奔约克郡，康沃利斯只能等待水路的英国援军，但英军的运兵船在半路被法军击败。美法联合炮击康沃利斯，两军展开肉搏，一半英军被打死或俘虏。1781 年 10 月 19 日，英军被迫投降。有趣的是，在受降仪式上，英军鼓乐齐鸣，唱着歌曲《这个世界颠倒过来了》（*The World Turned Upside Down*）离开约克镇，约克镇战役也成为独立战争最后一场重要的战役，并一举奠定独立战争胜局。让我们看看这首有趣的歌曲，再体会一下英军无奈中的幽默。

如果金凤花在蜜蜂身后嗡嗡响，
如果舟船在陆地，教堂在海上，
如果小马骑人，嫩草吞母牛，
如果猫被耗子追得团团转，
如果妈妈为一克朗把婴孩卖给荡妇，
如果夏天变春天，春天成夏天，
那么，整个世界就颠倒过来了。
If buttercups buzz'd after the bee,
If boats were on land, churches on sea,
If ponies rode men and if grass ate the cows,
And cats should be chased into holes by the mouse,
If the mamas sold their babies
To the gypsies for half a crown;
If summer were spring and the other way round,
Then all the world would be upside down.

第四，侠义谦卑：最伟大的人格

英王乔治三世说过，如果华盛顿自愿放弃权力，那么他是世界上真正最伟大的人。华盛顿的人格尽管光辉耀眼，但最明亮的还是自愿放弃权力。纵观中外历史，总有一拨一拨的人黄袍加身，而像华盛顿这样“不僭位号，不传子孙”的人，正如徐继畬所说“古今未有”。非不能也，真不为也。

1782 年 5 月，大陆会议无力支付军饷，刘易斯·尼古拉上校致信华盛顿，列举军队遭受的种种不公，并把这一切归咎于共和政体。他在给华盛顿的信中说，“我认为很有理由采纳国王的称号，取消共和，恢复帝制，由将军本人担任新君”。华盛顿也可以像赵匡胤那样半推半就，但他的选择是：“我非常意外和吃惊地阅读了你的意见，我可以明确地告诉你，战争中发生的任何变故都没有像你说的军队中存在的那种想法让我更痛苦。我不得不怀着憎恶的心情看待这种想法，并给予严厉的斥责”。不过，华盛顿也是一个爱兵如子的将军，对刘易斯·尼古拉上校的抱怨，他说，“没有人比我更希望军队获得公平待遇，我将就我力量，在联邦条例许可的方式内，尽可能在一切情形下为此努力”。

缺钱少物一直是独立战争中的致命难题，当兵的人拿不到薪水，退伍的人得不到保障，直接导致军心不稳，独立战争快结束时，部队分裂的图谋已经箭在弦上，纽堡阴谋（Newburgh Conspiracy）就是在这种背景下发生的。1783 年初，军队中流传一份传单，要求在 3 月 10 日集会，准备向议会发出最后通牒。华盛顿随即写信给大陆会议，陈述事态的紧急，敦促他们尽快解决军饷问题，并将集会延缓至 3 月 15 日召开。当天，华盛顿意外现身会场，首先谴责匿名传单煽动分裂情绪。他说，这件事情如此让人震惊，每个人都会对这个主意感到厌恶。这封信的作者怎么会想出要做这样的举动呢？他还能算是大陆军的朋友吗？他还能算得上是这个国家的朋友吗？难道他不是一个危险的敌人吗？同时，他也劝说大家相信大陆会议，不要打开内乱洪水的闸门，将新生的国家湮没在血泊之中。同时，华盛顿以总司令的身份给出承诺，他将尽全力帮助这些军人讨回公道，清算账目，甚至得到奖励。

最后，华盛顿对军官们说，他要读一封信，是弗吉尼亚议员约瑟夫·琼斯写来的，表达他对大陆军的支持。华盛顿的视力这时已经变得越来越坏了，在读了第一段之后，他把手放进衣袋，拿出一副老花镜，真诚地说：“先生们，请一定原谅我，在服务国家的过程中，不但我的头发变白了，眼睛也快瞎了”（Gentleman，you must pardon me，for I have not only grown gray but almost blind in service to my country)。华盛顿的坚韧深深地感动了他的下属，很多人当场就哭了。我写到这里的时候，也几次眼含泪水。

独立战争结束，大陆军官兵退伍回乡，华盛顿也准备退休，回归芒特弗农种植园（Mount Vernon plantation）。在担任大陆军总司令的最后时刻，在即将与并肩作战八年的战友依依惜别之际，1783 年 11 月 2 日，在普林斯顿附近的洛基希尔，他向追随他征战多年的将士发表了告别讲话（Washington's Farewell Address to the Army，Rock Hill，near Princeton），祝贺他的部队表现出色，感谢他们多年的服务和牺牲。他相信靠着上帝的福佑，在他们缺乏训练、装备不足的情况下战胜了世界上最强大的敌人。华盛顿告诫战士们，他们在战争期间表现出的品质、展现出的努力和智慧，一定会保证他们在回家后同样取得成功。在我们这个条件如此优越的国度里，无论经商或务农，只要为人勤勉，必可谋得富裕的生计。

离开战友的时候。Washington's Farewell Address to the Army

自从 1775 年 6 月 16 日受大陆会议任命担任大陆军总司令，华盛顿用八年奋战完成了自己的责任，现在只有一件事，就是交回自己被授予的权力。1783 年 12 月 21 日，星期日，华盛顿写信给大陆会议，告知他已到达马里兰州的安纳波利斯，当时的临时首都，打算“请求向给他为国家服务的机会，并为他带来荣誉的大陆会议辞去职务，想知道大陆会议期望用什么更适合的方式来递交辞呈，是书面方式还是一个公开的仪式”。在看到这封信后，大陆会议认为华盛顿应该“在公众面前完成权力交接，时间定在下周二的中午 12 点”。

1783 年 12 月 23 日，大陆会议在安纳波利斯举行了一个隆重而简朴的仪式，美国之父、大陆军总司令乔治·华盛顿根据程序，经获准走到议员面前，在一个座位坐下，短暂停留之后，主持人告诉他，美国国会准备接受他的辞呈。然后，华盛顿站起来，发表了下面的辞职致辞，也就是著名的“华盛顿对大陆会议的辞职讲话”（George Washington's Resignation Address to the Continental Congress）。

如果让你起草这份演讲稿，你会怎么写？你觉得应该写些什么？在下面阅读的同时，更要欣赏、学习华盛顿的好文笔。

主席先生：

我辞去公职的时刻已经到来。现在，我有幸向议会表达我真诚的祝贺，有幸在他们面前把他们赋予我的信任交还到他们手上，并请求允许我退出对国家的服务。

我们的独立和主权得到确立让人高兴，各个州有机会变成一个独立的国家也让人欣慰，我非常满意地辞去这一当初诚惶诚恐接受的职务——担心我的能力不能完成这个艰巨的任务，这一恐惧已经被我们对正义事业的信心所取代，被联盟超级力量的支持所取代，被上帝对我们的赞许所取代。

战争的成功结束已经验证了人们更乐观的期望——我感谢上帝的福佑，每一次回顾最重大的战役，我从同胞那里得到的支持都与日俱增。在我重述大陆军总司令责任的时候，从我个人感情上来讲，如果在这里我不感谢那些在战争期间和我在一起做出非凡奉献和伟大成就的战友的话，那将是不公正的。如果说这些与我一同出生入死，令人信赖的军官们的选择只是更幸运的话，那是不可能的。先生们，请容许我特别提出建议，那些目前仍在服役的军人们绝对值得议会的赞许和留任。

1783年12月23日，在马里兰州安纳波利斯，华盛顿自愿向大陆会议辞去大陆军总司令的军职

我认为，终结我军人生涯最后一次庄严的行动，把我们亲爱的国家的利益交还到保护我们的全能上帝之手，交还到那些为国家提供神圣管理职责的人之手，这是我义不容辞的责任。

现在，我已经完成了大陆会议赋予的使命，我将退出这个伟大的舞台，并且向庄严的大陆会议深情告别，在它的命令之下，我奋战已久，我谨在此交出委任状，并辞去所有的公职。

George Washington's Resignation Address to the Continental Congress

December 20, 1783

Mr President

The great events on which my resignation depended having at length taken place; I have now the honor of offering my sincere Congratulations to Congress & of presenting myself before them to surrender into their hands the trust committed to me, and to claim the indulgence of retiring from the Service of my Country.

Happy in the confirmation of our Independence and Sovereignty, and pleased with the opportunity afforded the United States of becoming a respectable Nation, I resign with satisfaction the Appointment I accepted with diffidence—A diffidence in my abilities to accomplish so arduous a task, which however was superseded by a confidence in the rectitude of our Cause, the support of the Supreme Power of the Union, and the patronage of Heaven.

The Successful termination of the War has verified the more sanguine expectations—and my gratitude for the interposition of Providence, and the assistance I have received from my Countrymen increases with every review of the momentous Contest. While I repeat my obligations to the Army in general, I should do injustice to my own feelings not to acknowledge in this place the peculiar Services and distinguished merits of the Gentlemen who have been attached to my person during the War. It was impossible the choice of confidential Officers to compose my family should have been more fortunate. Permit me Sir, to recommend in particular those, who have continued in Service to the present moment, as worthy of the favorable notice & patronage of Congress.

I consider it an indispensable duty to close this last solemn act of my Official life, by commanding the Interests of our dearest Country to the protection of Almighty God, and those Who have the superintendence of them, to his holy keeping.

Having now finished the work assigned me, I retire from the great theatre

> of Action—and bidding an Affectionate farewell to this August body under whose orders I have so long acted，I here offer my Commission，and take my leave of all the employments of public life.

这段辞职演讲不过短短的几分钟，却为世界留下了政治文明的榜样，第一次确立了军队和军人不得干预政治的原则，军队的最高权力属于平民政府。有人说，这是人类历史上第一次不依靠外在压力，仅仅依靠内心的道德力量就自觉放弃了在为公众服务的过程中聚集起来的权力。议长托马斯·米弗林（Thomas Mifflin）称赞华盛顿“以智慧和坚毅进行了这场伟大的战争”，在致辞时，他说，“你在这块新的土地上捍卫了自由的理念，为受伤害和被压迫的人们树立了典范。你将带着同胞们的祝福退出这个伟大的舞台。但是，你的道德力量并没有随着你的军职一起消失，它将激励子孙后代”。当代学者詹姆斯·麦克格里·伯恩斯（James MacGregor Burns）则把华盛顿与古罗马执政官辛辛纳图斯相媲美，“这个弗吉尼亚人，就像凯旋的罗马战士辛辛纳图斯一样，回家种地了”。公元前 458 年，在田里耕作的辛辛纳图斯接到任命，担任罗马统帅，在胜利之后立即交出权力，以其品德和意志，被称为圣人，华盛顿和辛辛纳图斯真是何其相似，除此之外，几乎可谓前无古人，后无来者了。

我们读美国文学，走进这些谦卑伟大又充满智慧的人物的思想深处，就是最简便、最经济地丰富自己的头脑，培育自己思维能力的绝好方法。像华盛顿 1796 年的总统离职演讲，你花几分钟就读完了，可它对你思想的撞击可能会让你受益一生。

第五，追随内心：最智慧的人格

1783 年独立战争胜利之后，各个州实际上成为各自独立的国家，但各自为政的状况很快就导致新国家的混乱。美国能不能自我治理，那些后来被称为国家之父的人们开始思考美国的未来。1787 年的夏天，华盛顿来到费城参加制宪会议，1789 年 3 月 4 日，联邦政府宣告成立，华盛顿在 1789 年 4 月 6 日任第一任美国总统。1792 年 5 月第一个任期即将结束时，他请麦迪逊以“简单明了和谦虚的口吻”写告别辞，但这一年华盛顿全票获得连任。1796 年，华盛顿决意不再连任总统，他在致乔纳森·特朗布尔州长的信中说，一旦我这样做将是可耻的，因为尽管这是我国同胞的愿望，而且在大家的信任下我可能当选并任职。他还说，我走在尚未踏实的土地上，我的所作所为将可能成为以后历届总统的先例。为此，他让汉密尔顿在旧稿的基础上重新起草离职演讲，并亲自修改。1796 年 9 月，在华盛顿第二个总统任期就要结束之际，华盛顿总统的离职演说在主要报纸上发表，也以小册子的形式在全国印发。这篇演说从没有被口头演讲过，但其对内、对外政策的观点直到今天仍被人们铭记，被誉为“从未有人留下过的最高贵的政治圣约”。

在这篇演说中，华盛顿对维护联邦、党派之争、对外结盟，以及宗教道德、财政信用、国际贸易都提出了自己的忠告，其思想之超前、观点之准确、言辞之犀利让今天的我们也茅塞顿开。虽然演讲稿涉及如此众多的话题，但华盛顿对原因和理由都做了详细的解释，让人很容易理解。虽然内容比较长，我觉得句句都是重点，但这里我们不得不蜻蜓点水，希望大家能通篇耐心阅读。

华盛顿首先谈到的就是建立一个统一的联邦政府的重要性和必要性。美国的独立是基于对个人自由和权利的追求，但那时很多人还是心存恐惧，觉得一个强大的联邦政府一定会像英国国王和议会那样削弱个人的自由，就是帕特里克·亨利那样的革命之父也有过这样的担心。虽然华盛顿不属于任何党派，但他骨子里是一个联邦主义者，所以在这份政治遗嘱中首先谈到了政府的统一：政府的统一，使大家结成一个民族，现在这种统一也为你们所珍视。这是理所当然的，因为你们真正的独立，仿佛一座大厦，而政府的统一，乃是这座大厦的主要柱石。它支持你们国内的安定，国外的和平；支持你们的安全，你们的繁荣，以及你们如此重视的真正自由。但华盛顿不是泛泛而谈，而是用大段的篇幅说明统一给大家带来的好处，带来的更大力量和更多资源，比如南方与北方在产业上，东部与西部在地域上的优势互补。特别有意思的是，他认为统一在抵御外患方面也具有无可估量的价值，联合一致必然会防止它们自身之间发生战争，同时还可以避免各自过分地发展军事力量，而军事力量在任何形式的政府之下都是对自由不利的。我们可以回顾一下，欧洲两次大战就是自身之间的战争，当今世界到处战乱不断，耗费的都是各自的财富。

关于对国民道德与宗教的关系，他说，“在保证政治健康繁荣的各种要素和习惯中，宗教和道德绝不可少。攻击宗教以及提出法律原则应建立在宣誓而不是宗教基础之上的言论都与爱国相去甚远”。同时，华盛顿对宗教与道德分离也进行了猛烈抨击：“我们还应当告诫自己不要耽于幻想，以为道德可以不靠宗教维持。尽管高压强化的教育对于某些特殊的人群可能有所影响，然而，理智和经验告诉我们，不容许我们期望在排除宗教的情况下，国民道德仍能普遍存在。”

华盛顿在这份离职演说中还提到了国家财力和政府债务，尽管那时联邦政府财力还很弱小，所以，说华盛顿高瞻远瞩真的没有任何恭维的成分。他说，我们应当珍视国家的财力，因为这是力量和安全的极为重要的源泉。保存财力的办法之一是尽量少动用它，并维护和平以避免意外开支；但也要记住，为了防患于未然而及时拨款，往往可以避免支付更大的款项来消除灾祸。同样，我们要避免债台高筑，为此，不但要节约开支，而且在和平时期要尽力偿还不可避免的战争所带来的债务，不要将我们自己应该承受的负担留给后代。你看，就是现在，美国的参众两院与总统之间，还经常就是否提高债务上限打嘴仗，就是现在，主权债务危机也是希腊等很多国家最棘手的问题，而华盛顿在那个时候就看到了这一点。

当下世界，外交变得越来越重要。关于与外国结盟，华盛顿也有精彩论述。

> 在实行这种方针时，最要紧的，是不要对某些国家抱着永久而固执的厌恶心理，而对另一些国家则热爱不已，应当对所有国家都培养公正而友善的感情。一个国家，如果沉溺于对其他国家恶此喜彼，这个国家便会在某种程度上沦为奴隶；或为敌意的奴隶，或为友情的奴隶，随便哪一种都足以将它引离自己的责任和自己的利益。一国对于另一国心存厌恶，两国便更易于彼此侮辱和互相伤害，更易于因小故而记恨，并且在发生偶然或细琐的争执时，也易于变得骄狂不羁和难以理喻。
>
> 一国对他国怀着热烈的喜爱，也一样能产生种种弊端。由于对所喜爱的国家抱同情，遂幻想彼此有共同的利益，实则所谓共同利益仅是想象的，而非真实的；再者，把他国的仇恨也灌注给自己，结果当他国与别国发生争执或战争，自己也会在没有充分原因和理由的情况下陷身其中。此外，还会把不给予他国的特权给予所喜爱的国家；于是，这个作出让步的国家，便会蒙受双重损害，一是无端损失本身应当保留的利益，二是激起未曾得到这种利益的国家的嫉妒、恶感和报复心理。
>
> 我们真正的政策，是避免同任何外国订立永久的同盟……无论就政策而

言，就人道而言，就利害而言，我们都应当跟一切国家保持和睦相处与自由来往。但是就我们的商业政策也应当采取平等和公平的立易，即不向他国要求特权或特惠，也不给予他国以特权或特惠；一切要顺事物之自然而行。

1797 年 3 月，华盛顿离开总统职位，从费城回到芒特弗农庄园，重新开始了他的退休生活。由于华盛顿一生都热衷于农业种植，他就让人每周一次将农场重要事项都记录下来，包括天气、牲畜、收成、房屋修缮等，这些都成为了农场运行的珍贵记录，后人称之为“农场大事记”（Farm Reports）。1799 年 12 月 14 日傍晚，华盛顿去世，享年 67 岁。

解甲归田回老家（Retiring To Mount Vernon, Washington Settled Into A Normal Home Life, Spending Time With His Family）

那么，华盛顿到底是一个什么样的人呢？我们说了这么多，还是忘了一个，就是华盛顿还是一个作家，而且是一个高产作家！他一生写了 135000 份手稿，涵盖日记、书信、证明信、法律文书、演讲等，让我们见证了作为学童、测量员、总司令、总统、农民的华盛顿，当然还有好丈夫、好父亲的华盛顿。华盛顿卸任总统回到家乡后，投入了很大的精力整理他的文集。在那个年代，他以超出常人的预见力，认识到这些文件的重要性，他甚至想要建立一个图书馆，但不幸的是，图书馆还没来得及建立，他就去世了。2006 年 4 月，弗吉尼亚大学出版了《华盛顿文集》（*The Papers of George Washington*），商务印书馆 2012 年出版了《华盛顿选集》，其中很多我们都讨论过了。

下一单元，我们就看看在 1787 年的那个漫长夏天，华盛顿和那些革命先贤在费城制宪会议上都做了什么？美国宪法到底是什么，我们为什么要了解那部宪法？

Unit 10-A

《在立宪大会上的讲话》——制造智造，不如美国创造

《联邦党人文集》——劝说劝告，皆为联邦呼号

32 岁的弗吉尼亚州议员麦迪逊（Congressman Madison，age 32）

费城制宪会议：民主不意味着公众狂欢，更是国家精英的责任和道义

1783 年 11 月 21 日，法国造纸工人蒙特哥菲兄弟设计的大气球带着 2 名勇士飘向天空，实现了人类第一次升空并安全降落。有人问：这有什么实际用处？和国王路易十六一起观看的美国驻法国大使富兰克林的回答是：一个新生儿有什么用处？

1787 年 5 月到 9 月，富兰克林、麦迪逊、华盛顿等人在费城召开制宪会议，人类第一部成文法《宪法》像新生儿一样诞生，成为美国贡献给人类的最大制度创新。

"800 年前，就在今天，约翰国王把他的印章盖在了那份改变了世界的文件上。" 2015 年 6 月 15 日，卡梅伦首相在英国大宪章 800 周年纪念活动中对大宪章做了精彩概括。时任英国外交大臣菲利普·哈蒙德说，大宪章是英国第一个出口的知识产权产品，激励了美国的建国之父。哥伦比亚广播公司 CBS 报道说，大宪章是现代民主的基础，对美国建国之父制定宪法和权利法案产生了决定性的影响。

美国最高法院的青铜大门上有八块浮雕画，记录了西方司法史上的八个重要事件，其中第五幅描述了大宪章 (Great Charter，拉丁文 Magna Carta) 签署的画面：一个男爵手持宝剑站在左边，国王约翰左手按着宝剑，用右手把印章盖在两人中间的文件上。1215 年 6 月 15 日，就是在这样剑拔弩张的气氛中，一手遮天的约翰王与逆天造反的臣属相互妥协，签署了一份停战协议，就是后来的大宪章。

大宪章核心有三点。第一个是限制王权，剥夺了国王随意横征暴敛的财政权力。比如，对外战争等事项需要额外征税，必须召开由教会主教、贵族等参加的会议讨论决定；王室及其家人、官吏不得擅取臣民的谷物、车马、木材。第二个是保护民权，剥夺了国王随意对臣民生杀予夺的权力。例如，除非经由法律合法审判，任何自由人不应被逮捕、囚禁、放逐、剥夺财产或加以任何形式的损害。这一条款提出了英美法律体系中"正当法律程序"(Due process) 的概念，保障了民众的自由权利。第三个是建立权力监督体制，奠定了现代宪政制度的基础。比如，由 25 名男爵代表组成监督委员会，在国王违约时可以没收国王的城堡和土地，换句话说，臣民有推翻国王的权利。

英国保守党议员里兹·莫格说，美国人比我们自己还要了解我们的历史，因为他们从未来的视角看待它，体会到了它难以预见的重要性。

奥巴马在担任美国总统之前，从 1992 年到 2004 年一直是芝加哥大学法学院的老师，与很多老师的讲课风格不同，在那里，他一直用演讲的方式讲授美国宪法。

从 2016 年起，美国大学申请的 SAT 考试进行改版，变化之一就是增加考生对美国宪法、权利法案等一系列社会研究、历史文献的涉猎，这对我们学生了解美国历史、理解美国政治体制的运作提出了非常高的要求。

那么，美国宪法到底是什么呢?

美国法学家、纽约大学教授伯纳德·施瓦茨说：美国对人类进步所作的贡献，不在于技术、经济和文化上的成就，而在于发展了这样的思想：法律是制约权力的手段。在其他国家，权力之争用军队来解决，在美国由法律大军来解决。

无独有偶，还有一个人说了类似的话，他就是《世界是平的》的作者，三次获得普利策新闻奖的《纽约时报》评论家托马斯·弗里德曼，他说：美国成功和强大的秘密不在于华尔街，不在于硅谷，不在于空军、海军，不在于言论自由，也不在于自由市场，秘密在于长盛不衰的法治及其背后的制度。

那么，宪法真的有这么大的作用吗？直白点说，美国宪法就两个作用，一个是限制当官的滥用权力，另一个是保证平民的权利不受侵犯。

相应地，宪法描述了两件事：一是规定了政府的体制，体现在 1787 年美国费城制宪会议确定的 7 条条款中，至今一字未改。具体点说，政府体制就是通过分权的方式，组建一个不会出现暴政的联邦政府，把政府的权力装进笼子。二是保障了公民的权利，主要体现在 1791 年批准的宪法前 10 条修正案，也就是《权利法案》之中。具体点说，公民权利就是自由权，包括宗教自由、言论自由、集会自由、请愿自由；还有持枪权、财产不受侵犯权等。美国枪击案频发，尽管控枪的呼声越来越高，但民众持枪的权利无人能撼，3 亿人口平均一人一枪。2015 年 7 月，奥巴马说，无力推动美国控枪制度改革是任期内的最大挫折。究其原因就是权利法案的第二条："管理良好的民兵是保障自由州的安全所必需的，因此人民持有和携带武器的权利不得侵犯"，这就是美国人可以合法持有枪支的法律源头。在刚刚独立的那个年代，美国人认为，枪支是弱小的个人对抗强大暴政，保障个人自由的武器。美国革命的目标就是反抗英国的暴政，争取殖民地人的自由，所以，宪法包括这两样东西就不足为怪了。如果你不了解这两样东西，你就不会真正地了解美国。

那么，这些美国的缔造者们为什么在1787年的那个漫长夏天，要召开这样一个费城制宪会议？又是怎样通过反复辩论原创了这样一部宪法？哪些人成为宪法这个“婴儿”的直接孕育者和接生者？宪法的具体内容又是什么？对我们今天的世界又有哪些借鉴意义呢？

美国宪法我们都听说过，但深入了解的可能不多。所以，在回答上述问题之前，我们还是对宪法做一个基本的概述。

美国宪法是美国的最高法律。宪法的7项条款中，前3条主要体现了分权治理的政府理念，具体是联邦政府由三个部门组成，政府权力相应地被分解为三部分：一个是由两院制议会组成的立法机构，一个是以总统为代表的行政机构，一个是由最高法院和其他联邦法院组成的司法机构。第4条和第6条体现了联邦制的国家理念，主要描述州与州之间的关系，州与联邦之间的关系。宪法第5条规定了宪法修正的程序，这一条保证宪法在主体不变的条件下为适应变革留下足够的空间。第7条规定了宪法批准的程序。换一个说法，我们都希望生活在一个法治社会，但法治社会要靠政府体制来保证，政府体制靠宪法来规定，所以，也可以说，美国这个法治社会的根源就在于宪法。宪法的权力高于总统、法院和国会，不论总统、议员、法官是谁，怎么变，有才没才，只要宪法不变，国家的框架就不变。

联邦宪法于1787年9月17日由费城制宪会议通过，经11个州议会批准后，于1789年3月4日生效，随后华盛顿出任总统，第一届联邦政府开始运行。美国宪法作为世界第一部成文宪法，经过了独立战争的孕育，经过了费城制宪会议的辩论妥协，经过了长达几年的漫长批准过程，十月怀胎，一朝分娩，前出古人，后超来者，还影响了很多国家宪法的制定。下面，我们就按照美国人对宪法制定的描述，重温一下宪法的孕育过程，然后就可以读懂美国文学和美国建国文献中的重要篇章《富兰克林在立宪大会上的讲话》了。

1. 独立四年——岌岌可危的新国家

独立战争期间，大陆军总司令华盛顿多次给大陆会议写信，反映部队缺衣缺粮、缺医缺药，缺枪缺炮的悲惨境况，但大陆会议却无能为力。因为大陆会议不过是13个殖民地组成的松散联盟，1781年3月1日通过的《联邦条例》（*Articles of Confederation*）没有赋予大陆会议征税等政府强制权力，权力几乎都在各州。独立战争胜利后，13个独立的殖民地就是13个小国家，可以说，美国进入了战国时代。在军事上，每个州都有自己的军队，不过不是用来抵御外敌，而是相互防范。美国当时的各个州就如同20世纪初欧洲的各个国家，欧洲的两次大战就是源于这些国家之间的纷争，欧洲的一体化其实与美国成立联邦有异曲同工之妙；在关税上，各州独自与外国谈判，康涅狄格州对马萨诸塞州的征税比对英国货物还要高，弗吉尼亚州对不向自己纳税的马萨诸塞州、马里兰州的船只予以扣留；在民生上，民众生活陷入艰难，甚至出现了谢斯起义（Shays' Rebellion）这样揭竿而起的事件。谢斯1777年就参加了大陆军，参加过独立战争的波士顿战役、邦克山战役、莱克星顿战役和萨拉托加战役。五年后受伤退役，没有获得任何补偿，回家后负债累累，又遭法院起诉，不得已卖掉了拉法叶特将军送给他的宝剑，上演了一出美国版的杨志卖刀。目睹这样的状况，华盛顿这位为新国家不惜牺牲财产与生命的人也发出了感叹：我认为这样的国家无法存在下去，除非有一个中央政府治理这个国家，就如州政府治理这个州一样。

1786年9月，马里兰和弗吉尼亚等5个州在安纳波利斯召开会议，讨论新的土地开发这个涉及相关州的问题。汉密尔顿写信邀请各于1787年5月在费城召开一次更大规模的会议，参照各州制定宪法的模式制定一部新宪法，以解决大家面临的共同问题，这就是费城制宪会议的由来。美国国父汉密尔顿，这位华盛顿大陆军里的助手，后来的美国首任财政部长也成为了美国联邦制的最早推动者。

2. 精英责任——费城制宪大会谁来了

1787年的时候，建立联邦还远远没有达成共识，费城制宪会议能否成功恐怕只有天知道。因此，如果没有举足轻重的人物参加，这样类似民间发起的会议无论是权威性和影响力都会大打折扣，而在13个州中能担此重任的非华盛顿莫属。但华盛顿不愿参加会议，除了他本人身患风湿，母亲和姐姐身体也不好之外，更重要的是他不愿意担当公职。在他的好朋友麦迪逊、伦道夫、汉密尔顿和诺克斯的劝说下，华盛顿同意去费城，并被推举为大会主席。可是这位主席除了主持会议外，几乎一言不发，他从没有用自己的影响力来影响大家的讨论和想法。

最早来到费城的是詹姆斯·麦迪逊（James Madison，1751—1836年），他是弗吉尼亚州的代表，个子不高，其貌不扬，说话也显得有气无力，虽然刚刚36岁，但头发已经开始谢顶了。麦迪逊毕业于新泽西学院，即现在的普林斯顿大学，他极其喜爱阅读，通晓7种语言。麦迪逊主张建立强大的中央政府，为了这次会议，他让杰斐逊在法国帮助购买了“一个图书馆规模”的书，他阅读了英国出版的所有关于政府体制的文章，研究了从古希腊、神圣罗马帝国一直到他那个年代各个国家的联邦体制，他还带去了数百本书籍和文章，准备回答代表提出的问题。

1787年5月25日，除罗德岛外，12个州都派代表到费城参加会议，在55名代表中，包括将军、州长、医生、商人、种植园主等早期革命领袖，都是有资产、有地位的社会精英，很多人还是州立法机构的成员。其中一半以上受过高等教育，普林斯顿大学校友10人，耶鲁4人，威廉玛丽4人，哈佛3人，哥伦比亚2人，剑桥2人，圣安德鲁斯1人。年龄最小的26岁，其中年龄最大、最有名的是81岁高龄的富兰克林。

华盛顿主持制宪会议 Washington as Statesman at the Constitutional Convention

3. 伟大的小个子——麦迪逊提出“弗吉尼亚计划”

1787年5月29日，费城制宪会议开始讨论麦迪逊提出的“弗吉尼亚计划”（Virginia Plan）。他构想了一个由立法机构（Legislative）、行政机构（executive）和司法机构（judicial）组成的三权分立的政府：国会有权否决所有州法案；立法机构实行两院制，即由人民选举的众议院和由州立法机构提名，由众议院选举的参议院。参、众两院的代表人数根据各州的人口分配；行政机构的行政长官由国会选举；设立一个独立的联邦司法机构。这一计划成为费城制宪会议讨论的基础，经各州代表的讨论博弈，最终也成为了美国宪法的基础。

《伟大的小个子麦迪逊》和华盛顿保存的《弗吉尼亚计划》的手稿

宪法规定的国家体制吸收了英国政治家洛

克“天赋人权、有限政府”和法国法学家孟德斯鸠“三权分立”的思想，其核心是分权和制衡，解决政府权力和民众自由的对立与矛盾。在联邦权力和州权力的制衡下，外交、宣战、贸易、铸币权授予联邦政府，其余所有权力归州政府。在联邦政府内部的三权制衡下，由国会制定法律，但须总统签署才能生效；总统可否决法律，但国会 2/3 多数可推翻总统的否决；国会有弹劾总统和联邦法官的权力；总统是国家元首和军队司令，有权对外立约，任命外交官，但无宣战权。法官由总统任命，但终身任职。在地区之间的制衡上，比如大州与小州、蓄奴州与自由州、农业州与商业州之间，主要通过国会参众两院议席的分配多寡来制衡，由此产生了参众两院及黑人的计算方法。

这种政体同时兼顾了君主制、贵族制和民主制的好处，是一种混合均衡政体（mixed balanced constitution），也就是共和政体。共和 (republic) 指的就是公共事务领域的管理模式，它把领导决断、精英统治和大众民主混合在一起，由社会各个阶层共同组成政府，既能发挥各自的优势，又能最大限度地避免各自的缺点，兼顾各方利益，实现国家的共有共治。

麦迪逊读了那么多的书，他一定对古典共和制进行了深入研究。其实，希腊的雅典城邦共和国、古罗马共和国都是“混合均衡政体”的典范。比如，罗马共和国的政府机构就是由元老院、执政官和民众大会组成。元老院是由贵族组成的最高立法决策机关，执政官是国家元首，行使军事、行政、司法权，民众大会选举执政官等官员。麦迪逊提出的弗吉尼亚计划为美国政府规划了一个革命性蓝图，也为自己赢得了“美国宪法之父”（Father of the Constitution）的称号，并继华盛顿、亚当斯、杰斐逊之后出任第四任美国总统。麦迪逊对美国的贡献，就在于他用自己的勤奋与智慧，把人类历史上出现过的点点星光化为不熄的火焰，他用自己的口才与热情，把人类历史上那些伟大思想家的理念化为实践，他也因此被誉为“伟大的小个子”（The great little man）。

4. 限制，限制——到底要给总统多大权力

没有人希望再出现一位君主，如果不得不有一个总统，那就必须要限制其权力，为此，制宪会议的代表们展开了激烈讨论。比如，总统选一个还是多个，总统由谁选举，总统任期多长。弗吉尼亚州长伦道夫认为，一人执政是“君主制的胚胎”。经过长时间的辩论，7 个州支持一人执政，3 个州反对，最后大家决定总统任期四年，可以连

选连任。有人主张总统由人民直接选举，马萨诸塞州的埃尔布里奇·格里强烈反对，他说，人民哪里搞得懂这种事情，少数不老实的人轻而易举地就能蒙蔽人民，由人民直接选举是选择总统最糟糕的办法。经过 60 次投票，最后决定总统应该由州议会提名的选举人推选产生，这就是美国总统选举人制度的由来。

这些还不够，更多的限制还在后面。比如：

总统不能一人说了算。总统可以就缔约进行谈判，但必须经参议院 2/3 多数批准；议会负责立法，但要由总统签署后才能成为法律，目的是防止议会专制；总统对国会有否决权，但议会 2/3 多数可以否决总统。小布什总统任职期间，先后在干细胞研究、伊拉克战争拨款和儿童健康保险议案上动用了否决权。2007 年 11 月 2 日，小布什否决了《水资源管理法》议案，随后这份议案在参众两院都得到 2/3 多数支持，推翻了总统的否决。

总统可以被弹劾。总统一旦被认定犯有行贿、受贿、叛国或是其他重大罪行，就必须下台，但解除总统职务要在审判和参议院 2/3 多数认定有罪之后进行。1998 年，克林顿总统因莱温斯基案在国会作伪证遭美国国会两院弹劾，我们今天仍然记忆犹新。

总统不能随便给自己涨工资。美国总统领取工资，但工资数额在其任期内不得改变，涨工资也只能让下届总统受益了。还有，宪法规定美国总统就职时必须起誓，要全心全意为宪法服务：“我谨庄严宣誓，必忠实执行合众国总统职务，竭尽全力恪守、维护和捍卫合众国宪法。”（I do solemnly swear that I will faithfully execute the Office of President of the United States，and will to the best of my ability，preserve，protect，and defend the Constitution of the United States.）

5. 司法审查权——瘸腿的最高法院

在首席大法官约翰·罗伯茨的监督下，奥巴马左手放在马丁·路德·金和林肯曾使用过的两本《圣经》上，举起右手宣誓就职。奥巴马说：我，巴拉克·奥巴马，谨庄严宣誓……

三权分立就像三足鼎立，缺一足则不稳。但费城制宪会议确实没有把最高法院是什么搞明白，比如，最高法院的权力到底是什么，如何制衡议会和总统？最后只是投票决定，先建立一个最高法院，司法系统的具体细节留待国会和总统去完成。

直到16年后的1803年，在杰斐逊总统任期，最高法院首席大法官约翰·马歇尔通过马伯里诉麦迪逊案(Marbury v. Madison)，才确定了最高法院的司法审查权(Judicial Review)这一根本权力，让司法审查成为美国政府分权与制衡体制中的一项重要权力，最高法院也由此成为三权分立中举足轻重的制衡角色。

在马伯里诉麦迪逊案中，最高法院首席大法官约翰·马歇尔对司法审查权做了如下概括：从根本上说，确定法律是什么，也就是对法律含义的解释是司法部门的权力和职责（It is emphatically the province and duty of the judicial department to say what the law is)。这句话被刻在最高法院的墙上，它的意思是说，虽然宪法规定法律由国会、总统决定和通过，但最高法院拥有解释法律的最终权力，只有最高法院才能判定一项法律是否违宪。换句话说，立法机构可以立法，但最高法院可以宣布你的法律违背宪法，有权对行政部门的违宪行为予以制裁，最高法院才是一切与法律有关问题的最终仲裁者。通过司法审查权的确立，最高法院从某种意义上说拥有了“最终立法权”，真正实现了司法部门与立法和行政部门的鼎足而立。

最高法院也可以称做宪法法院。由于宪法写的相当简练，对宪法的解释也形成了狭义和广义两派，两者之间解释的弹性很大，那么，谁拥有宪法的解释权，谁就掌握了主动权。而掌握了司法审查权，就是掌握了宪法的解释权。最高法院的司法审查权不仅可以判定一项法律是否违宪，甚至还可以决定总统的大选结果。2000年总统选举中，戈尔对阵小布什，在最后佛罗里达州的选举中，俩人得票旗鼓相当，票差小于0.5%，根据佛罗里达州法律，需要重新进行人工计票，小布什以违反《宪法》第2条总统选举人产生条款和宪法第14修正案平等法律保护和正当程序条款为由，向联邦地区法院和联邦巡回上诉法院申诉，均因人工计票属于州法管辖被驳回。最高法院最终一锤定音，以5比4做出裁定，推翻佛罗里达州最高法院继续人工计票的决定，经过36天的“世纪司法大战”，戈尔承认失败。

6. 奴隶是人吗？——国会代表怎么选

围绕国会代表的产生，出现了三个争论焦点：大小州的权力之争，国家应该由精英治理还是民主治理之争，奴隶到底是人还是财产之争。有意思的是，这些问题最终都以妥协而解决。实际上，在美国国家治理体制的完善上，妥协始终是一个主旋律。

国会代表就是国家权力的代表，一个州的代表人数多，权力的影响力就大，人口多的大州自然希望按人口分配席位，小州则要求平等投票权。特拉华代表说，“先生们！我不信任你们。如果你们要压制我们这些小州，我们就要去找那些更有信誉和诚意的外国盟友，从他们那里得到公正”。围绕国会代表权的问题，从 5 月辩论到 7 月，仍然是寸步难行，这些美国的精英们对此也是一筹莫展。富兰克林感叹道：我们感觉自己缺乏政治智慧，我们上溯远古，研究早已不复存在的政治体制，也放眼今天，参考欧洲各地的现行制度，最后发现，没有任何一种宪法适合我们的需要。7 月 4 日这一天，正赶上国庆 11 周年，华盛顿和费城会议的代表在一座教堂听到了一场演讲。演讲者说，你们的国家怀着忧虑和希望的心情关注着你们，你们的国家要靠你们做出决定。你们的国家相信，你们这些独立战争中的领袖，知道如何规划一个对所有美国人都有利的政府，保护我们来之不易的自由。

为此，代表们决定成立一个专门委员会，并于 7 月 5 日提出了一个后来被称为“大妥协”（Great Compromise）的方案。7 月 16 日，费城大会就代表权进行最后一次投票，接受“大妥协”方案：美国国会包括参众两院，众议院的席位按照人口分配，每四万名居民推选一名代表；参议院的席位各州一样，与人口无关。

那么，议员如何选举产生呢？一种意见认为应由人民直接选举，一种意见对此坚决反对。弗吉尼亚的乔治・梅森认为，国会议员代表的是人民，当然应该由人民选举产生。而最早提出“大妥协”方案的罗杰・谢尔曼说，人民越少参政越好。埃尔布里奇・格里甚至说，我们周围的邪恶就是源于过度的民主。在那个时代，很多人认为民主意味着无政府的暴民统治。最后，制宪大会决定众议员由人民直接选举产生，参议员由州议会推举产生。直到 1913 年，各州通过宪法第 17 修正案，规定参议员也由人民选举产生。

不过，美国历史上最具争议的一个问题也由此而生，那就是计算人口时要不要把黑奴算进去。一些代表认为奴隶是财产，不用计算在人口当中。一些代表认为奴隶也是人，应该被计算在内。宾夕法尼亚州的莫里斯愤怒地宣称，奴隶制是一种邪恶的制度。弗吉尼亚的乔治・梅森说，奴隶制滋养了有害的习俗，每一个奴隶主生来就是一个卑劣的暴君，他们招致上天对一个国家的审判。南卡的查尔斯·平克尼说，有史以来，从来都是有一半人充当奴隶。同是南卡罗来纳的拉特利奇说，任何干涉奴隶制的企图都会导致南方拒绝批准宪法。

来自宾州的詹姆斯·威尔逊建议，在统计各州人口的时候，每五个黑奴算做三个人，这就是著名的“五分之三”规则（The three-fifths rule），这一规则直到1868年第14修正案成为法律后才告失效。宪法在涉及奴隶的时候，就用“其他人等”（all other persons）来代替。直到今天，我们也常常把奴隶制作为美国历史上的罪恶一笔，实际上，无论建国初期的宪法也好，南北战争时期的解放黑奴宣言也好，还是20世纪的黑人平权运动也好，对罪恶的每一次妥协都是消除罪恶的伟大一步。

7. 不完美就是最完美——富兰克林的大会总结

经过4个月的争吵、辩论、妥协，制宪大会批准了宪法的23项条款。1787年9月初，制宪大会指定了一个五人委员会，其中宾州的格瓦诺·莫里斯文笔最好，就由他把大会决议写成文件。格瓦诺·莫里斯用更为简单的语言将23项条款缩短为7条，开头写了一段序言（Preamble），其中“We the people…”早已成为了经典：

> We the People of the United States，in Order to form a more perfect Union，establish Justice，insure domestic Tranquility，provide for the common defence，promote the general Welfare，and secure the Blessings of Liberty to ourselves and our Posterity，do ordain and establish this Constitution for the United States of America.

> 我们美利坚合众国的人民，为了组织一个更完善的联邦，树立正义，保障国内的安宁，建立共同的国防，增进全民福利和确保我们自己及我们后代能安享自由带来的幸福，乃为美利坚合众国制定和确立这一部宪法。

1787年9月17日，仍有42位代表滞留费城，最后有39人在宪法上签字，《联邦宪法》获得通过。本杰明·富兰克林注视着大会主席座位背后的一幅画轻声对周围的人说，“过去四个月里，我常常看着这幅画，从来不知道画上画的是日出还是夕阳。但是现在我终于知道了，画上画的是初升的太阳，是新的一天的开始”。

签署了《独立宣言》和《宪法》的费城独立厅

在整个制宪会议期间，富兰克林以他的威望和智慧，在争论与妥协之中，保证了大会的成功，为人类文明送上了一束独创性的宪法之花。在文件签署的最后时刻，他发表了《在立宪大会上的讲话》(*Benjamin Franklin to the Federal Convention*)，不但在艰难时刻消除了代表们的分歧，也为后人理解制宪过程提供了最原始、最鲜活的资料。讲话通篇充满着“妥协”的理念，甚至用了一大段文字不厌其烦地说明一个道理，自己认为正确的也有可能是错误的。此外，智慧的火花始终闪现其间，比如，“有”胜于“无”，不完美的也许是最完美的。下面，我们就逐字感受一下：

主席先生：

我承认，目前我对这部《宪法》并不完全满意；不过，先生，我也不能肯定我是否会永远不满意；因为在我漫长的一生中，我曾经历过很多次因为了解更充分或考虑更周详而不得不改变想法的情况，甚至是在重要的问题上，当我发现自己本来以为正确的想法并非如此的时候，我也会改变。因此，随着年龄的增长，我越发易于怀疑自己对别人做出的判断。实际上，大多数的人以及大多数宗教教派都认为自己掌握着全部的真理，无论其他人在任何方面和自己持不同意见，那都是错误的。新教徒斯蒂尔在一次对教皇献词时说，教会之间对各自教义理解的唯一差别是，罗马教会是永远正确的，英格兰教会永远不错。有很多人认为他们自己几乎和他们的教派一样绝对正确，但很少有人能像一位法国夫人表达得那么自然，这位夫人在和她姐妹的一次小小争执中说道：“我发现在所有的人里只有我自己总是正确的”。

虽然我有着这些想法和情绪，先生，我还是同意这个《宪法》，包括它的种种缺陷——如果确实有的话；因为我认为对于我们而言，一个共同的政府是必要的，而只有在管理完善的条件下能造福于人民的政府才是唯一适合的政府形式；此外，我还相信这个政府在若干年的过程中很有可能管理完善，并且像其他形式的政府以前经历过的那样，这个政府只可能在人民堕落到不能接受其他形式而需要专制的政府的时候，因为专制暴政而完结。同样，我也怀疑我们是否能拥有任何一个其他的“立宪大会”，能制定出一部更好的《宪法》。

因为，当你召集一群人想利用他们的智慧时，你同时也召集了他们的偏见，他们的热情，他们的错误观点，他们的地方利益以及他们的自私自利。从这样的集合中，您难道期望一个完美的成果吗？因此，先生们，令我感到震惊的是，现在制订的这套方案如此近于完美。我认为，这部宪法也会让我们的敌人大吃一惊的，因为他们正在那里幸灾乐祸地看着我们的好戏呢，以为我们会像修筑巴比伦通天塔一样劳而无功，以为我们各州正处在分裂边缘，此次见面只是为了彼此割断对方的喉咙。所以，先生们，我同意这部《宪法》，因为我不能指望还有比它更好的。为了人民的利益，我忽略它身上的缺陷。对那些缺陷，我在外面从来没有透露过半个字。此话在这里出现，也将在这里消失。

如果我们中的任何人在回到我们各自的立宪议会后，要去报告他对于这《宪法》的反对意见，并且努力争取支持他的拥护者的话，我们就会阻止公众接受他的观点，因为他的这种行为会使我们失去所有来自外国以及我们自己的有益结果和巨大的优势，这些结果和优势本来会自然地从我们真正的或表面的一致意见中产生而来。任何政府在追求和保证人民的幸福过程中的力量和效率都依赖于意见，对于那个政府的利益的共同意见，也依赖于它的管理者们的智慧和一致。因此，我希望，作为人民的一份子，为了我们自己，也为了我们的后代，我们应该全心全意团结一致，在我们的影响力所及的范围内推介这个宪法体制，并且把我们今后的思想和努力都集中起来使这个体制得到良好的管理。

总体来说，先生，我忍不住要表达一个愿望，我希望在这种情况下，这次大会的每个对此还持反对意见的成员能和我一起稍稍怀疑一下自己是否绝对正确，然后，为了表明我们的意见一致，在这份文件上签下自己的名字。

下面，我们给出这篇演讲第三段的原文：

> For when you assemble a number of men to have the advantage of their joint wisdom，you inevitably assemble with those men，all their prejudices，their passions，their errors of opinion，their local interests，and their selfish views. From such an Assembly can a perfect production be expected? It therefore astonishes me，Sir，to find this system approaching so near to perfection as it does; and I think it will astonish our enemies，who are waiting with confidence to hear that our councils are confounded like those of the Builders of Babel; and that our States are on the point of separation，only to meet hereafter for the purpose of cutting one another' s throats. Thus I consent，Sir，to this Constitution because I expect no better，and because I am not sure，that it is not the best. The opinions I have had of its errors，I sacrifice to the public good—I have never whispered a syllable of them abroad—Within these walls they were born，and here they shall die.

如果你经常关注国际经济与金融方面的新闻，你就会在电视等媒体中看到美国财政部大楼的照片，还有大楼前美国第一任财长汉密尔顿的雕像。下面，我们就重点说说这位美国建国之父，也就是那个最早提议召开费城制宪会议、并为《宪法》批准而撰写《联邦党人文集》的汉密尔顿。

华盛顿主持宪法签字。左边的是富兰克林和麦迪逊

宪法签署之后，“由谁批准，能否通过”成为一个问题，费城制宪会议的代表们最后决定：新宪法应该通过各州召集的大会，由人民来批准。13 个州中，只要 9 个州同意，宪法就可以宣布生效。当时，9 个州同意是一个很难完成的任务，特别是在马萨诸塞、纽约和弗吉尼亚州，反对者都是响当当的美国国父级的人物和革命领袖，如塞缪尔 · 亚当

斯、约翰·汉考克、利文斯顿和乔治·梅森等。1788 年 6 月，在弗吉尼亚州讨论批准宪法期间，反对联邦的帕特里克·亨利要求发表最后一次声明：

> 如果大会批准了宪法，我会觉得，我据理力争，虽败犹荣。如果真是这样的话，那么我会等待和期盼，希望美国独立战争的精神不会丢失，希望新的政府体系能够出现变化，保护美国人民的安全、自由和幸福。

1787 年秋，纽约州围绕是否批准宪法的辩论达到高潮，纽约的报纸刊登了几篇反对批准宪法的文章。作为回应，制宪会议的三位代表汉密尔顿、麦迪逊和约翰·杰伊决定通过撰写文章来劝说公众批准宪法。从 1787 年 10 月到 1788 年 5 月，三人发表了 77 篇文章，有时每周要发 3~4 篇。无论数量还是频率，都让反对者难以应对。这些文章被称为《联邦党人文集》（*The Federalist Papers*），支持与反对新宪法的人被称为联邦党人和反联邦党人。

《联邦党人文集》汉密尔顿、杰伊、麦迪逊著
商务印书馆

《联邦党人文集》刚一出版就大受欢迎。汉密尔顿知道，反对新宪法的大部分人都是担心州权力被削减，自由受到威胁。为此，《联邦党人文集》详细解释宪法的每一个条款，劝说人们批准宪法。1788 年 7 月，纽约成为第 11 个批准宪法的州。《联邦党人文集》不仅加速了宪法的批准，也是对宪法的最好解释，开创了政治家出版政治文集的先河，为我们今天理解宪法起草人的意图提供了第一手资料。

汉密尔顿是《联邦党人文集》的主要作者，这本文集也让他成为最知名的联邦推动者之一。那么，汉密尔顿到底是一个什么样的人呢？说起来很是让人沉重，可以说，汉密尔顿生得凄凉，死得凄惨，但在短短 47 年的人生中，他超人的远见和行动力，让他成为美国经济强大的奠基人，成为美国精神的典型代表。

汉密尔顿（Alexander Hamilton，1757—1804 年）

汉密尔顿 1757 年 1 月 11 日出生在西印度群岛，父母没有结婚，他也不知道父亲是谁，母亲在他 11 岁时就去世了。后来，他在一家商店打工，阅读一切能得到的书籍，学会了不少商业和经济方面的知识。1773 年，店主资助他去纽约上学，汉密尔顿是学校最认真的学生之一，每天看书到半夜，早上又很早起床，到一个安静的墓园去继续读书。他还写了很多文章，展露出文字天赋。一年之后，汉密尔顿被国王学院（Kings College），就是今天的哥伦比亚大学录取。汉密尔顿敏捷的才智，清晰的思维和表达能力让国王学院的老师和同学们深感惊讶。

像很多有志青年一样，汉密尔顿说过，“我渴望成功，宁愿身处危险之中去获得成功。我希望有一场战争，可以展示我的力量”。苍天不负有心人，机会真的来了。1776 年 3 月，汉密尔顿参加了独立战争，做了华盛顿的财务助手，他几乎起草了华盛顿所有的军事命令、作战计划、与大陆会议的往来文件。战争结束后，1784 年创建了美国四大银行之一的纽约银行，是纽约股票交易所上市的第一家银行。1787 年，31 岁的汉密尔顿提议召开制宪会议，撰写联邦党人文集。

美国建国后，汉密尔顿是华盛顿内阁的第一任财政部长，在诸多的反对声中，他大胆地提出了优先发展工业、通过偿还债券建立政府信贷、筹建中央银行、征收关税、保护本国工业等主张，美国经济迅速从负债累累中走出。特别是筹建中央银行的提议，连宪法起草人麦迪逊都认为违背宪法，杰斐逊这样举足轻重的美国之父表示坚决反对，认为宪法没有赋予政府无限的权利。但汉密尔顿对宪法也有自己的解释，他坚持认为，宪法明确了政府的特定权力，但同时也给了政府另外一些没有明确规定的权力，只有这样，政府才能投入工作，这就是宪法的目的。1791 年 2 月 25 日，美国第一家银行成立，不到 10 年美国政府就还清了所有独立战争的债务。汉密尔顿引进了国家信用和国债等虚拟资金的新概念，创建了美国的税收体系，他的施政理念被称为汉密尔顿新政，他的成就绝不逊色于任何经济学家和政治家。

除此之外，还有一项事业功垂千古，那就是汉密尔顿学院 (Hamilton College) 的建立。汉密尔顿学院是美国建立的第 31 所大学。1793 年，美国革命胜利后不久，很多白人从新英格兰涌入纽约，寻找新土地和发展机会。一个叫柯克兰的牧师打算为当地的印第安人和白人定居者的孩子建立一所学校，就向华盛顿提出了他的计划，并获得华盛顿的同意，财政部部长汉密尔顿成为学校的董事，这所学校就是汉密尔顿学院的前身。说到这里，你或许会对汉密尔顿学院感兴趣。那就看看他到底喜欢招收什么样的人吧，他们会对你的申请仔细进行审核和评估，最终录取那些最有能力、最有前途，会对汉密尔顿作出贡献的申请者。

> Hamilton College's Admission Committee seeks candidates with intellectual curiosity，academic promise and a diverse range of interests and backgrounds. Although the primary criteria for admission are academic achievement and intellectual potential，Hamilton also values leadership and commitment to extracurricular and community activities. In forming the class，the admission staff seeks students representing diverse geographic，economic，and ethnic backgrounds whose perspectives will enrich the learning community. Lastly，Hamilton seeks to admit candidates who are a good fit with the programs and experience the College offer。

对了，作为国际学生，汉密尔顿的奖学金政策我们也需要知道，那就读一读国际学生的录取须知吧（International Admission）。

> At Hamilton we embrace different cultures，backgrounds，ethnicities and voices and welcome students from more than 46 countries. Approximately 10% of our financial aid supports international students who comprise about 5% of our student body.

说了这么多汉密尔顿，你一定认识他了，这时我们再读《联邦党人文集》，就会感觉更熟悉、更亲切了。这里，我们仅选择文集中的第一篇和第二篇的部分内容，基本没有涉及宪法的理论问题，都是向公众做的解释、说明，从文体上讲是典型的劝说文。与向自己的亲人，向自己工作或业务圈子的人表明自己的观点不同，如何向社会公众解释你的意图，需要高超的表达能力和文字功底。所以，我们在这里更要注重劝说文的写作手法与技巧。

《联邦党人文集》的第一篇“引言”（Introduction）就是汉密尔顿写的，发表于1787年10月27日。这篇文章不长，用了8个段落就把掀起论战的原因和必要性、当下的形势和问题、自己的观点和态度、接下来要做的事情，以及最后要达到的目的表达出来，层层递进、清清楚楚、语言有力，既有咄咄逼人的气势，又有对对手的尊重理解；既有对自己观点的坦诚，也有对自己目的的毫不让步；既有一点点慢条斯理，但更多的还是痛快淋漓，而且还有很多斩钉截铁的经典短句。

汉密尔顿一开始就亮出观点，现政府已经毫无指望，所以你们要慎重地考虑新宪法，因为这关乎你们自己的幸福。然后他给公众留下两个选项：或者深思熟虑地自己掌握自己的命运，或者接受别人强加的管理。在非此即彼，答案已经给出的情况下，汉密尔顿又加上一句：你要选错了，那就不只是你自己的不幸，而且是全人类的不幸。

《联邦党人文集》第一篇（FEDERALIST PAPER 1）

> 致纽约州人民：对目前邦联政府的无能有了无可置疑的感受以后，要请你们为美利坚合众国慎重考虑一部新的宪法。这个问题本身就能说明它的重要性；因为它的后果涉及联邦的生存、联邦各组成部分的安全与福利，以及一个在许多方面可以说是世界上最引人注目的帝国的命运。时常有人指出，似乎有下面的重要问题留待我国人民用他们的行为和范例来求得解决：人类社会是否真正能够通过深思熟虑和自由选择来建立一个良好的政府，还是他们永远注定要靠机遇和强力来决定他们的政治组织。如果这句话不无道理，那么我们也许可以理所当然地把我们所面临的紧要关头当做是应该做出这项决定的时刻；由此看来，如果我们选错自己将要扮演的角色，那就应当认为是全人类的不幸。

之所以请求大家接受新宪法，是因为有人反对。在这里，汉密尔顿毫不留情地指出了反对宪法人们的动机：

> 在新宪法必然会碰到的最大障碍中，可以很容易地发现下列情况：每一州都有某一类的人，他们的明显利益在于反对一切变化，因为那些变化有可能减少他们在州政府中所任职位的权力、待遇和地位；另外还有一类人，他们出于不正常的野心，或者希望趁国家混乱的机会扩大自己的权力，或者认为，对他们来说在国家分为几个部分邦联政府的情况下，要比联合在一起有更多向上爬的机会。

汉密尔顿在揭露了这些人的动机之后，并没有再踏上一只脚，而是表示了对这些人、这些现象的理解，这种思维和写作技巧效果反而会更好：

> 然而，对于有这种性格的人，我并不打算详述我的意见。我清楚知道，不分青红皂白，随便将哪一路人的反对都归结于利益或野心，不是实事求是的。天公地道，我们必须承认，即使那样的人也会为正当目的所驱使。毋庸置疑，对于已经表示或今后可能表示的反对，大多数的出发点即使不值得敬佩，至少也无可厚非，这是先入为主的嫉妒和恐惧所造成的正常的思想错误。

但是，汉密尔顿没有就此一直软下去，而是软中带硬地指出，伴随着尖刻的谩骂，愤怒和恶意的激情会像洪流似地奔放，而联邦政府的支持者反被诬蔑。这一段最后的一句话更是铿锵有力，就是“commencing demagogues，and ending tyrants”。

> 然而，无论这些意见被认为是多么确凿有理，我们已有充分征兆可以预测，在这次讨论中，将会发生和以前讨论一切重大国家问题时相同的情况。愤怒和恶意的激情会像洪流似地奔放。从对立党派的行为判断，我们会得出这样的结论：他们会共同希望表明自己意见的正确性，而且用慷慨激昂的高声演说和尖酸刻薄的谩骂来增加皈依者的人数。明智而热情地支持政府的权

能和效率，会被诬蔑为出于爱好专制权力，反对自由原则……危险的野心多半为热心于人民权利的漂亮外衣所掩盖，很少用热心拥护政府坚定而有效率的严峻面孔作掩护。历史会教导我们，前者比后者更加必然地导致专制道路；在推翻共和国特许权的那些人当中，大多数是以讨好人民开始发迹的，他们以蛊惑家开始，以专制者告终。

激情过后，汉密尔顿坦诚自己对新宪法的支持和热爱，毫无遮掩，以诚待人，以诚感人。

是的，同胞们，我承认我对新宪法慎重考虑以后，明确认为你们接受它是有好处的。我相信，这是你们争取自由、尊严和幸福的最可靠的方法。我不必故作有所保留。当我已经决定以后，我不会用审慎的姿态来讨好你们。我向你们坦率承认我的信仰，而且直率地向你们申述这些信仰所根据的理由。我的意图是善良的，我不屑于含糊其辞，可是对这个题目我不想多作表白。我的动机必须保留在我自己的内心里。我的论点将对所有的人公开，并由所有的人来判断。至少这些论点是按照无损于真理本意的精神提出的。

然后，汉密尔顿把随后要和大家讨论的问题都列举出来，像目录一样，对全书，对接下来要和公众交流的东西概述出来：

我打算在一系列的论文中讨论下列令人感兴趣的问题：联邦对你们政治繁荣的裨益，目前的邦联不足以维持联邦，为了维持一个至少需要同所建议的政府同样坚强有力的政府；新宪法与共和政体真正原则的一致，新宪法与你们的州宪法是相类似的，以及，通过新宪法对维持那种政府、对自由和财产的进一步保证。

最后，汉密尔顿以毫不含糊，毫无余地的方式阐述了自己的目的：对于能够高瞻远瞩的人来说，再也没有比这一点更为明显了——要么接受新宪法，要么分裂联邦。

约翰·杰伊（John Jay）

《联邦党人文集》的第二篇是约翰·杰伊所写，约翰·杰伊是最高法院第一位首席大法官，做过纽约州的州长，律师出身，无疑也是写作的高手，同样作为劝说文的典型代表，他与汉密尔顿直白并近乎尖刻的手法不同，杰伊主要用感情加热情，用类比加说明的手法达到自己的劝说目的。

杰伊一开始也同汉密尔顿一样，提出支持新宪法的观点：再没有比政府的必不可少这件事情更加明确了。紧接着，杰伊就充满激情地表达了自己对美国天生一体的赞美，对美国人民血脉亲情的热爱，同时回顾了美国人民在独立战争中并肩战斗的情谊：

我常常感到欣慰的是，我认识到独立的美国不是由分散和彼此远隔的领土组成，而是一个连成一片、辽阔肥沃的国家，是西方自由子孙的一部分。上帝特别赐给它各种土壤和物产，并且用无数河流为它灌溉，使它的居民能安居乐业。连接一起的通航河流，围绕边界形成一种链条，就像把这个国家捆绑起来一样。而世上最著名的几条河流，距离适当，为居民们提供了友好帮助互相来往和交换各种商品的便利通道。

我同样高兴的是，我经常注意到，上帝乐于把这个连成一片的国家赐予一个团结的人民——这个人民是同一祖先的后裔，语言相同，宗教信仰相同，隶属于政府的同样原则，风俗习惯非常相似；他们用自己共同的计划、军队和努力，在一次长期的流血战争中并肩作战，光荣地建立了全体的自由和独立。

这个国家，这里的人民一路走来，就像是为对方而生，一切如天意所为，天生如同胞一般，通过最强大的纽带连接在一起，永远也不会分裂成一个个互不往来，猜疑嫉妒，互不相容的独立小国。

迄今，在各个阶层和各个派别的人们当中，仍然流传着同样的意见。总的来说，我们是一个和谐如一的人民，每个公民到处享有同样的国民权利、特权并且受到保护。作为一个国家，我们创造过和平，也打过仗；作为一个国家，我们消灭了共同的敌人；作为一个国家，我们同外国结成联盟，签订条约、合同和公约。对于联合的价值和幸福所产生的强烈意识，很早就诱使人民去建立一个联邦政府来保持这种联合，并使之永远存在下去。

除了以情动人，杰伊还提及费城制宪会议那些爱国者对国家的责任和智慧，并把制宪会议比作独立战争时期的大陆会议，大陆会议拯救了美国，制宪会议同样值得人们信任和期待。并且，杰伊还客观地说道：这个方案只是推荐，不是强加于人。然而也要记住，这既不是要盲目批准，也不是要盲目否定。而是要进行认真而坦率的考虑，这是这个问题重要性的需要，而且应当得到这样的考虑：

> 会议担负了这项艰巨的任务，参加的成员都是取得人民信任的人物，很多人是在考验人们的意志和感情的时刻以爱国精神、品德和智慧而出名的。他们在平静的和平时期，头脑里不思考其他问题，几个月来，逐日进行连续不断地、冷静地协商。他们除了对国家的热爱，没有受到任何权力的威胁或任何感情的影响外，最后把他们共同努力和全体一致同意而产生的方案提供给人民，并向人民推荐。

制宪会议制定了一部新宪法，也讨论清楚了一个问题，就是独立后的殖民地，在组成一个新国家的同时，也组成了一个新民族，他们不再属于各自的州，而是从此属于一个新国家，一个新民族，就是美国！正如宾夕法尼亚州制宪会议代表格瓦诺·莫里斯所说：今天在费城参加会议的代表们的子子孙孙不会认为自己是宾夕法尼亚、纽约或是北卡罗来纳的公民，他们会把自己看成是美国公民。我们这一代人会死去，我们的后代就是美国人（This generation will die away，and be followed by a race of Americans）。

Unit 10-B

《加州大学诉巴基案》——录取不靠分，惹来双重判

《权利法案》——不戴紧箍咒，披上护身符

Justice the Guardian of Liberty：“自由、平等、法治、公正”的九尊护法神

联邦的安定、繁荣和生存，全在联邦法官之手。没有他们，宪法只是一纸空文

美国大学申请政策特别提示：在我们大学的录取过程中，任何人不会因国籍、种族、宗教、性别、肤色等受到任何歧视。

《加州大学董事会诉巴基案》（*Regents of University of California v. Bakke*，1978）缘起于加州大学戴维斯医学院的录取政策是否存在对申请者的歧视，最终却演变为联邦最高法院对宪法给出双重解释的经典案例。当我开始了解这个案子的时候，首先想到的是与女儿一起“认识”美国大学，感受美国大学录取过程的那段有着太多不可思议的经历。

2006年女儿刚读初三的时候，看到媒体对美国名校一些成功申请案例的报道，就有了让女儿申请美国大学的想法，在问了很多老师、家长甚至专业机构的人士之后，也没有得到满意的答案，我就集中时间把前100所大学的资料逐个看个遍，无论是学校的历史人物，还是校长在经济危机时不裁员，不减少奖学金额度，加大老师招聘数量的承诺等，都有太多的东西让人意想不到，给我们带来太多的激动和希望。女儿在高二时提前一年跳级申请了美国大学，当时，女儿老姨家的小妹正在读初二，也有了去美国读大学的想法，后来也义无反顾地踏上了申请美国大学的旅程。2016年，弹指一挥间，两个孩子都全奖进入国外大学，女儿大学毕业后进入瑞士银行工作，女儿的小妹在美国大三的暑假刚刚结束，就签约进入纽约华尔街的一家大投行。不过，回首求学历程，感觉回味最多的还是申请时的点点滴滴。

在浏览美国大学网站的过程中，我看得最多的是经济资助与奖学金（Financial Aid & Scholarships）政策，让我感触最大的，是很多学校的网站上都有一句话：在录取过程中，任何人不会因国籍、种族、宗教、性别、肤色等受到任何歧视。对国际学生的申请政策，很多学校都会说明，国际学生的录取数量是有限的，国际学生的经济资助与奖学金是非常有限的，看到这里，除了有一点小遗憾外，从内心里还是非常理解的，更没有感到受到了什么歧视。但有意思的是，对美国学生来讲，眼睛是不揉沙子的，只要有一点点歧视，他们甚至会与你对簿公堂，《加州大学董事会诉巴基案》就是一个典型。

2015年6月17日，在美国南卡罗来纳州查尔斯顿市黑人教堂发生枪击案，一名白人青年开枪射杀9人。根据网上流传的枪手宣言显示，其作案动机涉及“逆向种族歧视”

问题，而发生在40多年前的《加州大学董事会诉巴基案》，实质上也起因于白人遭受的“逆向种族歧视”。

艾伦·巴基（Allan Bakke）从小在白人至上的环境中长大，1973年，33岁的他申请加州大学戴维斯分校医学院，但遭到拒录。作为全美中学生荣誉奖学金得主，明尼苏达大学毕业生，越战海军陆战队上尉，美国宇航局高级研究中心工程师，斯坦福大学硕士，MCAT高分学霸，竟然被加州大学戴维斯医学院拒录，其沮丧、愤怒的心情绝对可以理解。后来，他听说戴维斯医学院有一个专为“弱势”（Disadvantaged）申请者保留部分录取名额的招生项目，很多少数族裔申请者以远远不如他的GPA、MCAT分数和综合素质条件被录取，当年100个招生名额中有16个留给少数族裔申请者。巴基认为学校对少数族裔的照顾创造了新的种族歧视，他在给招生办的信中说，我知道，设置少数族裔录取定额是为了补偿以往种族歧视的恶果，但这实际上又开创了新的种族偏见，这不是一个公正的解决办法。他第二年再次申请，再遭拒录，于是一纸诉状将加州大学告到州地方法院，控告加州大学的逆向种族歧视违反了1964年的《民权法》（*Civil Rights Act of* 1964）和宪法第14条修正案公民平等法律保护条款（Equal Protection Clause of the Fourteenth Amendment），后来官司打到了加州最高法院，加州最高法院判决加州大学应该录取巴基。加州大学董事会不服，于是一纸诉状告到了联邦最高法院（United States Supreme Court）。这时，一桩普通的大学录取案已经变成了对宪法如何解释的司法问题，由此也成就了美国宪政史上的一个经典案例。

戴维斯医学院当年有两种录取方式，一个是常规录取项目，一个是特殊录取项目。常规录取项目要求平均成绩GPA在2.5以上，大约每6人会有一人得到面试机会，招生委员会的每个评委对申请者按照百分制打分，打分项目包括面试结果、大学成绩GPA、理科成绩GPA、医学院入学考试成绩MCAT（Medical College Admissions Test）、推荐信、课外活动及其他履历信息。特殊录取项目主要由一个少数族裔成员组成的招生委员会负责。1973年和1974年的申请表都要求申请者填写自己是否是“经济和教育方面的弱势”申请者，是否为“少数族裔”，比如黑人、墨西哥裔、亚裔、美国印第安人。特殊录取项目不强制要求申请者GPA必须在2.5以上，大约每5人就有一人得到面试机会，然后按照与常规录取项目类似的方法对申请者进行审核评估，但不与常规录取项目的申请者进行对比排序，以保证16个招生名额都留给“弱势”申请者。

那么，戴维斯医学院为什么要设立特殊录取项目照顾少数族裔申请者，到底违反没违反宪法和相关法律呢？联邦最高法院又做出了怎样的判决呢？这个案例对理解美国宪法和权利法案又有着什么样的意义呢？巴基到底冤不冤，到底该不该起诉上告呢？

宪法第 14 修正案（Fourteenth Amendment，Section 1）的内容是：任何一州，都不得制定或实施限制合众国公民的特权或豁免权的任何法律；在州管辖范围内，也不得拒绝给予任何人以平等法律保护。1964 年《民权法》规定，任何人不得基于种族、肤色被排斥在任何接受联邦财政资助的项目之外。

有意思的是，戴维斯的录取标准也是源于宪法第 14 修正案的平等保护条款和 1964 年的民权法案以及联邦政府的肯定性行动。通俗点说，肯尼迪、约翰逊总统时期开始的平权法案（肯定性行动 affirmative action）就是任何公司或单位只要干政府给的活，就得雇用一定数量少数族裔的人。尼克松时期更是实行硬性配额制度，公立大学招生必须招收一定比例的少数族裔和女生。

这就有了一个问题——一个法，两个理，到底是谁违反了法律，是否违反法律？这牵涉到对宪法的理解问题，也给最高法院如何解释宪法出了一个难题。

美国最高法院有 9 位大法官，他们判案不是共同讨论后形成一个统一的判决意见，而是每个人都给出自己的意见，然后由占多数的一方撰写判词。如果赞成和反对的人各有 4 位，最后一人既不赞成，也不反对，或者既赞成，也反对，那么就由这个人撰写判词，这时就容易形成双重判决，《加州大学董事会诉巴基案》就是如此。

这里需要说一句，最高法院大法官的判词往往都蕴含着极高的智慧，看起来是对法律的解释，但读起来更像是酣畅淋漓的文学作品。

布伦南大法官的判词文绉绉的，口气也非常专业。他说，对《民权法》不能做学究式、字面上的狭隘理解。设置录取定额的目的是为了改变以前对一部分公民的歧视并防止将来的歧视，是国家铲除种族歧视的一部分。所以，它不仅符合第 14 修正案对公民“平等法律保护”的宪法精神，而且符合《民权法》保护公民免遭种族歧视伤害的法律目的。因此，在不是故意伤害其他族裔利益的情况下，联邦政府可以把族裔作为考虑因素，对以往受到歧视的少数族裔予以帮助。

黑人大法官瑟古德·马歇尔的判词很直白，口气也掷地有声。他说，我不同意录取定额制度违反宪法的观点，切记，在以往 200 年的多数时刻，由最高法院解释的这部宪法，并没有禁止各种费尽心机、无处不在的针对黑人的种族歧视。现在，当一个州采取措施，补偿种族歧视遗留的恶果时，我不认为这同一部宪法会成为补偿措施的障碍。

布莱克门大法官的判词很干脆，但很哲学。他说，为了克服种族主义，我们必须首先把种族作为考虑因素，此事别无选择。为了平等待人，必须待人有别。

在赞成与反对 4 ∶ 4 的情况下，鲍威尔大法官却给出了一个双重判决，他的判词是先反对，后同意。他先说，录取定额制度的致命缺陷在于无视宪法第 14 修正案对公民个人权利的平等保护。然后又根据宪法第一修正案言论自由条款引申出学术自由的原则，指出加州大学有权采取使学生来源和校园环境多元化的政策。因此，大学可以把族裔背景作为入学申请的一个考虑因素。这样，美国宪政史上的一个奇葩判决由此产生。

鲍威尔大法官的双重判决肯定了巴基的诉求，但巴基的大学梦还是成了泡影。你可以说大法官有智慧，也可以说大法官耍滑头。那么，这种判决是不是就没有意义了呢？显然不是。宪法的条款是不动的，但大法官通过对宪法条款解释的引申与发挥，哪怕是牵强附会，却保证了宪法的权威性、延续性和与时俱进的时代性。如果说宪法修正案为宪法预留了发展的空间，那么，大法官通过具体判例对宪法条款做出新的解释，甚至赋予条款全新的意义，就让宪法有了时代的生命力，让宪法以不变应万变，既保障了社会稳定，又带来了改革活力。比如公民隐私权、嫌犯沉默权、妇女堕胎权、死刑合法性等判例都是宪法鲜活性的体现。

与 200 年前建国初期最高法院几十年偏居于国会的一个角落不同，现在的最高法院大楼（The Supreme Court Building）可以说是一座由大理石垒砌的圣殿。美国联邦法院也形成了一套完备的体系和基本制度。联邦法院共有三级体系：联邦地区法院（District Court），联邦上诉法院（Court of Appeals）和联邦最高法院（Supreme Court）。

联邦地区法院有 94 个，分布在 50 个州。比联邦地区法院高一级的是联邦上诉法院，也被称为巡回上诉法院（Circuit Court），一般是一个法院涵盖几个州。另外还有华盛顿哥伦比亚特区巡回上诉法院（United States Court of Appeals for the District of

Columbia Circuit）和联邦巡回上诉法院（United States Court of Appeals for the Federal Circuit）。哥伦比亚特区巡回上诉法院虽然很小，但很多有关联邦政府的诉讼都在此进行，所以它也被认为是最重要的上诉法院，这里的法官也被认为是未来最高法院大法官的摇篮。联邦巡回上诉法院则是一个专业法院、专门处理关税、专利和索赔事务。

联邦最高法院大楼

最高法院审案是不公开的，人们只能根据记忆描述现场的环境。最高法院的审案过程极其程式化，极其威严。首先是律师入席，然后是法官助理入席，4 名助理走到法官座位后面，庄严肃穆站立。五分钟提示铃声响起，法官们换上黑袍，每个法官都要和另外 8 个法官握一次手，9 人一共握手 36 次。

随着法槌敲击的声音响起，9 位大法官从幕后出现，走到各自的座位之前，法庭全体起立。法警大声宣布：

> "The Honorable，the Chief Justice，and the Associate Justices of the Supreme Court of the United States. Oyez，Oyez，Oyez. All persons having business before the Honorable，the Supreme Court of the United States，are admonished to draw near and give their attention，for the Court is now sitting. God save the United States and this honorable Court."
>
> "光荣的美利坚合众国最高法院首席大法官和联席大法官们，Oyez，Oyez，Oyez。在这个光荣的法庭前有事务的一众人等，请近前关注，本法庭即将开始。上帝保佑美利坚合众国和这个光荣的法庭。"

最高法院的惯例是首席大法官最为资深，联席大法官则以加入法院的顺序确定资深

九尊护法神：最高法院大法官全家福

程度。每当有新的成员加入时，最高法院就会照一张全家福，照片中顺序惯例是以第一排为尊，首席大法官居中，同一排以右为尊。以最近的一张全家福为例，居中的首席大法官为小约翰·罗伯茨，就是出现在奥巴马总统就职典礼上的那位大法官。9位法官中，有6位毕业于哈佛，3位毕业于耶鲁，我们按照片的顺序给他们起起底。

首席大法官小约翰·罗伯茨（John G. Roberts，Jr.），1955年生，1976年本科毕业于哈佛大学，1979年毕业于哈佛法学院。联席大法官中，安东宁·斯卡利亚（Antonin Scalia），1936年生，1957年本科毕业于乔治敦大学，1960年毕业于哈佛法学院。遗憾的是，2016年2月15日，这位被称为“过去25年里影响力最大的大法官”在睡梦中辞世，引起全美震动。安东尼·肯尼迪（Anthony Kennedy），1936年生，1958年本科毕业于斯坦福大学，1961年毕业于哈佛法学院。克拉伦斯·托马斯（Clarence Thomas），1948年生，由黑奴后代的外祖父抚养长大，1971年本科毕业于圣十字学院，1974年毕业于耶鲁法学院。鲁思·金斯伯格（Ruth Bader Ginsburg），1933年生，1954年本科毕业于康奈尔大学，先在哈佛学习两年，1959年毕业于哥伦比亚法学院。史蒂芬·布雷耶（Stephen Breyer），1938年生，1959年本科毕业于斯坦福大学，获马歇尔奖学金前往牛津大学，1964年毕业于哈佛大学法学院。塞缪尔·阿利托（Samuel Alito），1950年生，1972年本科毕业于普林斯顿大学，1975年毕业于耶鲁法学院。索尼娅·索托马约尔（Sonia Sotomayor），1954年生，1976年本科毕业于普林斯顿大学，1979年毕业于耶鲁法学院。艾蕾娜·卡根（Elena Kagan），1960年生，1981年本科毕业于普林斯顿大学，1983年牛津大学毕业后，1986年毕业于哈佛法学院，2010年被奥巴马总统提名为最高法院联席大法官。

不过，光鲜的大法官可不是用来摆着看的盆景，而是宪法权威及公民权利的9尊护法神。特别是对《权利法案》涉及的10条公民权利的保护，最高法院不仅身处前线，亲力亲为，而且还会一锤定音。

《权利法案》是美国宪法的前10个修正案，它涉及美国所有人的权利，包括言论自由、宗教信仰自由、新闻自由、犯罪嫌疑人能够得到公平对待等。下面，我们先看看涉及《权利法案》第 1 条的一个著名案例，就是 1988 年《皮条客》杂志诉福尔韦尔牧师案（Hustler Magazine，Inc. v. Falwell，1988）。说白了，这个案子非常简单，在我们现实生活中也常常遇到，那就是，“恶搞”名人违不违法？宪法第一修正案保护言论自由的条款能否扩展到对公众人物造成精神伤害的恶意攻击？

1983 年 11 月，《皮条客》杂志模仿一款甜酒的系列广告，在头条以《福尔韦尔谈论他的第一次》为标题发表一篇文章。在这款酒的广告里，很多名人都讲了他们“第一次”喝这种酒的经历，福尔韦尔是一位保守派的牧师和政治领袖，这篇文章极其恶劣地声称福尔韦尔在醉酒的情况下与他的母亲发生乱伦行为。福尔韦尔以恶意诽谤、侵犯隐私、精神损害为由提起诉讼，陪审团裁决精神损害成立，应该获得 15 万美元赔偿。《皮条客》杂志上诉到最高法院，9 位大法官以宪法第一修正案为依据给出了一致的判决：公众人物不能因为精神受到故意伤害而要求赔偿，除非能证明出版物包含了虚假陈述并造成实际伤害。这个判决的实质是确认了新闻媒体嘲讽公众人物的权利，即使这种嘲讽极端无礼，甚至给受害人造成了精神痛苦。

这段话看似简单，但它说清了一个道理，就是对公众人物，包括政治人物的批评，作为言论自由的一部分是受到宪法第一修正案保护的。最高法院通过对具体案例的判决，大法官用他们的智慧、经验和对宪法的忠诚对宪法给出解释，让简单的几条宪法产生无边的威力。一般来说，最高法院每年只在众多的上诉案中选取极少的，具有典型判例意义的案件进行审理，因此，每年最高法院选取哪些案件进行审理自然成为媒体和社会关注的焦点。

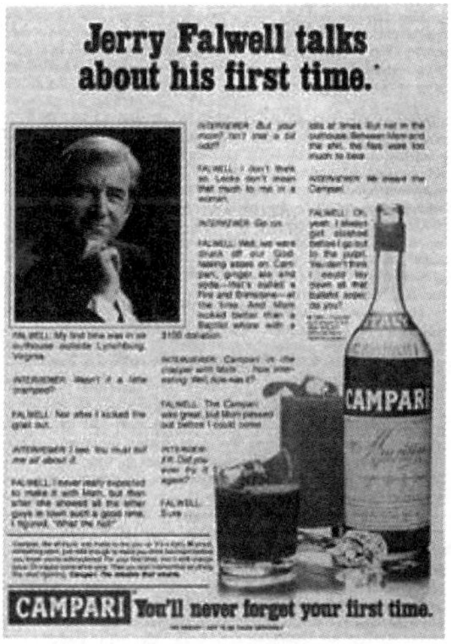

恶搞名人惹祸端 Hustler Magazine，Inc. v. Falwell，1988

在欣赏大法官精彩判词的同时，我们先看一下美国宪法第一修正案，也就是《权利法案》第 1 条的原文：

1.Congress shall make no law respecting an establishment of religion，or prohibiting the free exercise thereof; or abridging the freedom of speech，or of the press; or the right of the people peaceably to assemble，and to petition the Government for a redress of grievances.

国会不得制定关于下列事项的法律：确立国教或禁止信教自由；剥夺言论自由或出版自由；或剥夺人民和平集会和向政府请愿申冤的权利。

在《皮条客》杂志诉福尔韦尔牧师案的判词中，首席大法官伦奎斯特（Rehnquist，William H. Chief Justice）首先回顾了最高法院关于言论自由的经典判例，包括霍姆斯大法官 1919 年在“艾布拉姆斯诉美国案”中的意见：如果我们想确定一种思想是否是真理，就应让它在思想市场的竞争中接受检验。对于福尔韦尔主张第一修正案不应保护令人难以容忍的蓄意精神伤害时，他说，在就公共事务进行辩论的领域，宪法第一修正案保护许多不值得称道的行为。如果不是这样，政治漫画家、讽刺作家必然寸步难行，无所作为。

那么，对于那些“令人不能容忍”的恶意中伤，真的就不应该遭到惩罚吗？伦奎斯特认为，在社会领域，“令人不能容忍”是一个非常主观的判断，界限难以把握，所以，他再次强调，公众人物应容忍“激烈、刻薄，甚至尖锐的攻击”。被恶意广告伤害的人，不管遭到多大冒犯，都不能仅仅因为受嘲弄而要求损害赔偿。

美国最高法院大法官波特•斯图尔特 (Potter Stewart) 在 1974 年的一次演讲中指出，第一修正案的基本宗旨在于创造一个独立于政府之外的第四个机构，也就是我们常说的新闻媒体的第四权，从而对三个官方部门进行额外的监督。最高法院通过这个案件告诉我们，一个社会必须要给新闻界提供足够的呼吸空间以行使第一修正案赋予的自由，政府在理念领域必须保持中立。

好了，现在看第 2 条：

2. A well regulated Militia，being necessary to the security of a free State，the right of the people to keep and bear Arms，shall not be infringed.

管理良好的民兵是保障自由州的安全所必需的，人民持有和携带武器的权利不得侵犯。

这一条我们在前面讨论费城制宪会议时说过了，它规定了美国人的持枪权利。从第一句话来看，这条权利应该直接来源于独立战争时期对英国暴政的反抗，但人民持枪的权利却从此不可动摇，尽管美国枪击案，尤其是校园枪击案时有发生，令人痛心。如何控枪是每一届政府面临的难题，奥巴马总统也是无可奈何，恐怕这个任务还是要留给最高法院的大法官们去解决吧。

《权利法案》的第 3 条、第 4 条：

3. No Soldier shall，in time of peace be quartered in any house，without the consent of the Owner，nor in time of war，but in a manner to be prescribed by law.

任何士兵，在和平时期，未得屋主的许可，不得居住民房；在战争时期，除非照法律规定行事，也一概不得自行占住。

4. The right of the people to be secure in their persons，houses，papers，and effects，against unreasonable searches and seizures，shall not be violated，and no Warrants shall issue，but upon probable cause，supported by Oath or affirmation，and particularly describing the place to be searched，and the persons or things to be seized.

任何公民的人身、住宅、文件和财产不受无理搜查和查封，没有合理事实依据，不能签发搜查令和逮捕令，搜查令必须具体描述清楚要搜查的地点、需要搜查和查封的具体文件和物品，逮捕令必须具体描述清楚要逮捕的人。

第 3 条恐怕是来源于独立战争初期英国士兵驻扎在百姓家里的恐惧，但保证了军队不得骚扰百姓。限制了拿枪的，接着就开始限制当官的，防止政府，尤其是警察欺压人民、鱼肉百姓，所以，第 4 条对警察等司法人员对公民进行搜查、逮捕规定了详细的程序和要求，表述相当细致、准确，也奠定了刑事诉讼中“程序正义”的基础。当年宪法的起草者很多都是律师，可以看出那些建国之父的良苦用心和专业水准。这一条的目的是最大限度地削弱警察的“强势”，让权力不能“任性”。对执法者来说，稍有不慎，就会造成自身的违法，进而影响案件的侦破。如果警察的取证稍有瑕疵，证据将不会被采信，更不用说刑讯逼供了。

200多年后的1995年，在黑人橄榄球明星辛普森涉嫌杀妻案中（The Trial of Orenthal James Simpson），辛普森在“血证如山”的情况下，靠着《权利法案》第4条的庇护，靠着律师抓住警察办案中的破绽有懈可击，虽然没能洗清自己的罪名，却也让自己无罪释放。

我们前面在讨论1796年的“萨勒姆驱巫案”时说过，只有经过一定程序认定的确切无疑的证据方能在法庭上作为陪审团判断的依据，排斥逼供信等非法取得的证据。第一任哈佛学院校长英克里斯·玛泰说，错放过十个巫婆也比冤枉一个无辜的人要好。辛普森一案再次确认了美国司法的一个重要原则——宁可放过十个，不可错杀一人。

辛普森涉嫌杀妻案号称“世纪大案”，但它的案情充其量也就是一出明星狗血剧。1994年6月12日深夜，洛杉矶警方在一座公寓楼前发现了一男一女两具尸体，系遭刀杀、割喉致死，在确认受害的白人女子是辛普森前妻之后，福尔曼等四名警察从案发现场来到辛普森家，并在辛普森家越野车的车门把手上发现了血迹，在没有取得搜查许可证的情况下，仍然决定入室搜查，并在后墙空调机下的过道上发现了一只血手套，而且与凶杀案现场发现的一只手套恰好相配，在前门车道和通往大门的小道上也发现了血迹，于是警方宣布辛普森家为凶杀案第二现场，并正式向法官申请搜查许可证。6月13日中午，人在芝加哥的辛普森赶回洛杉矶，警方抽取了辛普森的血样，主持破案的瓦特纳警长携带血样返回到凶杀案现场，在现场停留三个小时后将血样交给正在现场勘查的检验员。警方要求辛普森于6月17日上午10点投案自首，但辛普森却突然消失了，只留下了一封有自杀倾向的信。于是警方决定追捕辛普森，一场全球瞩目的高速公路大追捕真实上演，全美各大电视台现场直播。

血迹还是血疑？——辛普森家及辛普森梦幻律师团（Simpson and attorneys）

在诉讼阶段，辛普森阵容豪华的“梦之队”律师团抓住警方办案中的漏洞，赢得了最后的官司。其中之一就是办案警察滥用搜查权，在既没有搜查证，又不是非常紧急的情况下私闯民宅，涉嫌伪造证据，违反了《权利法案》第4条的规定。办案警察直接从凶杀现场来到辛普森家，瓦特纳警长没有立即将血样交给警署的化验室，而是携带血样回到凶杀案现场，这样，在辛普森家发现的血迹就有可能是办案警察从凶杀案现场带来，涉嫌栽赃陷害。

那么，如果严格执行了宪法的规定，是不是会造成犯罪嫌疑人逃避法律制裁呢？答案是肯定的。那么，这样的法律是不是就成了恶法呢？答案是否定的。其中的道理，中国法制出版社《美国宪政历程》一书中做了精彩的分析：美国司法制度对程序公正和证据确凿的重视，远远超过寻求案件真相和把罪犯绳之以法。宪政法治的核心，不是不择手段，从重从快打击触犯刑律的小民百姓，而是注重对政府权力的约束和制衡，防止执法者凌驾于法律之上。

《权利法案》的第5条、第6条：

5. No person shall be held to answer for a capital, or otherwise infamous crime, unless on a presentment or indictment of a Grand Jury, except in cases arising in the land or naval forces, or in the Militia, when in actual service in time of War or public danger; nor shall any person be subject for the same offense to be twice put in jeopardy of life or limb; nor shall be compelled in any criminal case to be a witness against himself, nor be deprived of life, liberty, or property, without due process of law; nor shall private property be taken for public use, without just compensation.

无论何人，除非根据大陪审团的报告或起诉书，不受死罪或其他重罪的审判，但发生在陆、海军中或发生在战时或出现公共危险时服役的民兵中的案件除外。任何人不得因同一犯罪行为而两次遭受生命或身体的危害；不得在任何刑事案件中被迫自证其罪；不经正当法律程序，不得被剥夺生命、自由或财产。不给予公平赔偿，私有财产不得充作公用。

6. In all criminal prosecutions, the accused shall enjoy the right to a speedy

and public trial, by an impartial jury of the State and district wherein the crime shall have been committed, which district shall have been previously ascertained by law, and to be informed of the nature and cause of the accusation; to be confronted with the witnesses against him; to have compulsory process for obtaining witnesses in his favor, and to have the Assistance of Counsel for his defence.

在一切刑事诉讼中，被告有权由犯罪行为发生地的州和地区的公正陪审团予以迅速和公开的审判，该地区应事先已由法律确定；得知控告的性质和理由；同原告证人对质；以强制程序取得对其有利的证人；并取得律师帮助为其辩护。

这两条都涉及了刑事案件的程序规定，特别是“不得在任何刑事案件中被迫自证其罪”、“取得律师帮助为其辩护”。正是由于这两项条款，成就了美国宪政史上的另一个经典案例《米兰达诉亚利桑那州案》(*Miranda v. Arizona*，1966)，由此也诞生了我们在诸多电影、电视剧中常常见到的米兰达告诫(Miranda Rights)：你有权保持沉默……

直白点说，如果警察在询问犯罪嫌疑人时，没有告知米兰达告诫，那么，“供认不讳”就不能作为定罪证据。这是为什么呢?

宪法的起草者为了防止政府给一个人草率定罪，在宪法和权利法案中为犯罪嫌疑人保留了很多权利，比如，人身保护权、沉默权、聘请律师权。在现实生活中，很多人由于对被告应有的权力知之甚少，因而没有享受到宪法对自己的保护，这一点就是米兰达诉亚利桑那州一案的核心要点。1963年，23岁的米兰达因涉嫌绑架和强奸被警察询问，并供述了自己的罪行。但他没有被告知自己有不做供述，有聘请律师到场的权利。后来，米兰达的律师认为，警方在没有律师在场的情况下取得供述，违反了权利法案的相关规定，米兰达的供词属于自证其罪，应该视为无效，于是，官司打到了联邦最高法院。1966年，最高法院裁决米兰达的供词不能作为证据，因为他没有被告知应有的权利。自此之后，每当询问嫌疑人时，警察都要首先告知“米兰达告诫”：嫌疑人有保持沉默和聘请律师的权利。在《米兰达诉亚利桑那州案》中的米兰达告诫如下：

你有权保持沉默。你所说的一切都能够用来在法庭作为控告你的证据。

你有权在受审时与律师咨询交谈，在任何询问期间，你有权要求律师在场。如果你雇不起律师，政府会付费为你提供律师。

You have the right to remain silent. Anything you say can and will be used against you in a court of law. You have the right to speak to an attorney, and to have an attorney present during any questioning. If you cannot afford a lawyer, one will be provided for you at government expense.

米兰达诉亚利桑那州一案的判决书由首席大法官沃伦亲自起草。可以说，米兰达告诫对警方侦查案件带来了极大的阻碍和不便，在实际操作中也使破案率大幅下降，不但遭到了来自社会的批评，就是在 9 名大法官之间也分歧严重，最后以 5 ∶ 4 勉强通过。怀特大法官就愤怒地说："最高法院的新规则将把杀人犯、强奸犯送回大街，让他们在兴高采烈之时重新犯罪。"那么，沃伦到底是怎么想的呢？

沃伦大法官曾长期在基层任职，对警方和检方为追求破案率或邀功请赏而对犯罪嫌疑人实施威胁恐吓、屈打成招、身心折磨、打骂侮辱等手段早有切身体验，对民众也有深厚的同情之心。他认为，警方的权力必须受到约束，只有消除警察对犯罪嫌疑人的刑讯逼供，宪法赋予公民的基本权利才能得到保证，米兰达告诫就是一个有效手段。实行米兰达告诫之后的一个事实是，冤假错案基本得到杜绝。

第 5 条最后还有一句：不给予公平赔偿，私有财产不得充作公用。这一条款一定让我们想起了《大宪章》中的条款：王室及其家人官吏不得擅取臣民的谷物或其他动产，不得征用车马、木材用做运输或建筑城堡。这一条款涉及每个人私有财产的保护，最高法院的判例也非常多。

2008 年，次贷危机引发华尔街金融风暴，美国国际集团 AIG 面临巨额保险赔付，公司命悬一线。如果任其崩溃，将引发美国银行系统的崩盘，众多投资者的财产灰飞烟灭。美国财长保尔森和美联储纽约银行行长盖特纳，就是后来奥巴马政府的财政部长，紧急为 AIG 注入资金，但以公司 80% 的股权做担保。2011 年，AIG 前总裁莫里斯以联邦政府违反权利法案第 5 条提起诉讼（Starr International Co., Inc. v. United States），称美国政府凭借向 AIG 的救助拿走了公司股权，而股东却没有获得公正补偿。从美国政府的角度看，这场诉讼简直就是"恩将仇报"，正如奥巴马总统所说，这样的行为为卑鄙作了注解。但从宪法的角度来讲，谁胜谁败不是最重要的，这一判决实际上要回答一个问题——政府征用私人财产的边界到底在哪里，政府在紧急情况下是否有权实施救助。

说到征用私人财产充为公用，大家一定会想起一个词叫“强拆”，美国康涅狄格州新伦敦市政府也搞强拆，结果摊上大事了，让一个叫凯特的“钉子户”告到了联邦最高法院，认为拆迁理由不属于权利法案第 5 条规定的“公共用途”(public use)，这个案件被称为凯洛诉新伦敦案（Kelo v. City of New London，Conn ）。

2000 年，新伦敦市政府制订了一个老城区和海港区商业开发计划，州最高法院认为这项计划会创造 1000 多个就业岗位，增加财政收入，恢复经济活力，为此，对不愿搬迁的家庭实施国家强制征收。先前的法律判例认为类似的开发计划不满足“公共用途”的条件，除非这样的用途“明显必要”，并且“具有明显可预见的需要”。

这个案件的焦点就在于市政府提出的财产处置方式是否符合宪法第五修正案“公共用途”的条件。占多数的支持一方认为，在这个案件中，“公共用途”(public use) 可以延伸解释为“公共目的”(public purpose)，认为该发展计划不是为了特定的个人，而是为了整个市区。包括首席大法官伦奎斯特在内的反对一方认为，把经济发展视为“公共用途”抬高了司法解释的标准。如果这种征用有益于特定的私人团体，只是顺便或推测其符合公共利益，那么，这种征用就不应认为符合“公共用途”。最后的判决扩大了宪法对“公共用途”的解释范围，无疑为政府以公共利益、公共需求等理由侵犯少数人的财产打开了方便之门，很多州也纷纷通过立法对这个判例进行修正。

美国强拆：挖掘机上写着“地方政府”，大锤上写的是“最高法院”，被拆迁的房子写着“私人财产”。

《权利法案》的第 7 至第 10 条：

7. In Suits at common law, where the value in controversy shall exceed twenty dollars, the right of trial by jury shall be preserved, and no fact tried by a jury, shall be otherwise re-examined in any Court of the United States, than according to the rules of the common law.

在普通法的诉讼中，其争执价额超过 20 美元，由陪审团审判的权利应受到保护。由陪审团裁决的事实，合众国的任何法院除非按照普通法规则，不得重新审查。

8. Excessive bail shall not be required, nor excessive fines imposed, nor cruel and unusual punishments inflicted.

不得要求过多的保释金，不得处以过重的罚金，不得施加残酷和非常的惩罚。

9. The enumeration in the Constitution, of certain rights, shall not be construed to deny or disparage others retained by the people.

本宪法对某些权利的列举，不得被解释为否定或轻视由人民保留的其他权利。

10. The powers not delegated to the United States by the Constitution, nor prohibited by it to the States, are reserved to the States respectively, or to the people.

宪法未授予合众国，也未禁止各州行使的权力，由各州各自保留，或由人民保留。

这几条涉及陪审团、保释金等问题，也是美国司法制度的一大特色，我们在小说、电影、电视剧、新闻报道中也常常看到或听到。不管它们的具体内涵如何，其核心目的都只有一个，那就是保护人民的权利不受侵犯，主要是不受到权力机关的侵犯，让苛政猛于虎得到根治。美国人的宪法理念是，法律首先要管“官”，其次才是犯罪分子。法治首先是约束和限制“官员”的权力，因为有权，他们更可能是潜在的犯罪分子或有组织的犯罪集团。

我们在这一单元重点讨论了权利法案等美国宪法修正案，我想用最高法院大法官威廉·道格拉斯的一句话来做一个总结：权利法案的绝大部分条款都与程序有关，这绝非毫无意义。正是程序决定了法治与随心所欲或反复无常的人治之间的大部分差异。坚定地严格法律程序，是赖以实现法律面前人人平等的重要保证。

我们讨论了美国早期文学和建国文献的主要内容，我们美国文学的第一部分、第二部分也告一段落。接下来，我们将进入更加令人激动与兴奋的第三部分、第四部分，华盛顿·欧文、爱伦·坡、爱默生、梭罗、马克·吐温、麦尔维尔等超级大牌都将"粉墨登场"。在体裁上，后面的两部分更接近于小说等我们熟悉的文学形式，也与当代美国五彩斑斓的现实生活联系得更加紧密。

第三部分

浪漫之花：个人主义标记新民族

——美国国家形成时期的浪漫主义文学（1800—1850年）

Unit 11

《穿越大裂谷》——刘易斯：当代的奥德赛

《地球上最壮观的景象》——鲍威尔：奋进的美国人

自然创造峡谷奇迹，英雄创造美国奇迹

一个健康的国家只有在这样的时候才存在，就是组成她的男男女女都追求正直、有活力和健康的生活，就是她的孩子们被教导要奋进努力，不要畏惧困难，不要寻求安逸，要知道如何面对艰难与风险，去争取最后的胜利。

——第26任总统西奥多·罗斯福

1845年，美国记者约翰·沙利文说：领土扩张是美国的显然天命（It was America's manifest destiny to overspread the continent.），美国的领土注定要从大西洋扩展到太平洋。到1870年，人口膨胀、经济增长、连年征战让美国的国家精神日趋成熟，也催生了很多"知名作家"，美国文学盛开了浪漫之花，美国文学之光终于照进了那片"新世界的森林"。

美国的国家发展和美国人精神的形成和"牛"有着扯不清、剪不断的关系。美国民族精神的内核就是西部精神，西部精神源于西部牛仔，有牛仔，当然就有"牛"了。

美洲原本没有牛，和马一样，牛也是欧洲的"移民"。美国牛通常指得克萨斯州的长角牛（longhorn cattle），就是来自美国东部的英国牛与来自南部墨西哥的西班牙牛在得克萨斯州的杂交牛。1865年美国内战结束之后，来自南方邦联的战士回到家乡，突然发现他们战前饲养的长角牛成倍增加，悠闲地生活在得州的大草原上，但牛多人少，牛肉根本不值钱。这一时期，西部淘金热让大量人口蜂拥而至，东部纷纷建立大的工厂，城市扩张，人多肉少，牛肉自然奇货可居。南方的得州经济落后，虽然有资源，但没有路，东西就运不出。"要想富，先修路"，好在这时美国开始由东向西修铁路了，但那时的铁路只修到了堪萨斯的阿比林，离得克萨斯还远着呢。有人就尝试将得州的牛赶到北部的堪萨斯，然后通过铁路将牛运到东海岸。从得州到阿比林有一条叫奇舍姆的运牛小路（Chisholm Trail），牛仔们沿着这条路，赶着牛，经俄克拉荷马进入堪萨斯的阿比林，牛仔时代由此开始。

看电影《红河谷》，感受奇舍姆小路

赶牛的牛仔都是年轻的小伙子，甚至还有孩子。从得州到西部和北部城市的运牛行程都在一千英里左右，每天行走不超过 12 到 15 英里，一般要走两三个月，如果遭遇暴风雪，或许多达半年。牛仔们每天连续 14~16 小时骑在马背上来回奔跑，遇有雷电等异常天气，牛群随时会有“炸群”的危险，途经印第安人地区时，更要格外小心。这些情景，在 1948 年的电影《红河谷》中几乎全部得到再现。电影最后，当牛群终于运到阿比林时，主角邓森赶到，与养子马特的一场决斗终于不可避免，约翰·韦恩也凭此片成为超级巨星。

电影是后人的演绎，牛仔们则通过歌曲和民谣来唱出自己漫长赶牛旅途上的见闻感受。“奇舍姆小路”（Old Chisholm Trail）就是非常有名的一首，歌曲一开始就讲述了即将赶着牛群启程的情景：

Come along，boys，and listen to my tale
I’ll tell you of my troubles on the old Chisholm Trail
I started up the trail October twenty-third
I started up the trail with the U-2 herd
I’m up in the morning before daylight
And before I sleep the moon shine bright
It’s bacon and beans most every day
I’d just as soon be eating prairie hay
I woke up one morning on the Chisholm Trail
With a rope in my hand and a cow by the tail
过来，小子，听我给你讲述，
让我告诉你，那麻烦多多的奇舍姆小路；
就在 10 月 23 日，我开始踏上征途，
还有那群牛，和我一同起步；
早上起来，霞光还没显露，
晚上睡下，月亮已悬在高处；
日复一日，只有蚕豆腊肉，
我早已习惯，草原上的风餐露宿；

那天醒来，就在奇舍姆小路；

缰绳握在手里，跟在小牛身后。

如果牛仔歌曲让我们对西部荒原心生向往，那么，西部小说中的英雄更让我们心神荡漾。《最后的莫西干人》在种族的杀戮与冲突中，作者库珀为我们展示了邦波这一西部英雄形象，还有一部小说《弗吉尼亚人》（*The Virginian*），在种族的和谐与认同中，作者欧文·威斯特（Owen Wiste）为我们树立了一个西部牛仔的形象。库珀通过对邦波和印第安酋长身体的描写，表达了对西部英雄的崇敬和赞美，而威斯特不仅在全书中不惜笔墨，更是在小说一开始就描述了弗吉尼亚人的身体外表，西部牛仔的形象从此在人们的心中形成定式，也让《弗吉尼亚人》成为西部小说的开山之作：

> 一个比画还要漂亮，身材高挑的高个子青年，正懒洋洋地靠在墙上。他那宽边软帽掀在脑后，一条系得很宽松的深红色围巾从颈部垂下来，一只大拇指不经意地钩在斜挂在臀部的子弹袋中……他的皮靴因蒙上一层灰土而发白了，外衣也落上了一层灰色的尘土。红润的脸颊在尘土下隐隐发光，就像干旱季节里挂在树上熟透的桃子，旅途风尘和褴褛的衣衫掩盖不住那青春活力所焕发出的光彩。

寥寥数语，我们熟悉的牛仔英雄就来到面前：夕阳之下，头戴毡帽，颈系围巾，脚穿长靴，腰挎手枪。如果你还感觉不过瘾，看看西部电影就行了。1939年由约翰·韦恩主演的《关山飞渡》是西部电影的里程碑之作，从此，大漠夕阳，浪漫柔情、助弱除暴成了西部片的基本模式，尤其是头戴宽檐帽，对决左轮枪的形象几乎

查尔斯·布朗森：《西部往事》，《龙虎群英》，还有……

每部影片都莫不如此。

小说也好，电影也好，之所以受到人们的经久喜爱，除了那些侠义情仇的情节和形象外，更是因为这些牛仔英雄，在西部狂野的开疆拓土之中，造就了一个果敢、刚毅、智慧、正直、活力、不屈的民族。比如，《正午》让我们看到了责任、担当、无畏惧；《浴血黄沙》让我们看到了良心、信任、不贪婪；《西部往事》让我们看到了悲怆、坚韧、有盼望。在民族精神的锤炼中，一个有尊严、有进取的国家形象也随之确立。有一幅展现美国西进的名画《美利坚向前行》(*American Progress*)，一位天使带着电报线与拓荒者一同西行，美国人摩尔斯发明的电报和摩尔斯电码成为那个时代技术领先的标志。到了21世纪的今天，这位天使依然与美国同行，只不过电报换成了互联网、3D打印、页岩油和页岩气了，以信息技术、装备制造、新能源为核心的4.0版工业革命依然引领人类文明之先。正如美国第26任总统西奥多·罗斯福在《奋进的人生》演讲中说："安逸的生活绝不是一个令人满意人生的最终目标，这样的生活不适用于世界上那些追求勤奋工作的人们。一个健康的国家只有在这样的时候才存在，就是当组成她的男男女女都追求正直、有活力和健康的生活，就是当她的孩子们被教导要奋进努力，不要畏惧困难，要勇于克服困难，不要寻求安逸，要知道如何面对艰难与风险，去争取最后的胜利。"其实，奋斗而不逃避，面对而不推诿，冒险而不安逸在西部英雄的身上都能找得到，这就是西进给美国带来的价值，小说、电影只不过是传递这种价值观的载体而已。

American Progress：美国前行，显然天命

下面，我们就通过《穿越大裂谷》、《地球上最壮观的景象》两部文学作品，看看美国百年西进这部大戏是如何拉开的，不屈不挠的美国人是如何炼成的。

美国向西，从殖民地时期就是美国朝野的梦想。法印战争胜利后，殖民地人就试图西进，英国为此发布《1763年公告》，禁止向西跨越阿巴拉契山，由此埋下了独立战争的种子。到1844年，一位美国政治家说道，给年轻的美国野牛让路吧——它还没有获得足够的土地。我们将把俄勒冈当做它的避暑胜地，把得克萨斯当做它的冬季牧场，它将拥有两个海洋——广阔无垠的太平洋和波涛汹涌的大西洋。只有当冰冷的大洋浸润了它干渴的喉咙，它才会停下脚步。进入 19 世纪，美国西进步伐已经不可阻挡，但百年西进的第一步，还要从 1803 年的“路易斯安那购买”（Louisiana Purchase）说起。

“路易斯安那购买”是法国与美国签订的政府间协议，法国将整个路易斯安那地区的领土主权卖给美国。当时的路易斯安那是一片广袤的平原，沿密西西比河从明尼苏达州一直到墨西哥湾，位于入海口的新奥尔良（New Orleans）港是最重要的贸易中心。“路易斯安那购买”范围包括当今美国 15 个州的全部或部分地区，即阿肯色，密苏里，爱荷华，俄克拉荷马，堪萨斯，内布拉斯加，明尼苏达，北达科他，南达科他，新墨西哥，得克萨斯，蒙大拿，怀俄明，科罗拉多，路易斯安那州，总面积 214 万平方公里，相当于当时的美国，交易价格 1500 万美元，相当于每英亩 3 美分。

那么，这个大馅饼是如何从天而降的呢？

1801 年，杰斐逊就任美国第三任总统后不久，听说法国从西班牙人手里获得了路易斯安那，立刻任命詹姆斯·门罗，就是后来的第五任总统，作为总统特使去巴黎，商洽购买新奥尔良。拿破仑从 1799 年开始统治法国，他本来想把路易斯安那作为法兰西帝国在北美的大粮仓和贸易中心，但天不遂人愿，一场兵变和黄热病夺去了 24000 名法国士兵的性命，加上担心英美结盟占领路易斯安那，就顺水推舟主动提出把路易斯安那卖给美国，一来可以为迫在眉睫的欧洲战争筹集军饷，二来又遏制了英国在北美的扩张，还可以获得美国的好感，可谓一石三鸟。大馅饼从天而降，砸得门罗目瞪口呆。“路易斯安那购买”不仅成为杰斐逊总统任内的重大成就，也成为美国历史上的重大事件，为美国的大国崛起奠定了根基，百年西进大幕拉开，法国势力彻底退出北美。

买是买到手了，可那个时候，没有人去过，也没有人知道那片土地是什么样子，甚至边界在哪儿，怎么去都不知道。于是，杰斐逊总统推动国会资助了一项跨密西西比河的考察活动。考察由梅里韦瑟·刘易斯（Meriwether Lewis，1774—1809 年）上尉和威廉·克拉克（William Clark，1774—1851 年）中尉带领，主要任务是在地图上标出一条通往太平洋的道路，收集沿途的资源信息，探查路易斯安那地区的边界。1804 年，刘易斯和克拉克从圣路易斯出发，横穿落基山脉，到达太平洋东岸的俄勒冈，于 1806 年返回，行程 8000 英里。

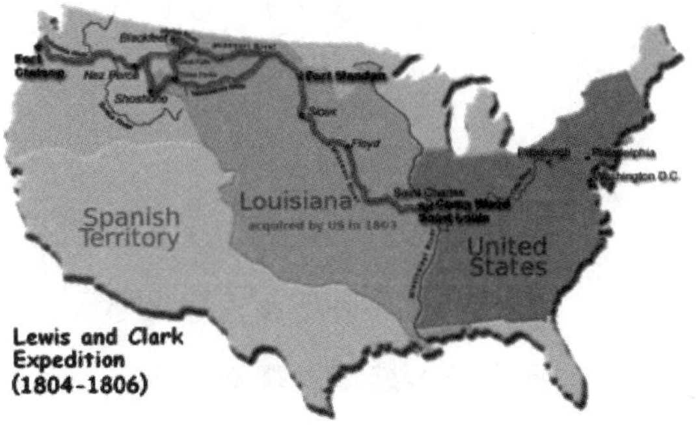

刘易斯和克拉克探险之路（Route of the Expedition）

刘易斯为这次探险做了充分准备。他向国内最顶尖的科学家学习科学分类等相关知识，以便对沿途的植物、动物和矿物进行分类整理，又学会了阅读和绘制地图以及驾驶小船，甚至还学会了外伤救治的基本常识。他找到了好朋友——退役军官威廉·克拉克，还有另外 40 个勇士，包括一个非裔奴隶，组建了一只精干的探险队。克拉克自然知识丰富，具有熟练的地图绘制技术，对即将穿越的地区绘制了详细草图。整个秋季和冬季，刘易斯都在为这次航行做准备，包括指南针、航海装备和药品，他又买了一大包礼物准备送给印第安人。当然，和哥伦布每天记录航海日志一样，刘易斯知道，最重要的是准备纸张，记录旅程中发生的事情。

1804 年春天来到的时候，探险开始了。密苏里河上的航程有 2000 多英里，这时冰雪融化，队员们驾驶着一条破船，一路逆流而上。遇到湍流或者难以航行的时候，他们经常拖船前行，还要避开扑面而来的一团一团的蚊子，行进速度非常缓慢，小船也经常在泥地搁浅，整个队伍在天气好的时候也只能前进 12~14 英里。

西部探险双雄刘易斯、克拉克

这次为期两年的考察是美国历史上第一次跨越美洲大陆直达太平洋的探险活动，让美国人对这片未开垦土地的地理科学状况有了一定的了解，为毛皮狩猎者和未来居住者探明了路线，加快了俄勒冈地区的开发进程。一位美国历史学家这样评价：如果说内战是美国的伊利亚特，那么，这次探险就是美国的奥德赛。

下面就是刘易斯在《穿越大裂谷》（*Crossing the Great Divide*）中对这次探险的真实记录：

这天早晨我很早就起了床，派德鲁叶和那个印第安人顺河而下，让席而兹去打猎，我又让麦克尼尔把我们的肉煮熟，为我们和酋长准备了一顿不甚丰盛的早餐。在德鲁叶出发两个小时左右，一个沿着河独自闲逛了一段距离的印第安人回来了，并且报告说白人们要回来了。他们所有的人都表现出激动和狂喜，酋长不停地重复他友爱的拥抱。听到这个消息，我和那些印第安人表现出一样的高兴。不久之后，克拉克船长就和翻译卡波诺，还有那个印第安妇女一起到达了这里，后来我们发现那个妇女是卡米沃特酋长的姐姐。那些人相见的场面真的很感人，尤其是萨卡嘎维阿和一个印第安妇女的见面更是令人感动，那个印第安妇女曾经和她同时被囚禁，后来从米内塔勒斯逃走并回到了她的族人中间。中午时分，独木舟也都到达了这里，我们再一次充满喜悦，因为我们所有的人都聚在了一起，并且他们还带来了一个振奋人心的消息，那就是如果从水上航行不妥当的话，我们也有希望不久就能得到足够的马匹，使我们能从陆路继续我们的旅行。

现在，我们在河左岸分岔路的交叉点下方一块有很好草皮覆盖的平坦的地方支起了帐篷，我们在这里卸下了独木舟里的东西，把我们的所有行李放在岸上，我们又用一张大帆支起了一个天棚，并在地上插了一些柳树枝，以便在和印第安人谈话的时候他们可以坐在树荫下。我们认为最好这天傍晚就和印第安人谈话，下午4点左右，我们把他们叫到了一起，通过拉布士、卡波诺和萨卡嘎维阿的翻译，我们向他们充分地解释了我们到这个边远地区来的目的。在解释的过程中。我们特别注意把他们纳入我们的良好祝愿和我们政府的关心之中，让他们意识到，他们的每种货物，他们的安全防卫和舒适生活都要依靠于我们的政府，我们还告诉他们，我们政府的强大和对他们友好的态度。我们也向他们解释了为什么要深入这个地区的原因，那就是探查并发现一条能更直接地把商品带给他们的通道。由于在我们回家之前没人能与他们进行交易，所以他们尽可能地为我们提供帮助，使我们尽快完成旅行回家，这对双方都大有益处。

太平洋海岸的俄勒冈州是这次考察的终点，波特兰（Portland）是俄勒冈州最大的城市，有着“玫瑰之城”的美誉，“耐克”的总部就设在这里，但刘易斯和克拉克的考察留给这座城市的远不止这些，他们“审慎学习、原创研究、热烈讨论”的理念催生了一所大学，就是1867年成立的刘易斯和克拉克学院（Lewis & Clark College），“一起探索、一起学习、一起工作”（To explore，to learn，to work together）也自然成了学校的座右铭。刘易斯和克拉克学院由文理学院、教育咨询研究生院和法学院三个学院组成，它的法学院还有一个法务写作研究生专业，在全美排名第 15 位。学校还有一个“俄勒冈写作项目”（Oregon Writing Project），目的是提高俄勒冈地区从幼儿园到高中孩子们的写作能力。他们认为，在今天，写作能力不是少数人的时髦装饰，而是大多数人的必备技能，这个理念确实值得我们深思。写作不仅仅是作家的事，更何况在网络时代，人人都是作家。反过来看，我们哪所大学曾为学生，为社区提供这样的服务呢，我们的孩子从幼儿园读到大学，阅读、演讲、写作却成了普遍存在的“软肋”，同样是教育，差距咋就这么大呢？

来吧，到刘易斯和克拉克学院，一起探索、一起学习、一起工作

购买是获取领土的手段，战争也是。1845—1849 年，在第 11 任总统波尔克的任期之内，美国实现了最大的一次领土扩张。通过吞并得克萨斯（The Annexation of Texas），美国获得了今天的得克萨斯州和新墨西哥、科罗拉多、怀俄明、俄克拉荷马以及堪萨斯州的一部分；通过与英国签订《俄勒冈条约》（*Oregon Treaty*），美国获得了今天的俄勒冈、华盛顿、爱达荷州和怀俄明、蒙大拿的一部分；通过墨西哥战争（The Mexican-American War），美墨签订《瓜达卢佩・伊达尔戈条约》（*Treaty of Guadalupe Hidalgo*），美国获得了今天的加利福尼亚州和内华达州、犹他州、亚利桑那州等地，俄勒冈真的成了美国的避暑胜地，得克萨斯真的成了美国的冬季牧场。

西部国家公园几乎是美国西部旅行的必选之地，优胜美地、黄石、科罗拉多大峡谷更是位列美国国家公园之首。科罗拉多大峡谷与塞昂、布莱斯、拱门、纪念谷、鲍威尔湖等几十个国家公园相连，自然的神奇与优美让人美不胜收，如果再加上沙漠中的赌城拉斯维加斯，那就更让人心生向往了。

2002 年，女儿小学四年级的时候，我们去科学宫看了一场球幕电影，名字就叫《科罗拉多大峡谷》，一群土著印第安人在大峡谷中奔跑跳跃。那时，对科罗拉多大峡谷

科罗拉多大峡谷是一个由很多个峡谷组成的大峡谷

没有多少概念，看完也就忘了。2013 年，趁着女儿在北卡罗来纳大学教堂山分校交流期间的假期，我和女儿竟然真的来到了十多年前电影中的那个地方，感觉世界真是让人不可思议。

科罗拉多大峡谷（Grand Canyon）位于美国亚利桑那州西北部的凯巴布高原上，科罗拉多河在科罗拉多高原上共切割出 19 条大峡谷，总面积 2724.7 平方公里，其中最深、最宽、最长的一个就是科罗拉多，全长 446 公里，峡谷顶宽 6 至 28 公里，最深处 1800 米，山石多为红色。谷底的科罗拉多河曲折幽深，水深可达 18 米。整个大峡谷地段的河床比降为每千米 150 厘米，是密西西比河的 25 倍，其中 50% 的比降非常集中，在这些地段，河水激流奔腾，峡谷漂流也自然成为令人心动的旅游选项。

据说在 16 世纪，有一个叫科罗拉多的人为了寻找传说中的七座黄金城，从遥远的地方跋涉到此并发现了大峡谷，科罗拉多之名也由此而来。大峡谷的泥墙小屋，表明印第安人是这里的最早主人，但大峡谷的天然奇景为世人所知，应归功于一个人，他就是美国独臂炮兵少校约翰・卫斯理・鲍威尔（Major John Wesley Powell，1834—1902 年）。

1869 年 5 月 24 日，参加过美国内战的 35 岁老兵鲍威尔率领 8 个老兵，1 个山民，乘 4 只小船向绵延 1000 英里无人知晓的大峡谷进发。3 个月后，只有 5 个人和独臂英雄鲍威尔从峡谷深处走出，完成了这次开创历史的不朽之旅。

在探险过程中，鲍威尔除了担任首领，还承担了收集资料和线路勘测的任务，他自学了植物学、动物学和地理学知识，表现出极强的原创探究和自立能力。但这些困难，相对于旅程的危险来说，就不算什么了。

在怀俄明州，他们从格林河（Green River）出发，不到一个月，就在激流中撞坏了一条船，够用 10 个月的给养损失大半，一个叫古德曼的成员随即离开了。探险继续沿格林河而下，直到与向西流入犹他州的格兰德河（Grand River）汇合，然后进入科罗拉多河（Colorado River），西班牙语也叫“红色的河”（Red River）。在接下来的两个月，他们遭遇了很多激流，鲍威尔非常担心，他们会丢失所有的给养，甚至生命。所以，他们或者沿急流的一侧顺次排列小船，或者踏着河岸的岩石，抬着小船前行。

当到达隔离谷的时候，霍德兰、塞内卡兄弟俩人和邓恩走过来说：“再往前走，我们一定会死”。他们知道鲍威尔不会放弃继续探险，第二天一早，这三个人决定离开。当他们爬出谷口时，却落入了印第安人之手，这些印第安人把他们误认为是杀死一个本族妇女的矿工。鲍威尔和其他五个人一起穿过了隔离谷急流。两天之后的 8 月 29 日，鲍威尔一行到达米德湖下方的维琴河口，遇到了岸边钓鱼的定居者。至此，探险已经持续了 3 个月，由于杳无音信，人们以为他们已经死了。

回来后，鲍威尔将一路上的探险经历，写成一本书——《地球上最壮观的景象》，在美国产生了极大的影响。在那个没有照相机的年代，鲍威尔在书中用诗一样的语言为我们描述了一幅栩栩如生的峡谷景象，让大峡谷像画一样印在了我们的脑海里。

现在，我们就看看这本书中的几个精彩段落。鲍威尔在第一段中首先提到峡谷众多，但不重复：科罗拉多大峡谷是一个由很多个峡谷组成的大峡谷，……一道峭壁也是由很多道峭壁组成，但却绝没有丝毫重复。他觉得还没有说透，还不能让你想象出峡谷的具体样子，就用尼亚加拉大瀑布做类比。这样说，他还觉得不够，就把他震撼的情感和那情感震撼之下迸发出的难以企及的想象倾泻了出来：就算将华盛顿山脉从海平线的高度连根拔起，再把它头朝下扔到大峡谷里去，也不会使大峡谷里的水溢出到峭壁之外，就算把兰里奇山拔起来投到大峡谷里去，也不会把峡谷塞满。不过，你要认为鲍威尔仅仅是个作家，那就大错特错了，作家只不过是他无心插柳而已，这个我们随后再说。

从第二段开始的几个段落几乎就是人与自然或自然与探索一类电视片的解说词，也更像一篇充满了想象力的科普作品。比如，“巨大的陆地块是被地球内部的地质力量从海下举起来的，而正是这种力量塑造了地球”。

说到旅游，我们经常是匆匆一瞥，有观察但感受不足，有欣赏但想象不足。看看鲍威尔是怎么把大峡谷中的云彩写“活”的吧：云朵从一些峡谷中爬出来，又迂回溜进了其他的峡谷，整个天空看起来鲜活灵动，不像在平原那样，总在风的推动下朝一个方向移动，而是像那些峡谷的小径一样复杂多变。这样一来，那些小云朵似乎变成

和女儿一起到美国西部：每一个峡谷本身就是一个美的世界……

了一个个的人，有着自己的意志和灵魂，每个人都在做着不同的事情——它们就是一大群各持己见的云朵，随着埋藏在自己心里的目标四处飘荡。

在这么精美的作品面前，还是闲言少叙，用好奇，用兴奋去好好读一读吧。《美国语文》一书中给出的翻译也极其精彩，我们读几个段落：

地球上最壮观的景象

科罗拉多大峡谷是一个由很多个峡谷组成的大峡谷，它是千万个峡谷的合成体。同样，这个峡谷的每道峭壁也是合成的结构，一道峭壁也是由很多道峭壁组成的，但却绝没有丝毫重复。这些几乎数不清的峡谷中的每一个峡谷本身就是一个美的世界。在大峡谷中有几千个峡谷像尼亚加拉瀑布下的那个峡谷一样，还有一千个和优胜美地一样。所有这些峡谷联合在一起组成了大峡谷，这地球上最壮观的景象。就算将华盛顿山脉从海平线的高度连根拔起，再把它头朝下扔到大峡谷里去，也不会使大峡谷里的水溢到峭壁之外，就算把兰里奇山拔起来投到大峡谷里去，也不会把峡谷塞满。

大峡谷中的雕刻是雨水和河水的杰作。这片广阔的峡谷迷宫剖开了科罗拉多河流过的高原地区，而这迷宫也是水的杰作。每条河流挖通了它自己的峡谷，每条小溪也同样为自己凿通谷道。当一场大雨降临这片土地时，涓涓细流雕刻出了峡谷——但是每场大雨只刻出一点，虽然大雨间隔的时间很长，峡谷上方的天空在一年中的大多数日子里都是晴朗无云的。但是，岁月悠悠，大雨带来的断断续续的细流在世纪的累积中就能发挥神奇的作用。

虽然峡谷中体现出来的冲蚀作用是广阔的，但这却只是这个地区巨大冲蚀作用的一小部分，因为在山岩之间被冲走的石块数量比用来填满峡谷所需的数量要大得多，使这整个地区的所有部分很可能都降低了1000英尺以上，而且某些地区有超过3万英尺的岩石被冲走了。总计起来，就相当于一个面积超过20万平方英里的地区平均有6000英尺的地面被冲蚀了。想象一块占地面积20万平方英里，厚度为1英里的石头，云朵向它投下暴雨，把它击成细沙，这些细沙被细流带入小溪，又被小溪冲进河里，最后被科罗拉多河带进了大海。我们认为是山脉在它们的山眉处形成了云朵，其实却是云朵造成了山脉，巨大的陆地块是被地球内部的地质力量从海下举起来的，而正是这种力量塑造了地球。然后，那些四处飘浮的云朵以及蕴含着暴风雨，装扮如彩虹的云朵就用巨大的力量和高超的技巧雕刻出了山谷和峡谷，造出了小山、悬崖和山脉。云朵是真正卓越的艺术家。

在冬季，大峡谷的某些特征着重表现了出来。下面黑色的片麻岩，条纹斑驳的石英岩和绿色的或凹壁上的砂岩共同组成了雄伟的红色石壁的基础。耸起的石灰石高高居于带状砂岩的柱上。在冬天，这一切都被白雪覆盖。从下面向上望去，这些变换的部分似乎逐渐升入了天空，而石壁与蓝色的天空之间看不到分隔的平面，天空成为整个景观的一个组成部分，在石壁之间支起了一个宽阔的圆顶，为大峡谷染上了苍穹的蓝色。就这样，在一个广阔的建筑中，天与地融为了一体。

经常在雨季，当云朵在峡谷中嬉戏时，又会产生另一种效果。云朵们从一些峡谷中爬出来，又迂回溜进了其他的峡谷，整个天空似乎有了生命，不像在平原上空那样，总在风的推动下朝一个方向移动，而是像那些峡谷的小径一样复杂多变。这样一来，那些小云朵似乎变成了一个个的人，有着自己的意志和灵魂，每个人都在做着不同的事情——它们就是一大群各持己见的云朵，随着埋藏在自己心里的目标四处飘荡。在这想象中，云朵属于天空，当它们留在峡谷中的时候，天空也就降到谷道之中，抓住山崖，把它们举向无法丈量的高空，因为那高空仍然还在遥远的地方，就这样，它们将石壁无限放大了。

这条河永不停息地雷鸣般咆哮着……

如果你意犹未尽，就再原汁原味地欣赏一遍吧。

The Most Sublime Spectacles on Earth

The Grand Canyon of the Colorado is a canyon composed of many canyons. It is a composite of thousands, of tens of thousands, of gorges. In like manner, each wall of the canyon is a composite structure, a wall composed of many walls, but never a repetition. Every one of these almost innumerable gorges is a world of beauty in itself. In the Grand Canyon there are thousands of gorges like that below Niagara Falls, and there are a thousand Yosemites. Yet all these canyons unite to form one grand canyon, the most sublime spectacle on the earth. Pluck up Mt. Washington by the roots to the level of the sea and drop it headfirst into the Grand Canyon, and the dam will not force its waters over the walls. Pluck up the Blue Ridge and hurl it into the Grand Canyon, and it will not fill it.

The carving of the Grand Canyon is the work of rains and rivers. The vast labyrinth of canyon by which the plateau region drained by the Colorado is dissected is also the work of waters. Every river has excavated its own gorge and every creek has excavated its gorge. When a shower comes in this land, the rills carve canyons—but a little at each storm; and though storms are far apart and the heavens above are cloudless for most of the days of the year, still, years are plenty in the ages, and intermittent rill called to life by a shower can do much work in centuries of centuries.

The erosion represented in the canyons, although vast, is but a small part of the great erosion of the region, for between the cliffs blocks have been carried away far superior in magnitude to these necessary to fill the canyons. Probably there is no portion of the whole region from which there have not been more then a thousand feet degraded, and there are districts from which more then 30000 feet of rock have been carried away. Altogether, there is a district of country more then 200000 square miles in extent from which on the average more then 6000 feet have been eroded. Consider a rock 200000 square miles in extent and a mile in thickness, against which the clouds have hurled their storms and beat it into sands and the rills have carried the sands into the creeks and the creeks have carried them into the rivers and the Colorado has carried them into the sea. We think of the mountains as forming clouds about their brows, but the clouds have formed the mountains. Great continental blocks are upheaved from beneath the sea by internal geologic forces that fashion the earth. The wondering clouds, the tempest-bearing clouds, the rainbow—decked clouds, with mighty power and with wonderful skill, carve out valleys and canyons and fashion hills and cliffs and mountains. The clouds are the artists sublime.

In winter some of the characteristics of the Grand Canyon are emphasized. The black gneiss 1 below, the variegated quartzite, and the green or alcove sandstone form the foundation for the mighty red wall. The banded sandstone entablature is crowned by the tower limestone. In winter this is covered with snow. Seen from below, these changing elements seem to graduate into the heavens, and no plane of demarcation between wall and blue firmament can be seen. The heavens constitute a portion of the façade and mount into a vast dome from wall to wall, spanning the Grand Canyon with empyrean blue. So the earth and the heavens are blended in one vast structure.

When the clouds play in the canyon, as they often do in the rainy season, another set of effects is produced. Clouds creep out of canyons and wind into other canyons. Heavens seems to be alive, not moving as move the heavens over a plain, in one direction with the wind, but following the multiplied courses of these gorges. In the imagination the clouds belong to the sky, and when they are in the canyon the skies come down into the gorges and cling to the cliffs and lift them up to immeasurable heights, for the sky must still be far away. Thus they lend infinity to the walls.

怎么样，对大峡谷感兴趣没，有机会一定去看一次。大峡谷国家公园的主体在峡谷的南缘。从拉斯维加斯到大峡谷，如果你从直升机上俯瞰，93 号公路就像一条细线在红褐色绵延无边的山峦中穿过，公路旁的米德湖和胡佛水坝也是一个著名景点，在电影《变形金刚》中，胡佛总统修建这座大坝的目的就是为了藏匿外星人威震天和火种源，想要看看大坝的真容，就重温一下这部电影吧。

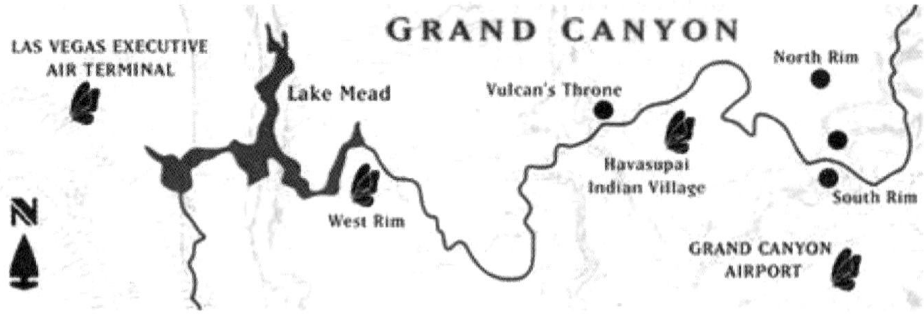

大峡谷方位图：从左向右，拉斯维加斯、胡佛水坝、米德湖、峡谷西缘、南缘、北缘

鲍威尔的成长之路对今天的我们，尤其是孩子们有很大的借鉴意义。我们喜欢到处打听成功人士的成长秘诀，其实，每个人的成功各有不同，但也有共通之处。所以，我们在这里详细解读一下鲍威尔的成长轨迹，相信对你一定会有启发。

鲍威尔出生在威斯康星州的乡下，从孩提时代起，就表现出对自然现象的极大兴趣。鲍威尔从不满足作为农民的生活，从学校毕业后成为一名教师。他曾穿越威斯康星、伊利诺伊、爱荷华以及密苏里州的铁山地区收集贝壳、矿石和自然历史遗物。1856 年，只有 22 岁的他从圣安东尼瀑布独自划着小木浆船，顺密西西比河直至河口，一路收集各种标本。1857 年，他又从匹兹堡划船穿过整个俄亥俄河，并且在 1858 年沿伊利诺伊河做了一次类似的旅行，到达河口后又逆流返回得梅因，1859 年他被选为伊利诺伊州自然历史学会秘书。

1860 年，美国内战开始。作为坚定的废奴主义者，鲍威尔是伊利诺伊州前 20 名志愿参军的人。在夏伊洛战役中，他失去了右臂。伤口刚好，他就回到部队，参加了冠军山和黑河桥战役。他的胳膊第二次手术之后，他又准时回到部队，参加了谢尔曼将军对南军的默里迪恩突袭，随后被任命为炮兵少校。他的妻子艾玛得到格兰特将军的准许，到战场来照顾丈夫。

战争时是英雄，做学问也不落后。1865 年，内战结束后他受聘担任伊利诺伊卫斯理安大学的地理学教授和博物馆馆长。他先前在那里获得文学学士和文学硕士学位，但他没有因为功成名就就倚老卖老，而是重新开始了自己的人生。获得了德国海德堡大学的博士学位，还在哈佛获得法学博士学位。

作为一个一生都在遭受伤痛折磨的残疾人，回到学校教书应该是一个很好的归宿了，但鲍威尔没有停止挑战人生的脚步，在那里，他开始酝酿他一生最为伟大的计划。在校园，他谈论最多的就是对地理学科的热爱，这时，充满无限可能的西部已经完全吸引了他。1868 年，他召集了一些学生，前往科罗拉多，并沿着洛基山考察了科罗拉多河的上游。这些地方从未被考察过，很多名山，包括朗斯峰，他们都是第一个攀登者，他们也花费很多时间和土著人相处，学习他们的习俗。从这时起，鲍威尔开始有了一个疯狂的想法，就是沿着科罗拉多河做一次探险漂流，从怀俄明州的格林河到位于今天米德湖北面犹他州的定居点。

即使现在，你也很难想象一个只有一只胳膊的人竟然会有这么大的胆量。这次伟大的探险，不仅仅是走一趟，而是用教授的学识和治学的严谨，对那片几乎完全不为外界所知，谣传甚广的区域做了科学的阐释和验证。比如，大峡谷是先有河流，随着高原的逐渐抬高，经侵蚀切割而形成的。

从功勋卓著的老兵，到享誉全州的教授，再到誉满全国的探险英雄，说到这儿，鲍威尔的故事还没有完。作为地理学家，他后来又在政府部门担任了 13 年的美国地质调查局局长直到退休。1902 年 9 月 23 日，他在缅因州的家中因脑出血去世。作为内战老兵，鲍威尔葬于阿灵顿国家公墓。

鲍威尔的一生是拼搏的一生，是奋斗的一生，也是一个典型美国人的一生。拼搏与奋斗已经融入美国人的血液之中，美国第 26 任总统西奥多·罗斯福（Theodore Roosevelt，1858—1919 年）也是一个这样的典型。神奇的是，西奥多·罗斯福也与大峡谷十分有缘，1903 年 5 月，罗斯福总统来到大峡谷，他说，亚利桑那州有一个自然奇迹，世界上没有任何一个峡谷可以和大峡谷相媲美。让大峡谷保留它现在的样子，不能改变它，因为时间已经将它完美地雕刻，人类只能破坏它。1906 年，美国国会通过《国家遗迹法案》，确认了大峡谷在内的 18 个国家遗迹。如果说鲍威尔发现了大峡谷，那么，可以说罗斯福保护了大峡谷。

在南达科他州有一座全美闻名的拉什莫尔山（Mountain Rushmore），雕刻着四位美国总统的巨大头像，华盛顿、杰斐逊、林肯，与这三位有名的不能再有名的人并列的正是西奥多·罗斯福。和其他三位总统一样，罗斯福也是一位伟大的演说家，《奋进的人生》（*Strenuous Life*）就是他最有名的演讲之一。

1901 年，42 岁的西奥多·罗斯福成为美国最年轻的总统，此前的 1899 年 4 月 10 日，罗斯福在芝加哥发表了演讲《奋进的人生》。当时的美国刚刚经历了“镀金时代”，成为世界上最富有的国家，由于家庭财富的积累，很多年轻人可以不必为了生存而辛苦劳作，享乐颓废成为社会最“酷”的流行时尚。罗斯福认为，骄奢淫逸将导致人性的堕落和国家的消亡，他敏锐地警告人们要注意“卑贱的安逸”（ignoble ease），就是贪图享乐、歌舞升平、粉饰太平而无所事事的危险。为此，他大力推崇那种不畏艰险和劳苦，敢于为伟大目标而奋斗的人们。

好，我们看看西奥多·罗斯福还讲了什么：

I wish to preach，not the doctrine of ignoble ease，but the doctrine of the strenuous life，the life of toil and effort，of labor and strife; to preach that highest form of success which comes，not to the man who desires mere easy peace，but to the man who does not shrink from danger，from hardship，or from bitter toil，and who out of these wins the splendid ultimate triumph.

我今天要说的不是关于可耻的安逸生活的教条，而是关于充满活力和奋斗的人生哲学。这种人生充满了辛苦的工作和努力，这种人生就是劳动和斗争，我要向你们宣告的是最高级别的成功从何而来。我不会向那些仅仅希望得到安逸、得到和平生活的人布道，我要向那些不在危险、艰难、苦涩的工作面前退缩人布道，我相信从危险、艰难和苦涩的工作中，这些人将得到最终的辉煌。

It is hard to fail，but it is worse never to have tried to succeed. In this life we get nothing save by effort. Freedom from effort in the present merely means that there has been stored up effort in the past.

失败是痛苦的，但比失败更差的是从不去尝试成功，这样的生活会让我们一无所得。今天用努力换来的自由只能说明你在过去已经付出了你的努力。

No country can long endure if its foundations are not laid deep in the material prosperity which comes from thrift, from business energy and enterprise, from hard, unsparing effort in the fields of industrial activity; but neither was any nation ever yet truly great if it relied upon material prosperity alone.

一个国家如果不是牢固地建立在物质繁荣的基础上，它就不能长久存在，这种物质繁荣来自勤勉节俭，来自商业的活力和企业的创新精神，来自工业领域艰苦不懈的努力，但是，如果仅仅依赖于物质繁荣，任何国家也不能变得真正伟大。

A man's first duty is to his own home, but he is not thereby excused from doing his duty to the State; for if he fails in this second duty it is under the penalty of ceasing to be a freeman. In the same way, while a nation's first duty is within its own borders, it is not thereby absolved from facing its duties in the world as a whole; and if it refuses to do so, it merely forfeits its right to struggle for a place among the peoples that shape the destiny of mankind.

一个人的首要责任是对自己家庭的责任，但这并不意味着可以免除他对国家的责任，因为如果他不履行对国家的责任，他就将受到失去一个自由的人的惩罚。同理，一个国家的首要责任是保住自己的疆域，但这也不意味着可以免除它对整个世界的责任，如果不这样做，它就将受到失去为人类的命运而奋斗的权利。

If we stand idly by, if we seek merely swollen, slothful ease and ignoble peace, if we shrink from the hard contests where men must win at hazard of their lives and at the risk of all they hold dear, then the bolder and stronger peoples will pass us by, and will win for themselves the domination of the world. Let us therefore boldly face the life of strife, resolute to do our duty well and manfully; resolute to uphold righteousness by deed and by word; resolute to be both honest and brave, to serve high ideals, yet to use practical methods. Above all, let us shrink from no strife, moral or physical, within or without the nation, provided we are certain that the strife is justified, for it is only through strife, through hard and dangerous endeavor, that we shall ultimately win the goal of true national greatness.

如果我们不思进取，如果我们仅仅满足于自我陶醉，懒散安逸和虚假的和谐，如果我们从艰苦的竞争中退缩，而不是在生命面临险境，最珍爱的东西面临威胁的时刻全力争胜，那么，那些更强悍、更勇猛的民族就会超越我们，而最终赢得对世界的控制。因此，让我们大胆地面对挑战，以男子汉的气概担起我们的责任，用我们的行动和语言维护正义，既要诚实又要勇敢，目标要远大崇高，但行动要脚踏实地。尤其重要的是，无论是道德还是利益的冲突，无论是国内还是国外的冲突，只要我们认为是正义的，我们就绝不退缩，因为只有通过斗争，通过艰苦卓绝的努力，我们才将最终赢得国家真正伟大的目标。

说到还要做到，西奥多・罗斯福61年的人生就是一个奋斗不息的人生。他是一个银行家的儿子，标准的“富二代”，他天生视力差，还有严重的哮喘。12岁时，打架失败，父亲对他说，孩子，你有健全的心灵，但你的身体脆弱，如果没有身体的帮助，心灵不会走到它应该到达的距离。你一定要塑造自己的身体，让他强壮起来，这是一件苦差事，但我相信你能够做到。父亲的激励，让他锻炼出了不知疲倦的身体，锻炼出了在挫折与挑战中永不服输的意志。

西奥多・罗斯福从小在家上学，他自学地理、历史、生物、法语、德语，1876年9月进入哈佛大学。毕业前夕，父亲给他的劝告是，首先要注重道德修养，其次是身体，最后才是学习。1878年父亲去世，他学习更加勤奋，阅读量巨大，记忆力超强，科学、哲学、修辞课都学得非常好，并且努力学习拉丁语和希腊语。他极其专心地学习生物，后来成为小有成就的自然学家和发表过很多论文的鸟类学者。在哈佛的时候，罗斯福积极参与赛艇和拳击训练，获得哈佛拳击比赛的第二名。他是文学会等多个校园俱乐部的成员，1880年6月在哈佛以Phi Beta Kappa精英学员的身份毕业，在177人中排名第22。

1898年4月，在美西战争期间，他组建一个志愿骑兵团（Roosevelt’s Rough Riders.），取得圣胡安高地和水壶山战役的胜利。作为美国最年轻的总统，他最有名的外交政策是“大棒加胡萝卜”（Speak softly and carry a big stick），对外实行武力干涉，排除欧洲的干预；提出建立强大的海军，罗斯福号航空母舰就是用他的名字命名。1904 年开凿巴拿马运河，1906 年因调停日俄战争获得诺贝尔和平奖。卸任总统后去非洲探险，1912 年第三次参选总统，胸中子弹仍然坚持演讲。他的故事我们这里讲不完，别忘了，他还是一个作家，如果想了解他，除了《西奥多・罗斯福自传》，还可以读读他更多的书：《给孩子们的信》、《1812 年战争中的海战》、《征服西部》、《美国历史中的英雄故事》、《非洲游踪》、《新国家主义》、《穿过巴西荒原》、《美国和世界大战》、《尽你所能敬畏上帝》……

我们说了这么多的刘易斯、鲍威尔、罗斯福，是因为他们对我们今天年轻的一代极有启示意义。

下一单元我们来看看华盛顿・欧文非常有趣的小说《瑞普・凡・温克尔》、《魔鬼和汤姆・沃克》，都是非常好玩的故事。

Unit 12

《瑞普·凡·温克尔》—— 一觉 20 年：信马由缰“慢生活”

《魔鬼和汤姆·沃克》—— 底线洞穿：人心不足蛇吞“相”

创造美国文学 N 个第一的华盛顿·欧文（Washington Irving，1783—1859 年）

没有欧文就没有美国文学的最早声誉，也就没有以后小说创作伟大局面的出现

结庐在人境，而无车马喧
问君何能尔？心远地自偏
采菊东篱下，悠然见南山
山气日夕佳，飞鸟相与还
此中有真意，欲辩已忘言
——陶渊明《饮酒》

考大学什么最重要？当然是分数。如果要上美国大学，什么最重要？我们一度认为也是分数，甚至把美国大学入学标准化考试SAT干脆称为美国高考，形象但不准确，因为美国大学是申请的，不是考的。申请就是美国大学一般从学校成绩、标准化考试成绩、课外活动、推荐信、作文几个方面综合评判一个申请者，如果非要找出一个最关键的，那就非作文莫属了，因为其他要素都是客观标准，只有作文给了你主观自由发挥的余地，是最能体现你个性和与众不同的地方。有一位孩子上了哈佛大学的妈妈说：考试分数、才艺、经历都是死的或不可变更的，只有这篇文章为你留下展示自己，打动别人的机会，要让别人透过文字判断你的兴趣、性格、价值观、观察力、判断力，从而了解你和评估你的未来。宾夕法尼亚大学招生官说，在我们收到的申请中，很多学生都有着超强的学术表现，我们区别申请者的一个方法就是审核申请作文，作文是学生把自己认为最重要的事情展示出来的高潮环节。

那么问题就来了，怎么才能写好这篇文章呢？我们的同学在写美国大学申请作文时普遍存在两个问题：一个是自我表扬太直接，比如，喜欢不厌其烦地罗列自己的成就而不是通过故事去展现个性。一个是空话套话太多，比如，我是一个独特的人，兴趣广泛，能力出色，目标远大。关于怎么写好申请作文，我曾在《写出你自己》一书中提出了三个要素：故事、细节和展现。我们今天就说说“故事”。

一句话，申请作文就是写一篇你自己的故事（Personal Story）。圣母大学（University of Notre Dame）说，我们希望通过作文了解更多的你，我们鼓励你将一些个人的事例，有趣的故事或任何能有助于把你和其他人区分出来的事情告诉我们。一句话，申请作文就是通过讲述你的故事，展现你的个性品质，打动招生官。再通俗点说，就像央视的综艺节目里的选手一样，在表演自己的拿手才艺之前，都要晒晒自己的故事，目的就是让观众进一步了解这个人。

写申请作文就是讲故事，那不太简单了吗？也是也不是，故事人人都懂，但写好不容易。尤其是美国大学的申请作文一般不超过500个单词，在这么短的篇幅里讲一个故事，还要把自己在千军万马中推销出去，难度确实很大。我们今天就看看两个故事高手，一个是作家莫言，另一个是我们这一单元的主角，美国作家华盛顿·欧文。

莫言在诺贝尔奖颁奖典礼演说的题目就叫《讲故事的人》，他在这篇演讲中到底讲了几个故事，我一直没数清，但最短的算上标点符号只有99个字！

> 我记忆中最早的一件事，是提着家里唯一的一把热水壶瓶公共食堂打开水。因为饥饿无力，失手将热水瓶打碎，我吓得要命，钻进草垛，一天没敢出来。傍晚的时候我听到母亲呼唤我的乳名，我从草垛里钻出来，以为会受到打骂，但母亲没有打我也没有骂我，只是抚摸着我的头，口中发出长长的叹息。
>
> 我记忆中最痛苦的一件事，就是跟着母亲去集体的地里捡麦穗，看守麦田的人来了，捡麦穗的人纷纷逃跑，我母亲是小脚，跑不快，被捉住，那个身材高大的看守人扇了她一个耳光，她摇晃着身体跌倒在地，看守人没收了我们捡到的麦穗，吹着口哨扬长而去。我母亲嘴角流血，坐在地上，脸上那种绝望的神情让我终生难忘。多年之后，当那个看守麦田的人成为一个白发苍苍的老人，在集市上与我相逢，我冲上去想找他报仇，母亲拉住了我，平静地对我说："儿子，那个打我的人，与这个老人，并不是一个人。"
>
> 我记得最深刻的一件事是一个中秋节的中午，我们家难得包了一顿饺子，每人只有一碗。一个乞讨的老人来到了我家门口，我端起半碗红薯干打发他，他却愤愤不平地说："我是一个老人，你们吃饺子，却让我吃红薯干，你们的心是怎么长的？"我气急败坏地说："我们一年也吃不了几次饺子，一人一小碗，连半饱都吃不了！给你红薯干就不错了，你要就要，不要就滚！"母亲训斥了我，然后端起她那半碗饺子，倒进了老人碗里。
>
> 我最后悔的一件事，就是跟着母亲去卖白菜，有意无意地多算了一位买白菜的老人一毛钱。算完钱我就去了学校。当我放学回家时，看到很少流泪

的母亲泪流满面。母亲并没有骂我，只是轻轻地说："儿子，你让娘丢了脸。"

这几段文字，我看一次胸口就酸一次。有人批评莫言的获奖演说像中学生作文，大概我们太习惯了豪言壮语，而忘了文学最重要的是人性。不过这篇演讲真的像中学生作文，有的段落甚至可以直接拿来去申请美国大学。我们很多人能写出高大上的作文，就是写不出有情感、有人性，有着经久魅力的真实文章，怎么能打动人呢?

华盛顿·欧文在美国文学上的地位，我想不出用什么词来形容。被尊为美国文学之父的他创下了美国文学的N个第一：他在《瑞普·凡·温克尔》中用幽默的风格展现了美国人独有的品质，是第一个写出美国化，就是看起来像美国小说的作家，这部小说也被誉为美国第一部真正成熟的小说，成为射入新世界森林的第一缕美国文学之光；他是第一个在欧洲和美国同时成功的美国作家，《纽约外传》让他成为新大陆派往欧洲的第一位文化使者，《见闻札记》让他成为第一位赢得世界声誉的美国作家和美国文学第一位成功的职业作家，甚至在100年间成为全世界学生的第一英文读本。

欧文生于1783年4月3日，就是美国独立战争胜利那一年，那时，美国革命的英雄是美国人崇拜的"超级明星"，欧文的爸爸在给刚出生的儿子起名时，就把大陆军总司令乔治·华盛顿的姓用作儿子的名了。欧文在纽约曼哈顿长大，是一个单纯憨厚，但又愿意大胆冒险的男孩。上学时，总想着逃课去玩，外出旅游时，喜欢到处漫游散逛，每天都充满痴情梦想。15岁那年，曼哈顿爆发黄热病，父母把他送到纽约的泰利城，在那里，他第一次看到了卡茨基尔山。泰利城紧挨着睡谷村，就是《瑞普·凡·温克尔》故事的发生地，卡茨基尔山就是瑞普·凡·温克尔一觉睡了20年的地方。1802年，19岁的欧文在报上发表了一些散文作品，小荷才露尖尖角，1804年，他得了肺病。在法国、意大利、英国养病期间，他学习当地语言，出入沙龙剧院，结交名人雅士，还收集了很多民间传说和轶闻奇事。1806年回国后，在弗吉尼亚当律师，帮哥哥做生意。这期间与玛蒂尔达订婚，可惜的是，玛蒂尔达1809年去世，欧文之后一直单身。

1807年，欧文与哥哥创办讽刺刊物《杂文集》，开始专门从事文学创作。1809年写出第一部重要作品《纽约外史》(*A History of New York*)，显露出幽默、含蓄的讽刺才华。这时，虽然美国独立已经快30年了，但美国文学还远没有独立，欧文用美国题材写出的作品开始有了美国的印记，也让他成为纽约文坛风靡一时的人物。

1815 年，欧文到利物浦哥哥的银行工作，但他对生意没有多少兴趣，完全沉迷于文学之中。哥哥的银行倒闭后，他干脆留居英国，游遍了英国的名胜古迹，以写作为生。人生就是这么有趣，一个坏事来到的时候，其实就是上帝在给你安排一个好事。1816 年到 1817 年，他结识了英国大作家司各特，司各特是欧洲历史小说的创始人，英国的狄更斯、斯蒂文森，法国的雨果、巴尔扎克、大仲马，俄国的普希金，意大利的曼佐尼，美国的库珀都曾受到司各特的影响。司各特在写作方面给了欧文很多忠告，比如，让他阅读德国浪漫主义作家的作品，并重点研究民俗和民间传奇。这个时候，欧文开始变得与其他美国作家不一样了。

1820 年，37 岁的欧文将先前发表的 32 篇散文、杂感、故事结集为《见闻札记》(*The Sketch Book of Geoffrey Crayon*，*Gent.*)，在英国和美国同时出版，他以幽默风趣的笔调和富于幻想的浪漫色彩，描写了英国和美国古老的风俗习惯以及善良淳朴的旧式人物。其中最有名的是 3 部短篇小说：《瑞普 · 凡 · 温克尔》(*Rip Van Winkle*)、《睡谷传奇》(*The Legend of Sleepy Hollow*) 和《鬼新郎》(*The Spectre Bridegroom*)，它们被称为“最早的现代短篇小说”。 当时，把作品结集出版在形式上是一个重大创新，满足了各类读者的胃口，让欧文一下子就“火”了。《见闻札记》奠定了欧文美国第一个有国际影响力作家的地位，也奠定了他在美国文学史上的地位，成为他的代表作。此外，这本畅销书带来的巨大收益也让欧文成为美国第一位全职作家。

有一位美国读者对《见闻札记》的评价我觉得非常有趣、独到、准确。他说，

> 我超喜欢这本书，他的每一篇都独立成章，最值得你把它放在床头，时不时翻一翻，尤其在你郁闷闹心的时候。虽然这本书出版得早，但它不是一本匆匆看一眼就可以读完的书。作者一只脚踏在英格兰，一只脚站在新大陆，两边的人都喜欢他。无论是在邮轮上悠然旅行，还是在旧世界的英格兰欢度圣诞；无论是参观一座古墓，还是考察落满灰尘的旧图书馆，欧文的每一个奇思妙想都是一块晶莹的宝石。最后一篇《睡谷传奇》，我已经读完相当长一段时间了，再一次读它真是一个巨大的享受！它太精彩了，绝不能错过。这本书值得重读。

这本书真的值得重读。每当我读到瑞普一觉睡了20年后回到村子里，向那些不认识的邻居打听自己的老朋友，还问自己的女儿叫什么名字的时候，总会涌起一股又悲伤又奇妙的心酸，那种恍如隔世的感觉，欧文竟然让它发生在我们面前。

和莫言人与鬼转换的魔幻故事类似，《瑞普·凡·温克尔》讲述了一个超现实的浪漫故事。美国独立战争之前的一个秋天，纽约哈德逊河畔一个山村农民瑞普为了逃避妻子的责骂，就带着他的狗，拿着他的枪进山了。傍晚刚要下山的时候，听到有人喊他的名字，是一个穿着古老荷兰衣服、胡须斑白的矮老头，还背着一个酒桶。瑞普就帮这个人抬着桶，来到深谷中一个像圆剧场一样的洞口。在一块平地上，他发现一群同样打扮古怪的人，正在玩一种类似保龄球的撞柱游戏，也叫九柱戏，球发出打雷一样的巨响，没有人说话，瑞普也不说话。他喝了桶里的一些酒，感到有点困，就睡着了。

早上醒来，瑞普发现他的狗不见了，枪也锈迹斑斑，自己一夜之间长出了长长的胡须。他想起那些玩九柱戏的人，也很担心妻子会因为晚归而责怪他。但当他回到村子里的时候，一切都变了样。小酒馆里挂着华盛顿而不是乔治国王的画像，村里的人看着也不一样了，直到遇见了一个也叫瑞普的男子和一个抱着小孩的妇女，仔细一打听，原来是他的儿子和女儿，他这才知道自己已经走失20年了，妻子也去世了。村里的人告诉他，哈德逊船长和他的魂灵每20年就要回哈德逊河谷一次，很多人都相信他一定是跟那些人走了。一觉睡了20年，瑞普躲过了一场战争，也躲过了整天唠叨不休的老婆。

这个故事不长，情节也不复杂，但有趣易读，几乎包括了一个经典故事的所有要素：唠叨的妻子、狗、枪、鬼、烈酒、长长的白胡须，再加上欧文诙谐的语言和浪漫的写作手法，让这个故事在美国家喻户晓。

穿着一件镶花边的紧身短上衣，系着一条宽皮带，插着一把腰刀，头上戴着一顶插着羽毛的高帽子，脚上穿着一双红袜子和一双系着玫瑰花结子的高跟皮鞋……

故事一开始，欧文就用如花儿绽放的语言，在读者的脑海里勾画出了卡茨基尔山优美的图画：很久以前，荷兰殖民者在哈德逊河畔建立的一个小山村，安静得几乎与世隔绝，人字尖顶的房子，格子窗，荷兰老家带来的小黄砖，让美国短暂的历史有了神秘的深厚感，这样的小山村怎么能不藏着灵异的鬼怪传说呢？

凡是在哈德逊河上游航行过的人，必定记得卡茨基尔山，它是阿帕拉契山的一支断脉，在河的西岸，巍然高耸云端，威震四周的乡村。四季的每一转换，气候的每一变化，乃至一天中的每一小时，都让山峦的奇幻色彩和形态变换，远近的主妇都会把它们当做晴雨表来看。天气晴朗的时候，它们披上蓝紫相间的色彩，把雄浑的轮廓印在傍晚清澄的天空上。

在这些神奇的丛山脚下，航行的旅客有时会看见青烟从一座村落里袅袅而上，树丛中隐约露出农家的木屋顶，那正是山上的青葱转变为近处一片新绿的地方。这是一座非常古老的小村庄，是荷兰殖民者在这个州成立的初期建造起来的，正是好心的彼得·斯泰弗山特（愿他在地下安眠！）开始执政的时候；不久以前，这里还有几所最初来此定居点人的房屋，他们都是用荷兰运来的小黄砖造的，格子窗，人字山墙，屋顶上装着风信鸡。

Whoever has made a voyage up the Hudson must remember the Kaatskill mountains. They are a dismembered branch of the great Appalachian family, and are seen away to the west of the river, swelling up to a noble height, and lording it over the surrounding country. Every change of season, every change of weather, indeed, every hour of the day, produces some change in the magical hues and shapes of these mountains, and they are regarded by all the good wives, far and near, as perfect barometers. When the weather is fair and settled, they are clothed in blue and purple, and print their bold outlines on the clear evening sky, but, sometimes, when the rest of the landscape is cloudless, they will gather a hood of gray vapors about their summits, which, in the last rays of the setting sun, will glow and light up like a crown of glory.

At the foot of these fairy mountains, the voyager may have descried the light smoke curling up from a village, whose shingle-roofs gleam among the trees, just where the blue tints of the upland melt away into the fresh green of the nearer landscape. It is a little village of great antiquity, having been founded by some of the Dutch colonists, in the early times of the province, just about the beginning of the government of the good Peter Stuyvesant, (may he rest in peace!) and there were some of the houses of the original settlers standing within a few years, built of small yellow bricks brought from Holland, having latticed windows and gable fronts, surmounted with weather-cocks.

黄昏渐渐来临，群山在山谷里投下蓝蓝的长影子，想到回家又要遭到老婆的责骂，不禁深深地叹了口气……

接着，我们可爱的主角就要出场了，寥寥几句平静幽默的语言，就让我们认识了瑞普·凡·温克尔——一个乐天派的“妻管严”。

据我观察，瑞普是一个简单、容易相处的好人，一个和气善良的好邻居，也是一个如母鸡啄米般对妻子言听计从的丈夫，说句实话，他受到人人欢迎的温顺性格很可能要归功于“妻管严”的病根，因为在外面谦卑随和的人，家里一定有一个习惯于教训人的悍妇。毫无疑问，家庭火炉的熊熊烈焰早已把他的脾气锤炼得柔软有韧性了。要培养坚韧和耐心的美德，一次“枕边风”抵得过对全世界的布道。因而，在某种程度上说，一个凶悍的妻子其实是一种可以忍受的福气。如果真是这样的话，瑞普·凡·温克尔就有了三倍的福气了。

I have observed that he was a simple good-natured man; he was, moreover, a kind neighbor, and an obedient hen-pecked husband. Indeed, to the latter circumstance might be owing that meekness of spirit which gained him such universal popularity; for those men are most apt to be obsequious and conciliating abroad, who are under the discipline of shrews at home. Their tempers, doubtless, are rendered pliant and malleable in the fiery furnace of domestic tribulation; and a curtain lecture is worth all the sermons in the world for teaching the virtues of patience and long-suffering. A termagant wife may, therefore, in some respects, be considered a tolerable blessing; and if so, Rip Van Winkle was thrice blessed.

既然情节不复杂，欧文把他的语言工夫下到了人物的性格塑造上。瑞普招人喜欢也招人烦，总的来说还是招人喜欢，普通得就像我，就像你，就像我们身边的人。瑞普有骑士的祖先，却有着懦弱的性格；年纪一把，却愿意和孩子打成一片。这里，我们看看瑞普是怎么和孩子玩得像孩子似的：

村里的孩子们一见到他，就欢呼雀跃。他和他们一起做游戏，帮他们做玩具，教他们放风筝、玩弹球，给他们讲长长的鬼故事，还有巫婆、印第安人。无论他走到村子的哪个地方，都会围上一群孩子，有的扯住他的衣服，有的爬到他的背上，无论怎么百般戏弄他，他也不生气。就是附近的狗见了他，也不对他狂叫。

The children of the village, too, would shout with joy whenever he approached. He assisted at their sports, made their playthings, taught them to fly kites and shoot marbles, and told them long stories of ghosts, witches, and Indians. Whenever he went dodging about the village, he was surrounded by a troop of them, hanging on his skirts, clambering on his back, and playing a thousand tricks on him with impunity; and not a dog would bark at him throughout the neighborhood.

"老小孩"还远不止是瑞普的优点。替街坊邻居跑腿，他随叫随到，还乐得屁颠屁颠的，自己家的事却甩手不管；对挣钱的事不屑一顾，对钓鱼打猎却乐此不疲；人懒得出奇，什么事只要不操心，不费力就行，宁愿被一分钱饿死，也不去挣一块钱，村子里最荒芜的那一小块土豆园，不用说就是瑞普家的。他还有一个爱好，好像人人都喜欢，就是嗜酒如命；他有一只叫“狼”的狗，却与主人同病相怜，一见到瑞普的妻子，立刻就夹起尾巴，像个罪犯；瑞普如此的悠哉快乐，当然不招妻子的待见，为了躲避妻子的唠叨，他就到村里的小酒馆去和一群人侃大山，说起几个月前发生的国家大事，津津乐道，从不嫌烦。妻子跟踪而至，掀了桌子，砸了场子，无奈到几乎绝望的瑞普，只得背起枪，带着狗，就是那只“狼”，到深山老林中静一静了。

给孩子们讲关于巫婆、鬼怪和印第安人的长长的故事……

这里，我们注意一下欧文的写作风格。他喜欢使用意象派的手法，在读者的脑海中创造出一个画面，描述出故事的场景，于是就有了哈德逊河谷的栩栩如生。再有就是用词精致，句子结构严谨。当然最突出的还是幽默的运用，正统中有嘲讽，反话正着说，比如，如果家有悍妇是一种福气，瑞普就有了三倍福气那样的话。

瑞普·凡·温克尔追求无忧无虑、简单快乐的生活，虽然很让妻子烦，但却很招别人喜欢，很大原因在于欧文浪漫主义写作手法的运用，如果没有了浪漫主义元素，这篇故事就不值钱了。比如，那种超自然的乡村景色，恰好是瑞普逃避恐怖婚姻的地方。其实，这样的景色哪个想要逃离烦恼、逃离生活折磨的人不喜欢呢？很多人挣扎于工业化、现代化的城市之中，但他们心灵的故乡恐怕还是那个小时候无忧无虑爬山捉鸟、下河捉鱼的小村庄。很多作家都有一个心灵故乡，是成就他们伟大作品的精神家园。比如莫言的高密东北乡，福克纳的约克纳帕塔法县和马尔克斯的马贡多镇。著名作家贾平凹说过一句话：我是乡村的幽灵，在城市里哀嚎。其实，人人都是追求内心自由的瑞普，压力山大的现代生活就是那个唠唠叨叨的妻子。进入工业化时代，美国人开始追求财富，但欧文认为：钱不是万能的，如果一个人不从内心感到愉快满足，生活就将变得毫无意义。

有句话，说50%的人希望逃离北上广，但90%的人选择留下。“世界这么大，我想去看看”，一封辞职信，迅速红透网络，可见想要追求内心的简单快乐和浪漫生活是一件多么不容易的事啊。相比于古人，现代人确实逊色多了，古人有生活的智慧，也有着追寻内心自由的胆量。除了陶渊明“采菊东篱下，悠然见南山”的意境，王维的《竹里馆》也为我们勾画了一幅世外桃源般的浪漫故乡：独坐幽篁里，弹琴复长啸。深林人不知，明月来相照。中国的古人不缺浪漫，“慢生活”是他们的自然追求，而浪漫和慢生活对于今天的人来说，绝对是奢侈品了。

那么，文学中的浪漫主要指什么呢？尤其是美国浪漫主义文学的内涵到底是什么呢？

一提到浪漫主义文学，很容易让人想到罗曼情史的小说，千万不要搞错，浪漫主义文学是指那些充满冒险和奇异情节的故事，并不是仅仅指爱情小说。1830—1870年，美国依然是一个年轻的国家，西进带来的国家扩张催生了文学中的直觉意识、想象力和个人主义，美国文学随之进入浪漫主义发展阶段。浪漫主义对独立战争时代的理性思考方式提出了挑战，这一时期，美国再也没有产生那么多有指导性、启发性的宗教布道词或政治劝说文章，却创造出了更多的故事、小说和诗歌，表现出了强烈的浪漫主义特征，比如，充满想象、个人主义、崇尚自然和平民英雄。

充满想象：我们还记得《美国西进》那幅画中的天使、电报线和西进的人群吧，工业化给人类的发展带来了无限的想象空间，也孕育了巨大的乐观主义精神。人们开始想象，接下来还会发生什么，社会的变革和进步还会走向何方，就像今天，有专家说五年之后，手机将被完全淘汰，物联网将会让人如何如何，还有什么无人驾驶汽车，最近比较火的概念就是人工智能了。但随着工业化而来的还有城市人口扩张、垃圾雾霾、癌症肿瘤，让人们越来越无奈，逃离，尤其是内心的逃离越来越迫切。美国浪漫主义作家于是提出了“逃避主义”的概念，就是在你的内心深处想要去一个纯净优美的地方以逃避艰难的环境。反映在文学作品上，就是离开城市，来到乡村，到一个现实中不太可能存在的理想地方生活下去。在《瑞普·凡·温克尔》中，欧文通过意象的手法构想了这样一个地方，给读者提供了一个类似真实的体验。就是在今天，像瑞普那样的逃离者不是少了，而是越来越多，所以，这部小说也受到人们的长久喜爱。

个人主义：在美国开疆拓土的过程中，移民者按照适合自己需求的方式建立居住地，美国 “民族的熔炉”融进了每一种不同的文化，却没有融化掉每个人的个性，每个人都按照自己的直觉和感觉来行动，他们追求来之不易的自由，反对权威，国家也打上了个人主义的标签。浪漫主义者在文学、绘画、建筑方面采用新的形式，把个人看做是生活和艺术的中心，强调个人要从传统和顺从中获得自由，乐于自我剖析和揭露灵魂，注重人物情感的自由表达和心理刻画，极端的敏感和兴奋成为男女主人公的主要性格特点。其实，在《阿凡达》、《拯救大兵瑞恩》等几乎所有大片中你都会看到这种个人主义的标签，不能不说是欧文时代的浪漫主义留给今天的遗产。

崇尚自然：自然是精神之源。清教徒最早是因为逃避宗教的迫害来到殖民地的，美国独立以后，清教徒的思想并没有消失，浪漫主义想要追寻清教徒种下的精神之根。为此，他们想要抓住存在于理想天国里的东西，奇妙的是，他们发现天国里的东西就在自然之中，或者说，上帝就在自然之中，一草一木总关神。这样，虚无缥缈的天国就来到了你的身边，自然成为救主，只要人走进自然，就能够对身边的世界获得更高的洞察和了解。我们在后面谈到美国思想家爱默生的时候，还会进一步讨论这个问题。如此说来，哈德逊河畔的卡茨基尔山成为读者喜爱的精神家园就毫不奇怪了，欧文也为美国的短篇小说和散文树立了浪漫主义的标杆。

平民英雄：欧洲文学作品中的英雄或者精明强干、饱读诗书，或者是帝王将相、骑士佳人，美国浪漫主义文学却不崇拜这类人物。《最后的莫西干人》的主角那蒂・邦波（Natty Bumppo），名字听起来就不像英雄，他年轻、天真，却有着坚定的道德准则。他凭直觉来对待一个人，喜欢自然，追求真理，自然成为新美国的英雄。就像《星球大战》中的天行者卢克（Luke Skywalker）一样，美国大片中的英雄，在执行自己任务的过程中，从不动摇意志，心中永远充满勇气正义。欧文虽然游遍欧洲，却不注重宏大的历史剧和宫廷主题，而是选择美国本土的小人物来做主人公，就像瑞普，一个标准的、土得掉渣的草根。《瑞普・凡・温克尔》虽然简短，但描绘本国风光，抛弃贵族文化，赞美河流、峡谷，逃离社会，回归自然一个都不少，这些都成为了美国文学永恒的主题，你在2008年的《夺宝奇兵4：水晶头骨之国》等大片中都很容易找得到。

古人生活节奏慢，几千年的农业社会，日出而作，日落而息，是古人没有追求所谓社会进步的智慧和动力吗？好像不是。中国历朝历代都尊崇“重农抑商”的政策，“商”不好吗？好像也不是，但“商”确实容易诱发人性深处贪婪的基因。上帝刚刚造出人类，亚当、夏娃就给人种下了贪婪的种子，成为人的原罪。一部《圣经》就是上帝让人与人的原罪作斗争的经，把贪婪、嫉妒、狡诈赤裸裸地晒在阳光下，时刻让人抵御、反省。一旦“商”的潘多拉盒子打开，人性中的罪就会上演群魔共舞的大戏。从农业到制造业，从全民经商到资本投机，从地产商到经纪人，从借贷到抵押，从证券到保险，从次贷到赎回，从有形的物质到无形的资本，从实体经济到虚拟经济，金融衍生品如脱缰野马，野蛮人、妖精换个马甲你方唱罢我登场，全民玩金融成为时尚，人的“商”力极限不断被刷新。到 2008 年，华尔街金融大鳄的金融产品创新终于炒到了不可控制的高度，人性的贪婪也如影随形，达到新的顶峰，社会底线，道德底线全线洞穿，然后，一场金融风暴骤然而至，一切又重新归零。

当假酒、假药、毒奶粉到处泛滥，当矿难、踩踏、垃圾滑坡扑面而来，当碰瓷、扶不起、化学品仓库爆炸防不胜防，我们往往抱怨监管无力，其实，究其根源，这些问题都可归结于道德灾难。良心没有了，丧良心的事就会层出不穷，监管怎么能管得过来呢？用我们的思维，有些国家的管理其实到处是漏洞，到处有空子可钻。我 2000 年在澳大利亚读 MBA 的时候，朋友讲了一件事，有一个澳大利亚本地女孩因为和男朋友分手，心情不好就住了几天医院，看她情绪不见好，医生怀疑她的经济出了问题，就向政府部门替她申请了补贴。你看，这社保制度的漏洞多大啊。几个月后，这个女孩说啥也要把这个补贴退回去，她说我有股票，家里也有地。所以，监管不是灵丹妙药，良心才是。当良心被狗叼去，当把灵魂抵押给魔鬼，道德灾难就会以各种形式接踵而至。

历史惊人地相似，今天的这些道德灾难，看似闻所未闻，其实古已有之，欧文的《魔鬼和汤姆·沃克》（*The Devil and Tom Walker*）就讲了一个用灵魂与魔鬼做交易的故事。故事发生在 1727 年的波士顿，主角就是华尔街金融危机制造者的一位祖师爷汤姆·沃克——人性贪婪的一个化身。

与《瑞普·凡·温克尔》借鉴德国的民间故事类似，《魔鬼和汤姆·沃克》改编自中世纪德国民间传说中浮士德的故事。1587 年最早出版的《浮士德》讲述了浮士德和魔鬼签约来交换知识和权力的故事，此后，有 20 多位作家把浮士德的故事改编为戏剧、小说、诗歌等多种形式，所有版本都讲述了一个用灵魂来交换经验、知识和财宝的人。在故事结尾，有的人受到了诅咒，有的人得到了拯救。诗剧《浮士德》是歌德的代表作，从 1770 年开始构思到 1831 年完稿，歌德用 60 年的时间塑造了一个自强不息、追求人生真谛的浮士德的形象。

《魔鬼和汤姆·沃克》是欧文继《见闻札记》之后的另一部作品《旅客谈》（*Tales*

of a Traveller 1824) 中最脍炙人口的一篇寓言故事，汤姆·沃克为世俗的贪欲而将自己的灵魂出卖给魔鬼。虽然故事灵感来源于德国，但故事的场景发生在美国，通过汤姆·沃克（Tom Walker）、汤姆·沃克的妻子（Tom's wife）和老魔鬼（Old Scratch）三个角色，讽刺了生活中那些吝啬、贪婪、爱财如命的人。

基德船长是一个有名的海盗，1701 年在波士顿被英国人处死。据说他在被抓住前把财宝埋在了波士顿附近一条小河旁的大树下，一个老魔鬼负责看守这些宝藏。汤姆·沃克就住在这附近，他过得很不愉快，因为在这个世界上他只爱一样东西——金钱，他的妻子比他更贪财。那么，这两个人贪财贪到了什么程度呢？小心，欧文会让你笑喷了：

欧文和《魔鬼和汤姆·沃克》（*Washington Irving & The Devil and Tom Walker*）

> 无论什么东西，只要到了这个女人的手里，她立刻会把它藏起来。母鸡下完蛋，还没来得及咯咯叫，她就警觉地把蛋收起来。她的丈夫一直到处窥探，想找到这个女人藏东西的地方，为了明确哪些东西应该属于共同的财产，两个人总是激烈地争吵。他们远离邻居，住在孤零零的一座房子里，周围的空气都充斥着饥饿感。周边有几棵七零八落的萨文树，一看你就知道这块土地贫瘠到了什么程度。烟筒里从来就没冒过哪怕一缕炊烟，路过的人没有敢在门前停留的。围栏里的一匹马，瘦成了皮包骨，肋骨就像烧烤架上的铁条一样清晰可见，在那一小块地上走来走去，稀稀拉拉的小草像一块薄薄的毯子，根本盖不住大小不一铺在地上的石子，马饿得干着急，有时，把头靠在围栏上，可怜巴巴地望着路人，就好像乞求快把它从这块饥饿的土地上拯救出去似的。
>
> Whatever the woman could lay hands on she hid away: a hen could not cackle but she was on the alert to secure the new-laid egg. Her husband was continually

> prying about to detect her secret hoards, and many and fierce were the conflicts that took place about what ought to have been common property. They lived in a forlorn looking house, that stood alone and had an air of starvation. A few straggling savin trees, emblems of sterility, grew near it; no smoke ever curled from its chimney; no traveller stopped at its door. A miserable horse, whose ribs were as articulate as the bars of a gridiron, stalked about a field where a thin carpet of moss, scarcely covering the ragged beds of pudding stone, tantalized and balked his hunger; and sometimes he would lean his head over the fence, look piteously at the passer by, and seem to petition deliverance from this land of famine.

我们接着往下看，好戏还在后头。一天，汤姆决定经沼泽地抄近路回家，在树林中一个废弃的印第安人堡垒旁边，他看到了一个巨人坐在断掉的树上，穿着印第安人的衣服，黑皮肤上还带着灰烬。巨人的眼睛很大，红红的，手里握着一把大斧子。汤姆知道这个巨人就是老魔鬼，但是他却没有丝毫恐惧，反而和老魔鬼谈得很亲密，并且做成了一笔交易：老魔鬼同意汤姆拥有基德船长的宝藏，但必须满足一个要求。汤姆回到家。告诉妻子所发生的事情，妻子催促他答应魔鬼的条件，无论他想要什么。汤姆不想让妻子得到任何好处，就拒绝了妻子的建议。于是，汤姆的妻子决定自己去沼泽地的印第安堡找老魔鬼。第二天晚上，她把家里所有的银币包在一个围裙里，作为送给老魔鬼的礼物。两天过去了，她没有回家，汤姆担心妻子和财物，就去沼泽地中那个阴森森的印第安堡去找她。小心，欧文会吓着你：

> 天刚擦黑，就在猫头鹰开始呜呜呜叫，蝙蝠开始飞来飞去的时候，一群在一颗老柏树上来回盘旋，叽叽喳喳地吃着腐肉的乌鸦引起了他的注意。他抬头向上望去，看到一个围裙系成的包裹挂在树杈上，一只巨大的秃鹰守在旁边，就像看护着这个包裹。他高兴地跳了起来，因为他认出那个围裙就是他妻子的，他家里的珍宝一定就在里面。
>
> “让这些财宝归我吧，”他一边说，一边安慰自己，“没有那个女人我们也一样过。”

当他爬上那棵大树，秃鹰张开宽大的翅膀，一路鸣叫着飞进了远处黑暗的森林之中。汤姆抓住包裹，却看到了一幅悲惨的景象：里面空空如也，除了绑在一起的心和肝之外！

Just in the brown hour of twilight, when the owls began to hoot and the bats to flit about, his attention was attracted by the clamour of carrion crows that were hovering about a cypress tree. He looked and beheld a bundle tied in a check apron and hanging in the branches of the tree; with a great vulture perched hard by, as if keeping watch upon it. He leaped with joy, for he recognized his wife's apron, and supposed it to contain the household valuables.

"Let us get hold of the property," said he, consolingly to himself, "and we will endeavour to do without the woman."

As he scrambled up the tree the vulture spread its wide wings, and sailed off screaming into the deep shadows of the forest. Tom seized the check apron, but, woful sight! found nothing but a heart and liver tied up in it.

汤姆很失望，但他并不为妻子的死感到难过，甚至有一点感激那个老魔鬼。汤姆最后决定答应老魔鬼的条件，把灵魂抵押给魔鬼来换取基德船长的宝藏。经过讨价还价，老魔鬼让汤姆去放贷，强迫向他借钱的穷人以高利息偿还，汤姆毫不犹豫地答应了。接下来的场景我们毫不陌生，欧文的笔触真是入木三分：

沼泽地里的汤姆和老魔鬼

“下个月你就在波士顿开一间交易所。”老魔鬼说。

“如果你同意，我明天就开。”汤姆说。

“你要按照月息 2 分的利息放贷。”

“哎呀，我会要四分利。”汤姆回答。

“对那些合约你要巧取豪夺，取消抵押品的赎回权，直到把那些借钱的人逼破产。”

“我会把他们逼到魔……鬼那里。”汤姆急得喊了出来。

“终于找到你了，你就是我的最佳人选。”老魔鬼兴奋地说。“你想什么时候要这笔钱?”

“今晚就要。”

“成交!”老魔鬼说。

“成交!”汤姆说。于是，他们握手，做成了这笔买卖。

“You shall open a broker’s shop in Boston next month,” said the black man.

“I’ll do it tomorrow, if you wish,” said Tom Walker.

“You shall lend money at two per cent. a month.”

“Egad, I’ll charge four!” replied Tom Walker.

“You shall extort bonds, foreclose mortgages, drive the merchant to bankruptcy-”

“I’ll drive him to the d—l,” cried Tom Walker, eagerly.

“You are the usurer for my money!” said the black legs, with delight. “When will you want the rhino?”

“This very night.”

“Done!” said the devil.

“Done!” said Tom Walker. So they shook hands, and struck a bargain.

很快，汤姆就进入了光鲜的金融业，靠放贷成为波士顿的富豪了。高利贷近几年死灰复燃，已经成为一个社会毒瘤，相信大家在“山东辱母杀人案”中已经有了感受，其恐惧残忍远胜汤姆，我们这里不再赘述。随着年龄逐渐变老，汤姆开始忧虑死的时候会怎么样？他已经许诺把灵魂交给魔鬼了，汤姆开始虔诚的信奉宗教，每个星期都去教堂做礼拜，走到哪里，都带着一本圣经。他觉得如果不断地祈祷，就能逃脱魔鬼的控制。

一天，汤姆正要取消一个抵押品的赎回权，那个可怜的地产经纪人哀求他再宽限几天，而汤姆却不想多等一天。那个人说，“我的家已经毁了，你已经从我身上赚了很多钱啦!”。这一下激怒了汤姆，他大声吼道，“如果我拿走了你的一分钱，就让魔鬼把我带走吧!”。话音刚落，汤姆先生的末日终于来到了：

就在这时，传来了三下急迫的敲门声，汤姆走出去，看看是谁，一个黑大个正牵着一匹马，马嘶叫着，用脚刨着地面。

“汤姆，你的时间到了!”这个黑男人粗暴地说。汤姆想缩回去，但太晚了。他把小本的圣经放到外衣的口袋里，把那本大的圣经放在正要取消赎回权的契约下面，没有一个罪人像他这样被毫无准备地带走。那个黑大个像拎小孩一样把汤姆扔在了马背上，在暴风雨中飞驰而去。汤姆就这样走了，顺着大街一去不返。他的白色帽子上下跳动，他的晨袍在风中摆来摆去，马蹄每一次踏在街道上，都闪现出火花来。

汤姆再也没有回来取那些抵押的单据。住在沼泽边上的一个人说，在那个暴风雨的夜晚，他看见一匹马驮着一个像我描述的那个人，像疯了一样穿过田野，朝着那个印第安堡奔去，冲进沼泽地，不久，一道闪电击中了那个地方，整片森林都燃起了熊熊大火。

Just then there were three loud knocks at the street door. He stepped out to see who was there. A black man was holding a black horse which neighed and stamped with impatience.

“Tom，you’re come for!” said the black fellow，gruffly. Tom shrunk back，but too late. He had left his little bible at the bottom of his coat pocket，and his big bible on the desk buried under the mortgage he was about to forclose：never was sinner taken more unawares. The black man whisked him like a child astride the horse and away he galloped in the midst of a thunder storm. Away went Tom Walker，dashing down the streets; his white cap bobbing up and down; his morning gown fluttering in the wind，and his steed striking fire out of the pavement at every bound.

Tom Walker never returned to foreclose the mortgage. A countryman who lived on the borders of the swamp，reported that in the height of the thunder gust he had heard a great clattering of hoofs and a howling along the road，and that when he ran to the window he just caught sight of a figure，such as I have described，on a horse that galloped like mad across the fields，over the hills and down into the black hemlock swamp towards the old Indian fort; and that shortly after a thunderbolt fell in that direction which seemed to set the whole forest in a blaze.

汤姆最后的时刻到了

故事到这里还没有完。当人们查看汤姆的保险箱时，他的所有合同单据和抵押契约都化为了灰烬。曾经装满金银的铁箱里满是碎屑，马厩里的两具骨架取代了那两匹饿得半死的马，第二天，他那所大房子失火，夷为一片平地。

贪婪与堕落是人性中永远的主题，欧文用寓言的形式为我们讲述了这个故事。浪漫主义超自然和象征性（symbols）写作手法的运用，让人物、场景、道具、情节各有其意。魔鬼就是诱惑，汤姆和他的妻子代表着贪婪。故事最后，汤姆还代表着伪善，他一边去教会，一边继续收取抵押物。故事的场景（Setting）在波士顿，浪漫主义观点认为，城市是道德堕落之地，在这里，汤姆替魔鬼打工。印第安堡 (The Indian fort) 一定是代表着地狱了，汤姆被抓到马背上，意味着他就要坠入地狱。印第安堡是汤姆抄近路经过沼泽地（Swamp）时发现的，沼泽是汤姆回家的捷径，也是获取财富和欲望的捷径。欧文或许在告诉我们，生活中的捷径往往是一条错误的道路，会把我们引向地狱。

在故事最后，欧文写道：这就是汤姆・沃克和他那些不义之财的下场。所有嗜财如命的人都要牢记这个故事，它的真实性毋庸置疑。欧文用这样一部寓言小说，警告他的读者远离贪婪和堕落，让人们时时记住，避开欲望，选择正确的生活之路。

这个故事让我想起了一个成语："人心不足蛇吞象"，相关的传说有很多版本，告诉人们那些贪欲过大的人，最后必为贪欲所害。我看过一篇文章，作者说按照他妈妈在他小时候讲的故事，这句话应该叫"人心不足蛇吞相"。作者是这样讲的：

古时，有一位相公，在路上遇到一条蛇。蛇正被猎人追赶，就求相公救它。相公救了蛇以后，蛇要报答，就对相公说，我肚子里有三颗宝石，你可以到里面取一颗。然后，蛇就张开大口，相公犹豫了一下，就钻进了蛇的肚子里。果然，相公在蛇的肚子里发现了三颗发光的宝石，就取下了一颗。在要返回时，相公忍不住，还想取下一颗，在取第二颗的时候，蛇疼痛难忍，就对相公说，你快点取吧，我要挺不住了。相公取下第二颗后，还想取第三颗，在取的时候，蛇实在挺不住了，就闭上了大口，相公当然再也出不来了。

我们习惯于把上学当做必需的教育，把妈妈讲的故事当做可有可无的小儿科，其实，人性是从小种下的种子，家庭是成长的根基。如果你的妈妈能给你讲故事、说语录，那你就是超级幸运了；如果妈妈不能讲，也没关系，现在，我们赶上了出版业超级发达的好时代，多读书就可以了。倪萍出了一本书《姥姥语录》，这里选几段：

人的手不可以轻易伸，除了救命的事。

现在一个孩子都穿十件棉袄，那不把孩子烧坏了？穿多了就是害孩子。

快乐的事别嫌小，一个、两个加起来，你加到100试试，快乐就大了；你不能老想着一天100个快乐，你一辈子能碰上几个100的快乐？

有点意思吧，好，回到“人心不足蛇吞相”，这个古老的故事还不断有新的版本。戛纳电影节有一个获奖短片《人性的黑洞》，情节很简单。一个公司职员在复印时，偶然发现一张中间带有黑色圆形图案的复印纸，透过这张纸，手能够拿到下面密闭容器内的东西。职员非常惊异、兴奋，就到了隔壁的保险柜前，把钱一摞一摞地掏出来。掏到最后，洞越来越大，职员索性爬进了保险柜，结果，当他进入保险柜后，柜门的洞口突然关上了。

好了，读了欧文的两篇故事，下一单元，我们读读另一篇充满黑色浪漫的故事《厄舍府的倒塌》。当然，更重要的是结识一位美国乃至世界文坛的鬼才、怪才，他的推理侦探小说，相信你也读了很多。下一单元见！

Unit 13

《厄舍府的倒塌》——天妒英才身先死

《乌鸦》的《写作原理》——一代宗师傲江湖

埃德加·爱伦·坡（Edgar Allan Poe，1809—1849 年）

或许可以说，他是美国有史以来最具原创性的作家。

他喜欢描写荒凉的虚幻世界，喜欢窥探人类灵魂的最隐秘之处。

他创造了浩瀚壮观的梦境，创造了生动的幻景和恐怖的迷宫。

——乔治·利帕德

我不在乎我的作品是现在被人读还是子孙后代来读，我可以花一个世纪来等待。

——埃德加·爱伦·坡：《我发现了》

天才的作品100年后的人才能读懂，反过来说，是不是我们常人的智慧与天才差了100年呢？这个说不准，但两者有差距应该是肯定的。我们先看一道智力测试题：

在推理小说《柯南道尔的手稿》中，主人公“我”和朋友泽多为了破解一份档案的秘密，来到英格兰小城伍尔弗汉斯顿，请门萨协会，就是高智商人士俱乐部的人帮忙。

> 门萨协会不算大，俱乐部里很冷清，泽多被接待员带了进去，我一个人坐在大厅的沙发上，盯着接待台后面的那块门板，上面写着门萨协会的名字，而且写了两遍，一个是黑底白字，一个是白底黑字，就像中国碑刻艺术中的阴刻和阳刻。下面写着门萨协会的宗旨：我们不在意宗教，不在意种族，只在意头脑……
>
> 一会儿，泽多和一个40多岁的人相互推搡着走了出来。“我向他请教，他却让我先回答问题”，泽多愤愤地说。
>
> “没错，今天我是值日长，我的规矩就是要问我话，就要先回答出我的问题，就是会员、警察、女王来了也一样。”
>
> “算了，算了，我们就按规矩办吧。这位先生，你的问题再给我说一遍好吗？”
>
> “好，你听好了。说有一天，伊丽莎白与达西在森林里迷了路，正当他们绝望的时候，突然发现一个木屋，墙上挂着很多把猎枪，这应该是一个猎手的屋子。于是他们便在那里住了下来，可是第二天一早，他们两个都死在了屋子的地上，地上有很多血，但是没有凶器。门虽然开着，地上却没有脚印，墙上的猎枪也没有被使用过，当然，那些猎枪都是可以用的。现在问你们，他们是怎么死的？”
>
> “好了，我知道答案。”
>
> 那出题的人轻蔑地看了我一眼：“说吧，但你要好好想想，回答的机会只

有三次，三次都错了，就明天来吧。”

“不用了，一次就可以。答案是，被狼咬死的，伊丽莎白和达西是两只兔子。”

……

刚走出门口，泽多马上来问我：“你怎么知道是兔子？你听说过这道题？”

“没有，这个题是考验人的思维定向，他用了《傲慢与偏见》里男女主角的名字，就是想让你认为题目说的是人的事情，但从头到尾他都没提人这个字，一般人很容易上当。”

“那你是怎么想到的？”

“柯南道尔曾说过，把所有错误的答案都去掉，剩下的那个即使再荒唐，也是真相。”

“对了，那个奇怪的档案，你知道怎么破解它的谜了吗？”

“知道了，是门萨协会接待处的门板提醒了我。我们一直认为，黑色的线才是内容，其实不然，中间断开的白色部分才是真正的含义所在，就像他刚才出的那道题一样，我们一开始的思考方向错了，所以不管怎么想都是错的。”

“看来门萨协会帮了我们大忙啊。”

好了，就读这么多，有点意思吗？再猜一猜，这本书是谁写的？是那个写出大侦探福尔摩斯的柯南道尔吗？不是。是推理侦探小说的鼻祖，我们今天要讨论的美国天才作家爱伦·坡吗？更不是。作者只是我一个朋友的儿子，30岁出头的刘楚痕。大概15年前我第一次见到他的时候，他还是一个不善言谈、不紧不慢的高中生，10年后留学英国回来，我第二次见到他，他已是一家建筑设计所的高管，门萨协会会员，英国推理作家学会准会员，在《资本交易》、《最推理》等杂志期刊发表多篇小说散文。更神奇的是，在留学期间他还考取了一级红酒品酒师，据说，全亚洲拿到这个资质的人也没几个。

那么，这十年他都做了些什么事呢？他的天赋或天才是怎么脱颖而出的呢？其实，我们每一个孩子都有天赋，可我们的教育体制和成长环境，包括家庭教育，在不知不觉之间，在爱的名义下，不留痕迹地摧折了天才的萌芽。

楚痕是幸运的。他儿时喜欢画画，他的奶奶说，谁也不准管他，爱怎么画就怎么画，而我们很多家长总爱帮助孩子学习所谓正确、正规的画法。我经常看到两个大人，一人拉着孩子的一只手去幼儿园，我就想，放开孩子的手，他不会走吗？中考时楚痕以微弱分差没能进入那所别名“监狱”的“名校”，为寻求人生希望远赴英伦。在大学的课堂，老师看到他在计算机上画画，就慧眼识珠，建议他转到建筑专业。在我这个长他 20 多岁的人还不知道门萨协会为何物的时候，他竟然通过了门萨严苛的入会考试，这回，终于有了一个衡量他智商的分数标准了。他的房东请他帮忙照看酒窖的红酒，由此，他闯入了红酒的世界，把吃饭的钱都用来报考品酒师的级别考试。每次和他唠嗑，他总有新奇的想法。他总能很快地进入一个陌生的领域，比如，像变戏法似的在国内出版了两本侦探推理小说。所以，我总是感到庆幸，他躲过了模式化的定制成长，像一棵小树，在自然中自然长大。

但爱伦·坡就没那么幸运了。他的老爸、老师都没有给他正确的支持，同时代的人也不理解、不欣赏他。在他 40 年的短暂人生中，幸福时光总是倏忽一逝，凄惨坎坷伴其一生。他就像扎根在山顶石缝间的一棵松树，经受的是风吹雨打，留给世人的是顽强挺拔。稍稍让人欣慰的是，后人给他戴上了一顶顶耀眼的桂冠：诗人、最早的短篇小说作家和文学评论家；有史以来最知名的美国作家；象征主义（symbolism）先驱；唯美主义（aestheticism）者；侦探小说（detective story）鼻祖；科幻小说（science fiction）先驱；恐怖小说（horror fiction）大师。在桂冠的光环之下，坡的天才作品更是让人眼花缭乱，心动神迷。从死亡恐怖小说、侦探推理小说、科学幻想小说，到他最喜爱的诗歌，精神病人、谋杀、活埋和死亡充斥其中，听听这些作品的名字就会让人心惊胆战：《厄舍府的倒塌》、《莫格街谋杀案》、《乌鸦》、《泄密的心》、《一桶白葡萄酒》、《黑猫》、《红死病的化装舞会》、《金甲虫》等。这些作品几乎被翻译成所

2009 年 11 月 11 日，巴尔的摩市举办爱伦·坡诞辰 200 周年纪念活动。

有的语言，有的进入教科书，有的无数次被拍成电影，成为流行文化的传奇。

但伴随这辉煌伟绩的，却是无尽的悲伤。爱伦·坡1809年1月19日生于波士顿，父母在他不到2岁时就去世了。弗吉尼亚里士满的烟草商约翰·爱伦和妻子弗朗西斯收养了他。弗朗西斯让他得到了母爱，爱伦也把一个父亲的期望寄托在儿子身上，去英国5年也把儿子带在身边，去各地料理生意，也让儿子跟班学习，这是爱伦·坡人生中的第一段幸福时光。可惜的是，儿子却不爱生意爱写诗，整天琢磨那些不着边际的诗句。无论老师还是父母，都缺少了识珠的慧眼，没有给这个天才足够的鼓励。虽然恨铁不成钢、恨儿不成器，在爱伦·坡17岁的时候，老爸还是把他送到弗吉尼亚大学，但父子间的芥蒂有增无减，以至于爸爸不愿意给他学费。爱伦·坡开始放纵自己，向别人借钱，还去赌博，父子关系变得更加不可收拾。爱伦·坡从学校回到家里，发现他的未婚妻和别人订了婚，雪上加霜，这个打击对爱伦·坡几乎是毁灭性的。

后来，爱伦·坡应征入伍。两年后，听说母亲弗朗西斯病了，就赶回家，但还是没能看上母亲一眼，悲伤让他一度神志不宁，遂以写诗消愁解闷。尽管父子之间的关系没有丝毫缓解，父亲还是把儿子推荐到西点军校，但爱伦·坡又退学了。

此后，爱伦·坡集中精力开始写作。1831年，22岁的爱伦·坡搬到巴尔的摩，和姑妈玛利亚·克莱姆以及表妹弗吉尼亚住在一起。爱伦·坡在巴尔的摩的生活依然贫困，父亲死后，爱伦·坡也没有继承任何遗产。为了赚钱，爱伦·坡开始写短篇小说，还为里士满的南方文学信报做编辑和评论员，由于爱伦·坡的短篇小说和犀利的评论，一年之内就让这个杂志声誉鹊起。27岁的时候，爱伦·坡带着玛利亚和弗吉尼亚来到里士满。1836年，他与表妹弗吉尼亚结婚，那时表妹才13岁。

1830—1840年是爱伦·坡人生中的第二段好时光。这一时期，他的小说让他名声大噪，但他并没有因此富裕起来。1845年，《乌鸦》的出版终于让他“火”了，他到全国各地旅行演讲。我们常说天有不测风云，人有旦夕祸福，但祸却总是落在爱伦·坡的身上。1847年，他心爱的妻子，24岁的弗吉尼亚去世了，爱伦·坡一连几个月不能自拔。1849年10月7日，他在失踪五天后被人发现死于一个废弃的选举投票站，有人说他死于脑出血，有人说他死于醉酒。

恃才傲物，文人相轻，这句话就像在说爱伦·坡。作为文学评论家和编辑，爱伦·坡的刀子嘴让他出名，也让他得罪了很多人，就连亨利·朗费罗的诗，在他看来都是浅薄至极。他的文学对手鲁弗斯·格里斯沃尔德在他死后写了一篇肮脏的报复性讣告：这则讣告会震惊很多人，但没有几个人会感到悲哀。他说爱伦·坡“有很少或基本没有朋友”，他试图让人们相信爱伦·坡死于毒品或酒精中毒。

天才总是伴随着创造，总是给我们带来意想不到的东西。爱伦·坡对诗的喜爱，对唯美的追求，对死亡的惊悚体验让他成为最伟大的诗人和黑色浪漫主义文学的代表人物，但他创造出侦探推理这种小说形式，我总觉得是他的无心插柳，就如同天才在好奇中玩一玩，就玩出了新花样，就玩成了侦探小说之父。爱伦·坡1841年出版的《莫格街凶杀案》（*The Murders in the Rue Morgue*）是同类小说的第一部，第一次创造了一个侦探形象——迪潘（C. August Dupin）。有了迪潘，才有了日后柯南道尔笔下的侦探福尔摩斯，阿加莎·克里斯蒂笔下的大侦探波洛，横沟正史《金田一探案》中的金田一。

《莫格街凶杀案》（*The Murders in the Rue Morgue*）

《莫格街凶杀案》案情并不复杂，母女两人凌晨三点死在一间门窗紧锁的房间内，对于凶手是谁，如何进入和逃出密室，爱伦·坡借助媒体之口和目击者之言对现场进行了恐怖玄虚的详细描写，几乎堵死了任何一种作案可能，警察也无计可施。这时，小说叙述者“我”的朋友迪潘出场了，用他善于观察与分析的超常智力，抽丝剥茧地揪出了凶手——一个从主人家里跑出，正遭主人追赶的大猩猩。

也许怕读者对推理分析这种破案的方式和人物不理解，也许是为故事做一个神秘的铺垫，爱伦·坡在小说开始用大段篇幅对人的“分析”这种智力特征进行了分析。不过，他的分析既不是精密的试验，也不是科学的理论，而是来自对日常生活中见怪不怪的现象，比如下棋、打牌进行的分析概括。他甚至认为，计算本身并不是分析，足智多谋的人不一定具备分析能力。可以说，正是爱伦·坡的天才头脑对平常生活的超常思考，才有了侦探推理这种小说形式。

> 惠斯特桥牌一向因其对所谓的计算能力有影响而闻名，而那些智力出众者都爱玩惠斯特而不玩无聊的象棋也为众人所知。毫无疑问，在这类游戏中再没有什么比玩惠斯特更需要分析能力。
>
> 善于分析的玩牌者会静静地作大量的观察和推断，但也许他的牌友也这么做，所以所获信息之差异与其说是在于推断的正误，不如说是在于观察的质量。他观察搭档的表情，并仔细地同两位对手的表情逐一比较。他估计每人手中牌的分配，常常根据每人拿起每张牌时所流露的眼神一张一张地计算王牌和大牌。他一边玩一边察颜观色，从自信、惊讶、得意或懊恼等不同的表情中搜集推测的依据。他从对手收一墩赢牌的方式判断这个人是否会再赢一墩同样花色的牌。他根据对手出牌的神态识别那张牌是否声东击西。总之，对手偶然或无意的只言片语，失手掉下或翻开一张牌时伴随的急于掩饰或满不在乎，任何窘迫、犹豫、焦急或惶恐——全都逃不过他貌似直觉的观察，都向他提供了真实情况的蛛丝马迹。两三个回合下来他便对各家的牌胸有成竹，从此他的每张牌都出得恰到好处，仿佛同桌人的牌都摆在桌面上了似的。

分析了“分析”之后，爱伦·坡开始讲故事了，而且“这个故事在读者看来多少可以说是刚才议论的注解”。但他没有让迪潘立刻出现在案发现场，而是通过两人的巧遇和迪潘能够猜出“我”心中所想的超常“分析能力”来为故事做进一步的铺垫：

> 我与他初次相遇是在蒙马特街一家冷僻的图书馆里，当时我们都在寻找同一本珍奇的书，这一巧合使我俩一见如故。
>
> 一天晚上，我俩在王宫附近一条又长又脏的街上漫步。显然当时我俩都在思考问题，至少已有十五分钟谁也没吭一声。突然，迪潘开口说了一句话：
>
> “他是个非常矮小的家伙，这一点没错，他更适合去杂耍剧院。”
>
> “那当然，”我随口应答，一开始并没有意识到迪潘所言与我心中所想完全不谋而合这一蹊跷之处，等我回过神来，不由得大吃一惊。
>
> “迪潘，”我正颜道，“这真叫我难以理解。不瞒你说，我都被弄糊涂了，

几乎不敢相信自己的感觉。你怎么会可能知道我正——”我故意留下半句话，想弄清他是否真的知道我正在想谁。

“——想到尚蒂耶，”他说，“干吗说半句话？你刚才正在想他矮小的个子不宜演悲剧。”

这正是我刚才心中所想到的问题。尚蒂耶原来是圣德尼街的一个修鞋匠，后来痴迷于舞台，曾试演悲剧《泽尔士王》中泽尔士一角，一番苦心却换来冷嘲热讽，弄得自己声名狼藉。

“看在上帝份上，”我失声嚷道，“请告诉我诀窍——如果有诀窍的话——告诉我你能看透我心思的诀窍。”

“诀窍就是那个卖水果的，”我朋友答道，“是他使你得出结论，认为那个修鞋匠个子太矮，不适合演泽尔士王和诸如此类的角色。”

“卖水果的！——你可真让我吃惊——我并不认识什么卖水果的。”

“就是我们走上这条街时与你相撞的那个人——这大约是十五分钟之前的事。”

这下我记起来了，刚才我俩拐上这条大街时，的确有个头上顶着一大筐苹果的水果贩子冷不防地差点儿把我撞倒；可我不能理解的是，这和尚蒂耶有什么关系。

迪潘脸上没有丝毫糊弄人的神情。“我给你解释一下，”他说，“听完解释你也许就完全清楚了。我们先来回顾一下你刚才的思路，从我开口说话追溯到那卖水果的与你相撞。这段时间你思维的主要环节是——尚蒂耶、猎户星座、尼科尔博士、伊壁鸠鲁、石头切割术、铺路石和那个卖水果的。”……我并非是特意要留神你的举动，只是近来观察于我已成了一种必然。

推理小说只是爱伦·坡的开胃小菜，恐怖小说和诗才是他送给我们的大餐，而死亡则是这桌大餐中的当家菜。爱伦·坡痴迷于探究死亡，很难用一个原因来解释，我觉得就是天性使然。15 岁时感受死亡的一次经历，更是让爱伦·坡打开了一扇窥探死亡的神秘之门。1824 年 4 月，爱伦·坡同学的母亲，31 岁的斯坦纳德夫人去世，她是少年爱伦·坡心中美的偶像和化身，很长一段时间里，爱伦·坡非常伤心，以至于神思恍惚，噩梦连连，多次在夜里到斯坦纳德夫人的坟头哭泣。1831年，他写出了一首诗《致海伦》(*To Helen*)，表达了他的“失美之痛”。

除了悲伤，死亡还意味阴森恐怖，比如，尸体腐烂、未死先埋、死人复活。《厄舍府的倒塌》就包括了所有上述元素，当然，还有抑郁，当下最流行的时髦病。很多人都是因为这样的死亡主题小说了解了爱伦·坡。

厄舍府的倒塌(Poe's The Fall of the House of Usher)

《厄舍府的倒塌》有三个人物。一个是讲述者“我”，一个是罗德里克·厄舍，“我”的儿时玩伴，还有一个是玛德琳，厄舍的双胞胎妹妹。故事一开始，厄舍有病了，写信让“我”来看他，说他正经历着精神的折磨。“我”快到厄舍家的时候，越发不安起来，周围孤寂凄凉，让人毛骨悚然。在这所荒凉沉寂的房子跟前，“我”站住了，犹豫着不想进去。厄舍和玛德琳就住在这所房子里，他们两个人是这个古老家族的最后血脉，他们的死也意味着一个家族的结束。

那年秋天，一个晦暝、昏暗、廓落、云幕低垂的日子，我一整天都策马独行，穿越一片异常阴郁的旷野。当暮色降临，愁云笼罩的厄舍府终于遥遥在望。不知为什么，一看见那座房舍，我心中便充满了一种不堪忍受的抑郁。我说不堪忍受，因为那种抑郁无论如何也没法排遣，而往常即便是更凄凉的荒郊野地、更可怕的险山恶水，我也能从山野情趣中获得几分愉悦，从而使愁郁得到减轻。望着眼前的景象——那孤零零的房舍，以及周围的地形、萧瑟的垣墙、像迷茫的眼睛一样的窗户、几丛茎叶繁芜的莎草、几株枝干惨白的枯树——我心中极度的抑郁真难用人间常情来比拟。也许可以比作鸦片服用者清醒后的感受：重新堕入现实生活之痛苦、重新撩开那层面纱之恐惧。我感到一阵冰凉、一阵虚脱、一阵心悸、一阵无法摆脱的凄凉、一阵任何想象力都无法将其理想化的悲凉。究竟是什么？我收缰沉思，是什么让我一见到厄舍府就如此颓丧？这真是个不解之谜。

During the whole of a dull, dark, and soundless day in the autumn of the year, when the clouds hung oppressively low in the heavens, I had been passing alone, on horseback, through a singularly dreary tract of country; and at length found myself, as the shades of the evening drew on, within view of the melancholy House of Usher. I know not how it was—but, with the first glimpse of the building, a sense of insufferable gloom pervaded my spirit. I say insufferable; for the feeling was unrelieved by any of that half-pleasurable, because poetic, sentiment, with which the mind usually receives even the sternest natural images of the desolate or terrible. I looked upon the scene before me —upon the mere house, and the simple landscape features of the domain —upon the bleak walls —upon the vacant eye-like windows —upon a few rank sedges —and upon a few white trunks of decayed trees —with an utter depression of soul which I can compare to no earthly sensation more properly than to the after-dream of the reveller upon opium —the bitter lapse into everyday life —the hideous dropping off of the veil. There was an iciness, a sinking, a sickening of the heart —an unredeemed dreariness of thought which no goading of the imagination could torture into aught of the sublime. What was it —I paused to think —what was it that so unnerved me in the contemplation of the House of Usher? It was a mystery.

在这里，为了烘托死亡的恐惧气氛，爱伦·坡首先对厄舍府的周围环境做了描述，用一组精心选择的词汇，勾画出一幅逼真的意象，让人涌起一股压抑的情绪。比如，insufferable gloom，unrelieved，half-pleasurable，sternest，desolate，terrible。特别是使用“像迷茫的眼睛一样的窗户”这样忧郁、拟人的语言，让厄舍家的房子具有了人的特征，而且是一个元气渐渐消亡的人。比如，vacant eye-like windows，rank sedges，decayed trees，depression of the soul。词汇和语言的运用构成了爱伦·坡的独特写作风格，在阅读时需要我们特别去感受。

进入房子里面之后，“我”发现，兄妹两人看起来都有病，正处在严重的抑郁状态，生活在恐惧之中。“我”试图让厄舍好起来，但厄舍说这所房子有邪气，是房子让他有病了。

几天之后，玛德琳死了，“我”和厄舍把她抬到地下室的临时墓穴。“我”仔细看了玛德琳泛红的脸颊，觉得他们两个确实是双胞胎。妹妹的死，让厄舍陷入悲伤之中，一连几天都郁郁寡欢。

一天夜晚，两人睡不着，厄舍说看到房子四周到处都是明亮的火焰。为了缓解夜晚的恐怖和紧张，两人开始读一部中世纪的传奇故事《疯狂的约会》，但显然无济于事，因为他们听到奇怪的吵闹声。厄舍说这些天他都听到过这个声音，他们开始怀疑玛德琳被埋葬的时候是不是还没死。一阵风暴吹开了房门，玛德琳出现在屋里，像个幽灵，甚至能走到厄舍的跟前，几乎能打到他，但是，随后她就倒下死了。厄舍意识到在妹妹活着的时候就把她埋掉了，自己随后因震惊而死。

更厉害的是，房子似乎对兄妹的死也做出反应，开始倒塌，并把兄妹埋于其中，“我”在房子倒塌前勉强逃了出去。

> 最后几个字还挂在我的嘴边——仿佛当时真有一面铜盾重重地砸到了白银地板上——我听到了一声清晰而沉重的金属撞击声，不过听起来显得沉闷压抑。这下我惊得一跃而起，但厄舍却依然在椅子上摇来晃去。我冲到他的椅子跟前，他的眼睛一眨不眨地盯着地面，他的整个表情严肃得犹如石雕。但是，当我把手放在他的肩头，他浑身上下一阵猛烈战栗，哆嗦的嘴唇露出一丝阴沉的冷笑。我看见他的嘴在急促地颤动，结结巴巴地念叨着什么，仿佛没意识到我在他眼前，我俯下身子凑近他的嘴边，终于听出了他那番话的可怕含义。
>
> “没听见吗？——不，我听见了，而且早就听见了，早就——早就——许多分钟以前，许多小时以前，许多天以前我就听见了——可我不敢——哦，可怜我吧，我是个可怜的家伙！——我不敢——我不敢说！我们把她活埋了！我不是告诉过你我感觉敏锐吗？我现在告诉你，她在那空洞洞的棺材里最初弄出的轻微响动我就听见了。我听见了动静——许多，许多天以前——但我不敢——我不敢说！可现在——今晚上——埃塞尔雷德——哈！

哈！——那隐士洞门的破裂，那巨龙临死的惨叫，那盾牌落地的铿锵！——嘿，还不如说是她棺材的破裂声，她囚牢铁铰链的摩擦声，她在地窖铜廊中的挣扎声！哦，我现在逃到哪儿去？难道她不会马上就到这儿来？她难道不正匆匆赶来责备我做事草率？难道我没有听见她上楼时的脚步声？难道我没有听出她的心在猛烈而可怕地跳动？疯狂的人啊！我告诉你她现在就站在门外！”

似乎他那声具有超凡力量的呼叫真有一股魔力——随着他那声呼叫，他用手指着的那道又大又沉的黑檀木房门两扇古老的门扉竟慢慢张开。那是风的缘故——但是，门外果真站着身披衾衣的玛德琳小姐凛然的身影。她那白色的衾衣上血迹斑斑，她消瘦的身子浑身上下都有挣扎过的痕迹。她颤颤巍巍，摇摇晃晃在门口站立了一会儿——然后随着一声低低的呻吟，她朝屋内一头栽倒在她哥哥身上，临死前那阵猛烈而痛苦的挣扎把她哥哥也一并拽倒在地，厄舍倒下时已成了一具尸体，成了他曾预言过的恐怖的牺牲品。

我心惊胆战地逃离了那个房间和府邸。当我惊魂未定地穿过那条古老的石铺大道之时，外面依然狂风大作。突然，顺着大道射来一道奇异的光，我不由得掉头去看那道光的来源，因为我知道身后那座府邸和它的阴影。原来那光发自一轮圆圆的、西沉的、血红色的月亮，现在那红色的月光清清楚楚地照亮了我前文说过的那道原来几乎看不见的、从正面房顶向下顺着墙壁弯弯曲曲延伸的裂缝。就在我凝望之际，那道裂缝急速变宽——随之一阵狂风卷来——那轮血红的月亮一下进到我眼前——我头昏眼花地看见那座高大的府邸正在崩溃坍塌——接着是一阵久久不息的骚动声，听起来就像是万顷波涛在汹涌咆哮——我脚下那个幽深而阴沉的小湖，悄然无声地湮没了“厄舍府”的残砖碎瓦。

爱伦·坡最擅长的就是使用绝望、怪异，甚至房子的黑色哥特式建筑等超自然的元素，用死亡的意向来创造恐怖的主题，并通过词汇的运用来调动你的情绪，让人产生一种幽闭的恐惧感。比如对厄舍脸庞的描述，还有玛德琳的葬礼，房子里怪异的声响，玛德琳的重新出现，还有厄舍府房间内部的描述。在故事开始，“我”看到房子上

爱伦·坡 1832—1835 年住过的房子

有一个裂纹，为房子最后的倒塌做了铺垫。但倒塌的远不止是房子，厄舍和他的妹妹也在倒下，无论是在精神上还是身体上，他们的倒下也是厄舍家族血脉和家庭的终结。

死亡复活、未死先葬、恐惧悲伤是爱伦·坡最关注的主题，《厄舍府的倒塌》是爱伦·坡最著名的小说，这些特点让爱伦·坡成为黑色浪漫主义文学的典型代表之一。黑色浪漫主义主要指通过惊悚的象征手法，展现紧张恐怖的主题，探究内心的负疚感和罪来进行创作的文学形式。这也是为什么霍桑的《红字》被列为黑色浪漫主义范畴的原因。与表现形式相比，《厄舍府的倒塌》在内容上更接近哥特小说。哥特小说（Gothic fiction，Gothic horror）主要描述那些恐怖、神秘、超自然、厄运、死亡、颓废的鬼故事，比如，住着幽灵的老房子、摇摇欲坠的城堡、修道院、癫狂、家族诅咒、吸血鬼、死人复活等，让小说充满紧张恐怖的气氛。

我们学习文学作品，总是喜欢问有什么意义。比如，有人认为《厄舍府的倒塌》预示着美国奴隶制的必然灭亡，或者宇宙将从现实存在化为乌有。我觉得爱伦·坡不会这么想，他的恐怖、侦探、科幻这样充满天才想象的作品，只是他的天赋使然，只是他对文学与艺术自我理解的表现，他所探究的就是他天性中喜欢或擅长去观察和思考的东西。如果一个作家用自己擅长、独到、独立的观察和思考，写出打动读者内心深处的东西，给读者带来共鸣和启迪，给个人带来力量，这就足够了。

爱伦·坡主张写“纯小说”、“纯诗歌”，他认为艺术就是创造美，美是艺术的基调和本质，艺术的本源是人对美的渴望。因此，他的作品充满了唯美主义，不但形式美、词汇美，韵律也美。在文学评论中，他一向主张“为艺术而艺术”，他认为“在诗歌中只有创造美——超凡绝尘的美才是引起乐趣的正当途径。音乐是诗歌不可缺少的成分，对诗人力求表现超凡绝尘的美尤其重要，而在故事写作方面，艺术家就不妨力图制造惊险、恐怖和强烈情感的效果”。

按照他的这种说法，小说也好，诗歌也好，核心就是“美＋死”，“美”是本质或目的，“死”是形式或效果。从《厄舍府的倒塌》中你可以看到这一点，在他最有名、最流行的诗《乌鸦》（*The Raven*）中，“美+死”更是被发挥到极致。

对一个美国人来说，如果还没有听说过爱伦·坡的《乌鸦》，那就不是“Out”的问题了，一定是生活在与世隔绝之中。这首诗写于1845年，在爱伦·坡的那个年代就被争相传诵，150多年来，与“乌鸦”有关的典故和模仿无以计数。1989年《蝙蝠侠》中的小丑，《辛普森一家》中“噩梦屋”一节都引用过《乌鸦》。著名摔跤手斯科特·列维（Scott Levy）就被称做“乌鸦”。爱伦·坡来自巴尔的摩，现在，你会知道职业棒球联盟巴尔的摩乌鸦队名字的来历了吧。那么，这首诗到底写了什么呢？

这首诗描述的内容是，在12月的一个寒冷午夜，一个人，就是叙述者，孤独地坐在火炉旁读书，他昏昏欲睡，希望能忘记已经死去的恋人丽诺尔。突然，他听到了一阵敲门声，起身打开门，却发现什么也没有。他有点害怕，就劝慰自己那不过是风在拍打着窗户。当他来到窗前，迎面扑来了一只乌鸦。这只乌鸦不像平常的鸟那样围着屋子转，而是落在屋门上方智慧女神雅典娜的雕像上。叙述者试图与乌鸦谈话，问它的名字，乌鸦却真的开口说了话：永不复焉（Nevermore）。

雨狂风骤，乌鸦进门

我们说过，浪漫主义者喜欢用超自然的东西表现主题，乌鸦是自然的东西，但一只会说话的乌鸦就是超自然的了。而且，这只乌鸦还说了一句让人产生不祥预感，让人恐惧不安的话。为了减少恐惧，讲述者就不断地发问，而乌鸦的回答总是那同样的一句“永不复焉”。令人震惊和悲伤的是，到最后，讲述者已经知道乌鸦的回答是什么，也知道那是他想要听到的答案，可他还是接连发问，他已完全陷入失去丽诺尔的悲伤之中，完全知道她的归来只能是“永不复焉”。

我们常说“诗言志”，诗是情感的表达，诗是有感而发。比如，苏东坡的《江城子》就表达了与《乌鸦》类似的情感，千百年来传诵至今。苏东坡19岁时，与16岁的王弗结婚，两人恩爱情深，可惜的是，王弗27岁就去世了。爱人的死给苏东坡带来的打击之大，痛苦之深，我们从他的这首诗中完全能够感受出来：

> 十年生死两茫茫，不思量，自难忘。千里孤坟，无处话凄凉。纵使相逢应不识，尘满面，鬓如霜。
>
> 夜来幽梦忽还乡，小轩窗，正梳妆。相顾无言，唯有泪千行。料得年年肠断处，明月夜，短松冈。

关于超自然，中国的文学作品也早有表现。有一出讲述包公判案的京剧《乌盆记》，说的是一个做生意的年轻人在回乡途中，住店时被人谋财害命，然后，化做一个会说话的黑色瓦盆向包公上告申冤。

不过，让我们想不到的是，《乌鸦》不是爱伦・坡的有感而发，而是他用自己独到的写作理论，完全“定制”出来的一首诗。他说，《乌鸦》是我最广为人知的作品，我想证明它的创作过程与机遇和直觉毫不相关，这篇作品是用解决数学所需的精确和严谨一步步完成的。为此，爱伦・坡在《写作原理》（*The Philosophy of Composition*）一文中，详细地解读了这首诗的创作过程和他的“写作原理”。当然，我们今天讨论爱伦・坡的创作过程，不完全是学习他写诗的技巧，实际上爱伦・坡的心得也不见得好用，我们主要是看看天才是怎么思维的，原创是怎么产生的。

爱伦・坡认为，文学写作最重要的是把握三个要素：长度、传递的效果和写作技巧。

爱伦・坡说：我首先考虑的是诗的长度。显而易见，任何文学作品的长度都要有明确的限制，最好能让人一口气读完。爱伦・坡认为所有的作品都应该是短的，如果篇幅太长，中间就会被世俗的事物打乱，故事的完整性就会被打碎，那种由完整性带来的让人一口气读完的酣畅淋漓的感觉、对故事情节高度关注的紧张惊奇都会不复存在。这一点很好理解，我们读小说、听评书，为什么一到“且听下回分解”的时候就会感到很遗憾，很不解渴，其实就是这个道理，这恐怕也是爱伦・坡愿意写短篇小说的原因所在。

当然，爱伦・坡也说，在类似《鲁宾逊漂流记》这样的作品中，超越一口气读完这个长度限定也许有益无害，但这个限定在一首诗中绝对不可以被超越。那么，对于一首诗，这个“一口气”是多长呢？爱伦·坡说，长度带来的刺激效果既不能让公众感到太强，又不能让评论家感到太弱，为此，爱伦·坡立刻为这首诗制定了一个适当的长度——大约100行，实际上达到108行。实事求是地说，我觉得108行的诗还是有点太长了，但《乌鸦》是一首叙事诗，它要讲述一个完整的故事，这个长度还是可以忍受的，反正他的同胞是接受了。

第二个写作要素，就是要选择一个领域或范围，它能够传递出一种印象或效果，让这个作品被广泛接受。爱伦·坡认为，“传递的印象或效果”是对好作品的最基本要求，而只有“美”才能担此重任。他说，“我历来坚持一种观点，即诗的唯一合法领域就是美”，“美是诗的基调和本质”，“美是灵魂的激动，或者说是灵魂愉悦的升华”。

选定了“美”作为诗的表达对象，还要选择表现“美”的情调。爱伦·坡说，经验告诉我，悲郁是让美达到极致的最合适情调，只有悲郁才能让敏感的灵魂怆然泪下。

确定了长度、领域和情调之后，爱伦·坡接着开始讨论第三个要素“写作技巧”。他详细讨论了在《乌鸦》中使用的多种方法，包括叠句、语言角色、如何构思每一小节以及韵律等。

关于使用叠句，爱伦·坡认为，一首诗一定要有一个艺术振奋点，构成全诗的结构中枢，而人们最常用的办法就是使用叠句，叠句就如一首歌中每段重复的那一句。但爱伦·坡发现，传统的叠句一般都是内容、音律的循环重复，他就想让叠句有所变化，以强化振奋点的效果。要想让一个叠句的寓意反复变化，而叠句本身不变，那么，这个叠句一定要短，最好是一个单词。这一点也很好理解，比如有个故事，说三个书生去赶考，半路请一个算命先生算一卦，算命先生伸出了一个手指头。很显然，算命先生永远是正确的，因为，一个手指头可以代表一个都考不上，一个都不落榜，考上一个，落榜一个。如果他要伸出三个手指头，就不好办了。

接下来就是选哪个单词了，爱伦·坡是从音调入手来考虑这个问题的。叠句作为最后一句，音调一定要铿锵有力，这样才能有感染力。这时，爱伦·坡自然地想到了“O”这个最响亮的长元音，再加上可以把这个长元音拖得更长的辅音“R”。定下了声音后，就要找那个对应的单词了，而且这个单词一定要表现出悲郁的情调。至此，爱伦·坡脱口而出：在这个前提下寻找，我绝对不会漏过这个单词“Nevermore”（永不复焉），实际上我首先想到的就是它。

这个思维逻辑怎么样？如果说让叠句有变化属于创造力的话，那选哪个单词就属于聪明的问题了。让人佩服的是，这两点爱伦·坡一个也没少。

接下来的问题就是怎么使用“永不复焉”。让一个人反复说这样一个词，显然不合适。爱伦·坡灵光一现，想到用一个会“说话”的动物。他首先想到了鹦鹉，这一点我们可能也会想到，但爱伦·坡随后想到了乌鸦，因为乌鸦更适合表达悲郁的情调。

到这时，诗的结构基本上确定了。一首反复出现“永不复焉”，100 行左右，表达悲郁之情的诗。那用什么来表达最深的悲郁呢？当然是死亡。那怎么让死亡具有诗意呢？当然是美女之死最有诗意。同理，谁最适合讲述这样一个故事呢？答案更是显而易见：一个痛失佳人的多情男子。

爱伦·坡的墓碑，还有那只《乌鸦》，说着 Nevermore

现在，爱伦·坡需要做的是怎么把“永不复焉”和这个多情男子联系起来？唯一合理的方式就是让乌鸦回答那个男子的问话。而且，问的问题一定是变化的，虽然回答只有一个，但随着提问的问题越来越深刻，答案的寓意也会越来越深刻，叠句寓意的变化效果也就随之而出了。到最后，男子明知乌鸦只不过是鹦鹉学舌，可还是不断地问，提问已经变成了情感的疯狂释放和绝望的自我折磨。为此，爱伦·坡首先写出了表达全诗高潮，情感达到极度悲哀和绝望的一节诗：

> “先知！”我说“不管是先知是魔鬼，是鸟是魔，
> 凭着我们都崇拜的上帝——凭着我们头顶的苍天，
> 请告诉这充满悲伤的灵魂。它能否在遥远的仙境，

拥抱一位被天使叫做丽诺尔的少女，她纤尘不染，
拥抱一位被天使叫做丽诺尔的少女，她美丽娇艳。”
乌鸦说“永不复焉”。

这一小节对构思全诗非常重要。有了最高潮的提问，其他的提问就好安排了，各小节之间的节奏强度也随之确定。同时，爱伦·坡还确定了节奏韵律和各小节的长度。

接下来，就是故事的具体构建了。首先是如何让男子和乌鸦碰面，一般容易想到的地点是在森林或旷野，但爱伦·坡认为，封闭的空间，特别是那个见证了两个人的爱情，让男子睹物思人的房间是最好的场所了。其实，苏东坡当年也是这么想的，所以有了“夜来幽梦忽还乡，小轩窗，正梳妆”。如果说天才所见略同，还不如说人类的情感是相通的。

再接下来就很容易了。在一个风雨交加的夜晚，男子听到“敲门声”，又打开窗户，乌鸦飞进来，落在维纳斯雕像上，两个“人”开始了交谈：

从前一个阴郁的子夜，我独自沉思，慵懒疲竭，
面对许多古怪离奇，并早已被人遗忘的书卷；
当我开始打盹，几乎入睡，突然传来一阵轻擂，
仿佛有人在轻轻叩击，轻轻叩击我房间的门环。
“有客来也”，我轻声嘟喃，“正在叩击我的门环，
唯此而已，别无他般。”
……
我推开了窗户，随着翅膀的一阵猛扑，
一只神圣的乌鸦庄重地走进我房间；
它既没向我致意问候，也没有片刻的停留，
而是以绅士淑女的风度栖到我房门的上面，
栖在我房门上方一尊帕拉斯半身雕像上面；
栖息在那儿，仅如此这般。

于是这只黑鸟把我悲伤的幻觉哄骗成微笑，
以它那老成持重一本正经温文尔雅的容颜，
“冠毛虽被剪除”，我说，“但你显然不是懦夫，
你这幽灵般可怕的古鸦，漂泊来自夜的彼岸，
请告诉我你尊姓大名，在黑沉沉的冥府阴间！”
乌鸦答曰“永不复焉”。

听见如此直率的回答，我对这丑鸟感到惊讶，
尽管它的回答不着边际，与提问几乎无关；
因为我们不得不承认，从来没有活着的世人，
曾如此有幸地看见一只鸟栖在他房门的上面，
看见鸟或兽栖在他房门上方的半身雕像上边，
而且名叫“永不复焉”。
……
接着我觉得空气变得稠密，被无形香炉熏香，
提香炉的撒拉弗的脚步声响在有簇饰的地板。
“可怜的人”，我叹道，“是上帝派天使为你送药，
这忘忧药能终止你对失去的丽诺尔的思念；
喝吧，喝吧，忘掉你对失去的丽诺尔的思念！”
这时乌鸦说“永不复焉”。

“先知！” 我说，“不管是先知是魔鬼，是鸟是魔，
是不是撒旦派你，或是暴风雨抛你，来到此岸，
来到这片妖惑鬼祟但却不惧怕魔鬼的荒原，
来到这恐怖的小屋——告诉我真话，求你可怜！
基列有香膏吗？告诉我，告诉我，求你可怜！”
乌鸦说“永不复焉”。

悲情爱伦·坡与悲郁的乌鸦

接下来的一节就是爱伦·坡最先写下的表达情感达到顶点的那一节。到此，全诗就该结束了，但爱伦·坡又给这首诗加了两个小节作为结尾：男子开始赶乌鸦离开，“让你的嘴离开我的心；让你的身子离开我房间！”乌鸦还是回答“永不复焉”。然后，还是栖息在那里，男子怅然再问，“我的灵魂能解脱吗”，这时，他自己都知道了答案：永不复焉。

那只乌鸦并没飞走，它仍然栖息，仍然栖息，
栖息在房门上方苍白的帕拉斯半身雕像上面；
它的眼光与正在做梦的魔鬼的眼光一模一样，
照在它身上的灯光把它的阴影投射在地板；
而我的灵魂，会从那团在地板上飘浮的阴影中
解脱吗——永不复焉

费了这么大的劲儿讨论这首诗，我们不能不读读原文。其实，对于外国文学作品，翻译的版本可以帮助我们理解，但对孩子们来讲，原汁原味地读是必需的。我们这里选取开头的两个段落和最后的四个段落。

Once upon a midnight dreary, while I pondered, weak and weary,
Over many a quaint and curious volume of forgotten lore,
While I nodded, nearly napping, suddenly there came a tapping,
As of some one gently rapping, rapping at my chamber door.
“Tis some visitor,” I muttered, “tapping at my chamber door -
Only this, and nothing more.”

Ah, distinctly I remember it was in the bleak December,
And each separate dying ember wrought its ghost upon the floor.
Eagerly I wished the morrow; - vainly I had sought to borrow
From my books surcease of sorrow - sorrow for the lost Lenore -
For the rare and radiant maiden whom the angels name Lenore -
Nameless here for evermore.
……

"Prophet!" said I, "thing of evil! - prophet still, if bird or devil! -
Whether Tempter sent, or whether tempest tossed thee here ashore,
Desolate yet all undaunted, on this desert land enchanted -
On this home by horror haunted- tell me truly, I implore -
Is there - is there balm in Gilead? - tell me - tell me, I implore!"
Quoth the Raven, "Nevermore."

"Prophet!" said I, "thing of evil - prophet still, if bird or devil!
By that Heaven that bends above us - by that God we both adore -
Tell this soul with sorrow laden if, within the distant Aidenn,
It shall clasp a sainted maiden whom the angels name Lenore -
Clasp a rare and radiant maiden whom the angels name Lenore."
Quoth the Raven, "Nevermore."

"Be that word our sign in parting, bird or fiend," I shrieked, upstarting -
"Get thee back into the tempest and the Night's Plutonian shore!
Leave no black plume as a token of that lie thy soul hath spoken!
Leave my loneliness unbroken!- quit the bust above my door!
Take thy beak from out my heart, and take thy form from off my door!"

Quoth the Raven，“Nevermore.”

And the Raven，never flitting，still is sitting，still is sitting
On the pallid bust of Pallas just above my chamber door;
And his eyes have all the seeming of a demon’s that is dreaming，
And the lamplight o’er him streaming throws his shadow on the floor;
And my soul from out that shadow that lies floating on the floor
Shall be lifted - nevermore!

爱伦·坡写了这么多，用我们的文化习惯简单地说，就是那个多情男子的心上人，像托梦一样，让一只乌鸦来和男子见面，如果非得说乌鸦象征着什么，那么，这只赶也赶不走的乌鸦，就是萦绕在男子灵魂中永不消失的绵绵伤感。

说到这儿，不知怎么，想起了另一首千古绝唱。大诗人陆游与表妹唐婉，从小青梅竹马，婚后丽影成双，后遭陆游母亲棒打鸳鸯，唐婉嫁与赵士程。春日的一天，陆游在沈园偶遇唐婉夫妻两人，旧梦已去，肝肠寸断，于是世上有了一首《钗头凤 红酥手》。第二年春天，唐婉再游沈园，看到陆游的题诗，悲从中来，痴怨难遣，于是世上有了一首《钗头凤 世情薄》。现在，让我们把这两首诗各取一半，再成天造地设的一双：

春如旧，人空瘦，泪痕红悒鲛绡透。桃花落，闲池阁，山盟虽在，锦书难托。莫，莫，莫！

人成各，今非昨，病魂常似秋千索。角声寒，夜阑珊，怕人寻问，咽泪装欢。瞒，瞒，瞒！

我们讨论到这里，不知大家对《乌鸦》感觉如何，对爱伦·坡印象如何，如果不太好，那一定是我没有说好。不过，确实有人质疑爱伦·坡的写作理论。爱伦·坡强调写作是一个严格、有逻辑性的过程，如果真是这样，那么，是不是任何人只要遵循这套规则，就能成为合格的作家了？对这个问题，我是这样想的，爱伦·坡把他的天才，把他殚精竭虑的思考告诉我们，我们应该感谢他。他就像苍茫大地中的一朵野花，绽放着它的娇艳，张扬着个体的力量，无论弱小还是强大，都给这个世界带来生机。即使它不好看，即使我们觉得它没有用，但我们依然应该尊重它、怜爱它、宽容它。世界是由不同的个体构成的，个体是组成世界最强大的单元，这就是为什么上帝赋予这个世界以无限的多样性。对于人类来讲，只有有了个体的强大，才有民族的强大，才有国家的强大。这个道理，不是我说的，而是一个被称为美国孔子的大思想家爱默生所大声疾呼的。下一单元，我们就从《自然》、《自立》、《美国学者》来感受一下爱默生的伟大思想和华美语言。

Unit 14

《自然》——超验大师塑造灵魂新美国

《自立》——美国孔子口吐语录赛莲花

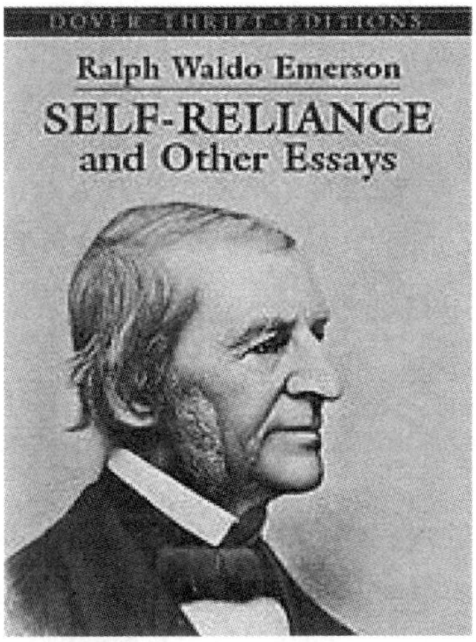

拉尔夫·瓦尔多·爱默生（Ralph Waldo Emerson，1803—1882 年）语录：

人应当学会去发现自己心灵深处划过的智慧微光，而不是诗人、圣贤天空中的绚丽虹彩。

相信你自己的思想，在你的内心深处坚信是正确的东西对所有人都是正确的。

用得好，书籍就是最好的东西，如果滥用，就是最坏的东西。如果不能激发灵感，书籍就一无所用。

现行的教育体系需要做出改变，因为它导致学生对课堂教义的过分依赖，试图记住那些知识。要增加对自然的重视，因为只有自然才能让学生自由地发现和探索新的思想。

我从纽约大学辍学，搬出父母的房子，有了自己的空间，要靠自己而活。我从零起步，做音乐，坚持自己的想法。我不认识什么人，没有任何关系网。如果说对任何人有什么忠告的话，那就是凡事自己动手，不要浪费时间祈盼天上掉馅饼。

直视镜头，展现你自己的样子。

有的女人选择追随男人，有的女人选择追随自己的梦想。

——美国乐坛超级天后 Lady GaGa（嘎嘎小姐）

党的十八届五中全会提出了创新居首的五大发展理念，2013 年德国提出了工业 4.0 国家创新战略，央视在盘点年度新闻头条时，创新首次位列其中，“大众创业、万众创新”成为流行词汇。创新首先是青年一代思想的创新，开放人的思想、让个人内心变得强大，从自然和实践中获得灵感，创新才有源头活水。当上学变为标准答案的死记硬背，当考试变为升学工作的敲门砖，当技能取代思想，素质变为附庸风雅的琴棋书画，创新就会离我们远去。

美国是一个老牌的创新型国家，从肯德基、牛仔裤到美国大片，从华尔街金融、美国宪法到机遇号火星车，还有那个让乔布斯咬了一口的“苹果”，创新已经成为美国民族的标签，如果要找出一个把创新的基因植入美国人思想的人，拉尔夫·瓦尔多·爱默生一定算一个，甚至是第一个。爱默生提出的个人主义、非一致性、直觉的概念和超验主义的思想成为今天美国人的标志性特征和基本生活准则。他反复告诫年轻人，每一个人的思想和行动应该是独立和真实的，要相信自己的独特力量；人必须自我思考，自觉抵制来自外界的压力；直觉是最基本和最直接的知识形式，其余的知识都是间接的，只有个人的自立才能带来创新性的变化。

不过，遗憾的是，爱默生的演讲超级多，文章超级长，思想也超级难懂。所以，我们先看一个典型的美国人，她的身上体现了爱默生的思想，她就是美国当代乐坛天后级的人物，荣登《时代》周刊百大最有影响力文化人物，位列《福布斯》杂志世界百位名人之首，六次获得格莱美大奖的“80 后”女青年 LadyGaga（嘎嘎小姐）。

我是一个跟不上时尚的人，在阅读爱默生的作品时看到有人用 LadyGaga 来诠释爱默生的思想，就想知道 LadyGaga 是谁。LadyGaga 是一个歌手、歌词作家、女演员，慈善家、舞蹈家和时装设计师。她 1986 年出生在纽约曼哈顿，从小擅长唱歌、跳舞、弹琴，上学时因为个矮体胖、一口大门牙而不受待见。14 岁时就在酒吧做夜场演出，17 岁时被纽约大学艺术学院的“早申请”录取，除了会写歌词，她还写一些艺术、宗教、社会和政治问题的文章。19 岁时，退学并搬离父母的家，开始闯荡社会，与多个乐队和演艺公司合作，追求自己的音乐生涯。20 岁时签约一家唱片公司，此后迷上了新兴的滑稽舞蹈摇摆舞。后来在一家音乐出版公司做实习生，从事歌词创作，为巨星布兰妮·斯皮尔斯（Britney Spears）、女歌手菲姬（Fergie）和小野猫组合（Pussycat Dolls）写过歌。在与歌手兼词作者阿肯（Akon）的合作中，她的演唱才能被发现，2008 年 22 岁的时候，她的第一张专辑“The Fame”出版，2009 年，自写自唱的“Just Dance”成为她第一首在美国公告牌 Hot 100 夺冠的单曲。此后，她获奖无数，也带来批评不断。但直到今天，她从来没有停止对自己内心和梦想的追求，对“做出自己”的渴求从未放弃。我们欣赏她的几条语录，找寻一下她内心的自信和力量之源：

做你自己，喜爱你自己的样子，并为之骄傲，因为你“天生完美”（Born this way）；

早上起来第一件事，就是用五分钟试着思考你自己那些富有同情心的思想，我不是总能做到这样，但我努力这样做；

不要让世上的一个灵魂告诉你，你不能真的做到你自己的样子；

这时，我当然感到人们因为还没有摧毁我而感到惊异，当这些人确信他们已经摧毁了我，已经除掉了我，这会给他们带来一丝快感。嘲弄嘎嘎几乎已经成为了人们的一项娱乐，但这不会带给我烦恼，这只是给了我一个有趣的观察我们所在社会的机会；

在一天结束的时候，我总是依然生活在欢呼之中，即使直到有一天我真的老去，再也没有人知道我是谁的时候；

接受、宽恕、勇敢、同情，这是我妈妈教给我的事情。

2009 年 11 月，全国中学生演讲大赛网络投票正在进行中。我女儿的小妹也是参赛选手。投票前，女儿叫我一起听几位选手的演讲录音，然后问我怎么样。我说小妹的要稍好一点，可女儿接下来的话却让我没有想到。她说，选手之间确实有差别，就像考试差几分一样。但如果换一个角度看的话，这些选手之间其实没有什么大的差别。我能理解女儿的意思，她是说无论在内容构思、故事展开，甚至在语音语调上，这些选手几乎都是一个模式，没了个性，就没了区别。晚上洗漱时，女儿还在想这个问题。她说，不单是演讲，其实在很多方面，甚至全国的学生基本都是一样的。想想几万人，几百万人都一样，真是一件非常可怕的事情。

女儿那时正在读高二，她的结论让我非常吃惊。孩子虽然人微言轻，但就像消费者最有权力评判产品的好坏一样，我觉得说出了我们的教育之痛，不亚于盛世危言，难道十年寒窗，我们只是为了换来被复制的一代吗？中国科技大学前任书记说过，没有特色几乎成了我国高校共同的"特色"。大学如此，基础教育尤甚。同样的课本试卷，同样的评价标准，训练出的一定是具有同样思维与行为模式的人。普林斯顿大学校长雪莉·M. 蒂尔曼在毕业典礼演讲中说：我们视学生为杰出的人才，而标准化则视他们为最小的公分母。标准化培育出来的，千篇一律的学生，肯定会使这个丰富多彩的国家黯然失色，缺乏生命力。

是的，只有当我们每个人的个性都能得到尊重和施展的时候，我们这个世界才会五彩斑斓。如果我们每个人都变成了盲从的鱼群，屈从于外在的权威或家人的期望，我们这个世界就会毫无生气。19 世纪中期，爱默生那个时代的美国就处在这样一个循规蹈矩、墨守成规、唯欧洲马首是瞻的社会环境之中，作为那个时代的伟大思想家，爱默生站了出来。1837 年 8 月 31 日，在哈佛大学 Phi Beta Kappa 学年典礼上发表《美国学者》（*The American Scholar*）的演讲，他号召哈佛毕业生要有首创精神，不要再模仿欧洲，要有美国身份；他宣告美国文学要脱离英国文学而独立，告诫美国学者不要让学究习气蔓延，不要盲目地追随传统，不要进行纯粹的模仿；他抨击美国社会的拜金主义，强调人的价值。他向那个社会发出呼喊：

> 我们依赖他人的日子，我们长久做学徒，向其他大陆学习的日子就要结束了。我们身边的百万同胞将会争相奔向新的生活，不会总以外国的残羹剩饭为食。新事物层出不穷，我们必须为之歌唱。正如天文学家所预言，现在闪烁在我们天顶的天琴座的大星，总有一天会成为照耀我们千年的新北极星。

1837 年 8 月 31 日，超验主义哲学家，作家，演说家，诗人爱默生（Ralph Waldo Emerson）在哈佛 ΦBK 年会发表演讲《美国学者》（*The American Scholar*）

《美国学者》被誉为美国文学的独立宣言，爱默生也被尊为美国文化的创立者。在探讨这篇伟大的演讲之前，让我们先看看 Phi Beta Kappa 是一个什么样的组织，爱默生为什么发表这篇演讲?

Phi Beta Kappa 是美国最古老、最具知名度的学术荣誉学会，也是美国历史最悠久的以希腊字母为名称的学生社团，在 1776 年美国独立战争初期，由威廉玛丽学院的 5 个学生首创，吸纳全美顶尖大学中最杰出的文理学生参加。社团的徽章是一把金色的钥匙，上面刻着三个希腊字母 ΦBK，是希腊格言“热爱学习是生活的指南”（Love of learning is the guide of life）的首字母，200 多年来，学术自由、思想解放、激情创造的原则闪耀其上。只有 10% 的大学有 ΦBK 的分会，全美共有 280 多个，这些大学中只有 10% 的学生能够成为会员，加入社团就是你成就卓越、潜力无限的象征。如果不信，我们就见识四位 ΦBK 的成员：前国务卿康多莉扎・赖斯 (Condoleezza Rice)、美国全国广播公司最著名节目主持人汤姆・布罗考（Tom Brokaw）、著名演员格伦・克洛斯（Glenn Close）、前总统比尔・克林顿（Bill Clinton）。

Phi Beta Kappa 社团每一年的年度聚会都会邀请当时最有名望的学者或思想家来演讲，《美国学者》就是爱默生 1837 年在剑桥 Phi Beta Kappa 学会哈佛大学分会的演讲。这篇演讲很长，很难理解，我试着翻译了一下，花费了相当长的时间和精力，很痛苦，也很快乐。

在那个刚刚独立，充满活力的新国家，年轻人首先理解了爱默生，这也恰恰是今天，我们中国的年轻人要了解艾默生的最急迫、最有价值的意义。艾默生奠定了美国文化和美国民族的核心理念——个人主义。除了 LadyGaga，相信大家在美国的大片里，甚至每一部大片里都能看到个人主义的光辉闪现。爱默生告诉我们：追随自己的内心，走自己的路，重要性要远远大于风险，这也是他里程碑式演讲的主要观点。

我们当下的社会，尤其是教育存在这样一个问题，专业越分越细，博士越来越不“博”，以至于每个人都只懂得自己学习或从事工作的那一点点，对别的领域、对社会总体发展不再了解，每个人都只是一棵树木，不再是整片森林，一叶障目之下，社会的创新就无从谈起。在演讲开始，爱默生用一个古老的预言，解释了当下社会面临的这个问题。在创世之初，神把一个人分为众人，为这个人带来更大的帮助，就像手分为五指，对这个人手的运用会更好。但随着分工的细化，社会的整体功能被不断分割，众人中的每一个人都致力于做整体工作中自己的份额，作为整体的这个人（One Man）不见了。农夫看到的只是收成和马车，商人把灵魂交给了金钱，牧师沦为形式，律师只是僵化的法律文书，水手不过是轮船的缆绳，学者不过是知识的代言人，在不好的情况下，他只不过是一个脑力劳动者（Thinker），在更不好的情况下，甚至沦为他人思想的鹦鹉学舌者，这些众人绝少将自己的工作赋予理想的价值。社会已经处于这样的状态，各个成员被从主干上拦腰砍断，成为四处游荡的“孤魂野鬼”，一节手指、一个脖子、一段腹部、一截胳膊，但再也看不到一个完整的人了（One Man）。这个最起始的人，这个力量的源泉，已经被分给众人，就像飞溅的雨点，不可能再收集到一起了。

爱默生认为，把身体的各个部分重新组合在一起的这个新人应该是一个思想者（Man Thinking），就是一个愿意独立思考，充满自信又敢于拒绝盲从的真正大师。美国学者就应该是这样的思想者，对这个思想者影响最大的有三个要素：自然、书籍和行动——“自然以她展露的平静壮美、以她蕴含的大道法则启示他，过去的历史指导他，永恒的未来邀请他”。

自然是对学者影响最大的要素。爱默生认为，永恒的自然与一个人的头脑相对应，灵魂与自然的密切关系就如印章和印迹，对自然的探究会增强人的自我理解。他说：

> 学者与自然同根所生，一个是叶，一个是花，在每一个叶脉中互相关联，共长共生。什么是根呢？难道不是他的灵魂吗？难道这不是一个大胆的想法吗？不是一个狂野的梦想吗？自然是灵魂的对应物，一个是印章，一个是印迹。自然的美就是学者灵魂的美，自然的法则就是他灵魂的法则。他对自然有多少无知，他对自己的头脑就缺少多少掌控。总之，古老的格言“认知自己”和现代的警句“学习自然”最终变成了一个箴言。

第二个影响是过去的知识，最直观的表现就是书籍。爱默生主要谈了书籍的负面影响，一些学者让过去辉煌的知识成果占据了全部内心，以至于他们只盲目追随历史人物而不是思考自己。书籍不再给人激励，相反，它们已经成为了查阅“怎么做”和“最好的方法是什么”的手册，美国学者变成了“他人思想的学舌鹦鹉”，甚至相信书上的这个思想就是他自己的思想。爱默生对这些学者提出了批评，他认为，书籍会扼杀一个人的创新思维，美国的大学要有足够的进取心和内在力量去发现新的道路，探索新的知识。

> 大学建于书籍之上，这些书由那些脑力劳动者（Thinker）写出，而不是由思想者（Man Thinking）写出，不是由具有天赋的人写出，也就是说，他们开始就错了，他们从既有的教条出发，而不是从自己的观察出发。温顺的年轻人在图书馆里长大，相信自己的责任就是接受西塞罗、洛克、培根已经提出的观点，而忘记了西塞罗、洛克和培根在写这些书的时候也只是图书馆里的年轻人。于是，世上多了书呆子，而少了思想者。
>
> 用得好，书籍就是最好的东西，如果滥用，就是最坏的东西。如果不能激发灵感，书籍就一无所用。如果一本书引导我完全偏离了自己的轨道，让

> 我成为一颗卫星而不是星系，那我宁愿从来也没读这本书。

第三个影响是行动。这一点容易理解，我们常说“实践出真知”。爱默生认为，与思想相比，行动不是最重要的，但它是最基本的。没有行动，思想永远不能成熟为真理。

> 哪怕只是为了研究语言，学者都应该渴求行动。生活是我们的字典（Life is our dictionary），在乡村劳作，在城镇研究工商贸易，与男男女女坦率交流，在科学与艺术的探索之中，岁月没有白白度过，掌握语言的方方面面，用来描述和体现我们对世界的感知。从一个人言语透露出的贫乏或丰富，我立刻就能知道这个人生活的经历深浅。生活对于我们，就如获取砖瓦石料的采石场对于今天的建筑工程，大学和书本只是复制田间和工厂制造出的语言。

最后，爱默生谈到了学者的责任。他认为学者应该透过现象看本质来激发、培育和指导人，这就要求他不再是最初那个人的一部分，而是全部（One Man）。要做到这一点，具有自信和自我指导的生活是前提，他发出了震耳欲聋的名言：全世界不算什么，每个人才是所有。他谴责美国社会对欧洲思想家的过度依赖，让人丧失了进取的动力；他批评顺从僵化的社会管理，抑制了年轻人创新的生气；他相信美国学者存在于每一个公民的心中，每个人都得到神圣灵魂的激励，一个以人为本的国家将从此诞生。

> 学者就是这样的人，他必须要掌握当代的所有能力，了解过去的所有创造，把握未来的所有希望。他自己必须是一所大学。如果有最让他耳目一新的一课，这一课将会是这样：全世界不算什么，每个人才是所有；在你的身体里，蕴藏着自然所有的法则，你还不知道一滴水滴如何升起；在你的身体里，所有的理性都在那里沉睡，它们需要你去了解，需要你去挑战。主席先生，诸位先生，这种对人的尚未挖掘出的力量的信任，无论出于什么动机，源于什么预言，出于什么准备，都属于美国学者。

我们倾听欧洲典雅的缪斯已经太久了，美国自由人的精神已经被怀疑过于胆怯、模仿和顺从了。公众与个人的贪婪把我们呼吸的空气变得浑浊、油腻，学者像模像样，懒惰慵散，殷勤顺从，看看这些悲剧性的结果吧。大众被教导要着眼低级的目标，这个国家的灵魂吞噬了自己。如果不温文尔雅，唯命是从，就没有工作可做。远大前程的青年人，沿着我们的海岸线开始生活，他们被高山之风吹得信心膨胀，被上帝之光照亮，却发现脚下的土地与此完全不符，各种条条框框的管理规则阻碍了他们的行动，让他们心生厌恶，他们或者沦为苦工，或者死于愤懑，一些人还自杀了。如何改变呢？他们还没有看到，成千上万满怀希望涌向社会求职的年轻人也没有看到，如果一个人顽强地根植于自己的本能，并坚持下去，世界就会对他让步。

爱默生所以受邀去哈佛大学演讲，不单单因为他是哈佛的校友，一个更直接的原因是他此前一年，就是1836年发表的《自然》在全国引起了极大的反响，也受到了年轻人的喜爱。《美国学者》里的思想也是《自然》中所倡导的超验主义思想的表达和延伸，《自然》其实也非常难理解，我们试着研讨一下吧。

神创天地，灵在自然

其实，《自然》讲的不是我们熟悉的科学的自然，而是思想的自然，哲学的自然，如果把《自然》改为《自然的灵魂》恐怕就会更好理解一点。《自然》展现了爱默生作为美国最伟大思想家的一个重要的哲学思想，就是超验主义（Transcendentalism）。超验主义听起来很抽象、很神秘，我们这里用爱默生提出的三个概念来解读一下。

我们先回忆一下，在第二单元我们讨论过欧洲宗教改革的代表人物马丁·路德。马丁·路德认为人可以不通过教会，而是通过阅读《圣经》就可以与上帝建立直接的联系，上帝就在《圣经》里。有点与此类似，超验主义者认为，每一个人在自己和宇宙之间都存在着私人的关系，人可以通过自然与上帝建立直接的交流和联系，上帝就在自然中。上帝、自然和人类，都可以通过一种永恒的灵魂或叫超灵魂，在精神方面联合在一起。为此，他用超灵、自然、直觉来阐释他的思想：

1. 超灵：在内心深处，每个人都有一个永恒的灵魂，承载着宇宙的灵性，上帝的超灵可以畅通无阻地进入每个人的灵魂，每个人的灵魂也可以畅通无阻地进入上帝的超灵。

爱默生在《历史》一文中对超灵做了阐述：对所有的人来说，存在着一个共同的心灵。每一个人都是一个入口，通向这同一个心灵和拥有这个心灵的所有人。一个人一旦获得了理性的权利，他就成为拥有全部财富的自由人。柏拉图思考过的，他也可以思考；圣徒感受到的，他也可以感受；任何时候任何人遇到的事情，他都能够理解。谁一旦进入这一普遍的心灵，谁就参与了一切现有或可行的活动，因为这是独一无二、至高无上的。

按照爱默生的说法，人的内心就是全部的灵魂，每个人都可以通过超灵与上帝、与世界直接建立个人的精神联系。世界的全部，知识和光彩，都与我们共存，人是自己的主宰，只要你静心地寻找自己的灵魂，每个人都能找到真实的自己。这种对人之神圣的肯定使超验主义者蔑视外部的权威，强调自己的直接经验，从根本上释放了人的主观能动性，为热情奔放、抒发个性的美国文化奠定了基础。

2. 自然：自然是灵魂的外部表现，是上帝投在我们感官上的巨大的影子，自然法则与精神法则是完全对应的。既然自然是灵魂的表现形式，人的灵魂与上帝超灵的直接沟通就可以在自然中自然实现了。

自然这个概念我们应该熟悉，我们生活在自然之中，自然就在我们身旁。对印第安人来说，每一块石头、每一片树叶都是崇拜的对象，自然就是神灵的启示。但人类无极限地对幸福生活的追求，上天入地，拦河修坝，造出了一座座“通天塔”，从此幸福地生活在城市之中，周围不但早已没有了自然的神迹，就连星空也快因雾霾而看不到踪迹。他们急于向自然索取，而不是向自然学习，他们习惯于展示自己的力量，而不再需要神的启示。简单地说，创新源于实践，而不是学校的知识。

3. 直觉：直觉就是通过本能的感觉而不是意识的推理来了解事物。我们都有过直觉反射，比如在电话铃响之前感觉到某个人要打电话。超验主义者相信人类感官只能感觉到物质的现实世界，这些直觉的反射才是最基本的知识形态，只有直觉才能帮助个人理解和领会生命的实质。直觉优先于知识，一个人应该通过自己感受到的东西来指导自己的生活，要依靠单独的自省和个人的经历，而不是传统或他人来达到自立。

瓦特发明蒸汽机，是他看到水壶里冒出的水蒸气推动了壶盖。鸟儿翱翔蓝天，让人产生了“飞机”的幻想。著名科技博客网站“读写网”创始人理查德·麦克马纳斯在谈到他读《乔布斯自传》的体会时说，我从乔布斯身上学到了三点：直觉、重新发明和专注。乔布斯说，“我开始认识到，直觉上的理解和感知比抽象的想象和逻辑分析更重要”，“我一直认为，直觉是非常强大的东西，远比智力强大得多。这对我的工作产生了很大的影响。” 乔布斯这种直觉使他有能力去预测并设计那些用户将来会需要的东西，iPhone 就是一个很好的例子。

让我们再换个角度解释一下直觉。年轻人一见钟情，可能就是直觉在起作用。畅销全球的《情商》一书的作者丹尼尔·戈尔曼用“最初的 30 秒”来阐释直觉的力量：一项对全球 3000 名企业高管的调查表明，身居高位的管理者都很擅长用直觉来做决定。苏黎世猎头公司总裁约翰逊说，对求职者的评估，关键的判断来自直觉。在我见到求职者的前 30 秒，我就知道了这个人是否与我的客户气味相投。如果他连我的直觉关都过不了，那我就不用再对他进行进一步的分析评价了。

好了，如果你相信自己的灵魂都可以和上帝直接相通了，还有什么会让你不自信呢？如果到自然中去，通过直觉就可以认识和感悟世界的本质，你还有什么理由不能创新呢？所以，美国无论是政治的强大，经济的发展，还是文化的独立，个人主义思想功不可没，以自立哲学为核心的超验主义为美国的政治、经济、文化发展奠定了理论基础。

超验主义是 19 世纪一场理想化的文学和哲学运动，也被称做美国的文艺复兴。在那个时代，很多人认为宗教对一个人的精神生活和个人选择具有权威性，超验主义者不认可个人的行为必须要符合社会的期望或标准，或必须符合社会的同一性要求。超验主义者没有自己的教堂或圣书，相反，他们定期聚会，讨论宗教、哲学和文学等精神世界的问题。1835 年 9 月，爱默生和梭罗等人在康科德创立了“超验俱乐部”，还编辑了一本杂志《日晷》(*The Dial*)，向公众传播超验主义的理念，鼓励美国人超越社会的局限，与精神和自然建立起积极、个性化的关系。爱默生相信个人主义、非一致性和人与自然的和谐，他体会到，与外在的物质自我相比，内在的精神自我更为重要。

我们看一个人，Twitter 创造者比兹·斯通，他的《比兹·斯通自传》字字都闪现着创新的光芒，堪称一部彰显当代个人主义的光辉范例。他说，童年时我就发现，我的命运掌握在自己手中。提问是免费的，为什么不问呢？我总希望想出更新的点子，我觉得自己有成百上千种灵感，经验和好奇心会驱使我们去创造意料之外。如果你主动去创造机会而不是被动等待，成为一个让环境为你改变的人，你就已经处于有利位置了。在这个充满无限可能的世界，踏实工作虽然很重要，但创意与梦想才是真正的驱动力，创造力让我们变得与众不同，激情四射，最后梦想成真。

超验主义催生了美国文学一系列经典之作，为美国浪漫主义文学增添了浪漫色彩。比如爱默生的《自然》(*Nature*，1836)、《美国学者》(*The American Scholar*，1837)，福勒的《日晷的通告》(*The Announcement of the Dial*，1840)、梭罗的《瓦尔登湖》(*Walden*，*or Life in the Woods*，1854)、惠特曼的《草叶集》(*Leaves of Grass*，1855)。特别是爱默生1836年9月创作的《自然》，奠定了超验主义的基本原则。在《自然》中，爱默生对充满神性的自然世界充满赞美之情，他鼓励人们探索自然、研究自然。他认为，对自然世界的研究，也是对人的自然本性的研究。自然本性存在于人的内心之中，也就是所谓的“超灵”的存在，在自然中独处是一个人与宇宙建立联系的最好方法。

枯枝透灵韵，新芽蕴神意

《自然》分为引言(Introduction)和8个相对独立的篇章，第一章就是《自然》(*Nature*)。下面，我们就到《自然》中去走一走，如果你正心情郁闷，孤独烦恼，没准儿还会有意想不到的收获。

> 一个人若要体验孤独，就需要远离书斋，就像退休远离社会。当我在读书或写作的时候，虽然没人和我在一块儿，但是我并不会感到孤独。然而，倘若你想追求一份孤独的感觉，那么你就抬头看看星星。那从遥远天国射来的光线，将会把你和周围的琐事隔离开来，一个人可能会感到大气变得清明透彻，身在天地之间，让人感到神圣的永久存在。从城市的大街小巷望去，星星是多么伟大！倘若星星一千年才出现一次，人们是怎样的景仰和崇拜

啊，星星出现的那座城市将会珍藏在几代人的心中！但是，这些传播美丽的使者每晚都会出现，他们用充满神谕的微笑点亮了整个宇宙。

To go into solitude，a man needs to retire as much from his chamber as from society. I am not solitary whilst I read and write，though nobody is with me. But if a man would be alone，let him look at the stars. The rays that come from those heavenly worlds，will separate between him and what he touches. One might think the atmosphere was made transparent with this design，to give man，in the heavenly bodies，the perpetual presence of the sublime. Seen in the streets of cities，how great they are! If the stars should appear one night in a thousand years，how would men believe and adore; and preserve for many generations the remembrance of the city of God which had been shown! But every night come out these envoys of beauty，and light the universe with their admonishing smile.

自然就像一个舞台布景，它既适合喜剧，也适合悲剧。对于身体健康的人来说，空气就是一剂拥有不可思议效力的补品。在阴沉天空下的暮色中，当我穿行在一片荒芜的坑坑洼洼的雪地里时，我并没有想到任何特别好的运气，但就在这时我的心中涌起一阵极度的喜悦，我快乐得几乎接近了恐惧的边缘。同样，在森林里，一个人抛掉他所经历过的岁月，就像一条蛇蜕掉自己的皮一样，因此无论在生命的哪个时期，他都是一个孩子。在森林里人们拥有永恒的青春，在这些上帝的花园里，笼罩着端庄神圣的气氛，常年举行着欢宴，园里的客人即使过了一千年也找不到厌倦的理由。在森林里，理智和信仰回归到我们心中。

在那里，我感觉生活中的任何不幸都无法降临到我的身上——没有自然不能修补的耻辱和灾难（除了我的眼睛以外）。站在赤裸的土地上——我的头脑沐浴在无忧无虑的空气中，上升到无限的空间里——所有卑贱的自私自利的想法都消失得无影无踪了。

我变成了一个透明的眼球，我空如无物，但我却将万物都纳入眼中，那共同生命的暗流在我全身循环流动。我是上帝的一部分。在那时，最亲近的朋友的名字听起来也觉得陌生而并不重要了：所有的人都是兄弟，都是朋友，谁是主人谁是仆人就只是微不足道的干扰而已了。我热爱那不受遏抑的永恒的美。我从荒野中发现的东西比街道上或村庄中发现的还要亲切自然。在宁静的自然中，尤其是在远方的地平线上，人类看到了和他自己的本性同样美丽的东西。

Nature is a setting that fits equally well a comic or a mourning piece. In good health, the air is a cordial of incredible virtue. Crossing a bare common, in snow puddles, at twilight, under a clouded sky, without having in my thoughts any occurrence of special good fortune, I have enjoyed a perfect exhilaration. I am glad to the brink of fear. In the woods too, a man casts off his years, as the snake his slough, and at what period soever of life, is always a child. In the woods, is perpetual youth. Within these plantations of God, a decorum and sanctity reign, a perennial festival is dressed, and the guest sees not how he should tire of them in a thousand years. In the woods, we return to reason and faith.

There I feel that nothing can befall me in life, —no disgrace, no calamity, (leaving me my eyes,) which nature cannot repair. Standing on the bare ground, —my head bathed by the blithe air, and uplifted into infinite space, —all mean egotism vanishes.

I become a transparent eye-ball; I am nothing; I see all; the currents of the Universal Being circulate through me; I am part or particle of God. The name of the nearest friend sounds then foreign and accidental: to be brothers, to be acquaintances, —master or servant, is then a trifle and a disturbance. I am the lover of uncontained and immortal beauty. In the wilderness, I find something more dear and connate than in streets or villages. In the tranquil landscape, and especially in the distant line of the horizon, man beholds somewhat as beautiful as his own nature.

人们从荒野和森林中体会到的最大的快乐暗示了人类和植物之间的一种神秘的联系。我并不是独自一人无人回应的。它们向我点头，我也向它们致意。风雨中树枝的摇曳对我来说既陌生又熟悉，它使我感到惊奇，但却并不是从未见过，那感觉就像当我认为我的思想公正或行为正确时，我的心中产生了一个更高尚的想法或一种更优秀的情感。

The greatest delight which the fields and woods minister, is the suggestion of an occult relation between man and the vegetable. I am not alone and unacknowledged. They nod to me, and I to them. The waving of the boughs in the storm, is new to me and old. It takes me by surprise, and yet is not unknown. Its effect is like that of a higher thought or a better emotion coming over me, when I deemed I was thinking justly or doing right.

我生土道旁，你说我平常，花儿依旧开，千载芳自赏

爱默生讲《自然》，是为了让人自立。一个孩子或者年轻人的自立，不仅仅是身体和生活的自立，更是精神和思想的自立。遗憾的是，在这两个方面，我们都出了问题。在家长没有最多，只有更多的“呵护”之下，孩子连跑几步的权利都被剥夺了，学校的高低杠成了“禁区”，长跑悄然淡出了学校运动会。当然，孩子们绝对没有轻松逍遥，那个遥远模糊的“考大学”让他们成了压力最大的一族。正如一位中学老师所说，在 18 年的青春里，为了考大学，学会了考试；为了找工作，学会了考证，大学成为就业培训所，但却不给你售后服务和就业保障。

有人说，我们当下的很多孩子都长成一个“模子”里的人：一起上幼儿园，一起上学，一起考试，学同样的书，考同样的试，看同样的节目，进名小学、名中学、名大学，我们都读硕士，念博士，我们都学会计，学管理，都找工作，都朝九晚五，我们的社会已经成为一个高度复制化的社会，自由、自立早已成为年轻人的“奢侈品”。

爱默生肯定也看到了这样的一幕，所以，他给我们留下了震耳欲聋的名篇《自立》(*Self-Reliance*)，直译是依靠自己。《自立》出版于 1841 年，它将超验主义者推崇个人主义的理念传达给公众，个人主义、非一致性、直觉的概念极大地促进了美国特征和美国文化的形成。让人想不到的是，在《自立》开篇的题头，他用了一首有关抚养孩子的打油诗：

婴儿扔到石头上（Cast the bantling on the rocks）.
叫他吮吸母狼奶（Suckle him with the she-wolf’ s teat）;
冬天鹰狐来护养（Wintered with the hawk and fox）,
手必强壮脚必快（Power and speed be hands and feet）。

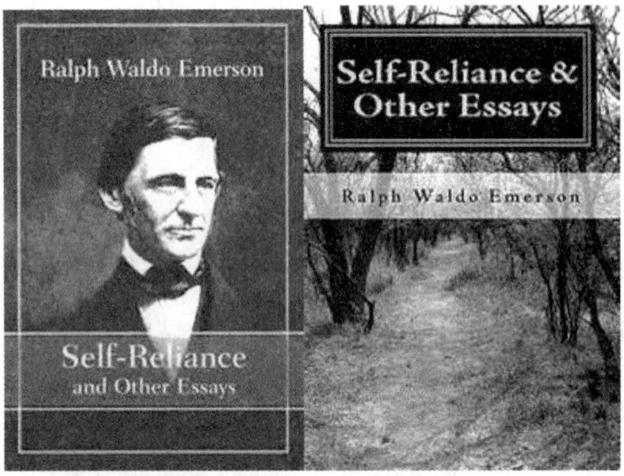

《自立》是美国总统奥巴马最爱读的书，全球畅销一个多世纪

西方有一句谚语，“独立飞翔的鹰才能搏击风浪”，我们也有一句“不做温室里的花朵”，但爱默生用他的《自立》为这两句话注入了更深刻的寓意。《自立》向美国人民发出号召，让美国人利用他们个性和人格的力量为国家带来积极和创新性的改变，它让美国人直面挑战，相信他们自己的独特力量。《自立》斩断了美国人与欧洲的最后一根缆绳，让美国人去领略大海的风险与荣耀，爱默生被公认为第一个公共知识分子，成为美国价值观的象征。

爱默生还被誉为美国的孔子。在《自立》中，他创造了大量的警句，每一个观点都直中我们今天的要害。比如：一个完人是生活在人群中间，却又能极其和蔼可亲地保持寂寞独立的人；要抵制社会期望的一致性，不管是谁，都应该是一个独立的人，一定不要做一个循规蹈矩、墨守成规的人；人需要独立地行动，无论他的出发点是好还是坏。在默默无闻中追求真正的人生也比顺从社会的标准得到赞扬要好。还比如，一个国家和民族的发展，一个人的生存与自我实现，不能仅凭政权制度的建立与维护，更不能依靠传统与习俗，最重要的是挣脱观念的枷锁，发挥每个人久被压抑的天性，释放内心的伟大创造力。

好了，还是快点多看几段爱默生的话吧，尽管全篇都堪称警句，我们还是试着划出更精彩的部分。

——自己的，就是世界的：

就在几天前，我读了一位杰出画家写的几篇诗作，作品新颖独到而不流于俗套。这样的诗作，无论主题怎样，总是能给人以教诲。作品中融入的情感要比其中蕴含的思想更有价值。相信你自己的思想，在你的内心深处坚信是正确的东西对所有人都是正确的——这就是天赋。你心中潜藏的信念一经说出，便会成为普遍的真理；因为内心最深处的东西，会在适当的时候，转变成最外在的东西——世界末日的号角会将我们带回到思维的初始刹那。每个人都熟悉那些心灵之声，我们完全可以将摩西、柏拉图，以及弥尔顿最大的优点归结为他们对书本和传统的蔑视，他们不是人云亦云，而是只说自己想到的东西。

人应当学会去发现，去关注自己心灵深处划过的智慧微光，而不是诗人、圣贤天空中的绚丽虹彩。然而，人常常在不经意间忽略了自己的思想，仅仅就因为那些思想是自己的。在天才们的每一部作品中，我们总会发现一些我们曾摒弃的想法会再来和我们相会。要以愉悦的心态坚持我们自发的观念，毫不动摇。否则，明天就会有个新面孔，高明而又准确地说出我们长久以来的所思所感，自己的见解却要从他人那里获取，定会使我们羞愧难当。

——模仿是在自杀，要发掘自身的潜能：

每个人在求知的过程中，都会经历这样一个时期，坚信这样一个道理：嫉妒是无知的表现，模仿无异于自杀；虽然全能的宇宙充满了对人类有用的物产，但即使一粒稻谷也不会从天上掉下来，唯有在上天赐予的田地上辛勤耕作，方能获得果腹之粮。人身上蕴藏的力量本质上非常新奇，除了自己，任何人都不知道他能做什么。他自己也只有在尽力试过之后才知道这些。

——孩子是自立模范，大人已被自己禁锢：

大自然给予我们的美好启示就体现在儿童、婴儿甚至畜生身上！他们的心智是完整的，他们的眼神尚未被驯服，我们直视他们，反而自己多了些惊

> 慌失措。幼儿不屈从于任何人：所有人都得顺着他，一个婴儿常能让四五个大人陪着他咿咿呀呀，围着他转。不要因为年轻人不会跟你我交谈就以为他们弱不禁风，听！在隔壁房间里，他们的声音清晰而果断，好像他知道怎样跟他的同龄人谈话，不管他羞怯还是大胆，他会知道怎样让我们长者变得无关紧要。
>
> 小孩子们从不为吃饭问题发愁，他们所表现出的若无其事才是人性当中健康的心态。客厅里的孩子就像剧院里楼下正厅后座的那位观众，他无拘无束，无须操心，从自己的角落去观赏眼前形形色色的人物和事件，以孩子般迅速而简洁的方式，根据表演者的优点长处为他们做出审定和评判：好的、差的、有趣的、无聊的、能言善辩的以及招人讨厌的。他从不考虑后果，不计得失，所以他能做出独立而真实的裁定。你得去讨好他，他才不会来讨好你呢。但是成年人早已被自己的意识紧紧地禁锢起来了。一旦有什么出色的言行举动，他便会成为千人万人关注的对象，有人表示同情，有人表示憎恶，而此时此刻大家的情感必定会左右他的表现。

关于孩子是榜样，我们这里多说两句。在《圣经》中有一节“耶稣为小孩祝福”，说有人带着小孩子来见耶稣，要耶稣摸他们，门徒便责备那些人。耶稣说，让小孩到我这里来，不要禁止他们。因为在神国的，正是这样的人。我实在告诉你们，凡要承受神国的，若不像小孩子，断不能进去。于是耶稣抱着小孩子，给他们按手，为他们祝福。成人已被自我意识关进了监狱，而孩子们仍然是自由的，永远天真自然。孩子们从不犹豫，是真正的自立模范，而大人在追随他们真正个性上却总是裹步不前，身体、思想都在退化，甚至社会也是如此。

在神国的，都是这样的人

——抵制社会期望的一致性，人需要独立行动：

我必须做我关注的事，而不是人们认为应该做的事。这一规则无论在实际生活和精神生活中都难以做到，因此可以用来区分伟大和渺小。更难的是，你总会发现这样一些人，他们认为你应该做什么，他们比你自己还清楚。人生活于世上，按世人的观点生活很容易，隐居一隅，按自己的想法生活也不难，可是，伟人之所以是伟人，就在于他在人多广众之中尽善尽美地保持了独立的个性。

盲目地追求始终如一就是没头脑的表现，让人讨厌，而这却为小政客、名不见经传的哲学家以及牧师们所推崇。如果墨守成规，伟大的灵魂就会一事无成，那还不如去关心自己墙上的影子。此时此刻，想到什么，就直言不讳，明天再将明天的想法讲出来，哪怕是跟今天所言自相矛盾。——“哈，那你肯定会遭人误解。”——这么说来，遭人误解真有那么可怕吗？毕达格拉斯曾遭人误解，苏格拉底、耶稣、路德、哥白尼、伽利略以及牛顿，凡是至诚至圣的血肉之躯都曾被人误解过，想伟大就难免遭人误解。

——抛弃书本，相信直觉，与时俱进：

我们的青年人第一次事业受挫，便会彻底心灰意冷。如果一个年轻商人生意没做成，人们便会说他破产了。如果一所大学的高才生，毕业一年后还没能在纽约或者波士顿谋得一份差使，那在他的朋友以及他本人看来，灰心丧志，抱怨余生都是理所应当的。一个体格矫健的小伙子，从新罕布什尔州或是弗蒙特州来，所有的职业他都一一试遍，他赶过牲口，种过庄稼，做过小贩，办过学校，当过牧师，办过报纸，入过国会，买过地皮，诸如此类，接二连三，而且从来没有过任何闪失，他自身的价值抵得上城中上百个庸人。

他与时俱进，不会因为没有“学专业”而感到惭愧，因为他没有虚度此生，而是一生真真切切。他不止拥有一次机会，而是上百次。他自主行事，从他将律法、书本、偶像、习俗丢弃于窗外的那一刻起，我们便不再怜悯他，而是加以感谢，加以敬仰。

——一味追求社会进步，带来的可能是倒退

社会根本没有前进。其倒退与进步同样迅速。它在不断地历经变革：野蛮社会、文明社会、基督教社会、富足社会、科技社会；而此种变革并非改良。因为有所得，必有所失。社会习得新的技艺，却丧失了原有的本能。穿着考究、能读能写、勤于思考的美国人与赤身露体的新西兰土人存在多么鲜明的对照呀！前者的衣兜里揣着怀表、铅笔和钞票，而后者的财产仅限于棍棒、长矛、草席和一间不分男女老少几十人同寝的草棚。然而，对比一下这两种人的健康状况你就会发现，白种人已经丧失了自己原始的体力。倘若旅行者所言属实，用一柄巨斧在哪个野蛮人身上砍一下，一两天的工夫，肌肉便会合拢，伤口便会愈合，仿佛那一下是砍在柔软的松脂上，而同样的砍一下，定会将一个白种人送进坟墓。

文明人制造了马车，却失去了对双脚的利用。他依靠拐杖支撑自己，却严重缺乏肌肉的辅佐。他拥有一块精美的日内瓦手表，却失去了靠太阳判别时间的本领。有了一份格林尼治的航海天文历，需要什么信息，肯定都可以查到。但是，走在大街上的人不认识天上的星星，不懂得观察夏至或冬至，也不懂得春分或秋分。整个年历清清楚楚，在他的头脑中却没有标记。他的笔记簿损坏了他的记忆，图书馆使得他的智慧负载过重，保险公司使得发生意外的次数激增。或许可以提出这样的问题：便利的机械是否也算一种阻碍；追求高雅是否使我们丧失了某种干劲；基督教是否让我们身陷入教条和形式当中而丧失了某种野性的活力。

现在的人并不比从前的人伟大，时代之初与时代之末的伟人略有相同。因此，19 世纪的科学、艺术、宗教、哲学无法用来培养出比两千三四百年前，普鲁塔克笔下的主人公更加伟大的人物，人类并未与时俱进。

爱默生之所以受到那个时代年轻人的追捧，除了个人主义、自立和欣赏自然的超

超验主义核心人物：爱默生

前思想之外，作为那个时代的大演说家，他低沉的声音、热情及平等待人的态度也让听众着迷。虽然他从没有刻意把自己炒作成某种权威，但事实上他集散文家、思想家、诗人于一身，他的行文犹如格言，哲理深入浅出，表现出典型的“爱默生风格”：既有充满专制的不容置疑，又有开放的民主精神；既有贵族的傲慢，更有平民的直接；既清晰易懂，又常常夹杂着某种神秘主义。在修辞上，有人说“爱默生似乎只写警句”，无论那个年代还是现在，任何时候读起来都是那么振奋人心，闪耀光彩。其实，这与他的一个习惯密不可分，也非常值得我们学习。爱默生在哈佛大学读书时就有写日记的习惯，他把自己的经验及想法写在日记中，那些日记被爱默生精心地编好索引，成为他日后演讲与写作中的源泉和精华。

最后，我们再读几段爱默生的语录，感受一下他“口吐莲花”的魅力：

学者阅读历史应当持积极而不是消极的态度，他应当把自己的生活视为正文，把书籍看做注解。如果有人认为声名远扬的人物在古代做过的事情比他自己今天在做的事情意义深远，我不指望他会正确地阅读历史。

我们喜爱结交英雄人物，因为我们的接受能力是无限的；而且同伟大人物在一起，我们的思想和作风也容易变得伟大。一群人中只不过需要一个聪明人，大家就都聪明起来了，传染是非常迅速的。

伟大的人物是一种洗眼剂，可以根除我们目空一切的毛病，使我们能够看见别人和别人的成绩。

再读几段英语的感受一下：

Not go where the path may lead，go instead where there is no path and leave a trail.

不要到有路的地方去走，而要去没路的地方并留下你的足迹

Write it on your heart that every day is the best day in the year.

每一天都是一年中最好的一天，把这句话写在你的心上

Our greatest glory is not in never failing，but in rising up every time we fail.

我们最伟大的荣耀不是从不失败，而是每一次都从失败中站起

For every minute you remain angry，you give up sixty seconds of peace of mind.

你若愤怒一分钟，就是放弃了 60 秒的情绪平静

What lies behind you and what lies in front of you，pales in comparison to what lies inside of you.

无论是你身前的东西，还是身后的东西，与你内心的东西相比，都是苍白的

To be yourself in a world that is constantly trying to make you something else is the greatest accomplishment.

做你自己，就是让你不断地有所不同，这才是最大的成就

To be great is to be misunderstood.

要想伟大，就难免被误解。

好了，如果言犹未尽，下一单元我们再拜会另一位超验主义者，一位神秘传奇，难以理解的人物，就是超验主义的实践者亨利·大卫·梭罗（Henry David Thoreau），聊聊他深受中国人喜爱的不朽作品《瓦尔登湖》（*Walden*），还有为圣雄甘地、曼德拉、小马丁·路德·金带来启蒙的《论公民的不服从》。

Unit 15

《瓦尔登湖》——寂静智慧慢热中国

《论公民的不服从》——人权温火燃遍全球

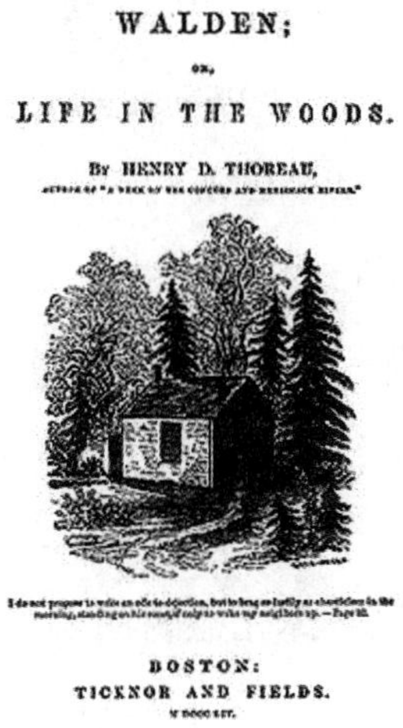

亨利·大卫·梭罗（Henry David Thoreau）:

人在获取生命的必需品之后，不应过多地追求奢侈品，生命十分宝贵，不应只为了谋生而无意义地浪费掉。人只有从物欲的泥潭中挣脱出来，才能保持尊严，获得自由。多余的钱财只能买多余的东西，人类灵魂所必需的东西，是不需要花钱买的。

我发现身旁年轻人的不幸乃是因为继承了田产屋舍，仓廪畜群，这些东西得之则易，弃之实难。他们倘若生在旷野由狼哺育反倒更好，因为那样他们或许会双眸明澈，得以洞悉他们受缚其中辛苦不辍的田野，是谁让他们桎梏于泥土？方寸土地足可给养，而人们何以要吞噬旷野平畴？

人们会经常干一些不符合自身利益的蠢事。更直白地讲，人们往往不去做那些真正对自己有益的事，或者说不会选择那些他们真正想要的东西。由于经常会做出错误的决策，每一个人都有可能被他人蒙骗。

研究表明，我们往往并不清楚自己真正需要的是什么，而这个弱点会被逐利的商家抓住，并加以充分利用，这就是他们的欺骗行为。

自由市场经济存在着操纵与欺骗，并不是因为世界上有太多的奸商，市场竞争的压力会迫使他们以设局和欺骗为手段，诱导顾客花冤枉钱购买自己原本不需要的东西，使我们的生活最终变得一团糟。

——诺贝尔经济学奖得主乔治·阿克洛夫《钓愚》(*Phishing for Phools*)

2016年1月26日，我收到了刚刚翻译出版的新书，诺贝尔经济学奖得主乔治·阿克洛夫和罗伯特·席勒合著的《钓愚》(*Phishing for Phools*)。看了内容就更兴奋了，这几天，我正为找不到这一单元合适的题头引语而发愁呢，这本书简直就是亨利·大卫·梭罗1854年出版的《瓦尔登湖》的最新注解。如果你下决心做一件事情，全世界都会帮助你。原来我总把这句话说给别人听，这回自己受用了。

《钓愚》讲了一只可以和人类进行交易的僧帽猴的故事。在自由市场经济中，逐利的商家必然会向猴子出售它们乐于购买的商品，而这只具有自由选择权的猴子总是难以抵挡美味的诱惑，选择对自己身体无益的糖浆水果卷，最终导致营养不良、体弱多病。和猴子一样，人也有两种口味，一个是真正对自己有利的偏好，一个是不良嗜好，但人们实际选择的往往是后者。人人心中都有一只僧帽猴，这就是人性的弱点。在社会生活中，只要通过欺骗获利是可能的，骗子永远会存在，所以，人受到欺骗，是因为你心中的那只僧帽猴，不让你做出对自己最有利的决策。为此，两位作者引用了梭罗在《瓦尔登湖》中的一句话："大多数人都生活在平静的绝望中"，并且用"平静的绝望"作为小标题来描述充满欺诈的现实生活：

一个是"月光族"。每到双十一，就会出现"剁手族"，商家总会有办法让我们觉得自己的需求没有得到满足，引诱我们过度地买买买；汽车销售商总是用顶配、豪华版等手段把超出顾客需求的汽车卖给顾客；不知从何时起，旅游与购物捆绑到了一起，买的钱常常超过了旅游的钱；宴会、婚礼的商家总会利用面子因素引诱顾客挑选昂贵的酒店、菜单；钻石商会把戒指越做越贵，他告诉你，爱情与钻石的尺寸成正比。一个人即使 99% 的时间都精打细算，量入为出，但 1% 挥金如土的瞬间立刻就会被商家抓住。

一个是吃穿住。医药公司的欺骗会让你心甘情愿，医药经销商只要拿到美国食品药品监督管理局的许可，说服医生同意使用就可以让假药变真药，关节炎止痛药与激素替代疗法造成几万美国人死亡。垃圾食品大行其道，让 69% 的美国人超重，因为薯片、薯条、汽水总是让人难以抗拒，孩子遭秒杀就更毫不为怪了。

最让人惊心的当属金融诈骗。金融诈骗是金融危机的罪魁祸首，网络理财、投资保险、次级债券，总是花样翻新，让一夜暴富走入寻常百姓家。我在一家银行看到一本警惕非法集资的小册子，上面列举的骗术让人眼花缭乱。比如，承诺高额回报的认领股份、会员卡、席位证；虚拟项目的生态开发、电子黄金、网络炒汇、期权凭证、地产分割出售；虚假宣传的明星代言、网络平台、回购转让、商家联盟等。其实，再复杂的金融交易也无非就是把不同风险和期望回报的资产做成所谓的最优组合，出售给偏好不同的人。

不过，让人难受的是，我们受骗不是因为骗子骗术高明或丧心病狂，而是源于人的非理性心理带来的错误选择。两位诺贝尔经济学奖大师对此一语中的：我们难以抗拒高热量食物的诱惑，就会有人卖这种食品；我们相信自己的运气比别人好，就会有人开赌场；我们高估自己未来的收入，就会有人把房贷卖给你。让人难以理解的是，人们总是倾向于把遭受的痛苦归因于自己之外的因素，而很少有人愿意在生活的裸奔中勒住人生的缰绳，停下来好好想一想。

不过，幸运的是，150 年前，有一个人这样做了，他就是亨利・大卫・梭罗（Henry David Thoreau），他把他的人生思考写进了那本开始没人理，而后逐渐成为不朽的名著《瓦尔登湖》（*Walden*，*or Life in the Woods*）之中。

那么，《瓦尔登湖》到底是一本什么样的书呢？在中国翻译的美国文学作品中，《瓦尔登湖》版本最多，我粗略一算就有十几个，但对社会的影响力好像有限。这本书在 20 世纪七八十年代的中国年轻人中稍微热了一段，很快又湮没在书海之中，但有两位诗人确实与这本书过从甚密，让世人惊叹。

一个是诗人徐迟。1914 年出生的徐迟，在燕京大学读过书，1949 年就翻译出版了《瓦尔登湖》，他是把这本书引入中国的第一人。此前他还翻译过《托尔斯泰传》、《荷马史诗·伊里亚特》。当然，最让他家喻户晓的是1978年出版的报告文学《哥德巴赫猜想》，成为中国开始改革开放迎来“科学的春天”的一个时代标志。对于《瓦尔登湖》，他说，在白天，没觉得它怎么好，到了黄昏，心情渐渐静下来，才觉得它语语惊人，字字闪光，沁人肺腑，动人衷肠，到了万籁俱寂之时，就更为之神往了。对于梭罗，他是这样说的：

> 他的思考有时有一些接近于本质的追问；
> 他似乎认为万物有灵；
> 他认为许多东西是不必要的；
> 他认为大自然是最美的；
> 他崇尚简单的生活；
> 他对工业文明有抵触。

另一个是诗人海子。1964年出生的海子，1979年15岁时考入北京大学法律系，1982年开始诗歌创作，当时被称为“北大三诗人”之一，是20世纪80年代新诗潮的代表人物。1989年3月26日，25岁的海子在山海关附近的铁路上自杀身亡，身上带着4本书，《圣经》、《瓦尔登湖》、《孤筏重洋》和《康拉德小说选》。在自杀前两个半月的1989年1月13日，他写了《面朝大海，春暖花开》，这首诗在2001年入选高中语文课本，我们在这里读一读，也缅怀一下那颗青春跃动的灵魂。

> 从明天起，做一个幸福的人
> 喂马、劈柴，周游世界
> 从明天起，关心粮食和蔬菜
> 我有一所房子，面朝大海，春暖花开
> 从明天起，和每一个亲人通信
> 告诉他们我的幸福
> 那幸福的闪电告诉我的

我将告诉每一个人
给每一条河、每一座山，取一个温暖的名字
陌生人，我也为你祝福
愿你有一个灿烂的前程
愿你有情人终成眷属
愿你在尘世获得幸福
我只愿面朝大海，春暖花开

当然，《瓦尔登湖》最大的影响还是在美国，爱默生的《美国学者》被称为美国文化的独立宣言，梭罗的《瓦尔登湖》则被称为个人的独立宣言。美国国会图书馆将此书列为“塑造读者人生的25本经典”之一，位列形成美国性格的10本文学经典之首。

2009年，在读李开复的自传《世界因你不同》时，我印象最深的是他提到在美国读中学时，自己读的书中有一本是《瓦尔登湖》。我就想，这么一个文艺的书名，到底是一本什么样的书呢？我们看看李开复自传中的几句经典语录，每一句都闪动着《瓦尔登湖》的影子：

最富有的人不是拥有最多的人，而是需求最少的人。

不要被信条所惑，盲从信条就是活在别人思考的结果里。不要让别人的意见湮没了你内在的心声。最重要的，拥有跟随内心与直觉的勇气，你的内心与直觉多少已经知道你真正想要成为什么样的人，任何其他事物都是次要的。

不要盲从地跟随他人，只有你的内心知道你真正想成为什么样的人，只有你能找到自己的价值。

近百年来，中国青年终于能够接受先进完整的教育，能够有条件专心读书并成为时代的骄子，他们理应成为融汇中西的精英，但可惜的是，他们虽然有幸出生在自由选择的时代，但时代并没有赋予他们选择的智慧。

这几句话怎么好像有爱默生的影子呢？没错。梭罗是爱默生的学生，他曾不远百里，徒步走到爱默生的家，并在那里住下来，成为爱默生超验主义俱乐部的主要成员。更可贵的是，他决定亲身实践爱默生的思想，在瓦尔登湖一住就是两年，经历了一次心灵发现之旅，从此世上有了《瓦尔登湖》。

不过，李开复说“时代没有赋予这一代人选择的智慧”，这样说有点让人心酸。究其原因，还是我们自己读书少，因为没人拦着你读书，但我们确实没有读那么多。如果你读了梭罗的《瓦尔登湖》和《论公民的不服从》，读了爱默生的《美国学者》和《自立》，读了美国两百年来的文学作品，相信你就会得到选择的智慧，至少会有一点点。

梭罗：我希望从容地生活（I wished to live deliberately）

那么，《瓦尔登湖》到底怎么读呢？深吸一口气，静下心来，随着梭罗大脑的思维转一转，随着他思想的拍子跳动起来，慢慢读一读就理解了，因为他讲的无非就是生活之道。

生活无非是衣食住行，生活之道就是对衣食住行的态度，态度决定你的生活方式，也是你人生的指引。态度变了，你的生活也就乱了。以前说一个人老实，那是表扬他，现在说谁老实恐怕谁都不愿意。我们经常看到这样的报道，一个日本人一辈子都在经营一家小餐馆，弹指一挥几十年，可面条还是那个面条，店面还是那个店面，好像不知道有什么连锁、加盟、扩张。一个德国人会用一生的时间，踏踏实实做好一件事情，一个家族企业几代都只经营轴承中的一个零件，精益求精，好像那里有他的乐趣。沉稳专注是一个优秀民族的基本特征，人心浮躁、冷漠自私的民族就像无根的浮萍，当赚钱多还不够，还要赚钱快的时候，踏踏实实就不见了，人的生活也就变味了。

当下，人们的生活节奏越来越快，人人越来越忙，生存压力越来越大。30 年前，回趟老家要坐一晚上的火车，现在高铁只需三四个小时，还是感觉不够快；30 年前，一个邻居可以住一辈子，现在是邻居新的都来不及认识，更不用说泡一壶茶，聊上一晚上了；30 年前，生活困难也熬过来了，现在是怎么挣钱都不够花。汽车塞在路上，壮观的一眼望不到头，商业街上人群摩肩接踵，一波一波像海浪一样往前走。小小的孩子们则成了最忙碌的一族，披着星星去，戴着月亮归，早已不知下课放学为何物。就连出国留学这样小众的事情，现在也是浩浩荡荡。有一篇文章报道，近万大陆考生赴港参加美国高考，场面火爆，堪比春运。时代越来越精彩，个人却越来越脆弱，我们只能喘着气跟着别人跑，已经没有时间和精力去蓦然回首，想一想自己究竟是为了什么而如此奔波劳碌，残喘终日了。大概梭罗也遇到了这个问题，于是来到了瓦尔登湖，他告诉我们，生活要静下来，人生要思考！

梭罗的一生像他的思想一样纯朴简单。1817 年 7 月 12 日，梭罗生于马萨诸塞的康科德，1833—1837 年就读于哈佛大学。1838—1840 年回到家乡当了两年老师。1841—1843 年，受超验主义思想吸引，来到爱默生家，成为爱默生的忠诚门徒。1845—1847 年，独自住进瓦尔登湖，亲手搭建小木屋、播种、耕地，回到最简单、最朴素、最纯净的原生态中。在这里，他从容地面对生活，滤净了思想的杂质，重新认识了自己的内心，写出了对生活、对政治、对自然的哲学观点，影响了很多年轻人，愿意找到一个静静的地方，哪怕是想象中的地方，来反思他们居住的这个世界。

不过，思想纯朴并不意味着行为顺从，梭罗常常表现出挑战世俗规则的勇气，有人说他就是一个怪人，为人处世“一根筋”。比如，哈佛大学要求穿黑色的衣服，他却穿绿色的；他研制出了一种铅笔，就在生产就能挣钱时，他却放弃不做了；他觉得超验主义打动了他的心灵，索性就住在爱默生家不走了；为支持反对蓄奴运动，毅然到教堂敲响钟声，为约翰·布朗辩护。1862 年，梭罗病逝于康科德，年仅 44 岁。

只要我们稍微读一点梭罗的话语，就能感受到，梭罗隐居瓦尔登湖绝不是要做一个悠然自得的隐士，而是一次回归自然的人生试验，唤醒那些在忙忙碌碌中早已迷失了方向的同胞。他说，我不是要写一首忧郁的颂诗，而是要像清晨的公鸡站在鸡窝上那样热情地鸣叫，只为让我的邻人们醒过来。我不是要永远移居在木屋里，而是最终要站在世界之船的甲板上。实际上，他的小屋也不是盖在远离城镇的荒野，离康科德只有3公里，他只是想通过与社会隔绝，获得观察自然的切身体验，更客观地揭示生活的真正意义，反思让人灵魂僵化的社会一致性。梭罗把瓦尔登湖当做了一个真正的内省之地，一个与自然的交流之地，一个完全的自立之地，小木屋的构建也就是人的灵魂的构建，“瓦尔登湖”也由此成为宁静自然和心灵净化的代名词。梭罗在这个小木屋里，完成了《瓦尔登湖》的大部分文字，得出的一个结论也很简单：如果一个人能满足于基本的生活所需，便可以更从容、更充实地享受人生。换句话说，人要同自己心中的那只僧帽猴斗争，在生活中让自己做出正确的选择。

追求简单生活是梭罗的一个目标。什么叫简单生活？在瓦尔登湖的大多数早晨，梭罗都在一小片豌豆地里干活，晚上散步，阅读经典的文学作品，审视自己的内心。他也寻访周围的森林，在日记中记录下对自然的观察，他招待来访者，也定期回访城内的朋友。简单生活不是无所事事，梭罗眼睛的观察、头脑的思考、内心的追求一刻也没有停止。他相信，简单生活就是人的自由解放，为他人工作或追求物质财富就是被奴役。我们在这里先品味他的几句话，看看是否有道理：

大多数的奢侈品和许多所谓的生活便利品，不仅不是不可或缺的，而且对人类的进步是一种阻碍。——奢侈总与虚浮为伴，美德总与简朴为邻。这个道理我们知道，但奢侈有时常常披着科技进步的外衣，把那些你本来不知道、不必要的需求，比如马桶盖开发到极致。有了电话，还觉得不方便，于是有了手机，还是觉得不方便，于是手机上网连上了全世界。无论在大街上、地铁里，进进出出的年轻人手捧着手机，眼睛盯着屏幕，仿佛世界都不存在，但和梭罗正相反，他们的大脑却常常忘记了思考。

多余的钱财只能买多余的东西，人类灵魂所必需的东西，是不需要花钱买的。——梭罗引用《圣经》的话，告诉人们不要积累财富在地上，因为地上有虫咬，有贼偷。幸福生活的必需品应该是人人易得，甚至只需清除欲念，有一颗笃定安宁的心灵就足够了。当下对物质无休无止的需求，已经融进了每个人的人生奋斗中，以至于我们身在其中，却浑然不觉。受生活所“累”，人们早已“忙”得无暇顾及自己的喜好到底是什么，自己想要的到底是什么。所以，一个人，尤其是年轻人，应该听从自己内心深处的召唤，摆脱世俗的浮云，毅然去做那些不做将会后悔的事情。

在《瓦尔登湖》里，梭罗告诉我们，人在获取生命的必需品之后，不应过多地追求奢侈品，生命十分宝贵，不应只为了谋生而无意义地浪费掉。人只有从物欲的泥潭

生活要简单，思想无杂念就是人生的“禅”。

中挣脱出来，才能保持尊严，获得自由。他反复呼吁：简单、简单、简单！如果我们愿意生活得简单而明智，那么，生存在这个地球上就不是一件苦事而是一种乐事，寂寞将不再是寂寞，贫困将不再是贫困，脆弱将不再是脆弱。

当然，在当下这么说有点矫情，因为现代社会留给人们简单生活的空间越来越小。其实，梭罗也不是把简单生活作为最终目的，他自己也在两年之后“又成了文明社会的一员”。他只是在浮躁的喧嚣中告诉我们，人的生活目标绝不是无极限地占有物质财富，而是精神生活的充实和丰富，主动改变生活的态度，就会获得心灵的纯净与精神的升华。

老子在《道德经》中有句话：“为学日益，为道日损。”求学的人，总是希望知识越多越好，求道的人，总是要让情欲贪憎少之又少，直到内心清净。由此可见，两位哲人都悟到了自然的真谛。遗憾的是，思想很丰满，现实很骨感，需要花钱的物质追求总是唯恐不及，不需花钱的精神生活总是没人搭理。但无论如何，我们的内心还是不要忘了多读一点圣贤的书，多修一点哲人的道。

梭罗是一个哲学家、自然主义者、废奴主义者、科学家、道德家、诗人、作家，他做过教师、测量员、铅笔制造商，这些多样性的经历都反映在他的写作中。《瓦尔登湖》由18篇相对独立的诗一般的散文组成，包括：节俭之道（Economy）、我生活的地方和我生活的目的（Where I Lived，& What I Lived for）、读书（Reading）、声音（Sounds）、孤独（Solitude）、来客（Visitors）、豌豆地（The Bean-Field）、湖泊（The Ponds）、室内取暖（House-Warming）、冬日来客（Former Inhabitants; & Winter Visitors）、冬季动物（Winter Animals）、春天（Spring）、结束语（Conclusion）等，可以说是梭罗在瓦尔登湖的所思所想、所见所做。在时间顺序上，梭罗把他在瓦尔登湖两年又两个月的生活浓缩为一年，并按照一年四季的自然顺序展开，从建造一座简朴小木屋的花费这样最简单的人类需要起笔，逐渐打开人类内心自我发现的新领域，这种写法史无前例。

梭罗：最有智慧的人的生活总是比穷人还要简朴

说到这儿，你可能会认为，这样一本书或许很难读。但梭罗既不是一个迂腐的哲学家，也不是一个高高在上的政治家，他只是一个如爱默生《美国学者》中所说的“思想者”（Man Thinking），虽然这本书传递的思想完全可以看成是哲学作品，但他的语言却十分幽默有趣，他总是用反语和滑稽讽刺的语言来阐述观点，甚至到了你很难知道他什么时候是认真的，什么时候是讽刺的程度。

梭罗说：现在到处都是哲学教授，但却未见有几个真正的哲学家。一个哲学家应该与一个哲学教授不同，他不仅要思想深刻，还要热爱智慧，并依据智慧的引导去过一种朴素、独立、大度和值得信赖的生活。要解决生命的问题，不仅要埋头于理论，还要更多地付诸实践。还比如，原来“人好品行好”是评价人的标准，现在穿名牌、开豪车才是成功的标志。对此，梭罗说：你要是给稻草人穿上衣服，认真打扮，然后自己在边上一丝不挂地站着，相比之下有谁不会立刻对稻草人致敬？原来教育强调能力和实践，现在则看中学历和论文。孔子说“学而时习之”，“习”就是实践，在课堂上，孔子教授“六艺”，就是“礼、乐、射、御、书、数”，德智体美劳全面发展，现在状元、知识点、分数、标准答案才是王道，补课成为大、中、小学生，甚至幼儿园孩子的标配。学历越来越高，眼界却越来越窄。对此，梭罗说：通过望远镜和显微镜审察世界，而从不使用他的双眼；研习化学或力学，而不知道面包如何烤制或由何挣得。

有意思的是，梭罗在开篇就谈到了这本书的读者对象，对这么哲学的东西，他竟然认为适合于学生来读，而且还对他的同胞发出告诫：本书可能比较适合于清寒的学生，当然其他的读者也可以按照自己的喜好来阅读。没有人会勉强自己，只有合适的衣服才有用处。这本书的读者就是你们这些生活在新英格兰的居民，我所描述的就是你们生活的环境。你们是否有必要这样糟糕地继续生活下去，是否有可以改善的余地。所以你看，这本书绝对不是仅仅拿来陶冶情操的大道理，而是立刻开始你新的人生的行动指南。

下面，我们就从第一篇“节俭之道”中感受一下梭罗的写作风格和独特思想。实际上，我觉得，把标题“Economy”直译为“节俭之道”并不十分准确，如果译成“简单生活”就与内容更贴切了。对那些我们大多数人习以为常、潜意识中认为千真万确的东西，梭罗总有不一样的观点，总是一针见血地说出来。比如，对钱财和奢侈品的追求，梭罗是这么看的：

> 我发现身旁年轻人的不幸乃是因为继承了田产屋舍、农具畜群，这些东西得之则易，弃之则难。他们倘若生在旷野由狼哺育反倒更好，因为那样他们或许会双眸明澈，得以洞悉他们受缚其中，辛苦不辍的田野，是谁让他们桎梏于泥土？方寸土地本可足养，而人何以要吞噬旷野平畴呢？
>
> 人们何以在降生的那一刻就开始挖掘墓穴？他们不得不度过人的一生，推着这些东西前行，尽其所能过得好一些。我遇到了多少可怜的庸常灵魂，几乎被生活的重担压垮。人们是在大的错误前提下生活啊！人的身体很快就会犁入泥土成为肥料，人通常被称为需求的命运表象所支配，人活着时积攒的财富，最终结局就是虫咬、蚀锈，当然还有小偷的光顾。只有愚蠢的人才想要这种生活方式，要是他活着的时候还不明白，临终之时也一定会明白。
>
> 大多数的奢侈品，还有大多数所谓的生活舒适品，不仅不必要，还会严重阻碍人类的进步。从奢侈和舒适角度来说，最有智慧的人的生活总是比穷人还要简朴。古代中国、印度、波斯和希腊的哲学家都是这样的人，他们看起来十分穷困，但内心却十分充实。只有站在安贫乐道的立场上，一个人才能成为一名公正而有智慧的人生观察者，奢侈生活的结果都是愚蠢的。

如果你觉得上面的话还有大道理之嫌，梭罗又谈到了衣食住行，我们逐一看一看。

先说“穿”。奢侈还是简朴，这是一个古老的话题，但在不经意间，我们已经生活在了一个对奢侈品趋之若鹜的时代，从黄金到服装，我们总能听到中国买光全世界的自豪声音。穿金戴银，人是衣服马是鞍，但梭罗对奢侈服装的看法，对服装与鸟的羽毛的比喻却别有一番风趣，穿旧衣、做新人的呼吁也足以给人带来振奋：

也许我们在购买衣服时更多的是出于爱好新奇和考虑别人的想法，而不是出于穿着的需要。国王和王后制作衣服有御用裁缝，他们的所有衣服都只穿一次，不过他们却根本没有享受到穿合身衣服的快乐，只不过是个悬挂衣服的衣架；而我们的衣服每天都和我们融为一体，显示着穿衣人的个性，我们甚至不愿意将其丢弃，就像不愿意丢弃自己的身体一样。我认为，衣服上的补丁并不表示低人一等。我也清楚，普通人希望穿着时尚，至少要整洁，没有补丁，但他们却不在乎自己道德上有无缺陷。其实，就算衣服破了没有补，充其量也就说明这个人考虑不周，没有预料到小洞会变成大洞。许多人却认为，要是他们穿这样的衣服，就会毁坏了他一生的名声。他们宁愿瘸着腿进城，也不愿穿破裤子到城里去。

要是绅士的腿受了伤害，一般还可以补救；但是，如果他的裤腿破了，却根本不能弥补，因为人们注重的并非是真正应该尊敬的东西，而只是那些受到人们尊崇的东西。我们真正熟悉的人不多，但认识的衣服和裤子倒很多。你要是给稻草人穿上衣服，认真打扮，然后自己在边上一丝不挂地站着，相比之下有谁不会立刻对稻草人致敬？我听说有一条狗，只要看见穿衣服的生人接近它主人的房屋，就会大叫；但是，一个没有穿衣服的小贼却可以轻而易举地制服它。在人们脱去了衣服的情况下，能够在多大程度上保持他们的身份地位呢？要是没有衣服，你能够准确地告诉我，在一群文明人中，谁是最高贵的吗？

人需要的不是去应付什么，而是去做什么，或者说，要有所作为。可能我们压根就不需要什么新衣服，不管旧衣服多破多脏，我们依然可以忙碌地工作，奋发向上，扬帆远航。这时，我们尽管穿着旧衣服，但感觉像一个新人，有了新的生机，仿佛是旧瓶装了新酒。人们更换服装，就像鸟儿换羽毛，必然是生命的一个转折点。鸟在偏僻的池塘边褪毛，蛇蜕皮，都是这样，依靠的是内在的辛勤和扩展，衣服只不过是外表的护身皮和世俗的烦恼而已。

再说“住”。高宅深院自古就是富足的目标，有一套大房子的愿望更是让房地产成为现代社会的支柱产业，“房奴”也由此诞生。梭罗大概也看不懂房地产的日新月异和城镇化的铺天盖地，于是，他在瓦尔登湖自己动手建了一座小木屋。小木屋是《瓦尔登湖》的灵魂，梭罗不厌其烦地叙述了它的建造过程、材料和28.125美元的花费。有意思的是，他又谈到了那些租住在大学宿舍的学生和大学的教育，在我们探讨大学为什么不再给我们带来理想的人生，为什么毕业就失业，大学毕业生回炉读职高时，或许更该读读梭罗的话：

> 这时，我发现，那些渴望得到住房的学生可以花不高于他每年房租的费用得到一个终身的住所。剑桥学院（哈佛大学）的一间学生公寓，比我这间小屋大不到哪里，而仅仅是年租金就得三十美元，而且，管理方还有权在一个屋顶并排修上32间房屋，学生们还得遭受喧嚣烦扰之苦，或许，你还得住到四楼上去。我就想，如果我们在这些方面拥有更多的智慧，不仅不需要这么多的教育，而且教育的花费也会大幅省去，因为其实早就有了足够的教育了。那些索价最高的东西从来不是学生最想要的，比如学费，这是账单上最重要的一项，而他通过与同时代中最有教养的人交流，所受到的教育要有价值得多，却不用交费。
>
> 创建某个学院的模式，通常是这样，得到大小不等的各种赞助，然后，召集一位将这项事务视为牟利良机的承包者，由他雇佣爱尔兰人或其他工人开始打地基盖房子，而将要就读的学生被告知应适应这一规则，一代一代的学生都要为这些疏忽付出代价。我想，对学生来说，亲自动手打地基都比这样要好。那些存心逃避人类必需的劳动而获得他垂涎已久的闲暇的学生，得到的只不过是可耻而无益的逸乐，使自己丧失了这段能让闲暇结出累累果实的经历。但是，有人会说：“照你的意思，岂不是让学生用体力而非脑力劳动了？”我恰好不是那个意思，我是说他们应该多多思考，不应该娱乐人生，由社会支付这个代价高昂的游戏，而应该自始至终认真地经历人生。青年人如果不能立刻投入生活的实践，还能怎样更好地认识生活？我想，这种方式对大脑的锻炼毫不亚于数学的功效。比如，如果我想让一个男孩领略艺术和科学，我不会沿袭寻常的套路，那只会将他送入一群教授之中，在那里除了

> 生命的艺术，什么都会传授，什么都会实践——通过望远镜和显微镜审察世界，从不使用他的双眼；研习化学或力学，而不知道面包如何烤制或由何挣得；发现海王星的某个新的卫星，但是难以发现自己眼中的尘埃，难以发现他自己绕着哪个浪荡鬼在旋转；自己湮没在怪物的浪涛之中遭到了吞噬，却沉潜于一滴米醋以图发现怪物。
>
> 一个月过后，下面两个孩子谁将获得最大的发展：一个一边阅读所需的知识，一边自己采矿石，通过冶炼为自己制造了一把折叠刀；另一个则置身于学院，学习关于炼金术的课程，同时从他父亲那里得到了一把罗杰斯牌袖珍折叠刀，哪一个最有可能被刀子割破手指呢？……让我震惊的是，在离开学院之时他被告知已经精通航海术！什么！他只需向港口一转身，就已经对此收获良多了。即便是穷学生也在研习政治经济学课程，而跟哲学等量齐观，事关生活的经济之道，甚至在我们的学院里都没有得到真正的传授。最终的结果是，就在他阅读亚当·斯密，阅读李嘉图，阅读萨伊的时候，他不可挽回地将自己的父亲拖入了债务。

再说“吃”。每次在火车上旅行时，总看到年轻的父母为孩子带着各种好看诱人的食物，眼花缭乱的饮料，却极少看到给孩子带本书阅读的。在国外的机场，二三十岁的年轻人拿着比字典还厚的书静静阅读的屡见不鲜。我读高中时，整天是窝头和玉米面粥，学生踢足球满场飞，没听说有累坏的，但现在的孩子膀大腰圆跑几步都是一个大问题。实际上，孩子不停地吃吃吃，满足的只是父母自私的心，给孩子带来的是有害无益。看看梭罗是怎么说的：

> 根据德国化学家李比希的说法，人的身体是一个火炉，食物是保持肺部内燃的燃料。在寒冷的天气，我们吃得多，热的时候吃得少。动物的热量是缓慢燃烧的结果，燃烧过快，就会出现疾病和死亡，或者，如果缺少了燃料，或通风有毛病，火就熄灭了。过多的燃料，也就是外部的热度超过了我们体内的热度，岂不可以说就开始了炙烤我们自己？达尔文说，当他那些人穿得厚厚的坐在火旁都不觉得暖和的时候，他惊奇地注意到，离火远的火地

> 岛赤身裸体的野蛮人却被烤得汗如雨下。同样，我们听说，澳大利亚的土族人身体赤裸却安然无恙，而欧洲人穿着衣服却冻得发抖。

再说“行”。在高铁遍地有，飞机满天飞的时代，“来一趟说走就走的旅行”却成为了现代人的奢侈愿望。梭罗对此的说法是：最快的旅行者是步行的人。梭罗的一生最远也没有离开过康科德那个地方，他对旅游却有一番独到的见解：

> 有一个人对我说，你怎么不存点钱，好坐车到菲奇堡去，长长见识。我知道，最快的旅行者是步行的人。我说，我们试试看谁先到达那里。距离是30英里，车费90美分，这几乎是一天的工资。我开始步行出发，天黑前到达那里，而你呢，在这段时间里把车费挣出来了，也可能今晚到达，你大半天的时间不是去了菲奇堡，而是在这里干活。因此，即使铁路修到了全世界，我想我还是会在你前头。至于铁路，我甚至可以说它无关紧要。虽然大群人涌向车站，列车员高喊“上车了!”当烟被吹散，蒸汽凝结，人们会看到，少数人在火车上，其余的被火车碾压。无疑，他们最终会挣够车费，就是说，如果他们能够活得足够久的话，但到那个时候，也许他们已经失去了愉快的心情和旅行的愿望。这种用大半生最美好的时间挣钱，为了在生命最没有价值的时段去享受靠不住的自由，让我想起了一个英国人，他想先到印度去发一笔财，为的是可以回到英国过诗人的生活，其实，他应该立刻爬到阁楼去才对。

当然，梭罗不会迂腐到反对旅行，实际上可能正相反。他在《结束语》中说，大雁更有四海为家的特点，它在加拿大吃早餐，在俄亥俄吃午饭，在南方的沼泽地整理羽毛准备过夜。然而，我们认为，如果在农场四周垒起石墙，我们的命运就定下来了。如果你被选中做了镇秘书，无疑今年夏天你就不能到火地岛去了。这句话让我想起了考公务员热，这么多的年轻人如此焦急地想把自己固定下来。除了身体的旅行，梭罗更想表达的是内心的远行。为此，他还引用了威廉·哈宾顿的一首诗：把目光朝向内心，你就会看到自己内心有千个地区尚未被发现，到这些地方去旅行，成为你内心宇宙志的专家。

这里多说一句。我觉得，我们的孩子和家长真的需要认真读一读“节俭之道”。我们把孩子送到学校，却从不看看学校是否给了孩子你希望的东西。即使我们意识到学校已经不是你希望的那个学校，我们却从来都没有哪怕一点点勇气，像梭罗一样，展开自救的行动。

2009年，我在浏览美国大学网站时，看到“入学要求”（Admission）中有四类人可以申请美国大学：国内学生、国际学生、转学生和“在家上学”的学生（Home School Students），我非常奇怪为什么要在家上学，在家上学怎么上？后来一查资料才发现自己“Out”了，因为不满意学校的教育，美国有几百万孩子选择了在家上学。近几年，中国选择在家上学的孩子也越来越多，有一个孩子爸爸自己创建了在家上学联盟，一些志同道合的家长还定期定时在网上做学习交流，一起分享家庭教育的体会，感受发自内心的快乐。就在我们还沉浸在新教育的憧憬中时，我们又快“Out”了，借着互联网的优势，美国个性化学习的新模式横空出世。2015年12月，脸书（Facebook）首席执行官马克·扎克伯格为庆祝女儿出生，承诺捐出所持99%的公司股份，约450亿美元，并且将部分善款用于支持个性化教育。他在给刚刚出生的女儿的长信中写道：

> 我们这代人是在教室里长大的，无论我们的兴趣或需求是什么，我们都在按同样的进度学习同样的知识。你们这一代将会为自己的未来设定目标，新技术会提供最适合你的学习方法。你可以在最感兴趣的领域取得快速进展，在最困难的领域获得所需的帮助，你将会探索今天学校里没有的课题，你的老师会有更先进的工具和数据来帮助你实现目标。更好的是，甚至全世界的学生都能通过互联网使用个性化的学习工具，即便他们周围没有好学校。个性化学习将是使所有孩子获得更好教育、更平等机遇的一个可行的方式。

梭罗脱离康科德的正常生活，来到瓦尔登湖，就是想通过亲身的生活经历，确定到底什么才是真正重要的东西。在自我发现的旅程之中，梭罗督促他的读者要有更多的自省意识，寻找更有意识的生活。“无论是生还是死，我们只渴求生命的本质”，梭罗认为我们还没有完全地沉浸到生命的本质之中，仅仅是一个生活的观察者，“来世确实有真理，但真理也存在于当下”，所以，在《我生活的地方和我生活的目的》中，梭罗用“我想从容地生活”（Live Deliberately）来描述他来到瓦尔登森林的目的：

> 我到森林里去是因为我想要从容地生活，去面对生活的本质，看看我是否无法学到生活要教给我的东西，并且在我死去的时候不会发现我不曾生活过。我不想过不是生活的生活，因为生活是那样可贵，我也不愿一味顺从，除非那是十分必要的。我想要深入生活，吸出生活中所有的精髓，强壮得像斯巴达克人一样，彻底打败所有不属于生活的东西，割出一条宽阔的通道并除去所有杂草……
>
> 我们仍然像蚂蚁一样卑贱地生活，我们的生活在琐碎中消耗掉了。一个诚实的人几乎不需要数超出他的十个手指的数，或者在极端的情况下他可能加上他的十个脚趾。简单，简单，简单！我说，让你的事情只有两件或三件，而不是一百或一千件；用数十个数来代替数一百万，把你的账目保持在最简单的程度。简单，简单。如果一天只需要吃一顿饭，那么就不吃三顿；不要有一百个菜，有五个就行了；把其他的事情也按照比例减少。我们的生活就像德国邦联，是由很多个州组成的，它的边界永远在扩张，以至于德国人也无法告诉你德国的边界是怎样划定的。

我们为什么要那样不顾一切地急着成功？如果一个人没有和他的同伴保持步调的一致，那很可能是因为他听到了不同的鼓点。

在《结束语》中，梭罗不仅提到了他离开瓦尔登湖的原因，更是用黄河之水天上来的磅礴气势，用滔滔不绝般大段的语言，给我们上了一堂人生的励志课，尤其对那些正在遭遇人生挑战与困境的人们，要穷且益坚，不坠青云之志。他让我们知道，梭

罗不是逃避现实的隐士，更是生活的斗士：无论他住得多么窄小、多么偏远，他从来就没有出世，他的眼睛永远在盯着这个世界，他的大脑永远在思考着生活在这个世界上的人们。

我离开森林的理由和我到那里去的理由一样充分。可能在我看来我还有几种生活要去体验，不能再在那一种上花费更多的时间。我并不想从此移居到木屋里，而是想站在世界之船的甲板上、桅杆前，因为在那里我能最清楚地看到群山之间的月光。现在我不想到下面去。

至少，通过我的试验我学到了这一点：如果一个人充满信心地向着他梦想的方向前进，努力争取他想象的生活，他将会取得在平常的时候无法预料的成功。他将会把一些事情抛到身后，越过一条无形的边界，在他身边和内心里将会建立起新的、普遍的、更加自由的法律，或者旧的法律将会在一个更自由的范围得到新的解释，而他将会生活在一种更高级生命的特许之下。与他对自己的生活简化的程度成正比，宇宙间的法律也会显得不那么复杂，孤单将不是孤独，贫穷不是贫穷，弱小也不是弱小。如果你建了空中楼阁，你的工作不一定是白费了，那正是它们应该属于的地方。现在，在它们下面打上地基吧……

我们为什么要那样不顾一切地急着成功，又有着那样不顾一切的进取心呢？如果一个人没有和他的同伴保持步调一致，那很可能是因为他听到了不同的鼓点。让他按照自己听到的音乐去迈步吧，无论那音乐是怎样缓慢或遥远，他不必像一棵苹果树或橡树那样迅速地成熟。

无论你的生活多么低贱，你都需要迎接它，体验它，不要避开它，不要咒骂它。生活并不像你本身那样坏，当你最富有的时候，你的生活看起来最贫穷，吹毛求疵的人甚至在天堂里都能找出毛病。热爱你的生活，虽然它很贫穷。即使在一个贫困的家庭里，你也有可能有快乐的、令人兴奋的、光荣的时刻。夕阳从济贫院的窗户上反射出的光彩和从富人的房子上反射出的同样光芒四射，济贫院门前的白雪在春天也一样早早融化。除了一个宁静的灵魂，没有人在那里可以像在一个宫殿里一样生活满足，拥有快乐的思想。

在我看来，城里的穷人经常过着最独立的生活。他们不带任何疑虑地接受生活，也许他们就是这样平凡伟大。

如果我像一只蜘蛛一样整天都被拘禁在阁楼的一角，只要我有我的思想，世界对我来说就仍旧那么大。哲人说过，一个人可以带走三个师的师长，使军队陷入混乱；然而，对哪怕一个最卑鄙粗俗的人，一个人也无法从他那里带走他的思想。不要太急切地寻求发展，使自己屈从于许多可以利用的影响，那只是浪费而已。和黑暗一样，谦卑也能揭示天堂的光辉。贫穷和低贱的阴影聚集在我们周围，“看那，创造开阔了我们眼界。”经常会有人提醒我们，即使把克罗瑟斯的财富赋予我们，我们的目标也依然不会改变，我们的手段也基本上不会改变。此外，如果你因为贫穷而受限，比如说，如果你买不起书和报纸，你也只是被限制在最重要最必不可少的经验之中，这样的环境激发你去处理能生产最多的糖浆和淀粉的材料。最贴近骨头的生活才是最甜蜜的，贫穷让你不会在琐事上虚度光阴，没人会因为较高层次的慷慨而在较低的层次上失去什么。多余的财富只能买到多余的东西。要买到灵魂必需的东西，钱并不是必要的。

I left the woods for as good a reason as I went there. Perhaps it seemed to me that I had several more lives to live, and could not spare any more time for that one. I did not wish to take a cabin passage, but rather to go before the mast and on the deck of the world, for there I could best see the moonlight amid the mountains. I do not wish to go below now.

I learned this, at least, by my experiment: that if one advances confidently in the direction of his dreams, and endeavors to live the life which he has imagined, he will meet with a success unexpected in common hours. He will put some things behind, will pass an invisible boundary; new, universal, and more liberal laws will begin to establish themselves around and within him; or the old laws be expanded, and interpreted in his favor in a more liberal sense, and he will live with the license of a higher order of beings. In proportion as he simplifies his life, the laws of the universe will appear less complex, and solitude will not be solitude, nor poverty poverty, nor weakness weakness. If you have built castles in the air, your work need not be lost; that is where they should be. Now put the foundations under them.

Why should we be in such desperate haste to succeed and in such desperate enterprises? If a man does not keep pace with his companions, perhaps it is because he hears a different drummer. Let him step to the music which he hears, however measured or far away. It is not important that he should mature as soon as an apple tree or an oak. Shall he turn his spring into summer?

However mean your life is, meet it and live it; do not shun it and call it hard names. It is not so bad as you are. It looks poorest when you are richest. The fault-finder will find faults even in paradise. Love your life, poor as it is. You may perhaps have some pleasant, thrilling, glorious hours, even in a poorhouse. The setting sun is reflected from the windows of the almshouse as brightly as from the rich man's abode; the snow melts before its door as early in the spring. I do not see but a quiet mind may live as contentedly there, and have as cheering thoughts, as in a palace. The town's poor seem to me often to live the most independent lives of any. Maybe they are simply great enough to receive without misgiving.

If I were confined to a corner of a garret all my days, like a spider, the world would be just as large to me while I had my thoughts about me. The philosopher said: "From an army of three divisions one can take away its general, and put it in disorder; from the man the most abject and vulgar one cannot take away his thought." Do not seek so anxiously to be developed, to subject yourself to many influences to be played on; it is all dissipation. Humility like darkness reveals the heavenly lights. The shadows of poverty and meanness gather around us, "and lo! creation widens to our view." We are often reminded that if there were bestowed on us the wealth of Croesus, our aims must still be the same, and our means essentially the same. Moreover, if you are restricted in your range by poverty, if you cannot buy books and newspapers, for instance, you are but confined to the most significant and vital experiences; you are compelled to deal with the material which yields the most sugar and the most starch. It is life near the bone where it is sweetest. You are defended from being a trifler. No man loses ever on a lower level by magnanimity on a higher. Superfluous wealth can buy superfluities only. Money is not required to buy one necessary of the soul.

“多余的财富只能买多余的东西。要买到灵魂必需的东西，钱并不是必要的”，梭罗在 100 多年前说的话，今天仍然闪光。最近华盛顿邮报评出了十大奢侈品，竟然没有一件与物质有关，反而都是关于一个人的生活和行为方式的，比如自由、喜悦、充满爱的心，走遍天下的气魄，回归自然，生命的觉悟与开悟，感染并点燃他人的希望。想想华盛顿邮报今天还在推崇的这些东西，你可以看出梭罗对美国社会的影响了吧。

隐居的梭罗，疾呼的勇士

自然主义者、哲学家、超验主义者、科学家都不是梭罗最显赫的身份标志，在梭罗的粉丝中流传着一个笑话，说他的一半生命留在了瓦尔登湖，另一半的生命留给了监狱。两年的瓦尔登湖和一夜的监狱生活，他给世界留下了《瓦尔登湖》和《论公民的不服从》两部作品，世界则给了他一个最响亮的头衔——“作家”。

翻开《瓦尔登湖》，人人都会受益。翻开《论公民的不服从》，却很少有人去尝试。但两者有一点是相通的，梭罗的作品不是用来吟诵陶醉的山水诗篇，而是催醒沉睡内心的铿锵战鼓；梭罗不是隐居于世外桃源的清风雅士，而是敢于对世俗权威大声疾呼的平凡勇士；他是语言的巨人，却拒绝做行动的矮子，他不是那些著名大学培养出的“精致的利己主义者”，而是“匹夫有责”的亲身实践者。作为社会改革家，梭罗在《论公民的不服从》中的主张彰显了美国建国的基本原则——对不公正的抵抗是一个人的基本职责，不但影响了远在印度的圣雄·甘地争取民族独立的行动和南非曼德拉反对种族隔离运动，也影响了近在美国的马丁·路德·金的黑人民权运动，美国20世纪50年代反对麦卡锡主义和20世纪70年代新一代反战的人们都把《论公民的不服从》作为武器，如果看到了这些，梭罗一定会为自己那一晚上的监狱生活倍感欣慰。

梭罗1849年出版《论公民的不服从》（*Civil Disobedience*）的时候，支持还是反对奴隶制，支持还是反对美国对墨西哥的战争是当时社会争论的两大焦点。梭罗提倡公民有责任积极而不是暴力地反抗政府不公正的政策，鼓励美国人通过不纳税来避免支持政府的不道德花费，比如与奴隶制和墨西哥战争相关的支出，即使那样的行动会导致入狱。作为崇尚个人力量和信念的超验主义者，梭罗认为个人主义尤为重要，个人应该去反抗政府施加的不公正，而不只是说出他们的不同意，或不采取任何行动。他相信简单的投票表示支持或反对某事是不够的，取消财政上的支持，比如拒绝纳税将会发出更强烈的信号。对于个人与国家的关系，他说，“我只是希望拒绝对国家的盲从，离开或真的离得远远的”。

这就带来一个问题，“如果你拒绝纳税，你不会被抓到监狱吗?”实际上，因为拒绝支付人头税，梭罗不久就被关到监狱里了。但是，作为超验主义者的梭罗，他相信只要他的灵魂和良心是自由的，那么他就是自由的，即使他的身体被关进监狱。超验主义者相信要从物质世界中解放自我，物质世界的欲望带给人的监禁要比实际的监狱还要厉害，一个人认为一件事情是正确的要比被政府强制做某件事更重要。

尽管在《论公民的不服从》一开始就表现了对美国政府的严重不满，但他并不是真的提倡无政府主义，梭罗“不服从”的前提是“公民”，他并不认为美国政府一无是处，他只是认为，他和其他的美国人应该要求它更好。

我们选读几段，体会一下150年前梭罗的思考与心声：

> 我衷心地接受这句箴言：“最好的政府是管理得最少的政府。”而且我希望能看到这句话被快速自动地实践。当它被付诸实践之后，最后就等于这个我也同样相信的判断：“最好的政府是根本就不管理的政府”。而当人们做好了这样的准备时，这就会成为他们将要拥有的那种政府。政府最多也就只是一种权宜之计，但多数政府有时往往并不能有所助益。对于一支人数众多、队伍庞大、应该获胜的常备军队的反对最后也可能发展成为对长期政府的反

对。常备军队只是长期政府的一个武器而已。政府本身也只是人民选来执行自己意愿的方式，但在人民通过它有所作为之前，它也一样很容易被歪曲或滥用。见证了现在的这场墨西哥战争，就是少数几个人利用长期政府作为自己的工具的结果；因为在最初的时候，人民就不会同意采取这个行动。

这个美国政府——它不过是一种传统，尽管其历史还不久，但却竭力使自己原封不动地届届相传，可是每届却都丧失掉一些自身的诚实和正直。它并不具有一个活着的人的生命力和力量，因为一个人就能使它屈从于自己的意志。它就是一种对着人民自己的木枪，而如果他们真心地想把它作为一支真枪来彼此对抗的话，它就必然会碎裂。但它并不因此就损失任何必要性，因为人们必须要有这种或其他种类的复杂机器，并且听到它的喧嚣轰鸣，才能满足他们关于政府的想法。于是，政府的存在表明，为了人民的利益，可以成功地利用、欺骗人民，甚至可以使人民利用、欺骗自己。这非常好，我们所有的人都必须同意，然而这个政府自己却从未增长任何进取心，却加快了它出轨的速度。它没有使这个国家保持自由，它没有平息西部，它没有教育，所有的成就都是美国人民固有的品质取得的，而且如果不是政府有时候妨碍他们的话，他们本来还可以取得更多的成就。因为政府是一种权宜之计，通过它人们会很乐意不打扰彼此，而且，正如我们所说过的，当它最能有所助益的时候，它最不干扰那些被管理的人。而且，如果谁要是完全根据这些立法者的行为结果来判断他们，而没有部分地考虑他们的意图的话，他们就应该和那些在路上摆路障的匪徒归为一类，并一同受到惩罚。

但是，以一个公民的身份客观来说，我不像那些自称是无政府主义的人，我要求的不是立即取消政府，而是拥有一个更好的政府。让每个人都说出什么样的政府能够赢得他的尊敬，那将成为获得那种政府的第一步。

梭罗是美国历史上产生的最伟大、最有影响力的作家之一。他的写作风格无人能及，虽然他生前出版的作品不多，但他仍然是一个多产作家，1906 年，人们整理他的文集达到 20 卷之多，出版的日志达到 200 万字，个人日志全部出版的作家他是第一个。梭罗去世的时候，爱默生写道：这个国家还不知道，或者只有极少数人知道，它失去了一个多么伟大的儿子。他的灵魂为这个高贵的社会而生，他短暂的生命耗尽了这个世界的能力，凡有知识的地方，凡有美德的地方，凡有美的地方，梭罗都能找到他的故乡。

爱默生也好，梭罗也好，他们的文章都是不厌其长，但他们的话语却字字闪光。他们提倡的个人主义和自立意识不仅为美国浪漫主义文学增加了灿烂的色彩，他们不朽的思想也会在我们的心中长久激荡。从下一单元起，我们会进入美国文学的另一个发展阶段——美国现实主义文学，去阅读我们更加熟悉的文学大师对美国历史与社会的独到记录，去重温我们更加熟悉的一部部伟大作品。

第四部分

现实之声：伟大在于敢揭自己的疤

——美国内战时期的现实主义文学（1850—1990 年）

Unit 16

《看不见的人》——无名无姓无身份

《汤姆叔叔的小屋》——有情有信有隐忍

斯托夫人（Harriet Beecher Stowe，1811—1896 年）

伊娃：爸爸，这些可怜的人爱他们的孩子，就像您爱我一样。噢，爸爸，为他们做点什么吧！我亲眼看到，可怜的妈咪一提到她的孩子们，就放声大哭，她爱他们呀！汤姆也爱他的孩子们呀！可是这些骨肉分离的事却天天都在发生。爸爸，这多可怕啊！”

汤姆：“你对我再也无可奈何了！我真心诚意地宽恕你！”说完就昏死过去了。

有人问热心民权运动的人:“你们什么时候会感到满意?”只要黑人依然是警察暴行恐怖的牺牲品,我们就绝不会满意。只要我们在旅途劳顿后,却被公路旁汽车游客旅社和城市旅馆拒之门外,我们就绝不会满意。只要黑人的活动范围只限于从狭小的黑人居住区到较大的黑人居住区,我们就绝不会满意。只要我们的孩子被“仅供白人”的牌子剥夺个性,损毁尊严,我们就绝不会满意。只要密西西比州的黑人不能参加选举,纽约州的黑人认为他们与选举毫不相干,我们就绝不会满意。

——马丁·路德·金《我有一个梦》

“我想有个户口”。2016 年 2 月 20 日,《华商晨报》以“一个黑户 29 年的灰暗与光亮”追踪报道了 29 岁小伙刘继承因为没有户口而工作没保险,对象不敢找的经历。刘继承刚出生就因唇腭裂被亲生父母抛弃,当时恰好路过的未婚青年刘刚把他抱回家,靠卖血做工把孩子拉扯大。报道半个月后,问题得到解决。养父刘刚流泪说道:老高兴了,他成为一个真正的人了。按照刘继承的理解,“一个真正的人”意味着可以买火车票,可以去旅游,可以考驾照,可以处对象。户口本里增加的一页,将彻底改变他的生活。

不过,与 400 年前被运到美洲大陆的黑人相比,“黑户”刘继承还是幸运的。如果以 2008 年奥巴马当选美国总统为黑人平权运动的标志,把时间倒退 50 年,黑人的民权与他们 400 年前的祖先相比没有多大改变,黑人仍然是一个“物”,算不上一个真正的人。

下面照片中的 3 个人都是谁,你能猜到吗?

对,左边的女孩是前国务卿赖斯,中间的男孩是史上最伟大的篮球运动员乔丹,右边的羞涩男孩是史上最伟大的流行歌手迈克尔·杰克逊。如果不是 50 年前那场轰轰

烈烈的黑人民权运动，这几位影响了当今世界的人物甚至都算不上一个历史的匆匆过客，作为人的附属物，他们能平安终此一生都是一个奇迹了。

那么，20 世纪五六十年代，美国到底发生了什么事情呢？让我们看几个镜头吧：

1. 罗莎・帕克斯对公交车让座说“不”。1955 年 12 月 1 日，蒙哥马利市黑人裁缝罗莎・帕克斯（Rosa Parks）下班回家坐在公交车的第 11 排，按照该市的法规，前 10 排是白人乘客专区，但如果前 10 排坐满了人，白人可以要求黑人让座。当司机要求罗莎・帕克斯和其他三位黑人让座时，三个黑人很不情愿地站了起来，但操劳一天，疲惫不堪的罗莎・帕克斯拒绝让出座位，结果她因蔑视公共汽车上实行种族隔离的法规而被捕。1955 年 12 月 5 日，5 万名黑人开始了公交车抵制运动（Bus Boycott），381 天后，美国最高法院裁定蒙哥马利种族隔离法违宪，罗莎・帕克斯因其勇敢的行为被誉为现代民权运动之母。1999 年 6 月 15 日，86 岁的罗莎・帕克斯被克林顿总统授予国会最高荣誉奖，2005 年 10 月 24 日罗莎・帕克斯去世时，她的遗体被安放在国会大厦供民众瞻仰，小布什总统参加了安放仪式。国务卿赖斯说：没有她，我不可能站在这里。

2. 美国 101 空降师护送 9 名黑人孩子上学。除了公共交通，学校也有种族隔离。虽然最高法院在 1954 年布朗诉托皮卡教育委员会案（Brown v. board of education of Topeka）中已经宣布公立学校黑白种族隔离制度违反宪法，黑人的孩子可以就近到白人学校上学，但实际情况却毫不乐观。1957 年，15 岁的女孩明尼珍等 9 名黑人孩子考入小石城中学，但入学时遭到白人家长和种族主义者的追打谩骂，根本进不了校园，阿肯色州州长以防暴为名派出国民警卫队阻止黑人学生入学。1957 年 9 月 25 日，艾森豪威尔总统不得不动用美国陆军 101 空降师，“占领”小石城，9 名黑人学生才得以入学，这就是著名的阿肯色州小石城事件。

3. 詹姆士・梅雷迪斯申请密西西比大学遭拒录。“我的美国同胞们，不要问国家能为你们做些什么、而要问你们能为国家做些什么。全世界的公民们，不要问美国将为你们做些什么，而要问我们共同能为人类的自由做些什么”（And so，my fellow Americans，ask not what your country can do for you，ask what you can do for your country. My fellow citizens of the world，ask not what America will do for you，but what together we can do for the freedom of man）。1961 年，一个叫詹姆士・梅雷迪斯的黑人青年受到肯尼迪总统就职演说的鼓舞，当晚就给密西西比大学写信申请入学。他说：

“我是密西西比州黑人美国公民，鉴于在这新的时代我国教育制度正在发生变化，我相信你们不会对我的入学申请感到诧异，我当然希望对我申请的处理能给密西西比大学和密西西比州增添光彩”。肯尼迪总统得知他被拒录之后，派联邦司法官员去帮助他，詹姆士·梅雷迪斯由此成为密西西比大学历史上第一个黑人毕业生。遗憾的是，1966年6月6日，詹姆士·梅雷迪斯在一次民权游行中遭枪击身亡。

不过，还有一个人比詹姆士·梅雷迪斯因争取黑人民权而死得更为壮烈，他就是马丁·路德·金（Martin Luther King，Jr，1929—1968年），1968年4月4日晚上，他在田纳西州孟菲斯市一家汽车旅馆的阳台上遭到枪杀身亡。

马丁·路德·金1955年就是蒙哥马利公交车抵制运动的领导者，他曾前往印度，深受甘地非暴力抵抗思想的影响，成为美国最著名的黑人民权运动领袖。1963年5月，阿拉巴马州伯明翰市警察署长用警犬和高压水枪镇压民众示威，并逮捕了马丁·路德·金。在狱中，马丁·路德·金写出了著名的《伯明翰监狱的来信》（*Letter from Birmingham city jail*）。1963年8月，他发起了“争取工作和自由华盛顿大游行”（*March on Washington for jobs and freedom*），领导25万人向华盛顿进军，并对聚集在林肯纪念堂的25万示威群众发表了美国历史上最有名的演讲《我有一个梦》（*I have a dream*）。1964年7月2日，约翰逊总统在马丁·路德·金等民权人士的见证下签署了著名的《民权法案》（*Civil Rights Act*），禁止在雇用人员、工会会员资格以及联邦政府项目等方面对黑人进行种族歧视，约翰逊总统说，“不承认黑人不可剥夺的权力的日子已经过去”。1965年，马丁·路德·金再接再厉，组织了塞尔玛、蒙哥马利和阿拉巴马三次声势浩大的抗议声讨，直接推动了1965年《投票权法案》（*Voting Rights Act*）的通过，黑人的选举和被选举权得到保障。2015年1月，反映这段历史的电影《塞尔玛游行》（*Selma*）上映，并获得金球奖最佳剧情片提名。1964年，35岁的马丁·路德·金获得诺贝尔和平奖，成为获得这项殊荣最年轻的人。

电影《塞尔玛游行》：（投票权法案）（*The Voting Rights Act*）获得通过的动力

然而，对今天的我们更有意义的是，马丁·路德·金被誉为百年来八大最具说服力的演说家之一，《我有一个梦》也为一代一代的美国学生所诵读：

> 我梦想有一天，这个国家将会奋起，实现其立国信条的真谛："我们认为这些真理不言而喻：人人生而平等。"
>
> 我梦想有一天，在佐治亚州的红色山岗上，昔日奴隶的儿子能够同昔日奴隶主的儿子同席而坐，亲如手足。我梦想有一天，甚至连密西西比州——一个非正义和压迫的热浪逼人的荒漠之州，也会改造成为自由和公正的青青绿洲。
>
> 我梦想有一天，我的四个小女儿将生活在一个不是以皮肤的颜色，而是以品格的优劣作为评判标准的国家里。
>
> 当我们让自由之声响彻每一个大村小庄，每一个州府城镇，我们就能加速这一天的到来。那时，上帝的所有孩子，黑人和白人，犹太教徒和非犹太教徒，耶稣教徒和天主教徒，将能携手同唱那首古老的黑人灵歌："终于自由了！终于自由了！感谢全能的上帝，我们终于自由了！"
>
> I have a dream that one day this nation will rise up and live out the true meaning of its creed: We hold these truths to be self-evident that all men are created equal.
>
> I have a dream that one day on the red hills of Georgia the sons of former slaves and the sons of former slave owners will be able to sit down together at the table of brotherhood.
>
> I have a dream that one day even the state of Mississippi, a state sweltering with the heat of injustice, sweltering with the heat of oppression, will be transformed into an oasis of freedom and justice.
>
> I have a dream that my four little children will one day live in a nation where they will not be judged by the color of their skin but by the content of their character. I have a dream today.
>
> And when this happens, when we allow freedom ring, when we let it ring

from every village and every hamlet, from every state and every city, we will be able to speed up that day when all of God's children, black men and white men, Jews and Gentiles, Protestants and Catholics, will be able to join hands and sing in the words of the old Negro spiritual:

Free at last! Free at last!

Thank God Almighty, we are free at last!

朋友们，今天我要对你们说，尽管眼下困难重重，但我依然有一个梦。它深深植根于美国梦之中。

不过，如果你认为几篇演讲，几次游行，死几个人，靠着非暴力不合作的法宝，美国黑人的权利就得到了实现，那可就错了。让我们把镜头再倒退 200 年，看看黑人在追求做一个“真正的人”的权利上的历程与悲情。

1776 年,《独立宣言》提出人人生而平等，在黑暗中为废除奴隶制点燃了一盏明灯。1787 年制定的《宪法》在确定选举人的资格时，规定每一个黑人人口按 3/5 人计算，对这一条，有人认为《宪法》公然歧视了黑人，但恰恰是这一条，迈出了黑人争取民权的第一步。

1863 年，林肯总统发布《解放奴隶宣言》(*The Emancipation Proclamation*)，南北战争硝烟弥漫。1865 年，废除奴隶制正式写进《宪法》第 13 修正案，规定一切形式的奴隶制度和奴隶买卖均应予以禁止。随后，1868 年《宪法》第 14 修正案给予黑人公民权，1870 年《宪法》第 15 修正案给予黑人选举权，三条修正案成为黑人争取民权的基石。马丁·路德·金在《我有一个梦》的演讲中所说，法律给黑人开出了一张支票，但是，兑现这张支票却足足用了 100 年！

为什么呢？正如上有政策，下有对策，联邦法律解放了黑人，赋予黑人公民权、选举权，但各州利用《宪法》对州权力的保护条款，想出了一个种族隔离的“好”办法，在学校、医院、电影院、候车室、售票处、饭店、厕所、殡仪馆等黑人可能和白人接触的地方实行隔离，并把种族隔离法律化，这些法律也被称为吉姆乌鸦法（Jim Crow laws）。1892 年 6 月 7 日，只有 1/8 黑人血统的 30 岁青年普莱西，登上白人车厢挑战种族隔离法律，遗憾的是，1896 年，最高法院通过普莱西案的判决，判定种族隔离法律不违反宪法，这个判决等于宣告种族隔离合法化，基本上架空了《宪法》第 13、第 14、第 15 修正案。但更严重的是，借着普莱西案判决的东风，各州纷纷通过增加审批环节和前置条件等手法，制定了千奇百怪、无所不在的种族隔离法案，对黑人的民权层层设障，把黑人的紧箍咒几乎完全合法化了。比如，选民登记必须具备一定的财产，还要通过文化考试，黑人大都贫穷没文化，他们的投票权自然就成了摆设。

如果你说那就不投票啊，但你不能不吃饭、不上学吧。阿拉巴马州规定，有色人种和白人在一个餐厅就餐违法，除非餐厅有不低于七英尺的分隔和单独入口。佛罗里达州规定，白人孩子的学校和黑人孩子的学校必须分开管理。北卡罗来纳州甚至规定，黑人孩子用过的书本不许白人孩子碰，课本不准在白人和黑人学校之间交换。关于婚姻，佛罗里达州规定，永远禁止一个白人和一个黑人，或一个白人和一个黑人直到第四代后裔之间的婚姻。1960 年，拳王阿里获得罗马奥运会冠军，但在他的赞助老板家里训练时，他不能进厨房喝水用餐，只能和老板雷诺兹的几条名狗一起蹲在门廊里吃饭。

哪里有压迫，哪里就有反抗或许是一个很自然的选择。他们曾尝试通过暴力寻求认同，尝试通过自立寻求认同，也尝试通过理解寻求认同，但好像都失败了，在追求做一个“真正的人”的权利上，黑人剩下的只是民族的悲情。小说《土生子》、《看不见的人》、《汤姆叔叔的小屋》就从这三个方面描述了黑人争取平等的悲怆之旅。

黑人作家理查德·赖特（Richard Wright，1908—1960 年）的代表作《土生子》（*The native son*，1940）讲的是一起因惧怕种族隔离的法律而引发的谋杀案，黑人青年别格·托马斯（Bigger Thomas）出生在一个贫困的黑人家庭，一次，他偶然与一个白人姑娘同在一个屋里，因害怕别人发现而失手杀人。赖特在小说开始，只用了一个情节就把别格，也是黑人社会贫穷的生存环境活现在我们面前。别格一家四口住在一个狭小的房子里，别格兄弟俩人住一张床，妹妹和妈妈住一张床，母女两人换衣服，兄弟俩要扭过头去。

吱吱嘎嘎的闹铃声打破了屋子的黑暗和寂静，一个女人不耐烦地喊着：别格，把那个死东西关了！

“打开灯，别格。”“好吧，”传来一个半睡半醒，有气无力的回答。

屋子亮起了昏暗的灯光，一个黑人男孩站在两个大铁床之间的狭小过道里，用手背揉着自己的眼睛。他右边床上的女人又喊道：

“小崽子们，都起来，我今天要好好洗洗手，你们都到那边去。”

另一个黑人男孩从床上滚下来，站在地上，女人也起来，穿着睡衣站在那。

“把头转过去，我要换衣服了，”这个女人说。

两个男孩转过头去，眼睛盯着远处的屋角。女人匆忙地脱下睡衣，换上内衣。她朝着自己的床，喊了一声：

“薇拉，你也起来！”

An alarm clock clanged in the dark and silent room. A bed spring creaked. A woman’s voice sang out impatiently:

“Bigger，shut that thing off!”

“Turn on the light，Bigger.”

“Awright，” came a sleepy mumble.

Light flooded the room and revealed a black boy standing in a narrow space between two iron beds，rubbing his eyes with the backs of his hands. From a bed to his right the woman spoke again:

“Buddy，get up from there! I got a big washing on my hands today and I want you-all out of here.”

Another black boy rolled from bed and stood up. The woman also rose and stood in her nightgown.

“Turn your heads so I can dress，” she said.

The two boys averted their eyes and gazed into a far corner of the room. The woman rushed out of her nightgown and put on a par of step-ins. She turned to the bed from which he had risen and called:

"Vera! Get up from there!"

别格应聘给富有的白人道尔顿家当司机，他开车带道尔顿的女儿玛丽去见她的男朋友，深夜回到家里，别格不得不把醉酒的玛丽扶到屋子里。就在这时，玛丽瞎眼的妈妈来到门口，想看看玛丽是否安全回家了。由于害怕被玛丽妈妈撞见他和一个白人女人独处一室，惊慌之中别格用枕头盖住玛丽的头，结果玛丽窒息而死。别格因为担心被治罪，就把玛丽拖到地下室，并砍下她的头，把尸体装进火炉焚尸灭迹。

在全城的大搜捕中，别格最终落网。朋友给他请了一个共产党员律师马克斯先生。别格向律师倾诉了自己作为黑人青年的生活无助、前途无望。马克斯在辩护中说，美国社会已经完全固化了黑人阶层，生活没有给他们任何选择的余地，没有赋予他们基本人权，他们没有向上流动的通道，这让他们愤怒、羞愧、恐惧，最终导致犯罪。他建议法官判处别格终身监禁而不是死刑，但法官支持了检方的诉讼请求，别格被用电椅处死。

20 世纪中期极度的种族歧视激起了黑人的极度愤怒和痛苦，《土生子》一出版就给美国社会带来极大震动，白人开始知道黑人并不总是逆来顺受、唯唯诺诺，别格对白人社会的恐惧变成了他们对黑人的恐惧。赖特让我们深思，在谴责别格的同时，不公正的社会难道没有责任吗？正如一位美国老师在课堂上所说，阅读《土生子》绝不是在公园漫步，而是一次艰难、沮丧的旅程，对美国人，甚至世界上的每一个人都是一次必须经历的旅程。

当一部分人长期被藐视，他们就会以怨报怨，用无奈的办法宣示他们的存在；当一部分人长期被剥夺，有的只是生活的压力和绝望，比如光棍群体的扩大，一些人没有了起码的做人尊严，就没有了敬畏和底线，社会就不会安宁。正如律师马克斯所言，愤怒、羞愧、恐惧，最终都会导致犯罪。《土生子》不仅是对美国社会的一次唤醒，也是对人类社会的唤醒，赖特由此成为最有声誉的美国作家之一和美国 20 世纪黑人文艺复兴运动的代表作家，是黑人文学艺术水平的标志。

理查德·赖特：把别格的性格乘以一千二百万，
就得出黑人民族的心理

与《土生子》中别格的暴力不同，另一位黑人作家拉尔夫·艾里森（Ralph Waldo Ellison）在小说《看不见的人》（*Invisible Man*）中为我们展现了一个靠自立寻求认同的黑人形象。艾里森1914年生于俄克拉荷马州，3岁丧父，由母亲帮佣将他抚养成人。母亲经常从白人雇主家里带回一些丢弃的旧杂志和旧唱片，他自幼就对音乐和书籍产生了浓厚兴趣。八岁开始学小号，在道格拉斯中学又学了四年的和声学。艾里森一边读书，一边为老师家的草坪刈草以换取学习小号和配乐的机会。中学毕业后，做了两年电梯操作工，1933年获得塔斯克基黑人学院提供的奖学金，在著名的黑人指挥与作曲家威廉·道森的指导下学习作曲。1936年去纽约学雕塑，在哈莱姆，他与兰斯顿·休斯、理查德·赖特成为朋友，在赖特鼓励下进行文学创作。《看不见的人》1953年获得美国国家图书奖，被认为是有史以来最伟大的美国小说之一。

《看不见的人》记叙了20世纪二三十年代美国南部一个无名无姓的温顺黑小子，也是故事叙述者的成长历程。有一次，叙述者与其他一些黑人少年被蒙住双眼，进行一场混战，然后，那些人把硬币放在地上，让他们在一张通电的毯子上拾硬币，以此羞辱他们。

叙述者有着演说家的天赋，能在社区的白人面前侃侃而谈。他获得奖学金进入一所学校，黑人校长布莱索让他给诺顿先生当司机，布莱索靠耍手段取得白人理解，以达到自己向上爬的目的。诺顿表面上支持黑人，骨子里却透着种族优越感。诺顿让叙述者载着他穿过黑人城镇居住区，还探望了吉姆，一个又穷，又没有文化，还强暴了自己女儿的当地黑人，完全不顾在场的叙述者的感受，就当他不存在，或者只是一个物一样。

后来，叙述者被征募为一个兄弟会的发言人，他的生活有了新的开始，但很快白人与黑人之间的摩擦就出现了。一个叫拉斯的黑人民族主义者认为黑人与白人不可能一起合作，他们必须为自己的权利而战，甚至不惜使用暴力手段。拉斯在策划一个暴乱，叙述者被叫到黑人聚集区哈莱姆。在混乱之中，叙述者遭到警察追击，掉进一个井洞里，从此，他就开始生活在地下。

无论是作为黑人游戏的取笑对象还是作为兄弟会有名无实的发言人，无论是与白人和解融合，还是分裂对抗，叙述者都逃脱不掉社会早已给黑人贴上的标签；如果有人把你只是当做某个种族的一部分，而不是一个独立的个体，你试图走出自己身份的无底之洞的努力到头来都将是徒然无功，永远也不能成为一个完整的人。正如叙述者所说：我是一个看不见的人，不，我不是埃德加·爱伦·坡小说里神出鬼没的幽灵；我也不是你们在好莱坞电影里见到的鬼影。我是一个真实的人，有血有肉，甚至一样有智慧。所以说看不见，记住，只是因为人们拒绝看见我。

尽管在地下，但他的屋子点着 1369 盏灯，他说，这或许是全城最亮的地方

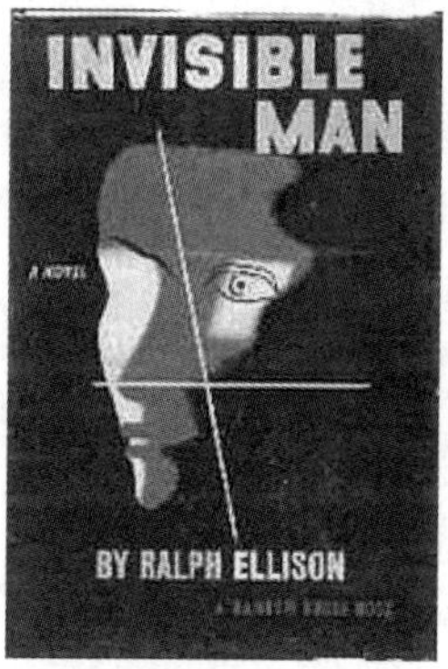

选择暴力的别格与试图自立的“无名无姓”的人是 20 世纪新黑人形象的代表，而最典型的黑人形象当属 19 世纪斯托夫人在小说《汤姆叔叔的小屋》(*Uncle Tom's Cabin*) 中塑造的老汤姆。说到老汤姆，我们就会想起奴隶主挥舞的皮鞭和老汤姆皮开肉绽的痛苦，还有奴隶在庄园中没日没夜的辛苦劳作，但这不是这部小说要表达的主要思想。在讨论《汤姆叔叔的小屋》之前，我建议大家看看 2014 年 86 届奥斯卡最佳影片《为奴十二年》，这部电影改编于所罗门·诺瑟普 1853 年的自传，记述了一个几乎和老汤姆同时代的黑奴的故事。所罗门随马戏团巡演时，在华盛顿被人灌醉，醒来后发现被人用铁链锁着，当做奴隶卖到了路易斯安那州的一个种植园，“从现在起，忘

掉你的名字”，从此，所罗门开始了12年的奴隶生活。每天要摘下200磅的棉花，摘不够就会遭受皮鞭毒打，和老汤姆一样，他也几次被抵债、转卖。从辩解、抗争到平静、绝望、麻木，《为奴十二年》没有用有压迫就有反抗来展现对奴隶制度的抗击，而是用忍气吞声、逆来顺受的平和视角解读弱者对“做真正的人”的要求，这一点和老汤姆有很大的相像之处，但斯托夫人更多的是用上帝基督之爱来捶打、唤醒那些善良和邪恶之人的心灵。实际上，这也与当时的美国社会实际情况相吻合，那时，对逃到北方的奴隶，伸出收留之手的主要是教会和教徒，这一点，我们在《汤姆叔叔的小屋》中都可以看到。下面，我们就从作者以及伊莉莎、哈里斯、小伊娃和老汤姆几个形象来解读一下这部伟大的小说。

哈丽特·比彻·斯托夫人（Harriet Beecher Stowe，1811—1896年）1811年出生于康涅狄格州，妈妈是虔诚的基督徒，爸爸是19世纪最著名的牧师。家里总共有13个孩子，几个兄弟都是知名牧师，姐姐于1824年创办了哈特福德神学院。21岁时，父亲任俄亥俄州辛辛那提市莱恩神学院院长，她随父前往，在那里一住就是18年。由于隔河相望就是蓄奴州肯塔基州，她在那里看见过很多逃亡的奴隶，也听说过很多奴隶的故事。在一次圣餐仪式上，她看见一个幻象：一个衣衫褴褛的老奴隶正遭受毒打，却宽恕了折磨他的人，这成了她创作的灵感，她在厨房的桌子上开始了这部名著的写作。

1850年，美国通过了第二部《逃亡奴隶法》，奴隶主可以到自由州追回逃奴，协助奴隶逃亡被定为非法行为，这部“恶法”激起了很多正义人士的愤慨。1852年，《汤姆叔叔的小屋》中奴隶的故事激发了北方废奴主义者的热情，出版后第一周就销售1万册，第一年销售30万册。在英国，第一版卖出20万册，随后几年达到150万册。小说被翻译成60多种语言，被改编后登上舞台和银幕，在美国国家的历史上永久地占据了一席之地。很多人相信这部小说让美国内战一触即发，甚至人们相信，林肯总统在与斯托夫人的第一次会面中说了这样的话：你就是那位写小说引发内战的小妇人（So you are the little woman who wrote the book that started this great war）。以前，从未有过一部文学作品会有能改变一个国家的影响力，那么，斯托夫人的小说为什么能有这么大的魔力呢？

1. 掐住奴隶制的第一恶——伊莉莎的母爱

斯托夫人1836年与莱恩神学院教授卡尔文·斯托结婚，生有7个子女，其中一个死于霍乱。失子之痛，让她能以一个母亲的视角来写作。斯托夫人通过小说告诉我们，奴隶制最大的罪恶不是奴隶主的皮鞭，而是它可以任意剥夺、无视人性中最不可剥夺的母爱，肆意制造妻离子散的人性悲剧。

故事开始于亚瑟和艾米丽·谢尔比的农场，他们都是有同情心的好人。汤姆、伊莉莎是他们的奴隶，伊莉莎和儿子哈里住在一起。亚瑟正与奴隶贩子黑利商讨卖掉汤姆和哈里，以偿还债务。伊莉莎无意中听到了这件事，就告诉了汤姆，汤姆说他不会逃跑，但他们一致认为伊莉莎一定要带着哈里离开，去找已经逃到加拿大的丈夫乔治·哈里斯。伊莉莎带着儿子哈里没命地一直跑到俄亥俄河，奴隶贩子追踪而来，伊莉莎除了跨过半冰半水的俄亥俄河别无选择，情急之下，连她自己都不知道是怎么样逃到了河的对岸，与她的丈夫团聚。

谢尔比原本没有打算卖掉伊莉莎的儿子哈里，在与黑利谈话时，哈里跑到了两人的屋里，主人就叫他给客人做表演，奴隶贩子喜欢上了哈里，就想买走他。小说不惜笔墨，生动地描述了哈里的招人喜爱和原本温柔的伊莉莎由母爱激发出的勇气和力量，就像一把尖刀直接插入读者人性的最柔弱之处。

> 一个四五岁的夸德隆（Quadroon）小男孩走进房间，一头绣花丝线般柔软有光泽的黑色卷发披在他带酒窝的圆脸上。当他好奇地打量着室内时，又长又密的睫毛下一双大大的黑眼睛充满着热切和温柔。他穿一件颜色鲜艳的红黄相间的格子罩衣，衣服做工精细，十分合身，更加衬托出他浅黑色华贵的美。那种带有害羞的滑稽的自信神态，表明他很熟悉主人对他的宠爱和关注。
>
> 孩子开始唱一支在黑人中流行的奇异而热情奔放的歌曲，他嗓音圆润清亮，边唱边用手、脚和身子做出许多滑稽而优美的动作，他的舞蹈和歌曲十分合拍。
>
> 哎，吉姆，学学库乔大伯犯风湿病走路的样子。孩子的四肢马上变成扭曲变形的样子，他驼着背，手里拄着主人的拐杖，一瘸一拐地在房间里走着，他稚气的脸皱成一团，一副愁眉苦脸的样子，学着老人的模样左一口右一口地吐着痰。

听到儿子就要被卖掉，伊莉莎脸色苍白，浑身颤抖，嘴唇紧闭，看起来与平时温柔害羞的她判若两人。这是个安静整洁的房间，跟女主人的卧室在同一层。房间里有一扇令人愉悦的向阳的窗户，她常坐在窗前唱着歌做针线活。房间里有一个小书橱，书旁放着各种精美的小物品，这些都是圣诞节的礼物，她简单的衣物都在壁橱和抽屉里放着。这是她的家，对她来说一直是一个幸福的家。床上躺着她熟睡的儿子，长长的卷发凌乱地落在他无意识的脸上，他红润的嘴半张着，胖胖的小手伸出被子外面，整个脸上洋溢着阳光般的笑容。

可怜的儿子，可怜的小东西！伊莉莎说，他们把你卖了！可是妈妈要救你！

没有眼泪滴落在枕头上，在这种困境中，心灵没有眼泪，它只滴着血——默默无声地流着鲜血。她拿出一张纸，一支铅笔，匆匆写道：啊，太太！亲爱的太太！不要认为我们忘恩负义——无论如何，不要把我往坏处想。我打算救出我的儿子，你不会责怪我的！愿上帝为你所有的仁慈而赐福给你！

伊丽莎告诉汤姆叔叔说，她的孩子被老爷卖了，她要带着他逃命

你到哪儿去，妈妈？当她拿着他的帽子和外衣走到床前时，他问道。

别做声，哈里，不要大声说话，一个坏蛋要来把小哈里从妈妈身边带走，在黑夜里把他弄到很远的地方去，可是妈妈不答应，她要给她的乖儿子戴上帽子，穿上衣服，带他逃走，这样，那个坏家伙就抓不到他了。

这是个星光灿烂的寒冷夜晚，母亲用披肩紧紧地裹着孩子，孩子因为莫名的恐惧而变得十分安静，他紧紧地搂着妈妈的脖子。

但是比其他一切更强烈的情感是母爱，由于可怕的危险的逼近，这母爱炽烈地爆发了。她的孩子不算太小了，可以跟着她走路了，如果不是这么紧急的情况，她本来会牵着他走的，可现在，只要一想到把他从怀里放下来，她就不寒而栗。她快速往前走，发狂地紧紧把他搂在怀里。

霜冻的大地在她的脚下发出嘎吱嘎吱的声音，这声音让她害怕的发抖；每一片树叶的颤动，每一个阴影的摇曳都让她心惊肉跳，她不由得加快了脚步。她对产生于自己体内的力量感到惊奇，因为她觉得抱在怀里的孩子似乎轻如鸿毛。而每一阵恐惧似乎都增强了那支撑她往前走的神奇力量，从她苍白的嘴唇之间经常迸发出急促而高声的祈祷：上帝啊，帮助我吧，上帝啊，救救我吧！

……

那一刻对伊莉莎来说真是生死攸关。她一把抱起孩子，跳下台阶，向河边跑去。在她就要消失在堤岸下面时，奴隶贩子清楚地看见了她，马上飞身下马，像逐鹿的猎犬，紧追而去。在那让人头晕目眩的时刻，她的脚似乎根本不沾地，一会就跑到了河边。他们在后面紧紧追赶，她鼓起上帝赐给那些身处绝境之人的巨大力量，狂叫一声，一个飞跃，跳过了岸边浑浊的激流，落在远处的冰块上。这是拼死的一跃，任何人——除非疯狂和绝望——要跳过去是不可能的。在她跳的时候，奴隶贩子本能地举起手尖叫起来。

在她的重压下，她脚下那块巨大的、绿色的冰块开始摇晃，发出嘎吱嘎吱的声响，但她在上面一刻也没停留。她发出一阵狂叫，鼓起惊人的勇气，跳到另一块冰上，接着又是另一块。她踉踉跄跄、蹦蹦跳跳，不顾脚下打滑，一次又一次地往上跳起！她的鞋跑掉了，袜子划破了，每一步都留下血迹，但是她什么也看不见，什么也感觉不到，直到隐隐约约看见恍若梦境的俄亥俄州一侧的河岸，有个男人拉她上了岸。

如果你什么都可以忍，那么，把你的孩子活活抢走，从此天各一方，这个，你还能忍吗？这就是斯托夫人作为女性作者，母亲视角的独到和厉害之处。

2. 我能做的和你们一样好——乔治的才能

伊丽莎的丈夫乔治·哈里斯是一个非常有才干的黑人，斯托夫人把这样的人物放在我们面前，首先是对黑人“愚昧无知没文化”的正名，或者说是平反。斯托夫人还嫌不够，又详细地描写了乔治·哈里斯遭受的比身体欺凌还要残忍的“软”暴力：主人家小少爷对他的人格侮辱。这样，在伊莉莎母爱的基础上，斯托夫人在我们柔弱的心口又插上了一把尖刀。同时，斯托夫人还把乔治·哈里斯描述为一个反叛者，甚至是一个暴力反抗者，这与老汤姆的性格截然相反，也为老汤姆形象的创造做了铺垫。

> 这年轻人被租出去在一家麻布厂干活，因为心灵手巧而受到器重，他发明了一台净麻机。他外表英俊，举止得体，受到厂里人的普遍喜爱。然而，在法律的眼中，这个年轻人不是人，而是物，他所有的一切都掌握在一个粗俗、狭隘而又残暴的主人手中。这个人听说了乔治的名声后。骑马赶到工厂，看看这个聪明的奴隶在干些什么。
>
> 他由乔治陪着参观工厂，看机器。乔治情绪极佳，说话流利自如，腰板挺得笔直，显得英俊潇洒，很有阳刚气概，弄得主人自惭形秽，很不自在。他的奴隶凭什么可以到处走动，发明机器，在绅士们中间昂首挺胸？他要马上终止这一切，他要带他回去，看他还敢不敢这样神气活现地四处走动。
>
> 乔治被带回去了，不得不干农场上最下贱的苦力活。他设法压下每一句不恭敬的话，但他那发亮的眼睛、忧郁和苦恼的面容却是无法压抑的，他用无声的语言明白无误地表明：人不可能成为物品。
>
> 一位十分人道的法学家说过，处置人最残暴的方法莫过于把他绞死。不过，还有一种更加残暴的办法。
>
> “就在昨天，我正忙着往马车上装石头，小少爷站在那儿用鞭子抽马。我尽可能温和地请他不要抽，他根本不听。我再一次恳求他，可他却冲我来了，开始打我。主人怒气冲冲地跑过来，说要教训我，让我知道谁是主人。他把我捆在一棵树上，为小少爷砍了不少细树枝，对他说可以用树枝抽我。小少爷真的照他的话做了！将来总有一天我会让他记住这件事的！”年轻人的脸色阴沉下来，眼睛里燃烧着怒火。“谁让这个人做我的主人？这是我想弄明白的。”

乔治和伊莉莎会合后，在继续逃亡的路上，又被追捕奴隶的人追上了。乔治毅然持枪自卫，还与追击他的人隔空喊话。他的话不仅是对奴隶制的控诉，更是对追求自由的呐喊：

> “我就是乔治·哈里斯，肯塔基州一位叫哈里斯先生的确把我当成他的财产，但是现在我是站在上帝自由土地上的自由人了，我的妻子和孩子应该属于我。我们有武器保卫自己，我们决心这样做。如果你们愿意的话，可以上来，不过最先进入子弹射程的人必死无疑，直到最后一个全都完蛋。”
>
> “年轻人，这根本不是你该说的话，你知道，我们是警察，法律、权力都在我们一边，所以你们最好还是老老实实投降为好。”
>
> “我很清楚法律在你们一边，还有权力。” 乔治悲愤地说，“你们想把我的妻子带到新奥尔良卖掉，把我的孩子像牛犊一样放到奴隶贩子的牲口圈里。你们想把我送回去鞭打折磨，让那些被你们叫做主人的人踩在脚下蹂躏；而你们的法律会证明你们做得正确——这更让你们和你们的法律蒙受耻辱！但是你们没有抓住我们，我们不承认你们的法律，我们不承认你们的国家，我们站在上帝的天空下，跟你们一样，是自由的。让创造我们的上帝作证，我们要为自由战斗到底。”
>
> 乔治发表他这篇独立宣言时正站在岩石顶端，身影清晰突出，黎明的霞光把他黝黑的脸庞照得通红，满腔的悲愤和绝望使他的眼睛放射出火一样的光芒。他说话时向上天举起手，就像在呼吁上帝伸张正义。

不愤，反抗，暴力，就是再老实的人也有爆发的时候，但斯托夫人认为这不算什么，她更想要说的是，“软”比“硬”更有力量，善良比刀枪更有力量。请往下看：

3. 等我一走，就给汤姆自由——小伊娃的心愿

在写了母爱遭到践踏、人格遭受侮辱之后，斯托夫人又写了一个白人小女孩与老汤姆的友谊。汤姆被奴隶贩子带走了，他和其他奴隶沿着密西西比河南下，在船上和一个叫伊娃·圣克莱尔的小姑娘成了朋友，当伊娃不慎掉下船的时候，汤姆救下了她，她的爸爸圣克莱尔买下汤姆以表感谢。汤姆陪着伊娃长大，加上都信仰上帝，他们变得更加亲密。两年之后，伊娃生病死了。伊娃的爸爸发誓要让汤姆自由，因为这是伊娃的愿望。

这个小女孩即将走上天堂之路前的善良和愿望，无疑又在我们的心上插上了一把刀。下面选取的这几段，小伊娃的每一句话，我就是读上一百遍，也会哽咽一百遍。斯托夫人借小伊娃之口，把奴隶制血淋淋的伤口就放在我们眼前，放在我们心口，我想，任何人读到这里，他的心脏都会颤动得难以忍受。

我要教他们阅读《圣经》，让他们能看懂别人写给他们的信

那孩子站了起来，小手指向天空。此时，晚霞照耀着她金黄色的头发和粉红的脸颊，呈现出圣洁的光辉。伊娃的目光热切地投向空中。“我去那儿，”她说，“我去光明天使那儿。汤姆，我不久就会去。”

忠心耿耿的仆人霎时觉得撕心裂肺般痛楚。他想起这半年来，小姑娘的手越来越纤瘦，呼吸也越来越急促。以前她在花园里嬉戏玩耍，一闹就是几个钟头，可现在没玩多久就疲乏无力了。汤姆常听奥菲利亚小姐提到伊娃的咳嗽用什么方子都不见效，就是现在，她滚烫的脸颊和小手还发着潮热呢。想到这些，汤姆似乎才领悟到伊娃话语的真正含义。

伊娃的心思全部放在了做善事上。她一贯慷慨宽容，近来又增添了一种女性特有的体贴温柔，让人感动。她还是和托普西及其他黑孩子们一起玩耍，只是现在更多的是站在一边看他们玩，并不亲自参加游戏。伊娃通常一坐就是半个钟头，先是含笑看着伙伴们奇特的恶作剧，后来脸上就蒙上了一层阴影，她的目光逐渐迷离，思绪也飘远了。

“妈妈，”有一天她突然对她妈妈说，“为什么我们不教仆人们看书呢？”

“什么话！你这孩子，可从来没有人这样干过呢！”

“为什么？”伊娃问道。

“因为读书对他们毫无用处，一点儿也不能让他们把活儿干得更出色。要知道，他们生来只是干活的。”

“可是，妈妈，他们应该懂得《圣经》，了解上帝的旨意。”

“有别人给他们念就足够了。”

“妈妈，可是我觉得每个人都要能自己读懂《圣经》，即使没人读给他们听，他们也非常需要的。”

“好了，伊娃。除了给仆人念《圣经》外，你慢慢会有许多事情要考虑的，哪里顾得上这个呢。我并不是反对给仆人念《圣经》，有空的时候我也那么做；可是，要是你需要打扮得漂亮出去应酬时，就没那个闲工夫了。看看这个，”她继续说，“看这些珠宝，以后你进入社交场合，它们就是你的了，我第一次参加舞会就是戴这个。”

伊娃拿起珠宝盒，从中取出一条钻石项链，若有所思地望着那些流光溢彩的钻石，她的心思显然不在这上头。

“这些值很多钱吧，妈妈？”

“当然，这些都是你爸爸特地让人从法国带回来的呢！”

“我希望，”伊娃说，“我能用它做点事情。”

“你想做什么呢？”

“我想把它们卖掉，然后在自由州买一块土地，再把我们家的仆人都带到那里去，我还会雇老师教他们读书认字。我要教他们读《圣经》，让他们能看懂别人写给他们的信。”

伊娃同样放不下那些爱她的，把她奉为光明和太阳的忠实的仆人。孩子们都是不善归纳总结的，但伊娃却是与众不同的早熟孩子，在她思想的海洋里，先前所目睹的种种奴隶制的罪恶总是历历在目，一遍遍游过。她模模糊糊地意识到应该为奴隶们做点什么，不只是家里的仆人，还有所有处在相同境遇下的奴隶。这种美好的企望与她目前日益憔悴下去的身子形成了鲜明可悲的对照。

伊娃蹦蹦跳跳地向她父亲走去。正值傍晚时分，夕阳的余晖在她身后形成了一道光环，伊娃身着白裙，披着一头金发，脸颊绯红，她的眼睛因为体内发热而异常明亮。圣克莱尔望着女儿慢慢靠近，她在夕阳中的形象让他突然有心如刀绞的感觉，人世间竟然有这种美，美得如此炫目，又美得如此脆弱！他本来是让她过来看为她买的小塑像的，现在却全忘了，而是一把将伊娃揽在怀中。

“爸爸，”伊娃突然坚定地说，“我有好多事情要告诉你，现在我身体很好，就说出来吧！”

伊娃在她爸爸的膝头坐了下来，圣克莱尔不禁浑身打颤。她把头靠在他胸口，缓缓地说：

“爸爸，我是不用瞒你的，我就要离开你了，永远也回不来了。”伊娃哽咽起来。

“哦，伊娃，我亲爱的宝贝，”圣克莱尔不由得颤抖起来，可是他还竭力强装笑颜，说，“你只是神经衰弱，精神不济罢了，可不准胡思乱想啊！你瞧，我给你买了个小塑像！”

“不，爸爸，”伊娃把小塑像轻放到一边，说，“您别再骗自己了。我的身体一点都没有好转，我心里很清楚，我就要离开您了，很快就走。我不是神经衰弱，也不是精神不济。要不是因为想着您和朋友们，我会觉得非常幸福的。真的，我很愿意去呢！”

“噢，我的心肝，你小小年纪怎么会有这么悲观的想法呢！你看，所有能给你的、能让你快乐的东西，你都拥有了啊！”

“可是我还是宁愿到天国去，虽然说因为朋友们在这儿，我也想留在这儿，可这里有好多东西都让人太伤心了，太害怕了，我更愿意到天国去。可是，爸爸，我实在不愿意离开您啊！我的心好疼啊！”

“伊娃，亲爱的孩子，这儿有什么东西让你伤心害怕呢？”

“哦，是人们都习以为常，一直在做的事情。我真为家里的仆人们难过，他们对我那么好，那么爱护我，可是他们多可怜啊！爸爸，我真希望他们都是自由的！”

“哦，我的乖女儿，他们不是过得很不错吗？”

“可是，爸爸，要是您出了什么事情，他们可怎么办呀！像您这么仁慈的主人有几个呢？艾尔弗雷德伯伯不是，连妈妈也不是。再想想那可怜的普吕的主人吧，他们做的事情多可怕啊！”说到这儿，伊娃不由得打了个冷战。

“孩子，你太敏感了。我真后悔让你听到这些事。”

“爸爸，那正是我烦恼的。您想让我过得好好的，不遭受任何痛苦和不幸，甚至连一个悲惨的故事都不让我听到；可是那些黑人呢，这些可怜的人一无所有，除了贫困、苦难和无尽的悲伤。这太自私了！我应该知道那些事情，应该去同情他们。这些事情深深地印在我心中，挥之不去，我反反复复地思考它们。爸爸，难道没有什么办法让这些黑奴获得自由吗？”

“这是个很困难的问题，我亲爱的孩子！”圣克莱尔说，“这种制度确实糟透了，很多人都这么认为，我也是这么想。我也和你一样衷心希望这世上没有一个奴隶。可是，目前我并不知道怎样才能解决这个问题。”

“噢，爸爸，您是个好人，高贵仁慈，别人都对您言听计从，您能不能到处走走，劝大家都正确地处理这个问题？爸爸，我死了之后，您一定会想念我的，对不对？您也肯定会为我去做这件事情的，对吗？”

“你死了之后？噢，宝贝，我的心肝，你怎么能对爸爸说这种话？你可是我生命的一切啊！”圣克莱尔非常动情地说。

“可怜的老普吕的孩子也是她生命的一切啊！可是她只能听着她孩子的哭声，一点办法都没有。爸爸，这些可怜的人爱他们的孩子，就像您爱我一样。噢，爸爸，为他们做点什么吧！我亲眼看到，可怜的妈咪一提到她的孩子们，就放声大哭，她爱他们呀！汤姆也爱他的孩子们呀！可是这些骨肉分离的事却天天都在发生。爸爸，这多可怕啊！”

“好的，好的，亲爱的，”圣克莱尔安慰道，“你别伤心了，伊娃，别再说死，爸爸愿意为你做任何事情。”

“噢，那您就答应我，亲爱的爸爸，让汤姆获得自由，一旦，”伊娃顿了顿，迟疑了会儿，说，“一旦我离开之后。”

“我答应你，宝贝，我愿意做任何事情，只要你高兴。”

“亲爱的爸爸，”伊娃将滚烫的脸颊贴在她父亲脸上，“我真希望我们能一起去。”

“去哪儿，宝贝？”圣克莱尔问道。

“当然是去基督的家园啊！那里温馨，宁静，大家互助互爱，”伊娃说着，就像在谈论一个她熟识的地方，“您不想去吗，爸爸？”

> 圣克莱尔将孩子抱得更紧了，没有回答。

我只能说，斯托夫人好残忍啊，先用母爱的刀子剥开我们的心，再用一个小女孩的善良天真和父爱的无助无奈补上一刀。

4. 我真心诚意地宽恕你！——老汤姆的“殉难”

现在该说说老汤姆了。伊娃死后，圣克莱尔突然暴病而亡。汤姆和女奴爱米琳被凶狠卑鄙的列格里买下。列格里的农场就是一个地狱，汤姆和另一个女奴卡西关系很近，卡西跟汤姆合谋要杀死列格里，汤姆没有同意，卡西和爱米琳设计了一个计划，随后就藏起来了。列格里威胁汤姆，如果不告诉那两个女奴的下落就杀死他。汤姆宁死不说，于是遭到列格里和监工的毒打。在最后时刻，汤姆对上帝的虔诚和宽恕改变了正在毒打他的监工，两个人转而相信上帝。令人悲哀的是，就在谢尔比的儿子乔治赶来赎买汤姆的时候，汤姆死了。乔治发誓要做一些事情结束奴隶制，回到肯塔基农场后，他就让他的所有奴隶自由了。

在斯托夫人笔下，汤姆绝不单单是一个奴隶主皮鞭下的穷苦奴隶，相反，在谢尔比家，在伊娃家他都过着相对幸福的生活，甚至还有幸福的家庭，他的诚实、勤劳、善良受到了所有人的赞赏和喜爱。汤姆也不像别格，他绝对没有杀人还要砍下头颅的血腥暴力，他也不会像乔治·哈里斯那样去反抗不公，甚至主人要卖掉他，他有的只是对主人的理解和遵从。斯托夫人用大量的篇幅，写了汤姆的《圣经》和信仰的力量，也许，她要告诉我们的是，那个不识字的黑人汤姆，在白人自诩高人一等的文明与开化上也毫不逊色。基督的爱照在每一个人的身上，当然也照在黑人身上，黑人也是人，同样是基督的孩子。在主人逼他说出两个逃跑奴隶的下落时，汤姆像他的救主一样，舍出自己的肉身，他知道如果要救别人，就不能救自己，无论多么极端的残酷手段都无法逼他吐出实情，他用自己的生命彰显了基督的荣耀。

> 汤姆听到叫他，心中预感不妙，因为他知道逃跑者的藏身之处。他知道他必须对付的这个人的狠毒天性和暴君般的权力，但对上帝的信念使他感到坚强，他宁愿死也不出卖那两个孤苦无助的人。
>
> 他把筐子放在垄边，仰望苍天说道：我把灵魂交在你的手中！你已经救

赎了我，啊，真理之上帝啊！然后平静地让昆宝粗暴凶狠地抓住他。

“这一下你可有苦头吃了，老爷气得火冒三丈呢，这回你可逃不掉了。你竟敢帮那些黑鬼逃跑，看你有什么好果子吃！”

这些狠毒的话一句也没有入他的耳，一个更高的声音说：不要害怕那些杀害肉体的人，杀了肉体之后，他们就再也无计可施了。这些话让那可怜人身体内的神经和骨骼都产生了共鸣，仿佛受到了上帝手指的触动，他觉得体内有一千个人的力量。当他往前走的时候，树木、灌木丛、奴隶住的小屋以及他受屈辱的全部场景都飞快地从他脑中掠过，就像在飞速行驶的车中所见的景物一样。他的灵魂颤动着，他的家已经看得见了——解脱的时刻似乎就在眼前。

“哎，汤姆！”列格里走到汤姆跟前，恶狠狠地一把抓住他的衣领，郁积已久的怒气一下子爆发出来，他咬牙切齿地说：“你知道我已经下决心要你的命了吗？”

“很有可能，老爷。”汤姆平静地说。

“我已经，”列格里用极其可怕的平静语气说，“下——决——心，汤姆，除非你把那两个娘们的事告诉我！”

汤姆站在那儿一言不发。

“你听见了吗？”列格里跺着脚，像一头愤怒的狮子吼叫着，“说！”

“我没有什么可说的，老爷。”汤姆缓慢、坚定、从容不迫地说。

“你这个老黑鬼基督徒，你胆敢对我说不知道？”列格里说。

汤姆沉默不语。

“说！”列格里咆哮着狠狠地打了汤姆一拳，“你知道什么情况吗？”

“我知道，老爷，可是我不能说。我可以死！”……

汤姆抬头看着他的主人，回答道：“老爷，如果你有病或是有灾，或者要死了，而我能救你的话，我会把我的生命献给你；如果抽干我这老骨头身上的每一滴血能拯救你那宝贵的灵魂的话，我会自愿地献出来，就像主耶稣为我流血一样。啊，老爷！不要让你的灵魂背上这个罪孽吧！这对你的伤害比对我的伤害还要大啊！随你怎么折磨我吧，我的痛苦很快就要结束了，可是你如果不忏悔，你的痛苦就永无止境！”

血腥和残暴的场面骇人听闻，让人心惊。有些人敢做的事，有些人却不敢听。我们同胞和教友会中的一些人所受的苦难即使在密室中都不能说出来，因为这会折磨人的灵魂！可是，啊，我的祖国，这些事都是在你的法律庇护下做出来的呀！啊，基督！你的教会看见了这一切，却几乎一直保持沉默！

“他快要死了，老爷。”昆宝说，他不由得被汤姆的坚韧所打动。

“接着打，打到他屈服为止！给我打！给我打！”列格里吼叫着，“他要是不说，我要放干他身上的每一滴血！”汤姆睁开眼睛看着他的主人。“你这个可怜虫！”他说，“你对我再也无可奈何了！我真心诚意地宽恕你！”说完就昏死过去了。

啊，亲爱的汤姆叔叔，醒醒吧，再说几句话吧！睁眼看看吧，乔治少爷来了，你的小少爷乔治。你不认识我了吗？

眼前的景象似乎渐渐地唤醒了他的灵魂，茫然的眼神定住了，发出了亮光，脸上露出了笑容，僵硬的双手交握在一起，眼泪从面颊上流了下来。

“感谢上帝！这——正——这正是我盼望的啊，他们没有忘记我，这使我的灵魂感到温暖，让我苍老的心得到安慰！现在我死也心满意足了！感谢上帝吧，我的灵魂！”

“你万万不能死，我来就是要赎你，带你回家去。”乔治十分急切地说。

“啊，乔治少爷。你来得太迟了，上帝已经赎下我，就要带我回家了。我盼望随他而去，天堂比肯塔基还要好啊。”

“啊，别死，这会要我的命的！一想到你受的苦。还躺在这么一间破屋子里，我的心都要碎了！可怜的人啊！”

“不要叫我可怜人！”汤姆庄严地说，“我过去是个可怜人，可是现在一切都过去了。我正站在天国的门口！啊，乔治少爷！天国已经降临！我已经得胜了，是主耶稣给我的胜利！愿荣耀属于主的名字！”

如果小说到此结束，老汤姆只能是一个信仰的捍卫者和献身者，而斯托夫人在他最后的弥留之际，又把他还原成一个有血有肉有亲情的俗人，就如我们身边亲爱的长辈、丈夫和熟悉的老同事，老朋友：

> “你千万别告诉克洛伊，可怜的女人，别告诉她我现在这模样，她听了会难受的。啊，可怜的孩子们，还有小娃娃！每次想到他们，我这颗苍老的心都要碎了！代我问候老爷、让人尊敬的好太太和庄园里的每个人！你不知道！我觉得自己爱他们所有的人，爱每个地方的每一个人！我心中只有爱！啊，乔治少爷！做一个基督徒多好啊！”

一个最亲、最熟悉的人就这样死了。凶手是谁呢？奴隶制！当这种悲愤的力量爆发出来，引起一场惨烈的内战不是太正常了吗？

下一单元，我们接着谈谈颁布《解放黑奴宣言》的伟大总统林肯和他那篇永垂史册的《葛底斯堡演讲》。

西蒙·列格里：我要放干他身上的每一滴血！

Unit 17

《葛底斯堡演讲》——一场战争，一所学院

《罗伯特·E. 李给儿子的信》——一位将军，一所大学

Highlights from the sesquicentennial commemoration of the battle of Gettysburg

战争是最后的妥协：葛底斯堡学院葛底斯堡战役150周年庆典

林肯总统：87年前，我们的先辈给这片新大陆带来了一个新国家，它孕育于自由之中，致力于人人平等

罗伯特·爱德华·李将军：我们只有一个守则，每个学生都应该是一个绅士

When choosing a college，you are choosing an intellectual community and a place where you believe that you can live，learn and flourish.

在选择一所大学的时候，你就是在选择一个洋溢着知识和书香的社区，一个你确信能够生活、求知和充满勃勃生机的成长之地。

葛底斯堡学院 (Gettysburg College)

30 年的时间里，我与《葛底斯堡演讲》有过 3 次结缘。

1985 年秋天，我大学毕业开始读研究生，那时，全校各专业的研究生加一起不超过 30 人，很多都不是应届毕业生。我和大我 9 岁的戴大哥住在一个寝室，他个子细高，说话慢条斯理，做事稳稳当当，如果不是经常穿着旧军装，很难看出他曾当了十几年的兵。一天早晨，我正在宿舍做托福考试练习题，他说，我试试。一声不响地做完后，他告诉我正确率在 95% 以上，我当时就惊呆了，要知道，我连很多题目都看不懂。此后，他经常给我讲一些英美历史上的重大事件、战争、名人典故，很多英语名篇他都能随口背诵出来。比如《葛底斯堡演讲》(*Gettysburg Address*)，我至今还记得他严肃、平静的语调：

> Four score and seven years ago，our fathers brought forth on this continent a new nation，conceived in Liberty，and dedicated to the proposition that all men are created equal.（八十七年前，我们的先辈为这个大陆带来了一个新国家，它孕育于自由之中，致力于人人生而平等）。

那时，我是第一次知道 20 年这个单词除了“twenty”还有“score”，爸爸这个词“father”还可以用来表示先辈或国父，“人人生而平等”原来用英语这么说。他还送我一本书《美国文学选读》，我从此知道英语原来不只是课本和考题，还可以这样学。我一直认为，戴大哥是我英语学习的启蒙老师。在专业上，他还是计算机编程的高手，翻译出版了《计算机操作系统》等书籍。其实，大学的价值就在于它是遇到和你经历完全不同的高人的地方。

2004 年秋天，我女儿刚上初一，需要做一个课堂演讲，我们买了一本《响彻世界的声音——英美20篇名人演讲》，其中第一篇就是《葛底斯堡演讲》，女儿回到家趴到床上就开始看。我说，这篇演讲生词太多，历史背景你也不理解，最好还是别选。女儿用了三天时间，居然在课堂上给大家做了这篇演讲的表演。天知道她是怎么记住了那么多又长又难的生词，比如有conceived，dedicated，还有查字典也说不清什么意思的proposition。

2008年秋天，高二的女儿准备和高三的同学一起申请美国大学。申请哪一所呢？冲击哈佛、耶鲁肯定目标太高，只能一所一所地查其他不了解的学校。我们惊喜地发现居然有一所叫葛底斯堡的学院，还真和葛底斯堡战役有关。每年秋天，新入学的学生都会像当年一样，从小城出发徒步前往那个历史遗址，倾听一位嘉宾朗读林肯的演讲词，这已经成为一项全国知名的传统。在懵懂与兴奋之中，我们就申请了这所大学，后来接到了招生办"等待录取"的通知信，尽管有点遗憾，但有这样近距离的接触，我们还是非常高兴。

葛底斯堡学院有一道申请作文，题目是这样的：

> Gettysburg College students are engaged learners and make a difference both on and off campus through their academic and extracurricular activities. Describe a situation in which you have made d difference in your school or community and what you learned from that experience. Characters available 750。
>
> 葛底斯堡学院的学生个个对学习充满热情，无论课程学习还是课外活动，无论校内还是校外都力争与众不同。描述你所经历过的一件事情，无论发生在学校还是你所在的社区，你如何展现了你的与众不同和对他人的影响，从这个经历中你学到了什么？750字符以内。

那么，这到底是一所什么样的学校呢？我们先看一位学校历史上的重要人物，葛底斯堡战役时期担任第二任校长的亨利·刘易斯·鲍尔。

林肯总统在《葛底斯堡演讲》中这样评价战死的士兵：The world will little note, nor long remember what we say here，but it can never forget what they did here.（这个世界不会注意，也不会长久牢记我们在这里说的话，但是它永远也不会忘记勇士们在这里的英雄事迹），葛底斯堡学院的网站也用“Little noted，nor long remembered”（不会注意，也不会长久牢记）来评价鲍尔。鲍尔1826年毕业于迪金森学院，1831年，他来到宾夕法尼亚学院，就是现在的葛底斯堡学院教授希腊古典文学，做了18年的系主任。1850年，校董事会全票通过请他担任第二任校长。鲍尔精力充沛，做事高效，他认为尊敬上级、尊重权威、遵守规则是一个人品格形成的重要元素，这一点和葛底斯堡战役中南军司令李将军的教育理念极其相似。

葛底斯堡学院1832年建校伊始就获得了良好的学术声誉，以“小校园的感受，大校园的资源”为自豪。200英亩的校园比邻葛底斯堡国家战争公园。学校离巴尔的摩一小时，离华盛顿90分钟，离费城2个小时。该学院是为数不多的为本科生提供一对一导师的学校，半数以上的学生攻读双学位或辅修课程，57%的学生校外学习一学期，其中商科的一门课程是“华尔街盗贼——21世纪的白领犯罪”（The Bandits of Wall Street： White Collar Crime in the 21st Century），以案例教学的方式讨论发生在安然、世界通讯、阿德菲亚（Enron、Worldcom、Adelphia）等公司的丑闻以及医生诈骗美国医疗补助金等案件。

2012—2013年，葛底斯堡学院奖学金达到4700万美元，覆盖67%的学生，基于需求的资助最高达到4.3万美元。在校生2600名左右，有68个专业，师生比1 ：10，平均班型18人，学生来自40个州，35个国家，很多毕业生获得罗德、富布莱特奖学金。1835年建立的校友会是全美最早的，有很多获得诺贝尔医学奖、总统候选人等荣誉的知名校友。职业准备项目、国际校友网络保证了学生的实习和就业机会，一年之内就业和考研率达到95%以上。学校说：这里没有旁观者，通过实践性的学习，强大的职业网络，数不胜数的合作课程、实习服务、校外活动，学生的领导力得到锻炼和培养。校长珍妮特·摩根·里格斯女士是这样评价学校的：

> 葛底斯堡是值得你探寻的美丽地方，学校道路两旁绿树掩映，建筑庄严，彰显文理教育的遗风。学校坐落于美国最有名的小镇，学校的历史与国家最具有决定性的历史时刻紧紧相连。作为生活在这个特殊之地的公民，我们深知自己的责任。在这里，打响了美国内战具有决定性的一次战役，在这里，林肯总统发出了抚慰国家分裂创伤的话语。

小校园的感受，大校园的资源（Small Campus Feel, Big Campus Resources）

那么，在这场伟大的战役中，葛底斯堡学院到底发生了哪些神奇的故事呢?

1832 年建校时，国家分裂的紧张气氛已经显现。5 年后，学校搬到宾夕法尼亚楼（Pennsylvania Hall），这块土地是由废奴主义者斯蒂芬（Thaddeus Stevens）捐献的，他最著名的贡献是起草了宪法第 14 修正案，给予所有州的居民全部公民权，黑人从此至少在法律上有了身份。内战爆发时，葛底斯堡学院 200 多名校友或服务于联邦，或参加了南方联盟。1863 年 7 月 1 日，南军司令罗伯特·李将军突袭葛底斯堡的联邦部队，期望赢得联邦对南方联盟的承认，葛底斯堡战役开始。战役第一天，南北双方的军队都曾占据校园，宾夕法尼亚楼成为救治几百名伤员的临时医院。

战役结束，南军战败撤退。双方伤亡 5 万多人，两军在战场留下七千多具遗骸。一周后，尸体腐烂的恶臭让人作呕。32 岁的检察官，葛底斯堡学院 1851 年毕业生大卫·威尔斯（David Wills）建议宾夕法尼亚州政府买下 17 英亩（69000 平方米）的土地作为墓园之用。

几个月后，墓地落成。威尔斯邀请曾任参议员、马塞诸塞州州长、哈佛大学校长及美国国务卿的爱德华·埃弗雷特先生（Edward Everett）作为落成典礼主讲人，事后才想起邀请林肯总统参加揭幕式，并在埃弗雷特先生演讲之后，“说几句适当的简短评价”。

1863 年 11 月 19 日，葛底斯堡士兵国家公墓举行落成典礼，小城的居民、学生、教师都赶来参加，有幸聆听了林肯总统的不朽演讲。第一个演讲者爱德华·埃弗雷特是当时非常有名的演说家，他在人群面前侃侃而谈了两个小时，林肯是第二个演讲者。

葛底斯堡学院的宾夕法尼亚楼：平时的学校，战时的医院

11 月 20 日，埃弗雷特在给林肯的信中写道：请允许我表达对你伟大思想的崇高敬意，简单流畅，言辞适当，与公墓的神圣相辅相成。我很高兴可以这样说，如果我在两个小时的演讲中接近了那个境界，那么你在 2 分钟的时间里就做到了。

1865 年 6 月 1 日，参议员查尔斯·桑诺在为林肯总统所做的悼词中，把《葛底斯堡演讲》称为“不朽的丰碑”，并借用《葛底斯堡演讲》中“the world will little note，nor long remember what we say here.”（世界不会注意，也不会长久牢记我们在这里说了什么）这句话说：“The world noted at once what he said，and will never cease to remember it. The battle itself was less important than the speech.”（世界立刻就注意到林肯的讲话，并且永远也不会忘记，与这篇演讲相比，葛底斯堡战役甚至都变得不那么重要了）。

林肯亲笔所写的葛底斯堡演讲稿有 5 个版本，每个稍有不同，按照最早得到讲稿的人排列，分别是尼古拉、海、埃弗雷特、班克罗夫特和布利斯（Nicolay，Hay，Everett，Bancroft and Bliss）版本。林肯总统把两个给了他的私人秘书尼古拉和海，现在收藏在国会图书馆。其余三个都是在演讲之后为筹资所写。埃弗雷特的版本收藏在伊利诺伊州历史图书馆，班克罗夫特的版本收藏在纽约州的康奈尔大学，布利斯的版本在白宫的林肯室。与广为流传的说法相反，这篇演讲稿不是在前往葛底斯堡的火车上匆忙完成的，而是事先做了精心准备，每个版本的笔迹都那么清晰有力，不可能是在战时颠簸的火车上写就的。

1864 年林肯总统重新誊抄的布利斯版本被广为复制，还挂在了华盛顿林肯纪念堂的墙上。布利斯是班克罗夫特的继子，班克罗夫特曾请林肯总统抄写这篇演讲作为筹资所用，然而，林肯总统把稿子写在了纸的正反面，不能复制。为此，应布利斯的请求，林肯又写了一遍。这个最后的版本流传最广，也是唯一签署了林肯名字和日期的版本。

历史厚重的葛底斯堡学院：林肯在这里发出抚慰国家创伤的话语

好，屏住呼吸，现在我们可以好好朗读一下这篇永垂史册的演讲了。记住，这篇演讲只有 10 个句子，用时 2 分钟，就在很多人还没准备好的时候，林肯总统的演讲已经结束了。记住，一定要背诵下来！

Four score and seven years ago，our fathers brought forth on this continent，a new nation，conceived in Liberty，and dedicated to the proposition that all men are created equal.

Now we are engaged in a great civil war，testing whether that nation，or any nation so conceived and so dedicated can long endure. We are met on a great battle-field of that war. We have come to dedicate a portion of that field，as a final resting place for those who here gave their lives that that nation might live. It is altogether fitting and proper that we should do this.

But，In a larger sense，we can not dedicate—we can not consecrate—we can not hallow—this ground. The brave men，living and dead，who struggled here，have consecrated it，far above our poor power to add or detract. The world will little note，nor long remember what we say here，but it can never forget what they did here. It is for us the living，rather，to be dedicated here to the unfinished work which they who fought here have thus far so nobly advanced. It is rather for us to be here dedicated to the great task remaining before us—that from these honored dead we take increased devotion to that cause for which they gave the last full measure of devotion—that we here highly resolve that these dead shall not have died in vain—that this nation，under God，shall have a new birth of freedom—and that government of the people，by the people，for the people，shall not perish from the earth.

八十七年前，我们的先辈为这个大陆带来了一个新国家，它孕育于自由之中，致力于人人生而平等。

现在，我们正在进行一场伟大的内战，这场战争将检验这个国家，或任何一个如此孕育并追求同样理念的国家是否能够长久永存。我们在这场战争中的一个伟大战场相聚。我们在此奉献一块土地，作为那些为了这个国家的生存而付出生命之人的长眠之地，我们这样做是完全合适和正确的。

然而，从更大的意义上说，我们无法奉献这片土地，也无法使之静穆庄严，更无法使之高尚神圣。那些勇敢的人，无论活着还是死了的，他们曾在这里战斗，他们已经让它变得神圣伟大，远远超过我们微薄的力量所及，无论为它增光还是减色。这个世界不会注意，也不会长久牢记我们在这里说过的话，但它永远也不会忘记勇士们在这里的英雄事迹。对于我们这些活着的人来说，真正要做的是献身于勇士们未竟的崇高事业。我们要做的是献身于留在我们面前的伟大使命——他们已光荣牺牲，而我们会更加献身于他们为之付出一切的事业——我们在这里坚定地承诺烈士的鲜血绝不能白流——这个国家，在上帝的庇佑下，将会获得一次自由的新生——这个民有、民治、民享的政府一定不会从地球上消失。

那么，这篇演讲到底是因为什么立刻就风靡传颂并永垂史册了呢？我想，除了埃弗雷特先生的评价，一个直接原因是句子言辞优美、感情诚挚、思想有深度，这几个元素同时做到极致，不可能不产生经典。美国的政治家，尤其是优秀的政治家都是演讲、辩论、写作的高手，一旦处于伟大的时代，伟大的作品就会应运而生。林肯如此，华盛顿、杰斐逊、西奥多·罗斯福、马丁·路德·金、肯尼迪都是如此。另一个原因是这篇演讲成为那场战役、那场内战、那个时代让人们铭记的标志性符号，每当人们诵读起“八十七年前，我们的先辈……”这个句子，人们立刻就会想起战场的硝烟和生命的消亡，战争在人们心口上割裂出的伤口立刻就会历历在目。如果你再仔细了解一下这场战役，对这篇演讲就会有更深的体会。

伟大的演讲，记录伟大的战场

你一定会问，为什么一定要打这样一场死亡超过60万人的内战呢？其实，在林肯演讲的87年前，独立战争刚刚爆发的时候，南北分歧的种子就已经种下。独立战争结束时，13个殖民地各自都是一个独立国家，只是为了共同的利益，通过制定《宪法》的方式，自愿结成联邦国家这个共同体。既然是自愿组合，那么自愿退出也不是没有一点道理。但是，如果导致联邦解体的原因是维护奴隶制还是废除奴隶制，那就是一个要人性还是不要人性、要正义还是不要正义的问题了。“人人生而平等”这个人性与自由的理念还要不要坚持，民有、民治、民享的政府还要不要维护，在当时已经是摆在美国社会和大众面前的一道必须回答的选择题。北方废奴声音的高涨和南方维护奴隶制的顽固我们在《汤姆叔叔的小屋》中已经看得很清楚了，政治家如何抉择也是一道不得不回答的选择题。

在1865年3月4日的第二次总统就职演说中，林肯总统揭示了战争不可避免的原因：我们全部人口的八分之一是黑人奴隶，但他们不是普遍地分布在整个联邦，而是集中在南部地区。这些奴隶构成了一种奇怪而强大的利益，所有的人都知道正是这种利益以某种方式引起了战争。叛乱者甚至不惜通过战争分裂国家的目的就是为了加强、持续并且扩展这种利益，而政府要求的只不过是有权力限制这种利益在地域上的扩大。

战争是最后的妥协。奴隶制一直就是南北各州争执的焦点，政治家一直用他们的睿智、妥协来解决这个问题，直至一场战争非打不可。在这里，我们简要回顾一下，看看政府是如何竭力限制奴隶制在地域上的扩大，看看奴隶制是如何让美国一步步地走向内战？

1619年，第一批载着非洲奴隶的海盗船来到英国的第一个殖民地詹姆斯郡(Jamestown)，在北美播下了奴隶制的种子。1787年制宪会议上，“五分之三人口法”让奴隶制的炸弹没有引爆。1803年路易斯安那购买之后，西部新地区是以蓄奴州还是以自由州加入联邦，成为南北双方争论的核心。1819年，蓄奴州密苏里申请加入联邦，当时南北双方蓄奴州和自由州数目相等，是否实行奴隶制对两方的利益直接相关。众议院批准了“塔尔梅奇修正案”，禁止密苏里州实行奴隶制，但遭到参议院否决。1820年，北方的缅因州以自由州身份申请加入联邦，众议院议长亨利·克莱提出了著名的《密苏里妥协法案》（*Missouri Compromise*），以北纬36.5度为自由州和蓄奴州的分界线，密苏里得以用蓄奴州身份加入联邦，南北力量再一次均衡，奴隶制的炸弹又一次哑火。

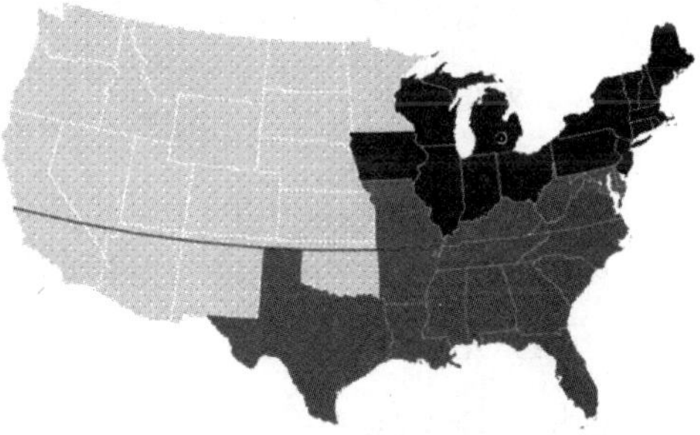

36.5° 密苏里妥协案分界线。杰斐逊说，密苏里危机为联邦敲响了丧钟

1836年美墨战争后，美国获得加利福尼亚、内华达、科罗拉多、亚利桑那、新墨西哥、得克萨斯州。1850年，第12任总统扎卡里·泰勒支持加利福尼亚和新墨西哥两个地区以自由州身份加入联邦，南部各州强力反对，并以脱离联邦相要挟。亨利·克莱再一次提出妥协法案（Compromise of 1850），加利福尼亚作为自由州加入，组建新墨西哥和犹他两个州，按人民主权原则决定奴隶制存留，争议再一次得到推迟，但联邦的丧钟却越敲越响。

1850年的美国，正是《汤姆叔叔的小屋》里那个奴隶制最为黑暗的年代，国会通过了一部法律《逃亡奴隶法》（*Fugitive Slave Act of 1850*），允许追捕已逃到北方的奴隶并交还给奴隶主，藏匿或阻碍法律执行的人将受到严厉处罚，只要奴隶主声称某个奴隶是他的，法律就予以承认。《逃亡奴隶法》颁布后引发抗议和集会，北部各州成为庇护逃奴的基地，像《汤姆叔叔的小屋》里的伊莉莎、哈里斯那样的逃奴得以获得自由。

1857年，最高法院也赶来帮倒忙，公然支持奴隶制。《斯科特诉桑福德案》（*Dred Scott v. Sandford*）的判决不仅严重损害了美国最高法院的威望，更成为引发南北战争的导火索。斯科特是密苏里州一个军医的奴隶，随主人在自由州伊利诺伊生活过，也在北纬36.5度分界线以北的准自由州威斯康星生活过。主人死后，斯科特向密苏里州法院起诉，以在自由州居住过为由，要求获得自由。首席大法官罗杰·坦尼对此案做出判决：

1. 黑人不是宪法意义上的联邦公民。自1787年联邦宪法颁布以来，黑人一直被作为低等人种，他们从未得到过白人生来就有的权利。因此，将黑人当做奴隶对待合理合法。

2. 斯科特在伊利诺伊州居住并不能改变他的奴隶身份，只要回到密苏里州，他的身份就由密苏里州法律来决定。

3. 威斯康星作为准自由州的法律依据是《密苏里妥协法案》，但国会无权赋予任何地方政府违反宪法相关条例的权力，因此《密苏里妥协法案》违反宪法。

最高法院通过《斯科特诉桑福德案》为奴隶制合法盖棺定论，但它能盖住法律，却盖不住人心。1858年，一场声势浩大的争论在美国拉开，这就是著名的1858年林肯—道格拉斯论战。

林肯的统一论：分裂之屋，不能持久。美国要么允许全面废奴，要么彻底废除奴隶制，国家不能永远保持半蓄奴半自由的状态。

道格拉斯的特色论：美国疆域辽阔，适合一个地方的制度，对其他地方并不一定是最佳选择。70年来，美国一直处于一半废奴、一半蓄奴的状态，为什么不能继续下去呢?

林肯的正义论：美国在半蓄奴半废奴的状态下存在这么多年，是因为建国先辈们相信，奴隶制只是暂时的。我没打算提议让白人和黑人实现政治和社会平等，但是，黑人没有理由不享受独立宣言里列举的所有与生俱来的权利，包括生命权、自由权和追求幸福的权利。黑人吃自己亲手赚来的面包的权利，跟我、跟道格拉斯法官、跟所有人都是平等的。

道格拉斯的现实论：我无法接受让黑人跟我平起平坐，我不承认他们是我的兄弟。不过，这并不意味着我认为黑人一定得是奴隶，黑人应该享受所有不对社会安全构成威胁的权利。

1860年，共和党提名林肯为总统候选人，林肯获北部自由州的所有选举人票，但遭到南方各州的集体抵制。肯塔基州参议员提出《克里坦登协议》，把36.5° 分界线延伸到现有和以后可能的领土，永久保持现存的蓄奴制。对此，林肯坚决予以否决。他说，如果妥协，那么我们所有的努力都将付之东流。如果麻烦要来，那就让它现在就来吧，总比以后再来要好得多。

这一次，妥协没有再一次庇护美国。1860 年 12 月，南卡罗来纳州宣布独立，1861 年 2 月，南部州建立南部邦联（Confedrate State of America），戴维斯当选为总统。他说，妥协的时代已经过去，任何能改变我们决定的只有武力，他们将闻到我们南方枪炮的火药味，他们将感觉到我们南方人刀剑的寒气。

1861 年，南北战争爆发。1863 年 1 月 1 日，林肯总统签署《解放黑奴宣言》，宣布阿肯色等南方 9 个州的黑人奴隶获得自由。1865 年 1 月，国会通过了宪法第 13 条修正案，规定奴隶制或强迫奴役制不得存在，从法律上宣布奴隶获得自由。林肯死后，1866 年 6 月，国会通过了第 14 条宪法修正案，规定所有在合众国出生或归化合众国并受其管辖的人都是合众国及其居住州的公民，黑人从法律上获得了公民身份。1870 年 2 月，国会通过了第 15 条宪法修正案，规定合众国公民的选举权不得因种族、肤色或以前是奴隶而被合众国或任何一州加以拒绝和限制，黑人从法律上获得了政治权力。由此，黑人在法律上实现了“人人生而平等”，成为有身份的真正的人，林肯总统也由此成为美国历史上与华盛顿齐名的最伟大的总统。

那么，林肯到底是一个什么样的人呢？ 2013 年 1 月，由史蒂文·斯皮尔伯格导演的传记片《林肯》获得第 85 届奥斯卡最佳影片和最佳导演等 12 项提名，林肯又一次来到我们面前。让我们把镜头再往前拉，1939 年，著名影星亨利·方达（Henry Fonda）在电影《青年林肯先生》中出演青年时代的林肯，让我们一睹林肯“贫穷而简陋的穷人编年史”：

亨利·方达（Henry Fonda）与电影《青年林肯先生》

农家少年：1809 年，亚伯拉罕·林肯（Abraham Lincoln，1809.2.12—1865.4.14）在肯塔基州一个简陋的木屋出生，父亲是典型的边疆农民，9 岁时母亲早逝，继母莎拉对林肯视如己出。林肯在当选总统后说：我的一切都属于天使般的母亲。林肯像每一个“提篮小卖拾煤渣”的穷孩子一样，在担水劈柴之余“凿壁偷光”，借着壁炉的昏暗光线，贪婪阅读《圣经》、《莎士比亚悲剧集》、《天路历程》、《伊索寓言》、《美国宪法》、《美国法典集》，一样贫穷的林肯，用不一样的阅读为自己奠定了不一样的人生根基。

打工生涯：1831 年，22 岁的林肯来到新塞伦镇，一心想离开农村出人头地的他，做过蒸汽船引航员、杂货店职员、土地测绘员。1837 年靠自学取得律师执照，在月光谋杀案中一战成名。当时，林肯担任一件枪杀案的被告辩护律师。原告方的证人福尔逊说，他在晚上 11 点的月光下清楚地看到小阿姆斯特朗用枪击毙了死者。林肯与原告证人福尔逊在法庭上进行了面对面的对质：

> 林肯：“你在草堆后，小阿姆斯特朗在大树下，两处相距二三十米，能认清吗？”
>
> 福尔逊：“看得很清楚，因为月光很亮。”
>
> 林肯：“你肯定不是从衣着方面认清的吗？”
>
> 福尔逊：“不是，我肯定认清了他的脸，因为月光正照在他的脸上。”
>
> 林肯：“你能肯定时间是在 11 点吗？”
>
> 福尔逊：“肯定。因为我回屋看了表，那时是 11 点一刻。”

林肯问到这里，转过身，发表了辩护词：“我不能不告诉大家，这个证人是个彻头彻尾的骗子。” 因为，这个时间不可能有月光，小阿姆斯特朗被宣告无罪，林肯一案成名。

新塞伦镇酒店老板的女儿是林肯的初恋，但她在 22 岁时不幸去世。1839 年，林肯与玛丽·托德相识，1842 年结婚，1844 年买下一栋住宅，林肯在此一住就是 17 年，三个孩子在这里出生，但都去世很早，只有长子活到成年。

1861 年 2 月 11 日，林肯在从家乡前往华盛顿就职时说：我现在离开家乡，不知道什么时候能回来，也许永远不会再回来。摆在我面前的任务比华盛顿之后的任何一位总统所面临的都要繁重。我的朋友们，你们没有处在我的情况，你们没有一个人能理解我此刻悲伤的心情，我向你们道一声充满深情的告别。

林肯的春泉之家

这一告别，终成永别。1865 年 4 月 14 日晚，林肯总统在首都华盛顿福特剧院被刺身亡。如果你有机会到访伊利诺伊州春泉市，千万别忘了到林肯故居去看一看。

说了林肯，我们该说说葛底斯堡战役林肯的对手罗伯特·爱德华·李将军了（Robert Edward Lee，1807.1—1870.10）。现在，南方各州都把罗伯特·爱德华·李将军的生日作为法定纪念日，以罗伯特·爱德华·李将军命名的小学、中学、大学遍布全国，如此殊荣在美国历史上应该是仅次于马丁·路德·金了。作为败军之将，为什么他能从战场直接回到家乡？为什么他至今还有着难以理解、难以想象的传奇影响力？为什么他一直受到南北人民发自内心的尊敬？他到底是一个什么样的人？特别是，为什么他又当了华盛顿和李大学的校长，直至死在校长的岗位上？

有一位同学也对这个问题感兴趣，到美国后写了一篇文章“不朽的传奇——罗伯特·爱德华·李”。他说，记得教科书里把他描绘为奴隶主的帮凶和走狗，直到自己到了美国，才感受到美国人对他近乎虔诚的爱戴。一次在和老师谈到罗伯特·爱德华·李的时候，老师说“罗伯特·爱德华·李也许是美国历史上最受人们热爱的将领”。南北双方围绕是否废奴发起内战，但罗伯特·爱德华·李作为南军将领却不是为了维护奴隶制而战。他说，与通过战争保持奴隶制正相反，废除奴隶制让我非常高兴。我相信这对南方最为有益。为了达到这一目标，我极其满意的是，在战争中失去了所有那些我本来就愿意失去的东西，经受了所有那些我本来就应该经受的东西。实际上，他早早就解放了自己家的奴隶，甚至比北军司令格兰特将军还要早。

我一直强调，留学不是留学历，而是留文化，留文化就是留成长。这里，我们先对罗伯特·爱德华·李将军做一个简要介绍，这样，就能更好地理解罗伯特·爱德华·李将军给儿子的信了，就能更好地体会罗伯特·爱德华·李将军字字呕血的高尚人格和人性情怀了，你也一定会开始尊敬他。如果再看一遍由罗伯特·爱德华·李将军后裔主演的电影《众神与将军》（*Gods and Generals*）就更好了。

罗伯特・爱德华・李将军最早来到美洲的祖辈托马斯・李是传统的英国贵族，当过弗吉尼亚州州长，是个大种植园主，黑奴众多。托马斯・李的一个儿子是《独立宣言》的 56 名签署者之一，一个女儿与表哥亨利・李结婚。亨利・李（Herry Lee）1756 年出生，1775 年 4 月，莱克星顿和康科德战役后加入华盛顿的大陆军，当了骑兵军官，号称轻骑兵亨利（Light Horse Harry），历经多次重要战役，成为独立战争的英雄。华盛顿被称为“战争中的第一人，和平中的第一人，民众心中的第一人”（First in War, First in Peace, First in the Hearts of his Country），这句著名的评语就出自亨利・李之口。但亨利・李想不到的是，他最著名的头衔却是罗伯特・爱德华・李的爸爸。

罗伯特・爱德华・李将军是亨利・李最小的儿子。然而，在罗伯特・爱德华・李将军很小的时候，亨利・李因遭人设局诈骗，家庭突遭变故，罗伯特・爱德华・李将军由富二代瞬间变为穷一代，世上也由此多了一个以书为伴，不喜玩耍的少年。此后，李的青年轨迹和我们身边的很多人几乎一模一样。1825 年 18 岁的罗伯特・爱德华・李考入耶鲁大学，虽然妈妈借钱也要供他读书，但懂事的罗伯特・爱德华・李决定申请西点军校，因为军校不用交学费。在学校，罗伯特・爱德华・李从不炫耀自己的成绩，从不与人发脾气，为人正直诚实，以第二名和“没有任何缺点”的评语毕业，随后加入工程兵军团。

在此期间，罗伯特・爱德华・李结识了华盛顿总统的曾外孙女玛丽，玛丽的一见倾心化解了罗伯特・爱德华・李门不当、户不对的自卑，1831 年结婚后，华盛顿在弗吉尼亚阿灵顿的庄园也就成为了他们的家。俩人育有三个儿子，三个女儿，卡斯蒂斯是最大的儿子。

美墨战争期间，罗伯特・爱德华・李参加了萨尔—戈达等战役，升为少校。1859 年，废奴主义者约翰・布朗发动叛乱，占领了哈勃渡口的国家军火库，罗伯特・爱德华・李临危受命，仅用 10 分钟就平息了叛乱，解救了人质。这次事件在美国历史上影响重大，也被看做是内战的前奏曲。

内战爆发时，林肯总统准备晋升罗伯特・爱德华・李为准将，罗伯特・爱德华・李接到信后整整考虑了三天。罗伯特・爱德华・李的身上流淌着独立战争英雄的血，他认为美国应该是一个整体，没有什么所谓的北方，南方，西部或是东部，他不愿意看到联邦分裂，但他的人格也不允许他和自己的家乡亲人刀戈相见。他说，出于对联邦的热爱和作为美国公民忠诚与责任的情感，我不能做出这样的决定，向我的亲戚、孩子和我的家乡挥起我的拳头。当战争不可避免，他选择了拒绝林肯的邀请，接受南方邦联总统戴维斯的任命，拿起刀枪，站在了家乡一边。他说，我辞去军职，去保卫我的家乡州，我真心希望我卑微的服务永远不会被需要，我希望永远不会被迫抽出我的刀剑。

罗伯特·爱德华·李将军的这种心情和他对自己选择的深思熟虑，在他 1861 年 1 月 23 日写给儿子卡斯蒂斯的信中也做了更为全面的表达。当时，卡斯蒂斯送给他爸爸一本书《华盛顿的生活》，这本书让罗伯特·爱德华·李将军想到了国家面临的形势，他为这个国家的前途深感忧虑，分裂的结局让他无颜面对像华盛顿这样的开国者，分裂的前景也让他的内心充满矛盾。他说：

> 我收到了你寄给我的埃弗莱特的《华盛顿的生活》，仔细读过了。要是他能看到他那伟大工作遭到的毁坏，他会多么悲伤啊！然而，除非所有的希望都不复存在，否则我不会允许自己相信他那高尚行为的成就将要被破坏，而他那宝贵的忠告和美德的范例这么快就要被他的国人遗忘。根据那些文件，我判断现在我们正处在一种介于无政府和内战之间的状态。但愿上帝能使我们躲开这两种罪恶！
>
> 恐怕人类将有很多年都不能像基督徒那样承受没有制约和武力的状态。我看见 4 个州已经宣布脱离联邦，很显然还有 4 个会追随它们而去。然后，如果边境的州都卷入这次革命的旋涡之中的话，那么这个国家的一半就会摆开阵势来与另一半作战。我必须耐心等待结果，因为我既没法加快也没法拖延它的到来。

在信中，他们讨论了国家面临的分裂危机。他同意儿子“南方已被北方侵略”的观点：在我看来，正如你所说，南方受到了北方的侵害。我感觉到了这种侵犯，也愿意采取任何适当的措施来弥补。我是为原则奋斗，而不是为了个人私利。

内战刚刚结束后罗伯特·爱德华·李将军与儿子（左）的照片

但对于分裂，他还没有准备好，想到华盛顿等国家创立者的贡献，罗伯特·爱德华·李将军认为，分裂将会毁掉建国者的梦想和他们当初的努力。他也从政治和个人的角度，清晰地阐述了他的感受，明确分析了为什么分裂不是南方应该采取的最好选择，分裂只能意味着革命。

> 作为一名美国公民，我为国家的繁荣和制度感到无比骄傲，如果有任何一个州的权利受到侵害，我都愿意去护卫它。但是我能预料到这个国家遭到的将是联邦解体的灾难，这将会是我们抱怨的所有罪恶的累积的结果，而我愿意牺牲除了荣誉之外的任何东西使联邦保持完整。因此，我希望能先尝试宪法规定的所有方法，最后再付诸武力。脱离联邦就是革命，我们宪法的制定者们耗尽了劳动、智慧和忍耐来完成它，在它周围设下了那么多保卫和安全措施，并不是为了让联邦的每个成员随意破坏它。
>
> As an American citizen, I take great pride in my country, her prosperity and her institutions, and would defend any State if her rights were invaded. But I can anticipate no greater calamity for the country than the dissolution of the Union. It would be an accumulation of all the evils we complain of, and I am willing to sacrifice everything but honor for its preservation. I hope, therefore, that all constitutional means will be exhausted before there is a resort to force. Secession is nothing but revolution.
>
> The framers of our Constitution never exhausted so much labor, wisdom, and forbearance in its formation, and surrounded it with so many guards and securities, if it were intended to be broken by every member of the Confederacy at will.

是分裂还是维护联邦，一连几个月，罗伯特·爱德华·李将军都感到极度痛苦。当分裂真的来到，罗伯特·爱德华·李将军的心里已经做好了自己的选择，但他知道，分裂也必将是他个人的悲剧。

根据宪法引言中所表述的，它是为了“永恒的联邦”而制定的，是为了建立一个政府，而不是一个契约，这个政府只有通过革命或者全体大会成员的一致同意才能解体。

然而，一个只能靠剑和刺刀才能维持的联邦，一个冲突和内战要代替亲兄弟般的爱和善良的联邦，对我而言没有任何吸引力。我会为我的国家和人类的幸福与进步哀悼。如果联邦解体了，政府也分裂了，我就要回到我的老家，和我的人民一起分担苦难，并且，除非是为了自卫，我不会用我的剑对着任何人。

It is intended for perpetual union, so expressed in the preamble, and for the establishment of a government (not a compact) which can only be dissolved by revolution, or by the consent of all the people in convention assembled.

Union that can only be maintained by swords and bayonets, and in which strife and civil war are to take the place of brotherly love and kindness, has no charms for me. I shall mourn for my country and for the welfare and progress of mankind. If the Union is dissolved and the government disrupted I shall return to my native State and share the miseries of my people, and, save in defense, will draw my sword no more.

1862 年，北军总司令麦克艾伦率领波特马克军团 10 万大军围攻南军首都里士满，“七天战役”（Seven Days’s Battle）开始，罗伯特·爱德华·李李反客为主，主动出击，以 1 万人伤亡的代价，击溃北军。接着，在第二次公牛跑战役（Second Battle of Bull Run）中大败北军。1862 年 9 月 17 日，北军孤注一掷，发动安特提姆战役（Battle of Antietam），同样被李击退，但双方付出 2.8 万人的代价，罗伯特·爱德华·李李也无力继续北伐。

两个月后，在菲特列堡战役（Battle of Fredericksburg）、查尔斯韦拉战役（Battle of Chancellorsville）中，北军遭到了伤亡最为凄惨的失败，几近崩溃。罗伯特·爱德华·李李乘胜追击，开始第二次北伐。这时，林肯任命米德将军担任新的波特马克军团司令，统帅 8 万大军，罗伯特·爱德华·李李的弗吉尼亚军团近 8 万人经马里兰州进入宾夕法尼亚州，两支大军在葛底斯堡相遇，铭记史册的葛底斯堡战役开始。1863年7月3日，战役开始后第三天的下午一点，南军170门大炮和北军180门大炮展开了西半球有史以来最大规模的炮战。下午三点，南军以皮吉特师为主的3个师1.5万人开始了皮吉特冲锋（Pickett’s Charge），但在北军的炮火之下，几近全军覆没，校级以上军官几乎全部战死，罗伯特·爱德华·李将军迎来了他一生中第一次，也是唯一一次失败。罗伯特·爱德华·李李不停地流着泪，哽咽着对士兵们说道：“都是我的错，全都是我的错”（It is fault! It is all my fault! My friend! It is my fault!!）。

罗伯特·爱德华·李将军与安特提姆大捷

战后，罗伯特·爱德华·李将军回到莱克星顿为南军将士的墓地守灵，他的家乡阿灵顿庄园已被北军付之一炬，今天的阿灵顿国家公墓就建在这里。1865年8月4日，也就是罗伯特·爱德华·李将军向格兰特将军投降117天之后，华盛顿学院校董会选举罗伯特·爱德华·李将军为校长，希望用他卓越的领导力和对责任的担当与奉献精神来鼓舞和激励师生。罗伯特·爱德华·李将军起初担心他在南军任职的经历会给学校带来负面影响，但他也认为，在内战刚刚结束的情况下，竭尽全力帮助国家恢复和平与和谐是每一个公民的责任。他说：我们曾经因为无知和误解，血腥地相互仇杀，我也是刽子手之一。如今，只有教育能给我一个赎罪的机会。

华盛顿学院原名奥古斯塔学校，建于1749年，位于弗吉尼亚的历史名城莱克星顿，坐落于蓝岭（Blue Ridge）和阿利根尼山（Allegheny Mountains）之间的弗吉尼亚大峡谷。1796年，华盛顿捐出波托马克运河公司价值2万美元，现价值百万美元的股票，帮助学校度过了生存危机，校董会为感谢华盛顿的贡献，将学校改名为华盛顿学院。

罗伯特·爱德华·李将军担任校长后，采取了一系列大胆举措：合并莱克星顿法学院，开设商科并以其为基础创立商学院，开设新闻课程并发展成新闻传媒系，扩大科学课范围，开设应用数学、自然与实验哲学以及现代语言。学校有 40 个主修专业，18 个辅修专业以及全国认可的针对本科生的新闻和商科项目。除了课程改革，罗伯特·爱德华·李将军的个人人格同样为学校奠定了发展基础。学校流传一个故事，有一个学生问罗伯特·爱德华·李将军，学校的守则是什么，据说罗伯特·爱德华·李将军回答：我们只有一个守则，每个学生都应该是一个绅士。由此，礼仪、责任、诚实的原则成为校园文化的一部分，学校也成为全国瞩目的名校。1870 年罗伯特·爱德华·李将军去世后，校董会把华盛顿学院改名为华盛顿和李大学（Washington and Lee University）。学校法学院 1972 年招收了第一个女同学，1985 年录取了第一个女本科生，从此，学校得到迅猛发展。

那么，这所学校最喜欢招收什么样的学生呢？让我们看看学校的两篇申请作文题，很有意思，或许会对你有帮助。当然，试着写两篇申请作文，那就更好了。

1. "Never do a wrong thing to make a friend or to keep one." (Robert E.Lee) Discuss a time when you were tempted to do a wrong thing or when you actually did a wrong thing. What was your motivation? What lessons did you draw from this experience? Do you believe that there is always dishonor in doing a wrong thing? Why or why not?

华盛顿和李大学前校长李说过，绝不要为了结交或保持一个朋友而去做一件错误的事情。说一说你为了达到某个目的，经不住诱惑而想要去做的一件错事或已经做错的一件事情。你的动机是什么？从这件事情你得到了什么教训？做错了事，无论如何都是不光彩的，你是这样认为的吗？为什么？

2. "I cannot stand the lock-step among everyone in my particular world. They all do the same thing，without variation. It gets so boring. There is something in me that particularly wants it registered that I am not one of them." (Tom Wolfe' 51，author). In what way(s) are you distinctive in relation to your peers? What，if anything，would you change about yourself？

罗伯特·爱德华·李：除非到死，一个人的教育永远不会完结（The Education of a Man is Never Completed Until he Died）

在众人之间，我不能在自己独特的世界里锁住脚步。他们日复一日做着同样的事情，毫无变化，无聊至极。在我内心深处，注定不是他们的其中一员（汤姆·沃尔夫，56届，作家）。与你的同龄人相比，在哪些方面，你与他们不同？你会做什么来改变自己呢？

上面第一道申请作文题引用了罗伯特·爱德华·李将军的一条语录，作为一个自我约束、自我提高的真正绅士，罗伯特·爱德华·李将军的很多语录都值得我们去思考和珍藏。最后，让我们再感受几句罗伯特·爱德华·李将军诚恳、睿智的话语：

在所有事情上都要恪尽职守，你不能多做，但绝不要少做。

Do your duty in all things. You cannot do more，you should never wish to do less.

威士忌酒，我喜欢，我一直喜欢，这就是我为什么从来不喝它。

Whiskey—I like it，I always did，and that is the reason I never use it.

服从合法的权威是男子英雄气概的根基。

Obedience to lawful authority is the foundation of manly character.

人前一套，人后另一套，没有比这更危险的事情了。

There is no more dangerous experiment then that of undertaking to be one thing before a man’s face and another behind his back.

我的生活经历让我确信，在所有事情上的适度与节制都值得赞美并有所受益，戒酒是对道德和身体最好的自卫。

My experience through life has convinced me that, while moderation and temperance in all things are commendable and beneficial, abstinence from spirituous liquors is the best safeguard of morals and health.

看了最后这句话，你一定会想起《富兰克林自传》中的 13 条美德了吧。每个伟大英雄的人格都是相似的，尽管他们各有各的性格和伟绩。好，下一单元，我们就看看在美国文学中我们最熟悉、最喜欢的一位伟大作家马克·吐温，看看《密西西比河上的生活》是如何造就了他，让他用独特的幽默来反映艰难的现实生活。

Unit 18

《密西西比河上的生活》

——大学，就是你美国梦中的“蒸汽船”

《卡拉维拉斯县著名的跳蛙》

——幽默，就是你申请作文的“杀手锏”

《哈克·贝里·芬历险记》

——成熟，就是你申请路上的“通行证”

JIM AND THE GHOST.

马克·吐温（Mark Twain，1835—1910年）：

我从未让上学毁掉我的教育（I have never let my schooling interfere with my education.）

人类只有一个真正有效的武器，那就是笑（The human race has only one really effective weapon and that is laughter.）

哈克：好吧，那么，我下地狱就下地狱吧。

谁比奥德修斯更像希腊人？谁比浮士德更像德国人？谁比唐吉诃德更像西班牙人？谁比哈克·贝里·芬更像美国人？

——英国诗人、文学评论家托·斯·艾略特

志向远大、性格幽默、人格成熟是一个男孩成长的三个核心要素，这些，马克·吐温都在他伟大的作品里给了你。

前两天，收到一段手机视频。爸爸正在书桌旁看书，2 岁的儿子给爸爸送来一杯水，爸爸喝了。“谢谢宝宝”，爸爸说。儿子走开了，转眼又给爸爸送来一杯水，爸爸喝了。“谢谢宝宝，爸爸不再喝了啊”。儿子走开了，转眼又给爸爸送来一杯水，爸爸又喝了。爸爸起身，“宝宝，你在哪儿？”。爸爸走到卫生间门口，发现儿子正从马桶里用杯子往外舀水呢！

笑话人人愿意听，幽默人人都喜欢。幽默早已融入了人们的日常生活，甚至成为很多民族的一种艺术形式。中国有相声、单口相声、小品、喜剧；美国有脱口秀、有卓别林，近几年，华人也开始占领美国脱口秀的舞台了。一个叫黄西的理工男讲笑话，把副总统拜登逗得前仰后合，还上了艾伦秀。还有北美崔哥，这几年也火遍东西半球两个大国。

不过，有一个美国人，他的幽默，恐怕无人能敌，他就是被称为幽默之王的马克·吐温（Mark Twain，1835—1910）。从《百万英镑》（*The £1, 000, 000 Bank Note*）、《竞选州长》（*Running for Governor*）、《王子与贫儿》（*The Prince and the Pauper*）到《镀金时代》（*The Gilded Age*），无论电影还是小说，恐怕都是在中国普及最广的美国文学作品，甚至是我们很多人的美国文学启蒙读物，美国式的幽默构成了马克·吐温作品的独特风格。在他生活的那个时代，美国有很多幽默大师，但直到现在，马克·吐温都是最有名、最招人喜爱的。说有一次，马克·吐温坐火车，车开得非常慢。当检票员查票时，马克·吐温递给他一张儿童票。检票员说：“我还真没看出你是个孩子呢！”马克·吐温回答：“现在不是了，但我买票上车时还是个孩子”。

除了写作，马克·吐温还是个幽默演讲家，他的很多充满思考和智慧的简短语录同样充满了幽默：

It is the foreign element that commits our crimes. There is no native criminal class except Congress.

触犯我们法律的都是外国人，本地人不会是罪犯，议会除外。

Man is the only animal that blushes. Or needs to.

人是唯一会脸红，或在需要时会脸红的动物。

If you pick up a starving dog and make him prosperous，he will not bite you. This is the principal difference between a dog and a man.

如果你捡到一条饥饿的狗，让它吃饱活好，它就不会咬你。这就是人和狗的主要差别。

If you tell the truth，you do not have to remember anything.

如果你说了实话，你就不用费力记住任何事情了。

马克·吐温原名叫塞缪尔·兰霍恩·克莱门斯（Samuel Langhorne Clemens），那他为什么改名呢？这个事需要说一说，很有趣。

塞缪尔 1835 年 11 月 30 日生于密苏里州门罗县的一个小村庄，4 岁的时候，他随家搬到密苏里的汉尼拔（Hannibal，MO），一个密西西比河畔千余人口的热闹小镇。这里蒸汽船来来往往，黑人剧团、商人和各类演出团体络绎不绝。这样的环境给了小塞缪尔几乎一个小男孩所有的好奇，当然，他童年的眼神也看到了这个蓄奴州的黑暗的一面——奴隶的买卖，奴隶的生活，还有镇里人的争斗。12 岁时，爸爸死于肺炎，妈妈和活下来的 4 个孩子生活陷入困境，小塞缪尔被迫退学，开始了打工生涯。他的第一份工作是在报社做学徒，第二份工作是在 15 岁的时候，跟着哥哥做了一名印刷工。密西西比河边成长的经历后来都被写进了他的作品，在《汤姆·索亚历险记》（*The Adventures of Tom Sawyer*）里，汤姆淘气打架把衣服弄脏，第二天被罚粉刷围栏，他用小恩小惠作交换，让玩伴们替他来刷墙。今天，汉尼拔镇的人们把每年的国庆日定为汤姆·索亚日，在这条街上会临时搭起一段段围栏，本地、本州和全国 3—8 年级的汤姆·索亚迷们都会来到这里，参加粉刷围栏的比赛。

现在的汉尼拔小镇几乎保持了马克·吐温那个时代的原样原貌，一眼就能看到头，你还可以看看马克·吐温博物馆，三层船舱的马克·吐温号蒸汽船，还有汤姆铜像和附近的马克·吐温洞。

汉尼拔小镇和马克·吐温的家

17 岁的时候，塞缪尔离家闯荡，三年的时间里边打零工边旅行。1856 年，他在辛辛那提登上了一艘蒸汽船，准备去新奥尔良。一路之上，他跟着领航员学了很多航行的常识，还取得了领航员执照，并留下来当了一名领航员，终于实现了自己儿时的梦想。对塞缪尔来说，在岸边看蒸汽船几乎是他童年的全部。在那个时代，领航员可是了不起的人物，见识广、赚钱多，每个月能挣到 150—250 美元，还不用付伙食费，两个月的工资就相当于一个牧师的工资了。在《密西西比河上的生活》这部小说中，马克·吐温不厌其烦地描述了领航员是如何让小伙伴们羡慕嫉妒恨的，不但让我们感受到一个小男孩的梦想和志向，还可以羡慕一下领航员到底牛到了什么程度。

在密西西比河岸的村庄里，我的儿时伙伴们都有一个永恒的志向，那就是，做一个蒸汽船员。当一个马戏团来了又去的时候，我们都狂热地想成为小丑；而第一次来到我们那里表演的吟游诗人，让我们都沉浸在对那种生活尝试的煎熬中；我们有时还会想，也许上帝会允许我们去当海盗。然而，这些志向都一个个地消失了，但成为蒸汽船员的梦想却总能留下来。

男孩的梦想和志向：密西西比河上的蒸汽船

那伟大的密西西比，那宏伟壮丽的密西西比，一路翻滚着几英里宽的大浪，在阳光下闪闪发光。对岸远处茂密的森林、城镇映照于河流之中，让它看起来就像浩瀚的海洋，而且是一个沉静、绚丽和孤寂的海洋。不久，一道黑色的烟幕出现在远方的上空，马上就有一个以敏锐的视力和惊人的声音而出名的黑人马车夫发出叫喊：“蒸——汽——船——来——啦！”镇子里的整个景象都变了！酒鬼开始挪动身子，职员醒来了，紧跟着传来一阵运货马车的吵闹声，每座房子和每间店铺都涌出一股人流，转瞬之间那昏昏欲睡的城镇活了过来，动了起来。运货车、马车、男人、孩子，都急急忙忙地从四面八方来到一个地方——码头。人们聚集在那里，眼光盯着慢慢驶来的船，仿佛看着一个他们第一次见到的奇迹。那船也确实相当壮观，又长又尖，整齐漂亮。还有两个高高的、顶部精美的烟筒，它们之间摇晃着一条镀金的链子。

一个不同寻常的驾驶室，全部由玻璃和鲜艳的装饰组成，位于烟筒后面的主甲板上。气炉甲板、防风甲板和主甲板都用干净的白色栏杆围起来作为装饰，国旗杆上飞扬着一面旗子，火炉门敞开着，里面的火焰熊熊闪耀。上层甲板上站着黑压压的乘客，船长站在大钟旁边，镇静威风，是所有人羡慕的焦点。浓烈的黑烟从烟筒中翻滚着冲出来，那是到达城镇之前特意用多脂松木制造出来的庄严景象。船员们集中在前甲板，一块宽阔的木板从左舷弓上方远远地伸出来，一个令人嫉妒的甲板水手像一幅图画般地站在木板顶端，手里拿着一卷绳子，高压蒸汽在计量塞中尖叫着，船长举起一只手，铃响了，轮子停下了，然后它们向后转着，把河水搅成泡沫，接着蒸汽机停止工作了。然后，人们全都在同一时间上船、下船，货物有的装上船，有的运下船，还有水手们催促的喊叫和咒骂声，场面一片混乱！十分钟后，蒸汽船又上路了，没有旗子在旗杆上飘扬，也没有黑烟从烟筒里冒出。再过十分钟，整个镇子又变得死气沉沉，镇上的醉汉又在垫木旁睡着了。

成为一个蒸汽船员的渴望不断地浸入我的脑海。我起初希望成为一个船上的侍者，那样我就可以围着一条白色的围裙，把一块桌布向一边抖开，让我的旧日伙伴都能看见。后来，我又觉得宁愿当那个站在木板顶端、手里拿着那卷绳子的甲板水手，因为他特别引人注目，但那都只能是白日做梦罢了——它们都太神圣了，不能当成真正有可能的事情来考虑。渐渐地，我们之中的一个男孩离开了，很长时间都杳无音讯。等他再出现的时候，已经是一艘蒸汽船上的实习轮机手或水手了，这件事把我从主日学校学到的所有道理都颠覆了。那个男孩的世俗众人皆知，居然升到了那么显赫的地位，而我却依旧身份卑微。当他的船在我们的镇上靠岸时，他总会想办法搞到一个生锈的螺钉，然后就坐到护栏里擦螺钉，好让我们都能看见他、羡慕他、憎恨他。

只要他的船进坞停留，他就会回家来，穿着他最黑最油腻的衣服在镇里四处炫耀，那样，所有人就不能不记起他是一个蒸汽船员。他说话的时候总是使用蒸汽船上的技术用语，以至于忘了我们普通人听不懂这些词。他总是像一个见过世面的人那样谈到大城市"圣路易斯"。他会随随便便地说他"顺着第四街走"，然后他就接着撒谎说那天有多少个像我们这么大的镇都被烧掉了。这个家伙也有钱，还有发油。他还有一块粗野的银怀表和一条炫耀的铜表链。他系着一条皮带，根本不用吊裤带。

那宏伟壮丽的密西西比河

多年之后，马克·吐温在回忆自己早年生活的时候说，我热爱这个职业远胜于后来其他任何工作，没有什么比它更让我自豪的了。作为领航员，必须要学会带船通过泥泞和浓雾笼罩的密西西比河，一项重要工作是测量水深。信号员经常向甲板上的人喊"Mark Twain"，意思是两浔或十二英尺深，这是船只的安全吃水线。无论船长还是船员，听到这个词都非常开心，塞缪尔对这个词自然也很熟悉。1861 年内战开始后，游客锐减，他的密西西比河领航员的生涯结束了。1863 年，塞缪尔去了西部，成为西进大军中的一员。在为各种报纸专栏写作时，他决定把"Mark Twain"作为自己的笔名，等他的作品越来越有名，他也习惯人们叫他"Mark Twain"（马克·吐温）了。西部经历成了马克·吐温小说素材的一个来源，1865 年发表的《卡拉维拉斯县著名的跳蛙》就是源于在加州掘金时听说的一个故事。

《卡拉维拉斯县著名的跳蛙》（*The Celebrated Jumping Frog of Calaveras County*）是

一个幽默故事。幽默的故事不是简单的笑话，讲幽默故事也不是简单的搞笑。如果你拿当下小品30秒就要有一个笑点的标准来读马克·吐温的幽默故事，那你恐怕会大失所望。用马克·吐温的话说，幽默故事是一门艺术，而且是土生土长的美国艺术。为此，他还专门写了一篇文章《如何讲故事》（*How to tell a story*）来阐释美国式幽默的独有特点，尤其是在讲述方式上与欧洲滑稽或智慧故事的不同之处。有意思的是，这篇文章本身就是用幽默方式写成的，本身就是对《卡拉维拉斯县著名的跳蛙》的最好注释。

> 故事有很多种，但幽默的故事最难讲。美国人讲的是幽默故事，英国人讲的是滑稽故事，法国人讲的是智慧故事。幽默故事取决于讲述方式，而滑稽故事和智慧故事取决于内容。
>
> 幽默故事可能非常长，只要人们听得进去，可以反复来回慢慢编织，故事到最后可能也没什么特别之处。但滑稽故事和智慧故事必须简短，并且要有一个截止点。幽默故事慢慢把泡泡吹大，另两个则需要突然爆裂。
>
> 严格地说，幽默故事是一件艺术品，高尚优雅，只有艺术家才能讲好，但滑稽故事和智慧故事没什么艺术含量，谁都能讲。幽默故事需要庄重地讲，讲故事的人必须尽最大努力掩藏一个事实，哪怕这个故事真的有一点点可笑之处。但讲滑稽故事的人事先就会告诉你这是他听过的最有趣的故事，然后无比兴奋地把故事讲完，并且第一个大笑起来。有时，如果他觉得故事讲得非常成功，还会异常高兴地把故事的笑点重复一遍，然后来回扫视每一个听众的脸，向他们要掌声，然后再重复一遍，这简直太可悲了。
>
> 当然，很多时候，那些看起来漫不经心、杂乱无章的幽默故事在结尾也有一个笑点，但听的人必须留心，因为在很多情况下，讲故事的人会在不经意间，用你觉察不到的方式把你的注意力从笑点那里转移，好像他根本就不知道那是一个笑点。美国幽默作家Artemus Ward就经常使用这个技巧，等到观众慢半拍地反应过来，他则一脸无辜，装作很不解的样子，好像想问到底发现了什么可笑的地方。
>
> 讲滑稽故事的人可不会把笑点浪费掉，他每次都把笑点对着你喊出来。

如果要把滑稽故事印成书，在英国、法国、德国或者意大利，还要把笑点印成斜体字，加上一些惊叹号，有时还会用括弧加上注释。这太让人沮丧了，让人再也不想听笑话。让我举个例子来说明讲滑稽故事的方法，“受伤的战士”在1200年到1500年前就流行于全世界了，讲故事的人是用这种方式讲的：

在一场战斗中，有个士兵中了枪，一条腿没了，他恳求一个正跑过他身边的士兵把他背回后方去。这个士兵立刻背起那个不幸的人，向后方跑去。子弹和炮弹从各个方向飞来，有一颗炮弹击落了受伤士兵的头，可是背他的人却没有发现。又跑了一会之后，被一个军官喝住了，军官说：

“你带着这个尸体要跑哪儿去？”

“回大本营，长官——他丢了一条腿！”

“丢了条腿，真的吗？”军官震惊地说：“你是说丢了他的脑袋吗？伙计！”

他把受伤的士兵放下，很疑惑地看了半天，说：

“确实，长官，你说得对，他是掉了脑袋。”又停了很长时间他接着说：“可是他告诉我，只是丢了条腿啊！！！！！”（“It is true，sir，just as you have said.” Then after a pause he added，“But he told me it was his leg!!!!!”）

讲到这儿，在听众爆发出雷鸣般的笑声之后，讲述者也会跟着爆笑，然后在几乎让人痉挛到窒息的尖笑声中，再把笑点一遍遍地重复。

讲这样的一个滑稽故事只需要一分半钟，不过，这根本就不值得讲嘛。如果用幽默故事的讲法，让 James Whitcomb Riley 来讲，得花上十分钟，这可是我听过的最有趣的事了。

他讲的时候会把自己当成反应迟钝的老农夫，头一回听说这个故事，觉得好笑极了，就尽力把它复述给他的邻居听。但他又记不太清楚，于是他把所有细节都搅和在一起，绕来绕去，加进好多原本不是这个故事里的单调冗长的情节，又认真地把它们剔除出去，然后再加进其他一些没用的情节。时不时地讲错，又纠正，然后再解释他怎么搞错了的，想起之前忘记的细节，又退回去讲。讲着讲着，又停下来一会，只是为了想起那个受伤士兵的名字，接着又想起来，原来故事里根本没有提到过那个士兵的名字，然后很平静地说他觉得名字并不重要，管他呢。当然，如果谁知道士兵的名字就更好，但不知道也没什么，如此这般，反反复复。

讲故事的人讲得很开心也很享受，一脸无辜的表情，有时候还不得不停下努力稳定一下自己的情绪，以免自己肆无忌惮地笑出来，但身子却晃得像块果冻一样，表面严肃，肚子里已经笑到不行的样子。故事快讲完的时候，观众已经顾不得精疲力竭，笑得泪流满面。

老农夫的单纯、无辜、真诚还有粗心，都被淋漓尽致地表现了出来，整个演出让人着迷，美味可口。这是一种非常精致美妙的艺术，只有大师才能达到这样的境界，机器是讲不了这样的故事的。

把矛盾和荒唐，用一种漫不经心的方式串起来，并表现得完全没有意识到这些荒唐之处，就是这种美国艺术的基石，如果我的观点正确的话；另一个特点就是故意打岔，混淆视听；第三个就是假装事先不知道地故意提醒别人某个重要的事情，就好像自言自语地把心里想的话说了出来；第四个，也是最后一个要点，就是停顿。

Artemus Ward 对第三和第四种技巧很在行。他会绘声绘色地开始讲一个自己觉得非常精彩的故事，讲着讲着，却好像失去了信心，在一个看起来漫不经心的停顿后，用自言自语的方式提起一个似乎毫无关联的事情，一个故意设定的让观众沸腾的爆炸点，屡试不爽。

比如，他会急切而兴奋地说："我知道在新西兰有个家伙嘴里没有一颗牙"，讲到这里，他的激情好像用完了，在一阵静默和若有所思的停顿之后，他梦游一般地自言自语道："不过，那家伙打鼓打得比我见过的任何人都要棒。"

适当的停顿对于讲各种故事都极其重要，也是一个需要经常、反复使用的手法。它精美细腻，又飘忽不定，停顿必须不长不短，恰到好处。如果太短就会错过那个引人入胜的关键时刻，如果太长，观众就会意识到那个关键时刻就要到了，这样你就不可能让他们惊奇了。

概括地说，幽默的故事一般都是由叙述者以非常严肃的语气讲述，"从不微笑"，让你觉得讲述者自己好像"从没有想过他的故事中有什么荒谬可笑的地方"。下面，我

马克·吐温恐怕是最为中国读者所熟悉的美国作家之一

们接着读马克·吐温最典型的幽默故事《卡拉维拉斯县著名的跳蛙》。这篇作品在纽约星期六新闻报一登出，古怪的角色，加上简单、轻松、有趣以及反复编织、重复叙述的讲述方式，让它立刻就得到了读者的喜爱，多家报纸和杂志多次重印，几个月后，就奠定了作品永久的声誉。

故事发生在加州安吉尔矿区，一个来自东海岸的陌生人走进西海岸的古老小镇，向好脾气、爱唠叨的西蒙·威勒打听一个人，老西蒙却滔滔不绝地讲起了另一个人的故事。

我见到西蒙时，他正在古老的安吉尔矿区那家破旧的小客栈里，舒服地靠在酒吧的炉子旁打瞌睡。他身材很胖，秃了顶，和善的面容上带着一种讨人喜欢又温和淳朴的表情。他惊醒以后站了起来，向我问好。我告诉他，朋友托我来打听一位儿时的密友列昂尼达斯·W·斯迈雷神父。我又加了一句：要是威勒先生能告诉我这位神父的消息，我将感激不尽。

老西蒙把我逼进一个角落，用他的椅子把我堵在那里，然后坐下，一口气讲了下面这个单调无聊的故事。他从不微笑，从不皱眉，也从没改变过那从一开始就使用的温和流畅的语气，他不会让人对他的热情有一丁点怀疑。在没完没了的讲述中，从头到尾一直洋溢着一种感人的真挚和诚恳。

这清楚地向我表明，他从没有想过他的故事中有什么荒谬可笑的地方，他认为那是一个真正重要的事件，并且认为故事的两个主人公都是具有深谋大略的杰出人才，对他们崇敬至极。我任他以自己的方式讲下去，一次也没打断他。

列昂尼达斯神父，嗯，列神父——嗯，这里从前倒是有过一个叫吉姆·斯迈雷的，那是49年冬天——也许是50年春天——不知道怎么闹的，我记不太清楚了，总归不是49年就是50年，因为他刚来到屯子的时候，那大渡槽还没造好呢；别的不说，要比谁最古怪，他算得上天下第一。只要能找到一个人愿打赌，他就陪，碰上什么就赌什么。别人要是不愿赌黑，他就赌黑；别人不愿赌白，他就赌白。不管怎么样，别人想怎么赌，他都陪着——不管怎么样，只要能赌得起来，他就舒服了。虽说这样，他照样有好运气，那可不是一般的好，十有八九总是他赢。他老惦记找机会打赌，无论大事小事，只要有人提出来，不管你的注往哪边下，他都照赌不误，这些我刚才都告诉过你啦。赛的要是马，收场的时候他不是赢得满满当当，就是输得一干二净；如果斗的是狗，他赌；斗的是猫，他赌；斗的是鸡，他还赌；嘿，就算有两只鸟落在篱笆上，他也要跟你赌哪一只会先飞。

屯子里聚会他必到，到了就拿沃尔克牧师打赌，他打赌说，沃尔克牧师布道在这一带是头一份。那还用说，他本来就是个好人么。要是他看见一只屎壳郎朝哪里开步走，他就跟你赌它几天才能到——不论到哪儿都行。只要你接茬，哪怕是去墨西哥，他也会跟着那只屎壳郎，看看它到底去不去那儿，路上得花几天的时间。这儿的小伙子好多都见过斯迈雷，都能给你讲讲这个人。嘿，讲起他的事来可是绝不会重样——不论什么他都赌——那家伙特有意思。有一回，沃尔克牧师的太太病得不轻，有好几天的工夫，眼看着就没救了。可一天早晨牧师进来了，斯迈雷站起来问他太太怎么样，他说，她好多了——全凭主的大恩大德——看这势头，有主保佑，她能缓过来。还没等他讲完，斯迈雷来了一句："这样吧，我押两块五，赌她缓不过来。"

这个斯迈雷有一匹母马——小伙子们都管它叫"一刻钟老太太"，这话损了点儿，它跑得当然比这快一点儿——他还经常靠这匹马赢钱呢。因为它慢慢吞吞的，不是得气喘，生瘟热，就是有痨病，以及这一类乱七八糟的病。他们总是让它先跑两三百码，可等到了终点跟前，它就抖起精神，拼了老命，撒欢尥蹶子。四只蹄子到处乱甩，甩空了的时候也有，甩偏了踢到篱笆上的也有，弄得尘土飞扬，再加上咳嗽、打喷嚏、擤鼻涕，闹闹哄哄——赶到裁判席前头的时候，它总是比别的马早一个头，早得刚好让人能看明白。

他还有一只小斗狗，光看外表你准以为它一钱不值，就配在那儿拴着，一副贼溜溜的样子，老想偷点什么。可是，一旦在它身上下了注，它转眼就变了另一条狗。下巴颏儿往前伸着，就像火轮船的前甲板，下槽牙都露了出来，像煤火一样放光。别的狗抓它、要弄它、咬它，接二连三地给它来背口袋，可安得鲁·杰克逊——这是那条狗的名字——安得鲁·杰克逊老是装着没什么不自在的，好像它原本就没有别的盼头——押在另一边的赌注翻了倍再翻倍，一直到再没钱往上押了。这时候，它就一口咬住另一条狗的后腿，咬得死死的——不啃，你明白吗，光咬，叨着不动，直到那狗服软，哪怕等上一年也不要紧。斯迈雷老是靠这条狗赢钱，直到在一条没后腿的狗身上碰了钉子，因为那狗的后腿让锯片给锯掉了。那一次，两条狗斗了好一阵子，两边的钱都押完了，安得鲁·杰克逊上去照着咬惯了的地方就下嘴，当时就看出自个儿上当了，看出怎么让别的狗给耍了。怎么说呢，它当时好像吃了一惊，跟着就有点儿没精打采，再也没有试着把那一场赢下来，它让人骗惨了。它朝斯迈雷瞧了一眼，好像说这都是斯迈雷的错，怎么弄了一条没有后腿的狗来让它咬呢，它斗狗本来靠的就是咬后腿嘛。后来，他一瘸一拐地溜达到旁边，倒在地上就死了。一想起它最后斗的那一场，一想起它的下场来，我鼻子就发酸。

唉，这个斯迈雷呀，他还养过拿耗子的狗、小公鸡、公猫，都是这一类的玩意儿，不论你拿什么去找他赌，他都能跟你兵对兵，将对将，跟你赌个没完没了。有一天，他逮着一只蛤蟆带回家，说是要好好训一训。足足有三个月，他什么事都不干，光待在后院教那只蛤蟆蹦高。果不其然，他把蛤蟆训练出来了。只要他从后头点蛤蟆一下，你就看吧，那蛤蟆像翻煎饼一样在空中打个转——兴许翻一个筋斗，要是起得好，也许能翻两个，然后稳稳当当地爪儿朝下落地。他还训练那蛤蟆逮苍蝇，勤学苦练，练得那蛤蟆不论苍蝇飞出去多远，只要瞧得见，回回都能逮得着。

斯迈雷说蛤蟆特爱学习，学什么会什么——这话我信。嘿，我就瞧见过他把丹尼尔·韦伯斯特放在这儿的地板上——那蛤蟆叫丹尼尔·韦伯斯特——大喊一声："苍蝇，丹尼尔，苍蝇！"快得让你来不及眨眼，蛤蟆就噌地照直跳起来，把那边柜台上的一只苍蝇吞下去了，然后像一摊泥"扑嗒"

落在地上，拿后腿抓耳挠腮，没事人似的，好像觉得自个儿比别的蛤蟆也强不到哪儿去。

别看它有能耐，你还真找不着比它更朴实，更爽快的蛤蟆了。只要是从平地上规规矩矩地往上跳，它比你见过的所有蛤蟆都跳得高一个身子。从平地往上跳是它的拿手好戏，你明白吗？只要比这一项，斯迈雷就一路把注押上去。斯迈雷把他的蛤蟆看成宝贝。要说也是，那些见多识广的老江湖都说，从来也没见过这么棒的蛤蟆。

斯迈雷拿一个小笼子盛着那蛤蟆，还时不时带它逛大街，设赌局。有一天，一个汉子，是个外乡人，到屯子里来，正碰上斯迈雷提着蛤蟆笼子，就问："你那笼子里装的是什么呀?"斯迈雷冷着个脸说："它也许该是个鹦鹉，也许呢，该是只雀儿，可它偏不是，它是一只蛤蟆。"

那汉子拿过笼子，转过来转过去，细细地瞅，说："嗯，原来是个蛤蟆，它有什么特别的呀?"

"噢，"斯迈雷不紧不慢地说，"它就有一件看家的本事，要叫我说——它比这卡县地界里的哪一只蛤蟆蹦得都高。"

那汉子拿过笼子，又仔仔细细地看了好半天，才还给斯迈雷，慢慢吞吞地说，"是嘛，"他说，"我也没瞧出来这蛤蟆比别的蛤蟆能好到哪儿去。"

"你也许瞧不出来，"斯迈雷说，"对蛤蟆，你兴许是内行，也兴许是外行；兴许是个老把式，也兴许不是。这么说吧，兴许只会看个热闹。别管你怎么看，我心里有数，我赌四十块钱，敢说这蛤蟆比卡县随便哪一只蛤蟆都蹦得高。"

那汉子琢磨了一会儿，有点儿作难："呃，这儿我人生地不熟的，也没带着蛤蟆。要是我有一只蛤蟆，准跟你赌。"

这时候斯迈雷说话了："好办，好办。只要你替我把这笼子拿一小会儿，我就去给你抓一只来。"就这样，那汉子拿着笼子，把他的四十块钱和斯迈雷的四十块钱放在一起，坐下等着了。

这汉子坐在那儿想来想去，想了好一会儿，然后从笼子里把蛤蟆拿出来，扒开它的嘴，自己掏出一把小勺来，给蛤蟆灌了一肚子火枪的铁砂子，一直灌到蛤蟆的下巴颏，然后把蛤蟆放到地上。斯迈雷呢，在洼地的烂泥里头稀里哗啦趟了一气，还真逮住个蛤蟆。他把蛤蟆带回来，交给那汉子：

“行了，你要是准备好了，就把它跟丹尼尔并排摆着，把他的前爪跟丹尼尔的放齐了，我喊个号。”然后他就喊：“一，二，三，蹦！”他和那汉子从后边点那两只蛤蟆，那只新来的蛤蟆蹦得特有劲，可是丹尼尔喘了一口粗气，光耸肩膀——就这样——像法国人似的。这哪管事儿啊。它动不了，跟生了根一样，连挪挪地方都办不到，就像抛了锚。斯迈雷又纳闷，又上火，当然啦，说什么他也想不通这到底是怎么一档子事。

那汉子拿起钱就走。临出门了，他还拿大拇指，指指丹尼尔——就像这样——慢慢吞吞地说：“我也没瞧出来这蛤蟆比别的蛤蟆好到哪儿去嘛。”

斯迈雷呢，他站在那儿抓耳挠腮，低着头把丹尼尔端详了好一会儿，最后说：“真闹不明白这蛤蟆怎么栽了——闹不明白它犯了什么毛病——看起来，它肚子胀得不轻。”他揪着丹尼尔脖子上的皮，把蛤蟆掂起来，说：“它要没五磅重才怪呢！”蛤蟆头朝下，吐出满满两大把铁砂子来。这时候斯迈雷才明白过来，他气得发疯，放下蛤蟆就去追那汉子，可再也追不上了。

这时候，老西蒙听见前院有人喊他的名字，就站起来去看找他有什么事。他一边往外走，一边扭头对我说：“就在这儿坐着，老客，歇会儿——我一转眼就回来。”

不过，对不住您了，我想，再往下听也打听不到列昂尼达斯·W. 斯迈雷神父消息呀，于是我拔腿就走。在门口，那个见面熟的老西蒙回来了，他拽着我又打开了话匣子：“哎，这个吉姆·斯迈雷有一头独眼龙母黄牛，尾巴没了，光剩个尾巴橛子，像一根香蕉，还有——”

太幽默了！现在，让我们看看故事的讲述框架。一个外来的讲述者，一个老西蒙，外来者看起来很有教养，老西蒙却不是，当一个人问问题的时候，另一个人却答非所问，就好像他们来自两个世界。两种社会习惯的差异埋下了喜剧的要素，很好玩但又让人不太舒服，招人喜爱，加上两个人的经典对话，让《卡拉维拉斯县著名的跳蛙》成为马克·吐温的代表作。

我们在这里讲了这么多幽默，既不是为了单纯地讲笑话，也不是为了研究幽默的艺术，更主要的是感受幽默对一个人人格养成的重要。我们在第一单元就谈过美国大学最喜欢的人格特征，幽默就是其中之一。长久以来，我们的学生都是课本至上，课本是他们的人生成长指南，幽默常常被当成雕虫小技。一个幽默的人通常会得到周边朋友的喜欢，就是在美国大学申请时，幽默没准也会给你带来意想不到的效果。我看过有的美国同学用幽默的方式写自己的申请作文，但我还没看到或听说国内有同学在申请作文里用幽默的方式来展现自己的。“展现”就是“秀”（Show），比如，你想告诉招生官你是一个乐于助人的人，但你不能直说自己乐于助人，要通过一个具体的事例或场景来展现，也就是秀出来。下面，我们就看看一个人是如何用幽默来“秀”出自己悲催的少年人生的。

这个人就是美国著名的脱口秀（Talk Show）节目主持人艾伦。“艾伦秀”（The Ellen Show）在美国早已是知名的脱口秀节目，到2016年初，已经播了2000期。现在，在搜狐网的主页上你直接点击就可以看到她精彩的表演和幽默的智慧。不过，需要注意的是，她的穿着打扮和说话做派真的像一个小伙。这里，我们欣赏一下艾伦2009年在杜兰大学毕业典礼上的演讲，看看她如何用辍学、车祸、节目被叫停、同性恋的苦恼来展示她追随自己的热情，做真实自己的奋进人生。

当我被问及是否参加毕业典礼演讲的时候，我立刻就回答YES。然后我才去查“毕业典礼”一词的意思。如果我有字典就好了，但我家里的书大部分都是Portia的（她的澳大利亚妻子），而且都是澳大利亚语。所以，我不得不仔细掰开这个词，找到它的意思。Commencement（毕业典礼），common（常见的）和cement（水泥），就是“常见的水泥”。我很荣幸受到邀请，做你们“常见的水泥”的演讲。

我本以为必须是有名的，又必须是在这里毕业的校友才能被邀请。我没在这里上大学，我不知道考恩校长是否知道，我根本没上过大学，任何大学。我不是说你们在浪费时间、金钱，但看看我，我可是个超级大名人。

现在，我在这里，因为我爱新奥尔良。我生于斯，长于此，在此度过了我性格长成期的少年时光，当我从学校毕业后，我完全迷失了自我。学校，我指的是初中，后来，我又念完了高中。当时，我真的没有任何想法和追求，也不知道自己想做什么。我什么都做，剥生蚝、当导位员、做酒保、当服务员、粉刷房子、卖吸尘器，我完全不知道自己想做什么，我只想找到一个工作，赚足钱付房租，也许有一些最基本的想法，也许没有。我真的没有任何计划，我的意思是，当我在你们这个年龄的时候，我真的以为我了解自己，但其实不是。比如，和你们这么大的时候，我还在和男人约会。我的意思是，当你们年龄再大一点的时候，你们中很多人都会是同志。有人记下这个了吗？有家长记下来了吗？

对于自己未来的人生，我不知道要做什么。然而，由于一个悲惨的事件，我结束了自己的这种状态。大概19岁那年，我当时的女朋友死于一次车祸。我恰好路过现场，因为不知道是她，就走过去了。我住在地下室的公寓里，没有钱、没有暖气、没有空调，只在地板上有一个垫子，公寓里到处都是跳蚤。我追问我的灵魂，我怎么了，为什么她突然就走了，为什么我不得不住在这个到处都是跳蚤的地方？我不明白，但一定有什么理由，为什么不拿起电话，问问上帝呢？

于是，我开始写，从内心倾泻而出的是我想象中与上帝的对话，当然只是我一个人对上帝说。写完后，我看着它，对自己说，不能这样自己写完就完事了。小镇上没有可以展示的俱乐部，我想，“我要到今夜秀，和约翰尼·卡森一起说一说”，那时，约翰尼·卡森可是天王级的人物。“我要成为这个节目历史上第一个和约翰尼·卡森面对面访谈的女性。” 几年以后，我成为这个节目历史上第一个，也是唯一一个做访谈节目的女性，就是由于我写的那个和上帝的通话。从此我开始做脱口秀节目，很成功，也很辛苦，因为我试图取悦每一个人，我又要保守一个秘密，我是一个同性恋者。我想，如果人们发现了，就不会喜欢我了，不会看见我就发笑了。

此后，我的事业开始转折——我做自己的情景喜剧，也非常成功。我想，如果他们发现我是同性恋者，就不会再看了，这是很久以前的事了，那时刚好有一位白人总统——话说回来，很多年以前的事了——我最终决定，我一直在羞耻和恐惧中生活，我不能再像那样生活下去了，于是，我决定出柜。这不是作一个政治声明，只是为了把自己从一直背负的重担中解救出来，我只想让自己诚实。我想，“会发生什么最坏的事情呢？我会失去我的演艺事业？”确实，我真的失去了事业。这个持续了六年的节目被取消了，甚至之前都没有告诉我一声，我在报纸上知道了这个消息。我的电话三年没有再响起，没有人愿意找我做节目，根本没有人愿意接触我。然而，我收到了很多几乎就要自杀的孩子们的来信，因为我的缘故，他们没有这样做。我认识到，我有一份责任，这不仅仅是因为我，也不仅仅是因为名气，我感到我就像在遭受惩罚，那是一段痛苦的日子，我愤怒，我悲伤。后来，我接到了一个脱口秀节目，制作公司想要卖出节目，大部分电视台不接受，很多人不想买是因为觉得没人会看我。

当回顾这些的时候，我不想改变一个事情。我的意思是，虽然失去了一切，这对我仍然很重要，我发现，最重要的事情是，对你自己真诚。这也是最终让我走到今天的原因。我不再生活在恐惧中，我自由自在，我不再有秘密。我知道我会永远快乐，因为无论如何，我都知道自己是谁了。

但现在，我对成功的理解不一样了。对于我，生活中最重要的事情就是正直诚实地生活，不要受同伴压力的影响，去做一些不是真正的你的事情，要诚实生活，做有同情心的人，以某种方式要有所贡献。总结一下我的结论：追随你的热情，活得真实。不要模仿其他任何人的成长之路，除非你在森林里迷路了，又看见了一条路，那无论如何，你也要跟着走。不要给别人忠告，你会反受其害。不要接受别人的忠告，我对你们的忠告是，做真实的自己，一定会万事顺利。

艾伦讲出实情，就自由自在，不再生活在恐惧中了。这时，我们应该想起马克·吐温那句话：如果你说了实话，就不用再费力记住任何事情了。用幽默来展示悲惨的现实生活，在这一点上，无论艾伦是多大的明星，恐怕她也赶不上马克·吐温。因为除了幽默大师、演讲大师，马克·吐温最有名的称号当属现实主义文学大师了。现在，我们就说说他最有名的现实主义小说《哈克·贝里·芬历险记》（*The Adventures of Huckleberry Finn*），我们叫它《哈克》吧。

在《哈克》卷首的《通令》中，马克·吐温就以幽默开篇：本书作者奉兵工署长GG的指示，任何人如企图从本书的记述中寻找写作动机，就对他提起公诉；任何人如企图从中寻找道德寓意，就把他放逐；任何人如企图从中寻找一个情节结构，就把他予以枪决。那么，《哈克》到底多有名呢？

很遗憾，我小的时候不知道，也没看过这部小说。后来，我发现很多中外知名文学大家和知名阅读机构都不约而同地把这本书列为推荐书目。1984年，美国文坛为《哈克》出版100周年举行了专门的庆祝活动，为一本名著举办如此广泛的专门活动，世界少有。1920年，派拉蒙公司拍了《哈克》，1931年再拍，1939年米高梅也拍了《哈克》，1960年拍成彩色片。1965年大不列颠百科全书电影公司拍成三集的教育电影，1975年ABC公司拍了彩色片，1975年和1978年拍成电视。在中国，《哈克》的各种版本也让人眼花缭乱。可以说，这部小说不仅仅是美国文学的珍品，也是世界文化的瑰宝。

但是，如果你读一读，就会发现，这部小说不过就是一个淘气的13岁孩子逃离家庭的童年流浪记，但马克·吐温却把它变成了一个男孩的成长成熟史，展示了一个少年对他生存的世界适应与理解的过程。他透过孩子的眼睛，让他们看到世界上的事情如何不正确、不公平，看到所谓文明人的恶和低等人的善，尤其像种族主义、奴隶制这种小孩子难以理解的事情，从而让他们在社会大课堂的摔打中，学会了接纳、认同、友谊、自立，心智逐渐成熟，并靠着坚持不懈，在这个慢慢接受他们和慢慢改变的世界顽强地生存下来，成为了那个时代的英雄。

《哈克》的角色（These characters play an important role in the plot）

小说的故事情节紧接着《汤姆·索亚历险记》展开。小哈克的爸爸帕普经常酗酒，富有的寡妇道格拉斯收养了哈克，道格拉斯和妹妹华生小姐想通过上学、宗教和礼仪等方式好好培养哈克。用哈克的话说，“你得就着盘子吃饭，你得梳理好头发，每天得准时睡觉，你得每天为了一本书惹出种种烦恼，还得无时无刻不遭到华生小姐的挑剔”。像所有的“坏孩子”一样，哈克可不愿意受这样的管教，他总是和汤姆跑出去，光着脚在泥地里玩，对毫不相干的人做一些恶作剧，甚至想离开道格拉斯，“我再也不愿回去了”，但华生小姐的奴隶吉姆劝阻了他。

帕普听说儿子在山洞里发现了财宝，为了要回哈克的钱，就把哈克抓到大河边的一个小屋，离开小屋时就把哈克锁起来，回来就打他。哈克想出了一个逃跑的计划，他杀死了一头猪，把血抹在小屋上，制造了自己遇害的假象，这样他就可以永远逃离爸爸的掌心了。对于离家出走，哈克是这样想的：在那些日子里，我从未有过一个家，或者像汤姆和圣彼得堡其他男孩那样去上学。爸爸总是喝得醉醺醺的，但这对我无所谓。我睡在街上或树林里，只要我想，我就能做我的事，这真是一种美好的生活。

其实，我们现在的孩子和哈克有多大区别呢？他们做的事几乎都是爸爸、妈妈和老师想做的事。

哈克诈死之后，逃到密西西比河中的杰克逊岛上。华生小姐的奴隶吉姆因为担心被卖掉，也逃到了这里。吉姆想和哈克逃到自由州俄亥俄，哈克对此很矛盾，不知是告发吉姆，还是跟着他一起逃跑。最终，吉姆的诚实和个人的遭遇赢得了哈克，也让他对奴隶制的不道德有了思考。发大水的时候，漂过来一个木筏和一个房子，吉姆看见房子里有一个死人，但他不想让哈克看见，就告诉他那是让人作呕的东西。哈克偷偷溜进镇子里，发现吉姆受到悬赏捉拿，于是，他们立刻带上所有的东西，准备经俄亥俄河直奔自由州。

哈克和吉姆乘木筏顺密西西比河而下，在找东西吃的时候，碰到了三个强盗。慌乱之中，他们错过了俄亥俄河的河口，不得不彻底改变航向。在继续沿密西西比河南下的途中，哈克和吉姆遇到两个叫国王和公爵的人，一看就知道他们是常干小偷小摸的坏人，但哈克有点同情他们的处境，就让他们到木筏上来。可是，等他们一上岸，国王和公爵就从小镇上的人那里骗钱。直到有一天，哈克发现国王和公爵欺骗一个当地人买下吉姆。这次，他很愤怒，下决心要从萨莉·菲尔普斯家里救出吉姆。当哈克第一次见到菲尔普斯夫妇的时候，夫妇俩个把他误认为汤姆。原来菲尔普斯夫妇是汤姆·索亚的姨夫姨妈，汤姆正要去看望他们。哈克在半路截住汤姆，两个人想要帮助吉姆逃跑。在逃跑过程中，汤姆的腿被击伤，在混乱之中，吉姆选择留下来照顾汤姆。

第二天一早，真相大白。吉姆两个月前就已经是自由人了，华生小姐在自己的遗嘱中让吉姆自由。吉姆也告诉哈克，那天在河里漂着的房子里的死人就是他的爸爸帕普。这时，汤姆的姨妈说想要收留哈克，但哈克此时对自己的未来有了足够的判断力，毅然决定继续向西旅行：我想，在其他人逃跑前，我得先逃走。因为萨莉姨妈想让我和她住在一起。那样，我就不得不睡在床上，穿干净衣服，学着有教养，我不能再那样了，我已经尝试过一次了。

1830—1865年，美国西进让国家进入快速扩张期，美国文学迎来了浪漫主义时代。从理想到爱情，人人乐观进取，想象力丰富，生活充满了希望。但从1865—1910年，工业化和城镇化加快，城市人口增加，贫富差距扩大，社会转型悄然来到，拼命工作，养家糊口成为家庭生活的主旋律，像瑞普·凡·温克尔那样的乐天派看不到了，美国文学也进入到现实主义阶段。马克·吐温等一批作家开始写作真实的故事、可信的人物，用紧凑的情节、鲜明的地域特征表现日常生活，让读者感受到真实和真诚，从而激发出对角色的同情和共鸣。比如哈克，他的性格、语言、生活习惯、外表特征都让故事充满现实感，甚至在刚出版时遭到很多责难，人们认为把一个口吐脏话又吸烟的少年作为主角，是在鼓励坏习惯，《哈克》也由此成为美国文学史上最受欢迎又备受争议的一部小说。

《哈克》就是一个男孩的成熟成长记。一个孩子到底是在温室中长大好，还是在真实的社会环境中长大好，这是一个问题。哈克最好的时刻就是与朋友的荒野结伴之旅，他最坏的时刻就是与所谓的文明人在一起虚度年华。在帮助吉姆的过程中，他经受了道德上的两难境地。在那个人性沦丧的时代，友谊、关爱、倾听都是哈克最需要的，但按照社会规则，他应该把吉姆交出去。最后没把吉姆交出去，不是出于对法律和道德的深思熟虑，而是与吉姆的深情友谊，他深知，这才是诚实和真诚的。

美国大学通用申请有一道作文题是这样的：你是否经历过遭遇道德两难的时刻，你是怎么做的？这里，我们看看哈克是怎么做的：

哈克逃到杰克逊岛，意外见到了吉姆，吉姆以为遇到了哈克的鬼魂，吓得跪在地上求饶。哈克问吉姆为什么来到岛上，吉姆害怕哈克告发，就不想告诉自己是逃跑的。当吉姆说出实情之后，哈克的两难时刻就开始了，不过，这时他不去告发的理由只是自己不愿意回到镇上去了。

“吉姆，你怎么会到这儿来呢？”

他神色大为不安，有一阵子一声也不响。接下来说：

“也许我还是不说的好。”

“为什么，吉姆?”

“嗯，是有原因的。不过嘛，要是我告诉你的话，哈克，你不会告发我的，是吧?”

“吉姆，我要是告发的话，我就是个混蛋。”

“好，我相信你，哈克——我是逃跑的。”

“吉姆!”

“当心，你说过你不会告发的——你说过绝不告发的，哈克。”

“好啊，我是说过。我说过绝不告发，我说了话就算数。说老实话，我绝不反悔。当然，人家会骂我是一个下贱的废奴主义者，为了这个看不起我——不过这没有什么关系。我不会告发，反正我也绝不会再回那儿去了。

后来，两人在逃亡中结下了友谊。当两人快要到达自由州的时候，吉姆兴奋得“浑身发抖、发热”，哈克也开始全身发抖发热，不过，那是因为他对自己即将犯下过错的纠结。告发逃跑的奴隶是社会的惯例和准则，不告发是他内心对吉姆的感情，这样的矛盾心情贯穿全书，哈克这一次的内心独白可不那么简单了，有点成熟了：

他快要自由了。那么，这事该怨谁呢？啊，该怨我啊。不管怎么说，在我的良心上，这一点就是去不掉，这可叫我坐立不安啊。过去，我从没有想到这一层，从没有想到自己正在干的究竟是怎么一回事，可是现在想到了，认真想过了，这叫我越来越心焦。我也曾试图给自己辩解，说这怪不得我，因为我可没有叫吉姆从他那个合理合法的主人那儿逃跑啊。可是辩解也没有什么用，每一回，良心会站出来，说道：“可是你明明知道他为了自由正在逃跑啊，你尽可以划到岸上去，向人家告发他啊。”这话说得不错——这个理我是绕不过去的，无法绕过去。这是直刺良心的，良心对我这么说，“可怜的华生小姐有什么地方亏待了你，你竟然可以明明看见她的黑奴在你的眼皮底下逃掉，却从未说过任何一个字？那个可怜的老妇人有什么地方对不住你，你竟然这样卑鄙地对待她？啊，她想方设法要你好好读书，她想方设法要你有规矩，一桩桩、一件件，凡是能见到的，总是想尽办法对你好，她就是那样对待你的啊。

我只觉得自己太卑鄙了，太难受了，但愿就此死了的好。我在木筏上忐忑不安地走来走去，怪罪自己，吉姆也忐忑不安地在我身边走来走去。我们两人，谁也安不下心来。每一次当他手舞足蹈地喊“开罗到啦!”我就像中了一枪，并且刺透了我的心。我想，要真是开罗的话，我会难受得死过去。

在我自言自语的时候，吉姆不停地高声讲话。他说，一到了自由州，第一件事就是拼命挣钱，绝不乱花一分钱，等到积攒够了，就把老婆赎回来。然后他们两个人要拼命干活，好把两个小孩赎回来。还说，要是主人不肯卖的话，他们就找个反对黑奴制度的人，把孩子们偷出来。

听到他这样说，我几乎全身冰凉。在他一生中，在今天以前，他绝不敢说出这样的话来，他这人的变化有多么大啊。正是老话说得好：“给黑奴一寸，他便要一尺。”我想，这全是因为我没有好好想一想，才会有如此的结果啊。在我的面前，如今正是这么一个黑奴，我等于一直在帮他逃跑，如今竟然这么露骨地说什么他要偷走他的孩子。

到后来，我对我自己的良心说：“别再怨我吧——还来得及呢——见到灯光，我就划过去，上岸，去告发他。”于是我立刻觉得浑身舒坦，很高兴，身子轻得像一根羽毛似的。我所有的烦恼也都烟消云散了。我继续张望着，看有没有灯光。这时我高兴得要在心里为自己歌唱一曲呢。没多久，出现了一处灯光。杰姆欢呼起来：

“我要说，这一切，都得归功哈克。我是个自由人啦。要不是哈克，我哪里会自由呢。全是哈克干成的。吉姆永生永世忘不掉你。哈克，你是我最好的朋友，你也是我唯一的一个朋友。”

我刚把小船划开，急着想去告发他，可他这么一说，我就像泄了气的皮球，动作也缓慢起来了，也辨不清是高兴呢，还是不高兴。我划了有五十码，杰姆说：

“你这个对朋友忠心耿耿的哈克，在白人绅士先生里面，是对我老吉姆唯一守信用的人。”

> 啊，我只觉得心里不是滋味。不过我想，我还是非得这么干不行——这事我躲不过啊。

这时，开过来一只小船，上面有两个人，还带着枪。原来他们是追捕逃奴的。他们问哈克船上的那个人是黑人还是白人。这一次，哈克用自己的机智，诈称船上的人是得传染病的爸爸，骗过了追捕逃奴的人。从一个淘气的坏孩子，到成为一个敢闯敢做的英雄，哈克让我们如此喜爱，不只是因为我们喜爱反叛者，而是因为我们喜爱那些特立独行，勇于为正义和善行而战的人。

所以，我们今天读《哈克》，还有一个更现实的任务，就是在孩子成为小太阳的时代，如何把一个众星捧月的小王子锻炼、培育成能够独立面对生活，百折不挠的男子汉！

好，下一单元，我们就看一个真正百折不挠的男子汉，美国最伟大的小说《白鲸》里面的亚哈船长。

Unit 19

《约拿书》——上帝：人，要经历试炼而成长

《白鲸》——魔鬼：人，要经历诱惑而毁灭

"Both jaws, like enormous shears, bit the craft completely in twain."

—*Page 510.*

赫尔曼·梅尔维尔（Herman Melville，1819—1891）：

捕鲸船是我唯一进过的耶鲁和哈佛

在邪恶面前，理智和智慧保护不了天真和无辜

唯有我一人逃脱，来报信给你。

——《圣经旧约 约伯记》

不要自己申冤，宁可让步，听凭主怒。因为经上记载，“主说，申冤在我，我必报应”。

——《圣经新约 罗马书》

在《美国文学英雄谱》接近尾声的时候，我们迎来了最烧脑子的一个单元，我们一起谈谈梅尔维尔（Herman Melville）的小说《白鲸》（*Moby Dick*）吧。

《白鲸》在1956年、1998年、2010年三次被拍成电影，1956年版的亚哈船长由格里高利·派克出演。派克在《罗马假日》中出演的男主角我觉得帅极了，后来看了他在《杀死一只知更鸟》中扮演的当律师的爸爸，我觉得好极了，但我怎么也想象不出他会出演《白鲸》中的亚哈船长，我觉得反差大极了。《白鲸》的情节并不复杂，亚哈船长不惜搭上一船人的性命，非得要找到并杀死那只40年前咬断他一条腿的白鲸莫比·迪克。很多人会问，为什么呢？其实，亚哈船长也在思考这个问题，在电影中，他对大副星巴克是这样说的：

> 亚哈：星巴克先生，天气很好，蓝天白云。在这样的一天，我在捕我的第一条鲸鱼。40年了。人为什么要追求这么多呢？他们已经有了安定的生活，干嘛还来这里呢？我感觉到了，就像是亚当一样，沉浸在伊甸园。站近点，星巴克，让我看看人类的眼睛，感觉比望着大海和阳光要好。
>
> 星巴克：船长，这是我最后一次和你说，你怎么不帮我们想想呢？

星巴克？对，就是亚哈船长所在的“皮廓德”号捕鲸船上的大副。听到这个名字，我想你一定会想到星巴克咖啡。当年，星巴克咖啡的创始人为公司取名的时候，就直接用了《白鲸》中的大副星巴克的名字，他觉得这个名字会让顾客喝咖啡时想到宽广的大海。开始，他还想用“皮廓德”这个名字，不过，如果真的那样，我想当你喝咖啡的时候就会想起海盗，浑身起鸡皮疙瘩了。

《白鲸》在美国，就如《红楼梦》、《三国演义》在中国，就如《哈姆雷特》在英国。

如果你把一款茶叶取名黛玉、宝玉、云长我觉得会不错，如果你取名曹操、董卓就不知会怎样了。不管怎么说，《白鲸》对社会文化的影响可见一斑。有个北卡大学的学生说：老师告诉我，能够代表美国小说最高水平的或许是《白鲸》。梅尔维尔的《白鲸》、福克纳的《熊》、海明威的《老人与海》一起被誉为美国文学史上的三大动物史诗。《白鲸》与获得诺贝尔奖的《老人与海》骨子里很神似，可惜那个年代还没有诺贝尔奖。

不过，名气归名气，读起来怎么样又是另一回事了。《白鲸》大概是最令高中和大学课堂畏惧的小说了，它以极其冗长无聊著称。梅尔维尔的语言风格也让读者望而却步，不仅句子结构过于臃肿，遣词造句也过于繁杂。简单地说，梅尔维尔有些话痨。他的描述冗长夸张，一个句子甚至长达 471 个单词，在我们这个本来就坐不下来的浮躁社会，不知道有谁会津津有味地独自坐在角落和梅尔维尔唠唠叨叨地对话。不过，梅尔维尔在颇具寓意象征，充满灰暗的黑色浪漫写作手法中，也把幽默贯穿其中，而且还把握得很好，这让他的人物变得更有趣，而且各有特色，故事也有了招人爱读的一面。当然，语言粗俗尺度大也是他的一个风格，但就是不知道这是缺点还是优点了。

小说中人物众多。船长、指挥者、标枪手是一条捕鲸船的人员标配。在“皮廓德”（Pequod）号上，除了船长亚哈（Captain Ahab），指挥者（Headsman）有 3 个人，分别是大副（Chief officer）星巴克（Starbuck）、二副（Second officer）斯塔步（Stubb）、三副（Third officer）弗拉斯科（Flask）；标枪手（Harpooners）有 3 个，分别是魁魁格（Queequeg）、塔斯蒂哥（Tashtego）和代戈（Daggoo）。

在众多的人物中，有三个核心角色必须记住。以实玛利（Ishmael）是叙述者“我”，“我”以自己头一次的捕鲸经历开始这个故事。亚哈（Ahab）是船长，全书故事的主线就是亚哈船长在大海中追杀一条叫“莫比・迪克”的大白鲨，“莫比・迪克”也成为全书的真正主角，尽管在 135 章的长长篇幅中，它只在三章出现过。除了一条 90 英尺长的巨大鲸鱼之外，对亚哈，它代表着邪恶；对其他船员，它更像上帝，是不可触犯的。莫比・迪克也成为小说的最大象征符号。每一个阅读小说的人都会有自己的理解，正应了那句话，“一百个人眼中有一百个哈姆雷特”。

下面，我们就先回顾一下小说的主要情节和作者梅尔维尔的人生经历，然后通过对以实玛利、亚哈、莫比・迪克三个角色的解读，来体会小说传递的寓意；通过对复仇、宗教两个主题的理解，来体会小说给我们的启示。

世界这么大，以实玛利想去看看。他以前是个老师，觉得捕鲸会改变一下他郁闷无聊的生活，在去南塔克特岛寻找捕鲸船的路上遇到了一个鬼鬼祟祟叫魁魁格的家伙，魁魁格刚捕鲸回来，也想着再做一次捕鲸之旅。以实玛利虽然对他的纹身颇感不爽，两个人还是住在了鲸鱼客栈的一个房间里，并与“皮廓德”号各签了三年的捕鲸合同。

“我”来到鲸鱼客栈，它装饰得就如一个露脊鲸的鲸头。一个活像希伯来预言家约拿再世的小老头在那儿忙碌着，他收进水手的钱，卖给他们颤抖性的酒疯和死亡。

“皮廓德”是一支部落的名字，这个部落的人在17世纪全部被杀掉了。故事开始的很长一段时间里，船长亚哈都没有出场，船员们各自料理自己的事情。不久，以实玛利听说亚哈船长只有一条腿，另一条假腿是用大鲸的关节做的，一条叫莫比·迪克的大白鲸吃掉了他的一条腿。他还发现亚哈船长并不是为了卖鲸而捕鲸，而是要抓获莫比·迪克，为那只断腿报仇。

“皮廓德”号上的生活不如想象的那样充满新奇之感。船员总是在瞭望，想要发现莫比·迪克，也向过往的船只打探大鲸的消息。这期间，他们也捕到了几条鲸。以实玛利详细描述了如何杀死鲸鱼，如何获取鲸脑油，并把这些油存放在桶里，他每天的工作就是同这些从鲸鱼脑袋里挤出的黏黏糊糊的东西打交道。船员一边干活，一边唠嗑，这也是一个讲笑话的好时机，梅尔维尔让你在枯燥的阅读中牢牢地参与其中。

这条船晃晃当当地航行了一年多，从大西洋进入印度洋，恰好经过非洲南部，莫比·迪克就在那一带出没。他们到达那里时，坏消息接踵而至：导航仪坏了，又遇到了台风，塔斯蒂哥掉到一头巨鲸的脑袋上，魁魁格救了他。尽管发生了这些事情，亚哈船长还是设法让大家记着复仇的事情。他还用船上三个标枪手的血祭奠了自己的标枪。这时，魁魁格病了。他知道自己快要死了，就为自己定制了一副棺材。谢天谢地，他的病好了，他建议船员们把棺材当浮筏用，这对以实玛利简直是一个福音。

就在大家认为这条巨鲸可能根本就不存在的时候，亚哈船长终于发现了莫比·迪克的踪影。他们放下小船追踪了3天，“皮廓德”号靠近了这头白鲸。船被撞坏了，但亚哈没有停下来，他用尽最后的力气，把那支特制的，用血浸过的标枪投向莫比·迪克，但没有刺到，标枪还不见了，绳子缠住了亚哈的脖子，勒死了他。

船上唯一的幸存者是以实玛利，他躲进魁魁格的棺材中，被路过的另一艘捕鲸船救下。

“不要再说了，星巴克，你可也要明白我的心，有的人死在浅水滩，有的人死在洪水里，而我，注定要死在巨浪之中，这就是我的命，早已注定好了的。再见吧，我的朋友。”

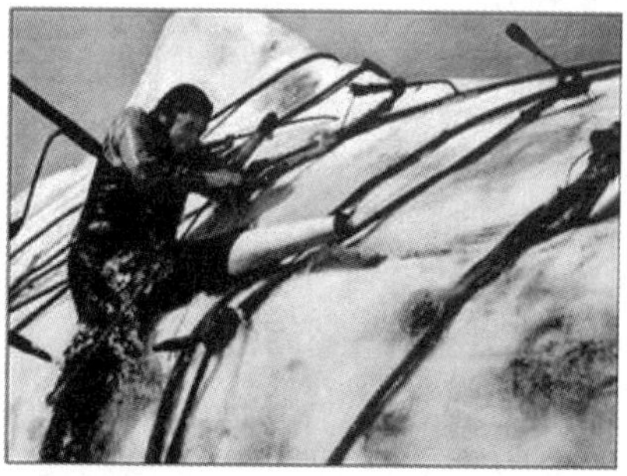

现在的问题是，《白鲸》的作者梅尔维尔为什么要写这样一部奇怪的小说呢？写出这么有名的一部小说，他是不是每天都生活在光环与鲜花之中呢？恰恰相反，梅尔维尔的一生是血泪的一生、顽强的一生、思考的一生、寂寞的一生。在他活着的时代备受误解，在他离世的时候，大部分美国人完全忘记了他还是一个作家，甚至不知道他的名字。下面，我们来追忆一下梅尔维尔沉重而辉煌的人生脚步。

家道中落，捕鲸出海。梅尔维尔的祖辈是一个相当富有的家族，但到他爸爸这一代家道中落。爸爸去世后，梅尔维尔只得辍学回家，外出打工以支撑家庭。7年后，梅尔维尔不到20岁的时候，他决定参加一次捕鲸的远征之旅，无意中让他成了知名的探险小说作家。

海洋探险，三部名曲。海上漂泊几年，回到美国，写出了远洋生活的波里尼西亚三部曲（Polynsie Trilogy），即1846年的《泰比》（*Typee*）、1847年的《奥穆》（*Omoo*）、1849年的《玛地》（*Mardi*）。在《泰比》中，梅尔维尔详细讲述了他在泰比食人部落的经历以及与一个叫法亚微的部落女孩的爱情故事。这些讲述美国人自己探险故事的小说，让梅尔维尔声名鹊起，个人前途一片光明。

得遇霍桑，风格转型。大作家就是不一样，就在别人都喜欢他的小说的时候，梅尔维尔自己却厌倦了这些陈旧的故事，开始了超自然主义的实验，去写那些展现超自然或超人性的故事。超自然文学探索人们做出决定的动机，为什么人们做那样的事情，结果是什么。比如对于亚哈船长，就是找出他为什么如此偏执。《白鲸》最初是一部捕鲸小说，在写完三分之一时，梅尔维尔把结婚后的家安在了马萨诸塞州，在这里遇到霍桑，受《红字》的启发，开始重写，可以说《红字》为《白鲸》注入了灵魂。我们在本书第四单元提到，梅尔维尔在《白鲸》的扉页写道：为了表示，我对他天才的敬仰，本书的写作和刊印献给纳撒尼尔·霍桑。但那时的读者对此不太感兴趣，人们更想看的还是传奇冒险故事。

伟大作家，重新发现。《白鲸》1851 年出版，梅尔维尔的名气却开始下降。当作家已经维持不了他的生活，为了生存，他不得不去纽约海关找了一份工作。然而，他没有一味迎合大众与市场，而是继续自己的探索。后来写了短篇小说《书记员巴特比：华尔街的故事》(*Bartleby*，*the Scrivener*： *A Story of Wall Street*)，遗憾的是，读者还是不买他的账。1891 年，72 岁的梅尔维尔去世，那时几乎没有人知道他是谁了，正应了爱默生那句名言："要想伟大，就可能被误解"。

晚年，梅尔维尔还写了一部叫《水手比利·巴德》的小说。这个故事发生在一艘英国皇家海军军舰上，军官约翰·克拉盖特故意指责巴德叛乱，这让读者开始对人的动机与相互关系进行道德思考。直到 1924 年，梅尔维尔去世几十年后，《水手比利·巴德》才出版。这时，人们开始重新关注他的作品，认为严重地误解了他，梅尔维尔及其《白鲸》这颗被长久埋没的宝石才开始重新焕发出光彩。

梅尔维尔对黑色浪漫又一次做了阐释：无论我们多么努力完善自己，邪恶总是如影随形，纠缠其间。

了解了小说和作者的概况，我们重点研究一下3个角色，以实玛利、亚哈和莫比·迪克，体会一下小说的寓意。

就像很多人没看过《哈姆雷特》，但知道“生还是死，这是一个问题”一样，很多人没看过《白鲸》，但一定听说过这句话：“就叫我以实玛利吧”，这是小说开篇第一句话，也被公认为最有名的小说开头。所以，我们就从这儿开头，谈谈小说的讲述者以实玛利。

这句话所以有名，原因之一是，一听到这句话，你就会知道这个人在和你说话。“就叫我以实玛利吧”是省略了主语“你”的祈使句，可以说，小说开篇第一个字是“你”，这就立刻拉近了与读者的距离。原因之二是，这句话有亲近之感，如果有人跟你说“就叫我某某某吧”，说明这个人跟你关系很近很熟，这个名字更可能是一个昵称，小名或绰号，让人感觉很舒服。不过，最重要的是，这个名字另有寓意，无论对故事进展还是故事结局都有强烈的暗示意义。

以实玛利可不是一般的名字，《圣经》里有一个人就叫以实玛利。在《圣经》开篇“创世纪”中，亚伯拉罕是以色列人的祖先，亚伯拉罕的时代一种说法是在公元前2100多年，中华民族的祖先轩辕黄帝的时代是在公元前3000年左右，两人都是部落的族长或首领。亚伯拉罕的妻子撒拉一直没有生育，撒拉就让她的埃及女仆夏甲做了亚伯拉罕的妾，她对亚伯拉罕说，“或许我可以因她得孩子”。夏甲怀孕后，就小看她的主母撒拉，撒拉开始找夏甲的碴，夏甲不堪忍受就逃跑了。在旷野的泉水旁，上帝的天使让夏甲回去继续服侍撒拉，并说：我必使你的后裔极其繁多，不可胜数。你如今怀孕了，要生一个儿子，你就叫他以实玛利吧，因为耶和华听见了你的苦情。亚伯拉罕86岁那一年，以实玛利出生，以实玛利就是神听见了的意思。《圣经》的原文是这样的：

> The angel of the Lord found her by a spring of water in the wilderness, the spring on the way to Shur. And he said, “Hagar, slave-girl of Sarai, where have you come from and where are you going?” She said, “I am running away from my mistress Sarai.” The angel of the Lord said to her, “Return to your mistress, and submit to her.” The angel of the Lord also said to her, “I will so greatly multiply your offspring that they cannot be counted for multitude.” And the angel of the

Lord said to her, Now you have conceived and shall bear a son; You shall call him Ishmael, for the Lord has given heed to your affliction.

亚伯拉罕100岁，撒拉90岁的时候，撒拉生下了一个儿子，取名以撒，就是我们在第一单元讲过的“以撒的燔祭”中的以撒。一次，撒拉看见以实玛利取笑以撒，就让亚伯拉罕撵走夏甲母女，好让儿子以撒继承产业，接班成为部落族长。亚伯拉罕给了夏甲和以实玛利一些饼和一皮袋水，打发他们离开。夏甲想回埃及，却在别是巴的沙漠里迷了路，皮袋的水也用尽了，夏甲放声大哭。天使来救他们，告诉夏甲神听见了她的苦情，并且必让以实玛利的后裔成为大国。以实玛利渐渐长大，成了弓箭手，夏甲从埃及给他娶了一个妻子。根据《圣经》和《古兰经》的描述，一般认为，阿拉伯人是以实玛利的后裔。

夏甲和以实玛利被逐

《圣经》告诉我们，以实玛利是一个被驱逐的流浪儿，也是上帝看护的幸运儿，他创造了一个大国，成就了一个世界。《白鲸》中的以实玛利浪迹天涯，上了捕鲸船，最后成为唯一的幸存者。作为讲述者，他又为我们创造了一个伟大的故事，成就了一个捕鲸的新世界。《白鲸》用第一人称“我”来讲述，故事从以实玛利的视角展开，这个有点抑郁症，又当过老师的柔弱书生，在亚哈疯狂的强势面前，在“皮廓德”号上背景各异的江湖侠客之间，不免让我们为他担心。但随着他的眼睛，“皮廓德”号上的秘密逐渐被解开。不过，以实玛利绝不是一个简单的讲述者。在小说开始，他讲了与标枪手魁魁格的奇遇，从他对魁魁格看法和态度的转变，尤其是对未开化的蛮族的认识，我们对以实玛利有了一个更完整的理解。

我们所谓的文明人总习惯以天朝自居，把南方人叫南蛮，鄙夷北方人生性粗鲁，而总认为自己才是高等、正宗、中心、文明的，殊不知我们有远远不及偏远蛮族的地方。以实玛利第一次见到魁魁格时，魁魁格的纹身和蛮族举止让他十分恐惧，差点跳窗而逃：

终于，他扭过头来了：一张可怕的脸，说黑不黑，说红不红，左一块右

> 一块儿满脸贴着像膏药似的东西。天啊，他的头上寸草不生，是个秃子！可是，在头顶正中，却梳着一个小髻！太吓人了，如果不是他站的位置正好挡住了门，我会一下蹿出去。怎么办？跳窗户吧，可窗户看样子被钉死了！

然而，在只是同居一床一夜之后，以实玛利的看法就全变了。魁魁格睡觉时，尽量靠近床边；起床时先穿衣服，尽量不影响以实玛利；在斋戒敬拜神的时候，他可以一动不动地坐上一天，这让以实玛利对魁魁格完全折服，甚至情愿崇拜魁魁格那个民族的神。其实，我们经常觉得一个人的习惯可笑甚至愚昧，可那又有什么呢？只要他本人做得自然和谐、心安理得，那就够了，说不定是我们愚昧无知呢！所以，以实玛利说，野人的敏感一旦表现在礼仪上，是让人十分感动的。相比之下，倒显得我有点粗俗无礼了。在 19 世纪种族偏见占主导地位的社会氛围中，以实玛利的开明态度甚至比我们现在的人还要宽容开放。他从魁魁格那里学到的东西，让我们现在的人也自叹不如。

> 客店老板把我的话对魁魁格讲了一遍，魁魁格立刻照办了，又打着手势让我上床，十分友好。他的举止现在看来还真有点礼貌呢！尽管他浑身上下都是可怕的花纹，但这并不说明他就是个坏人啊！毕竟，那只是他的外表，一个人无论什么肤色，都可能是诚实的。与其跟一个烂醉如泥的基督徒同睡，还不如跟这个神志清醒的吃人土著同床呢（Better sleep with a sober cannibal than a drunken Christian）。

现在，我们很多同学会住学校宿舍，或同学结伴租房子，希望大家都能从小说里学到我们需要的东西，至少不能总是觉得别人不对不顺眼，甚至闹出下毒、杀人的蠢事来。

好，我们接着说说亚哈船长。亚哈是最好的捕鲸船长，但复仇、强迫、悲剧成了他的代名词。

早年出海时，亚哈被一头叫莫比・迪克的白鲸咬断了一条腿，他的假肢是用鲸鱼牙制成的。从那以后，亚哈变得有点古怪，以致越来越疯狂，逐渐把生活中一切不好的事情都归罪于莫比·迪克，复仇的渴望从未熄灭。40年来，他一直坚持捕鲸，留下守活寡的妻子，甚至从未见过他的孩子。

> 说老实话，星巴克，在这四十年里，我在岸上还待不上三年呢。我所过的是用石头砌起的城墙般与世隔绝的生活，孤寂凄凉。四十年来尽吃些腌制的东西，正说明我的灵魂干巴巴，缺乏营养。走了，远走重洋，离开我那过了五十岁才结婚的年轻妻子，第二天出发到合恩角去，只在我结婚的枕头上留下了一个凹痕。妻子？妻子？还不如说是在守活寡！唉，星巴克，我一跟她结婚，就叫那个可怜的姑娘守寡。

亚哈的外表看起来一切正常，但他的内心早已极度失控，想尽办法向白鲸复仇。他答应到"皮廓德"号上当船长，就是想找机会报仇雪恨。当"皮廓德"号远离南塔克特岛，轻易不能返回的时候，亚哈就向船员告知他的目的，强迫他们发誓帮他完成可怕的复仇计划。

在梅尔维尔的笔下，亚哈就是一个"偏执狂"（Monomaniac）。一般来说，偏执狂就是完全只对一件事疯狂，在其他方面一切正常。比如说，独裁者都是某种程度上的偏执狂。莎士比亚四大悲剧之一《李尔王》中的李尔王，权力让他虚荣到虚幻的程度，自大到听不进任何谏言，最后悲伤而死。还有一种，自恋到极致也是一种偏执狂。罗马神话中的那喀索斯，对任何美女都不动心，他只爱自己。同样，亚哈完全沉溺于击杀莫比·迪克这唯一一件事上，早已为复仇失去了灵魂。

梅尔维尔在《白鲸》中刻意借用《圣经》人物为自己的角色增加深度。除了以实玛利，亚哈也是《圣经》中的人物。在《列王记》第21章，耶斯列人拿伯的葡萄园紧挨着以色列王亚哈的王宫，贪婪的亚哈王对拿伯说，把你的葡萄园给我做菜园，我把更好的葡萄园换给你。你要银子，我就按着价值给你。拿伯不同意，亚哈就闷闷不乐，也不吃饭。王后耶洗别听说后，就动用行政和黑社会的力量开始了强拆。一边以亚哈王的名义给长老写信，让他们宣布有人犯了大罪，一边雇用两个匪徒诬陷拿伯，并用乱石打死拿伯，夺取了他的产业。于是，耶和华神派以利亚宣告了亚哈的死刑：狗在何处舔拿伯的血，也必在何处舔你的血。我必使灾祸临到你，将你除灭。对王后耶洗别，耶和华说：狗在耶斯列的外郭，必吃耶洗别的肉。凡属亚哈的人，死在城中的，必被狗吃；死在田野的，必被空中的鸟吃。

正如先知以利亚预言，亚哈王的血必将滴在拿伯流血的地方，在《白鲸》中，亚哈船长用错误的手段试图得到不应该得到的东西，他邪恶的行为必以报应收场，最后被莫比·迪克拖拽而死，和亚哈王一样，死在了自己为自己准备的绞刑架中，《白鲸》也由此成为了一个复仇悲剧。

下面，我们读几个段落，体会一下亚哈船长对复仇的疯狂和偏执。他把所有的焦虑、愤怒、恐惧都发泄到一个目标莫比·迪克上。"就是太阳欺辱了我，我也要打碎它"。我们可以感受到，复仇的渴望已经侵蚀到亚哈的骨子里，病入膏肓。

先看这一段，亚哈第一次承认追杀白鲸是为了复仇：

"是呀，它的喷水很大，就像是一大堆小麦；它的喷水很白，就像是我们剪下的羊毛。听呀，朋友们，这就是我所说的莫比·迪克。"亚哈船长的话里带着赞美。

星巴克一直盯着亚哈船长没吭声，现在，他说话了。

"亚哈船长，你的腿是不是就是它弄的？"

"谁说的？"

亚哈船长大声地叫起来，但随即就停了下来，承认了。

"是呀，你说得没错，就是那家伙搞掉了我的腿，弄得我现在只能穿着这破骨头站在这儿。"

亚哈船长像是一只麋鹿被射中了心脏，充满兽性地呜咽起来。

"是的，就是那家伙让我成了这样，让我永远成了独脚的可怜水手，我就是走遍天涯海角，追到地狱的火坑里，也一定要抓住它，否则我绝不撒手。"

"朋友们，我请你们来，是要你们帮我抓住那家伙，我们一定会扎得它浑身冒黑血，一定要铲尽它的黑鳍，你们说怎么样？"

"对！对！"水手和标枪手们齐声附和。

亚哈船长激动极了。"你们都是勇敢的水手，上帝也会保佑你们的，拿酒来，让我们干一杯吧！"

亚哈船长一扭头，看见了一直默不作声的星巴克。

“怎么，星巴克，你怎么拉着脸呢？你难道不高兴捉住那白鲸么?”

“我很高兴打死那家伙，来为您出气，如果我们能碰见它的话。但是，我们不能只为了它呀，我们是来捕鲸的，不是专门来报仇的，仅仅靠那白鲸的几桶油是赚不了几个钱的。”星巴克平静地说。

“你怎么只想到钱呀，星巴克，同我的仇恨比起来，钱又算得了什么呢?”亚哈船长有些气急了。

“他在捶打自己的胸膛啊，看样子，他已经快要失去理智了。”斯塔布悄声说。

“为什么非要疯了似的去和一个没有灵性的畜牲较量，去争个你死我活呢?”星巴克依旧不肯让步。

“你听着，星巴克，你所期待的分账实在算不得什么，如果你随我杀掉白鲸之后，你得到的价值要比钱多得多!”

“这样被白鲸压迫着，你不觉得透不过气来吗？我可是像蹲了监狱一样，我受不了邪恶和凶暴对我的这种虐待，我要出去，我要撞破这监狱的墙。”

“不管是什么压迫和欺辱，我都是不能忍受的，我都要打碎它们，就是太阳也是如此，如果它也侮辱我的话。”

在就要接近莫比·迪克，血战不可避免之时，亚哈船长不禁有些激动，又有些不安。那场战斗是他盼望已久的，可他又担心自己打不赢。“我必须及早给这战斗做准备了，首先是武器。” 亚哈船长打开自己的小皮袋，拿出特意准备的“又好又硬”的马蹄铁，请船上的老铁匠为他专门打造了一支标枪。然后，拿出自己的剃刀，让老铁匠打造枪钩。像出征的队伍用血祭旗一样，亚哈用船员的血祭奠枪尖，还模仿宗教仪式发表了自己的誓言：我为你洗礼，不是奉上帝之名，而是以魔鬼的名义。这一段在第 113 章：

“可这剃刀您不用了？多可惜呀。”

“不要再说了，从现在开始，我不刮胡子，不吃饭，也不祷告，直到……”

亚哈船长停了下来，没有说出来，其实谁都知道，他所谓的“直到”是什么。

又过了一会儿，枪钩做好了。就在老铁匠让亚哈船长离远一点，他好给枪钩淬火的时候，亚哈对着旁人说了话。

“魁魁格，塔斯蒂哥，大个子，你们愿不愿意用自己的血来给我的枪钩淬火呢。”

“当然可以，船长。”

一直趴在一边看着的三个人说。

“好吧。”

亚哈船长用枪钩在这三人身上扎了三枪，于是，亚哈船长的枪钩便用血淬了火。

“我不是奉上天之名，而是奉魔鬼之名为你洗礼。”亚哈船长对着自己的武器说道。

然而，这一场对决的结果却是自然完胜，人类完败。其实，亚哈也知道，抛弃自己的生活，一心只为复仇是亵渎神灵，是一个遭天谴的行为。莫比·迪克就如拿伯，亚哈船长就如亚哈王，神让公义再一次得到伸张。

标枪掷了出去。那条中了枪的大鲸向前狂奔，那根索子像着火一般快，直穿过细槽。亚哈弯下身子去解开它，虽然解开了，可那如飞的线圈兜住脖子把他套住了，于是像沉默的土耳其人一言不发地把他们的罪犯吊死一样，他箭也似的从小艇里飞了出去，连水手们都没意识到他已经完了。再一会儿，那根粗大的索尾就从索眼里豁地射了出来，把一个桨手带倒了，往海里一撞，沉下海底，不见了。

小艇上那些水手吓呆了，一动不动地站在那儿，等定过神来，“大船呢？老天啊，大船在哪儿呀？”不一会儿，他们透过那迷蒙的，让人眼花缭乱的灵气，看到了那只倾斜的逐渐消失的船影，好像是在虚幻的海市蜃楼中一样，只有几根桅顶露出在水面上，而那几个标枪手，不知是怀着依依不舍之情，还是出自一片忠心，还是听从命运的摆布，毫不动弹地仍然守在那高高的岗位上，仍然坚持在那行将下沉的瞭望岗位上。这时，一个同心圆把这只孤零零的小艇，连同所有的水手，每根漂泛着的船桨子，每根捕鲸枪棒，死的活的都包围了起来，全都在一个涡流里绕来绕去，连“皮廓德”号最细小的木片也都给带走了。

“亚哈船长，你看看这场面吧，这一切都告诉我们，这黄昏就是我们的末日了！”

“嗨，桅顶上的人，看见家乡小山坡上我那可爱的孩子了吗?”星巴克动情地嚷道。

小说用莫比·迪克来命名，说明莫比·迪克是一个重要角色，但小说对它的描述很少。梅尔维尔好像更关注其他角色对它的反应，而不太在乎它到底是什么。除了可以把它比做拿伯，莫比·迪克到底是谁，到底是什么呢?

对以实玛利来说，莫比·迪克只是有些商业价值的普通抹香鲸而已。对那些迷信的水手来说，莫比·迪克神圣崇高，无处不在，它就是一尊神秘的水上之神，不可猎杀。对亚哈船长来说，白鲸就是他所有的痛苦、郁闷、愤怒和憎恨。对梅尔维尔来说，白鲸就是上帝创造的既和谐壮美又不可伤害的世界。看看他对白鲸的赞美就知道了：

这条鲸在游动时，显得非常悠然自得，温和中带着威力，迅疾中含有从容，它神妙地游着，一身辉煌荣耀，这绝不是那化作白牛的朱庇特带着趴在优美牛角上抢来的欧罗巴，以圆熟迷人的神通，直向克里特岛的新房游去时所能企及的。不，这绝不是朱庇特，绝不是那个伟大庄严的神所能企及的。

实际上，白鲸作为一个象征符号，每一位读者都可以自己去感悟。莫比·迪克就如一块画布，每个人都可在上面描绘出自己的心中所想，或者像一面镜子，反射出每个人的原形，或者像一张白纸，可以写出自己的故事。

从莫比·迪克的角度，或许，它在试图告诉所有追捕它的人，就让我自己在这里，不要打扰我，除非你想和海中的鱼儿嬉戏游泳。这就牵涉到人与自然和谐共存的关系问题，亚哈显然没有理解这些。可以说，直到今天，人类对自然和自然力量仍然没有清醒的认识，依然没有对自然的敬畏之感，而是常常把自然看做有价值的资源，赶尽杀绝。

除了复仇，《白鲸》还有一个贯穿全书的主题，就是宗教。对于宗教的观点，《白鲸》远远走在了那个时代的前面，比如对各种宗教传统的尊重。这一点，我们在以实玛利对魁魁格的描述中能深刻体会到。在小说中，部落的异教徒和新教教徒看起来并没有大的差别，甚至异教徒更文明一些。以实玛利说，我的宗教观念是宽容的，我不反对别人有自己的信仰，前提是那个人也不因为自己的信仰而迫害甚至杀戮有别的信仰的人。美国建国初期，杰斐逊起草了宗教自由法令，力图避免“萨勒姆女巫”式悲剧的上演。就是到今天，以实玛利玩笑般说出的观念又有多少人理解呢，源于宗教歧视的杀戮、恐袭不是每天都在上演吗？

小说使用了《圣经》中的名字等大量的宗教象征性符号，为小说的寓意提供了强烈的暗示。比如，如何理解亚哈船长的复仇？有仇必报难道有错吗？人若犯我，我必犯人难道不对吗？在《圣经》里，对这个问题，其实早有答案。在《罗马书》第12章19节，专门讲了基督徒的生活守则，其中一句话是：亲爱的弟兄，不要自己申冤，宁可让步，听凭主怒。因为经上记载，“主说，申冤在我，我必报应”。所以，你的仇敌若饿了，就给他吃；若渴了，就给他喝。因为你这样行，就是把炭火堆在他的头上。你不可为恶所胜，反要以善胜恶。可惜，亚哈船长不管这些，他要的是把标枪亲自插在莫比·迪克的身上。

说了这么多亚哈对复仇的偏执，但亚哈船长到底为什么如此偏执呢？在《白鲸》中，梅尔维尔用了第八章“讲坛”、第九章“布道”两个章节，详细记叙了梅普尔牧师讲解《约拿书》的过程，这两章也是小说的题眼，《白鲸》中亚哈的故事就是《约拿书》中约拿的故事的另一个版本。当然，我们还可以借着这个机会，顺便了解一下牧师是如何布道的。

《约拿书》几乎是《圣经》中最短的一篇，只有4章，不到2000字。第一章叫约拿违背耶和华的差遣。说耶和华神让先知约拿去告诉尼尼微城的人，因为他们作恶多端，40 天后尼尼微必遭毁灭。尼尼微是以色列的死对头亚述国的首都，在今天的叙利亚境内。约拿不想去尼尼微，就坐上一条船，准备逃往与尼尼微相反方向，就是今天西班牙的他施。耶和华就让海上起大风，船员们通过抽签，知道是约拿惹怒了神。约拿说，你们将我抛在海中，海就平静了。约拿被抛进大海，恰好一条大鱼吞了约拿，约拿在鱼腹中待了三天三夜。

第二章叫祷告。因为约拿在鱼腹中祷告耶和华，真心承认错误，鱼就把约拿吐到了旱地上。第三章叫约拿顺服耶和华。约拿来到尼尼微，宣告耶和华的话。只用一天，尼尼微的人就真心悔改。于是，神就后悔，决定不把灾祸降于尼尼微了。第四章叫约拿发怒与神的怜悯。看到神后悔，约拿就生气了。他说，我当初就知道你会反悔，所以我才去他施。你这样做，不如让我去死了。于是，他就跟上帝较劲，坐在尼尼微城的东边，看你上帝到底怎么办。神安排一颗蓖麻，为约拿遮阴，约拿很高兴。第二天，神安排一条虫子咬断蓖麻，又吹来炎热的风，日头把约拿晒得发昏。可约拿还嘴硬，说，我死了也比活着好。神说，你为了一颗蓖麻发怒合理吗？约拿说，我死我愿意。神说，这蓖麻不是你种的，不是你养的，你尚且爱惜。何况这尼尼微大城，其中不能分辨左手右手的有 12 万多人，还有很多牲畜，我怎能不爱惜呢？

《约拿书》的核心意思是人不能违背神。其实，整部《圣经》都在讲这个道理。为什么呢？因为人总是不能抑制住本性中的恶，总是试图违背神的法则或安排来获取额外利益，所以，一部《圣经》展现的就是违背、惩罚、顺从的一个个事例，贪婪、妒忌、仇恨的一件件恶行。那么，人为什么要必须遵从于上帝呢？

这里我们插一句，如果你说我不相信宗教，或者神是不存在的，那你把“上帝”、“神”这些字眼换成我们熟悉的“老天爷”、“大自然”就可以了，其实，两种语系讲的都是一个道理。

上帝七天创世，带给我们一个精妙和谐的世界，也建立了人、动物、自然共存共生的规则。上帝创造人是为了让人管理这个世界，但不可越界。而人的自私、贪婪却总想占有它、征服它、掠夺它、伤害它，所以，《圣经》中的恶人恐怕远远多于好人，恶行远远多于善行。《圣经》不喜欢树立高大上的楷模让人学习，而是通过一桩桩恶行和罪的惩罚来让世人警醒悔悟，心生敬畏。《圣经》开篇就是“人违背命令”，上帝给了亚当、夏娃一个伊甸园，只是不让他们吃知善恶树上的果子，并告诉他们吃了必死，可贪婪让他们越界了。亚当的儿子该隐杀了弟弟亚伯，只是因为上帝更喜欢亚伯的供物，就嫉妒亚伯，而不去想自己为什么做得不好。亚哈王有了大宫殿，还要惦记手下屁民的葡萄园，不惜杀人抢夺。大卫王、扫罗王莫不如此，滥权谋私，甚至抢人妻女。“你若做得不好，罪就伏在你的门前”，亚当的贪婪、该隐的嫉妒、亚哈王的滥权都是罪。亚哈船长的罪是什么呢？自负、仇恨、报复。鲸鱼咬断了他的一条腿，他还不醒悟悔改，约拿被吐出那样的幸运自然就没有了，只能葬身大海。

梅尔维尔通过《白鲸》告诉我们，无论你如何完善自己，邪恶总是如影随形。那么，人怎么才能做到不违背上帝呢？只能经过不断的考验！以色列人出埃及走了40年，每当他们动摇对上帝的信仰，上帝就降下灾祸惩罚他们。《一生必读的关于信仰与人生的30部经典》这本书的作者认为，从《圣经》的文脉看，不经过考验的人生是不值得活的人生。考验，从上帝的角度看，就是人要经历试炼而成长；从魔鬼的角度看，就是人要经历诱惑而毁灭。

上帝怎么考验你呢？有一次，我偶尔听到了一位牧师的讲道，他说上帝试炼人有三种方式：一是拿走你最心爱的东西。这句话也来自《圣经》，电影《肖申克的救赎》用了这句话：上帝往往会拿走你最珍贵的东西，以提醒你得到太多。二是让你经历疾病贫穷。这两点都好理解，但第三点我完全没想到，就是把你的敌人放到你的跟前。当时，我正遭遇工作中的不顺，这第三点说的我豁然开朗。

诱惑的实质是什么呢？《圣经》讲的无非是人要为上帝活还是为自己活，以上帝为中心还是以自己为中心。为上帝而失去自身的人就会受到褒奖，重新找回自我；为自己而失去上帝的人就会受到谴责，走向毁灭。亚哈王、亚哈船长就是后一种。

梅尔维尔在《白鲸》中讲的也是这个道理。以约拿为例，他违背上帝的命令，或是认为上帝会最终反悔而让自己失去先知的名声，或是乐得借上帝之手毁掉尼尼微而让以色列人受益，或是担心因为劝告尼尼微人而让自己背上以色列人叛徒的恶名，不管怎么说，都是自私为自己，不惜违背上帝。所以，梅尔维尔借着梅普尔牧师之口说道：同人类一切犯罪者一样，这个亚米太儿子的罪过就在于他任性地违抗了上帝的命令。要服从上帝，就得违背我们自己，正是在违背自己之中，才包含着遵从上帝的艰难。

这里，违背自己就是要克服、克制自己的贪婪、嫉妒、仇恨之心。在《白鲸》中，莫比·迪克就是上帝划定的界，追击白鲸就是约拿式的抗命。而亚哈船长要做的就是非得征服这个界，去主宰自己的命运。他说：我承认你有一种说不出、摸不准的强大力量，但是，只要还有一口气，我就要抗争那无处不在的控制。越过了这个界线，亚哈船长只能一步步走向地狱。在最后的时刻，星巴克再一次提醒他，他仍不悔改：

> 星巴克扯开喉咙向亚哈船长嚷道："不要再追了，亚哈，现在回头还来得及，你没发现？莫比·迪克对你并没有仇吗，现在是你的问题，你不要跟它没完没了啦！"
>
> "少废话，赶快把大船掉头，跟着我，注意保持距离。"亚哈船长对星巴克下着命令。

下面，我们可以听听梅普尔牧师的讲道了。在随"皮廓德"号远航之前，以实玛利来到新贝德福捕鲸者的教堂，在描述了梅普尔牧师的装束和讲坛的独特样式之后，还津津有味地描述了梅普尔牧师如何踩着大船绳索做成的软梯，以水手的身式却又不失牧师身份的样式登上高高的讲坛，然后慢慢收起软梯的过程，这个桥段我们在派克主演的电影《白鲸》里也可以看到。然后，牧师开始了讲道：

> 亲爱的船友们，请听《约拿书》第一章最后一节，"耶和华安排一条大鱼吞了约拿"。
>
> 船友们，《约拿书》告诫我们的教训是什么呢？这个故事讲了约拿犯罪，遭到惩罚，于是悔罪祷告，终于获得拯救而高高兴兴。跟人类一切罪人一样，这个亚米太的儿子的罪乃是他任性地违抗了上帝的命令，他认为那个命令难以做到。可是，凡是上帝要我们做的事情，都是不容易做的。要记住这一点，他一向总是命令我们，而不是想来劝说我们。所以，如果我们遵从上帝，我们就得违背自己。正是在这种违背自己当中，包含着遵从上帝的困难。
>
> 你们看，船友们，约拿的船长本来还多少有察觉罪犯的眼力，可是，他的利欲熏心却暴露出那种眼力分文不值。船友们，在这个世界上，付得出钱的罪犯不需要护照就可以通行无阻；反之，正直的人，如果是个乞丐的话，就唯有死路一条。因此，约拿的船长准备先掂掂约拿荷包的分量，好摸他的

底。他讨了三倍于普通的船价，约拿竟然同意了。于是，那船长就摸准约拿是个逃亡者，可同时又决定要帮助一个有金钱作后盾的人逃跑。

“请领我到我的睡舱去，先生”，约拿开口了，“我走得很累，我需要睡觉。”“你看起来好像很累，”船长说，“喏，这就是你的房间。”约拿走了进去，想锁上房门，虽然有锁，却没有钥匙。船长听到他在里面笨头笨脑地瞎摸着，不禁暗自好笑，嘴里嘟囔着牢门是绝对不许在里面上锁的。约拿衣服也不脱，就浑身灰尘倒在铺位上。他发现那个小睡舱的顶棚差不多就安在他的脑门上，空气不流通，约拿气喘吁吁。约拿在那个快要闷死的时刻，心血来潮地预感到大鲸将把他关在它腹内最小的号房里了。

……

这时候，他们把约拿一举，好像举起一只锚，抛进海里。于是，东方立即显出一派风平浪静的景象，大海也静寂下来。约拿落到一个无法控制的大涡流中间，以至于一点也没有留意到已经掉进了那个正在等着他的大嘴巴里了。那条大鲸露出了整副牙齿，像许多白插销，把他囚住了。于是，约拿便在鱼腹里向上帝做祷告。可是，我们不妨来看一看他的祷告，记住一个重大的教训吧。

约拿虽然罪孽深重，可他没有哭哭啼啼请求直接救助。他觉得那种可怕的处罚是公平的，他把救助的事情全都交给上帝安排，并以此为满足。他不顾自己的一切苦难，依然仰望上帝的圣殿。这个呀，船友们，就是真心诚意的悔罪。不是吵吵闹闹地要求赦免，而是感谢处罚得当。约拿这种行为究竟使上帝喜欢到什么程度，就表现在最后终于把他从大鲸那里救了出来。船友们，我所以要在你们面前提出约拿，并不是要你们去重蹈他犯罪的覆辙，而是要拿他来做一个悔罪的榜样，千万不要犯罪。不过，如果犯了罪，那么请注意，千万要像约拿那样悔罪。

可见，犯罪不可怕，不犯罪还要敬畏上帝干什么，还要《圣经》干什么呢？按照《圣经》的说法，每个人都是罪人。关键是，犯罪后要真心悔罪，像约拿而不是像亚哈那样，一意孤行，让邪恶和复仇导致疯狂和毁灭，直至走向地狱。

好了，说了这么多，有点太沉重，最后，咱们唠点轻松的。有人说，《白鲸》是一部布道书，这个我们领教了。有人说，《白鲸》是一部传奇小说，看看它的人物塑造，我们也能感受到。有人说，《白鲸》是一部科普小说，看看几个章节的标题，如鲸类学、关于鲸的大画像、鲸的庞大身躯会缩小吗？小鱼、大乌贼鱼、捕鲸索、做菜的鲸、割油、抹香鲸头、鲸骷髅的尺寸、化石鲸、罗盘针、测程仪和测量绳，就知道一点不假。其实，还有一个，《白鲸》还是一部百科全书。我们这里只举一个例子，第35章“桅顶瞭望者”，看看梅尔维尔是怎么讲述大船的桅杆的。

> 刚好是个令人愉快的天气，我跟其他一些水手轮值，我第一次去做桅顶瞭望者。
>
> 我认为，最早的桅顶瞭望者就是那些建造金字塔的古埃及人，因为根据我的研究，找不到有比他们更早的人。虽则他们的先辈——巴别塔的缔造者，毫无疑问，一定是想把他们的塔尖造得像高高的船桅一样，高耸在亚洲或非洲的天空。然而，在加上最后的顶冠之前，由于他们那塔顶的大石杆，可以说是被上帝一阵愤怒所刮起的可怕飓风一扫，给扫到海里去了。因此，我们不能把这种应给埃及人的优先权拿来送给巴别塔的缔造者。

地上的人违背上帝的命令。巴别塔就造不成。现在导弹满天飞，摩天大楼直抵云霄，估计上帝实在太累了，睡着了，可千万别醒过来呀。

巴别塔的故事出自《圣经》创世纪第11章。那时，天下人的口音都是相同的，他们说，“我们要建一座城和一座塔，塔顶通天，为要传扬我们的名。”看到世人建造的城和塔，耶和华说，“如今既做起这事来，以后他们所要做的事就没有不成的了。”于是，耶和华就变乱人的言语，使众人分散在各地，城和塔也就造不成了，巴别就是“变乱”的意思。上帝为什么要这么做？从《白鲸》告诉我们的道理看，上帝的命令不可违背，因为它自有道理，只需照办。另一个原因是，人骄傲自大到什么都能做的时候，就是过了上帝的界。这时，对自然的敬畏就没了，对世界的伤害就来了，亚哈船长过界了，就葬身大海。但更让人无可奈何的是，我们这个时代，人的自大、越界、打破底线已经达到了无以复加的地步。

梅尔维尔接着说：

> 有一个著名的古代基督教隐士，被称为柱上苦行者，他在沙漠中给自己建立了一支高高的石柱，就在那柱顶上度过了他整整的下半生，食物由一支滑轮从地上吊上去。这人为我们提供了一个不屈不挠的桅顶瞭望者的突出榜样。迷雾、霜雪、雨露、冰雹都吓不跑他，他无畏地面向一切，坚持到底，明白地说，就是死在他的岗位上。

这里，梅尔维尔说的应该是位于叙利亚阿勒颇城的圣西门高柱苦行僧修道院。当年，圣西门（公元前 459—390 年）是世界上第一个到高柱上苦行的人，每次更换的柱一次比一次高，最后一个柱顶高达六十六英尺。他站在柱顶，向来自各地的行人布道。修道院宣称，圣西门在 27 米高的柱顶上苦行 40 年，直至去世。圣西门之后，世界各地纷纷效法，出现了很多同样的高柱苦行者。

阿勒颇是中东最古老的城市，是美索不达米亚平原通向地中海的要道。传说亚伯拉罕到过阿勒颇，还把自己的牛奶分给当地人，阿勒颇的阿拉伯语 Habab 就是牛奶的意思。从赫梯、亚述、古希腊、古罗马直至今天，阿勒颇是一座持续有人居住，但战火从未熄灭的城市。1260 年，成吉思汗的军队把这座城市洗劫一空。可惜的是，直到今天，列为世界文化遗产的阿勒颇古城堡，这个历经千年战火的最著名的军事城堡，依然处在战火的蹂躏之中。

圣西门高柱苦行僧修道院和阿勒颇古城堡

至于现代的桅顶瞭望者，我们只看到没有生命的一群人。不过是些石凿、铁打和铜铸的人。他们虽然更能抗拒猛烈的飓风，但在发现任何奇观，及时大声叫喊上，确是完全不能胜任的。我们看到那个站在旺多姆圆柱上的拿破仑，抱着双手，立在150英尺的高空，现在是谁在统治下界，是路易士黑，路易士白，还是路易士魔鬼，他都不管了。伟大的华盛顿也高高地站在矗立在巴尔的摩的桅顶上，像是一根海格力斯的柱子，他的柱子标志出一般人不能企及的那种人类的壮丽和高度。

巴黎旺多姆广场中心的纪念铜柱，也称凯旋柱。1805年奥兹特列斯战役的胜利使拿破仑名震欧洲，元老院宣布为他建造一个象征伟大战功的纪念碑。旺多姆铜柱是法国军队用缴获的1250门大炮为原料，仿照罗马的图拉真记功柱于1810年建造的。柱高44米，直径3.6米，上面雕刻着拿破仑的事迹和战利品的浮雕，柱角上装饰着雄鹰，顶部有拿破仑一世的雕像。图拉真记功柱是为纪念罗马皇帝图拉真公元101年发兵征服达契亚而建，达契亚就是今天的罗马尼亚。《达契亚人》是罗马尼亚一部经典影片，两军大战的最后画面就定格在“图拉真柱”，这部影片在20世纪70年代末曾引进中国。

巴黎旺多姆广场的凯旋柱和巴尔的摩市的华盛顿纪念碑

纳尔逊海军大将，也是在一只炮铜色的绞盘上，高高地站在特拉法加广场的桅顶上，虽说大多被伦敦的烟雾弄得模模糊糊，总还显出那边藏有一个英雄人物，因为有烟必有火。但是，不管是伟大的华盛顿，还是拿破仑，或者是纳尔逊，都回答不了下面的欢呼声。

特拉法加广场是伦敦的标志。在电影《007之皇家赌场》、《复仇者》、《福尔摩斯2》中，每当表明故事发生在伦敦时，剧中人往往都会路过特拉法加广场，《哈利·波特与死亡圣器（下）》的首映式也是在这里举行。

特拉法加角（Cape Trafalgar）是位于西班牙西南部的一个海角，1805年10月发生的特拉法加海战改变了世界格局，也在日后催生出了特拉法加广场。当时正是拿破仑雄心勃勃意欲称霸欧洲的时候，英国领导了全部七次反法同盟。从1799年拿破仑出任法兰西执政直到1815年被流放圣赫勒拿岛，法兰西与反法同盟间的战争统称“拿破仑战争”。特拉法加海战以英国海军全面战胜法兰西联军告终，拿破仑进攻英国本土的梦想就此破灭，英国从此成为世界海上霸主。1805年10月21日，纳尔逊将军乘坐的旗舰“胜利号”（Victory）桅杆上打出了流芳后世的著名旗语：“英格兰期盼人人恪尽职守”（England expects that every man will do his duty），成为人们对这次海战的标志性记忆。纳尔逊将军中弹倒地的油画《The Fall of Nelson，Battle of Trafalgar，21 October 1805》现珍藏于格林尼治皇家博物馆，为纪念纳尔逊在特拉法加角海战中获胜，在特拉法加广场建造了纳尔逊纪念柱。

特拉法加海战与伦敦特拉法加广场（Trafalgar Square）

说着说着，我们又回到了欧洲，回到了英国，美国曾经的母国，那个在美洲建立第一个殖民地的英国，也回到了我们《美国文学英雄谱》的起点。到此，我们的美国文学也要告一段落了。下一单元，我们选取《独自和解》、《追风筝的人》两篇作品，点到为止地了解一下20世纪的美国文学，然后，我们这一次的美国文学之旅就完美收官啦。

Unit 20

《独自和解》——好同学的羡慕嫉妒恨：远走疆场也难对“追风筝的人”

《追风筝的人》——好兄弟的愧疚赎罪爱：高飞美国也只能“独自和解”

为什么要冒险伸出援手：这个案子，触及人类良心的本质。斯科特，如果我们不去帮助他，我就不能安心走进教堂去敬拜上帝。

让魔鬼帮助你成长：我希望你意识到，没有良心，没有美德的人不会痛苦。我希望这次你到阿富汗去，结束你的痛苦。

文学是什么？不是休闲娱乐，也不是相声小品。学习文学你不要指望一分钟就会有一个包袱，还要把你逗乐。也不要指望10分钟就把一部小说解读完，满足于餐桌上聊天时的一点谈资。文学是对人性，尤其是对人性恶的解剖。贪婪、嫉妒、自傲，人总是戴罪前行，灵魂在忏悔中煎熬，在煎熬中“独自和解”，在和解中走上“再次成为好人的路”，实现拯救。因此，读文学要坐得住身子，静得下心灵。

《美国文学英雄谱》到了最后一个单元了，从2012年开始我也写了5年多了。家里人老劝我不要写，除了身体累，说现在的孩子不会愿意看，学生们都忙着高考做习题，忙着考托福赛达，我知道这是真的，特别是刚动笔时，赛达考试还没有改革，没有明确规定把美国建国文献纳入阅读范围，但我觉得，美国文学的作者都是创造当今世界文明的精英，他们的智慧和作品已被举世公认，怎么对我们的孩子就没有了价值呢？没有时间也不是借口，这些文学作品告诉我们的价值观都是世界名校和国际大公司招聘所要求的核心要素，为什么不去了解呢？今天不考不等于明天没用。这些作品美国的学校都在教，父母和孩子都在学，屡获普利策、奥斯卡大奖，每每占据各大畅销书排行榜。何况，在全球化的时代，在学习、研究、工作中都要借鉴人家的东西吧？

基础教育的目的就是让孩子成长、成熟、有学习力，而不仅仅是所谓好就业的好专业。我们很多孩子留学还是停留在留学历而不是留文化，留专业而不是留成长的认识上，有的甚至达不到美国大学教学的基本要求。在纽约大学教中国历史的丽贝卡·卡尔直言不讳地说，中国留学生是她授课的一大“负担”，她不得不为他们能听懂讲课而做出改变。在她看来，很多中国学生水平完全不够格。“他们几乎不懂如何理性分析一段文章是什么意思，要达到理性思考或写作的基本要求十分困难。”

水平不够，人文教育和经典阅读缺失是重要原因，思辨、写作、演讲能力“瘸腿”是表现，应试教育培养了一批不爱读书的学生，有的甚至根本静不下心来把一本书读完。现在，我们以位列美国十大校园小说《杀死一只知更鸟》为例，看看小说中的爸爸是怎么陪着孩子一起成长，这本书又怎么样影响了一代又一代的孩子，甚至影响了美国国家性格的形成。

《杀死一只知更鸟》(*To Kill a Mockingbird*)讲的是兄妹两个小孩子通过观察、窥探、感受大人的世界而成长成熟的故事，1960 年出版后立刻获得成功，1961 年获普利策新闻奖，成为现代美国文学的经典作品。1962 年同名电影在美国首映，格里高利·派克凭借此片获得奥斯卡最佳男主角奖。50 年后，这部作品依然没有被人们遗忘，2007 年 11 月 5 日，作者哈泼李获得美国总统自由勋章，小布什总统亲自出席颁奖典礼，总统的颁奖词是这样说的：

> 《杀死一只知更鸟》之所以成功，因为每一页都充盈着作者的聪慧与仁慈之心；它影响了整个国家性格的形成，让每个人更加和善美好，它是送给整个世界的礼物；作为杰出写作和高度人性洞察力的典范，这本书值得永远阅读和研究。

一部文学作品影响了国家性格的形成，影响的手段就是用人性的洞察力和仁慈之心，那么，人性和性格又指的是什么呢？总统接着说到了宽容和勇敢，尊重和良心：

> 一百磅对宽容的布道和一百磅对缺乏宽容的抨击，都远比不上一本只有 18 盎司的书所带来的启发。
>
> 勇敢是一个孤独者的事业。这是一个有关被诬告者的故事，一个由古老的偏见统治的民众对这个无辜者的诬告，一个关于古老的荣誉感在这些偏见和诬告中挺身而出捍卫正义的故事。

我们再看看这部小说的情节，对布什总统的评价就会感受更深了。

20 世纪 30 年代的阿拉巴马州梅康镇，6 岁的小女孩斯科特和哥哥詹姆整天缠着他们当律师的爸爸阿提克斯，阿提克斯告诉孩子们要尊重其他人，要把他们当做独立的个人对待，特别告诫他们不要歧视那个总是把自己关在屋里，名声不好，行为古怪的邻居布尔。阿提克斯也告诉孩子们浮华女孩和一个真正淑女之间的差别，他甚至让孩子们一定要尊敬拉法叶特夫人。阿提克斯说，即使是同一阶层的人也存在着巨大差别。比如，沃尔特尽管贫穷，但很正直，而同样贫穷的鲍勃·尤厄尔却品质败坏。

随后，斯科特和詹姆通过他们的眼睛，看到了爸爸的话是如何在现实生活中应验的。黑人青年罗宾逊被诬告强奸了白人鲍勃·尤厄尔的女儿，阿提克斯担任罗宾逊的辩护律师。小镇的人有着极深的种族偏见，尽管阿提克斯证明了罗宾逊是清白的，白人陪审团仍然一致认为罗宾逊有罪，罗宾逊在一次试图逃跑时被杀死。鲍勃·尤厄尔因谎言被揭穿而对阿提克斯怀恨在心，一次，趁着酒劲想杀死斯科特和詹姆，邻居布尔一直在暗中保护着斯科特和詹姆，并在危机时救下了他们。阿提克斯对社会将为他们的不公和偏见付出代价的担心得到了验证，不过他也相信，尽管输了官司，但毕竟迈出了走向种族公正的一步。

下面，我们就看看这位律师爸爸是怎么告诉孩子为什么要冒着危险伸出援手，尤其注意，阿提克斯是怎么解释什么叫勇敢的，还有，当别人用恶言起外号称呼你的时候，你该怎么面对这种人性之恶。当然还有，什么是人性的底线，为什么底线不可越过。

勇敢是，当你还未开始就已经知道会输，可你依然要去做

这个案子，罗宾逊的案子，触及人类良心的本质。斯科特，如果我们不去帮助他，我就不能安心走进教堂去敬拜上帝。

“斯科特”，阿提克斯说，“黑人同情者这个词，只是轻蔑和贬低的俚语。那些愚昧无知的人们，当他们觉得其他人喜欢黑人胜过他们，并把黑人放在他们之上时，他们就用这个词。”

“你不会真的是一个黑人同情者吧，你是吗？”

“我是个黑人同情者，我尽我的所能去爱所有人。”

当你被一些人用某些恶毒的名字称呼的时候，这不是一种耻辱。这只能反映出那些人的狭隘和无知。记住，这些恶毒的称呼不能够伤害你。

我想让你知道什么是真正的勇敢。有一种误解，认为勇敢就是一个人手握一把枪。不，不是这样。勇敢是，当你还未开始就已经知道自己会输，可你依然要去做，而且，无论如何都要坚持到底。

针对鲍勃·尤厄尔的女儿对罗宾逊的指控，阿提克斯在法庭上对“人人生而平等”

做了有情、有理、有法的绝妙论证，把道德的压力压在了法院和陪审团的头上，无论是辩论的逻辑还是技巧，都让人叹服。对于孩子，如何表达自己的观点，组织自己的思想，是学生阶段重点学习的东西，而小说恰恰是锻炼表达能力的最好工具。所以，读小说绝不只是读故事，更不是单纯娱乐。现在，看看下面这段是不是这样。

这个案子就像黑与白一样简单。被告是无辜的。尤厄尔的女儿引诱了一个黑人，她是个白人，她竟然引诱了一个黑人。她做了一件在我们社会中难以启齿的事情。

这是一个恶毒的假设：所有黑人都在撒谎，所有黑人根本上都是缺乏道德的人种，所有黑人都不应该被信任，尤其当他们围绕在我们的女人身边的时候。

绅士们，在我退下之前，还要补充一点，托马斯·杰斐逊曾说过，人人生而平等。我们知道，所有人都不是生而平等的。有些人要比另外一些人聪明些，有些人在他们出生时就比其他人拥有更多的机会，有些人比另一些人挣到更多的钱，有些女士比另一些女士能够做更好的蛋糕，一些人在他们出生的时候就比另外绝大多数人拥有更高的天赋。

但是，在我们这个国家，有一个途径真正实现了人人生而平等。这个人类机构实现了一个穷光蛋和洛克菲勒之间的平等，实现了一个愚蠢的家伙与爱因斯坦之间的平等，实现了一个无知者和大学校长之间的平等。绅士们，这个机构就是法院。在我们这个国家，我们法院是伟大的平等主义者，在法院，人人生而平等。

我不是一个理想主义者，理想到坚定地相信我们法院和司法系统的正直完整，对我而言，它不是完美的，这是活生生的现实。

绅士们，法院并不比坐在陪审团位置上的每一个人更好。一个法院只有它的陪审团有判断力的时候，它才是健康有判断力的。而一个陪审团只有当组成它的所有人都健康有判断力的时候，它才是健康的。

我对这些非常有信心，绅士们，对你们听到的证据和情况，你们将公正地进行判断而不掺杂偏激的情绪。你们得出的结论，将把被告送还到他的家人怀中。

以上帝之名，完成你们的责任吧！

一位黑人牧师肃然起敬，对小斯科特说："起立。你父亲要经过这里了。"

《杀死一只知更鸟》也可以看做是家庭教育的范本。在上面引用的大约1000个字中，阿提克斯对女儿的教育就出现了善良、同情、宽容、勇敢、尊重、坚持、仁慈、荣誉、正义、公正、正直、清白、帮助、责任，以及偏见、浮华、歧视、罪孽、狭隘、无知等诸多描述人格特征的词汇。现在，大家一定想起《富兰克林自传》中的13条美德了吧，如节制、节约、有度、勤勉、有序、诚恳、镇静等。大家也一定会想起我们在第一单元讨论过的美国大学喜欢的人格特征了吧，如关心、自信、热情、创造、内省、乐观、幽默、合作、好奇。从第一单元到今天的第20单元，讲的都是品德和人格，所有文学莫不如此。而且，品德也好，人格也好，简单地说就是人品或人性，是孩子成长中最基本的东西。

除了家庭教育，文学也总是与学校教育相伴相生，相辅相成。我们经常听说素质教育、通识教育、人文教育，那么，它们的含义到底是什么呢？这里，我们有必要详细掰扯掰扯，不然，等我们把大学念完了，还不知道受了什么教育，受没受过教育。

其实，这些概念也没有一个权威的定义，一个原因恐怕是说也说不清，不说你也明白。一位旅美教授从大学课程内容的角度专门谈过这个问题，他认为，人文教育不是某个领域的知识，是以塑造完整人格为目标的最高使命的教育。通识教育课程包括人文教育课程和其他课程，不管你大学专业是什么，毕业后从事什么职业，都是每个学生必修的。比如，美国顶级高中菲利普斯·埃克塞特学校（Phillips Exeter Academy）的课程就包括19大类，即人类学、现代语言、艺术、音乐、古典语言、体育、计算机科学、心理学、经济学、宗教、科学、健康与人类发展、历史、戏剧与舞蹈、美国文化与语言和数学等。具体课程有450门。

以人文和通识教育为使命的大学就是文理学院Liberal Arts College（LAC），LAC绝不是所谓的文科或什么都学一点。简单地说，素质教育、通识教育、人文教育其实都可以看做同义词。既然大学的文理学院都以通识教育为主，中小学教育就更不用说了，这也就是为什么分数和知识永远不是学校教育的全部，知识必须与人格齐飞。这里，我们再以菲利普斯·埃克塞特学校的历史、英语、人类学课程为例，感受一下什么是素质教育，感受一下历史课竟然与培养演讲写作和思维能力密切相关。

> 历史课的要求：树立信念，培养阅读、演讲、写作、逻辑思维能力，培养与其他人心灵相通的感受力——过去的知识能让学生了解现在，开发与其他人心灵相通的感受力。为此，历史课对当代的世界提供了一个历史的视角，并训练学生的思辨性阅读、演讲和写作能力。在历史课堂上充满着“为什么”或者“你怎么认为”这类问题而不是“发生了什么”。与课堂讨论一样，写作的核心是帮助学生在作文和分析方面形成逻辑清晰、思维缜密的能力。历史类的课程达35门之多。《现代世界的人与文化》讲述工业化和现代化对发展中国家政治、社会和生活方式的影响；《为什么贫穷的国家如此贫穷》讲述发展中国家的困境；《美国的政治和公共政策》对美国目前和将来的政治生活的趋势进行研究和分析；还有我们熟悉的内容如《古希腊》、《古罗马》、《中世纪史》、《北美的史前人类》、《中国：最后的王朝》等。
>
> 英语课的要求：语言是获得自我学习和参与社会的基本手段。英语学习的重点是开发表达、听力和理解的技能，具体课程接近40门。9—12年级的“英语”课和高级写作课主要围绕阅读、写作来展开，内容与形式逐步加宽加深，从描述、叙事、书信、新闻到社论、作文、诗和读后感以及短篇小说等。阅读的内容包括莎士比亚的戏剧、小说和诗歌，还有专门介绍新兴的文学形式“漫画小说”的课程，阅读著名艺术家的作品，如阿特·斯皮格曼获普利策大奖的漫画小说《鼠族》(*Mous*)、描述“9·11”事件的《在没有双塔的阴影下》(*In the shadow of No Towers*)等。还有介绍中东地区作家的课程，内容从比荷马史诗还要早1000年的《吉尔伽美什史诗》直到当代的作品，以及英国文学、非洲与加勒比文学等。
>
> 人类学和宗教课的要求：人类学有考古学和文化人类学等课程，介绍文化的基本概念，人类学家研究各种文化，包括已经灭绝的文化的技术和方

法，加深对文化冲突的了解。所有宗教课程无须学生具有宗教知识和背景，圣经旧约和新约、犹太教等课程让学生了解生活的意义、目的和价值观等基本问题，探究诸如创世与毁灭、敌对与忠诚、爱与背叛、怀疑与信仰、自由与束缚、宽容与仇恨、英雄与小人等永恒的主题。《圣经的文学欣赏》从艺术、文学、音乐的角度解读圣经；《宗教与流行文化》从电影、电视、体育、时尚、网络等流行文化入手，透过迪斯尼、哈利波特等日常文化现象，让学生对宗教和流行文化的探究达到顶峰；《世界的道德：世界怎么了》通过阅读社会和伦理学等前沿作家的文章著作，关注世界面临的人口、环境、能源、污染、气候和食品等危机。《亚洲宗教》包括印度教、佛教、道教和儒教等，甚至还有禅宗佛教的课程。

那么，PEA 到底是一所什么样的学校呢？回答这个问题，必须要提学校历史上的两个重要捐赠者。

一个是学校创建者约翰·菲利浦。约翰·菲利浦是毕业于哈佛的 PEA 校友，他 1781 年 5 月 17 日签署的捐赠证书成为学校最有名的档案。每学年开学日，校长的讲话都要引用捐赠证书中的一些话，其中最知名的是“没有知识的美德是脆弱的，没有美德的知识是危险的，两者结合才会形成高贵的品格，以便更好地服务于社会，让年轻人在世界中找到自己的位置”。PEA 的老师教导学生要学会思考、讨论、提问、分析，学会保持对学习的热爱，树立一生致力于帮助他人的承诺，让 PEA 成为一次改变人生的经历，一次充满兴趣的挑战。

另一个是“哈克尼斯教学法”创立者哈克尼斯。1930 年 4 月 9 日，哈克尼斯先生就如何使用他对学校的捐赠时说：我不想看到这样的讲课场面，老师站在高高的讲台上，20 几个学生在讲台下诵读。我的设想是，8 个孩子和一个老师围坐在桌子旁，老师可以和孩子谈话，以会议和讨论的方式教学，这样，那些中等或中等以下的同学会受到鼓舞，积极发言，老师也会知道他的难点所在。

当哈克尼斯制作了第一张桌子后，他发现不能看到桌子旁边每一个同学的眼睛，如果不能直视每一个同学的眼睛，就不能进行有意义的讨论，于是，桌子改成了椭圆形，每个教室必备的哈克尼斯桌由此成为了教室的一部分。哈克尼斯理念也成为教学方法的一次真正革命：它是一种学习方式，每个来到教室的人都准备分享、讨论和发现，没有讲授，无论题目是威廉福克纳的小说，还是原子和分子结构；它是一种存在方式，与其他人思想交流，仔细倾听，礼貌发言，接受新点子，质疑旧思路，利用新知识，享受同伴间的互动，既风趣，又令人愉快。

PEA 的第 15 任，也是现任校长麦克法兰：我们生活在一个异常拥挤的小星球，把其他人当作我们的同乡同伴，会给我们带来快乐，这是找到解决全球化挑战办法的第一步。

除了学校和教学方法的创建者，还有一位第二次世界大战时的 PEA 学生也成为了学校历史的一部分，这个人就是被称为美国高中十大必读小说，也是 20 世纪美国经典校园小说《独自和解》（*A Separate Peace*）的作者约翰·诺尔斯（John Knoeles）。他还写了一篇文章“特殊的时代，特殊的学校”，讲述了自己信手拈来的申请和学校生活的奇闻趣事，讲述了他如何爱上这所学校并写出《独自和解》。那么，这是一所什么样的学校，他又遇到了什么样的同学和老师，学校教会了他什么？可能你想不到，嫉妒、竞争，直至把冲动变成魔鬼，一切都在他的小说中鲜活起来，流淌出来，在成长的烦恼中，让我们感受到人格的完善。约翰·诺尔斯是这样回忆的：

> 有一天，偶然看到埃克塞特的宣传手册，最后一页有个预申请表，没多想，随手填完就寄出去了。不久，在当地高中参加了一场入学考试。英语考试要求自选一部小说来写一篇作文，我知道要是选择更商业化一点的如《乱世佳人》会更好，但我还是选择了我认为更经典的《简爱》。这篇作文一定相当成功，因为拉丁语、数学我都考得很惨。1942 年秋，我被埃克塞特录取。我发现，我在写作上有着特殊的潜力，到第一学年末，我顺利地通过了每一

科考试，学校给了我 100 美元作为奖励。

这时，我爱上了埃克塞特。45 届的 Mel Dickenson 和我建立了深厚的友谊：在惠特曼先生的美国历史课上，我们在桌下常玩激烈的撞腿比赛，他总是获胜。44 届的泰德·拉蒙特也是我的朋友，像跳水队的大多男孩子一样，我们都喜欢跳水运动员乔·帕尔默。还有一个来自米尔顿学校的戴维·哈克特，就是我后来《独自和解》中菲尼的原型，他是鲍比·肯尼迪的最好朋友，后来在鲍比手下的司法部工作。我们确实发起成立了一个俱乐部，成员一定要从一棵高高的大树的树枝上跳到河里才能入会。在《独自和解》中唯一没在那个夏天发生的要素是愤怒、嫉妒、暴力和怨恨，只有友谊、竞技和忠诚。

1943 年的夏天，我发现学校充满了紧张、急迫的气氛。我们为战争抢收苹果，清理铁路，还有就是在体育馆看斯宾塞·屈塞的爱国电影，范·约翰逊的电影，英雄轰炸东京等。在那个特殊的年月，埃克塞特仍设法保证运动项目的完整运转，我们很多人都对此感激不尽。来到埃克塞特时，我确信自己是一个出色的游泳选手，当我的同伴普莱尼格和 45 届的丹·福勒在第一次试游中就击败了我的时候，对我震撼极大，到最后他也比我快，理所当然地成为校队的队长。

这篇回忆录，其实完全可以看做是《独自和解》的最佳解读。小说围绕两个 16 岁男孩的友谊展开，随着竞争加剧，友谊开始变味，掺杂进了羡慕、嫉妒、恨，直至背叛。小说用倒叙开始，十五年后，叙述者吉恩回到高中的母校，他想看看那棵树，那棵对他的人生产生了巨大影响的树……

诺尔斯的《独自和解》：受学生喜爱和感激不尽的学校不多，PEA 做到了

“二战”时的 1943 年，德文学校（Devon School）有两个男孩吉恩和菲尼（Gene and Finny）。吉恩是班里的尖子生，菲尼天性热爱运动，富有个性和感染力，他违反校规，聚众玩耍，却总能机敏地免予受罚。吉恩是菲尼唯一愿意交心的好朋友，他们彼

此珍惜对方的友谊，但一次猜疑打破了这一切，吉恩怀疑菲尼是为了使自己学习成绩下降而故意“拉他下水”，他变得越发敏感，终于，嫉妒让他酿成大错。

德文学校附近有一条河，河边是葱郁的树林，菲尼发明了一项“勇敢者的游戏”，攀爬到高处的树枝上，然后纵身跃进河里，在菲尼的激将下，吉恩也不甘示弱地完成了游戏，直到有一次，吉恩后于菲尼上树，他手扶树干，用脚晃动树枝将走在前面的菲尼晃下，导致菲尼终身残疾。其后，出于良心的谴责，吉恩几次试图当面向菲尼说明真相并请求原谅，但菲尼并不恨他，反而为自己曾经有过怀疑吉恩的想法而向他道歉，菲尼对友谊的忠诚让吉恩备受悔恨内疚的煎熬，也让吉恩的负罪感更重了。后来，菲尼又因手术失败死在了手术台上，在前一天的对话中，菲尼真心原谅了他的朋友。对此，吉恩无法释怀，于是满怀懊悔地走向战场。

这是一部忏悔录。吉恩对室友和好朋友菲尼既羡慕，又嫉妒，以至于做出终身悔恨之事。这时他才发现自己是多么愚蠢，菲尼是多么真诚，当菲尼身死，自己的灵魂也随之而去，留下永世的忏悔，友谊、嫉妒、恐惧也成为了小说的主题。

小说一开始，吉恩就说“那时，我和菲尼是最好的朋友”，但友谊的前提是平等，好朋友不是领导与下属，更不是主人与奴仆的关系。吉恩是一个很优秀的学生，但在菲尼面前，总处于被支配，被裹挟顺从的位置，而且无力反抗，这让自尊心很强的他非常懊恼。吉恩在树上犹豫着是否跳下去，其实他最怕的并不是掉下去摔死，而是不愿意，或担心由于盲目地顺从菲尼，而使自己处于从属地位。我们同学也是一样，同学一定是平等的，千万不能因为成绩好、家境好或来自大城市就自然不自然地让自己处于强势的地位，对平等的敏感一定会损伤同学之间的纯洁友谊，因为在可忍耐的限度内，大家都心中有数，只是不说出来而已。

> 我跟着去，从未缺席任何一次集会。在那个时期，我从没想到过要说“我今晚不想参加了”，而其实这正是每个晚上我最为真实的想法。我听命于自己的心灵，而心灵总是千方百计地约束我。“咱们出发，哥们儿，” 菲尼常常这样喊叫，我违背自己所有的天然本能，想不起发出半点抗议，就跟着他走了。
>
> 我做的到底是什么事啊？为什么我要这样愚蠢地跟着他？他难道真的要控制住我吗？

在描写战争、复仇一类的小说中，人物的爱恨、情仇、敌友大都界限清晰，《独自和解》却不是这样，嫉妒、恐惧、怨恨与羡慕、尊重、喜爱总是交织在一起。其实，这种情况是我们经常碰到的，是生活的常态。更要命的是，这种嫉妒总是夹在友谊之中，让人有察觉，有不爽，但又难以说出口。《独自和解》写出了我们知道而没有说出的感觉，或许也是这部小说所以成功的原因吧。

伴随友谊的，就是吉恩与菲尼之间的嫉妒，嫉妒会让人做出一些不可思议的举动。菲尼敢于冒险、有运动天赋，又善于随机应变，这些远非吉恩所及。吉恩又不能区别善意的竞争和有害的嫉妒，于是，暗自较劲，嫉恨注入原本纯洁普通的运动之中。

> 我是全校最优秀的学生，菲尼毫无疑问是最优秀的运动员。从这个意义上讲，我俩难分伯仲，但他在学习方面非常差，我在体育方面还算行，把一切因素都考虑进去之后，天平还是绝对地向我倾斜。
>
> 在这样一口气玩到底的游戏中，他还具有那种浑身是劲儿的天然优势，我从没看到过他的精力有所中断。我从没看见他觉得累，从没看见他真正松懈下来，从没看见他体力不支，从没看见他不安。从黎明直到午夜，菲尼的身体始终充满随时都可以使用的旺盛精力。
>
> 我和他作为创始成员，必须以身作则，用自己的跳水来开始每晚的集会。每一回，当我做好跳跃的姿势时，我都飞快地感觉到这简直难以置信，我不相信自己是在做如此危险的事情。但是我总是跳下去。否则的话，我就会在菲尼面前丢脸，而这是不可想象的。
>
> 一次，我俩站在一根树杈上，我比菲尼站得稍稍更靠外一些。突然，我意识到我开始失去平衡，这时菲尼猛伸过手，一把抓住我胳膊，我重新转回身，面向小河，沿着树杈又朝前走了几步，纵身一跃，落入深水之中。
>
> 我差点从树杈上滑下来的危险再度令我后怕。假如菲尼没有在我后面紧跟过来……假如他没有在那儿……我可能就会掉在河岸上，摔断脊梁骨！假如摔得不巧，我可能就会丧命。菲尼实际上是救了我一命。
>
> 我开始看出，菲尼任何事都能绝处逢生。我不禁为此而有点嫉妒他了，

> 这非常正常。稍稍的嫉妒，哪怕是嫉妒自己最好的朋友，并无大害。

自己感觉是尖子生，却无力改变时时处于被支配的状态，屡处下风，自尊受挫，于是，友谊在淡化，竞争在加剧，心理的阴暗在加重：

> 菲尼正式参加的运动——橄榄球、曲棍球、棒球、长曲棍球——并没有校纪录。突然转向一项新运动，一天之间，便立刻打破纪录——这就像是变戏法，让人眼花缭乱，说实话，我简直无法想象。我的头脑感觉一点点晕眩，我的肠胃开始刺痛。一句话，这极具魅力，绝对的男生魅力。我低头看秒表，意识到自己差一点就要用脸色表露出或用声音宣布菲尼打破了一项校纪录，这时候，我体会到一种也可以用一个词来形容的情感——震惊。
>
> 眼前的三角课本模糊成一团，我什么也看不见了，我的大脑爆炸了……我盯着课本，喘不上气来，仿佛氧气在流出房间。我找到了那个仅有的且一向存在的想法，这想法是，你和菲尼不相上下，作为敌手而不相上下。你俩都是为了自己而冷静地向前冲，你确实因为他打破了校游泳纪录而恨他，那又怎样？他也因为你门门功课都得 A 而恨你，除了最后这门。要不是他，你这门功课也会得 A 的。
>
> 随后，第二个顿悟就像海滩上的黎明一样清晰而苍白地出现。菲尼故意设圈套，让我无法复习。这也解释了闪电球，解释了超级自杀社每晚的集会，解释了他每回出去玩都一定拉上我。我竟然还相信他那喋喋不休的“我们是最好的朋友”的说法！如果我不和他去，他就拉下脸！他本能地想要与我分享一切吗？他当然想与我分享一切，特别是每门功课那一连串的 D。这就是他，了不起的运动员，比我高明之处。全都是冷静的欺骗，全都算计好了，全都是敌意的。

当友谊掺杂进了竞争，当竞争掺杂进了嫉妒，当嫉妒掺杂进了冲动，甚至仇恨，人性中的恶就被瞬间激活了。谢天谢地，把菲尼推下大树的可怕结果只是出现在小说中，而没有真实地发生在 1942 年的那个夏天！我相信，诺尔斯在小说中的嫉妒心是真实的，感觉羞愧，无地自容而踏上疆场的心情也是真实的，良心谴责，自我忏悔的赎罪也是真实的，他写出了我们每个人内心都曾经有过，每个人都曾亲身经历过，但却从没有告诉过别人的灵魂秘密，诺尔斯通过《独自和解》把我们每一个人的灵魂晾晒在光天化日之下。

但，让我们难过的是，现在，不知为什么，我们人性中的恶却常常肆无忌惮地从潘多拉的盒子里跑出来。从1994年清华大学最美女生朱令铊中毒致残案到2013年复旦大学研究生黄洋被同学林森浩投毒致死案，让我们屡屡品味嫉妒这剂世上最毒的毒药。据报道，朱令的投毒嫌疑人就是她的室友，原因就是嫉妒朱令的才华盖过了自己。林森浩在狱中接受采访时说，他与黄洋其实也是好朋友，属于“一失足成千古恨”，那么，这两个人和吉恩对菲尼所做的又有什么区别呢？

其实，不但结果没有区别，就是事后的悔恨我觉得也没有区别。我们能说朱令案的嫌疑人和林森浩是十恶不赦的坏人吗？我不这样认为。人性恶是天性，所以才需要经常的反思忏悔，否则，隐藏的恶就会结出恶果。其实，林森浩在狱中就已经表达后悔之意了，就是朱令案的嫌疑人，我也觉得她一定一直遭受着悔恨的煎熬，只不过，她没有像吉恩那样，在羞愧中把自己的愧疚写出来，更没有像《红字》中的丁梅斯代尔那样，在七年的忏悔后，勇敢地走向刑台，把自己的罪恶袒露给世人。

那么，如果我们做错了事，如果我们感到愧疚，到底需不需要用行动去弥补呢？我们是应该选择良心的麻木，选择事出有因的自我安慰，还是起身用勇敢来拯救自己的灵魂呢？我回答不好这个问题，还是让我们再读另外一部小说，2003年出版的《追风筝的人》，看看在阿米尔和哈桑两个兄弟兼主仆之间的愧疚、赎罪、爱，看看阿米尔为什么在40岁时抛弃在美国安稳的幸福生活，踏上那条“能再次成为好人的路”，回到兵荒马乱的祖国阿富汗，用近乎生命的代价赎了自己12岁时犯下的过错。

正如作者胡塞尼在前言中所说，小说揭示了人性的普遍体验：羞耻、愧疚、后悔、爱情、友谊、宽恕和赎罪。其实，任何一部经典的文学作品，都离不开牺牲、奉献、忠诚、正直、尊重，以及嫉妒、背叛、说谎、作恶、惩罚、痛苦、恐惧、伪善、欺骗、懦弱、侮辱这些人性中最基本的东西。如果说，《独自和解》是一部忏悔录，《红字》又何尝不是呢？《追风筝的人》又何尝不是呢？阿米尔的身上有着《红字》中丁梅斯代尔、甚至齐灵渥斯的影子，阿米尔的爸爸可以说就是丁梅斯代尔的翻版，哈桑何尝不是忍辱负重的海斯特呢？所以，我们说，经典文学作品都是人性、人性恶的展现，只不过故事情节不一样，人物穿的“马甲”不一样罢了。

阿米尔和哈桑从小一起长大，哈桑不仅每天服侍他的衣食住行，还是他随叫随到的玩伴。当阿米尔就要受到凶狠的小流氓阿塞夫伤害的时候，哈桑勇敢地站出来，用弹弓吓退阿塞夫，尽管他自己也早已吓得心里怦怦直跳。“为你，千千万万遍”，哈桑对自己的付出无怨无悔的这句话每每让我泪如泉涌，但我觉得，这句话还够不上小说的题眼，“再次成为好人的路”才是小说给我们的震撼所在。

人非圣贤，孰能无过，何况还是一个小孩子。问题是，无论一个过错是有意还是无意，可以原谅还是不可原谅，愧疚一旦种下，心灵的折磨就会从此开始，难以卸下。在1975年冬天一次传统的风筝大赛上，阿米尔击败所有对手，哈桑像往常“千千万万”遍一样，去为主人追回落地的风筝。路上，哈桑遭遇前来报复的阿塞夫一伙，受到了难以启齿的凌辱和伤害。而这一幕恰恰被随后赶来的阿米尔看到，但懦弱与恐惧始终没有让他像哈桑对他一样挺身而出，此后，“我看着哈桑被人强暴”成为他挥之不去的噩梦。

下面是阿米尔逃离现场后，遇到哈桑时的内心告白：

> “你到哪里去了，我在找你。”我艰难地说，仿佛在吞嚼一块石头。哈桑用衣袖擦擦脸，抹去眼泪和鼻涕。我等他开口，但我们只是静静地站在那儿。我很感谢夜幕降临，遮住了哈桑的脸，也遮住了我的脸，我很高兴不用看着他的眼睛。他知道我知道吗？如果知道，我能从他的眼里看到什么呢？埋怨、耻辱，或者，愿真主制止，我最怕看到的是真诚和奉献，那是我最不愿意看到的。
>
> 自那以后，哈桑搅乱了我的生活。我每天尽可能不和他照面，因为每当他在身旁，房间里的氧气就会消耗殆尽，我的胸口会收缩，无法呼吸。就算他不在我身边，我仍然感到他就在那儿。在藤椅上他亲手浆洗和熨烫的衣服上，在那双摆在我门外的温暖的便鞋里面。每当我下楼吃早餐，他就在火炉里那些熊熊燃烧的木头上。无论我走到哪里，都能看到他那该死的，毫不动摇的忠心。

愧疚挥之不去，失眠接踵而至。小阿米尔开始采取行动。他请求爸爸把哈桑赶走，但被爸爸断然拒绝。一次，阿米尔和哈桑在一棵石榴树下玩耍时，心魔难以控制的阿米尔拿起一个石榴打中哈桑的胸膛：

> “还手啊！”我咆哮着。“起来！打我！”我说。哈桑站起来了，但他只是站在那儿，露出茫然失措的表情。我又扔出一个石榴，打在他的肩膀上。“还手！”我大喊，“还手，你这个该死的家伙！”我希望他还击，我希望他满足我的愿望，好好惩罚我，这样我晚上就能睡着了。但哈桑纹丝不动，任由我一次又一次仍他。我不知道自己击中他多少次。当我终于停下来，气喘吁吁，哈桑浑身血红，我双足跪倒，疲惫不堪，垂头丧气。
>
> 然后，哈桑捡起一个石榴，他朝我走来，将它掰开，在额头上磨碎。“那么，”他哽咽着，红色的石榴汁像鲜血一样从他脸上滴下来。“你满意了吧？你觉得好受了吗？”

这时的阿米尔，已承受不住他的罪过，只能用孩子的方式孤注一掷。在他的生日宴会后，他把装钱的信封和一块手表，偷偷放在哈桑的住处，想通过栽赃来让爸爸赶走哈桑。但这一次，哈桑选择的是再一次为他牺牲，让阿米尔本已充满愧疚的灵魂罪上加罪。

> 爸爸问道：“钱是你偷的吗？哈桑！”
>
> 哈桑的回答简单得只有一个字，他以嘶哑孱弱的声音说：“是。”
>
> 我身体紧缩，好似被人扇了个耳光。我的心一沉，真话差点脱口而出。我随即明白：这是哈桑最后一次为我牺牲。如果他说“不是”，爸爸肯定相信，因为我们都知道哈桑从不骗人。如果爸爸相信，那么我的真面目就会被看穿，爸爸将永远不会原谅我。这让我明白，哈桑知道，他知道我看到了小巷里面的一切，知道我站在那儿袖手旁观。他明知我背叛了他，然而还是再次救了我，也许是最后一次。那一刻我爱上了他，爱他胜过爱任何人。我只想告诉他们，我就是草丛里的毒蛇，湖底的鬼怪。我不配他做出的牺牲，我

> 是撒谎蛋，我是骗子，我是小偷。我几乎就要说出来，如果不是心里隐隐有高兴的念头的话。

愧疚得不到偿还，心灵就得不到拯救。苏联入侵阿富汗后，阿米尔和爸爸来到美国。虽然生活逐渐安定，娶妻结婚，事业有成，但压在心底的石头却从没有让他安宁。甚至当他的未婚妻索拉雅向他袒露此前与人私奔的事情，他的感受不是难过而是嫉妒：我嫉妒她，她的秘密公开了，说出来了，得到解决了。我张开嘴巴，差点告诉她，我如何背叛了哈桑，对他说谎，把他赶出家门，还毁坏了爸爸和阿里四十年的情谊。但我没有，我怀疑，在很多方面，索拉雅都比我好得多。

看到这一段，不知你是否想起《红字》第十七章“教长和教民”中丁梅斯代尔和海斯特相遇，他向海斯特说出的那种罪得不到惩罚时的痛苦，他认为自己甚至比海斯特还不幸，因为海斯特能把红字公开地戴在胸前，可他的红字却只能秘密地灼烧。两者的情节以及要表达的感情简直如出一辙。

该来的总会来到，该付出的逃也逃不掉。阿米尔38岁的时候，爸爸的好朋友拉辛汗叔叔的一个电话，一句“那儿有再次成为好人的路”再次把选择放在懦弱的阿米尔面前。这时，哈桑已被塔利班打死，拉辛汗叔叔让阿米尔到阿富汗把哈桑的儿子索拉博带出来。对于阿米尔“为什么必须要我去”的质疑，拉辛汗叔叔在愤怒中说出了原因：至于为什么是你，我想我们都知道。与其说拉辛汗给了阿米尔一个任务，倒不如说作为一个一直关注、鼓励他成长的长辈，给了阿米尔一个像哈桑对他一样挺身而出的赎罪机会，让阿米尔实现了人生成长中由惧怕到勇敢，由自私到付出的人生蜕变，终结了阿米尔灵魂中的伪善、谎言和背叛，实现了人格的成熟和完善。

戏剧性的是，在阿富汗，阿米尔遭遇的正是阿塞夫。对领走索拉博，阿塞夫开出的条件是清算儿时的陈年烂账：“你必须自己赢得他。”与其说阿塞夫凶狠流氓，不如说他的惩罚同样给了阿米尔赎罪的机会。如果说上帝帮助人，魔鬼折磨人，倒不如说魔鬼是在以另一种形式来帮助你，这也是成长要付出的代价。阿米尔付出的代价是被阿塞夫打得头破血流，肋骨折断，牙齿脱落，脾脏破裂，肺被刺穿，眼眶裂开，痛苦之中，阿米尔的反应是，不知何时开始发笑。下巴、肋骨、喉咙痛得越厉害，阿塞夫越是问他为什么好笑，他就笑得越痛快。阿米尔内心给出的答案是：

好笑的是，自1975年那个冬天以来，我第一次感到心安理得。我大笑，因为我知道，在我大脑深处某个隐蔽的角落，我甚至一直在期待这样的事情。我记得那天，在山上，我用石榴打哈桑，试图激怒他，他只是站在那儿，一动不动，红色的果汁像鲜血一样染在他的衣服上。然后，他拿过一个石榴，在自己额头上磨碎。

现在你满意了吗？他凄然地说，你觉得好受一些了吗？我从不觉得高兴，从不觉得好受一些，根本就没有过。但我现在感觉到了，我体无完肤，但心病已愈，终于痊愈了。我大笑。

正应了阿米尔的那句话，总有人为我挺身而出。这一次，轮到了索拉博，像他的爸爸哈桑一样，他同样在内心的恐惧和颤抖中用弹弓逼退了阿塞夫，两人得以逃离阿富汗。

在医院，阿米尔读到了拉辛汗叔叔留给他的一封信，以另一种方式，让他真正得以完成心灵的拯救，心魔的释放，在宽恕中真正走上将愧疚变成善行的路：

亲爱的阿米尔：

安拉保佑，愿你毫发无损地看到这封信，我祈祷没有让你受到伤害，自从你离开那天，我一直为你祈祷。

这些年来，你一直怀疑我是否知道，我确实知道。事情发生后不久，哈桑就告诉我了。你做错了，亲爱的阿米尔，但别忘记，事情发生的时候，你还是个孩子，一个躁动不安的小男孩。当时你对自己太过苛刻，现在你依然如此——在白沙瓦时，我从你的眼神看出来。但我希望你意识到：没有良心，没有美德的人不会痛苦。我希望这次你到阿富汗去，结束你的苦楚。

为你，千千万万遍！

从我们第一单元到现在，我们一直在讲人格、讲良心、讲美德，实际上，不管哪个国家、哪个民族，这些都是贯穿所有文学的精髓，这些都是文学为什么总能戳痛我们内心的原因所在。没有了人性，没有了良心和美德，世界就变成了尔虞我诈的野蛮丛林，甚至连丛林的畜生都不如，谈论文学就没意义了。所以，我们需要记住拉辛汗的这句话。

从本书开始到现在，我们一直在讲，每一个人都不是完人，都不是榜样，我们都是一个罪人。所以，我们需要时时的反思、忏悔和赎罪，文学就是让我们忏悔和赎罪的工具。阿米尔的爸爸从小就是孩子的榜样，但他内心一直是一个被罪吞噬着的人。对此，拉辛汗在信中揭开了谜底：

> 亲爱的阿米尔，我深知在你的成长过程中，你父亲对你有多么严厉。我知道你有多么痛苦，多么渴望得到他的宠爱，我为你感到心痛。但你父亲是一个被拉扯成两半的男人，他爱你们两个，但他不能公开表露对哈桑的爱，以尽人父之责。所以他将怨气发泄在你身上——你恰好相反，阿米尔，你是社会承认的一半，你父亲所继承的财富，以及随之而来的犯罪免受刑罚的特权，统统都会再赠给你。你现在依然愤愤不平，而我明白，要你接受这些为时尚早。但也许有朝一日，你会明白，你父亲对你的严厉，也是对自己的严厉。你父亲跟你一样，也是一个痛苦的人，亲爱的阿米尔。
>
> 我无法向你形容，听到你父亲的死，我心里有多么的悲伤。他是我的朋友，也是一个好人，甚至是一个了不起的人。而我想让你明白的是，你父亲的深切自责带来了善行，找到了一条把愧疚变成善行的路。我想他所做的一切，施舍街头的穷人，建立孤儿院，统统都是他自我救赎的方式。而我认为，亲爱的阿米尔，当罪行导致善行，那就是真正的获救。
>
> 我知道到头来，真主会宽恕。他会宽恕你父亲，宽恕我，还有你。我希望你也一样，如果你可以的话，宽恕你父亲。如果你愿意的话，宽恕我。但，最重要的是，宽恕你自己。

我们常说长大成熟，我们也常说父爱如山。实际上，你能长大，但不一定成熟，像阿米尔，快40岁了，还需要一个行将就木的老人来指导心灵的拯救。实际上，父爱如山，但那不意味着他会时刻把你搂在怀中，他可能会用一种你永远不理解的方式去锻炼你、关怀你。所以，作为孩子、作为儿女，经常的情况是，我们不理解父母的时候居多。因此，我想说的是，无论何时，当你对父母心生怨恨的时候，可能也是你父母内心正在承受煎熬的时候，当你伤他最甚的时候，可能也是他爱你最深的时候，而且，他还会永远无条件地原谅你！

当我最后修改这一章的时候，哈桑的厚道隐忍、阿米尔的忏悔煎熬、阿米尔的爸爸内心痛楚，拉辛汗字字见血的话语，都让我的心和眼睛再一次流泪，我感觉他们就站在我的面前。我的妈妈爸爸在我写作本书的过程中相继故去，他们80年的人生充满生活的艰难和对儿女的盼望，那些艰苦岁月的生活场景在我的泪眼中总是那么清晰。

谢谢孩子们，谢谢同学们，谢谢家长朋友们！

谢谢大家！

附录

辉煌之路：做成熟的少年思考者

20世纪的美国文学离我们很近，背景易于理解，参考材料也易于找到，本书不再详述。被称为美国中学生十大必读经典中的8部都是20世纪的作品，本书已经讨论了《杀死一只知更鸟》（To Kill a Mockingbird）、《独自和解》（A Separate Peace）和《红字》（The Scarlet Letter），其余5部《人鼠之间》（Of Mice and Men）、《麦田里的守望者》（Catcher in the Rye）、《动物农场》（Animal Farm）、《了不起的盖茨比》（The Great Gatsby）、《永别了，武器》（A Farewell to Arms），请大家多多阅读。下面列出40部美国经典电影名单，供大家参考观看，以进一步理解美国和美国文学。

40部经典美国电影

（一）美国溯源

1.《十诫》（The ten commandments 1956）

2.《马丁·路德》（Martin Luther 2002）

3.《哥伦布传1492》（1492 Conquest of Paradise 1992）

4.《伊丽莎白一世》（Elizabeth I 2005）

（二）殖民时代

5.《新世界》（The new world 2005）

6.《风中奇缘》（Pocahontas 1995）

《风中奇缘2：伦敦之旅》（Pocahontas II：Journey to a New World 1998）

7.《最后的莫西干人》（The last of the Mohicans 1992）

（三）独立战争

8.《自由战士》（Johnny Tremain 1957）

9.《爱国者》(The Patriot 2000)

10.《四月的清晨》（April Morning 1988）

11.《战地荣耀》（Benedict Arnold：A Question of Honor 2003）

12.《跨越特拉华河》(The Crossing 2000)

13.《怒火山河》(Revolution 1985)

（四）美国内战

14.《众神与将军》(Gods and Generals 2003)

15.《葛底斯堡战役》(Gettysburg 1993)

16.《飘》(Gone with the wind 1939)

17.《盟军军官》(The last confederate 2005)

18.《光荣》(Glory 1989)

19.《铁血雄师 / 红色勇敢勋章》(The red badge of courage 1951)

20.《为奴十二年》(12 Years a Slave 2013)

（五）百年西进

21.《七侠荡寇志》(The magnificent seven 1960)

22.《正午》(High noon 1952)

23.《大地雄心》(Far and away 1992)

24.《关山飞渡》(Stage Coach 1940)

25.《红河谷》(Red River 1948)

26.《平局》(Draw! 1984)

27.《西部往事》(Once Upon a Time in the West，1967)

28.《与狼共舞》(Dances with Wolves 1990)

29.《太空牛仔》(Space Cowboys 2000)

30.《浴血金沙》(The Treasure Of The Sierra Madre 1948)

（六）美国性格

31.《完美的世界》(A Perfect World 1993)

32.《肖申克的救赎》(The Shawshank Redemption 1994)

33.《史密斯先生来到华盛顿》(Mr. Smith Goes to Washington 1939)

34.《美好人生》(Wonderful life 1946)

35.《阿甘正传》(Forrest Gump 1994)

36.《美丽心灵》(A Beautiful Mind 2001)

（七）我的校园

37.《风雨哈佛路》(Homeless to Harvard 2003)

38.《录取通知》(Accepted 2006)

39.《死亡诗社》(Dead poets society 1989)

40.《蒙娜丽莎的微笑》(Mona lisa smile 2003)